Aberness

Christa Kuczinski

Besuchen Sie uns im Internet:
www.verlagshaus-el-gato.de

Taschenbuchausgabe

1. Auflage August 2016

Umschlaggestaltung: Susanne Leuders -
Verlagshaus el Gato
Bildnachweis: Das Cover entstand unter Verwendung der
Shutterstock-Bilder:
932394, 486197, 823902, 891648, 785905, 867905
Satz: Verlagshaus el Gato
Lektorat: Alexandra Fauth, Andrea el Gato
Druck: Opolgraf PL
ISBN: 978-3-943596-99-1

Christa Kuczinski

Aberness

Verlagshaus el Gato

Bibliografische Information der Deutschen Bibliothek:

Die Deutsche Bibliothek verzeichnet diese Publikation
in der
Deutschen Nationalbibliografie; detaillierte
bibliografische Daten sind im Internet über http://dnb.ddb.de
abrufbar

In Liebe meinem Mann gewidmet
und
ausnahmsweise mal ohne viel Worte

KAPITEL 1

Amber begegnete Alec zum ersten Mal in der Einfahrt ihres Zuhauses. Offenbar war er einfach am Wachhäuschen vorbeimarschiert, in dem Gero sein Mittagsschläfchen hielt. Als sie den Fremden entdeckte, hatte sie zunächst den Eindruck, dass ihn ein Schimmern umgab, doch es verblasste und verschwand, als sie blinzelte. Nervös blickte sie zurück zur Villa, die sie gerade fluchtartig verlassen hatte. Die üppigen Blumenkübel zu beiden Seiten des Eingangs und der gepflegte Efeu, der sich über der Eingangstür entlanghangelte, waren willkommene Farbtupfer und der einzige Hinweis darauf, dass das Gebäude bewohnt war. Erst vor wenigen Minuten hatte sie sich gewünscht, dass außer ihr niemand dort lebte. Noch immer kochte die Wut in ihr. Warum musste ihr Vater sie wie eine Unmündige behandeln? Immerhin war sie fast sechzehn. Ihr war bewusst, dass er in den letzten Monaten im Morgengrauen die Villa verließ, selten vor Mitternacht nach Hause kam, stets erschöpft war und kaum Zeit für sie hatte. Das rechtfertigte aber nicht sein Verhalten ihr gegenüber, das beinahe an Paranoia grenzte. Es waren Ferien und sie hing hier herum, während ihre Freunde sich in der Stadt trafen, oder Partys organisierten, an denen sie aus Sicherheitsgründen nicht teilnehmen durfte.

Sie wandte den Kopf, kniff die Augen zusammen und beobachtete, wie der Fremde auf sie zu schlenderte. Wie ein Zeitungsjunge sah er nicht aus, ebenso wenig wie einer der Boten, die Lebensmittel an die Hintertür lieferten. Kurz beschlich sie ein mulmiges Gefühl, aber er schien höchstens ein, zwei Jahre älter als sie zu sein, und für einen eleganten Rückzug war es längst zu spät.

„Hallo. Ich bin Alec“, stellte er sich mit einem Grinsen vor, das sie mit einem zaghaften Lächeln erwiderte.

„Wie bist du an Gero vorbeigekommen, und was suchst du hier?“, fragte sie neugierig, anstatt ihm ihren Namen zu nennen. Dabei übersah sie absichtlich seine Hand, die er ihr zum Gruß entgegenstreckte.

„Du meinst den alten Mann, der eine Zeitung als Kopfkissen benutzt und so laut schnarcht, dass die Wände der Hütte wackeln?“, fragte er mit einem Schmunzeln. Amber verkniff sich ein Lächeln. Sie konnte aber nicht verhindern, ihm direkt in die azurblauen Augen zu schauen. Sie wurden größtenteils durch dunkle Haarsträhnen verdeckt und wirkten je nach Lichteinfall etwas heller oder dunkler. Dieser Junge war seltsam – keine Frage – und er weckte ihr Interesse.

„Gero hält hin und wieder ein Nickerchen. Heiß genug ist es ja“, riss sie sich von seinem zugegebenermaßen hübschen Gesicht los und blickte in Richtung der verlassenen Einfahrt.

„Ja. Das Wetter ist auch nicht mehr das, was es einmal war“, sagte er mit einem Schulterzucken und spielte auf die Hitzewelle an, die die Insel seit Wochen fest im Griff hielt. Als sie schwieg, folgte er ihrem Blick, als gäbe es außer seiner Person noch weitere Überraschungen, auf die Amber nicht gefasst war. Sie nickte und musterte unauffällig sein Profil, auf der Suche nach einem Hinweis, dass er sich über sie lustig machte. Dass dieser Typ so gelassen wirkte, während sie sich von der Situation völlig überrumpelt fühlte, irritierte sie. Sie dachte ernsthaft darüber nach, an ihm vorbeizurennen und Gero zu wecken. Etwas an diesem Jungen faszinierte sie allerdings, und dieses Etwas gründete nicht nur in seinem passablen Aussehen. Nein, es war mehr als das, es war etwas seltsam Vertrautes.

Ein aufkommender Windstoß wirbelte den Staub unter ihren Füßen auf. Er trug den salzigen Geruch des Meeres mit sich, das jenseits der Stadtmauer gegen die Barriere aus Fels und Beton brandete. Eigentlich hätte sie den Geruch nicht derart intensiv registriert, doch in letzter Zeit hatte sie das Gefühl, viele Gerüche intensiver wahrzunehmen. Unwillkürlich schnupperte sie und erkannte, dass der Duft von diesem Jungen ausging, der darauf zu warten schien, dass sie etwas sagte.

„Aber das erklärt meine Frage nicht. Du weißt schon: Privatbesitz und so", versuchte sie ihn aus der Reserve zu locken und schob den Gedanken beiseite, dass etwas mit ihrem Geruchssinn nicht stimmte.

„Hier wohnt der Gouverneur, nicht wahr? Bist du seine Tochter?", stellte er eine Gegenfrage, die sie vollends aus dem Konzept brachte.

„Ja und nein. Ich bin … die Enkelin … der Haushälterin", stotterte sie, da die Erwähnung ihres Vaters sie daran erinnerte, wie engstirnig er sich ihr gegenüber verhalten hatte. Die Neugier dieses Jungen war ihr unangenehm. Außerdem ging es ihn nichts an, wer sie war. Sie schenkte Alec ein zuckersüßes Lächeln, in der Hoffnung, dass er nicht nachhaken würde, doch seine blauen Augen fixierten sie, als hätte er ihre Lüge durchschaut.

„An deiner Stelle würde ich mich nicht auf fremdem Besitz herumtreiben. Die Leute hier sehen in allem und jedem einen Einbrecher", erinnerte sie ihn daran, dass er nichts auf diesem Grundstück zu suchen hatte.

„Wenn du es sagst. Ich muss jetzt auch los. War nett mit dir …?", entgegnete er und zwinkerte ihr zu. Sie wollte sich abwenden und ihn links liegen lassen, aber er kam ihr zuvor und ging, ohne ihre Antwort abzuwarten.

„Ich bin Amber. Solltest du wieder mal zufällig in der Gegend sein, schau ruhig vorbei!", rief sie ihm verblüfft hinterher. Ihr letzter Satz war sarkastisch gemeint, doch Alec schien gegenüber allgemein gültigen Anstandsregeln und gegenüber Zynismus immun zu sein.

„Gern, wir sehen uns“, rief er ihr über die Schulter hinweg zu. Mit offenem Mund starrte sie ihm nach. Erst als es zu spät war, ging ihr auf, dass sie immer noch nicht wusste, was er hier eigentlich zu suchen hatte. Das unerwartete Aufeinandertreffen mit diesem merkwürdigen Jungen hatte sie vom Streit mit ihrem Vater abgelenkt. Vielleicht lag es aber auch an der Hitze dieses Sommertages, dass ihr Groll verflogen war. Amber tippte auf Letzteres, denn Gero schlief noch immer, den Kopf auf die Zeitung und das Schaltpult gebettet, im Wachhäuschen – neben dem offenen Tor.

Kapitel 2

Obwohl Sabrina nur zwei Straßen weiter wohnte, machten Amber die hohen Temperaturen zu schaffen. Sie trug noch immer die Jeans vom Morgen, die sich eng an ihren zierlichen Körper schmiegte, und das Shirt, das denselben satten Farbton besaß wie ihre braunen Augen.

In der Villa, in der die Temperaturen angenehm waren, war die Wahl ihrer Kleidung unwichtig. Das änderte sich, als sie die schattenspendenden Bäume der Auffahrt hinter sich ließ. Bereits nach wenigen Minuten war ihr T-Shirt schweißdurchtränkt. Sie griff nach ihren Haaren und band sich einen Zopf, der aber kaum Erleichterung brachte. Glücklicherweise war das Anwesen ihrer Freundin bereits in Sicht und Amber beschleunigte ihre Schritte.

„Komm rein, diese Hitze ist einfach unerträglich“, stöhnte Sabrina anstelle einer Begrüßung und schob Amber vor sich her in die Eingangshalle. Die gut funktionierende Klimaanlage hielt den Raum auf angenehmer Temperatur.

In Ambers Zuhause wurden im Foyer nur die Gäste ihres Vaters empfangen. Die Familie Mackay nutzte den großzügig geschnittenen Raum jedoch zusätzlich als Wohnzimmer. Die für ihren Geschmack zu protzige, aber in warmen Goldtönen gehaltene Sofaecke kam Amber gerade recht.

„Chloe, bringst du uns bitte kalte Limonade?“, rief Sabrina in Richtung der angrenzenden Küche, folgte Ambers Beispiel und ließ sich ihr gegenüber in einen Sessel fallen.

Ihre flachsblonden Locken brachten Sabrinas gebräunte Haut zur Geltung. Bei Amber, die trotz ihrer dunklen Haare ein heller Hauttyp war, wirkte sich ein Sonnenbad weit weniger vorteilhaft aus. Ihre Hautfarbe erinnerte eher an eine überreife Tomate.

„Das Wetter macht mich fertig", schimpfte Amber und angelte sich eine Handvoll Weintrauben aus der Schale, die verlockend vor ihr auf dem Glastisch stand.

„So sehr, wie du den armen Gregor fertiggemacht hast?", warf Sabrina mit einem süffisanten Lächeln ein.

„Er hat nur das bekommen, was er verdient hat. Was bildet der sich eigentlich ein …"

Zu Beginn der Ferien war Amber einer Einladung von ihm zu einem Kinobesuch gefolgt. Allerdings hatte sie nicht damit gerechnet, dass er dabei nicht an ein öffentliches Kino, sondern das Heimkino bei ihm zu Hause dachte.

In der Zwickmühle hatte Amber ihre Freundin überredet, sie an jenem Abend zu begleiten, und mit ihrer Vorahnung recht behalten. Gregor hatte sich daneben benommen und der Abend hatte in einem Fiasko geendet. Bei der Erinnerung daran, wie er sich im Dunkeln mit seiner schweißnassen Hand auf ihren Oberschenkel verirrt hatte, verzog sie erneut angewidert das Gesicht.

„Nun ja, aber du musst zugeben, er sieht ziemlich gut aus", stellte Sabsi mit einem schnellen Seitenblick auf Amber fest, die den Kommentar ihrer Freundin ignorierte.

„Also, wie sieht es aus? Meine Eltern lassen mich nur bis elf Uhr in die Stadt. Meinten, wir wären verrückt, abends überhaupt das Viertel verlassen zu wollen", wechselte Sabrina das Thema und verschränkte wütend die Arme vor der Brust.

„Weißt du, ich würde wirklich gern. Aber mein Vater ...", druckste Amber, die sich am liebsten die restlichen Trauben in ihrer Hand auf einmal in den Mund gestopft hätte, um eine Antwort hinauszuzögern.

„Jetzt sag bitte nicht das, was ich denke", fiel Sabrina ihr ins Wort und richtete sich kerzengerade auf.

„Tut mir leid. Keine Chance, er lässt mich nicht mal bis elf Uhr weg", sagte Amber und verzog das Gesicht, als hätte sie statt in eine süße Beere in ein Stück Zitrone gebissen.

„Na fantastisch. Der Kinoabend fällt also flach", zischte Sabrina und machte eine Geste, als wollte sie sich die Haare raufen. Einen Moment später überlegte sie es sich anders, griff nach der Fernbedienung und wies mit ihrem manikürten Zeigefinger auf den Plasmabildschirm. „Die versauen einem echt die kompletten Ferien!", zischte sie empört. Amber spürte Ärger in sich hochsteigen. Ihre Freundin fehlte auf keiner Wochenendparty, während sie die Abende in der Gesellschaft ihrer Großmutter verbrachte. Sabrina darauf hinzuweisen, würde jedoch nur ihr Mitleid heraufbeschwören, das ungefähr für einen Wimpernschlag anhielt. Nach der Auseinandersetzung mit ihrem Vater war ihr die Lust auf eine weitere Diskussion vergangen. Sie richtete ihre Aufmerksamkeit auf die Nachrichten, die sich zurzeit nur mit einem Thema beschäftigten.

„In der letzten Nacht kam es erneut zu Einbrüchen", erklang die sonore Stimme des Sprechers, während Bilder eingeblendet wurden. Zertrümmertes Inventar und über den ganzen Raum verteilte, aufgerissene Verpackungen zeugten ebenso wie die eingeschlagene Schaufensterscheibe eines Gourmet-Geschäfts von der Zerstörungswut der Einbrecher. Offenbar gelang es der Polizei nicht, die Einbruchserie zu stoppen.

Es war erschreckend, welche Auswirkungen der Arbeiterstreik mit sich brachte.

Amber starrte gebannt auf den Bildschirm. Sie kannte solche Szenen inzwischen zur Genüge. Dennoch beschlich sie ein ungutes Gefühl, als ihr Alec einfiel. Er passte in das Bild der Hafenarbeiter, die für die Übergriffe verantwortlich zu sein schienen. Seine an den Knien ausgebeulten Jeans und das verwaschene Shirt unterstrichen diesen Aspekt. Fast glaubte sie, sein Gesicht schon einmal gesehen zu haben, aber das war unmöglich.

„Hey, dort kaufen wir hin und wieder Lebensmittel. Die sind völlig überteuert“, sagte Amber und starrte auf die eingeblendete Aufnahme der aktuellen Verwüstung. Genau dieses Geschäft hatte sie erst vor wenigen Tagen mit ihrer Großmutter besucht. Es handelte sich bestimmt nur um einen dummen Zufall, aber etwas seltsam fand sie es dennoch. Ebenso seltsam wie diesen Alec, der ihr einfach nicht aus dem Kopf ging.

„Dein Vater ist der Gouverneur der Insel. Wenn dir danach ist, kannst du sie ja verklagen. Aber mal ernsthaft: Soweit ich weiß, wurden alle bisherigen Einbrüche weit nach Mitternacht verübt und ich für meinen Teil wäre glücklich, wenigstens bis elf Uhr rauszudürfen“, holte Sabrina sie wieder in die Gegenwart zurück.

Jetzt war Amber nicht nur auf ihren Vater wütend, sondern auch auf ihre Freundin, die wirklich keinen Grund zur Beschwerde hatte. Amber hatte ernsthaft mit dem Gedanken gespielt, Sabrina von Alec zu erzählen. Sie entschied sich, die Begegnung mit ihm für sich zu behalten. In ihrer jetzigen Verfassung würde Sabrina mit wilden Spekulationen um sich werfen – oder schlimmer, sie in den kommenden Tagen mit neugierigen Anrufen bombardieren, ob er wieder bei ihr aufgetaucht war.

„Der Stadtrat sollte wirklich langsam eine Entscheidung treffen, bevor hier alles den Bach runtergeht. Also ich werde auf jeden Fall für deinen Vater stimmen. Jeden Hinz und Kunz über die Insel latschen zu lassen, wäre falsch. Schau dir das Gesindel an, das sich unten am Hafen herumtreibt. Ungeziefer zieht Ungeziefer an, das kannst du mir glauben“, beschwerte sich Sabrina über die Hafenarbeiter, schaltete empört den Fernseher aus und warf die Fernbedienung achtlos auf das Sofa.

Amber runzelte die Stirn, hütete sich jedoch, Stellung zu beziehen. Sabrina wusste um das zwiespältige Verhältnis zwischen Amber und ihrem Vater. Normalerweise vermieden sie es, über ihn zu sprechen. Dass ihre Freundin dieses Mal eine

Ausnahme machte, war in Anbetracht der Unruhen verständlich. Zudem standen die Wahlen des neuen Gouverneurs an, der nicht nur die Stadt, sondern den ganzen Inselstaat für weitere sechzehn Jahre regieren würde; Was die allgemein angespannte Situation nicht gerade entschärfte.

Amber biss sich auf die Unterlippe. „Wenn wir Glück haben, kommt mein Vater heute Abend erst spät nach Hause. Der Stadtrat hat eine Krisensitzung einberufen. Wir könnten in die 20-Uhr-Vorstellung gehen, und wenn wir anschließend den Bus nehmen, merkt er nicht, dass ich weg gewesen bin", schlug sie nach einem Moment des Zögerns vor.

Sabrinas strahlendes Gesicht verdrängte das ungute Gefühl, das wie eine sich windende Schlange in Ambers Bauch rumorte.

„Das ist die Lösung! Aber lassen wir das mit dem Bus. Lewis schuldet mir noch einen Gefallen", wisperte ihre Freundin und wies in Richtung des Hausmädchens, das gerade hereinkam und zwei Gläser Limonade auf dem Tisch abstellte. Amber wusste sofort, was Sabrina meinte und schwieg. Erst als Chloe wieder in der Küche verschwunden war, beugte sie sich vor. „Also jetzt hast du mich neugierig gemacht. Um welchen Gefallen geht es denn genau?" Das überaus sanfte Lächeln ihrer Freundin, verriet, dass Sabrina ausgesprochen zufrieden mit sich war. „Das ist eine lange Geschichte, hier die Kurzfassung: Ich habe zwischen den beiden vermittelt, sozusagen."

Amber hob eine Augenbraue.

„Im Grunde war es lächerlich einfach. Ich habe Lewis gegenüber nur erwähnt, dass Chloe an den Wochenenden ins Farraige-Inn geht. Der Pub liegt irgendwo im Arbeiterviertel. Na egal. Jedenfalls ließ ich Chloe gegenüber fallen, dass er auf sie steht. Und eh ich mich versah, waren die beiden zusammen", erklärte Sabrina selbstgefällig und spitzte die Lippen in Andeutung eines Kusses.

KAPITEL 3

Amber war auf dem Weg in ihr Zimmer, als sie Oberst Rohloff in der Eingangshalle in die Arme lief.

„Hallo Amber. Wie geht es dir?“, fragte er mit dem Anflug eines Lächelns, das seine strengen Gesichtszüge allerdings nicht milderte.

„Danke, sehr gut. Mein Vater ist in seinem Büro“, beeilte sie sich hinzuzufügen, in der Hoffnung, dass der Oberst es bei einer Begrüßung beließ.

Ihre Hoffnung erfüllte sich nicht. Gerade als Amber an ihm vorbeischlüpfen wollte, trat Rohloff einen Schritt seitwärts und versperrte ihr den Weg.

„Ich bin etwas früh dran. Charles telefoniert gerade und ich möchte ihn nicht dabei stören. Hast du nicht in Kürze Geburtstag? Gregor erwähnte etwas in diese Richtung.“

„Das stimmt. Wie geht es ihm denn? Ich habe ihn länger nicht gesehen“, entgegnete Amber lahm und lauschte auf etwaige Geräusche, die darauf hinwiesen, dass ihr Vater sein Gespräch beendet hatte. Aus der Richtung seines Büros kam jedoch kein Laut.

„Da du mich daran erinnerst: Er lässt dir ausrichten, dass er demnächst vorbeikommt“, entgegnete Rohloff mit einem seltsamen Lächeln, als wüsste er genau, dass Amber sich bei ihrem letzten Treffen mit seinem Sohn gestritten hatte. „Kein Problem, er weiß ja, wo er mich finden kann“, sagte Amber, um einen lockeren Tonfall bemüht.

„Du wirst Sechzehn, nicht wahr? Volljährigkeit geht immer mit Veränderungen einher. Solltest du einmal Hilfe benötigen: Für die Bewohner dieser Insel habe ich immer ein offenes Ohr.“

„Es ist ja nicht so, dass ich keine Familie habe. Was mich daran erinnert, dass ich meine Großmutter vom Bus abholen muss. Entschuldigen Sie mich."

„Natürlich. Vielleicht ist es besser, deinen Vater wissen zu lassen, dass ich da bin", sagte er und trat einen Schritt zur Seite. Amber nickte und flüchtete vor seinem stechenden Blick die Treppe hinauf.

Warum hatte er ihr solch seltsame Fragen gestellt, anstatt ihr einen guten Tag zu wünschen? Amber hatte erwartet, dass er sie über die Arbeit ihres Vaters aushorchen wollte, doch Rohloff hatte sich ausschließlich nach ihrem Wohlergehen erkundigt. Er hatte ihr das Gefühl gegeben, als würde ihr am Tag ihres Geburtstags weitaus mehr als nur eine Volljährigkeit bevorstehen. Eine vage Ahnung stieg in ihr auf, dass sich in ihrem Leben etwas grundlegend ändern könnte. Der stahlgraue Blick des Oberst hatte sie regelrecht durchbohrt. Die Erinnerung daran verursachte ihr eine Gänsehaut. Dieser Mann hatte ihr immer schon Angst gemacht.

Sie verließ die Villa mit Verspätung durch die Hintertür und brachte die kurze Strecke zwischen Einfahrt und Bushaltestelle in Rekordzeit hinter sich. Dort traf sie erneut auf Alec, der die Straßenseite wechselte und auf sie zu schlenderte. Sie hatte ihn sofort wiedererkannt, behielt aber einen nichtssagenden Gesichtsausdruck bei, obwohl ihr eher nach einem Grinsen zumute war. „Alec, richtig?", sagte sie und tat, als wäre sie sich unsicher.

Sein ansteckendes Lachen spiegelte sich in seinen blauen Augen wider. Ein Umstand, den sie außerordentlich anziehend fand.

„Amber, richtig?", entgegnete er mit einem Zwinkern.

„Genau. Und, mal wieder zufällig in der Gegend?", fragte sie unschuldig.

„Auf dem Rückweg. Wohin bist du unterwegs?“, stellte er ihr prompt eine Gegenfrage. Amber schaute die Straße hinauf, in die Richtung, aus der jeden Moment der Bus auftauchen würde. „Nirgendwohin. Ich warte auf meine Großmutter“, erklärte sie und zögerte kurz. Sollte sie ihre Lüge, die Enkelin der Haushälterin zu sein, bereinigen, oder es dabei belassen? Peinlich berührt warf sie einen Blick auf ihre Armbanduhr und fügte hastig hinzu: „Der Bus kommt in exakt drei Minuten.“

„Also bleiben uns noch 180 Sekunden“, entgegnete er rätselhaft, als hätten sie ein heimliches Date. Die Vorstellung, dass es so wäre, gefiel Amber weitaus besser als zu spüren, wie ihr die Hitze in die Wangen stieg.

„… um uns darüber zu unterhalten, was du auf dem Privatgrundstück des Gouverneurs zu suchen hattest?“, versuchte sie, die Peinlichkeit zu überspielen.

„Ah, darum geht es dir. Nur zu deiner Beruhigung, ich bin weder ein Einbrecher noch entführe ich hübsche Mädchen. Ich erledige hin und wieder Botengänge und Ähnliches“, erwiderte er mit einem lässigen Schulterzucken.

Er war also tatsächlich ein Bote, und noch dazu einer, der das Flirten bei Weitem besser beherrschte als sie. Ihre Blicke trafen sich und Amber fiel es schwer, sich dem Blau seiner Augen zu entziehen; es erinnerte sie an das Meer.

Der Bus kam nur wenige Meter von ihnen entfernt zum Stillstand, ohne dass sie es mitbekommen hatte. Erst als sich die vordere Tür mit einem Zischen öffnete und Alec die Stufen hinaufsprang, riss der Blickkontakt zwischen ihnen ab.

„Vielleicht treffen wir uns ja mal?“

Von seinem Vorschlag überrascht, zögerte sie. Der Gedanke an ihren Vater und daran, was er von dieser Bekanntschaft halten würde, war zu verlockend, um die Einladung ungenutzt verstreichen zu lassen. Außerdem fand sie Alec ziemlich süß.

Der bunte Rockzipfel ihrer Großmutter geriet in ihr Blickfeld und Amber verpasste den Moment, Alec zu fragen, wann genau sie sich treffen würden.

„Kindchen, hier bin ich!“, rief Rosalie in einer Lautstärke, als wäre außer ihr ein ganzer Pulk Fahrgäste ausgestiegen.

„Mit wem hast du dich denn gerade unterhalten?“, fügte Rosalie hinzu, während sie Amber einen vollen Einkaufskorb überreichte. Bei dem Gedanken, ihn die 50 Meter bis nach Hause tragen zu müssen, schien er ihr schon jetzt tonnenschwer.

„Ach, nur jemand aus meiner Klasse, der zufällig in der Gegend war“, wich sie aus und stöhnte unter der Last des Korbes, bevor sie sich überhaupt in Bewegung setzten.

„Ein paar Zutaten für die Abendmahlzeit werden ein gesundes Ding wie dich doch nicht in die Knie zwingen!“, rief Rosalie gutgelaunt aus. Amber verkniff sich die Frage, ob es zum Essen eine Acht-Kilo-Pute geben würde und mit wie vielen Gästen zu rechnen wäre. Auf dem Rückweg zur Villa hoffte sie, dass der einzige Gast und der Grund dafür, dass sie ihre Großmutter an der Bushaltestelle abgeholt hatte, nicht zum Dinner blieb.

„Wenn es nach mir ginge, könnte das Essen ruhig versalzen sein. Ich würde das sogar für dich übernehmen“, bot sie mit einem hinterhältigen Grinsen an.

„Du weißt doch, dass ich zum Würzen niemals Salz verwende. So, und jetzt erzählst du mir, was während meiner Abwesenheit passiert ist, ohne in Rätseln zu sprechen. Für so etwas bin ich nun wirklich zu alt!“, forderte Rosalie, die in der Nähe des Wachhäuschens stehen geblieben war und ihrer Enkelin einen strafenden Blick zuwarf. Amber stellte den Korb ab.

„Rohloff ist passiert. Er ist einfach aufgetaucht und sitzt seitdem mit Charles im Büro“, zischte sie verächtlich. Den Streit der beiden verschwieg sie. Auf dem Weg zur Tür waren Amber die lauten Stimmen aufgefallen, sodass sie schließlich gelauscht hatte.

„Du solltest deinen Vater wirklich nicht so nennen", tadelte Rosalie, die damit beschäftigt war, sich mit ihrem Taschentuch die Schweißperlen von der Stirn zu wischen.

„Ja, ja, aber wenn Rohloff zum Essen bleibt, passe ich", rückte Amber mit dem heraus, was ihr seit einer halben Stunde schwer im Magen lag. Sie hatte den Oberst noch nie gemocht, nicht einmal, als er und ihr Vater befreundet gewesen waren. Dass ihr Vater Rohloff nach allem, was dieser ihm angetan hatte, überhaupt über die Schwelle ließ, war ihr unverständlich. Sie erschauderte bei der Erinnerung an ihr Zusammentreffen.

Offenbar missdeutete Rosalie ihren mürrischen Gesichtsausdruck und hielt sie auf, bevor Amber den abgestellten Korb wieder an sich nahm.

„Lass ihn ruhig stehen, Gero wird sich darum kümmern. Das wirst du doch, oder? Ein bisschen Bewegung hat noch niemandem geschadet!", rief sie dem älteren Mann zu, der sie hinter der Glasscheibe beobachtete hatte und nun ergeben nickte.

„Dann wäre das geklärt. Kommen wir zu Rohloff: Ich glaube nicht, dass dein Vater ihn zum Abendessen einlädt. Sollte er die Unverschämtheit besitzen, sich selbst einzuladen, werde ich deinem Rat folgen und ihm mit Freude die Suppe versalzen."

Amber strich sich eine feuchte Haarsträhne hinter das Ohr und trabte neben ihrer Großmutter in Richtung der Villa, deren Fensterläden zum Schutz vor der Sonne geschlossen waren. Sie konnte die Zuversicht ihrer Großmutter nicht teilen. Einen Teil des Gesprächs zwischen ihrem Vater und Rohloff hatte sie mitgehört. Erst als sich Schritte der Tür genähert hatten, war sie fluchtartig aus dem Haus gerannt. Beim Lauschen erwischt zu werden, hätte ihr gerade noch gefehlt.

Amber hatte sich bisher keine Gedanken über den Ausgang der Wahlen gemacht. Sie war sich sicher, dass die Chancen ihres Vaters gut standen. Immerhin kümmerte er sich nicht nur um die Belange der privilegierten Bevölkerungsschicht, er trat auch öffentlich für die Rechte der Hafenarbeiter ein.

Seit dem Streitgespräch zwischen ihrem Vater und seinem einstigen Freund war sie sich über den Ausgang der Wahlen nicht mehr so sicher.

Dass die Meinungen darüber auseinandergingen, inmitten des Naturschutzgebietes einen riesigen Freizeitpark zu errichten, war an sich nicht ungewöhnlich. Viele der Inselbewohner waren mit ihrem Land verwurzelt und standen auf der Seite ihres Gouverneurs. Solange Ambers Vater das Sagen hatte, würde es keinen Freizeitpark geben – zahlkräftige Gäste vom Festland hin oder her. Dennoch schien ihr Vater, was seine Sicherheitsmaßnahmen anging, in letzter Zeit zu übertreiben. Amber verstand die Notwendigkeit, neugierige Investoren davon abzuhalten, die Insel auf eigene Faust zu erkunden. Allerdings benahm er sich selbst ihr gegenüber seit Kurzem besitzergreifend.

Wie erhofft blieb Rohloff nicht zum Dinner und Amber verabschiedete sich früh am Abend. Mit einem Buch versuchte sie sich von der Langeweile dieser Sommerferien abzulenken – und von Alec. Sie konnte jedoch nicht verhindern, dass er sich immer wieder in ihre Gedanken schlich. War sein Angebot ernst gemeint, oder spielte er bloß mit ihr? Vermutlich sah er in ihr nur einen Sommerflirt. Ob er mit jedem Mädchen anbandelte, dem er begegnete? Bei den tollen Augen hatte er vielleicht in jedem Haus, das er belieferte, eine Freundin. Selbst wenn, konnte es ihr egal sein, schließlich wollte sie nur ein bisschen Ablenkung, redete sie sich ein.

Deshalb hielt sie sich in den darauffolgenden Tagen mehr im Freien auf als je zuvor und erregte dadurch Geros Aufmerksamkeit.

Als sie zum wiederholten Mal am Tor vorbeischlenderte, verließ er das Wachhäuschen. „Kann ich dir behilflich sein?"

Amber stand kurz davor, ihn auf Alec anzusprechen, aber es war unwahrscheinlich, dass ihm ein Teenager auf der Straße überhaupt aufgefallen wäre. Zudem wollte sie ihm keine Personenbeschreibung geben, die ihm verraten würde, dass sie nach einem bestimmten Jungen Ausschau hielt.

„Danke, aber nein. Mir ist nur langweilig und heute ist es zum Glück nicht so heiß wie gestern", versuchte sie sich herauszureden.

„Na, dann muss wohl das Thermometer defekt sein. Es zeigt nämlich konstante 38 Grad", entgegnete Gero und kratzte sich gedankenverloren am Nacken.

„Tja, da habe ich mich wohl getäuscht. Entschuldige, mir fällt gerade ein, dass ich etwas erledigen muss." Sie wusste, dass ihr Abgang einer Flucht gleichkam. Er war jedoch nicht nur ein Angestellter ihres Vaters, die beiden Männer waren auch befreundet. Es hätte ihr gerade noch gefehlt, wenn Gero ihm gegenüber erwähnen würde, dass sich seine Tochter zurzeit merkwürdig verhielt.

Den restlichen Nachmittag verbrachte Amber in ihrem Zimmer und nahm sich zum wiederholten Mal vor, Alec endgültig aus ihren Gedanken zu verbannen. Als das nichts brachte und sie es in ihrem Zimmer nicht mehr aushielt, beschloss sie, nach ihrer Großmutter zu sehen, die sich in der angenehm temperierten Küche aufhielt.

„Das ist der Rest. Richte Dora bitte aus, dass sie mich über die Entwicklung auf dem Laufenden halten soll."

Amber hielt überrascht inne und linste durch den Spalt der angelehnten Tür.

Mit wem sprach Rosalie, und wer war Dora?

Die füllige Gestalt ihrer Großmutter verbarg den Besucher, doch Amber erkannte ihn an seiner Stimme. „In Ordnung, Sie wissen ja, über wen ich zu erreichen bin."

Stille.

Erst als die Hintertür ins Schloss fiel, erwachte Amber aus ihrer Erstarrung, wirbelte herum und rannte durch den Vordereingang ins Freie. Sie hatte sich nicht getäuscht, der Fremde war Alec. Sie freute sich ihn wiederzusehen, doch die Umstände erschienen ihr ebenso merkwürdig wie bei ihrer ersten Begegnung vor wenigen Tagen.

„Hey Alec!", rief sie laut genug, dass er es hörte und stehen blieb. Außer Atem hielt sie vor ihm und musterte das kleine Päckchen in seiner Hand.

„Hallo Amber, was machst du hier?"

Seine Frage war so verrückt, dass sie Mühe hatte, ernst zu bleiben. „Die Frage ist doch wohl eher: Was machst du hier und was hat dir meine Großmutter gegeben?" Kaum hatte sie es ausgesprochen, wurde ihr mulmig. Wenn er ihre Großmutter kannte, wusste er, wer sie war? Was sollte sie tun? Die Lüge aufrechterhalten oder die Wahrheit sagen?

„Ich freu mich auch, dich zu sehen. Ich verdiene mir mein Geld mit Botengängen, schon vergessen?" Sein Grinsen traf sie unvorbereitet und brachte sie vollends aus dem Konzept. Er schien nicht sauer zu sein. Wusste er es demnach nicht? Oder wollte er sie nur nicht in Verlegenheit bringen? Egal was er wusste, wenn er die Lüge nicht ansprach, würde Amber ebenfalls dabei bleiben.

„Ich bin nur neugierig, warum jemand die Hintertür anstelle der Vordertür benutzt", erwiderte sie, interessiert zu erfahren, was in dem Päckchen war, und weil sie nicht wusste, was sie sonst sagen sollte, um ihn zum Bleiben zu bewegen.

„Irgendwie ergibt das zwar keinen Sinn, aber ich hatte gehofft, dir hier zu begegnen. Morgen beginnt mein Ferienjob, deshalb kann ich ab da nur abends. Wir wollten uns doch offiziell treffen", fügte er hinzu.

Sprachlos über seine Direktheit brauchte Amber einen Augenblick, bevor sie begriff, dass er sie gerade um eine Verabredung gebeten hatte.

„Ich bin mir nicht sicher, ob das eine gute Idee ist", warf sie ein, während ihr Blick erneut auf das dick mit Packpapier verschnürte Päckchen fiel. Eine schwache Duftmischung aus Salbei, Eberraute und Rosmarin stieg ihr in die Nase.

Alec trat einen Schritt auf sie zu und zwang sie dadurch, ihn anzusehen. Er lächelte mit den Augen, ebenso mit dem Mund, der nur wenige Zentimeter von ihrem entfernt war. Amber wurde es heiß und kalt.

„Wenn ich dir schwöre, dass weder ich noch deine Großmutter Drogendealer sind und sich nur ein paar selbstgemachte Salben und Tinkturen in dem Päckchen befinden, würdest du dann mit mir ausgehen?", raunte er mit dieser melodischen, sanften Stimme, die ihr durch und durch ging.

Seit jeher verkaufte ihre Großmutter, zum Leidwesen von Ambers Vater, selbst hergestellte Arzneien aus ihrem Kräutergarten. Dass sie nicht sofort daran gedacht hatte! Ihre Großmutter benutzte jedoch Glasbehälter mit Drehverschluss, es war unmöglich, die darin konservierten Kräuter zu riechen. Andererseits hatte Amber ihr Ziel erreicht und wusste nun, warum Rosalie Alec an die Hintertür bestellt hatte.

„Meine Großmutter ist im Moment etwas komisch, was Verabredungen angeht. Wenn es dir nichts ausmacht, wieder an Gero vorbei …"

„Wie wäre es heute Abend gegen 22 Uhr? Ich warte hinter dem Haus auf dich, okay?", unterbrach er sie mit einem Lächeln.

„Ich werde da sein“, antwortete Amber etwas atemlos. Wenn ihr Vater oder Rosalie davon Wind bekamen, dass sie sich mit einem fremden Jungen traf, würde sie ernsthaft in Schwierigkeiten geraten – doch das war ihr in diesem Moment egal. Dass Alec sich ihretwegen der Gefahr aussetzte, von Gero erwischt zu werden, machte dieses Date zu etwas ganz Besonderem.

Kapitel 4

Eine Stunde vor der vereinbarten Uhrzeit beschlichen Amber erste Zweifel, ob Alec tatsächlich Wort halten würde – und ob er erneut ungesehen an Gero vorbeikommen würde. Der Gedanke beschäftigte sie so sehr, dass sie sogar das gemeinsame Abendessen mit ihrer Großmutter abgelehnt hatte. Stattdessen stand sie ratlos vor ihrem geöffneten Kleiderschrank, der wie ihre Zimmereinrichtung in Weiß gehalten war. Bauchfreies Top und kurzer Rock oder Jeans und T-Shirt? Sie stand kurz davor, Sabrina anzurufen und deren Beistand zu erflehen, doch auf ein Date zu dritt, worauf ein solches Gespräch hinausgelaufen wäre, hatte sie absolut keine Lust. Selbst wenn es sich um ihre beste Freundin handelte; Amber wollte Alec für sich allein und seine Aufmerksamkeit mit niemandem teilen. Das Klingeln ihres Handys ließ sie zusammenzucken. Hatte Sabrina ihre Gedanken gehört? Besser sie sprach jetzt mit ihr, als morgen erklären zu müssen, warum sie nicht rangegangen war. Ihre Annahme, Sabrina sei am anderen Ende der Leitung und die Tatsache, dass es jemand anderes war, bescherten ihr eine Überraschung.

„He, was ist los?“

„Ich bin ganz in der Nähe, wollen wir uns treffen?“

Das war nicht Sabrina, stellte Amber unangenehm berührt fest. „Hallo Gregor, du ich, ähm, ja, weißt du …“, stotterte sie, während sie fieberhaft überlegte, wie sie ihn abwimmeln konnte.

„Komm schon, nur ein paar Minuten, um mich bei dir zu entschuldigen. Außerdem hab ich eine Einladungskarte dabei, die solltest du dir nicht entgehen lassen. Könnte sein, dass ich sie sonst jemand anderem schenke“, redete Gregor einfach weiter. Amber zog eine Grimasse, als sie ihn über seinen eigenen Witz lachen hörte. „Du, sorry, aber ich hab jetzt was vor. Gib die Karte einfach bei Gero am Tor ab, oder wirf sie in den Briefkasten. Ich melde mich in den nächsten Tagen bei dir, okay?", stieß sie genervt hervor.

„Was ist denn so wichtig, dass du mir nicht ein paar Minuten geben kannst?", ließ Gregor nicht locker, aber Amber ging nicht auf diese Provokation ein und klappte die Schutzhülle ihres Smartphones zu.

Ohne nachzudenken, griff sie zur ersten Jeans und einem T-Shirt. Hektisch musterte sie sich im Spiegel. Obwohl sie sich häufig in der Sonne aufgehalten hatte, war ihr Teint sehr hell – bis auf die roten Flecken auf den Wangen. Die hatte sie Gregor zu verdanken, der in seiner Hartnäckigkeit kaum zu überbieten war und ein Talent dafür besaß, Amber gegen ihn aufzubringen. Ihre helle Haut wiederum verstärkte die braune Farbe ihrer Augen, die ihre Großmutter als satten Erdton bezeichnete. Die Kleiderfrage war zu Ambers Zufriedenheit geklärt, aber was sollte sie mit ihren Haaren anstellen? Offenlassen, zum Zopf flechten oder besser hochgesteckt? Egal, dachte Amber. In der Dunkelheit wäre ihr Gesicht nur undeutlich zu erkennen und das Risiko, Rosalie oder gar ihrem Vater gestylt über den Weg zu laufen, umging sie so ebenfalls.

Sie schlich die gewundene Marmortreppe hinunter, an den eindrucksvollen Porträts ihrer Vorfahren vorbei, die mit strengen Mienen den Saal bis in den letzten Winkel auszuspähen schienen. Ein guter Beobachter hätte hinter dem gepflegten Äußeren der abgebildeten Personen die Abstammung aus der Arbeiterklasse erkannt, der Ambers Familie ursprünglich angehörte. An diesem Abend schienen Amber die Blicke ihres Vaters und die seines einstigen Freundes auf einem der Porträts missbilligend zu folgen. Sie verstand nicht, warum Rohloffs Abbild überhaupt an der Wand hing. Er gehörte, ebenso wie ihr Vater, einer der beiden Gründerfamilien an, die diese Insel einst besiedelt hatten, aber das war auch alles.

Amber hielt inne und musterte das Gemälde: Rohloffs tiefe, um die Mundwinkel eingegrabenen Falten, die kalten stahlgrauen Augen und der grausame Zug um die schmalen Lippen ließen ihren Vater im Vergleich wie einen netten Mann von nebenan wirken.

Hastig übersprang sie die beiden untersten Stufen und lief durch die dunkle Eingangshalle ins Wohnzimmer. Sie atmete tief durch, bevor sie die Terrassentür öffnete und ins Freie huschte.

Alec wartete bereits auf sie und trat aus dem Schutz einer Hecke, kurz bevor die automatische Außenbeleuchtung ausging. Er wirkte auf sie wie ein auf den richtigen Moment wartender Einbrecher, doch sein leises Lachen klang alles andere als gefährlich. Mit einem schnellen Blick zur Tür, die sie vorsichtshalber einen Spaltbreit offen gelassen hatte, schlich sie um den Pool herum. „Das ist nicht witzig. Ich stand kurz vor einem Herzinfarkt!", zischte sie.

„Tut mir leid, aber du hättest dein Gesicht sehen sollen. Als ob dich jeden Moment jemand anspringen würde", flüsterte er zurück.

Im Grunde fand sie das Ganze aufregend. Sich mit einem fremden Jungen direkt vor der Nase ihres strengen Vaters und ihrer überfürsorglichen Großmutter zu treffen, hatte nicht nur etwas Verbotenes, sondern auch etwas Anrüchiges. Einen Hauch von Gefahr und Abenteuer. Obwohl sie bezweifelte, dass Alec eine ernstzunehmende Bedrohung darstellte.

„Pass nur auf, ich kann immer noch um Hilfe rufen. Besser du benimmst dich."

„Jetzt machst du mir Angst", schoss Alec gutgelaunt zurück.

Amber grinste. Die Sorge, dass er nicht auftauchen oder ihn jemand erwischen könnte, hatte sich in Luft aufgelöst. Dennoch war es keine gute Idee, sich länger als nötig in unmittelbarer Nähe des Hauses aufzuhalten. „Und was jetzt?“, fragte sie aufgeregt.

„Jetzt schleichen wir uns an der Schlafmütze im Wachhaus vorbei; vorausgesetzt du traust dir zu, einen Schritt weiterzugehen. Zur Belohnung zeige ich dir meinen Lieblingsplatz.“

Die Vorstellung, die Strecke zwischen Haus und Tor weitestgehend ungeschützt zurücklegen zu müssen, behagte ihr nicht. Sollte sie ihn in ihr Geheimnis einweihen, von dem nicht einmal Sabrina etwas wusste?

Dass er ihr ein Schlupfloch anbot, einen eleganten Rückzieher zu machen, bestärkte sie in dem Glauben, dass es sich bei Alec nicht nur um einen interessanten, sondern auch um einen netten Typen handelte. Ihr Gefühl sagte ihr, dass sie ihm vertrauen konnte. Außerdem war sie für ihn die Enkelin der Haushälterin, und somit niemand, dessen Entführung sich lohnte.

„Denk nur nicht, dass ich so etwas nicht schon öfter getan habe. Hier geht’s lang“, stieß sie hervor, bevor sie es sich anders überlegte, und huschte an ihm vorbei. Am Ende der Hecke wechselte sie auf den Rasen neben dem Kiesweg.

Blühender Flieder und sorgfältig angelegte Rabatten, die sie mit Rosalie im Frühjahr entlang des niedrigen Holzzauns gepflanzt hatte, verbargen Gemüse- und Kräuterbeete. Seit jeher waren sie ihrem Vater ein Dorn im Auge. Seiner Ansicht nach zerstörten die Gewächse das Gesamtbild des ansonsten gepflegten Anwesens. Da der Nutzgarten aber im hinteren, kaum einsehbaren Teil lag, ignorierte er diesen Schandfleck, der Amber als Rückzugsort diente.

Sie näherte sich ihrem Versteck aus Kindertagen: einer Trauerweide. Eingebettet in eine hügelige, raue Landschaft, war der Baum zu einer stattlichen Größe herangewachsen. Anstatt unter den tief hängenden Ästen hindurchzuschlüpfen, blieb sie vor der hohen Hecke stehen, an einer Stelle, deren Besonderheit vom Haus aus nicht zu erkennen war.

Wer auch immer die Außenanlage gestaltet hatte, musste sich etwas dabei gedacht haben, zwei Büsche versetzt und dennoch eng beieinander zu pflanzen.

Zwischen beiden Hecken verborgen war eine geheime Gartenpforte angebracht, von der kaum jemand etwas wusste. Amber hatte nicht einmal Sabrina davon erzählt.

Als die Scharniere beim Öffnen quietschten, zuckte Amber erschrocken zusammen.

Die gedämpfte Straßenbeleuchtung und die weit entfernten Lichter der Stadt, die im Dunkeln an in der Luft schwebende Lichterketten erinnerten, faszinierten Amber immer wieder aufs Neue. Ein Hund bellte in der Ferne. Als sie am Nachbargrundstück vorübergingen, raschelte es neben Amber im Gebüsch und für einen Moment überkam sie das beklemmende Gefühl, beobachtet zu werden. Ängstlich blickte sie in die Richtung, aus der das Geräusch gekommen war.

„Ist was?", fragte Alec, der ihr ein paar Schritte voraus war und erst jetzt bemerkt hatte, dass sie langsamer geworden war.

„Ne, alles in Ordnung. Ich dachte nur … ach egal." Vermutlich waren ihre Nerven überreizt, redete sie sich ein, und schloss zu Alec auf, der auf sie wartete.

Drei Straßen weiter änderten sie erneut die Richtung. Alec übernahm die Führung und steuerte auf die Parkanlage zu, die Amber nur selten betrat.

Die asphaltierte Straße ging in Betonplatten über und endete kurz vor dem Eingang der Anlage. Noch immer angespannt begann Amber ein Spiel, ohne sich dessen bewusst zu sein. Sie setzte jeden Schritt mit Bedacht und achtete darauf, die quadratischen Platten nicht zu übertreten. Bisher war es ihr ohne Probleme gelungen, den Fuß exakt in der Mitte aufzusetzen.

Ein Fehltritt wäre ein schlechtes Omen, das sie die Nacht und vermutlich auch den darauffolgenden Tag verfolgen würde. Als ihr klar wurde, was sie tat, ärgerte sie sich darüber, dass sie einer Neigung aus Kindertagen nachgegeben hatte. Da sie nun einmal damit begonnen hatte, wollte sie es jedoch zu Ende bringen. Bevor sie den steinernen Rundbogen erreichte, hinter dem ein breiter Pfad durch den Park verlief, lagen noch etliche Platten vor ihr.

„Du kennst das Spiel? Vier rechts, vier links, nach vorne hin zulaufend", ertönte es neben ihr. Erschrocken brachte sie ihren linken Fuß dicht neben dem rechten in Sicherheit. Dass er sie erwischt hatte, gefiel ihr überhaupt nicht, doch seine Bemerkung war ihr als Ausrede gerade recht. „Klar. Ein altes Spiel, mit dem sich die Kinder früher auf den Straßen die Zeit vertrieben. Irgendwas mit Kreide, Zahlen und … ach, keine Ahnung." Sie zuckte mit den Schultern und warf ihm einen raschen Blick zu. Er war ebenfalls mitten auf einem Quadrat stehen geblieben. Sein verschmitztes Grinsen entlockte ihr ein Lächeln. Sie peilte die vor ihr liegende Steinplatte an und sprintete los in Richtung Torbogen. Alec machte es ihr nach. Verbissen kämpfte Amber um den Sieg. Sie nahm nichts außer dem leise klatschenden Geräusch der Gummisohlen auf Stein wahr und sein unterdrücktes Lachen, das sie zu Höchstleistung antrieb. Bei der letzten Platte verschätzte sie sich, strauchelte und hüpfte mit den Zehenspitzen voran über die Zielgerade.

Über ihr erhob sich ein steinerner Torbogen, der den Eingang des Parks markierte. Außer Atem sah sie sich nach Alec um, der nur wenige Sekunden später ankam und ihr einen überraschten Blick zuwarf. „Was war das denn? Werden wir verfolgt?"

„Quatsch, wer sollte sich um diese Uhrzeit freiwillig hier aufhalten? Außer uns Verrückten natürlich", fügte sie hinzu und wartete darauf, dass er sein Versprechen erfüllte und ihr seinen

Lieblingsplatz zeigte. Irritiert beobachtete sie ihn dabei, wie er seine Turnschuhe auszog, barfuß an einem der beiden Torpfeiler hochzuklettern begann und bald nur noch als Schatten erkennbar war.

„Hey, und was ist mit mir?" Ihre Stimme verlor sich in einem heiseren Flüstern und war durch den Wind, der plötzlich stärker geworden war, wohl kaum bis zu Alec vorgedrungen. Ängstlich blickte sie sich um. Auf einmal wirkten die verwaschenen Umrisse der Bäume und Hecken ebenso beängstigend wie umherstreifende Sicherheitsbeamte, die des Nachts durch die leeren Straßen patrouillierten. Schutzsuchend trat Amber näher an den Pfeiler heran. Zurücklaufen, ins Licht. Nach Hause. Dieser Gedanke war verlockend. Sie stand kurz davor umzukehren, als ein Windstoß die Blätter der angrenzenden Bäume zum Rascheln brachte. Für Amber hörte es sich allerdings an, als würden die Bäume ihr etwas zuflüstern: Sehnst du dich nicht nach Spaß und Nervenkitzel? Mit diesem Jungen wirst du all das erleben. Folge deinem Wesen und lass dich von deinem Instinkt leiten. Kämpfe gegen die Fesseln, die dich gefangen halten!

Amber schnappte überrascht nach Luft und lauschte angespannt, doch die Stimmen in ihrem Kopf waren verstummt, als sich der Wind gelegt hatte. Vermutlich hatten ihre überreizten Nerven ihr einen Streich gespielt.

Sie seufzte, entledigte sich ihrer Sneaker und stellte sie neben Alecs abgetragene Schuhe, deren rechte Sohle sich abzulösen begann. Beim Anblick der rauen Gesteinsbrocken stieg ein mulmiges Gefühl in ihr auf, das sich kurz darauf bestätigte, als sie sich einen Riss an der aufgesetzten Seitentasche ihrer Jeans zuzog. Bereits nach wenigen Minuten wünschte sie sich, Alec nicht wagemutig gefolgt zu sein. Nicht nur, dass ihre Füße schmerzten, mit denen sie an den vorstehenden Steinen nach festem Halt suchte. Amber brach vor Anstrengung der Schweiß aus. Mit verkrampften Fingern ertastete sie die vorstehenden Kanten. Ihre Gliedmaßen spielten sich weitaus schneller aufeinander ein als ihr Gleichgewichtssinn; sie fühlte sich leicht schwindlig und desorientiert. Trotz des vom Meer her wehenden Windes wurde es ihr rasch zu warm. Obwohl sie den Pfeiler auf vier Meter Höhe schätzte, kam es ihr vor, als würde sie bis in alle Ewigkeit weiterklettern und irgendwann mit dem Kopf durch eine der tief hängenden Wolken stoßen.

Das Erste, das sie von Alec zu Gesicht bekam, waren seine Füße, die gefährlich nah über ihrem Kopf in der Luft baumelten. Während des Endspurts heftete sie den Blick an seine Waden, seine Oberschenkel und seinen Oberkörper. Mit einem trockenen Bauchplatscher, die Nasenspitze nur wenige Zentimeter von seiner ausgestreckten Hand entfernt, robbte sie ungelenk neben ihn. Am liebsten hätte sie sich auf den Rücken gedreht und von den Strapazen des Kletterns erholt. In der Dunkelheit hätte sie allerdings leicht über den schmalen Rand rutschen können. Deshalb begnügte sie sich mit einer kurzen Atempause; verwundert, dass Alec sich auffällig still verhielt.

„Ist das dein Lieblingsplatz?“

Anstatt ihr zu antworten, rückte er näher, bis ihre Hände sich berührten. Amber genoss die unerwartete Annäherung und ließ ihren Blick in die Ferne schweifen.

Außerhalb der hohen Stadtmauer, die die Insel nur bedingt vor den Herbststürmen schützte, und in der Dunkelheit verborgen, lagen ausgedehnte Weideflächen. Dahinter breitete sich das unberührte zerklüftete Hochland aus, das auf Amber seit jeher eine starke Faszination ausübte. Ein Vulkanausbruch und anschließenden Erdbeben vor rund 400 Jahren waren schuld daran, dass ein Großteil des flachen Landabschnittes außerhalb der durch hohe Wälle geschützten Stadt unwiderruflich im Meer versunken war und die ursprüngliche Fläche um mehr als die

Hälfte reduziert hatte. Heute galt ein Teil des Landesinneren als Naturschutzgebiet, als Rückzugsort vom Aussterben bedrohter Tier- und selten gewordener Pflanzenarten.

Allein der Gedanke, dass etwas von der Ursprünglichkeit der Insel erhalten geblieben war, beschwor in Amber ein Hochgefühl herauf, das ihr ein Lächeln entlockte.

Sie wandte den Kopf. Der Anblick war atemberaubend und entlohnte sie für jedwede Strapaze.

Tief unten lag die schlafende Stadt wie auf einer Picknickdecke ausgebreitet. Die scharfen Konturen der ineinander übergehenden Wohnblocks entlang der Stadtmauer, das Industriegebiet mit seinen hohen Schornsteinen, die Straßen, Parkplätze, beleuchteten Haltestellen und gläsernen Wolkenkratzer; das alles hatte sich in eine zerklüftete, hell erleuchtete Miniaturlandschaft verwandelt, die zur Mitte hin ein Tal bildete. Fasziniert beobachtete Amber, wie die Lichter der einzelnen Viertel nach und nach erloschen. Nur die Straßenbeleuchtung blieb eingeschaltet und warf ein filigranes Netz aus winzigen Lichtern über die Stadt.

„Na, hab ich dir zu viel versprochen? Schau genau hin ..." Alecs Stimme klang durch den Wind gedämpft, verträumt und eindringlich zugleich.

Die Aussicht, jeden Moment Zeuge eines weiteren unerwarteten Ereignisses zu werden, verursachte Amber eine Gänsehaut. Ihre Konzentration verlagerte sich auf das Tal. Das verkrustete Gestein und die darauf befindliche steinsalzfördernde Fabrik strahlten selbst bei Tageslicht etwas Unheimliches aus.

Das alte Gebäude zeugte von einem dunklen Kapitel in der Geschichte von Aberness und diente als Mahnmal der Naturkatastrophe, die die Insel einst gewaltsam aus den Fugen gerissen hatte.

Im hellen Mondschein flackerten winzige schillernde Lichter auf. Weitere folgten, verteilt über das ganze Areal, gleichsam einem wuselnden Glühwürmchenschwarm. ‚Aus der Mitte entspringt ein Fluss' – der Titel des US-amerikanischen Spielfilms mit Robert Redford erschien ihr passend. Amber dachte nicht mehr daran, dass sie sich mehrere Meter über dem Boden befand. Neugierig richtete sie sich auf, um besser sehen zu können. Alec half ihr, als sie sich in eine bequeme Sitzposition hocharbeitete. Er beließ seine Hand auf ihrem nackten Arm. Amber vergaß zu atmen. Von der Stelle, die er berührte, breitete sich ein warmes Kribbeln über ihren Körper aus. Zu allem Überfluss spürte sie, wie ihr die Hitze in die Wangen stieg.

„Wusstest du, dass, lange Zeit vor der Besiedelung durch die Menschen, diese Insel Heimat der Moorhexen und Selkies war, deren zahlreiche Nachkommen noch immer hier leben?", raunte Alec geheimnisvoll.

„Ähm, ich glaube, jedes Kind kennt diese Geschichte über Aberness. Seehunde, die sich an Land in attraktive Männer verwandeln, trafen auf Moorhexen und sind Liebesbeziehungen mit ihnen eingegangen. Kein Wunder, dass sie ausgestorben sind", entgegnete sie lächelnd.

„Na ja, mit Magie lässt sich bestimmt Einiges anstellen. Einfach aussterben, das klingt viel zu gewöhnlich. Man sagt, dass an der Stelle, an der ein hohes Glimmeraufkommen zu verzeichnen ist, ein Eingang existiert, der auf direktem Weg zum Herz der Insel führt. Angeblich hält es die Magie vieler Hexen und Selkies am Schlagen."

Die Begeisterung in seiner Stimme, als würde er wirklich daran glauben, irritierte Amber. Sie schüttelte den Kopf und erinnerte sich zu spät daran, dass er es nicht sehen konnte. „Mal ehrlich, du solltest nicht alles glauben, was du darüber hörst. Wäre es so, stände es bestimmt in der Stadtchronik. Steht es aber nicht."

Da Alec schwieg, war sie sich nicht sicher, ob er verstand, was sie meinte. Deshalb kramte sie in ihrem Wissen. „Glimmer ist einfach nur ein Schichtsilikat, das sich durch den Ausbruch des Vulkans tief im Inneren gebildet hat und nach einem späteren Erdbeben zum Vorschein gekommen ist." Kaum ausgesprochen war ihr die altkluge Erklärung peinlich. Alec hatte sie in eine Welt des Zaubers und der Magie entführt, deren Leichtigkeit sie mit ihren unbedachten Worten zerstört hatte. Sie warf einen bedauernden Blick hinunter ins Tal, aber die Faszination war endgültig dahin. Das hatte sie gründlich versaut. So konnte sie sich Jungs auch vom Hals halten. Amber war sich sicher, dass Alec sie auf kein zweites Date einladen würde. Sie gehörte einfach nicht zu den Mädchen, die sich nach außen ausschließlich von ihrer Schokoladenseite zeigten. Es tat ihr leid, dass sie die Vertrautheit zwischen ihnen zerstört hatte. Sie brachte es aber nicht über sich, sich für ihre unbedachten Worte zu entschuldigen.

Da war jedoch noch etwas: das Gefühl von Verlust. Eine unbeschreibliche Sehnsucht schien aus ihrem Inneren zu kommen und löste in ihren Fingerspitzen ein seltsames Kribbeln aus. Gedankenverloren rieb sie die Hände an ihrer Jeans. Das seltsame Gefühl verschwand.

Nachdem Alec sie zur Villa zurückbegleitet hatte und in der Dunkelheit verschwunden war, spürte sie noch lange den Nachhall seiner Nähe.

Kapitel 5

Das Brausen des Windes weckte Amber noch vor dem Morgengrauen. Schlaftrunken stand sie auf und tappte barfuß zum geöffneten Fenster. An lauen Abenden saß sie oft auf dem Außensims und sah über das von hohen Hecken eingefasste Grundstück hinweg auf die Bungalows, die die Hauptstraße wie aufgefädelte Perlen säumten. In der Dunkelheit sah Amber nur die spärliche Straßenbeleuchtung, die gedämpften Lichter in den Fenstern und die düsteren Schatten der Bäume. Die Straße wirkte auf sie wie die riesige abgeworfene Haut einer Schlange.

Stickig warme Luft wehte Amber entgegen und verstärkte das dumpfe Pochen hinter ihrer Stirn, das sie immer überfiel, wenn das Wetter wilde Kapriolen schlug. Als die ersten Regentropfen fielen, schloss sie den Fensterflügel und beobachtete, wie der Regen in ungezähmtem Rhythmus gegen die Scheibe prasselte. Ihr Blick glitt zur Wanduhr über dem Schreibtisch, deren Display 4:30 anzeigte. Wären keine Sommerferien, hätte sie die Zeit bis zum regulären Aufstehen mit Duschen und einem ausgiebigen Frühstück überbrückt. Der aufblitzende Gedanke, zu dieser frühen Stunde durch das Haus zu geistern, war keine Option, die ihr gefiel.

Sie fröstelte, obwohl es in ihrem Zimmer warm war, zog ihr Shirt über der Brust zusammen und tapste zum Bett zurück. Eingewickelt in das dünne Laken, das sie am Fuße des Bettes zurückgelassen hatte, massierte sie ihre Schläfen in kreisförmigen Bewegungen. Nach zehn Minuten verspürte sie noch immer keine nennenswerte Besserung. Die Eiswürfel in ihrem Wasserglas auf dem Nachttisch waren längst geschmolzen; trotzdem trank sie den Rest in einem Zug aus und zog eine Grimasse. Das Wasser schmeckte abgestanden und war eindeutig zu warm. Um das

Glas im angrenzenden Bad aufzufüllen, fehlte ihr allerdings die Energie. Rücklings ließ sie sich auf die Matratze sinken, stopfte ein Kissen unter ihren Nacken und schlief ein.

Amber erwachte erst gegen Mittag wieder. Das Wetter hatte sich beruhigt, die Sonne schien und trotz des erfrischenden Regens litt sie weiterhin unter Kopfschmerzen. Lustlos streifte sie durch die Villa und schmuste mit Sally, Rosalies schwarzer Katze, die die meiste Zeit zusammengerollt in der Küche auf dem Fensterbrett schlief. Am Ende landete Amber wieder in ihrem Zimmer vor dem Fernseher, in der fragwürdigen Gesellschaft einer Tüte Chips und einer Flasche Cola. Dass sie das große Haus für sich allein hatte, kam ihrem elenden Zustand entgegen. Amber fühlte sich nicht in der Lage, oberflächliche Konversation zu betreiben. Deshalb war sie froh, dass sich ihr Vater, wie so oft in letzter Zeit, auf einer Konferenz befand, die vermutlich bis spät in die Abendstunden dauern würde.

Amber kannte seinen Standpunkt zur Genüge: Trotz der anstehenden Wahlen wollte ihr Vater seine Arbeit kompromisslos fortführen. Entgegen dem steigenden Druck in den eigenen Reihen sprach er sich weiterhin gegen den Bau des Freizeitparks aus. Er fühlte sich mit der Insel verwurzelt und für sie verantwortlich. Die geteilte Meinung über die Zukunftspläne des Inselstaates hatte die Bevölkerung in zwei Lager gespalten und führte inzwischen zu öffentlichen Auseinandersetzungen. Dennoch ging für Amber das Leben seinen gewohnten Gang – zumindest dann, wenn sie nicht mit Alec zusammen war.

Das Klingeln ihres Smartphones scheuchte sie aus ihrer düsteren Stimmung auf. Ohne den Blick vom Bildschirm abzuwenden, auf dem gerade eine billige Talkshow lief, griff sie nach ihrem Smartphone. Als sie seinen Namen auf dem Display las, vergaß sie die Fernsehdebatte. Ihr Herzschlag beschleunigte sich.

„Wie geht's dir? Bist du, ohne dich erwischen zu lassen, in dein Zimmer gekommen?" Alec klang gut gelaunt. Als hätte der Dauerregen, der bis in die Nachmittagsstunden angehalten hatte, nur ihr aufs Gemüt geschlagen.

„Ja, klar. So wie du klingst, hat dich auch niemand aufgegriffen", entgegnete sie.

„So schnell lasse ich mich von niemandem erwischen. Hab ja inzwischen einiges an Übung. Weshalb ich eigentlich anrufe, hast du Lust auf eine nächtliche Schwimmeinlage? Ich kenne einen Pool ganz in deiner Nähe, der sich dafür anbieten würde."

Amber freute sich, dass er ihre Leidenschaft für das Schwimmen teilte, und nickte bei der Aussicht, einen weiteren Abend mit ihm zu verbringen.

„Natürlich nur, wenn du nichts anderes vorhast", missdeutete er ihr Schweigen.

„Lass mich kurz nachdenken. Also, da wären die Party, auf die ich eingeladen bin, ein Essen in einem angesagten Gourmet-Restaurant in der Stadt und nicht zu vergessen, ein Pyjama-Abend bei meiner Freundin Sabsi. Aber ja, ich habe Zeit. Wann soll es losgehen?"

Sein gedämpftes Lachen klang wie Musik in ihren Ohren und zauberte ein Lächeln auf ihre Lippen.

„Bevor du vor Langeweile deine Unterlippe zerbeißt: ich wäre so gegen elf da. Meinst du, du kommst an deiner Großmutter vorbei, oder muss ich einen Einbruch fingieren, der sie vom Pool fernhält?"

„Nicht nötig. Das wird funktionieren. Sonst noch etwas?", fragte sie hastig. Sie traute ihm durchaus zu, dass er seinen Vorschlag in die Tat umsetzte, aber das musste sie ihn nicht unbedingt wissen lassen.

„Das wär`s schon, dann bis heute Abend."

„Ja, bis später", wisperte sie. Am liebsten wäre sie während des Abspanns zur Musik durch das Zimmer getanzt. Ihre Migräne hielt sie jedoch davon ab und war ein Problem, das sie mit einer in Mineralwasser aufgelösten Schmerztablette behob.

Am Abend stand sie in ihrem türkisfarbenen Bikini in der geöffneten Terrassentür und spähte hinaus in die Dunkelheit. Amber wartete, bis der Nachtwächter, den ihr Vater zum Schutz des Grundstücks eingestellt hatte, seinen stündlichen Kontrollgang absolviert hatte. Erst dann schaltete sie den Bewegungsmelder der Außenbeleuchtung aus. Gleich darauf hörte sie ein verdächtiges Plätschern, das sich deutlich von den Geräuschen des Filtersystems unterschied. Entschlossen, aber auch mit einer gehörigen Portion Herzklopfen, tapste sie über die Terrasse. Die Granitplatten hatten die Hitze des Tages wie ein Schwamm aufgesogen. Am Rand des Pools ging sie in die Hocke und prüfte mit dem Zeh voran die Wassertemperatur. Amber glitt vom Beckenrand langsam ins kühle Nass. Sie zog scharf die Luft ein und tauchte beherzt unter, bis das unangenehme Gefühl der Kälte verschwand.

Alecs kläglicher Versuch, das Quaken eines Froschs nachzuahmen, um sie auf sich aufmerksam zu machen, entlockte ihr ein Grinsen. Vor ihr bewegte sich ein Schatten. Sie hielt direkt auf ihn zu und tauchte unter, um hinter ihm wieder hochzukommen. Unter Wasser wirkte jedoch alles verschwommen. Sie verschätzte sich, prallte gegen Alecs ausgestreckten Arm, erschrak und verschluckte sich prompt. Würgend kam sie an die Oberfläche zurück und trat auf der Stelle. Er lachte und umschloss ihren Ellenbogen. Amber genoss die Berührung. Sie jagte ihr einen Hitzeschauer durch den Körper.

„Alles okay?", fragte er leise.

„Ja klar."

„Seiner gerechten Strafe entkommt niemand. Ein Frosch in Not lässt dich offenbar völlig kalt", witzelte er.

„Wieso? Frösche können doch schwimmen."

„Dieser nicht. Morgen früh treibt er vermutlich auf der Wasseroberfläche. Alle viere von sich gestreckt", fügte er trocken hinzu.

Lächelnd schwamm sie dicht an ihm vorbei, wandte den Kopf und erwiderte: „Dann hättest du besser das arme Tier retten sollen, anstatt dich mir in den Weg zu stellen."

„Ich dachte, du wärst der Frosch. So unbeholfen, wie du im Wasser herumdümpelst", konterte er, machte einen kraftvollen Zug und war wieder auf gleicher Höhe mit ihr. Sie fühlte sich seltsam beschwingt, fast übermütig. Es fiel ihr schwer, sich in seiner Nähe zu konzentrieren.

„Danke, dein Kompliment nehme ich zur Kenntnis", schoss sie gut gelaunt zurück, ohne den Beckenrand aus den Augen zu lassen. Mit voller Wucht mit dem Kopf dagegen zu stoßen, hätte ihr gerade noch gefehlt.

Seite an Seite zogen sie gemächlich Bahn für Bahn und Amber hatte das Gefühl, als würden sie synchron schwimmen – was nicht an ihr lag, da sie dicht am Beckenrand begonnen hatte und sich nun in der Mitte des Pools befand.

Im Element Wasser fühlte sie sich leicht wie eine Feder, gleichsam schwerelos und unangreifbar. Sie tauchte bis zum Beckenboden, berührte die glatten Kacheln und hielt den Kopfstand so lange wie möglich. Gleich darauf drückte sie sich ab und durchbrach wie ein angespitzter Pfeil die Wasseroberfläche. Während Alec jede ihrer Bewegungen aufmerksam mitzuverfolgen schien, lauschte sie verträumt dem vielstimmigen Zirpen der Grillen und fühlte sich rundherum zufrieden.

„Ich wusste gar nicht, dass du so lange Luft anhalten kannst", sagte er und brach damit das einvernehmliche Schweigen.

Amber verlagerte ihr Gewicht auf den Beckenrand und bewegte behutsam ihre ausgestreckten Beine unter Wasser. „Ach, das ist keine große Sache. Ich tauche halt gern“, sagte sie verwundert.

„Ja, klar, aber du warst mindestens sechs Minuten ohne Sauerstoffzufuhr.“

„Quatsch, es waren höchstens fünf.“

Ihr Lachen war echt, seines gekünstelt, als wäre seine Frage ernst gemeint. Sie wollte nachhaken, warum er sich plötzlich so seltsam verhielt, als der Nachtwächter auf der Veranda auftauchte, verblüfft innehielt und wieder kehrtmachte, um die Außenbeleuchtung der Terrasse zu überprüfen, deren Notbeleuchtung Amber ebenfalls ausgeschaltet hatte.

„Verdammt, der ist viel zu früh dran“, murmelte Amber. Er war nicht nur zu früh, er kam auch noch auf sie zu. Panik erfüllte Amber. Es war ihr egal, wenn sie Ärger bekam, obwohl sie darauf keine große Lust hatte. Sie wollte aber auf keinen Fall, dass Alec in Schwierigkeiten geriet. „Komm mit!“, flüsterte sie, zog an seinem Arm und schwamm auf die hintere linke Ecke des Pools zu. Die Beckenrandbeleuchtung war an dieser Stelle defekt und tauchte alles, was sich in ihrer Nähe befand, in Schatten. Es bot ein ideales Versteck. Amber schob Alec bis zum Rand und drückte sich schützend an ihn. Sollten sie erwischt werden, würde der Nachtwächter nur sie sehen. Alec hatte die Möglichkeit abzutauchen. Sie lauschte den Schritten, die leise von den Steinplatten widerhallten. Automatisch hielt sie den Atem an und blickte Alec tief in die Augen. Amber hoffte, dass er verstand, was sie ihm sagen wollte: Hoffentlich begriff er, dass sie unbedingt verdächtige Geräusche vermeiden mussten. Nur eine Handbreit trennte ihre Nasenspitzen voneinander. Ihr Knie stieß immer wieder gegen seinen Oberschenkel. Hitze erfasste ihren Körper und ließ ihre Wangen glühen. Ist das der richtige Moment für einen Kuss?, fragte sich Amber nervös. Ein Niesen unterbrach ihre Gedanken. Es kam aus derselben Richtung wie die Schritte, klang aber dumpfer. Der Wachmann musste bereits auf dem Rückweg sein. Amber schwamm zum Rand und sah ihre Vermutung bestätigt. Das war genug Aufregung und Verwirrung für einen Abend, dachte sie und machte Anstalten, sich am Beckenrand hochzuziehen. Alec kam ihr zuvor. Er kletterte aus dem Pool, ergriff ihren Arm und schob sie, kaum, dass sie aus dem Wasser war, in Richtung Haus. „Pass bloß auf, dass dich niemand sieht."

Offenbar spielte er darauf an, dass sie die Enkelin der Haushälterin war. Er dachte wohl, dass sie den Pool nicht benutzen durfte. Sie schüttelte seine Hand ab und wandte sich zu ihm um. „Rosalie schläft wie ein Stein. Sieh lieber zu, dass du von hier verschwindest."

Amber hatte den Eindruck, dass Alec ihr nicht zuhörte.

Er starrte gedankenverloren auf ihre Hand. Sie rieb sich die juckende Stelle am Arm – dort, wo er sie berührt hatte. Amber warf ihm einen letzten Blick zu, verschwand durch die Terrassentür ins Haus und hüllte sich, enttäuscht über das abrupte Ende ihres kleinen Abenteuers, in ihren flauschigen Bademantel.

Kapitel 6

Amber ließ die Bürste durch ihr feuchtes Haar gleiten. Wenn sie die Augen schloss, sah sie Alec vor sich, so nah wie im Pool. Sie hatte sich den Ausgang des Treffens anders vorgestellt. Vielleicht ein gestohlener Kuss oder ein intensiver Blickwechsel. Obwohl er nichts dafür konnte, gab sie Alec indirekt die Schuld daran, dass er sie an ihre Lüge erinnert hatte, die Enkelin der Haushälterin zu sein. Sie hatte mit dem Gedanken gespielt, den Sachverhalt aufzuklären, doch irgendwie war nie der passende Moment gewesen.

Auf sich selbst wütend, lief sie die Treppen hinauf und huschte in ihr Zimmer. Es kam nicht oft vor, dass sich Amber nach ihrer Mutter sehnte – dafür kümmerte sich ihre Großmutter zu gut um sie. Jetzt wäre sie jedoch froh gewesen, eine Mutter zu haben, mit der sie über ihre verwirrenden Gefühle reden konnte. Amber fühlte sich im Umgang mit Jungs unsicher und schob diesen Umstand gern auf ihre überbehütete Erziehung. Deswegen sprach sie auch mit Sabsi nicht gern über das männliche Geschlecht. Dumm, dass sie sich mit ihrer Mutter nicht verstand. Isabel war eine selbstsüchtige Person, die Amber und ihren Vater kurz nach ihrer Geburt verlassen hatte, ohne im Geringsten daran zu denken, wie sehr sie ihre Familie damit verletzte. Isabel hatte Ambers Vater während seines Studiums kennengelernt. Ein Partygirl aus gutem Haus und ein zurückhaltender, strebsamer Jurastudent aus ärmlichen Verhältnissen. Die einzige Gemeinsamkeit, die das Paar damals verband, war Aberness, die Insel, auf der sie beide geboren waren.

Manchmal beneidete Amber Isabel um ihren Freigeist, sich letzten Endes für eine Zukunft zwischen Blumentöpfen und dem strengen Geruch nach feuchtem Torf entschieden zu haben. Meistens sah Amber es jedoch eher als einen Akt des Widerstands an. Mit Blumensträußen ließ sich weder viel Geld verdienen noch trug es zum gesellschaftlichen Ansehen bei, dem, zumindest in ihrem Umfeld, ein hoher Stellenwert zukam. Plötzlich überkam Amber ein merkwürdiges Gefühl. Es fühlte sich an wie Einsamkeit. Eine schmerzhafte Leere, als wäre ein wichtiger Teil von ihr nicht dort, wo er hingehörte.

Seit sie mit Alec befreundet war, empfand Amber die Abgeschiedenheit, die sie umgab, und die damit einhergehende Einsamkeit als unerträglich. Je länger sie mit ihm zusammen war, umso stärker wurde das unwiderstehliche Verlangen, sich gegen die festen Regeln und Erwartungen ihres Vaters aufzulehnen.

Amber saß neben Alec im Schutz der Trauerweide, ihrem bevorzugten Treffpunkt, der sie vor der Außenwelt verbarg. Seit er sich in der Dämmerung durch die Hinterpforte auf das Grundstück geschlichen hatte, wirkte er nachdenklich; Seine dunklen Haare sahen nicht nur zerzauster aus als sonst – das hätte sie dem Wind zugeschrieben – sie wirkten ungepflegt. Er sah aus, als hätte er die letzte Nacht im Freien verbracht. Amber hatte in Erwägung gezogen, ihn darauf anzusprechen, doch sie wollte ihn nicht verletzen und hatte nicht die richtigen Worte gefunden. Einige peinliche Dinge blieben besser unausgesprochen. Andere wiederum kamen von allein und höchst ungelegen zum Vorschein. Wie ihr Kindheitstick, an ihrer Unterlippe zu knibbeln, vorzugsweise dann, wenn sie es nicht gebrauchen konnte.

„Was treibst du eigentlich?“ Ihr Kinn berührte den Stoff seines T-Shirts, das wie er nach Meer roch. Neugierig schaute sie ihm über die Schulter und beobachtete den zitternden Lichtkegel der Taschenlampe, der sie an Sallys Spiel erinnerte.

Ihre Mitbewohnerin jagte mit Vorliebe einer Maus oder eben einem Laserpointer hinterher. Doch hier gab es keine verspielte Katze, sie waren allein und Amber schaute bereits seit einer Weile zu, wie Alec den Stamm mit einem Taschenmesser bearbeitete. Da er ganz in seine Arbeit vertieft schien, zog sie die Nase kraus. „Okay, wenn du fertig bist mit dem, was auch immer du tust, weck mich einfach."

Demonstrativ knautschte sie ihren Rucksack zusammen, mit dem sie alles für das nächtliche Picknick herausgeschmuggelt hatte, und ließ ihren Kopf darauf sinken. Minuten vergingen, in denen sie tat, als wäre sie tatsächlich eingeschlafen. Endlich nahm sie eine Bewegung wahr und öffnete vorsichtig ein Auge. Alec lag auf dem Bauch neben ihr und stützte sich auf die Ellenbogen. Außerhalb des Lichts, dass das dichte Blätterwerk aufleuchten ließ, lag sein Gesicht im Dunklen. Warmer Atem mit einem Hauch Ingwer streifte ihre Wange.

„Jeder sollte in seinem Leben Spuren hinterlassen. Sie sind wie Erinnerungen. Nein, besser, sie geraten nicht in Vergessenheit, sie haben Bestand."

Obwohl sie seiner melodischen Stimme hingebungsvoll lauschte, ärgerte es sie, dass er mit ihr sprach, als würde er sich mit einem unwissenden Kind unterhalten. Dabei wusste sie, was er meinte. Für ihren Vater waren Besitz und Eigentum das größte Gut. Vorhandenes Vermögen, das mit Hilfe der Bank, Aktien und Wertpapiere eine solide Grundlage für Wachstum bildete. Ebenso wichtig war ihm sein gesellschaftliches Ansehen, das er wie einen Heiligenschrein bewahrte und pflegte.

Amber hingegen waren diese Dinge unwichtig. Vielleicht überkam sie deshalb hin und wieder das Gefühl, als hinterließe sie keinerlei Spuren. Eines Tages würde sie in die übergroßen Fußstapfen ihres Vaters treten und unweigerlich darin versinken.

„Lass mal sehen." Sie wollte wissen, was so wichtig war, dass Alec es in einem Stamm verewigte.

Der Lichtkegel wanderte über das Moos am Boden, über die blasslila Blume hinweg, die Alec ihr mitgebracht hatte. Im ersten Moment hatte sie vermutet, dass es sich, wenn auch hübsch anzusehen, um Unkraut handelte. Inzwischen lag die Pflanze durch den Wassermangel kraftlos am Boden. Amber nahm sich vor, sie zwischen den Seiten eines Buches zu trocknen. Gelangweilt beugte sie sich vor und strich mit der Fingerkuppe über die winzigen Blüten. Das Licht der Taschenlampe glitt am Stamm hinauf und beleuchtete die Konturen zweier Namen, die aussahen, als hätten sie sich in einem Fischernetz verfangen.

Ein warmes Gefühl breitete sich in ihrem Inneren aus. Seit ihrer ersten Begegnung in der Einfahrt hatte sie gespürt, dass Alec und sie etwas miteinander verband. Amber fragte sich, ob die eingeritzten Namen ein Beweis dafür waren, dass Alec dasselbe empfand. Dass er Gefühle für sie hatte, wusste sie. Welche genau das waren, darüber war sie sich noch immer nicht im Klaren. Außerdem war sie unsicher, ob es gut wäre, ihre Zusammenkünfte für eine kurzweilige Sommerschwärmerei aufs Spiel zu setzen.

Alec drehte sich ihr zu und der Gedanke verschwand ebenso schnell wie er gekommen war. „Hey, schläfst du etwa ein?", neckte er sie.

„Kommt darauf an, was du vorhast, bevor die Nacht um ist", rutschte es ihr belustigt heraus. Sein warmer Atem strich über ihre erhitzte Wange und Amber hielt die Luft an. Sie ahnte, was er vorhatte, und wünschte sich den Ausdruck in seinen Augen erkennen zu können. Dabei glaubte sie bereits zu wissen, was sie darin lesen würde: Zuneigung und Wärme. Manchmal, wenn er sich unbeobachtet fühlte, erkannte sie auch etwas Sorge darin, und es kam ihr vor, als ob diese ihr galt.

All das hatte in diesem Moment allerdings keine Bedeutung. Sein Kuss verwandelte ihre Welt in ein schillerndes Feuerwerk bunter Farben und verwirrender Gefühle. Sie wollte diesen intensiven Augenblick auskosten und fuhr ihm durch die zerzausten Haare, die sich unter ihren Fingern samtig anfühlten. Amber schlug das Herz gegen die Brust. Das Rauschen in ihren Ohren dämpfte die Geräusche der Umgebung. Ein glückliches Lächeln umspielte ihre Lippen. Offenbar hatte er das Klopfen ihres Herzens gespürt, denn sein zuvor sanfter Kuss wurde drängender und raubte ihr den Atem. Die Angst, dass er mehr von ihr fordern könnte als sie bereit war zu geben, gepaart mit einem seltsamen Prickeln auf ihrer Haut, riss sie aus ihrer Benommenheit. Ihre Sorge, dass er ihren jähen Rückzug falsch auffassen könnte, erwies sich als unbegründet. Anstatt sie zu bedrängen oder sauer zu reagieren, zog er Amber beschützend an sich. Ihr Blick fiel auf die Pflanze, die sich im Lichtkegel der auf dem Boden liegenden Taschenlampe befand und jetzt aussah, als hätte Alec sie gerade gepflückt. Sie blinzelte und schrieb diesen Umstand den veränderten Lichtverhältnissen zu. Geborgen in Alecs Armen, lauschte sie dem schnellen Pochen seines Herzens und genoss es, ihm nahe zu sein. Auf dem kurzen Weg zurück zur Villa fühlte sich alles seltsam unwirklich an. Erst als Alec ihr ihren Rucksack überreichte und sie ein letztes Mal sanft an sich zog, kehrte sie langsam wieder in die Realität zurück.

Kapitel 7

Alec hatte Amber versprochen, sich am Morgen bei ihr zu melden, doch er rief nicht an. Sie probierte mehrmals ihn zu erreichen, aber ihre Anrufe gingen ins Leere. Den ganzen Tag über war Amber unruhig und ging sowohl Rosalie als auch ihrem Vater aus dem Weg. Ihre Lüge, noch immer unter leichten Kopfschmerzen zu leiden, bot ihr ein Schlupfloch, in Ruhe gelassen zu werden. Einen Großteil ihrer Zeit verbrachte sie mit dem Versuch zu lesen oder döste wie ein verwundetes Tier zusammengerollt auf ihrem Bett.

Kaum war es dunkel und sie sich sicher, dass ihre Großmutter nicht mehr nach ihr sehen würde, schlich sie aus der Villa. Nachdem sie zwei Stunden regungslos im Schutz der Weide auf Alec gewartet hatte, kehrte sie enttäuscht in ihr Zimmer zurück. Früh wie selten schlüpfte sie unter die Bettdecke und dachte an den vergangenen Abend zurück: Alec hatte sie bis zur Hintertür begleitet, sie zum Abschied noch einmal zärtlich geküsst und war anschließend davongeschlendert. Egal wie oft sie die Szene Revue passieren ließ, es gab keine Anzeichen, die darauf hindeuteten, dass er durch ihre Zurückhaltung genervt oder enttäuscht gewesen wäre und ihr deshalb aus dem Weg ging. Sie redete sich ein, dass Alec bestimmt etwas dazwischen gekommen sei. Allerdings erklärte es nicht, warum er sie nicht angerufen hatte und nicht zu erreichen war. Hatte er am gestrigen Abend mehr von ihr erwartet? Oder war sein Annäherungsversuch nur ein schlechter Scherz gewesen? Hatte er mit seinen Freunden gewettet, dass er eins von den reichen Mädchen küssen würde? Das war Unsinn, sie hatte eindeutig zu viele schlechte Teeniefilme gesehen. Ahnte Alec, dass sie die Tochter des Gouverneurs war?

Irgendwann musste sie eingenickt sein, denn als sie die Augen öffnete, fielen warme Sonnenstrahlen in ihr Zimmer.

Amber fiel auf, dass Rosalie sie lange hatte schlafen lassen. Ihre Großmutter hatte angekündigt, am Morgen mit dem Bus in die Stadt zu fahren. Ihr Vater, den Amber seit Beginn der Ferien nur selten zu Gesicht bekam, hielt sich an den Vormittagen meistens in seinem Büro im Erdgeschoss auf. Im Nachhinein wusste sie nicht zu sagen, welcher Teufel sie geritten hatte, wie ein Einbrecher durch das Haus zu schleichen. Dabei hatte sie außer Alecs Existenz nichts zu verbergen. Vielleicht lag es an den allgemeinen Unruhen in der Stadt, die, kaum, dass sie unter Kontrolle gebracht waren, an anderer Stelle aufflammten. Oder daran, dass ihr Vater dieses Thema ihr gegenüber völlig außen vor ließ. Lautlos huschte sie zur Bürotür, die einen Spaltbreit offen stand, und belauschte ein Gespräch, das der Stimme ihres Vaters nach zu urteilen nicht zu seiner Zufriedenheit verlief.

„Malvina, ich gebe dir absolut recht. So weit dürfen wir es nicht kommen lassen. Selbst wenn kaum jemand seinen Versprechungen Glauben schenkt, Rohloff ist gerissen."

Die Pausen zwischen den Sätzen verrieten, wann sein Gesprächspartner sich zu Wort meldete. „Nein, nein. Du hast ja recht, die Vorbereitungen abzuschließen, hat im Moment Vorrang. Er hat einen Eid geschworen, so wie wir alle. Ja, ich werde mit ihr sprechen. Nein, es ist richtig, ihr nichts darüber zu erzählen. Du vergisst, dass meine Tochter erst ..."

Mit angehaltenem Atem presste Amber ihr Ohr gegen das glatte Holz der Tür.

„In Ordnung. Ich werde unverzüglich Reisevorbereitungen treffen." Die Stimme ihres Vaters wurde lauter. Gleich darauf hörte Amber einen Schlag, als würde eine Faust auf die Tischplatte krachen. Schritte näherten sich der Tür. Amber ergriff die Flucht.

Auf Zehenspitzen schlich sie die Treppe hinauf und rannte die letzten Meter bis zu ihrem Zimmer. Nach einer Dusche und mehrmaligem Durchkämmen ihrer langen Haare zog sie frische Shorts und ein Shirt an.

Auf dem Weg nach unten ließ sich keines der Hausmädchen blicken. Vermutlich nutzten sie Rosalies Abwesenheit für eine willkommene Verschnaufpause. In der Küche wartete ein Teller mit frischen Vanillemuffins auf Amber, und ein Glas kalte Milch – obwohl sie sich dafür längst zu alt fühlte. Mit einem mit Puderzucker überzogenen Küchlein in der einen und dem Glas in der anderen Hand, stieß sie die angelehnte Hintertür mit dem Ellenbogen auf und trat über die Schwelle in den Garten. Während sie den taufrischen Morgen genoss, biss sie ein Stück des Muffins ab. Sie hielt inne und näherte sich langsam der Weide, ging daran vorbei und blieb unsicher vor dem Abschnitt der hohen Hecke stehen. Beim Anblick der klaffenden Stelle, wo zuvor nur ein schmaler Spalt gewesen war, als hätte sich jemand gewaltsam einen Weg hindurch gebahnt, fiel ihr der Rest des Muffins aus der Hand. Das halbvolle Glas umklammernd, machte sie auf dem Absatz kehrt und lief zurück ins Haus. Der Anblick der Zerstörung hatte sich in ihre Netzhaut eingebrannt. Die Büsche waren stark beschädigt, als hätte sich jemand mit roher Gewalt seinen Weg gebahnt.

Dass ein Fremder von der versteckten Gartenpforte, die jetzt teilweise zu sehen war, wusste oder ein Einbrecher zufällig darauf gestoßen und über diesem Weg auf das Grundstück eingedrungen war, schien ihr lächerlich. Es lief ihr eiskalt über den Rücken. Ihre Gedanken wanderten automatisch Richtung Rohloff und zu dem, was ihr Vater eben erst am Telefon über ihn gesagt hatte.

War der Jugendfreund ihres Vaters wirklich gefährlich? Ebenso wie ihr Vater stammte Rohloff aus einer der Familien, die ihren

Lebensunterhalt als Hafenarbeiter und Fischer bestritten hatten. Ambers Vater war in jungen Jahren in die Politik gegangen und hatte seit jeher das Amt des Gouverneurs angestrebt, während sein Freund die Militärlaufbahn eingeschlagen und sich in eine Führungsposition hochgearbeitet hatte. Bis Rohloff das Amt ihres Vaters anvisiert hatte, waren sie enge Freunde gewesen.

Amber hatte ihn nie sonderlich gemocht. Sie verabscheute das überhebliche Auftreten dieses Mannes, der nicht einmal vor einer jahrelangen Freundschaft haltmachte. Wusste er über sie und Alec Bescheid? Hatte Rohloff etwas mit seinem Verschwinden zu tun? Und wenn ja, was versprach er sich davon? Würde er ihrem Vater von ihrer Verfehlung erzählen und ihre Beziehung mit Alec nutzen, um Druck auf ihn auszuüben? Damit er dem Bau des Freizeitparks zustimmte? Wollte er vielleicht sogar noch einen Schritt weitergehen und seinen Amtsrücktritt erzwingen? Ihre Fantasie ging eindeutig mit ihr durch.

Das Bedürfnis, mit Alec darüber zu sprechen, und wenn auch nur, um zu hören, dass es ihm gut ging, verstärkte sich zusehends.

Amber warf das mit Milch befleckte Shirt in die Wäsche, zog ein sauberes an und versuchte Alec erneut über ihr Smartphone zu erreichen. Wie zuvor hob niemand ab.

Bedrückt verbrachte sie den Nachmittag damit, in ihrem staubfreien Zimmer imaginären Staub zu wischen und die Bücher in den Regalen nach Größe und Genre zu ordnen. Ambers Bestreben, ihre Lektüre umzusortieren, lag fern jeglicher Notwendigkeit, doch bot es ihr für den Moment eine effektive Ablenkung. Ein Bücherstapel lag noch durcheinandergeschichtet auf ihrem Schreibtisch. Ungeduldig nahm sie ein Exemplar nach dem anderen und stellte es wahllos zurück ins Regal. Gerade quetschte sie ein vergriffenes Buch in eine Lücke, als Rosalie nach ihr rief: „Kindchen, bist du da?“

Bei der Bezeichnung ‚Kindchen' verzog Amber das Gesicht, verließ das Zimmer und blieb am oberen Treppenabsatz stehen. Ihre Großmutter, die an diesem Tag ein ockergelbes Kleid trug, tauchte in ihrem Blickfeld auf. Rosalie lagerte einen vollen Einkaufskorb auf der untersten Treppenstufe zwischen und richtete ihren fülligen Körper mit einem Schnaufen auf.

Mehr denn je hatte ihre Großmutter Ähnlichkeit mit einer Knolle. Ihr wettergegerbtes pausbäckiges Gesicht passte so gar nicht zu der vornehmen Blässe ihres Sohnes, der sich lieber hinter einem Schreibtisch verkroch anstatt sich im Freien aufzuhalten.

„Ich bin hier." Mehr fiel Amber nicht ein, doch es genügte, um die ältere Frau zufriedenzustellen.

„Das nächste Mal lasse ich mir die Lebensmittel besser frei Haus liefern. Bei dieser Hitze ist es eine wahre Schinderei, den Einkauf von der Haltestelle bis hierher zu schleppen."

„Du hättest doch Gero fragen können. Er wäre dir bestimmt gerne behilflich gewesen."

Ihre Großmutter plusterte sich wie ein Kanarienvogel auf und fiel Amber ins Wort: „Wenn ich seine Hilfe gewollt hätte, wäre jetzt nicht ich, sondern er außer Puste."

Amber registrierte Rosalies missmutigen Blick, bevor diese den Korb aufnahm und erhobenen Hauptes Richtung Küche entschwand, und verkniff sich ein Grinsen. Der unterschwellige Konflikt zwischen dem in die Jahre gekommenen Wachmann und ihrer Großmutter beruhte auf etwas, das in der Vergangenheit vorgefallen sein musste. Bisher hatte sie nicht herausgefunden, warum Gero Rosalie erlaubte, ihm entweder mit ausgesuchter Liebenswürdigkeit zu begegnen oder ihn, je nachdem wie sie gelaunt war, mit Hochmut und Missachtung zu strafen.

Die Sorge um Alec kehrte schlagartig zurück. Um sich abzulenken, beschloss Amber einen Anruf zu erledigen, den sie bisher vor sich hergeschoben hatte.

Im Schneidersitz auf dem Bett sitzend, wählte sie aus der Adressenliste Gregors Nummer. Sie atmete tief durch, als er sich meldete. Seine Stimme war überaus einnehmend – zumindest, wenn man ihn nicht von Kindesbeinen an kannte.

„Rohloff."

Es war typisch für ihn, dass er sich selbst an seinem iPhone mit Nachnamen meldete. Als wollte er den Anrufer an den Einfluss seines Vaters erinnern.

Amber fragte sich, warum sie sich mit ihm abgab, wusste aber, dass Gregor nicht lockerlassen würde, bis sie ihm ihre Antwort mitgeteilt hatte. Sie war ein paar Mal mit Gregor ausgegangen. Den Kontakt zu halten, war der Wunsch ihres Vaters gewesen, bevor Rohloff sich öffentlich gegen ihn gestellt hatte.

Sie stand kurz davor, das Gespräch abzubrechen, bevor es begonnen hatte, doch ihr Name wurde mit Sicherheit auf Gregors Display angezeigt.

„Hi, Amber hier. Danke für die Einladung. Ich weiß zwar nicht, womit ich eine Geburtstagsparty verdient habe, aber ich komme gern und wollte fragen, ob ich Sabsi mitbringen kann."

Es war eine spontane Idee. Amber ahnte seit Längerem, dass ihre Freundin auf Gregor stand. Wenn Sabrina davon erfuhr, würde sie Amber vermutlich eine Woche lang mit ihren Lieblingsdonuts versorgen. Wahrscheinlich würden diese Amber vor schlechtem Gewissen im Hals stecken bleiben. Vielleicht war es doch keine so gute Idee, Sabrina mitzunehmen.

„Ich war mir sicher, dass du dir deine eigene Feier nicht entgehen lässt. Deine Freundin, ist das die kleine Blondine, die das letzte Mal mit dabei war?"

Gregors Stimme hatte einen amüsierten Unterton angenommen, der Amber ärgerte.

Vermutlich war die auf teurem Papier gedruckte Einladung ein Versuch, sich bei ihr zu entschuldigen. Amber bereute fast, dass sie Sabsi in die Sache mit hineinzog. „Ja genau, Sabrina, meine beste Freundin.“

Gregors Stimme wechselte von überheblich zu schmierig einschmeichelnd: „Es freut mich, dass du meine Einladung annimmst. Natürlich kannst du sie mitbringen. Die Mädels reißen sich darum, auf meine Party eingeladen zu werden.“

Vermutlich sollte es ein Witz sein, doch Amber traute ihm durchaus zu, dass er es ernst meinte. Sie erinnerte sich noch gut an das Fiasko ihres letzten Dates, bei dem er ihr auf die Pelle gerückt war. Seine Behauptung, er hätte nach der Popcornbox gegriffen, hatte dem Ganzen die Krone der Unverschämtheit aufgesetzt. Schade um die eisgekühlte Cola, die sie ihm daraufhin versehentlich über seine teure Designerjeans gekippt hatte. Nur der Geistesgegenwart ihrer Freundin war es zu verdanken, dass es zwischen ihnen zu keinem heftigen Streit gekommen war.

„Ich hoffe, du weißt, dass ich dagegen war, als sich mein Vater zur Gouverneurswahl aufstellen ließ“, sagte Gregor, als wäre er für das Verhalten seines Vaters verantwortlich, und stieß damit bei ihr auf ein offenes Ohr.

„Ja, klar. Das ist alles nicht so toll, aber die Wahlen stehen ja noch aus“, entgegnete sie lahm.

„Komm einfach rüber, wenn dir danach ist. Ich bin nicht nachtragend“, fügte er selbstgefällig hinzu und gab ihr damit das Gefühl, als wäre der Wahlkampf längst zugunsten seines Vaters entschieden. Seine widersprüchlichen Aussagen bestärkten ihren Verdacht, dass sich Gregor nicht etwa bei ihr entschuldigte, sondern bloß angab und die Wahl seines Vaters bereits als beschlossene Sache ansah.

„Na, mach dir da keine großen Hoffnungen. Mein Vater trifft in den nächsten Tagen wichtige Leute. Warten wir das Wahlergebnis einfach ab.“

Es ärgerte sie, wie sehr Gregor davon überzeugt war, dass sein Vater am Ende als Sieger hervorgehen würde. „Okay, dann sehen wir uns in vier Tagen. Ich muss Schluss machen, der Servicedienst steht seit fünf Minuten vor der Tür, um ein sündhaft teures Kleid abzuliefern", würgte sie ihn ab, ehe das heikle Thema, wer die größere Chance auf den Gouverneurtitel hatte, in einen verbalen Schlagabtausch ausuferte. Bevor er weiter darauf herumritt, brach sie das Gespräch mit einem abschließenden „Tschüs" ab.

Sollte er ruhig denken, dass sie sich wegen ihm ein neues Kleid zugelegt hatte. Zufrieden mit sich, verließ sie ihr Zimmer, bevor Rosalie auf die Idee kam, nach ihr zu sehen und sich über Ambers miserables Zeitgefühl beschwerte. Ihr Vater hasste Unpünktlichkeit ebenso wie ihre Großmutter lauwarme Speisen verabscheute. Die gemeinsamen und überaus schweigsamen Mahlzeiten in Gesellschaft ihres Vaters beschränkten sich in letzter Zeit allerdings meist auf das Abendessen.

Das Esszimmer lag neben der geräumigen Küche und grenzte an ein großes Wohnzimmer, dessen Fensterfront zur Terrasse hinausging. Der Raum wurde selten genutzt. Wenn ihr Vater nicht gerade außer Haus war, verbrachte er die meiste Zeit in seinem Büro, während Amber es vorzog, sich nach der Schule auf ihr Zimmer zurückzuziehen. An diesem Abend schien ihr Vater allerdings nicht nur mit ihr zu Abend essen zu wollen. Er trug, anstelle seines obligatorischen schwarzen Anzugs, eine graue Cordhose und ein buntes kurzärmeliges Hemd. Doch selbst in diesem legeren Aufzug wirkte er unnahbar. Sein akkurater Kurzhaarschnitt und die tiefliegenden braunen Augen verliehen ihm eine Strenge, die selbst sein Lächeln nicht abmildern konnte.

„Du wirkst blass um die Nasenspitze. Geht es dir nicht gut?"

Ein resolutes Kopfschütteln ihrerseits, bevor sie neben ihm Platz nahm. Lustlos und ohne Appetit füllte sie den Teller und arrangierte das Putenfleisch ebenso wie das Gemüse und die

Tagliatelle so, dass es nach mehr aussah als die kleine Portion, die sie tatsächlich genommen hatte. Nebenbei schob sie den Rand des Tellers über den Soßenklecks, der die Damasttischdecke zierte, und zog das Wasserglas näher heran. Unter dem aufmerksamen Blick ihres Vaters zwang sie Bissen für Bissen hinunter und griff erneut zum Glas, da sie das Gefühl hatte, das Essen würde ihr jeden Moment im Hals stecken bleiben.

„Wie wäre es mit einer Partie Schach nach dem Essen? Ich würde gerne etwas Wichtiges mit dir besprechen."

Aus ihrer Apathie gerissen, schaute sie verwirrt zu ihrem Vater, der ihr einen fragenden Blick zuwarf. Seinen Versuch, ein Gespräch in Gang zu bringen, wusste sie durchaus zu schätzen. Normalerweise wäre sie auf seinen Vorschlag eingegangen, obwohl sie ihn in der Vergangenheit nicht oft geschlagen hatte – und selbst wenn war sie sich nie sicher, ob er sie absichtlich hatte gewinnen lassen. Als wäre das nicht genug, kommentierte er jede ihrer verpatzten Schachpartien mit mahnenden Worten: „Vorausschauend agieren und immer die Kontrolle behalten." Bisher war es ihr leider nur selten gelungen, seine Tipps erfolgreich umzusetzen. Die verlorenen Runden waren der eindeutige Beweis für ihre Unfähigkeit. Dennoch trieb sie der Reiz, ihren Vater als Verlierer aus einem Spiel hervorgehen zu sehen, immer wieder dazu, erneut gegen ihn anzutreten. Doch nicht an diesem Abend. Ihre Besorgnis, dass Alec etwas Schreckliches zugestoßen sein könnte, war allgegenwärtig. Das Gefühl, dass ihr Verstand sich in eine Handvoll Sandkörner verwandelte, die durch ein grobmaschiges Sieb rieselten, schnürte ihr zunehmend die Kehle zu.

Der Raum kam ihr plötzlich trotz Klimaanlage stickig vor. Sie stand einen Tick zu hastig auf und verhinderte nur durch beherztes Zupacken, dass der Stuhl nach hinten wegkippte. Krampfhaft hielt sie die Lehne umklammert und starrte auf das leere Wasserglas, an dessen Rand sich der Abdruck ihrer Lippen abzeichnete. Aufgrund des Schrecks schoss das Adrenalin durch ihren Körper und ihr wurde schwindlig.

„Tut mir leid, mir ist schlecht. Vielleicht ein anderes Mal", würgte sie hervor und taumelte einen Schritt rückwärts. Die Reaktionsfähigkeit ihres Vaters war ausgezeichnet. Geistesgegenwärtig fing er sie auf, bevor sie auf dem Boden aufkam. Für einen Augenblick vermittelte ihr seine Nähe das Gefühl von Geborgenheit. Sie war aber kein kleines Mädchen mehr, das auf diese Weise über ein zerschrammtes Knie hinweggetröstet werden konnte. Der Moment der Annäherung reichte bei Weitem nicht aus, um sie vergessen zu lassen, dass sein Interesse einzig seiner geliebten Insel und nicht seiner Tochter galt. Keine besonders gute Basis, ausgerechnet ihm ihre Sorge um Alec anzuvertrauen. Sie wusste, dass sich die Gedanken ihres Vaters, kurz vor den Wahlen, nur um eines drehten: der Arbeiterklasse eine Stimme zu verleihen und zu verhindern, dass dieser verflixte Freizeitpark gebaut wurde.

„Du hast recht. Vermutlich ist es besser, wenn du dich etwas ausruhst. Rosalie wird sich um dich kümmern." Er stockte. „Morgen steht ein wichtiger Termin an, den ich nicht verschieben kann. In deinem Alter dürften leichte Schwindelanfälle nichts Ungewöhnliches sein. Ich könnte Isabel anrufen ...", ihr Vater brach verunsichert ab.

Bei der Erwähnung ihrer Mutter entzog sie sich seiner Umarmung. „Nicht nötig. Ich wollte Isabel sowieso am Wochenende anrufen." Zu ihrer Erleichterung kaufte er ihr diesen Ablenkungsversuch ab und entließ sie mit einem zerstreuten Lächeln.

Eine Stunde später rollte sich Amber auf ihrem Bett zusammen und versuchte an etwas anderes als an Alec zu denken. Er war bisher weder am bevorzugten Treffpunkt erschienen noch über sein Smartphone zu erreichen gewesen. Bis zum Abend hatte sie ihm unzählige Nachrichten auf seiner Mailbox hinterlassen. Bei ihrem letzten Versuch hatte ihr eine monotone Computerstimme mitgeteilt, dass die Nummer niemandem zugeordnet werden konnte. Sein Verschwinden und die Tatsache, dass er sich immer noch nicht bei ihr gemeldet hatte, versetzten sie langsam aber sicher in Panik. Krampfhaft versuchte sie, ihre Angst zu unterdrücken und die aufsteigenden Tränen zurückzuhalten.

Kapitel 8

Durch das halboffene Fenster drang das Knirschen von Kieselsteinen unter Schuhsohlen zu Amber. Mit einem Satz war sie aus dem Bett und am Fenster. Hoffnungsvoll drückte sie ihre Hand gegen das Glas und versuchte in der Dunkelheit etwas zu erkennen. Sie bemerkte die Umrisse einer Person, die sich langsam in Richtung Auffahrt entfernte. Einen Herzschlag lang glaubte sie, dass es Alec wäre, und stand kurz davor den Fensterflügel aufzureißen, doch etwas machte sie stutzig. Sie kniff die Augen zusammen, während ihre Nasenspitze wortwörtlich an der Scheibe klebte. Aus dieser Entfernung konnte sie Größe und Proportionen nur schwer einschätzen, aber eines war sicher: Alec war größer und schmächtiger gebaut. Die Silhouette verschmolz mit der Dunkelheit.

Eine halbe Stunde später stand Amber noch immer derart unter Strom, dass es ihr fast körperliche Schmerzen bereitete. Oder war es die kalte unbestimmte Furcht, die dieses beklemmende Gefühl in ihr auslöste? Sie zuckte bei jedem Geräusch zusammen und ermahnte sich zum wiederholten Mal, dem Ereignis nicht allzu viel Bedeutung beizumessen. Um den Kopf freizubekommen, unternahm ihr Vater oft mitternächtliche Spaziergänge. Es hatte nichts zu bedeuten. Amber hatte dennoch ein ungutes Gefühl. In den letzten Tagen hatte es einen Hinweis darauf gegeben, dass sie und Alec von jemandem beobachtet wurden. Sie dachte an das Rascheln im Gebüsch auf dem Weg zum Park und das gewaltsame Eindringen auf das Grünstück ihres Vaters. Was, wenn es sich bei diesem nächtlichen Spaziergänger nicht um ihren Vater handelte? Der Gedanke war zu beängstigend, um ihn weiterzuverfolgen. Stattdessen legte sie ihr eingeschaltetes Smartphone neben das Kopfkissen und wartete auf Alecs Anruf. Vergeblich.

Vielleicht war es ein Fehler gewesen, sich mit ihm einzulassen. Was sprach dagegen, dort weiterzumachen, wo sie seit Alecs Erscheinen aufgehört hatte? Die langweiligen Treffen ihrer Freunde zu besuchen, bei denen sich die Gespräche meist darum drehten, wer das beste Outfit besaß. Von dem Getuschel ganz zu schweigen: wer mit wem zusammen war oder Schluss gemacht hatte und wer die alleinige Schuld daran trug – Dinge, die Amber langweilig fand. Einige Leute hielten sie bestimmt für zurückhaltend, andere für seltsam. Die Wahrheit lag vermutlich irgendwo dazwischen. Einzig ihrer Freundin gegenüber fiel es ihr leicht, sich zu öffnen. Zumindest war das so gewesen, bevor Alec in ihr Leben getreten war. Sie wusste, dass weder ihr Vater noch Sabrina ihre Freundschaft zu Alec verstehen oder akzeptieren würden. In Wahrheit ging es jedoch um etwas anderes. Alec war ihr gut gehütetes Geheimnis, das sie mit niemandem teilen wollte. Nicht einmal mit Sabsi, die seit frühester Kindheit ihre beste Freundin war. Sich nach außen hin zugeknöpft und unnahbar zu geben, fiel Amber leicht und bewahrte sie davor, sich mit Menschen einzulassen, die ihr vermutlich nur so lange Beachtung schenkten, wie sie ihnen von Nutzen war. Zudem war sie sich sicher, dass das Interesse an ihr nicht an ihrem Aussehen lag, das, zugegeben, ganz passabel war. Sondern an ihrem Namen – dem des Gouverneurs dieser Insel. Dass vor allem Jungs, insbesondere Gregor, um sie bemüht waren und sie mit Einladungen überhäuften, war vermutlich eine der Folgeerscheinungen. Ihrem Vater schienen diese Beweggründe gleichgültig zu sein – als Gouverneurstochter war es unumgänglich, dass sie darauf achtgab, mit welchen Leuten sie verkehrte. Eine Warnung, die Amber inzwischen bis in den Schlaf verfolgte. Alec war anders als alle Jungs, die sie kannte. In seiner Gegenwart fühlte sie sich sicher und ohne Hintergedanken angenommen.

Während der Nacht schreckte sie mehrmals aus dem Schlaf und fühlte sich ein ums andere Mal aus den dunklen Ecken ihres Zimmers heraus beobachtet. Schließlich hielt sie es nicht länger aus, schaltete die Nachttischlampe ein und ließ sie brennen.

Amber schloss die Augen und lauschte dem Säuseln des Windes, das durch das geöffnete Fenster zu ihr drang. Sie dämmerte vor sich hin, als ihr ein warmer Windstoß eine Haarsträhne ins Gesicht blies. Verwirrt öffnete sie die Augen und blickte in einen blassblauen Himmel. Über ihrem Kopf kreisten Möwen, deren Rufe verlockend in ihren Ohren widerhallten. Nur wenige Schritte und sie hätte den Rand der Klippe erreicht. Ein beherzter Kopfsprung in die Fluten, die sich am Fuße des Felsens aufbäumten, und sie würde in eine faszinierende Welt voller Farben und fremdartiger Wesen eintauchen. Der salzige Wind zerrte an ihrem offenen Haar, nahm ihr den Atem und die Sicht. Dennoch verspürte sie keine Angst, sondern eine tiefe Sehnsucht in sich aufsteigen. Das Rauschen der Wellen, die gegen die Klippen brandeten, verwandelte sich in eine Stimme, die ihr vertraut war. Alec rief nach ihr. Sein Ruf vermischte sich mit dem Schrei einer Möwe, die gefährlich nah über ihren Kopf hinwegsegelte. Eine Bewegung, die sie aus dem Augenwinkel wahrnahm, lenkte Amber ab. Sie wirbelte herum und starrte ihren Vater an, der, in einen seltsamen braunen Umhang gehüllt, wenige Meter von ihr entfernt im Schutz eines Felsbrockens stand. Hin- und hergerissen, wem sie folgen sollte, strauchelte Amber. Eine scharfe Kante bohrte sich in ihre Fußsohle. Erschrocken schob sie das Laken beiseite und musterte ihren Fuß, der normal aussah. Er wies weder eine Schnittverletzung auf noch verspürte sie ein Pochen, das von einem abklingenden Schmerz herrühren könnte. Langsam dämmerte ihr, dass sie das Ganze geträumt hatte. Mit einem Seufzer der Erleichterung sank sie in die Kissen zurück und starrte gegen die Zimmerdecke, bis ihr erneut die Augen zufielen.

Sie erwachte in den frühen Morgenstunden mit einem unguten Gefühl in der Magengrube. Nicht nur der Traum setzte ihr zu, sondern auch ein Gedanke, ein Verdacht, der sich nicht abschütteln lassen wollte.

In der Nacht war ihr eine Vermutung gekommen, der sie unbedingt nachgehen musste: Hatte ihr Vater von der Sache mit Alec Wind bekommen und ihm gedroht? Hatte Alec so erfahren, dass Amber sich als Enkelin der Haushälterin ausgegeben hatte? So wie die Dinge lagen, blieb ihr nichts anderes übrig, als ihren Vater zur Rede zu stellen. Sie hoffte, dass er sich in seinem Büro aufhielt, verließ das Zimmer und lief die Treppe hinunter. Durch eine der geschlossenen Türen drangen das Klappern von Geschirr und die gedämpften Stimmen der Angestellten. Die Vorbereitungen für das Frühstück waren bereits im vollen Gange, doch sie empfand alles andere als Hunger. Nach kurzem Anklopfen betrat sie das Büro, blieb allerdings im Türrahmen stehen. Wie gewöhnlich saß ihr Vater hinter Stapeln von Aktenordnern und blickte erst auf, als sie wiederholt ungeduldig hüstelte. Seinem Gesichtsausdruck nach fühlte er sich gestört, deshalb erwiderte sie sein halbherziges Lächeln nur verhalten.

„Hallo! Schön, dich so früh auf zu sehen, aber an deiner Stelle würde ich mir etwas Anständiges überziehen. In zehn Minuten erscheint mein Termin."

Amber hörte ihm nur mit halbem Ohr zu. Es war ihr egal, ob einer seiner angestaubten Ratsmitglieder sie in ihrem ausgeleierten Shirt zu Gesicht bekam. Sie ignorierte seinen fragenden Blick und kam gleich zur Sache: „Kennst du zufällig einen Alec?" Die Worte „meinen Freund" verkniff sie sich gerade noch rechtzeitig.

„Wer ist Alec?" Ihr Vater saß in seinem Bürosessel und blickte sie an, als wäre es völlig abwegig, überhaupt jemanden mit diesem Namen zu kennen.

Obwohl sie Alec ihm gegenüber nie erwähnt hatte und er ihn eigentlich nicht kennen konnte, musste sie ihm diese Frage stellen. Es kam ihr inzwischen vor, als wäre ihr Freund einzig das Produkt ihrer überschäumenden Phantasie, als wäre all das, was sie mit ihm erlebt hatte, was sie ihm gegenüber empfand, nur ein schöner Traum gewesen, aus dem sie gerade erwachte. Irritiert strich sie eine ihrer widerspenstigen Haarsträhnen hinter das Ohr und blinzelte hektisch. „Es ist nicht weiter wichtig. Es tut mir leid, dass ich dich gestört habe."

Ihr Vater warf ihr einen nachdenklichen Blick zu und forderte sie mit einer Geste auf, ihm gegenüber Platz zu nehmen. In diesem Augenblick kam sie sich wie ein Bittsteller vor, die er oftmals mit Glacéhandschuhen anfasste. Als ginge es hierbei um einen Stempel auf einem Bauantrag und nicht um seine Tochter, die zugegebenermaßen im Moment durcheinander war. Sie überging sein Angebot und blieb, wo sie war.

„Wer ist denn nun dieser Alec und warum fragst du mich nach ihm, so früh am Morgen?"

„Ich … ich weiß nicht", stotterte Amber, wich dem forschenden Blick ihres Vaters aus und starrte zu Boden.

„Du scheinst mir etwas verwirrt zu sein. Vielleicht sollte ich Dr. Dexter anrufen? Derzeit grassiert ein hartnäckiger Virus." Er griff nach dem Telefon. Das beklemmende Gefühl, das seit Alecs Verschwinden anhielt, nahm weiter zu und bereitete Amber inzwischen Übelkeit.

„Äh, nein, lass nur. Ich bin noch müde und steh bloß ein wenig neben mir."

Ohne seine Antwort abzuwarten, nahm sie Reißaus. Das dringende Bedürfnis, laut zu schreien, schnürte ihr die Kehle zu. Dr. Dexter war ihr Hausarzt, ein alter Freund der Familie, und wurde immer dann hinzugezogen, wenn sie sich, in den Augen ihres Vaters, seltsam verhielt. Der Hysterie nahe lief sie in Richtung Küche und blieb vor der geschlossenen Tür stehen. Über diesen Weg ungesehen nach draußen zu gelangen war unmöglich, deshalb entschied sie sich für den Haupteingang, rannte den Kiesweg entlang und schlüpfte unter den Zweigen der Weide hindurch. Das beklemmende Gefühl, dass ihr Alec zusehends entglitt, verschwand, als sie sich auf die Suche nach der Schnitzerei machte. Eine Taschenlampe hätte ihr im morgendlichen Zwielicht gute Dienste geleistet, wenn sie daran gedacht hätte, eine mitzunehmen. So blieb ihr nichts anderes übrig als den Stamm abzutasten. Unter ihren Fingerspitzen fühlte sie wulstige Erhebungen und stieß auf eine unnatürlich glatte Stelle, als hätte jemand den Stamm mutwillig mit Schmirgelpapier bearbeitet. Wer außer ihr und Alec konnte etwas von den Einkerbungen wissen und hatte einen Grund, sie zu entfernen? Den Weg zurück überbrückte sie in einem Zustand der Benommenheit. Erst im Schutz der vertrauten vier Wände fühlte sie sich sicherer. Sie hastete die Treppenstufen hinauf, rannte über die Empore und warf die Tür ihres Zimmers hinter sich zu. Amber musste sich Gewissheit verschaffen, ob wirklich alles, was mit Alec in Zusammenhang stand, auf mysteriöse Weise verschwunden war.

Zutiefst beunruhigt loggte sie sich ins Internet ein. Ihre Finger flogen über die Tastatur. Alecs Profil auf der Facebook-Seite war verschwunden. Wie es aussah, wusste ihr Vater über Alec Bescheid und hatte sich einen makabren Scherz erlaubt. Eigentlich hätte sie es sich denken können. Sein mitunter seltsamer Humor passte bequem in eine Streichholzschachtel. Nicht zum ersten Mal stellte sie sich die Frage, ob ihr Vater mit dem Leben, das er sich aufgebaut hatte, zufrieden war. Hatte nicht jeder Mensch eine Palette an Wünschen, die er sich irgendwann erfüllen wollte? Wie die seltsamen Träume, die Amber hin und wieder heimsuchten. Darin spielte das Meer jenseits der Stadtmauern eine große Rolle. Der Lockruf des Meeres schürte ihr tiefes Verlangen nach der grenzenlosen Weite. Die Sehnsucht nach Freiheit und Selbstbestimmung griff in diesem Moment mit gierigen Händen nach ihr und löste ein heftiges Zittern aus. Es dauerte eine Weile, bis sie ihre Gefühle wieder unter Kontrolle hatte.

Bis vor Kurzem hatte sie sich zum ersten Mal in ihrem Leben wirklich glücklich und lebendig gefühlt und bis vor zwei Tagen war ihre Welt noch in Ordnung gewesen. Unwillig lenkte sie ihre deprimierenden Gedanken wieder in geordnete Bahnen und bemühte sich, die aufkeimende Angst unter Kontrolle zu halten. Dabei fiel ihr Blick zufällig auf ihren kleinen Rucksack, den sie während ihrer Ausflüge mit Alec oft bei sich getragen und bei ihrer Rückkehr neben dem Schreibtisch zurückgelassen hatte. Vielleicht sprach die Verzweiflung zu ihr, vielleicht etwas anderes – egal, was es war, in ihren Gedanken hörte sie die Aufforderung nachzusehen. Hastig nestelte sie am Verschluss des Rucksacks und wühlte sich durch sein Innenleben. Plötzlich ertastete sie etwas Raues, das scheinbar um Papier gewickelt war. Hastig zog sie es heraus und hielt erstaunt ein kleines Päckchen in der Hand. Ein kratziges Band aus Sisal war um Zeitungspapier gewickelt und mit einer Schleife verschlossen worden. Das musste von Alec sein. Neugierig öffnete sie es und musterte das dünne Armband in ihrer Hand. Es war nicht etwa versilbert oder vergoldet, was sich Alec niemals hätte leisten können, sondern aus weichem biegsamen Material gefertigt. Die Struktur besaß große Ähnlichkeit mit geflochtenem menschlichen Haar. Das Band war geschmeidig und schwarz und glänzte wie flüssiges Öl. Geistesabwesend strich sie mit der Fingerkuppe über die winzigen, kaum spürbaren Erhebungen, fühlte die Weichheit und spürte ein starkes Kribbeln, das jedoch nicht unangenehm war. In Amber stieg ein heftiges Gefühl der Sehnsucht auf, nach etwas, das sie nicht zu benennen wusste. Der Drang hinauszulaufen, bis ihr die Stadtmauer Einhalt gebot, überfiel sie mit einer solchen Heftigkeit, dass es schmerzte. Sie konzentrierte sich auf das Geschenk, streifte das Armband über ihr Handgelenk und schmeckte einen schalen, leicht salzigen Geschmack auf der Zunge. Hektisch wühlte sie im Rucksack nach einem Hinweis, der sie zu Alec führen könnte. Das Knistern einer zerknautschten Zellophanpackung ließ sie zusammenzucken. Dass sie wegen eines harmlosen Päckchens Kaugummi in Panik geriet, sah ihr gar nicht ähnlich. Sie hielt inne, als sie Papier zwischen den Fingern fühlte, das sich zwischen dem doppelten Boden des Rucksacks verfangen hatte. Hoffnungsvoll starrte sie auf den Papierfetzen, der, den feinen Linien nach, aus einem Schreibheft herausgerissen worden war.

„Alec Kincaid, Sou..."

Der Rest war offenbar mit einer Flüssigkeit in Berührung gekommen und unleserlich. Amber kniff die Augen zusammen und bemühte sich weitere Wörter zu entziffern. Als das nichts brachte, hielt sie den Zettel gegen das Licht und umklammerte ihn schließlich, als könne er sich jeden Moment in Luft auflösen. Während vor dem Fenster das Zwitschern der Vögel zunahm, überlegte sie fieberhaft, was sie als Nächstes unternehmen sollte. Ihre Großmutter besaß nur begrenzten Einfluss, vor allem, wenn es um einen fremden Jungen ging, den Amber erst wenige Wochen kannte und über den sie so gut wie nichts wusste. Weder Amber noch Rosalie besaßen die notwendigen Mittel, um an relevante Informationen zu gelangen. Für den Gouverneur der Insel waren diese bestimmt mit Leichtigkeit herauszufinden. Ihrem Vater konnte Amber sich jedoch nicht anvertrauen.

Soweit Amber wusste, gab es zig Kincaid in dieser Stadt. Im Begriff, im Online-Telefonverzeichnis nachzusehen, kam ihr ein Gedanke, der ihr effizienter erschien. Alecs ausgelöschte Schnitzerei verstärkte in Amber das beklemmende Gefühl, von jemandem überwacht worden zu sein. Wer garantierte ihr, dass dieser Jemand nicht ebenso hinter ihr her war? Wenn diese Person sie weiterhin beobachtete, würde sie es vermutlich mitbekommen, wenn Amber dem Polizeirevier einen Besuch abstattete. Den Stalker dadurch in die Flucht zu schlagen, oder zumindest von ihrem Grundstück fernzuhalten, war ein beruhigender Gedanke.

Ebenso wie Alec hatte Amber vermieden, über ihre Familie und alles, was auch nur im Entferntesten mit ihr zusammenhing, zu sprechen – nicht nur aufgrund ihrer Lüge, die Enkelin der Haushälterin zu sein. Wer unterhielt sich schon gerne über Eltern, die kein Verständnis aufbrachten, oder darüber, welch hohe und manchmal widersprüchliche Erwartungen Eltern an ihren Nachwuchs stellten? Wenn es nach ihrem Vater ginge, würde sie Zeit ihres Lebens unter seiner Aufsicht stehen, von einer Heirat mit Gregor ganz zu schweigen; obwohl Letzteres sich vielleicht inzwischen geändert hatte.

Tränen des Zorns stiegen in ihr auf. Niemand konnte sie zwingen, diesen aufgeblasenen Fatzke näher als zwei Meter an sich heranzulassen. Auf keinen Fall würde sie aufgrund von Differenzen zwischen ihren Vätern den Kopf hinhalten. Bis vor Kurzem hätte ihr Vater eine Verbindung zwischen Amber und Gregor begrüßt. Es wäre ihm und Rohloff zugute gekommen und hätte beide Familien gestärkt; Blut ist dicker als Wasser, das behauptete ihr Vater. Amber teilte diese Meinung nicht.

Alles in ihr sträubte sich gegen den furchteinflößenden Gedanken, ihre Zukunft und der Sinn ihres Lebens lägen einzig darin, anderen zu gefallen. Eine Aufziehpuppe, ein Spielzeug, das am Ende zerbrochen und vergessen in einer Ecke lag. So zumindest kam es ihr vor, wenn sie sich im Bekannten- und Freundeskreis genauer umsah. Das Schlimmste daran war, dass Amber dieses Szenario jederzeit vor Augen hatte. Wie die Alternative aussehen könnte wusste sie noch nicht. Welche Richtung würde sie nach ihrem College-Abschluss einschlagen? Die Zukunft rückte kontinuierlich näher und würde bald die Gegenwart sein. Eine Gegenwart, der sie ratlos entgegenblickte.

Ihrer Mutter hingegen war es egal, was Amber tat. Sie wollte jedoch weder über Isabel noch darüber nachdenken, dass sie kein gutes Mutter-Tochter-Verhältnis hatten. Mit verkrampften Fingern umschloss sie den Zettel und hinterließ dunkle Spuren auf dem Papier, als ein energisches Klopfen an der Tür sie erschrocken herumfahren ließ. Wie gewöhnlich betrat Rosalie ohne eine Antwort abzuwarten voller Elan das Zimmer. „Geht es dir heute etwas besser?“ Resoluten Schrittes ging sie auf das Fenster zu. Mit Schwung zerrte sie die Gardinen zurück, sodass die Vorhangstangen ächzten und die Metallrollen protestierend quietschten.

„Meine arme Kleine! Jetzt bin ich ja da! Du bekommst erst einmal ein gesundes Frühstück. Nicht dieses zuckergewichtige

Zeug. Da bleibt einem auf Dauer gar nichts anderes übrig als sterbenskrank zu werden. Das hab ich übrigens auch immer meinem, Gott hab ihn selig, lieben Mann gepredigt."

Amber lächelte. Ihr Großvater war bereits lange vor ihrer Geburt gestorben. Ihre Großmutter nahm ihn gern als abschreckendes Beispiel, wenn es darum ging, ihre Enkelin auf ein Fehlverhalten hinzuweisen. Demzufolge musste ihr Großvater ein wandelndes Arsenal an schlechten Angewohnheiten gewesen sein. Außerdem hatte Rosalie nicht nur gegen Zucker eine Phobie, sondern auch gegen Salz, das sie durch verschiedene Gewürzmischungen ersetzte.

„Dein Frühstück steht in der Küche, etwas Gesellschaft hat bisher niemanden ins Grab gebracht."

Amber schloss resigniert die Augen. Kaum hatte Rosalie den Raum verlassen, sprang sie auf und trat vor den Kleiderschrank. Kurze Shorts, ein dünnes Shirt und bequeme Sneakers waren rasch gefunden. Nach einer Stippvisite im Bad schnappte sie ihren Backpack und machte sich auf den Weg in die Küche, die um diese Jahreszeit die angenehmen Düfte verschiedenster Kräuter verströmte. Bei ihrem Eintreten warf Rosalie ihr einen zufriedenen Blick zu und nickte in Richtung des überfüllten Tellers, der auf dem Tisch stand. Skeptisch beäugte Amber die dick mit Käse belegten ofenfrischen Brötchen, über deren Ränder ein goldgelbes Rinnsal geschmolzene Butter rann. Ein großes Glas warme Milch – obwohl sie die, wenn überhaupt, eher gekühlt bevorzugte – rundete das kalorienreiche Frühstück ab und gab einen Hinweis darauf, warum Rosalie so üppige Kurven besaß. Durch das hohe Küchenfenster fiel helles Sonnenlicht und hüllte den Raum in einen weichen Schimmer. Die vielfältigen Gerüche erinnerten Amber schmerzlich an ihre sorglose Kindheit. Damals hatte sie ihrer Großmutter beim Ernten der Kräuter geholfen und Spaß daran gehabt. Deren Verwendungsmöglichkeiten, ob als

Gewürz oder zu Heilzwecken, waren ihr allerdings noch immer ein Rätsel. Als sie dreizehn geworden war, hatte sie von einem Tag auf den anderen das Interesse daran verloren. Die Erinnerung an diese Zeit trieb ihr die Tränen in die Augen. Wütend, dass sie sich wie ein kleines Kind benahm, griff sie nach einem Brötchen. Während sie lustlos den überstehenden Käserand kreisförmig abknabberte, beobachtete sie ihre Großmutter. Rosalie ertastete die breiten Bänder ihrer geblümten Schürze, löste den Knoten mit gekonntem Griff und wandte der blitzblank geschrubbten Küchenzeile den Rücken zu. Bevor sie sich Amber jedoch gegenüber setzte, faltete sie die Schürze ordentlich zusammen und platzierte sie über der Stuhllehne.

„So meine Kleine. Jetzt erzähl mal, was dich bedrückt. Wenn du weiterhin die Stirn runzelst, bekommst du Falten. Nimm dir ein Beispiel an mir, da helfen auch keine Tübchen und Döschen mehr."

Obwohl ihre Laune an einem Tiefpunkt angekommen war, entlockte ihr Rosalies eigensinnige Wortwahl ein schwaches Lächeln. Sie konnte sich nicht erinnern, ihre Großmutter je ohne das feine Netz aus Falten gesehen zu haben, die besonders um die Augenwinkel und den Mund wie eine zerklüftete Mondlandschaft hervortraten. Mit wachen, braunen Augen sah Rosalie sie an. Amber wich ihrem Blick aus und beugte sich über den Teller, als gäbe es darauf etwas, das nach einer Lupe verlangte. Die plötzliche Stille im Raum verstärkte ihre Unruhe, bis sie es keine Sekunde länger aushielt. „Kannst du dich an den Boten erinnern, dem du vor zwei Tagen ein Päckchen gegeben hast?"

Sie fixierte den Fettfleck am Tellerrand. Die Sekunden verstrichen. Rosalie gab einen ratlosen Ton von sich, der die Frage im Grunde beantwortete. Als sie endlich sprach, lief es

Amber dennoch eiskalt über den Rücken. „Schätzchen, ich habe niemandem irgendetwas gegeben."

Warum log ihre Großmutter sie an und verbaute ihr dadurch die Gelegenheit, sich ihr anzuvertrauen? Amber war selbst Zeuge dieses Zusammentreffens gewesen, was sie jetzt allerdings schlecht verraten konnte. Stattdessen ließ sie sich auf dieses seltsame Spiel ein. Sie wollte herausfinden, wie weit Rosalie gehen würde. „Ungefähr in meinem Alter, dunkelhaarig und ziemlich gutaussehend. Du musst dich doch an ihn erinnern!" Ihre Stimme war kaum mehr als ein Flüstern. Amber war der Verzweiflung nahe, weil Alec unwiderruflich aus ihrem Leben verschwunden sein könnte und Rosalie ihr offensichtlich keine Erklärung liefern würde. Dieses Mal hielt Amber dem aufmerksamen Blick ihrer Großmutter stand.

„Auf was für Ideen du bloß kommst. Ein dunkelhaariger Junge, du und deine Tagträume. Sollte sich jemals ein fescher Prinz hierher verirren, werde ich ihn eigenhändig vom Pferd stoßen, den Rest überlasse ich dir. Apropos Schimmel, ich will in die Stadt, die Käsesorten von Wegners sind einfach hervorragend. Dein Vater ist zwar der Meinung, dass du dich ausruhen solltest, aber du kennst meine Einstellung: Wer ruht, der rostet."

Amber ignorierte die Wortspielerei, die sie alles andere als lustig fand. Sie spürte tiefe Enttäuschung und Wut in sich aufsteigen und presste die Lippen zusammen.

Rosalie hievte ihren fülligen Körper aus dem Stuhl und trat mit gerunzelter Stirn an die Seite ihrer Enkelin. Ehe Amber sich versah, lag eine warme Hand auf ihrer Stirn. „Kein Fieber. Aber das bedeutet bei euch jungen Dingern nicht viel", kommentierte Rosalie in sachkundigem Tonfall. „Trinkst du jeden Abend vor dem Zubettgehen ein Glas Wasser? Du weißt, wie wichtig es ist, das Immunsystem zu stärken. In dieser Stadt leben einfach zu viele Menschen und du solltest die Gefahr einer Grippeepidemie niemals unterschätzen! Weißt du, was dir guttäte? Wenn du mich in die Stadt begleitest“, fügte Rosalie im selben Atemzug hinzu.

„Na dann hoffe ich, dass im Polizeirevier alle geimpft sind“, presste Amber frustriert hervor und warf ihrer Großmutter erschrocken einen Blick zu. Aber nichts deutete darauf hin, dass Rosalie ihre unbedachte Äußerung mitbekommen hatte.

Amber atmete durch. Ihre Großmutter bot ihr die Chance, das Ganze selbst in die Hand zu nehmen. Sie würde in die Stadt fahren, aber sicher nicht zum Shoppen.

Kapitel 9

Amber wartete seit einer geschlagenen halben Stunde in der Eingangshalle. Im Gegensatz zu ihrer Großmutter hatte sie nur schnell die Haare zu einem losen Zopf geflochten, ihr Portemonnaie aus ihrem Zimmer geholt und sorgsam im Rucksack verstaut. Obwohl sie nervös war, fiel es ihr bei Rosalies Anblick leicht, deren glückliches Lächeln zu erwidern. In einem grell geblümten Sommerkleid, Gesundheitsschuhen und mit ausladendem Strohhut, der keck auf ihrem Haupt thronte, erinnerte sie Amber ein wenig an eine ältere Ausgabe von Mary Poppins. Anstelle des Regenschirms schwang Rosalie eine große Handtasche. Die mit Natursteinen gepflasterte Einfahrt legten sie schweigend zurück. Amber winkte dem Wachmann zu, der ihnen das gusseiserne Tor öffnete. Rosalie hingegen warf Gero einen abschätzenden Blick zu und ging hoch erhobenen Hauptes weiter. Insgeheim war sich Amber sicher, dass Rosalie den zurückhaltenden Mann mochte und nur zu gerne einer Einladung von ihm gefolgt wäre; die, soweit Amber informiert war, bisher allerdings ausgeblieben war. Nachdem sie die Pforte passiert hatten, schien sich Rosalie ihrer Pflichten bewusst zu werden und warf ihrer Enkelin einen Seitenblick zu. „Wie läuft es in der Schule?“

„Geht so“, nuschelte Amber in der Hoffnung, dass Rosalie das Thema nicht weiterverfolgte.

„Hör zu, wenn du Probleme hast, und deshalb nicht in die Schule gehen willst ...“, ergänzte Rosalie, die stehen geblieben war.

„Es sind Ferien und nein, die Schule ist okay. Vermutlich habe ich etwas Falsches gegessen.“ Amber hatte den Satz kaum ausgesprochen, als ihr klar wurde, dass sie einen großen Fehler begangen hatte.

„Ja sag mal, willst du etwa behaupten, dass dir von meinem guten Essen schlecht geworden ist?“ Der entrüstete Tonfall ließ Amber die Augen gen Himmel richten. Da sie sich Rosalies Geschwindigkeit automatisch angepasst hatte, blieb sie ebenfalls stehen.

„Dein Essen ist erstklassig, ehrlich. Vor ein paar Tagen war ich mit Al...“ Sie verstummte und setzte erneut an: „... habe ich mich in der Stadt mit Sabrina getroffen.“ Bevor Rosalie auf die Idee kam nachzufragen, fügte Amber unvorsichtigerweise hinzu: „Fritten mit Mayo und ein kleiner Salat.“

Während Rosalie sich über ranziges Fett und welke Salatblätter mokierte, beschleunigte Amber in der Hoffnung, dass ihre aufgebrachte Großmutter nachziehen würde. Ein schneller Blick auf ihre Armbanduhr: In knapp zehn Minuten fuhr der nächste Bus in Richtung Stadt. Die Haltestelle lag nur fünf Gehminuten entfernt, jedoch stieg die Straße leicht an. Somit blieb Rosalie nur noch ein kurzer Moment, bevor ihr die Puste ausgehen würde. Wie erwartet, verstummte sie kurz darauf und Amber verlangsamte unmerklich ihre Schritte. Inzwischen war es so warm geworden, dass sie befürchtete, in Höhe der Achseln könnten sich dunkle Ränder auf ihrem T-Shirt abzeichnen. Über die aufsteigende Hitze des Asphalts, die ihre dünnen Schuhsohlen zu durchdringen drohte, machte sie sich hingegen keine allzu großen Gedanken. Bis zur Haltestelle waren es nur noch wenige Meter. Außerdem wäre sie, wenn alles glatt lief, die meiste Zeit in einem Gebäude, das hoffentlich über eine funktionsfähige Klimaanlage verfügte.

Die Schatten der Bäume in den Vorgärten der prunkvollen Häuser reichten nicht über die Mauern und Zäune hinaus und boten Fußgängern keinerlei Schutz. Hin und wieder rauschte ein Auto vorbei, doch die aufgewirbelte Staubwolke brachte keine Erleichterung, sie trug den schweren Gestank der Abgase mit sich. Zeitgleich mit dem Bus erreichten Rosalie und Amber die Haltestelle. Beim Einsteigen schlug ihnen abgestandene warme Luft entgegen. Der Mix verschiedenster Aromen, die an eine Parfümerie erinnerten, und der unterschwellige Geruch scharfer Reinigungsmittel, der eher zu einer Arztpraxis passte, war widerlich, jedoch in öffentlichen Verkehrsmitteln kaum zu vermeiden. Da die Plätze bis auf wenige Ausnahmen unbesetzt waren, suchte Amber einen Fensterplatz in der Mitte und sank aufatmend auf das harte, mit rotem Kunststoff bezogene Sitzpolster. Die Stirn gegen das kühle Glas gedrückt, beobachtete sie, wie die Häuser und Vorgärten vorüberzogen und ihre Konturen bei längerem Hinsehen zu einer undefinierbaren Masse verschmolzen. So lange wie möglich nicht zu blinzeln, diese Taktik hatte sie als Kind von der halbstündigen Fahrt in die Stadt abgelenkt und hin und wieder in einen Tagtraum abgleiten lassen. Vage erinnerte sie sich an den knochigen Baum am Straßenrand, dessen Rinde wie von Hand gemeißelt wirkte, und an das Sonnenlicht, das sich in den oberen Fenstern eines heruntergekommenen Wohnblocks spiegelte. Eine willkommene

Ablenkung von ihrem Vorhaben, die sie jetzt dringend benötigt hätte.

Darum bemüht, die frühere Faszination wiederherzustellen, versuchte sie eine neue Taktik und blinzelte mehrmals hintereinander. Schließlich gab sie endgültig auf und beugte sich seitwärts in den Gang. Rosalie saß direkt hinter dem Fahrer. Sie hielt mit einer Hand die Haltestange umklammert und lachte, als hätte ihr der Fahrer einen Witz erzählt.

In diesem Moment wünschte sich Amber, ebenso sorglos sein zu können. Den Gedanken, dass dies bis vor wenigen Tagen der Fall gewesen war, schob sie beiseite. Bevor sie Alec kennengelernt hatte, war ihr Leben in geregelten Bahnen, aber eintönig verlaufen; die Kinobesuche mit Freunden, die Amber bereits ihr Leben lang kannte, und die stetig wechselnden Gastgeber der überaus beliebten Wochenendpartys waren Normalität. Alec hatte ihr gezeigt, was das Leben zu bieten hatte; unter der Voraussetzung, dass sie bereit war, sich abseits der ausgetretenen Pfade auf unbekanntes Terrain vorzuwagen. Dass ihr Vater seit Kurzem ein besonderes Auge auf ihre Bekanntschaften warf, ärgerte sie maßlos und verstärkte das beängstigende Gefühl drohenden Unheils. Vielleicht war es falsch gewesen, ihrem Vater nichts über Alec zu erzählen und ihn nur einmal mit Vornamen zu erwähnen. Sie wusste, dass sein Name in dieser Gegend ebenso häufig vorkam wie anderswo. Hätte sie seinem legeren Auftreten etwas weniger kritisch gegenübergestanden und ihn einfach vorgestellt, würde sich ihr Vater an ihn erinnern. Unbewusst schob sie ihr Kinn vor und umklammerte die Träger ihres Rucksacks. Ihre Bedenken nahmen kontinuierlich zu. Dennoch war sie fest entschlossen, ihr Vorhaben in die Tat umzusetzen. Sie wollte dem einzigen Hinweis folgen, der sich in Form eines unscheinbaren Zettels in ihrem Rucksack befand. Amber kannte seinen Namen, wusste, wie er aussah und dass er ungefähr in ihrem Alter war. Für die Polizei müsste es ein Leichtes sein, einen Jungen namens Alec Kincaid ausfindig zu machen. Selbst auf die Gefahr hin, dass man ihr Anliegen nicht ernstnahm, oder ihr die Auskunft verweigerte, war es einen Versuch wert.

Hinter den Haltestellen, deren gläserne Überdachung im Sonnenlicht funkelte und den Beginn der Einkaufsmeile markierte, trennte sie sich von ihrer Großmutter; allerdings erst, nachdem Rosalie sie ermahnt hatte, jederzeit erreichbar zu sein. Eine lästige Warnung und darüber hinaus überflüssig, außer Amber befand sich in einem Funkloch. Es gab wohl niemanden in der Stadt, der kein Smartphone besaß.

Rosalie verschwand im Getümmel Richtung Einkaufszentrum, Amber blieb unschlüssig auf dem Bürgersteig stehen. Die Befürchtung, Alec für immer verloren zu haben, und der Wunsch, ihn heil und gesund wiederzusehen, ließen die Suche nach ihm umso dringender erscheinen. Sie legte mehrere Häuserblocks zurück. Je weiter sie sich vom Einkaufszentrum entfernte, umso stärker veränderte sich die Umgebung. Die riesigen Einkaufszentren, in deren gläsernen Fassaden sich die Promenade wie eine kristallene Winterlandschaft widerspiegelte, verschwanden. Amber ging an einfachen Reihenhäusern, und kleinen Läden vorbei, deren Angebote nicht auf exklusive Artikel beschränkt waren, sondern eine breite unüberschaubare Palette an alltäglichen Gebrauchsgegenständen zum Verkauf anboten. Nach einem unliebsamen Zusammenstoß mit einer Frau, die ihr billige Synthetiksandalen aufdrängen wollte, wich Amber jedweden Blicken aus. Deshalb bemerkte sie zu spät, dass ihr jemand folgte, und nahm aus dem Augenwinkel bloß einen Schatten wahr, bevor sie zu Boden gestoßen wurde.

„Entschuldigung“, hörte sie jemandem sagen. Sie richtete sich auf und bekam gerade noch mit, wie der Junge das Weite suchte, als sich ihnen ein Passant näherte.

„Meine Güte, jetzt überfallen sie einen schon am helllichten Tag. Geht es Ihnen gut?“, fragte der alte Mann, der ihr beim Aufstehen behilflich war.

„Ja, vielen Dank“, stotterte Amber. Sie klopfte sich notdürftig den Schmutz von ihrer Hose und mied den Blick auf die Leute, die stehen geblieben waren. „Es ging alles so schnell“, murmelte sie verstört.

„Der Junge, der Sie angegriffen hat, war höchstens zwölf. Er hatte mehr Angst vor mir als ich vor ihm“, erwiderte der Mann mit einem Anflug von Belustigung. Amber war ihm dankbar, dass er ihr helfen wollte. Dennoch war sie sicher, dass dieser Junge sie nicht bestehlen wollte. Ein Dieb hätte sich kaum bei ihr entschuldigt. Bei Ambers momentaner Pechsträhne war es aber durchaus möglich, dass sie sein allererstes Opfer geworden war.

„Vielen Dank. Mir ist ja nichts passiert“, sagte sie und atmete tief durch. Die übrigen Passanten hatten inzwischen das Interesse verloren und ihr vermeintlicher Retter verabschiedete sich mit einem Nicken.

Als ein hellgraues dreigeschossiges Gebäude in Sicht kam, über dessen Tür ein breites Schild – ‚Polizeipräsidium‘ – angebracht war, atmete sie erleichtert auf. Eine Stunde später saß sie noch immer auf einer Bank im Flur und wartete darauf, endlich an der Reihe zu sein.

Eine grün schillernde Schmeißfliege, die über den abgenutzten PVC-Boden krabbelte und sich über einen achtlos weggeworfenen Apfelbutzen hermachte, lenkte Ambers Aufmerksamkeit auf sich. Es fiel ihr zunehmend schwerer, ihre unruhigen Hände unter Kontrolle zu halten und einen gelassenen Eindruck aufrechtzuerhalten; als hätte sie mit dem, was um sie herum geschah, nicht das Geringste zu tun. Sie wich den wachsamen Blicken vorbei eilender Beamter aus. Aus den Augenwinkeln musterte sie die wenigen Jugendlichen, die sich auf dem Flur herumtrieben. Sie trugen billige Jeans, deren schlecht verarbeitete Qualität dem Erfinder der Levi's Tränen in die Augen getrieben hätte, und T-Shirts, die vermutlich bereits nach dem ersten Waschgang an Farbe und Form eingebüßt hatten. Eine Gruppe Männer stolperte an Amber vorbei und belagerte die restlichen freien Sitzplätze zu beiden Seiten des Flurs. Sie wirkten wenig vertrauenerweckend und sahen aus, als hätten sie die vergangene Nacht in einer Hafenkneipe durchgezecht. Mit dem Neuzugang stieg der Lärmpegel empfindlich an. Es war so gut wie unmöglich zu hören, welche der fortlaufenden Nummern aufgerufen wurde. Amber orientierte sich an den Farbsignalen, die in unregelmäßigen Abständen von Rot auf Grün wechselten, ebenso wie an der Warteschlange, die für ihren Geschmack viel zu langsam vorrückte. Voller Ungeduld warf Amber einen Blick auf ihre strassbesetzte Armbanduhr; ein Geschenk ihrer Mutter anlässlich Ambers fünfzehntem Geburtstag im letzten Jahr. Sie erkannte, dass ihr nur knapp 30 Minuten blieben. Kaum genug Zeit, um ihr Anliegen vorzubringen und pünktlich zur Abfahrt an der Haltestelle auf Rosalie zu treffen, die bestimmt schon jetzt nach ihr Ausschau hielt. Heimlich beobachtete sie die betrunkenen Männer, die einander erst anpöbelten und sich hinterher freundschaftlich auf die Schultern klopften. Sie stand kurz davor aufzuspringen und das Gebäude zu verlassen, als ihr eine Frau auffiel, die seelenruhig neben einer der Türen wartete. Blond gelockte Haare, kajalumrandete grüne Augen. Sie schien auf der Suche nach einem Opfer, das es wert war, mit ihrer geballten Weiblichkeit Bekanntschaft zu machen. Ihre mit wogender Spitze umhüllten Brüste hielten Ambers Aufmerksamkeit länger gefangen als es der schwarze Minirock vermochte.

Ein krächzendes Kichern lenkte Ambers Interesse auf einen alten Landstreicher, der den Gang entlangschlurfte und sich einen

Meter entfernt von ihr auf der Bank niederließ, nachdem ein anderer Mann kurz zuvor aufgestanden war. Schaler Biergeruch wehte ihr entgegen. Sie wich automatisch bis zum Ende der Sitzbank. Unbeeindruckt rückte der Alte auf und beugte sich vertraulich zu ihr. „Na Kleene. Was hast'n ausgefressen? Von Zuhaus abgehauen un' im falschen Viertel gelandet? Wenn de n paar Scheine für mich hast, de Uhr wäre auch was Feines, geb ich mich für deinen Alten aus. Was häls'n davon?"

Nicht seine Worte, sondern die heruntergekommene Kleidung und das von tiefen Narben verunstaltete Gesicht erfüllten sie mit Entsetzen. Nie zuvor war ihr jemand in solch einem erbarmungswürdigen Zustand begegnet. Mit der Hälfte des Hinterteils in der Luft schwebend, blieb ihr nur die Flucht nach vorn, weg von diesem Mann. Kaum war sie aufgesprungen, wechselte das Rot der Lampe über der gegenüberliegenden Tür auf Grün. Die Frau, die Amber zuvor aufgefallen war, ließ ihr mit einem Kopfnicken den Vortritt, als wüsste sie genau, was in Amber vorging. Beim Anblick des uniformierten Mannes, der, in seine Unterlagen vertieft, nicht einmal aufsah, holte sie der Grund ihres Besuchs mit einem Schlag ein.

Amber umklammerte den Rucksack, nahm ein surrendes, leises Geräusch wahr und sah zur Decke hinauf. Dort bewegte sich der vergilbte Kunststoffflügel eines Ventilators träge im Kreis. Er wälzte die überhitzte Luft mit mäßigem Erfolg um.

Kahle, weiße Wände, ein Metallschrank; dieses Büro wirkte wenig einladend. Vermutlich war es gewollt, um einem Besucher, oder einem Verdächtigen, keine Ablenkung zu bieten, dachte Amber eingeschüchtert.

„Was kann ich für dich tun?" Die Stimme, die an einen behäbigen Bären kurz vor dem Winterschlaf erinnerte, schreckte sie auf. Mit einer gehörigen Portion Herzklopfen trat sie auf einen der beiden Stühle zu, wagte jedoch nicht, unaufgefordert Platz zu nehmen. „Ich würde gerne eine Vermisstenanzeige aufgeben. Sehen Sie, Alec, mein Freund, er ist ... verschwunden ..."

Es war unwichtig, ob der Polizist über ihr Gestammel lächelte oder um sie zu beruhigen, sie wollte nur noch weg, fort aus diesem Gebäude und zurück in den Teil der Stadt, in dem sie sich auskannte und die Leute einzuschätzen wusste. Diesem Polizisten begegneten an einem einzigen Tag vermutlich mehr Kleinkriminelle und schräge Typen als sie in ihrem ganzen Leben zu Gesicht bekommen würde.

Was wusste sie eigentlich über Alec? Wer war ihr Freund wirklich und woher kam er überhaupt? Dass er ihr Herz im Sturm erobert hatte und voller verrückter Ideen steckte, verlor an diesem Ort jede Bedeutung. Verunsichert ging sie rückwärts Richtung Tür, die hinter ihr mit einem leisen Klick ins Schloss gefallen war.

„Seit wann?", kam die Frage wie aus der Pistole geschossen.

„Mehr als 24 Stunden."

Die vielen müßigen Stunden, die sie mit zahlreichen ‚Criminal Minds'- Folgen verbracht hatte, waren nicht völlig nutzlos. Offenbar übte die Zahl tatsächlich eine hohe Anziehungskraft auf den Beamten aus, dessen Blick schlagartig wachsam wurde. „Dann sind wir im Geschäft. Du musst entschuldigen. Hin und wieder verirrt sich jemand zu uns, der einen Freund oder eine Freundin vermisst. Die meisten von ihnen tauchen am Ende des Tages unbeschadet wieder auf. Oftmals vergessen die Vermissten einfach eine Verabredung oder erinnern sich zu spät daran. Bekommen ein schlechtes Gewissen und ignorieren daher eingehende Anrufe. Du wirkst auf mich nicht wie einer dieser hysterischen Teenager." Mit einer Geste forderte er sie auf, ihm gegenüber Platz zu nehmen.

Sie war sich sicher, dass Alec ebenso wenig zu dieser Personengruppe gehörte und nicht einfach wieder auftauchen würde. Amber entdeckte erst jetzt ein bedrucktes Namensschild, das wie ein kleiner Zuckerhut auf dem Schreibtisch stand: „Inspektor Elsworth".

„Also ich suche meinen Freund Alec Kincaid. Soweit ich weiß, wohnt er in einer Straße, die mit Sou anfängt."

Obwohl aus der Luft gegriffen, fügte sie eine kleine Notlüge hinzu, um zu verdeutlichen, dass Alec nicht zu dem oben genannten Personenkreis gehörte. „Wissen Sie, er ist nicht der Typ, der einfach verschwindet. Er kümmert sich um seinen Großvater, ist überall beliebt und immer pünktlich." Zumindest stimmte die Sache mit der Pünktlichkeit. Amber hoffte, dass sie nicht zu dick aufgetragen hatte.

Unbeeindruckt tippte Elsworth, mit einer nervtötenden Ruhe, den Taster seines schwarzen Kugelschreibers auf den vor ihm liegenden Block.

„Nun mal der Reihe nach. Zuerst beginnen wir mit deinen Daten. Wie alt bist du?"

Ihr war nicht ganz klar, was ihr Alter mit dem Verschwinden ihres Freundes zu tun haben sollte, dennoch antwortete sie wahrheitsgetreu: „Fünfzehn."

Der kaum zu unterdrückende Drang, Reißaus zu nehmen, verstärkte sich; dieses Gespräch entwickelte sich zunehmend zu einem Verhör.

„Name?"

Erschrocken hielt sie die Luft an. Daran, dass sie etwas über sich preisgeben musste, hatte sie dummerweise nicht gedacht. Würde er ihre Angaben überprüfen? Sich auf die Schnelle einen fiktiven Namen auszudenken, erschien ihr unklug. „Amber Wellington", nuschelte sie.

Elsworth tippte etwas ein und nahm das Spiel mit dem Kugelschreiber wieder auf. Er drückte mit der Druckhülse auf

Enter, hielt inne und hob überrascht eine Augenbraue. „Charles Wellingtons Tochter?" Ein unwilliges Nicken ihrerseits.

„Weiß dein Vater, dass du dich in dieser Gegend herumtr... aufhältst?"

Einem Panikanfall gefährlich nahe ging sie in die Offensive. „Klar, er weiß Bescheid. Der Chauffeur wartet draußen." Gebannt starrte sie in die stechend grauen Augen des Inspektors.

„In Ordnung."

Sie atmete auf. Ihr lief die Zeit davon und sie wünschte sich, dass Elsworth endlich aufhören würde, sie mit überflüssigen Fragen zu bedrängen. Die Kunststoffrollen seines Drehstuhls quietschten über den abgewetzten PVC.

„Na, dann wollen wir mal. Wie war der Name deines Freundes?"

„Alec Kincaid." Vor Erleichterung lockerte Amber den Griff um ihren Rucksack. Obwohl sie sich noch nicht lange in diesem Büro aufhielt, war ihre Stirn bereits mit winzigen Schweißperlen bedeckt.

„Leider gibt es in dieser Stadt offenbar niemanden mit diesem Namen."

Sein zuvor freundlicher Gesichtsausdruck wirkte plötzlich abweisend. Ihre Gedanken rasten. „Es könnte sein, dass ich da etwas verwechselt habe." Ihr rann ein kalter Schauer über den Rücken. Warum hätte Alec ihr einen falschen Nachnamen geben sollen? Was, wenn die Buchstaben Sou eine andere Bedeutung als die Bezeichnung einer Straße hatten? „Könnten Sie noch einmal nachschauen?" Inzwischen spürte sie Schweißperlen in ihrem Nacken, die ein unangenehmes, juckendes Gefühl auf ihrer Haut verursachten. Die darauffolgende Stille weckte in ihr das Gefühl, in die Enge getrieben worden zu sein. Amber hielt den Atem an und nahm eine Veränderung des Summens wahr, das vom altersschwachen Ventilator herrührte. Sie traute sich allerdings nicht, den Blick zu heben, und starrte weiterhin geradeaus.

„Wie, sagtest du, war der Name seines Großvaters?"

„Tut mir leid, den kenne ich nicht." Ihre Hoffnung schwand.

Ein lauter Knall jenseits der Tür, gefolgt von Schreien, setzten Amber augenblicklich unter Strom. Mit Herzklopfen beobachtete sie, wie sich das Gesicht des Inspektor verdunkelte, als er von seinem Stuhl aufsprang und zur Tür rannte. „Warte kurz!"

Kaum dass Elsworth das Büro verlassen hatte, stürzte sie zum Computer auf dem eine Zahlenfolge von 10 zu 0 rückwärts zählte. Entgeistert musterte sie das Gesicht ihres verschwundenen Freundes, das den gesamten Bildschirm ausfüllte. Ihr Blick glitt über sein schwarzes lockiges Haar, das seine Ohren bedeckte, zu den azurblauen Augen, die provokativ in die Kamera schauten. Seine vertrauten Gesichtszüge verursachten ein schmerzhaftes Ziehen in ihrer Brust, das die Leere zwar nicht ausfüllen konnte, jedoch weniger spürbar werden ließ. Es fiel ihr schwer, sich von seinem Anblick zu lösen und den Daten zuzuwenden, die am unteren Bildrand eingeblendet waren: Alec Kincaid, Wohnort: Hafenviertel, Soundset 12. Aktueller Aufenthaltsort unbekannt. Die Zahl in der Ecke des Bildschirms sprang von 3 auf 2. Die restlichen Angaben, wie sein Geburtsdatum, überflog sie nur.

Seine Kleidung und sein unkonventionelles Auftreten hatten Amber längst verraten, dass er nicht aus ihrer Gegend kam. Vermutlich hatte sie ihn deshalb nie darauf angesprochen, wo er eigentlich zu Hause war. Dass er jedoch ausgerechnet aus dem Zwölfer, der heruntergekommenen Gegend zwischen Hafen und Künstlerviertel, stammte, traf sie völlig unvorbereitet. Die letzte Eintragung war mit roter Signalfarbe hervorgehoben. Sie biss auf ihre Unterlippe und las den Eintrag, der laut Datum bereits einige Wochen alt war: „Anordnung Tâche!"

Zutiefst verwirrt starrte sie auf das letzte Wort. Was auch immer dieses Wort, das französisch klang, zu bedeuten hatte; sie ahnte, dass es nichts Gutes war. Tâche. Ein pelziges Gefühl legte sich auf ihre Zunge; erst wiederholtes Schnalzen brachte die Sensibilität wieder und Amber auf den Boden der Tatsachen zurück. Vor Kurzem hatte sie ein Gespräch zwischen ihrem Vater und ihrer Großmutter aufgeschnappt, in dem sie sich über dieses Tâche unterhalten hatten. Offenbar handelte es sich dabei um ein Event, das in knapp zwei Wochen unter Ausschluss der Öffentlichkeit im Ozean-Life stattfand. Seinerzeit hatten die beiden hastig das Thema gewechselt, als sie das Zimmer betreten hatte.

Die Vorbereitungen zu dieser Veranstaltung waren in vollem Gange. Hatte Alec dort gejobbt und sich etwas zuschulden kommen lassen? Der Gedanke, dass er sie nur benutzt haben könnte, um unterzutauchen und dem Zugriff der Polizei zu entgehen, war ihr zuwider. Andererseits, wer hätte einen Flüchtigen ausgerechnet in einer der exklusivsten Wohngegenden vermutet? Gar in der Nähe des Gouverneurs? Alec war clever. Er musste gewusst haben, das Viertel war das perfekte Versteck, solange er sich in der Öffentlichkeit unauffällig verhielt. Langsam ergaben nicht nur seine ausschließlich heimlichen Besuche einen Sinn, auch die Verschwiegenheit, was sein persönliches Umfeld betraf, sah aus diesem Blickwinkel völlig anders aus.

Bisher hatte Amber einzig daran gedacht, Alec zu finden, nun aber kam ein neuer, weitaus beängstigenderer Aspekt hinzu. War er ein Krimineller? Ihr Gefühl sagte ganz klar nein. Doch warum hatte Elswort ihr gegenüber behauptet, dass es keinen Jungen mit diesem Namen gab?

Dass selbst ein Inspektor ihr offen ins Gesicht log, erfüllte sie mit Entsetzen. Die Stadt schien sich in einem Ausnahmezustand zu befinden. Inzwischen teilte sich die Bevölkerung instinktiv in Gruppen: nach Herkunft und Stellung innerhalb der Gesellschaft. Dadurch verstärkte sich das Misstrauen gegenüber anderen Gruppierungen. Gestützt durch Leute, die dieselben

Interessen und Ansichten vertraten, fiel es den Menschen leicht, die Verantwortung für die Verunsicherung und die Unruhen den jeweils anderen in die Schuhe zu schieben.

Das beängstigende Gefühl einer Katastrophe, die wie eine Flutwelle über Aberness hereinzubrechen drohte, wühlte mit spitzen Fingern in Ambers Magen.

Seit ihrem Eintreten war sie auf der Hut; bereit zu lügen, was das Zeug hielt. Wenn dieser Mann sie allerdings ins Kreuzverhör nahm, würde mit Sicherheit ihr Vater davon Wind bekommen. Alles in ihr wehrte sich dagegen, Elsworth oder ihrem Vater Rede und Antwort zu stehen. Hin- und hergerissen zwischen der Angst, in etwas hineingeraten zu sein, das sie nicht einmal ansatzweise einschätzen konnte, und ihrer Zuneigung zu Alec dachte sie an den lächelnden, oftmals zu Späßen aufgelegten Jungen.

Ein surrendes Geräusch durchschnitt die Stille wie ein scharfes Messer. Erschrocken blickte Amber zur Decke. Der Ventilator hatte endgültig den Geist aufgegeben und kam mit unregelmäßigen Flügelschlägen zum Stillstand. Es war ein Fehler gewesen, hierher zu kommen. Vermutlich führte Elsworth in diesem Moment ein Telefongespräch mit ihrem Vater und erhielt die Anweisung, sie so lange hinzuhalten, bis Charles seine widerspenstige Tochter persönlich abholte. Im schlimmsten Fall war ihr Vater bereits auf dem Weg.

Panisch drückte sie die Klinke hinunter, lugte durch den Spalt und riss die Tür auf. Die ungehobelten Männer, die Frau von vorhin und, zu ihrer grenzenlosen Erleichterung, der aufdringliche Landstreicher waren verschwunden. Der Flur war wie leergefegt. Um diese Uhrzeit nahm offenbar ein Großteil der Beamten seine Mittagspause. Es galt, die womöglich einzige Chance zu nutzen, unbemerkt aus dem Gebäude zu verschwinden. Sie sprintete los Richtung Ausgang. Der Gedanke, dass ihr Vater in Begleitung des Inspektors auftauchen könnte, trieb sie zur Eile an. Um die letzte Biegung schlitternd, warf sie einen furchtsamen Blick die Treppe hinauf, die in die oberen Büroetagen führte. Die zornigen Stimmen zweier Männer nährten ihre Panik. Nur noch wenige Meter bis zum Ausgang. Drei. Zwei. Die Eingangstür schwang automatisch auf und Amber stolperte an einem verblüfften Beamten vorbei, die Stufen hinunter ins Freie.

Kapitel 10

Amber rannte kopflos die Straße entlang, doch in der flirrenden Mittagshitze ging ihr bereits nach wenigen Metern die Puste aus. Sie drosselte das Tempo, schaute ängstlich zurück und registrierte die gleichgültigen Blicke der Passanten. Bei dem Gedanken, dass eine Verfolgung durch die Polizei nur in ihrer lebhaften Fantasie stattgefunden hatte, kicherte sie hysterisch und richtete den verrutschten Rucksack, dessen Gurt ihr schmerzhaft in die Schulter einschnitt.

Einen Block weiter tauchte die Straßenmarkierung des Busbahnhofs auf; dahinter befand sich die überfüllte Fußgängerzone. Über die Köpfe der wartenden Passanten hinweg, hielt Amber nach Rosalie Ausschau und bemerkte die argwöhnischen Blicke der Leute. Automatisch strich sie sich über Stirn und Wangen und über die Vorderseite ihres durchschwitzten Shirts, auf dem daraufhin ein Fleck prangte. Verblüfft starrte sie auf die Stelle, die Ähnlichkeit mit kreativem Malen hatte.

Erst vor wenigen Tagen hatte sie über Alecs lebhafte Schilderung einer unorthodoxen Technik, mithilfe eines Spins die wildesten Muster zu kreieren, nur verständnislos den Kopf geschüttelt.

Soweit sie wusste, handelte es sich um ein Kinderspielzeug. Eine spezielle Drehscheibe mit höherer Umrandung, in deren Mitte verschiedene Ölfarben auf einem weißen Hintergrund aufgetragen wurden, die bei Drehung der Scheibe von innen nach außen geschleudert wurden. Alec! Ihm wäre es egal gewesen, welche Wirkung ihr äußeres Erscheinungsbild auf andere hatte. Turnschuhe, deren Schnürsenkel doppelt miteinander verknotet waren, erfüllten ebenso ihren Zweck wie die abgeschnittene Jeans, die nur durch seinen abgewetzten Gürtel an der dafür vorgesehenen Stelle gehalten wurde. Amber hatte seine Blindheit in Bezug auf abgetragene Klamotten als Spleen eines Einzelgängers gedeutet, denen oftmals nachgesagt wurde, dass sie mitunter seltsam waren. Aber das hatte sie nie als störend, sondern eher reizvoll empfunden. Bereits bei ihrem ersten Aufeinandertreffen hatte er eine besondere Faszination auf sie ausgeübt, die nach wie vor anhielt und ihr Mut machte. Amber straffte die Schultern und begegnete den Passanten nun mit einer beherrschten Ignoranz, obwohl ihr die Situation furchtbar peinlich war. Sie stellte sich neben ein großformatiges Werbeplakat, auf dem der Direktor des Ozean-Life abgebildet war: August Ridwell, ein junger Mann von gerade mal zwanzig Jahren, in einem blauweiß gestreiften lächerlichen Kostüm. Das 30 Hektar umfassende Ozeanarium lag im südlichen Teil der Stadt. Unter dem blasierten Blick des Direktors betrachtete Amber die mit vollen Einkaufstaschen beladenen Leute und entdeckte, zeitgleich mit dem Klingeln ihres Smartphones, Rosalies Hutspitze, die synchron mit den Bewegungen der Menschenmasse wippte. Amber ließ den Rucksack zu Boden gleiten und fischte nach dem Smartphone. Sie starrte auf das Display. Die minimale Hoffnung, dass es Alec sein würde, zerschlug sich, als das verpixelte Gesicht ihrer Großmutter erschien. Unter den neugierigen Blicken eines kleinen adrett gekleideten Mädchens, wenige Meter von ihr entfernt, ließ Amber ihren Zeigefinger über den Touchscreen gleiten.

„Guck mal. Das Mädchen hat sich heute Morgen bestimmt nicht gewaschen. Warum muss ich immer ...“

Die Mutter der Kleinen warf Amber einen strafenden Blick zu, als hätte sie ihren Schützling dazu ermutigt, in Zukunft gegen diese Regel zu verstoßen. Mit einem heftigen Ruck und unter lautstarkem Protest des Kindes zerrte die Frau ihre Tochter näher zu sich heran, als ob von Ambers verschwitztem Aussehen eine Ansteckungsgefahr ausging. „Das geschieht mit Mädchen, die nicht das machen, was man ihnen aufträgt. Sie landen in einer dieser heruntergekommenen Gegenden, dort unten.“ Mit einer weit ausholenden Geste deutete sie über Amber hinweg in Richtung des Hafens und wandte sich angewidert ab. Wütend starrte Amber der Frau nach, die aus ihren Vorurteilen gegenüber Menschen, die sie nicht einmal kannte, keinerlei Hehl machte. Bis zu diesem Zeitpunkt wäre es ein Leichtes gewesen, sich zu Rosalie durchzukämpfen, für ihr Zuspätkommen und ihr ramponiertes Aussehen zu entschuldigen und ihre Nachforschungen einzustellen. Die abfälligen Worte weckten jedoch ihren Kampfgeist. Amber war nicht bereit, die Suche an Ort und Stelle abzubrechen. Sie nutzte das Einfahren zweier Busse, die den Blick auf die Straße versperrten, und schlüpfte zwischen ihnen hindurch.

Dieses Mal geriet sie nicht so schnell außer Puste. Erst eineinhalb Häuserblocks weiter blieb sie vor einem kleinen Laden stehen, dessen fadenscheiniges Sonnensegel kaum Schatten spendete. Im Schaufenster spiegelte sich eine verzerrte Version ihres hochroten Gesichtes. Die Kleine hatte bei Weitem untertrieben. Ambers Haare waren zerzaust und ihre erhitzten Wangen schienen zu glühen. Dass sie unterwegs ihre silberne Haarspange verloren oder der Junge, der sie kurz zuvor angerempelt hatte, ihr den Haarschmuck geklaut haben könnte, war das kleinere Übel. Die Spange war eines der vielen Geschenken, mit denen ihr Vater sein schlechtes Gewissen beruhigen wollte, wenn er wieder einmal eine gemeinsame Unternehmung zugunsten seiner Arbeit abgesagt hatte.

Gegen eine Mauer gelehnt, fuhr sie sich mit dem Stoff ihres Shirts über die Stirn und trat schnell zur Seite, als ihr Passanten auf dem Bürgersteig entgegenkamen. In dieser heruntergekommenen Gegend interessierten sich die vorbeieilenden Menschen nicht für ihr ungepflegtes Aussehen. Als würde niemand sie wirklich wahrnehmen, als wäre sie an einem fremden Ort gestrandet, an dem sie nichts verloren hatte. Sie revidierte diesen Gedanken mit aller Entschlossenheit, kaum, dass sie ihn zu Ende gedacht hatte.

Sie war auf der Suche nach Alec und das war Grund genug, Unannehmlichkeiten auf sich zu nehmen, ihren Vater zu erzürnen und Rosalie in Angst und Schrecken zu versetzen. Oder etwa nicht? Erneut stiegen Zweifel auf. Das beklemmende Gefühl, eine Fremde zu sein, die mit den Gepflogenheiten dieser Gegend nicht vertraut war, verstärkte sich zusehends. Ihre Gedanken rasten, ebenso ihr Herz. Wenn sie umkehren und sich dem zu erwartenden Ärger stellen würde, käme alles in Ordnung. Hin- und hergerissen warf Amber einen Blick in die Richtung, aus der sie gekommen war, und wirbelte herum, als etwas ihre Schulter berührte. Instinktiv wich sie vor der Frau zurück, die ihr im Polizeipräsidium den Vortritt gelassen hatte.

Das Lächeln der Fremden offenbarte schöne ebenmäßige Zähne, bis auf eine schmale Lücke zwischen den Schneidezähnen. „Dich kenne ich doch. Wartest du auf jemanden? Hier nehmen es die Leute nicht so genau mit der Pünktlichkeit. Ich bin Dora, kann ich dir irgendwie helfen? Wohin möchtest du denn?“

„Ich bin Amber“, beantwortete sie die Frage nach kurzem Zögern.

Verwirrt darüber, dass diese Frau sie aus der Reserve gelockt hatte, stieß sie hervor: „Wissen Sie zufällig, was ein Tâche ist?"

Das Blinzeln der Frau verriet, dass sie diesen Begriff kannte oder zumindest schon einmal gehört hatte. Provokativ stellte Amber eine weitere Frage und senkte dabei unmerklich die Stimme: „Hat es vielleicht etwas mit dem Zwölfer zu tun?"

Die Fremde hob eine Augenbraue, deren sorgsam nachgezogener Strich wie eine Pfeilspitze in Richtung des Haaransatzes hochschnellte. Dadurch wirkte Dora nicht halb so furchteinflößend wie Elsworth. „Der Zwölfter ist ein gefährliches Pflaster für jemanden wie dich, also ich meine natürlich für Mädchen in deinem Alter im Allgemein. Es ist dort zurzeit alles andere als sicher."

Amber meinte aus dem Gestammel einen missbilligenden Tonfall herauszuhören, als wäre sie dieser Frau Rechenschaft schuldig, und verfluchte insgeheim, sich mit ihr eingelassen zu haben. Dass sie nun genauer von ihr in Augenschein genommen wurde, gefiel ihr ganz und gar nicht. Bei näherer Betrachtung konnte Dora anhand ihrer Markenkleidung durchaus erkennen, dass sie nicht aus diesem Viertel stammte. Amber vertraute jedoch darauf, dass ihr inzwischen verlottertes Aussehen darüber hinwegtäuschte. Unschlüssig biss sie auf ihre Unterlippe und wurde von einem der beiden tropfenförmigen Schmuckstücke abgelenkt, die an den zierlichen Ohren der Fremden baumelten und ihr bei ihrer ersten Begegnung nicht aufgefallen waren. Im Sonnenlicht wirkte das Weiß rosa angehaucht. Als ihr Dora daraufhin einen seltsamen Blick zuwarf, starrte sie zu Boden, auf der Suche nach einem Mauseloch, in das sie sich verkriechen konnte. Das unangenehme Schweigen weitete sich aus.

„Ich sollte wirklich los", drängte Amber nervös. Schließlich schob sie sich an Dora vorbei, die sich nicht vom Fleck rührte und sie weiterhin anstarrte, als hätte sie in ihr die Tochter des

Gouverneurs erkannt. Etwas an dieser Frau, an ihrem Verhalten, war merkwürdig. Auf dem Polizeirevier hatte sie auf Amber gewirkt, als sei sie abgebrüht, doch jetzt machte sie einen eher hilflosen und desorientierten Eindruck. Misstrauisch trat Amber einen Schritt zurück und näher an den Eingang des Ladens heran. Wenn Dora unter Drogeneinfluss stand, war sie vielleicht unberechenbar und gefährlich. „Danke für Ihre Hilfe", sagte Amber, wandte sich abrupt um und betrat das Geschäft, ohne sich ein letztes Mal umzusehen.

Allerdings beobachtete sie durch das schmutzige Schaufenster, wie Dora verwundert den Kopf schüttelte und sich langsam entfernte. Vorsichtshalber wartete Amber, bis die Frau verschwunden war, bevor sie den Laden verließ und sich auf den Rückweg machte.

Kapitel 11

Die Begegnung hatte ihr vor Augen geführt, dass es nicht unbedingt ratsam war, allein auf sich gestellt in einem fremden Stadtviertel herumzulaufen. Sie blieb stehen und klemmte sich den Rucksack zwischen die Füße, zögerte und versandte eine längst überfällige Nachricht an Rosalie. Da ihre Großmutter weder etwas von WhatsApp noch von SMS hielt, erfolgte die Antwort in Form eines Rückrufs: „Kind, wo steckst du? Ich habe eine geschlagene Stunde auf dich gewartet. Dein Vater hat nach dir gefragt und glaub mir, es war nicht einfach, mir meine Sorge um dich nicht anmerken zu lassen. Wo auch immer du bist, ich schicke Gero, damit er dich abholt."

Dass ihre Großmutter Charles gegenüber Ruhe bewahrt hatte, rechnete Amber ihr hoch an. Plötzlich empfand sie eine tiefe Verbundenheit Rosalie gegenüber und schämte sich ob ihrer Rücksichtslosigkeit. Müde schaute Amber einem vorbeifahrenden roten Auto nach, dessen intensiver Farbton sich von dem grauen Asphalt abhob. Die drückende Hitze zwischen den hohen Betonkästen und der staubige Schmutz, der nach einer ungewöhnlich langanhaltenden Trockenperiode Fenster und Mauerwerk mit einer dünnen Schmutzschicht überzog, all das besaß etwas bedrückend Trostloses.

„Ich stehe in zehn Minuten an der Haltestelle."

Der Rückweg kam ihr endlos vor, doch zur vereinbarten Uhrzeit stand sie in der Nähe des Plakates auf dem August Ridwell auf sie herabschaute und atmete erleichtert auf, als der Wagen ihres Vaters auftauchte. Ungeachtet des strikten Halteverbots hielt er am Straßenrand. Die zuvor argwöhnischen Blicke der Passanten verwandelten sich in eine Mischung aus Erstaunen und unterschwelliger Akzeptanz. Das plötzliche Interesse an ihr war offenkundig und brachte sie in Verlegenheit. Hastig öffnete sie die Tür und schlüpfte neben Gero auf den Beifahrersitz. Die klimatisierte Luft war wie ein kühler Regenschauer. Erschöpft sank sie in das Lederpolster. „Danke, dass du so schnell gekommen bist."

Er nickte und fädelte sich geschickt in den Verkehr ein. Das war eines der Dinge, die sie an diesem Mann mochte: Er stellte niemals eine Frage, die eine Lüge nach sich ziehen könnte. Insgeheim zählte sie Gero, der selbst hohen Temperaturen trotzte und stets eine akkurat sitzende hellgraue Uniform trug, zu ihren Freunden. Die Suche nach Alec hatte sie an diesem Tag einen winzigen Schritt weitergebracht. Allerdings war ihre Laune an einem Tiefpunkt angelangt; sie wusste immer noch nicht, wo er sich aufhielt. Ohne den Blick vom Verkehr abzuwenden, reichte Gero ihr ein Tetrapack Saft aus der klimatisierten Getränkeablage. Dankbar schraubte sie den Verschluss auf und hatte den Inhalt in einem Schluck halb ausgetrunken. Obwohl sie inzwischen das Gefühl hatte, ihre Zunge sei mit ihrem Gaumen verwachsen, wäre sie nie auf die Idee gekommen, in einem der Geschäfte, an denen sie vorbeigekommen war, nach Getränken Ausschau zu halten. In Anbetracht der heruntergekommenen Umgebung wäre es ihr peinlich gewesen, mit einer Hundertpfundnote zu bezahlen.

Allmählich erwachte der Feierabendverkehr. Tagsüber war das Stadtbild geprägt von einer endlosen Aneinanderreihung der Busse, die ihre festgelegten Routen abfuhren. Innerhalb kürzester Zeit kamen Kolonnen von Mittelklassewagen und vereinzelt Nobelkarossen hinzu. Gero nahm eine andere Route als der Bus am Morgen, der jede Haltestelle abgeklappert hatte. Unterhalb der Brücke, über die sie fuhren, sah Amber einen Ausschnitt des östlich gelegenen Industriegebiets und die dicht an der Stadtmauer befindlichen verwahrlosten Vororte, die zum Teil noch aus dem sechzehnten Jahrhundert stammten. Sie wurden abfällig Zwölfer genannt. Woher dieser Randbezirk seinen Namen hatte, war inzwischen in Vergessenheit geraten. Dass er ein Schandfleck war, war indes allgemein bekannt. Die Gegend um den Hafen wurde seit Kurzem regelmäßigen Kontrollen unterzogen. Die Kriminalität innerhalb der Stadt stieg allerdings weiterhin an und viele, die Amber kannte, gaben den Arbeitern die Schuld daran, da die sechzehn Jahre zurückliegenden Aufstände im Hafenviertel ihren Anfang genommen hatten.

„Würdest du ausnahmsweise einen Umweg über das Arbeiterviertel fahren?" Amber verriet Gero nicht, dass sie insgeheim nach Alec Ausschau hielt, und war überrascht, dass er ihrer Bitte nachkam, ohne eine Erklärung zu fordern.

Sie ließen die Wolkenkratzer aus Glas, in denen sich der strahlend blaue Himmel spiegelte, hinter sich. Die Umgebung veränderte sich unmerklich. Graue Wohnblocks und Reihenhäuser, gleichsam aus dem Boden geschossene steinerne Monumente, schlossen bald jedwede Lücke. Neugierig beobachtete Amber das geschäftige Treiben. Sie erblickte mehr Menschen auf den Straßen als in ihrem Stadtteil wohnten. Aus den Augenwinkeln nahm sie zwei winzige Gestalten wahr: Kinder, die aus einem Hauseingang stürmten und die leicht abschüssige Straße hinunterjagten. Ihr ungestümes Verhalten befremdete Amber. Bis zu ihrem zwölften Lebensjahr war sie außerhalb des Anwesens von ihrem Vater, Rosalie oder einem der Hausangestellten begleitet worden und diese eigneten sich nicht besonders für einen Sprint oder gar einen Wettlauf. Die eintönigen Wohnblocks wichen winzigen Gärten, in denen frisches Gemüse und Obst für den Eigenbedarf geerntet wurden. Das wenige, das Amber aus dem Alltag dieser Menschen wusste, hatte sie im Laufe der Zeit durch ihre Großmutter erfahren. Rosalie stammte ursprünglich aus dieser Gegend und besuchte heute noch gern den Wochenmarkt. Als Amber klein war, hatte Rosalie ihr von eingelegten blutroten Kirschen, schaumiger Marmelade und süßen goldgelben Quitten vorgeschwärmt, bis Amber quasi darum gebettelt hatte, sie wenigstens einmal dorthin begleiten zu dürfen. Ihr Vater mochte es nicht, wenn Rosalie über die guten alten Zeiten plauderte. Es erinnerte ihn wohl an den harten Kampf, der vor seinem gesellschaftlichen Aufstieg lag. Dabei hatte er allen Grund, auf sich stolz zu sein. Nach seinem Jurastudium hatte er sich politisch und sozial engagiert, auch auf Seiten der Arbeiterbevölkerung. Durch sein Engagement und seine Partei hatte er schließlich den Gouverneursposten errungen und setzte seitdem alles daran, ihm gerecht zu werden und ihn im Interesse aller auszuüben.

Das zumindest behauptete Rosalie nachsichtig. Trotzdem hatte Amber eher den Eindruck, dass ihm seine Abstammung peinlich war. Verhielt es sich mit ihr und Alec etwa ähnlich? Dass er ihr gut gehütetes Geheimnis war, das sie mit niemandem teilen wollte, bekam einen schalen Beigeschmack.

Amber genoss die restliche Fahrt durch die Stadt dennoch und freute sich auf ihr Zuhause. Sie konnte es kaum erwarten sich ihrer verschwitzten Kleidung zu entledigen.

„Wie wäre es mit dem Hintereingang?“, ertönte Geros sonore Stimme, als sie ihr Viertel erreichten. Aufgeschreckt löste Amber den Blick von der Parkanlage zu ihrer Rechten, deren Rasenflächen durch Reihen gestutzter Büsche eingefriedet waren. Auf sie wirkte der breite Streifen wie ein grüner Gürtel, der den Wohnbezirk eingrenzte.

Amber quetschte den leeren Trinkkarton wie eine Ziehharmonika zusammen. „Danke für deinen Tipp, nein, für alles“, sagte Amber, obwohl sie wusste, dass Gero wenig mit Lob oder gar Danksagungen anfangen konnte. Wie nicht anders zu erwarten, verhielt er sich, als hätte sie nichts gesagt, fuhr am weit geöffneten Tor vorbei und hielt am Ende der Sackgasse. Mit einem letzten Blick auf ihren schweigsamen Fahrer stieg sie aus und wartete, bis der Wagen im Wendehammer einen langsamen Bogen fuhr. Sie schob sich zwischen den auseinanderklaffenden Hecken hindurch. Ein schneller Blick zu Rosalies Garten hinüber, über den Kiesweg hinweg, bis zum Hintereingang der Küche und sie sprintete los, stieß die Tür auf und platzte in den Raum, mitten in die Vorbereitungen des Abendessens.

„Deckt bitte den Tisch im Esszimmer und denkt daran, drei Personen, und achtet darauf, dass die Gläser und das Besteck in einwandfreiem Zustand sind. Auf, auf!", scheuchte Rosalie die beiden schnatternden Hausmädchen durch die Tür und wandte sich anschließend ihrer Enkelin zu. „Junge Dame, mir in meinem Alter einen solchen Schreck einzujagen. Wenn dein Vater mitbekommen hätte, dass du, trotz Absprache, deinen Bus verpasst und dich stattdessen in der Stadt herumgetrieben hast, hätte ihn wahrhaftig der Schlag treffen können." Der verärgerte Gesichtsausdruck ihrer Großmutter wurde weicher, als sie Ambers katastrophalen Zustand bemerkte. Amber versuchte es mit einem unschuldigen Lächeln.

„Schon gut. Spar dir deine Erklärungen für später auf. Verschwinde jetzt lieber unter die Dusche. In einer Viertelstunde bekommen wir seltenen Besuch."

Die Zurückhaltung in ihrer Stimme und die Erkenntnis, dass sie keine Antworten verlangte, machten Amber stutzig. Bei dem, was sie sich an diesem Tag geleistet hatte, gestaltete sich der Wortwechsel überraschend kurz. Offenbar war ihre Großmutter mit den Gedanken woanders. Da Amber glimpflich davongekommen war, huschte sie aus der Küche, bevor Rosalie ihr doch noch eine Strafe aufbrummte. In ihrem Zimmer angekommen, spürte sie, wie die Last der vergangenen Stunden von ihr abfiel. Erschöpft öffnete sie die ehemals weißen

Schnürsenkel und ging auf das angrenzende Badezimmer zu. Unterwegs streifte sie die Sneakers ab und ließ die Schuhe achtlos liegen.

Sich der Jeans zu entledigen war schwieriger, der Stoff klebte wie eine zweite Haut an ihr. Die verschmutzen Kleidungsstücke landeten allesamt im Wäscheschacht. Mit einem Seufzer betrat sie die Duschkabine. Lauwarmes Wasser, das mit ihren Tränen vermischt über ihren Körper rieselte, täuschte darüber hinweg, dass sie weinte - wegen eines Jungen, der sie offenbar vergessen hatte. Dem nichts an ihr lag. Zumindest nicht so viel, wie sie für ihn empfand. Verwirrt über den ungewohnten Schmerz in ihrer Brust, drehte sie das Wasser auf kalt und stieg kurz darauf aus der Dusche.

Der Blick in den Spiegel offenbarte deutliche Spuren eines ungeschützten Sommertages im Freien. Ihr Nasenrücken wies ebenso wie Wangen und Stirn einen rötlichen Schimmer auf, der sich in den kommenden Stunden wohl verstärken würde. Vorsichtig rieb sie eine Feuchtigkeitscreme über die empfindlichen Stellen, entwirrte ihre nassen Haarsträhnen und band sie zu einem Pferdeschwanz. In wenigen Tagen war Ambers sechzehnter Geburtstag. Der Ausdruck in den Augen ihres Vaters, als sähe er bei ihrem Anblick etwas, das ihm Sorgen bereitete, verunsicherte sie.

Seidige lange Haare, geschwungene helle Brauen, ein voller Mund, der sich, zugegebenermaßen selten, zu einem befreienden Lächeln verzog. Inzwischen wurde jeder Blick in den Spiegel zu einer Suche nach etwas, das sie von anderen Jugendlichen ihres Alters unterschied. Bisher hatte sie allerdings nichts Ungewöhnliches entdecken können.

In ein Badetuch gewickelt tapste sie an ihren Schreibtisch, zog einen Stuhl heran und schaltete den PC ein. Ein leises Pling und der Computer war einsatzbereit. Nachdenklich ließ sie ihre Finger über der Tastatur schweben. Sie gab das Wort ‚Tâche' ein und vertippte sich prompt: ‚Pêche' - die Erhaltung des kommerziellen Fischfangs.

Amber unterdrückte ein Gähnen, tippte erneut ‚Tâche' ein, scrollte lustlos von einer Seite zur nächsten und stieß durch Zufall auf einen Blog, dem sie normalerweise keine Aufmerksamkeit geschenkt hätte. Inzwischen hatte sie herausgefunden, dass dieses Wort – ‚Tâche' – im Französischen Auftrag oder Aufgabe bedeutete. Der verschnörkelte Schriftzug des Blogeintrags verkörperte etwas Esoterisches, das sie an Alecs leidenschaftliche Erzählung über Selkies und Hexen erinnerte. Eine dazugehörige Fotografie zeigte Aberness, vom Meer aus gesehen. Amber klickte auf den vielversprechenden Button ‚Home' und zuckte zusammen, als ihr aus dem rot geschminkten Mund einer hässlichen Clown-Animation ein hämisches Lachen entgegensprang. Schnell klickte sie weiter auf ‚Funny Stuff', dahinter verbargen sich allerdings nur Spiele, Videos und Flashs; die Spielwiese für Fans alles Übernatürlichen. Eine Auflistung mythischer Kurzgeschichten weckte ihr Interesse und sie überflog ein paar Texte, deren Inhalte ausschließlich Legenden, Märchen oder Sagen behandelten. Einige der Erzählungen kannte sie bereits in abgewandelter Form: die Weltenesche, Isis oder etwa Ikarus. Fasziniert von einer ihr anderen Weltansicht schaute sie genauer hin und stieß wider Erwarten auf das, was sie suchte. Anstelle von 'Tâche' war die Schreibweise ‚Tach'e'. Deshalb hatte sie es nicht über die Suchfunktion gefunden. Neugierig klickte sie den unscheinbaren Button ‚Das Tach'e' an: ‚Eine Prüfung, der ein Fluch zugrunde liegt. Er ließ sich nur durch die Nachkommen der Hexe, die diesen Bann einst verhängt hatte und den Nachfahren eines Selkies aus einer der beiden Gründerfamilien aufheben.' Ratlos scrollte sie weiter, doch außer dem kurzen Absatz gab es keine weiteren Informationen darüber. Dass der Verfasser die in zwei Wochen stattfindende geheimnisvolle Ozean-Life-Veranstaltung meinen könnte, war ein beunruhigender Gedanke. Die verfügbaren Puzzleteile fügten sich nicht nahtlos ineinander, aber offenbar ging es um eine, seit Besiedelung der Insel stattfindende, Prüfung. Zumindest stand es so in einem kurzen Absatz direkt unter der Fotografie. Amber dachte an Alecs Geschichte über Selkies und Hexen. Ihr Vater hatte im Gespräch mit Rosalie nichts Derartiges erwähnt. Da sie nicht weiterkam und die Zeit drängte, wandte sie sich mit einem Schulterzucken ab.

Kapitel 12

Zum ersten Mal seit Tagen verspürte Amber Appetit und wünschte sich, in Rosalies gemütlichem Refugium essen zu können. Danach wollte sie in ihr Zimmer verschwinden, um in Ruhe über ihre zwiespältigen Gefühle nachzudenken, die sie Alec gegenüber hegte. Was konnte Alec tatsächlich von ihr gewollt haben? Amber war auf der verzweifelten Suche nach einer Antwort, die für sie einen Sinn ergab.

War er in ihrem Viertel untergetaucht, oder steckte etwas anderes dahinter? Die unschöne Vorstellung, dass es ihm nicht um sie, sondern einzig darum gegangen war, die Gepflogenheiten der Bewohner und die exakte Lage der Räumlichkeiten dieses Hauses zu sondieren, wies sie vehement von sich. Allerdings kam er aus dem Zwölfer und diesen Leuten waren jegliche kriminellen Aktivitäten zuzutrauen; zumindest suggerierten das die Nachrichten. Warum konnte sie diesen Jungen nicht einfach vergessen und zur Normalität zurückkehren? Auf sich gestellt war sie keineswegs so abenteuerlustig und weitaus weniger mutig als sie Alec hatte glauben lassen. Ihr Wunsch nach Unabhängigkeit verblasste im Dunstkreis der Furcht vor dem Unbekannten.

Auf dem Weg nach unten fiel ihr der wichtigste Grund ein, warum sie ihm bedingungslos vertraut hatte. In einer Welt belangloser Worte, die meistens achtlos ausgesprochen und selten in die Tat umgesetzt wurden, hatten sie einander ohne Worte verstanden. Er hatte ihr nie etwas versprochen und sie hatte ihn nie um etwas gebeten. Sabrina hätte vermutlich behauptet, dass sie blind vor Liebe wäre. So einfach war es nicht. Amber wusste, wo ihr Platz war, und dass das Privileg, ohne Sorgen aufzuwachsen, seine Schattenseiten hatte. Alec lebte am Rande der Gesellschaft. Nein, in ihn verliebt zu sein, dieser Gedanke war absurd. Jemand wie sie verliebte sich nicht Hals über Kopf in einen Freigeist wie ihn. Amber erinnerte sich an Alecs liebevolle Blicke und an sein Lächeln, als er sich von ihr verabschiedet hatte. Nach ihrem Kuss war die Sehnsucht nach ihm ins Unerträgliche gestiegen. Rational an die Sache heranzugehen funktionierte in diesem Fall nur bedingt und sie tat gut daran, ihre Gefühle und Gedanken im Zaum zu halten. Den Porträts an der Wand schenkte sie ein zynisches Grinsen und blieb stehen, als sie das perlende Lachen ihrer Mutter vernahm. Amber beschlich augenblicklich ein mulmiges Gefühl. Ein Aufeinandertreffen ihrer Eltern war selbst unter normalen Umständen anstrengend. Eine mitunter provokante Mutter, ein Vater, der solche Zusammenkünfte überflüssig und darüber hinaus zeitraubend fand. Und eine mehr als unwillige Tochter, die als Stoßdämpfer im Machtspiel zweier Erwachsener herhalten musste. Die Furcht, dass der Inspektor nach ihrem plötzlichen Verschwinden ihren Vater kontaktiert haben könnte und ihr Ausflug auf das Revier am Ende weitaus mehr als eine Standpauke nach sich zog, steigerte das Bedürfnis, kehrtzumachen, in ihr Zimmer zu verschwinden und sich krank zu stellen. Stattdessen linste sie durch den Spalt der angelehnten Wohnzimmertür. Ihr Blick fiel auf eine schwarze Jeans. Die Begleitung ihrer Mutter flegelte sich breitbeinig und undiszipliniert in einem Ledersessel. Peinlich berührt ließ Amber den Blick zu Isabel schweifen, die mit dem Rücken zur Tür stand. Amber hatte die Feingliedrigkeit und die Stupsnase ihrer Mutter geerbt – nicht jedoch ihre Augen- und Haarfarbe. Ihre Mutter war blond und grünäugig; eine Kombination, die auf das männliche Geschlecht einen besonderen Reiz ausübte.

Amber legte ihre Hand auf die Türklinke, unschlüssig, ob sie einfach in den Raum platzen oder wohlerzogen anklopfen sollte. Entweder befand sich ihr Vater außerhalb ihres Blickfeldes oder er glänzte wieder einmal mit Abwesenheit.

„Was meinst du, wird sie uns so ohne Weiteres begleiten?"

Die tiefe Stimme klang melodisch, mit einem rauchigen Timbre. Ein muskulöser, braungebrannter Arm geriet in Ambers Blickfeld, als der Besucher seine Position veränderte. Isabel hob die beringte Hand und strich in aller Ruhe eine verirrte Locke hinter ihr Ohr. Der Mann tippte mit dem Fuß nervös auf den Boden, als würde er Ambers Blicke spüren.

„Was sind schon ein paar Tage? Ich bin ihre Mutter."

Das amüsierte Lachen des Fremden ließ Amber verärgert die Stirn runzeln. Sie fand es alles andere als lustig, Isabel zur Mutter zu haben. Diese schien ebenfalls nicht begeistert zu sein und seufzte theatralisch auf.

„Wäre es nicht besser, wenn sie hierbliebe? Sie ist doch bestens bei deiner Schwiegermutter ..."

Isabel ließ ihn nicht ausreden. Die zuvor sanfte Stimme ihrer Mutter kühlte merklich ab. „Ich möchte Rosalies Einsatz der letzten fünfzehn Jahre keinesfalls schmälern, aber das letzte Mal, dass ich Amber zu Gesicht bekam, liegt inzwischen mehrere Monate zurück. Samuel, dieses Mädchen hasst mich! Es wird höchste Zeit, dass wir einander näherkommen." Der Fremde gab seine lässige Haltung auf und machte Anstalten sich zu erheben, als Isabel ihn mit einer ungeduldigen Geste zurückhielt. Amber spitzte die Ohren.

„Es wird nicht einfach werden, aber sie ist nur ein junges Mädchen. Nicht mehr und nicht weniger. Es wäre nett, wenn du mich unterstützen würdest."

Verwirrt runzelte Amber die Stirn. Es wurmte sie, dass sie nicht verstand, um was es eigentlich ging. Genervt schlich sie auf Zehenspitzen in Richtung Küche davon. Der Duft nach Gebratenem ließ ihren Magen lautstark protestieren, doch sie bezweifelte, dass sie in Gesellschaft ihrer Mutter überhaupt einen Bissen hinunterbekam. Isabel und diesem Fremden gegenüber fühlte sie sich allerdings in keinster Weise verpflichtet. Inzwischen war klar, dass ihr Vater nicht zum Essen erscheinen würde, und sie war nicht sicher, ob sie darüber erfreut oder verärgert sein sollte. Die Zusammenkünfte im trauten Kreis der Familie waren in der Vergangenheit immer deprimierend abgelaufen. Ein unterschwelliges Lauern herrschte auf Seiten ihrer Eltern. Amber hasste es, zwischen den Fronten zu stehen.

Gegen den Türrahmen gelehnt, beobachtete sie, wie Rosalie eine geschmorte Lammschulter tranchierte und auf einer Servierplatte appetitlich anrichtete. Seit jeher gab es in diesem Haushalt kein Salz – ein Teufelszeug, wie Rosalie es nannte. Ihre Großmutter war eine Meisterin der Pflanzenkunde und nutzte ihre Eigenkreationen aus Liebstöckel, Pfeffer, Paprika und vielen weiteren Gewürze, von denen Amber nicht einmal die Namen kannte.

Die goldgelben Fächerkartoffeln verströmten ein intensives Aroma nach Knoblauch und Kräutern, deren Namen sie seltsamerweise alle kannte: Petersilie, Basilikum und eine Prise Oregano. Wie konnte sie wissen, welche Kräuter Rosalie verwendete? Interessiert beobachtete sie ihre Großmutter, die ein Bündel frischen Rosmarin zu Dekorationszwecken aus dem Abtropfsieb über der Spüle nahm. „Solltest du dich nicht im Esszimmer einfinden und deine Mutter und euren Gast willkommen heißen? Eins sag ich dir“, bedrohlich schwenkte Rosalie die Zange, mit der sie auf Ambers Brustkorb zielte, „wenn das Essen nicht pünktlich auf den Tisch kommt, ist es das letzte Mal, dass ich mir so viel Mühe damit gebe. Stundenlange Arbeit und am Ende alles für die Katz.“

„Was macht sie hier?“, nörgelte Amber, da sie der Ansicht war, dass Rosalie sie hätte vorwarnen müssen.

„Sie ist deine Mutter. Der Tag war anstrengend genug. Reiß dich bitte zusammen.“

„Willst du wissen, wie mein Tag gewesen ist? Einfach furchtbar, und jetzt taucht noch Isabel auf!“, zischte Amber. Sie schrak vor dem zornigen Gesichtsausdruck ihrer Großmutter zurück, machte auf dem Absatz kehrt und lief durch die Halle auf die Haustür zu. Es war ihr egal, dass der kürzeste Weg zu dem Ort, an den sie wollte, durch die Hintertür der Küche verlief. Es interessierte sie keinen Deut, ob jemand den überstürzten Abgang mitbekam, solange niemand auf die Idee kam, sich ihr in den Weg zu stellen. Mit einem lauten Knall fiel die Tür hinter ihr ins Schloss, doch ihre Sinne waren einzig darauf ausgerichtet, der angespannten Atmosphäre zu entkommen. Unter ihren Sohlen knirschte der Kies. Nach wenigen Metern hielt sie an, schlüpfte mit einem Fluch auf den Lippen aus den offenen Sandalen und wechselte auf den Rasenstreifen, der sich unter ihren Füßen wie zu heiß gewaschene Wolle anfühlte. Wütend warf sie im Vorbeilaufen einen Stein Richtung Einfahrt. Amber ließ ihren Blick über die 28 weiß gestrichenen Zaunpfosten gleiten, die sie bereits vor Jahren, in einer ähnlich aufreibenden Situation, gezählt hatte. Ein Stück entfernt befand sich eine Trauerweide. Die länglichen Blätter, deren zulaufenden Spitzen nicht ganz den Boden berührten, sorgten im Herbst regelmäßig für Unmut bei ihrem Vater. Zu dieser Jahreszeit bot die Weide jedoch den perfekten Unterschlupf. Amber schob eine Handvoll Zweige beiseite und schlüpfte darunter hindurch. Sie lehnte sich gegen den Stamm und schloss die Augen. Über ihrem Kopf raschelte es. Weit oben, im dichten Blätterdach, verbarg sich ein Nest. Sie wünschte sich ebenso versteckt zu sein wie die kleinen Vögel, lauschte den leisen Bettellauten der erst vor wenigen Tagen geschlüpften Küken und dachte an Alec. Das Gezwitscher hätte ihm bestimmt gefallen, doch in der Nacht schliefen die Vögel. Sie ließ ihren Kopf zur Seite sinken, der sich inzwischen wie ein

Bleiklumpen anfühlte. Mit der Wange berührte sie die raue, von Furchen durchzogene Rinde.

Vom Haus her näherten sich Schritte. Ihre Großmutter blieb dicht vor dem Baum stehen, schob den grünen Vorhang aber nicht zur Seite. Bislang war Amber der Meinung gewesen, dass Zurückhaltung für Rosalie ein Fremdwort war. Wie es aussah, hatte sie sich nicht nur in Alec geirrt, sondern auch in Personen, die ihr nahestanden.

„Isabel lässt dir ausrichten, dass sie und ihr Gast ihre Mahlzeit im Esszimmer einnehmen und du bei mir in der Küche essen kannst."

Es war ein merkwürdiges Gefühl, nur eine Stimme zu hören, obwohl die dazugehörige Person wenige Meter von ihr entfernt stand. Unschlüssig, wie sie auf das überraschende Angebot reagieren sollte, ließ Amber ihre Hand an den tiefen Kerben des Stammes entlanggleiten. Mit den Fingerspitzen fuhr sie die Konturen nach, vermied jedoch über die Stelle zu streichen, die Alec als Untergrund für seine Schnitzerei benutzt hatte. An jenem Abend hatte er sie wissen lassen, dass er mehr in ihr sah als eine gute Freundin. Sie richtete sich auf, bereit, ihr sicheres Versteck zu verlassen, in die Höhle des Löwen zurückzukehren und wenn nötig die Krallen auszufahren. Ihr Zorn richtete sich nicht mehr nur gegen ihre Eltern oder etwa Rosalie, sondern auch gegen Alec, der sie zutiefst enttäuscht hatte. Dieses Gefühl war weitaus leichter zu ertragen als Furcht, Sorge oder gar Hass auf ihn. Plötzlich brannte sie darauf, ihrem Zuhause und allem, was sie an ihn erinnerte, den Rücken zu kehren, selbst wenn es bedeutete, einige Zeit mit Isabel auf engstem Raum auskommen zu müssen. „In Ordnung. Einfach hinter meinem Rücken zu entscheiden, mit wem ich die restlichen Ferientage verbringe, ist unfair", erwiderte sie mit fester Stimme. Sie kroch unter den

Zweigen hervor und folgte Rosalie, die sich abgewandt hatte und auf den Hintereingang der Küche zuging.

Im Verlauf des Essens verhielt sich ihre Großmutter weiterhin auffallend zurückhaltend, was Amber nur recht war. Zwar hatte sie den Eindruck, dass Rosalie ihr etwas sagen wollte, doch Ambers mürrisches Gesicht hielt sie offenbar davon ab. Die Atmosphäre war angespannt und überaus bedrückend. Es war eine kluge Entscheidung gewesen, den Teller nicht vollends zu füllen, denn trotz des hervorragenden Essens brachte Amber kaum einen Bissen hinunter. Von dem erfrischenden alkoholfreien Cocktail, in dem die Reste geschmolzener Eiswürfel trieben, konnte sie hingegen nicht genug bekommen.

Das Schweigen zwischen ihnen wurde durch Isabels Auftauchen beendet, die ihre Mahlzeit unterbrochen hatte, um nach Amber zu sehen. Vermutlich wollte sich ihre Mutter nur vergewissern, ob Amber inzwischen in die Villa zurückgekehrt war.

„Nun, wie sind deine Ferien bisher verlaufen?“, stellte Isabel, die am Türrahmen lehnte, eine Frage, auf die Amber am liebsten nicht geantwortet hätte. Lustlos stocherte sie in ihrem Essen und seufzte leise auf. „Wie immer. Sabsi getroffen. Shoppen gegangen. Buch gelesen. Noch ein Buch gelesen und dann alles wieder auf Anfang“, murmelte Amber, die Rosalies warnenden Blick ignorierte.

„Na, da hast du ja nicht besonders viel erlebt“, erwiderte ihre Mutter mit ausdrucksloser Miene.

„Hm“, nuschelte Amber mit vollem Mund, in der Hoffnung, dass Isabel ihre Bemühung, Interesse zu heucheln, aufgeben würde.

Die Mitteilung, dass sie ihre Mutter begleiten sollte, rückte näher, aber anstatt das Unvermeidliche endlich auszusprechen, murmelte Isabel, dass Amber in Ruhe ihre Mahlzeit beenden sollte. Dass ihre Mutter ins Esszimmer wechselte, änderte nichts daran, dass Amber zunehmend nervöser wurde. Denn ihre Großmutter machte ebenfalls keinerlei Anstalten, das heikle Thema überhaupt anzuschneiden. Kaum hatte Rosalie die Gedecke abgeräumt und die Küche verlassen, um nach den Gästen zu schauen, nutzte Amber den Moment, um zu verschwinden.

In ihrem Zimmer angekommen, zerrte sie am Griff der Reisetasche, die sie nach einer Übernachtung bei Sabrina nachlässig im obersten Fach ihres Kleiderschrankes verstaut hatte. Der Anblick erinnerte sie daran, dass sie sich unbedingt vor Ende der Ferien bei ihrer Freundin melden musste. Schuldgefühle ihr gegenüber hegte sie jedoch keine. Sabrina verfügte über einen enormen Freundeskreis und würde auch ohne Amber ihren Spaß haben. Sie besaß ein Talent, sich den jeweiligen Anlässen entsprechend in Szene zu setzen und genoss die Aufmerksamkeit, die man ihr schenkte, in vollen Zügen. Amber hingegen fühlte sich oftmals fehl am Platz und verabscheute es, im Mittelpunkt zu stehen. Vermutlich kamen sie deshalb gut miteinander aus, wenn auch manchmal auf eine recht komplizierte Art und Weise. Der Anruf konnte warten, bis sie die Geduld aufbrachte, Sabrinas endlose Tiraden über ihre derzeitigen Ferienaktivitäten zu ertragen.

Amber stopfte Unterwäsche, T-Shirts, eine Bluse, kurze Shorts, drei Jeans und einen Minirock in die Reisetasche. Obenauf kamen ihr Kulturbeutel und einige in Schutzhüllen verpackte Schuhe. Ambers Besorgnis, dass der Verschluss reißen oder die Nähte platzen könnten, war unbegründet, doch mit dem Gewicht hatte sie nicht gerechnet. Mit Mühe gelang es ihr, das Gepäck die Treppen hinunter zu transportieren. Es war mehr ein Ziehen und Zerren als Tragen.

„Warte, ich helfe dir." Ihre Mutter, gefolgt von einem Hünen, eilte auf die Treppe zu und griff nach dem Bügel, bevor sich die Tasche überschlug. Widerwillig überließ Amber Isabel das Gepäckstück, wich deren fragendem Blick allerdings aus und bemerkte das breite Grinsen des Fremden. Eines musste sie Isabel neidlos zugestehen: Sie besaß nicht nur in Bezug auf ihre Garderobe einen exzellenten Geschmack, auch bei der Wahl ihres Partners rangierte sie in der ersten Reihe. Wie bei ihrem Vater, der allerdings von eher gedrungener Gestalt war und nicht derart kraftstrotzend daherkam, bevorzugte Isabel offensichtlich noch immer Männer aus dem Arbeiterviertel. War Amber ihrer Mutter ähnlicher als gedacht? Denn dieser stattliche Mann, der mit einer Größe von knapp unter zwei Metern alles andere als hager wirkte, gefiel ihr.

Im direkten Vergleich schnitt ihr Vater, mit den Geheimratsecken, die seinem schmalen Gesicht etwas Raubvogelartiges verliehen, nicht besonders gut ab. Etwas an diesem Mann kam Amber allerdings seltsam vor. Es lag nicht nur an seinen blauen Augen und den dunklen zerzausten Haaren, die ihm bis zu den Schultern reichten; sein Verhalten und sein Aussehen wirkten vertraut.

Da Amber nicht nach Small Talk zumute war, ließ sie die Begrüßung einfach ausfallen. „Wir können los, wenn ihr soweit seid."

Der Freund ihrer Mutter reagierte als Erster, nahm kommentarlos die Tasche entgegen und wandte sich mit einem angedeuteten Schulterzucken dem Ausgang zu. Isabel warf Amber einen wütenden Seitenblick zu, der deutlich zeigte, dass sie mit dem widerspenstigen Verhalten ihrer Tochter alles andere als einverstanden war.

„Dein Vater musste kurzfristig für ein paar Tage verreisen. Wir sind beide der Meinung, dass du etwas Zeit mit mir verbringen solltest. Rosalie ist nicht mehr die Jüngste. Es wird dir bei mir bestimmt gefallen."

Amber nickte mechanisch. Es kostete sie Überwindung, das Lächeln zu erwidern. Isabels überzogene Fürsorglichkeit wirkte lächerlich. Die Wut über die eigenmächtige Entscheidung, darüber, wie ein überflüssiges Gepäckstück behandelt zu werden, das man einfach dort abstellte, wo es am wenigsten störte oder Schaden anrichten konnte, brodelte in ihr. Inzwischen war Amber überzeugt, dass Elsworth ihren Vater über Ambers Besuch auf dem Revier unterrichtet und dieser daraufhin notgedrungen Isabel kontaktiert hatte. Amber hatte sich vor einer Auseinandersetzung mit Charles gefürchtet. Jetzt jedoch täte sie nichts lieber, als ihm ihren Frust entgegenzuschleudern. Dazu gab er ihr allerdings keine Gelegenheit. Stattdessen hatte er ihr die Höchststrafe aufgebrummt: endlos lange Tage in Gesellschaft ihrer Mutter.

Sie schluckte die aufsteigenden Tränen hinunter und schaute deprimiert zu Boden. Nicht auszudenken, wenn sie noch anfing zu heulen wie ein kleines Kind. „Ich verabschiede mich schnell von Rosalie." Selbst in ihren Ohren klang ihre Stimme wie das Piepsen einer Maus, die sich panisch in einer zugeschnappten Falle wand.

Die Küchentür war angelehnt. Amber stieß sie auf und stand ihrer Großmutter gegenüber, die vermutlich gelauscht und alles mitbekommen hatte. Obwohl sie sich den ganzen Abend seltsam verhalten hatte, schien sie auf diesen Moment gewartet zu haben. Dabei war Amber diejenige gewesen, die sich von Rosalie ferngehalten hatte und nicht umgekehrt. Es tat ihr leid, die alte Frau in Angst und Schrecken versetzt zu haben.

„Entschuldige, dass ich in der letzten Zeit … so unausstehlich war, und … danke, dass du … Charles nichts davon erzählt hast", stotterte sie kläglich.

„Gib den Menschen, denen du begegnest, eine Chance. Die wenigsten von ihnen sind, was sie nach außen hin vorgeben zu sein. Vielleicht ist nun der richtige Zeitpunkt, der Welt mit offenen Augen und wachem Geist zu begegnen. Und jetzt verschwinde, bevor ich noch mehr unsinniges Zeug von mir gebe." Das Lächeln ihrer Großmutter zeigte deutlicher als es Worte vermochten, dass zwischen ihnen alles in Ordnung war. Es gab nichts, das sie darauf hätte erwidern können, da sie nicht verstand, was Rosalie ihr zu sagen versuchte. Ein Umstand, der inzwischen offenbar zu Gewohnheit wurde. Ein wehmütiger Blick aus dem Küchenfenster hinüber zur altehrwürdigen Weide, die in der einsetzenden Dämmerung kaum zu erkennen war. Ein letzter Seitenblick auf Rosalie, die ihre zerknitterte Schürze glättete und sich nach kurzem Zögern der Spüle zuwandte, auf der sich das benutzte Geschirr stapelte. Amber ging auf die Tür zu und hielt inne. Da sie möglichst erwachsen wirken wollte, war es ein sinnloser Wunsch, sich nach einer liebevollen Umarmung zu sehnen. Als Kind war ihr diese bereitwillig zuteilgeworden. Sie gab sich einen Ruck. Offenbar lag es an ihr, den ersten Schritt zu gehen. Sekunden später kuschelte sich Amber an Rosalies Brust.

„Und ich dachte schon, du würdest einfach verschwinden. Wie war das noch mit dem Erwachsensein? Keine kindischen Liebesbezeugungen mehr?", raunte ihre Großmutter, während sie Amber sanft über das Haar strich.

„Erwachsenwerden wird definitiv überbewertet", flüsterte Amber mit Tränen in den Augen, die sie heimlich wegwischte.

Kapitel 13

Der Begleiter ihrer Mutter stellte sich Amber als Samuel vor und warf, ohne ihren Protest zu beachten, die Tasche auf den Beifahrersitz. Notgedrungen musste sich Amber mit Isabel die Rückbank teilen.

Sie drückte sich gegen die gepolsterte Innentür, um möglichst viel Abstand zwischen sich und ihre Mutter zu bringen. Das gezwungene Lächeln auf Isabels Gesicht verblasste. An seine Stelle trat ein ratloser Ausdruck, gefolgt von einem resignierten Kopfschütteln. Amber dachte im ersten Moment, dass es ihr galt, doch Isabel tauschte im Rückspiegel mit ihrem Freund Blicke, die wohl auf Ambers Benehmen zurückzuführen waren. Es war Amber egal, ihr war gerade danach, kindisch zu sein und zu schmollen. Es war nicht ihre Entscheidung gewesen, Isabel zu begleiten. Das würde sie ihre Mutter spüren lassen. Während der Fahrt starrte sie stur aus dem Seitenfenster, ignorierte das allgemeine Schweigen und lauschte dem schnurrenden Motorengeräusch, das sie in einen tranceähnlichen Zustand versetzte. Auf halber Strecke riss Isabel der Geduldsfaden: „In Ordnung, du kannst entweder die Beleidigte spielen oder dich vernünftig verhalten. Die Wahl liegt ganz bei dir.“

Ihre Mutter klappte den Spiegel an der Rückseite des Vordersitzes hinunter, zückte einen knallroten Lippenstift und zog sich in aller Ruhe die Lippen nach. Inbrünstig hoffte Amber auf eine Unebenheit der Fahrbahn, doch zurzeit schienen ihre Wünsche nicht in Erfüllung zu gehen. Für sie kam keine der beiden von ihrer Mutter genannten Optionen infrage. Ihr fiel eine dritte Möglichkeit ein. Vielleicht lag ihr ablehnendes Verhalten an der emotionalen Achterbahnfahrt der letzten Tage oder aber an der Leere in ihrem Inneren, mit der sie nicht gut umgehen konnte. Isabel bot ihr unwissentlich ein Ventil, den aufgestauten Frust abzulassen, und Amber war verzweifelt genug, darauf anzuspringen. „Wenn ich dir jetzt schon auf die Nerven gehe, warum bittest du deinen Freund nicht einfach umzukehren? Damit wäre uns beiden geholfen!“ Selbst in ihren Ohren hörten sich die Worte hart an und offenbarten eine Kälte, über die scheinbar nur Amber erschrak. Ihre Mutter hingegen blieb gelassen und raubte ihr dadurch jegliche Kraftreserven, die sie so dringend benötigte, um Widerstand zu leisten. „Sieh einer an. Du kannst ja doch aus der Haut fahren.“ An Samuel gerichtet fügte Isabel mit einem süffisanten Lächeln hinzu: „Das hat man davon, wenn man sich um sein einziges Kind sorgt und die Erziehung wider besseren Wissens anderen überlässt. Vielleicht ist es an der Zeit, dass ich meiner Verantwortung nachkomme und ausbügele, was Charles und Rosalie verbockt haben.“

Entgeistert blickte Amber zu ihrer Mutter, die in den Rückspiegel sah und auf eine Reaktion ihres Freundes wartete. Amber beugte sich zur Mitte. Ihr Blick traf auf Samuels, der seine Augen wütend zu Schlitzen verengt hatte.

Ein durchdringender Blick von ihm ließ sie erschrocken zurückweichen. Seine Antwort, so harmlos sie auch klang, schien Amber bedeutungsschwer: „Dein Zynismus in Ehren, aber meinst du nicht, es reicht langsam? An deiner Stelle würde ich mich nicht zu weit hinauslehnen.“

Dass dieser Mann sich für sie einsetzte, änderte nichts daran, dass Amber die Situation zuwider war. Genervt sank sie auf das Polster zurück. Was gingen sie die Streitigkeiten zwischen den beiden an? Sie hatte genug eigene Probleme, ohne in eine schwierige Beziehung hineingezogen zu werden. Erschöpft schloss sie die Augen und hörte ihrer Mutter nur mit halbem Ohr zu.

„Du wirst sehen, es wird dir bei mir gefallen. Bisher hast du mich erst einmal besucht und das liegt Jahre zurück. Kannst du dich daran erinnern?“

Natürlich konnte sie sich nicht daran erinnern. Sie dürfte kaum älter als fünf Jahre gewesen sein. Sie konnte sich nicht einmal an die Penthousewohnung ihrer Mutter erinnern. Plagte Isabel plötzlich ein schlechtes Gewissen? Selbst wenn es so war, warum unterstützte Charles sie in ihrem Vorhaben, Amber zu sich zu nehmen? Amber hatte stets darauf vertraut, dass er in Bezug auf Isabel auf der Seite seiner Tochter stand. Sie hatte nicht erwartet, dass er ihr auf diese Weise in den Rücken fallen würde. Wütend schüttelte sie den Kopf. „Dafür ist es zu lange her“, murrte sie, während sie ihren Blick wieder zu Samuel schweifen ließ, der sich auf den Verkehr konzentrierte. Sie schnitt eine Grimasse angesichts der unerträglichen Situation, in die sie geraten war. Da sie seit Tagen schlecht schlief, gelang es ihr nach einer Weile nur mit Mühe die Augen offenzuhalten. Dem Drang, sich fallen zu lassen, konnte sie allerdings nicht auf Dauer widerstehen. Ein betörender Blütenduft stieg ihr in die Nase, doch sie hatte mit der Leidenschaft ihrer Mutter – der Botanik – nichts am Hut. Amber schlief ein, bevor sie darüber nachdenken konnte, woher sie diesen Duft kannte.

Filmriss. Ihr erster Gedanke, als sie mitten in der Nacht in einem fremden Zimmer aufwachte. Der Reflex, die Nachttischlampe anzuknipsen, führte ins Leere. Mit zusammengekniffenen Augen sah sie sich um: Auf der gegenüberliegenden Seite ein Fensterrahmen. Demzufolge befand sich hinter ihrem Kopf eine Wand. Sie tastete durch die Luft, berührte etwas Hartes und strich über die glatte Oberfläche einer Nachttischkonsole, die nichts Vertrautes an sich hatte: Kein aufgeschlagenes Buch, keine Spur von ihrem Funkwecker. Vorsichtig peilte sie das Fenster an.

Barfuß tapste sie noch immer in ihrem türkisfarbenen Kleid – sie spürte den weichen Stoff zwischen den Fingern – über glattes Parkett. Sie war jederzeit auf einen Widerstand gefasst, der ihr den Weg versperrte. In der Mitte des Zimmers befanden sich ein runder Tisch und ein hoher Lehnstuhl, drei Schritte weiter stand ein Kleiderschrank. Amber sah aus dem Fenster. Sie erblickte die Stadtmauer, ein hervorgehobener Schatten in der Ferne. Danach schaute sie auf das, was sich direkt vor ihrem Fenster befand und hielt inne. Anstelle der typischen, weit auseinanderliegenden Bungalows in ihrem Viertel, gab es Betonblöcke, die platzsparend aus dem Boden gestampft worden waren, und einige flache Altbauten, die seltsam deplatziert wirkten. Die Aussicht hatte nichts mit der Innenstadt gemein, deren Straßen durch die Schaufensterbeleuchtungen stets in gedämpftes Licht getaucht waren. Hier jedoch lag alles weitgehend im Dunkeln. Ein ungutes Gefühl stieg in Amber auf. Sie befand sich mit Sicherheit nicht in der Wohnung ihrer Mutter in der Innenstadt. Die Umgebung wirkte düster und verlassen und erinnerte Amber seltsamerweise an den katastrophalen Zustand der einstigen Kleinstadt. Amber wusste durch die Geschichtsbücher, die sie in der Schule durchgenommen hatten, dass die Insel vor 400 Jahren durch ein heftiges Erdbeben bis in ihre Grundfeste erschüttert worden war. Der Wiederaufbau hatte sich äußerst schwierig gestaltet. Viele Menschen waren aus allen Teilen der Insel schutzsuchend in die Stadt geströmt. Aufgrund des daraus resultierenden begrenzten Wohnraums hatte sich im Laufe der Jahre eine Großstadt entwickelt. Noch heute gab es immer wieder leichte Beben.

Amber dachte an das Meer, das sich jenseits der Stadtmauer befand. Sie hatte es bisher nie aus der Nähe gesehen, da ein Großteil der Insel für die Inselbewohner nicht öffentlich zugänglich war und ihr Vater sich hartnäckig weigerte, seine Tochter ins Hafenviertel mitzunehmen. Weder hatte sie den salzigen, frischen Geruch auf ihrer Haut gespürt noch beobachtet, wie die Wellen gegen die hohen Stadtmauern brachen. Eines Tages würde sie barfuß durch sonnengewärmten weißen Sand laufen und Muscheln sammeln, so zahlreich wie die bunten Steine, die sie, als Kind, in einer kleinen Schachtel unter ihrem Bett gehortet hatte.

Diese Vision einer Begebenheit die bisher nur in ihrem Kopf existierte, war zu einem wichtigen Bestandteil ihres Lebens geworden. Für Amber war es gleichbedeutend damit, die Insel auf eigene Faust zu erkunden.

Ein schwieriges Ziel, das zu erreichen sich lohnte.

Hinter einem der dunklen Fenster des gegenüberliegenden Gebäudes glaubte sie einen schwachen Lichtschimmer zu erkennen, der sofort wieder verschwand. Je länger sie hinüber starrte, umso stärker hatte sie das irrationale und beängstige Gefühl, beobachtet zu werden. Obwohl sie wusste, dass niemand in ein dunkles Zimmer hineinsehen konnte, wich sie zurück und stieß beinahe gegen den Tisch. Ihr beschleunigter Herzschlag schnellte noch höher. Panisch tastete sie sich in Richtung Bett vor und kam vor einer Kommode zu stehen, dachte scharf nach und lotete die Stellung der Möbel zueinander aus. Langsam ging sie auf die Zimmertür zu und tastete nach dem Lichtschalter. Bevor sie sich genauer umsah, stürzte sie zum Fenster und zog die Vorhänge zu.

Die Staubschicht auf den Möbeln deutete darauf hin, dass ihr Aufenthalt nicht geplant war. Dieses Zimmer war kein Kleinmädchenzimmer mit süßen Schleifen, über die Wände tollenden Kätzchen und einer Stofftiersammlung auf dem Bett.

Sie hatte nicht gelogen und konnte sich tatsächlich nicht an einen früheren Aufenthalt bei ihrer Mutter erinnern. Mit angezogenen Knien setzte sie sich auf das zerwühlte Bett, wippte gedankenverloren vor und zurück und behielt die geschlossene

Hälfte des Kleiderschrankes im Auge, als würde sie jeden Moment von allein aufgehen. Ein in Sackleinen gekleidetes Monster, das hervorsprang und sich auf sie stürzte, war ein Albtraum aus Kindertagen. Dass sie derart ängstlich war, sah ihr nicht ähnlich. Irgendetwas Unheimliches ging vor. Mit ihr.

Gänzlich die Kontrolle über ihre Gedanken zu verlieren und Illusion mit Realität zu verwechseln, war eine schreckliche Vorstellung, die ihr einen eisigen Schauer über den Rücken jagte. Wäre Alec in diesem Augenblick durch die Tür getreten, sie hätte ihn wohl mehr als überschwänglich begrüßt. Der Schwur, ihn zu vergessen, funktionierte offenbar nur, wenn sie auf ihn wütend war. Inzwischen war die Wut verraucht und zurück blieb einzig die Furcht, den Verstand zu verlieren. Amber griff nach dem Kissen und drückte es schützend gegen ihre Brust. Zu müde, um die aufrechte Haltung lange beizubehalten, sank sie rücklings auf das Bett, presste die Lider zusammen und hoffte, dass ihre Erschöpfung ausreichte, um wieder einzuschlafen.

Als es am Morgen an der Tür klopfte, blinzelte sie verschlafen ins Sonnenlicht, das kegelförmig durch das Fenster bis zum Fußende des Bettes fiel. Staubpartikel tanzten durch die Luft und ließen den Raum für einen Moment verwunschen wirken. Amber bemühte sich, die bleierne Müdigkeit abzuschütteln. Ihr Blick fiel auf die Bettdecke, die im Laufe der Nacht heruntergerutscht war und sich um ihre Beine gewickelt hatte. Das Plumeau war unbezogen. Ihr Verdacht, dass ihre Eltern überstürzt gehandelt hatten, schien sich zu bewahrheiten. Die Situation eröffnete ihr einen winzigen Spielraum, Charles davon zu überzeugen, dass es besser wäre, sie nach Hause zurückzuholen und Rosalies Obhut zu überlassen. Sollte es ihm allerdings einzig um eine Bestrafung gehen, hatte sie wohl nur eine geringe Chance das er sich erweichen ließ. Ein erneutes, diesmal energisches Klopfen lenkte ihre Aufmerksamkeit auf die Tür. In Erwartung, Isabel zu sehen, setzte sie sich kerzengerade auf, überlegte es sich anders und lehnte sich betont lässig gegen den Kopfteil des Bettes. „Herein."

Bevor die letzte Silbe ausgesprochen war, ging die Tür auf. Auf der Schwelle erschien Rosalie. Amber konnte es kaum fassen. Dass ihre Großmutter nachgekommen war, war eine Überraschung und brachte ihr strapaziertes Nervenkostüm gehörig durcheinander. „Du bist es!" Amber war mit einem Satz aus dem Bett und an der Tür. Das strahlende Lächeln, das Rosalie um Jahre verjüngte, erwiderte Amber aus vollem Herzen. Beim Anblick ihres zerknitterten Kleides trat Rosalie einen Schritt zurück und hob missbilligend eine Augenbraue. „Ich wusste es. Ohne meine Hilfe seid ihr aufgeschmissen. Wie gut, dass Gero Zeit hat, um für mich Taxi zu spielen. Du weißt, wie sehr ich es verabscheue, in dieser Protzkarosse herumzukutschieren, aber die Busverbindungen hierher sind wirklich miserabel. Nun gut, am besten ziehst du dieses verlotterte Kleid aus, ich werde mich darum kümmern."

Der strenge Tonfall erstickte jedweden Protest im Keim. Bevor sie sich versah, fand Amber sich am Ende des Flurs in einem kleinen Bad wieder, das auf begrenztem Raum bemerkenswert platzsparend eingerichtet war. Sie kam nicht umhin, ihr Gesicht zu mustern, und seufzte auf. Der inzwischen deutlich sichtbare Sonnenbrand konnte nicht über die dunklen Augenringe hinwegtäuschen. Die kühle Innenbeleuchtung tat ein Übriges und verlieh ihr ein fiebriges Aussehen. Resigniert drehte sie ihrem Spiegelbild den Rücken zu und starrte unschlüssig auf das Regal, in dem ein Stapel Handtücher lag und diverse Duschutensilien aufgereiht standen. Unglücklicherweise befand sich ihre Reisetasche im Gästezimmer. Zwar entdeckte sie alles, was sie benötigte, dennoch fühlte sie sich unwohl, in fremden Sachen zu wühlen. Dasselbe Shampoo und Duschgel zu verwenden, wie ihre Mutter gefiel ihr nicht. Der gleiche Blumenduft – wie eine warme Sommerbrise. Eine Komponente versetzte sie regelrecht in Verzückung. Immer tiefer sog sie den zuckrigen Duft ein und schloss die Augen. Sekunden später war der kurze Rausch vorüber. Abgesehen von der kitschigen Vorstellung eines romantisch angehauchten mitsommernächtlichen Treffens mit Alec stach in ihrer Erinnerung nur die am Boden vergessene schlichte Blume heraus. Obwohl sich Amber kaum vorstellen konnte, dass Alec ein Faible für Blumen hatte. Was, wenn er an jenem Abend etwas völlig anderes im Sinn gehabt hatte? Sie spürte, dass sie nah an einer möglichen Lösung war. Alec hatte ihr vielleicht etwas Wichtiges verraten und sie hatte es bloß nicht verstanden. Wenn es um ihn ging, schien ihr Gedächtnis im Sparmodus zu arbeiten.

Die Morgentoilette erledigte sie in Rekordzeit. Eingewickelt in ein flauschiges Badehandtuch trat sie den Rückweg an. Dieses Mal gab es niemanden, der sie davon abhielt, sich in Isabels Wohnung umzusehen. Sich zu verlaufen war ausgeschlossen, Isabel oder Samuel über die Füße zu stolpern aber mehr als wahrscheinlich. Die Bilder im Flur sahen nett aus, trafen jedoch nicht Ambers Geschmack.

Bei genauerem Betrachten entdeckte sie, dass sie von ein- und demselben Künstler stammten. Zumindest stand seine Signatur auf allen Bildern: Samuel K. Isabels Freund musste ein begnadeter Maler sein. Der Überraschungsmoment ging vorüber. Zunehmend gelangweilt tappte Amber auf das Gästezimmer zu, aber das letzte Bild der Reihe weckte erneut ihr Interesse. Die meisten waren in düsteren Farben gehalten. Alle hatten ein ähnliches Motiv – unterschiedliche Ansichten der Stadt – aber dieses zeigte den Stadtkern in dem sich auch die Steinsalzfabrik befand, aus einer anderen Perspektive.

Es offenbarte das Innere eines Gewölbes, als hätten Urgewalten die Erde aufgebrochen und die Ränder nach außen geklappt.

Eine Grotte, die vielleicht auf eine unberührte Insel hindeutete. Der Eingang lag jedoch inmitten eines Trümmerfeldes, das offenbar von dem sechzehn Jahre zurückliegendem Erdbeben herrührte. Das Bild strahlte eine sonderbare Faszination auf Amber aus, sodass es ihr schwerfiel, den Blick abzuwenden.

Der Maler hatte die alte Steinsalzfabrik, die sich offenbar in unmittelbarer Nähe dieser Grotte befand, ignoriert und sich ausschließlich auf das Innere des Gewölbes konzentriert: Schlanke weiß glitzernde Stalaktite, hingen wie Eiszapfen von der Höhlendecke. Seit Jahrhunderten wurde auf Aberness Steinsalz abgebaut. Das weiße Gold, wie Ambers Großmutter zu sagen pflegte. Der Maler hatte das Motiv mit lodernden türkisfarbenen Flammen überzogen, die das Ganze wie eine Unterwasserwelt wirken ließen. Scheinbar hatte Samuel eine digitale Stadtkarte als Vorlage verwendet. Nach dem Erdbeben hatte der Stadtrat den inneren Bezirk und das Fabrikgelände für Außenstehende abgeriegelt. Ein Teil des Areals galt als einsturzgefährdet. Die Stadtverwaltung lehnte eine Instandsetzung ab, da sie diese als zu zeitaufwendig und kaum rentabel ansah. Von einer Grotte hatte Amber noch nie etwas gehört.

Aufgeschreckt durch ein Geräusch fuhr Amber herum und huschte in das Zimmer zurück, das sie in den kommenden Tagen bewohnen sollte. Ihre Kleidung nebst all den persönlichen Dingen, die sie am Vorabend planlos in die Tasche gestopft hatte, lag ordentlich ausgebreitet auf dem inzwischen bezogenen Bett. Die straff gezogene Decke trug eindeutig Rosalies Handschrift.

Amber zog Shorts und ein T-Shirt unter den Stapeln hervor. Da die verschmutzten Sneakers dank Rosalie vermutlich umgehend im Waschautomaten gelandet waren, fiel die Entscheidung auf ein Paar bequeme Turnschuhe. Ihr feuchtes Haar ließ Amber wie immer an der Luft trocknen. Sie trennte eine Strähne am Scheitel ab, flocht diese und steckte sie seitlich über der Stirn mit einem Haarclip fest. Mithilfe des Handspiegels gelang ihr ein recht passables Make-up: Kajalstift und etwas Abtöncreme, die die Schatten unter den Augen umgehend kaschierte. Auf Rouge konnte sie die nächsten Tage gut und gern verzichten. Fünf Minuten später klapperte sie auf der Suche nach der Küche eine Tür nach der anderen ab, als plötzlich der Läufer unter ihren Füßen vibrierte. Erschrocken wartete Amber auf einen weiteren Schub, der jedoch ausblieb. Wie viele Menschen in dieser Stadt, reagierte auch sie sensibel auf jedwede Erschütterung.

Würde die Stadt, sollte es erneut zu einem schweren Erdbeben kommen, wie Pappmaché in sich zusammenfallen? Und unzählige Menschen unter Schutt und Asche begraben, wie es bereits einmal geschehen war? Wieso dachte sie ausgerechnet jetzt über die Auswirkungen eines Bebens nach, das vor ihrer Geburt stattgefunden hatte? Die leichten Erschütterungen waren nichts Ungewöhnliches und ereigneten sich mehrmals innerhalb eines Monats.

Amber wartete, bis das Beben vorüber war, und ging auf eine angelehnte Tür zu, durch die helles Sonnenlicht in den düsteren Flur fiel. Da weitere Begegnungen mit ihrer Mutter wohl nicht zu verhindern waren, konnte sie es auch gleich hinter sich bringen. Rosalies amüsiertes Lachen erklang. Mit der flachen Hand drückte Amber die Tür auf und übertrat, unbemerkt von den beiden Frauen, die Schwelle.

„Meine Kleine, mach dir darüber mal keine Sorgen, das wird schon. Wenn ich es mir recht überlege, ich kannte einmal eine junge Dame, mit Namen Isabel, der eine etwas strengere Erziehung durchaus gutgetan hätte."

„Na, diese Worte aus deinem Mund zu hören, verwundert mich nun doch. Charles' Gesellschaft hinterlässt offenbar auch bei dir Spuren. Oder, wie Samuel sagte, passt man nicht auf, färbt jemand schneller auf einen ab, als es einem lieb ist.“

„Bei mir färbt nichts, bei mir blättert`s nur noch. Lass gefälligst dieses Grinsen! Wenn du erst mal in mein Alter kommst ...“ Rosalie goss ein Getränk in Isabels Tasse. Der Duft und die Thermoskanne, deren Außenbeschichtung Isabels Profil verzerrt widerspiegelte, ließen Amber vermuten, dass es sich um Kaffee handelte.

Dieser war Amber im Moment schnuppe, ebenso das helle, gemütlich eingerichtete Zimmer, das im Gegensatz zu den anderen Räumen überraschend großzügig geschnitten war und ungewöhnlich hohe, bis zum Boden reichende Fenster hatte. Eine süßliche Duftwolke, getragen von einem Luftzug, der durch die geöffnete Terrassentür wehte, kitzelte Amber in der Nase. Der bunten Blütenpracht in den Töpfen und Kübeln, die den dahinterliegenden, verglasten Wintergarten, dessen Fenster auf kipp standen, schenkte sie nur einen flüchtigen Blick. Das Einzige, woran sie im Moment denken konnte, war der Kosename: Meine Kleine. Bisher war dieser Name nur ihr vorbehalten gewesen. Die Bezeichnung aus Kindertagen symbolisierte seit jeher die tiefe Verbundenheit zwischen Rosalie und ihr. Niemand sonst nannte Amber so. Sie fühlte sich betrogen. Der Kosename hatte ihr immer das Gefühl gegeben, Fehler begehen zu dürfen, ohne in Ungnade zu fallen.

Da ihrer Mutter diese Bezeichnung ebenfalls zuteil geworden war, beobachtete sie heimlich die beiden Frauen. Dass sie wie selbstverständlich und sehr vertraut miteinander umgingen, irritierte Amber und machte sie wütend. Aus früheren Erzählungen wusste sie, dass Ambers Großmutter mütterlicherseits mit Rosalie befreundet gewesen war. Trotz unterschiedlicher Herkunft hatten sich die beiden älteren Frauen einst nahe gestanden, aber Amber hatte diese Großmutter nie persönlich kennengelernt.

Nach der Scheidung von Ambers Vater war Isabels Stellung klar definiert. Obwohl sie sich kurz nach Ambers Geburt von Charles getrennt hatte, blieb sie ein Mitglied der Familie Wellington. Amber war bisher der Meinung gewesen, dass Rosalie Isabel verübelte, ihre Familie verlassen zu haben. Offenbar hatte sie sich auch darin getäuscht. Waren denn inzwischen alle um sie herum verrückt geworden?

Amber starrte auf Isabels sonnengebräuntes Schulterblatt. Wenn sie gekonnt hätte, hätte sie ihr ebenso Schmerzen zugefügt, wie Amber sie in diesem Moment empfand. Nur ein klein wenig, genug, um ihre Mutter aus dem Zustand der Zufriedenheit und Selbstgefälligkeit herauszureißen.

„Möchtest du weiter als Salzsäule auftreten und den beiden alle Brötchen überlassen, oder kommst du mit rein?“, fragte Samuel dicht hinter ihr. Amber wirbelte herum und begegnete seinem amüsierten Blick. Da er sie offenbar beobachtet hatte, sah sie keine Veranlassung, sich für ihr Verhalten zu rechtfertigen. Ein Feind vor ihr und einer direkt hinter ihr, die Entscheidung fiel zugunsten ihrer Mutter aus.

Isabel deutete mit einem schmalen Lächeln auf den Stuhl direkt neben sich. Langsam aber sicher ging Amber die überzogene Fürsorge gehörig auf den Geist. Sie zögerte, Platz zu nehmen. Den Tisch zu umrunden, um sich auf einen anderen freien Stuhl zu setzen, wäre aber eine allzu kindische Reaktion. Sie hatte keineswegs vor, mit Isabel Freundschaft zu schließen. Da ihre Großmutter allerdings die Fronten, wenn auch nicht gewechselt, so doch verschoben hatte, war ein Waffenstillstand eine Möglichkeit. Damit würde sie zumindest für den überschaubaren Zeitraum ihres Aufenthalts zurechtkommen.

„Wie ich sehe, wurde bereits ohne mich begonnen. Solange ich zwei Tassen Kaffee bekomme, soll es mir recht sein." Samuel zwinkerte ihr zu, als wären sie ein eingeschworenes Team, das ein Geheimnis teilte. Zugegeben, er sah attraktiv aus und seine zerzausten Haare, ebenso wie seine blauen Augen, erinnerten sie an Alec. Ein Sonnenstrahl fiel auf Samuels Arm. Für den Bruchteil einer Sekunde hatte Amber den Eindruck, dass seine Haut schimmerte. Dann war der Moment vorüber. Sein Karohemd spannte etwas über der breiten Brust, passte jedoch perfekt zu der schwarzen Jeans. Als Holzfäller wäre er eine Wucht. Offensichtlich sah Isabel das ähnlich. Ohne sich daran zu stören, dass sie nicht allein waren, beugte sie sich über den Tisch und drückte ihm einen Kuss auf die Wange. Gerade rechtzeitig griff Amber nach dem Marmeladenglas, das Samuel, bei dem Versuch Isabel auszuweichen, fast mit dem Ellenbogen umgestoßen hätte. Ein schneller Blick auf Rosalie, die ebenfalls Platz genommen hatte, verstärkte ihre Irritation. Amber hätte erwartet, dass ihre Großmutter Isabels Verhalten unpassend fand. Stattdessen nahm Rosalie in aller Gelassenheit ein Brötchen aus dem Korb und begann, es mit dem Frühstücksmesser rundum aufzuschneiden. Amber häufte, in der Zuversicht mit vollem Mund einem Gespräch aus dem Weg zu gehen, Brötchen, Wurst und Käse auf ihrem Teller.

„Ich hoffe, du hattest eine angenehme Nacht und bist nicht allzu sehr erschrocken, heute Morgen in einem fremden Zimmer aufzuwachen. Samuel wollte dich nicht wecken. Er meint, du wärst ein Fliegengewicht, was ich kaum glauben kann, bei deinem Appetit."

Amber hatte keine Lust, ihre Mutter darüber aufzuklären, warum sie in den letzten Tagen kaum etwas gegessen hatte und deswegen Hunger hatte. Sie schob sich eine weitere dicke Scheibe Wurst in den Mund. Alec war Geschichte. Die kommenden Tage würde sie nutzen und sich in Ruhe in der Gegend umsehen. Sie war neugierig, wie die Leute hier lebten. Sie erinnerte sich noch gut an die beiden aufgeweckten Kinder und die Frauen in ihren bunten Kleidern. In diesem Viertel war der Menschenschlag vermutlich auch ein komplett anderer, als Amber es von Zuhause gewohnt war.

„Ich würde mich gern umsehen. Draußen. Geht das in Ordnung?“ Die harmlose Frage löste allgemeines Schweigen aus. Selbst das Klirren des Teelöffels, mit dem Isabel die Milch in der Tasse umgerührt hatte, verstummte.

Ein schneller Blickwechsel zwischen Isabel und Samuel. Am Ende war es jedoch Rosalie, die Amber mit einer diplomatischen Antwort überraschte: „Wenn du in der Nähe bleibst, hat deine Mutter bestimmt nichts dagegen. Im Moment bin ich ja sozusagen außer Dienst.“ Rosalies aufmunterndes Lächeln fiel nicht so gelassen aus, wie vermutlich beabsichtigt.

„Natürlich kannst du dich hier frei bewegen. Du stehst nicht unter Arrest. Ich könnte dich begleiten. Natürlich nur, wenn du willst ...“, Isabel schob eine flachsblonde Strähne zurück und nestelte nervös an ihrem Ohrring. Ein schlichter weißer Anhänger in Tropfenform, der, je nachdem wie das Licht darauf fiel, einen rosigen Farbton annahm. Etwas an diesem Schmuckstück irritierte Amber. Ihr war, als hätte sie es schon einmal gesehen, aber das war eigentlich unmöglich. Ein anderer Gedanke drängte sich in den Vordergrund. War es ein Geschenk von Charles oder Isabels derzeitigen Liebhabers? Die Frage war müßig, denn zwischen Charles und Samuel hatte es vermutlich einige Verehrer gegeben, die Amber nie kennengelernt hatte. Das Klappern des Geschirrs riss sie aus ihren trüben Gedanken. Samuel saß entspannt auf seinem Stuhl und schien sie zu beobachten. Was hatte er entdeckt? Einen entrückten Gesichtsausdruck?

Sie musste ihm verrückt vorkommen und lief vor Verlegenheit rot an. Er ließ nicht erkennen, ob er es bemerkte, streckte die langen Beine unter dem Tisch aus und schob seine leere Tasse zur Seite. Sein markantes Gesicht wirkte nachdenklich mit einer Spur Anspannung. „Isabel erzählte mir, dass du schweigsam bist. Sie hat definitiv untertrieben. Wenn ich du wäre, würde ich die kommenden zwei Wochen genießen. Fremdenführer ist mein zweites Standbein, wenn du einen brauchst, lass es mich wissen."

Amber kippte den restlichen Kaffee hinunter und schüttelte unmerklich den Kopf. Ein bitterer Geschmack füllte ihren Mund. Zwei ganze Wochen. Zuvor war von wenigen Tagen die Rede gewesen. Offenbar fasste er ihr Schweigen als Antwort auf.

„Ich muss los. Wir sehen uns. Meine Damen, ich wünsche viel Spaß." Er verabschiedete sich mit einer angedeuteten Verbeugung. Seine Ungelenkigkeit dabei entlockte Amber ein Lächeln. An der Tür hielt er inne und runzelte die Stirn, als hätte er etwas Wichtiges vergessen. „Solltest du einen Alleingang planen, empfehle ich dir einen Abstecher zum Marktplatz. Er wird dir bestimmt gefallen. Außerdem sind die Leute dort sehr zuvorkommend und freundlich", sagte er an Amber gerichtet. Er verließ den Raum, dicht gefolgt von Isabel, die sich vermutlich auf ihre Weise von ihm verabschieden würde. Amber war das egal, solange sie das Süßholzraspeln nicht miterleben musste. Dieser Mann verwirrte sie und es hatte nichts mit seinem guten Aussehen zu tun. Lag es an seinem unkomplizierten Auftreten? Er machte nicht den Eindruck, als wäre er genervt von der widerspenstigen Tochter seiner Freundin, die sich ihm gegenüber nicht gerade freundlich verhielt. Eigentlich verhielt sie sich gar nicht. Sie war einfach unsicher, wie sie Samuel und ihrer Mutter gegenüber auftreten sollte, ohne sich zu verbiegen oder ihren inneren Aufruhr zu offenbaren.

„Dieser herrliche Tag ist viel zu schön, um Trübsal zu blasen. Du hast es gehört, erkunde die Umgebung und achte darauf, den Ecken und Kanten auszuweichen."

„Welche Ecken meinst du?"

„Na die der Leute, die dir während deines Ausflugs begegnen, was denn sonst?"

Ratlos zuckte Amber mit den Schultern.

„In dieser Gegend sind so einige anders, als du es gewohnt bist. Da trifft man schon mal auf Menschen mit Ecken und Kanten. Aber die sind harmlos im Vergleich zu denen, die sich direkt am Hafen herumtreiben. Du hast hoffentlich nicht vor, auf deinen Streifzügen bis dorthin zu gelangen?"

„Nein, auf keinen Fall!", entfuhr es Amber im Brustton der Überzeugung und sie meinte es so. Das Künstlerviertel barg vermutlich genug Überraschungen, mehr würde sie kaum verkraften können. Plötzlich wurde Amber etwas klar. Rosalie und Isabel hatten ihr die ganze Zeit etwas vorgemacht. Woher wussten sie, dass Amber ein Auge auf das Hafenviertel geworfen hatte, wenn nicht durch ihren Ausflug ins Präsidium? Sie wussten Bescheid. Es lag jedoch auf der Hand, warum sie Amber allein umherstreifen ließen. Zwischen hier und dem Zwölfer lag, dem Streckenverlauf nach, eine Entfernung von ungefähr 5 Kilometern. Die Linie wäre mit einem Bus leicht zu bewältigen, aber Amber besaß keinen Fahrchip. Für sie war die Strecke, die sie zu Fuß zurücklegen müsste, bei dieser Hitze zu anstrengend. Außer sie besaß Sieben-Meilen-Stiefel in der passenden Größe. Amber war eine exzellente Taucherin, aber eine Niete wenn es ums Laufen ging. Einen Einzelfahrschein zu kaufen würde vermutlich eine Überprüfung ihrer Daten nach sich ziehen. Niemand kaufte sich zurzeit eine Einzelkarte, wenn er etwas zu verbergen hatte. Tagestickets wurden öfter kontrolliert, als eine nats- oder Jahreskarte.

Amber verstand, warum dieses Kontrollsystem vor Kurzem eingeführt worden war. Sie war aber weder eine angehende Kriminelle noch scharf darauf, ihrem Vater Gelegenheit zu geben, seiner Tochter hinterherzuspionieren. Mit Sicherheit hatte er in seiner Paranoia an diese Möglichkeit gedacht – dass Rosalie seit der gemeinsamen Stadtbusfahrt Ambers Fahrchip bei sich hatte, stellte ein Problem dar. Selbst wenn Amber darum bat, würde sie ihn ihr kaum freiwillig zurückgeben. Sie hatte jedoch nicht vor, sich auch nur in die Nähe des Zwölfers zu wagen.

„Keine Sorge, ich melde mich umgehend, sollte ich auf eine Ecke treffen, die mir nicht geheuer ist."

„Ach, haben wir unseren Humor wiedergefunden? Ab mit dir, gegen eins gibt es Mittagessen. Es wäre nett, wenn du ausnahmsweise pünktlich wärst."

Es war erstaunlich, wie sich jemand seiner Umgebung anzupassen vermochte; Rosalie hatte kaum mehr etwas von einer strengen Großmutter an sich, als wäre diese Seite beim Betreten des Viertels gänzlich von ihr abgefallen. Insgeheim hatte Amber während des Frühstücks darauf gewartet, dass sie ihr eine endlose Liste genauer Anweisungen mitgeben würde; zumindest hätte Charles das getan. Stattdessen wurde Amber wie ein Hund, der im Weg stand, einfach durch die Tür hinausgescheucht. Ihr wurde die Enge zu viel. Plötzlich konnte sie es kaum erwarten, den geplanten Streifzug in die Tat umzusetzen. „Dann bis später."

Der Korridor wirkte viel freundlicher und heller als zuvor. Die Bilder an den Wänden waren nicht mehr bedeutungsschwer und das Gästezimmer nicht zweckmäßig, sondern gemütlich. Die Vase mit frisch geschnittenen Lilien auf dem Tisch, die geblümte Bettdecke, all dies wirkte einladend und ließ ihren Aufenthalt nicht mehr ganz so düster erscheinen. Vielleicht tat sie Isabel Unrecht; zumindest was deren Bereitschaft, ihre Tochter bei sich aufzunehmen, betraf. Die Möglichkeit, Neues kennenzulernen, wollte Amber unbedingt nutzen. Zuvor stand jedoch der geplante Anruf bei ihrem Vater an. Eigentlich musste sie nur in den Rucksack greifen, sie war sicher, ihr Smartphone am Vorabend dort hineingetan zu haben. Es war aber nicht dort, wo es sein sollte. Hektisch kippte sie den Rucksack auf der Bettdecke aus und durchwühlte ihre Habseligkeiten. Zerknautschte Kaugummipackungen purzelten ihr entgegen, gefolgt von der Musik-CD, die Alec ihr geschenkt hatte. Panisch öffnete sie die Schutzhülle und atmete erleichtert auf. Zumindest der Zettel war dort, wo sie ihn versteckt hatte. Ratlos schaute sie sich im Zimmer um, obwohl sie genau wusste, dass sie ihr iPhone nicht verlegt haben konnte. Rosalie kam ihr in den Sinn. Warum sollte ihre Großmutter in ihren Sachen wühlen und das Handy an sich nehmen? Amber schlich zurück in den Flur, dessen angrenzende Räume sie inzwischen zuordnen konnte. Links von ihr lag allem Anschein nach Isabels und Samuels Zimmer; zumindest ließ das riesige Doppelbett darauf schließen. Auf der anderen Seite, unweit der Küche, befand sich ein kleiner Raum, der wie ein Abstellraum wirkte. Allerdings standen ein schmales Bett und eine wuchtige Holztruhe darin, die man ohne weiteres als Schrankersatz verwenden konnte. Auf dem Bett lag eine gehäkelte altrosa Tagesdecke. Da Amber das einzige Gästezimmer bewohnte, hatte hier wohl Rosalie Unterschlupf gefunden. Amber ließ die Tür einen Spalt breit offen, bereit jederzeit zu verschwinden, was in Anbetracht der Größe des Raumes und des einzigen Ausgangs im Ernstfall schwierig werden würde. Sie hob den Deckel der Truhe an, durchsuchte den ordentlich zusammengelegten Wäschestapel und achtete darauf, alle Hinweise zu vermeiden, die darauf hindeuteten, dass sich jemand an Rosalies Wäsche zu schaffen gemacht hatte. Sie fand ihr iPhone schneller als erwartet. Für weitere Spekulationen darüber, ob Rosalie das Smartphone tatsächlich entwendet und vor ihr versteckt hatte, blieb keine Zeit. Vermutlich hatte Amber das iPhone selbst zwischen der Wäsche vergessen, als Rosalie ihr Plumeau bezogen hatte. Amber konnte sich vorstellen, dass es so versehentlich zwischen die saubere Wäsche geraten war.

Kapitel 14

Kurz darauf verließ Amber unbehelligt die Wohnung und konfigurierte ihr Smartphone mithilfe der Standortsuche. Aus Neugier gab sie ‚Soundset 12' und ‚Hafenviertel' ein. Eine gestrichelte Linie erschien auf dem Display, schlängelte sich zwischen den Gebäuden hindurch und über Kreuzungen hinweg bis zu einem gelben Markierungspunkt. Sie endete an Reihenhäusern, die sich, zusammengeschrumpft wie ein vertrockneter Apfel von grauer pelziger Farbe, in direkter Nachbarschaft des Hafens befanden.

Das war kein Ort, den sie freiwillig aufsuchen würde. Sie verstaute das Smartphone sicher in der Hosentasche und war bereit, alle Ecken und Kanten innerhalb des Künstlerviertels auszuspähen.

Amber folgte der leicht abschüssigen, menschenleeren Straße und wechselte kurz darauf auf den Bürgersteig. Zwischen Wohnblocks neueren Datums standen restaurierte Häuser, die vor mehr als 100 Jahren Teil einer überschaubaren Hafenstadt gewesen waren. Einige sahen frisch gestrichen aus, die meisten waren jedoch heruntergekommen. Amber versuchte, sich die einstigen Bewohner dieses Viertels vorzustellen– einst ausgewandert mit der Hoffnung auf ein besseres Leben. Während sie sich immer weiter von der Wohnung entfernte, in der sie die letzte Nacht verbracht hatte, fiel ihr wieder das Wort ‚Glimmer' ein. Der

Abbau dieses Isoliermaterials, das in der Elektrotechnik einen hohen Stellenwert einnahm, war eine weitere Einnahmequelle der Insel. Viele ehemalige Fischer wurden zu Bergarbeitern und sicherten sich dadurch ein geregeltes Einkommen. Für sie war der Berufswechsel in Zeiten hohen Fischsterbens und der stetig ansteigenden Wasserverschmutzung das kleinere Übel. Dennoch stieß Amber der Gedanke an die Mine bitter auf, als hätte sie in eine überreife Pampelmuse gebissen.

Diese Grube verdeutlichte die Ausbeutung der Insel, die vor Jahrzehnten ihren Anfang genommen hatte und weiterhin anhielt.

Amber liebte die alten Bildbände und Geschichten über Aberness, die in der Stadtbibliothek hinterlegt waren. Sie führten ihr aber auch vor Augen, wie sich die Insel, oder zumindest der öffentlich zugängliche Teil, im Laufe der Zeit verändert hatte. Sie erreichte die Kreuzung und wurde von zwei jungen Frauen, die in ihren farbenprächtigen Gewändern die Straße entlang flanierten, aus ihren Gedanken gerissen. Deren fröhliches Gelächter ließ sie ihnen mit Blicken folgen. Die sternförmigen Muster auf ihren knöchellangen Kleidern wirkten wie Batik. Alec besaß ein ähnliches T-Shirt. Die Frauen waren etwas schmuddelig, aber voller Leben und darüber hinaus wunderschön anzusehen. Die schulterlangen roten Haare der beiden passten perfekt zu ihrem Outfit. Die Frauen boten einen ungewöhnlichen Anblick. Eine Gruppe junger Männer trat aus einem der Hallentrakte, die früher zu einer Fischfabrik gehört hatten. Das verriet zumindest das verrostete Schild mit der verblassten Abbildung eines prall gefüllten Fischernetzes über dem Eingang. Gutgelaunt pfiffen die Jüngeren unter den Männern den beiden Frauen nach und ernteten als Belohnung für ihre Dreistigkeit zugeworfene Handküsse, die mit viel Tamtam begrüßt wurden. Das Spektakel war innerhalb weniger Sekunden vorüber und die Nachzügler beeilten sich, zu ihrer Gruppe aufzuschließen. Eigentlich wollte Amber ihnen aus sicherer Entfernung folgen, doch ein Schaufenster auf der gegenüberliegenden Straßenseite fesselte ihr Interesse. Da kaum Autos fuhren, sparte sie sich den Umweg über den Zebrastreifen. ‚Mica - Kuriositäten aus erster Hand': Im Sonnenlicht funkelte der Schriftzug über der Tür und verlieh dem unscheinbaren Messingschild einen Hauch Glamour. Aber nicht das war es, was ihr aufgefallen war, sondern ein Relief. Es besaß die Form eines Handgelenks. Dieses wurde von einem Schmuckstück umschlossen, das ihrem Armband verblüffend ähnlich sah. Neugierig drückte Amber die Nase gegen die Scheibe: Kohlezeichnungen und Tierskulpturen, deren Vorbilder längst von der Bildfläche verschwunden waren – aus Basalt gehauen, aus Metall gegossen und aus Holzklötzen in mühsamer Kleinarbeit geschnitzt. Die Kunstgegenstände lagen in der verstaubten Auslage, als hätte man sie vor langer Zeit zum Verkauf ausgestellt und irgendwann vergessen. Ohne zu wissen, was genau sie in diesem heruntergekommenen Laden suchte, drückte Amber die Türklinke hinunter. Dämmerlicht empfing sie. Abgestandene Luft schlug ihr entgegen und trug den Geruch von Salz, Algen und Fäulnis mit sich.

Amber rümpfte die Nase, steuerte unschlüssig einige abgewetzte Sessel im hinteren Teil des Raumes an und blickte sich interessiert um. Zu beiden Seiten des Gangs standen Glasvitrinen, vollgestopft mit seltsamen Gegenständen: Muscheln unterschiedlichster Größe, Farbe und Form – einige an den Rändern gezackt, andere glatt wie mit Schmirgelpapier bearbeitet – ruhten neben getrockneten Seesternen und Kugelfischen, die Amber anstarrten. Dass der Besitzer ein Faible für das Meer und seine Lebewesen hegte, hätte ihn unter normalen Umständen unweigerlich sympathisch gemacht, doch sie mochte es nicht, wenn unschuldige Tiere zu Ausstellungszwecken ihr Leben lassen mussten. Die Hälfte der Strecke bis zum hinteren Teil des Geschäfts lag bereits hinter ihr und noch immer tauchte niemand auf; als befände sich dieser Laden in einem zeitüberdauernden Tiefschlaf.

Die letzte Vitrine wirkte seltsam deplatziert. Milchglas verhinderte den Blick ins Innere. Vorsichtig berührte Amber die Scheibe mit den Fingerspitzen. Neugierig zu erfahren, was sich hinter der Scheibe befand, umrundete sie den klobigen Kasten und zuckte ratlos mit den Schultern.

„Gestatten, Edmond Kincaid. Ich bevorzuge allerdings, Ed genannt zu werden. Ich frage mich, ob ich Ihnen behilflich sein kann?"

Erschrocken wirbelte sie zu dem Mann herum, der sie eingehend musterte. Der Name Kincaid war auf der Insel häufig vertreten. Es war unwahrscheinlich, dass der alte Mann etwas mit Alec zu tun hatte. Trotzdem beschlich Amber ein merkwürdiges Gefühl. Konnte das wirklich Zufall sein? Dass es sich bei diesem Laden um ein Überbleibsel vergangener Zeiten handelte, hatte sie inzwischen begriffen. Dass der Besitzer ebenfalls zu dieser Kategorie zählte, überraschte sie dennoch. Es war ihr peinlich, bei ihrer Inspektion ertappt worden zu sein, und sie versuchte, ihre Bestürzung unter dem Deckmantel guten Benehmens zu verbergen. „Bitte entschuldigen Sie mein Eindringen. Ich wollte mich nur umsehen. Es tut mir leid, wenn ich Sie gestört habe." Ihre Antwort war ein sinnloses Gestammel. Aus den Augenwinkeln hatte sie ihren Fingerabdruck auf dem Glas entdeckt und trat einen Schritt seitwärts, in der Hoffnung, dadurch die verdächtigen Spuren zu verdecken. Edmond lächelte. Trotz seiner schlohweißen Haare und der tiefen Falten konnte sie erkennen, dass er in jungen Jahren gutaussehend gewesen sein musste. Sie erwiderte sein Lächeln, blieb aber auf der Hut. Nicht nur, dass dieser Mann mit einem breiten Akzent sprach, den sie noch nie zuvor gehört hatte und der es ihr erschwerte, ihn überhaupt zu verstehen. Dieser Raum barg darüber hinaus seltsame Gegenstände.

„Ich geh dann mal wieder …“ Bevor sie den Satz mit taktischem Rückzug und einem „… und wünsche einen schönen Tag“ beenden konnte, fiel der alte Mann ihr ins Wort: „Aber nicht doch. Kaum jemand verirrt sich in mein Geschäft. Ich frage mich, ob Sie mir Gesellschaft leisten?“

Dass sich selten jemand an einen solch mumifizierten Ort verirrte, glaubte sie ihm aufs Wort. In diesem Moment hätte sie am liebsten auf der Stelle kehrtgemacht. Sie saß in der Falle. Der Raum wirkte plötzlich düster wie ein Mausoleum. Amber schaute in Richtung Eingangstür. In diesem Moment fühlte sie vermutlich dasselbe wie Insekten, die bei Einbruch der Dämmerung einer Lichtquelle zustrebten, bereit, für einen Platz in der ersten Reihe gemordet zu werden. „Es tut mir leid. Ich bin zu Besuch bei meiner Mutter und schon viel zu lange weg. Sie macht sich bestimmt Sorgen.“

Insgeheim schalt sie sich eine Närrin. Warum sollte dieser seltsame alte Mann sich dafür interessieren, aus welchem Grund sie sich in dieser Gegend aufhielt, oder wer sich um sie sorgen könnte, wenn es selbst Amber kaum berührte? Abwartendes Schweigen, wiederholt unkontrolliertes Nicken und der nunmehr neugierige Blick des Alten verstärkten ihre Nervosität. Unfähig stillzustehen, wich sie zurück und stieß mit dem Rücken gegen die Vitrine.

„Ich frage mich ernsthaft, ob du Isas Tochter bist. Ja, du siehst ihr wirklich ähnlich, bis auf diese Augen …“

Obwohl leise ausgesprochen, verfehlten die Worte nicht ihre Wirkung. Es war seltsam, dass er ihre Mutter kannte. Isabel wohnte ja nicht gerade in direkter Nachbarschaft des Ladens. Seine Frage, die, wie ihr langsam dämmerte, keinesfalls als solche gemeint war, löste bei ihr zwiespältige Gefühle aus. Die Situation war äußerst unangenehm. Inzwischen hatte sie den Eindruck, dass er mit allen Mitteln versuchte, sie in seinem Laden festzuhalten. Sie drehte ihm den Rücken zu und bezwang den Drang, mit der Hand über den glänzenden Abdruck zu wischen. „Ich frage mich, was sich in diesem Glasbehälter befindet?“

Das gedämpfte Kichern verriet, dass sie die richtige Frage gestellt hatte. Ihr Blick fiel auf die Klinke, die sich seitlich an der Vitrine befand. Ambers Interesse war ernst gemeint. Sie war neugierig, was so kostbar war, dass es vor den Blicken der Kunden geschützt werden musste.

„Ebenso neugierig wie Isa, genau diese Frage hat sie mir vor langer Zeit ebenfalls gestellt. Nur begriffen hat sie nie, welche Folgen ...“ Die altersschwache Stimme erstarb, als wären auch bei Amber jegliche Erklärungsversuche sinnlos. „Geh mal zur Seite, besser ich zeige es dir.“ Amber sah zu, wie er die Vitrine öffnete. „Dies ist das einzige Stück, das in meinem Besitz verblieben ist.“ Die Stimme des Alten klang sanft, fast ehrfürchtig. Amber verlagerte ihr Gewicht auf das andere Bein und hätte sich nicht gewundert, wenn er den Satz mit „mein Schatzzz“ ergänzt hätte. Anstatt etwas Spektakulärem befand sich hinter der Milchglasscheibe nur ein handtellergroßes Stück braunes Fell. Ungläubig starrte Amber auf den an den Rändern ausgefransten Pelz und wartete auf weitere Erklärungen, die allerdings ausblieben. Edmond schien sie vergessen zu haben. Seine Hand zitterte, als er das Fell an seine eingefallene Wange drückte und dabei einen tiefen Seufzer ausstieß. Automatisch trat Amber einen Schritt zurück. Dem eigentümlichen Geruch, der der Vitrine entströmte, konnte sie jedoch nicht entgehen. Etwas abgestanden, aber auch frisch wie eine Meeresbrise, die nach Algen und Salz roch. Ambers Fingerspitzen begannen erneut zu kribbeln – dieses Mal schlimmer als je zuvor. Offenbar hatte sie vor Kurzem etwas angefasst, auf das sie nun reagierte. Erstaunt sah sie auf ihre Hände hinab.

Es gab keine Spur einer Rötung, die auf eine allergische Reaktion hindeutete. Mehrmals rieb sie die Hände aneinander, die Intensität blieb allerdings unverändert bestehen. Sie bemerkte nur am Rande, dass Edmond jede ihrer Bewegungen mitzuverfolgen schien und sich seine Augen überrascht weiteten. „Ich erlaube bloß Wenigen es zu berühren, aber du darfst es gerne einmal anfassen."

Sie nickte abwesend, vollauf damit beschäftigt, ihre Hände an ihrem Shirt abzuwischen, bei dem Versuch das Kribbeln zumindest etwas zu mildern. Amber zuckte erschrocken zusammen, als ihr Edmond den mottenzerfressenen Fetzen unverblümt unter die Nase hielt. Entgeistert, dass er offenbar von ihr erwartete, dass sie etwas derart Widerwärtiges berührte, verschränkte sie die Hände sicherheitshalber hinter dem Rücken.

„Glaube einem alten Mann, der viel zu viel erlebt hat, deine Angst ist völlig unbegründet und meine eigene habe ich vor langer Zeit abgelegt. Wenn du nach Antworten suchst, befolge meinen Rat, frag Isa nach deiner Herkunft."

Sie hatte keine Ahnung, wie er darauf kam, dass sie sich vor einem Stück leblosem Pelz fürchten könnte. Sie war trotzdem froh, dass er ihren Ekel falsch interpretierte, und ignorierte die merkwürdige Bemerkung. Dass er den Namen ihrer Mutter in seiner kürzesten Form aussprach, zeugte allerdings von Vertrautheit. „Was meinen Sie?"

„Es ist nicht meine Aufgabe dir Antworten zu geben. Ich kann nur darauf hinweisen, dass es sie gibt. Frag sie nach dem Tâche, an dem du teilnehmen wirst."

Jetzt war sie sicher: Edmond war nicht bloß ein alter Mann, sondern darüber hinaus auch verwirrt. Es war höchste Zeit, schleunigst zu verschwinden, bevor er ihr weitere gehortete

Kostbarkeiten zeigte, die ihr für mehrere Tage den Appetit verleiden würden. „Es tut mir leid. Ich muss wirklich los."

Da er nicht reagierte, einzig auf seinen Besitz starrte, als würde sich das Stück Pelz jeden Moment in Luft auflösen, drehte sie ihm den Rücken zu und durchquerte den Raum im Eilschritt. Über die Schwelle zu treten und die, wenn auch inzwischen aufgeheizte, frische Luft einzuatmen, befreite sie von dem beklemmenden Gefühl, das auf ihrer Brust lastete. Ohne zurückzuschauen lief sie die mittlerweile belebte Straße entlang, zwischen vereinzelten Fußgängern hindurch, die sie im Vorbeigehen freundlich grüßten. Das Kribbeln verschwand so schnell, wie es gekommen war, aber Amber nahm kaum Notiz davon. Sie machte sich darüber Gedanken, was Edmond über ihre Mutter gesagt hatte. Warum sollte sie Isabel nach ihrer Herkunft fragen, und was meinte er damit, dass Amber etwas mit diesem Tâche zu tun hätte? Sie wusste genau, wer ihre Vorfahren waren. Auf der Seite ihres Vaters gab es Fischer und Bergarbeiter. Ihre Mutter stammte von einer der Gründerfamilien ab.

Ein Blick auf die Uhr und Amber machte sich widerwillig auf den Rückweg. Die Hände tief in den Hosentaschen vergraben, ertastete sie eine zerknautschte Kaugummipackung, die den letzten Waschgang nicht unbeschadet überstanden hatte, knüllte das in Auflösung befindliche Papier zusammen und feuerte es frustriert gegen die Mauer. Die Kugel prallte ab, eierte über den Boden und blieb im Rinnstein liegen. Gebannt starrte Amber auf die in der Sonne glänzenden, winzigen Alufetzen zwischen bunten ausgewaschenen Papierkrümeln. So war ihr Leben. Ihr Leben war zu diesem Alu-Papier-Gekrümel geworden. Alles schien sich aufzulösen. Erst tauchte Alec ganz plötzlich in ihrem Leben auf, nur um dann genauso plötzlich wieder zu verschwinden. Ihr Vater glänzte durch Abwesenheit. Dafür erschien Isabel und spielte Mutter. Rosalie mutierte zur Freundin von allen und nun dieser verrückte, alte Mann. Mal abgesehen von Ambers Nase, die plötzlich alles hundertmal intensiver roch. Amber hatte sich zwar mehr Abwechslung und ein bisschen Abenteuer gewünscht, aber jetzt reichte es. Sie wollte ihr Leben zurück, oder zumindest nach Hause. Bevor sie wusste, was sie tat, hatte sie schon Charles' Nummer gewählt.

„Amber, was ist los?“ Die Stimme ihres Vaters klang zerstreut, der ungeduldige Unterton war deutlich zu hören.

„Nichts, außer, dass ich einfach mal Hallo sagen wollte“, würgte sie hervor und starrte auf die Papierkugel, als könnte sich diese vor ihren Augen in Luft auflösen.

Stille. Gedämpfte Geräusche im Hintergrund. Schritte, die sich entfernten; Stimmen, die leiser wurden und dann nur noch der Atem ihres Vaters an ihrem Ohr.

„Ich befinde mich mitten in einer Besprechung. Was ist denn so wichtig? Hat das nicht bis heute Abend Zeit? Du weißt genau, dass ich tagsüber ausschließlich im Ernstfall erreichbar bin. Handelt es sich um einen Notfall?“

Ihre Wangen brannten. Amber fiel nichts ein, das sie erwidern konnte, ohne ihrem aufgestauten Frust Luft zu verschaffen.

„Ich muss Schluss machen. Sollte dir langweilig sein, könntest du Rosalie im Garten zur Hand gehen oder die Schulbücher für das kommende Schuljahr durchsehen.“

Amber blickte auf das rau verputzte Mauerwerk zu ihrer Rechten. Da sie alles erfahren hatte, was sie wissen wollte, unterbrach sie das Gespräch, ohne sich zu verabschieden.

Es passte nicht zusammen. Entweder log Isabel oder ihr Vater. Dass ihre Großmutter gelogen haben könnte, war völlig ausgeschlossen. Aus welchem Grund hätte sie das tun sollen? Offenbar waren sie beide hinters Licht geführt worden. Ihr Vater wusste weder, dass sie sich bei Isabel aufhielten, noch dass ihre Mutter sie ins Künstlerviertel verfrachtet hatte. Allerdings gab es auch Positives zu verzeichnen: Sie konnte nach Hause zurückzukehren, denn Isabel hatte kein Recht, sie gegen ihren Willen festzuhalten. Dass Amber bis vor wenigen Stunden anderer Meinung gewesen war und sich darauf gefreut hatte, in unbekanntes Terrain vorzudringen, tat nichts zur Sache. Die Vorstellung einer wütenden Isabel, die ihrer Entscheidung nichts entgegensetzen konnte, war eine Genugtuung, die alles andere wettmachte. Wenn ihre Mutter diejenige war, die gelogen hatte, würde sie sich bei Charles kaum über ihre Tochter beschweren können. Bis ihr Vater erfuhr, dass Amber nicht zu Hause war, würden noch Stunden vergehen. Also war sie die nächste Zeit frei und konnte tun und lassen, was sie wollte. Diese Vorstellung war ebenso ungewohnt wie verlockend und tröstete sie über den tristen Gedanken hinweg, bei ihrer Mutter gestrandet zu sein. Amber beschloss, nicht nur zu spät zum Essen zu kommen, sondern das Mittagessen gleich ausfallen zu lassen. Dieser Vormittag war ganz und gar nicht so verlaufen, wie sie ihn sich vorgestellt hatte. Unverrichteter Dinge zu ihrer Mutter und Rosalie zurückzukehren und mit neugierigen Fragen bombardiert zu werden, würde sie sich ersparen. Natürlich könnte sie von diesem verrückten Alten berichten. Sollte Isabel ihn kennen, wovon auszugehen war, käme es vermutlich nicht gut, wenn Amber Edmond als verrückt darstellte. Sie spielte in Gedanken das Szenario durch. Was sie über den Inhaber des ‚Mica - Kuriositäten aus erster Hand' erfahren hatte, behielt sie besser ebenfalls für sich. Geheimnisse zu hüten, darin war sie gut.

Kapitel 15

Amber hatte einen Entschluss gefasst, aber in der Gasse tauchte jemand auf, der ihren Plan zunichtezumachen drohte. Selbst auf die Entfernung erkannte sie an den weit ausholenden Schritten, um wen es sich handelte. Sie machte auf dem Absatz kehrt, schlenderte die Straße entlang und verhielt sich, als hätte sie Samuel nicht bemerkt. Sie tauchte zwischen den Passanten unter. Erst nach wenigen Metern wagte sie es, sich nach dem Freund ihrer Mutter umzusehen, konnte ihn jedoch nirgends entdecken. Zufrieden ließ sie sich mit den Fußgängern treiben, die alle in eine Richtung gingen, und sah sich währenddessen unauffällig um. Die Leute in ihrer Nähe wirkten gewöhnlich. Nach der Begegnung mit den beiden auffällig gekleideten Frauen war sie, warum auch immer, davon ausgegangen, an jeder Ecke auf schräge Gestalten zu stoßen. Hektik, allgegenwärtiger Zeitdruck, Abstand zueinander halten, nichts von alldem war hier zu spüren: Es herrschte eine allgemein entspannte Atmosphäre, obwohl inzwischen viele Menschen unterwegs waren.

„Keinen Hunger?“

Erschrocken wirbelte sie herum, stieß mit dem Ellenbogen gegen die Hüfte einer jungen Frau, nuschelte eine Entschuldigung und sah sich plötzlich Samuel gegenüber. Noch immer trug er das Hemd vom Morgen, dem man ansah, dass es aus festem Stoff gewebt und für diese Jahreszeit im Freien kaum geeignet war. Da sie Samuel wohl nicht so einfach loswurde, verhielt sie sich ihm gegenüber friedfertig und beantwortete ihm zumindest diese Frage: „Ehrlich gesagt, nein. Ich frage mich, warum plötzlich so ein Andrang herrscht und weshalb derart viele Leute in dieselbe Richtung unterwegs sind.“ Ein wahrhaft unverfängliches Thema. Seine Reaktion war merkwürdig: Er hob die Augenbrauen und bedachte sie mit einem strahlenden Lächeln, das vermutlich viele Frauenherzen höherschlagen ließ. Dass sich auch ihr Herzschlag beschleunigte, hatte allerdings weniger mit seiner männlichen Ausstrahlung zu tun als vielmehr mit der plötzlichen Gewissheit, dass er gar nicht vorhatte, sie zur Umkehr zu bewegen. Stattdessen zog er sie in den Schatten eines Vorbaus. Die Fassade des heruntergekommenen Reihenhauses war mit Rissen durchzogen. Der abgebröckelte schmutzig gelbe Putz, der in einem Umkreis von mehreren Metern den Boden bedeckte, blieb hartnäckig unter Ambers Sohlen haften. Sie fühlte sich von den neugierigen Blicken der Passanten verfolgt, die allerdings eher ihrem Begleiter als ihr galten. Sich vor aller Augen mit einem gutaussehenden Mann in einer dunklen Ecke herumzudrücken, machte Amber nervös und fühlte sich ganz und gar falsch an. Das mit Alec war etwas anderes gewesen, er war kaum älter als sie. Vorsichtshalber hielt sie zu Samuel, den sie im Grunde kaum kannte, einen Sicherheitsabstand ein. Sein Grinsen verriet, dass er wusste, was gerade in ihr vorging. „Keine Sorge. Ich verführe keine kleinen Mädchen in aller Öffentlichkeit."

Ihre Antwort war ein giftiger Blick in seine Richtung, der in Anbetracht dessen, dass Samuel den Abstand zwischen ihnen mit einem Schritt überbrückte und nun dicht vor ihr stand, seine Wirkung verfehlte.

„Ich finde es nicht gut, dass sich Isabel dir gegenüber so verschlossen verhält, aber ich verstehe auch, dass Rosalie euch beide zu schützen versucht. Das ist einer der Gründe, warum ich mit dir sprechen möchte. Aber du musst mir gegenüber ehrlich sein!"

Verblüfft runzelte Amber die Stirn. Er war ihr also wirklich gefolgt. Jetzt wäre der richtige Moment, ihn einfach stehen zu lassen. Doch ihre Neugier zu erfahren, was Samuel ihr zu sagen hatte, hielt sie zurück. Sie war versucht, ihm von dem Jungen aus dem Zwölfer zu erzählen. Alec war jedoch fort. Ihre derzeit missliche Lage ebenso wie die Frage, warum sie in dieses Viertel verschleppt worden war, rückten in den Vordergrund. „Wenn das so ist: Wer von euch hatte die bescheuerte Idee, mich ausgerechnet zu der Person zu schicken, mit der ich am allerwenigsten zu tun haben möchte?“ Selbst überrascht über ihren aggressiven Tonfall, wich sie unwillkürlich zurück. Im Grunde hatte Samuel mit der ganzen Sache nichts zu tun und er schien Isabel zu lieben, oder zumindest zu begehren. Vermutlich hatte er sich die kommenden Tage anders vorgestellt und Ambers Auftauchen machte ihm einen Strich durch die Rechnung. Samuel zeigte jedoch kaum eine Reaktion auf ihr angriffslustiges Verhalten. „Ich verstehe, dass du wütend bist. Diese Frage kann ich dir nicht ohne Weiteres beantworten, aber etwas anderes kann ich dir verraten. Du scheinst mir ein vernünftiges Mädchen zu sein …“, begann er und brach ab, als er ihren Gesichtsausdruck bemerkte.

Sie hasste es, auf die Schiene ‚vernünftiges, braves Mädchen‘ geschoben zu werden. Als wäre sie einzig eine Projektionsfläche dessen, was die Erwachsenen in ihr sehen wollten. Ihr vorgeschobenes Kinn und die zusammengekniffenen Augen entlockten Samuel allerdings nur ein mildes Lächeln. In seinem Blick meinte sie einen Ausdruck der Bewunderung zu erkennen. Amber sah verstockt zu Boden.

„Jetzt verstehe ich, warum sich Alec zu dir hingezogen fühlt. Du bist ganz anders als wir und uns dennoch unglaublich ähnlich.“

Fassungslos starrte sie ihn an. Samuel konnte weder von Alec, noch von seiner Verbindung zu ihr wissen. Ihr heiseres Kichern, das sich gegen ihren Willen verselbständigte, ging in ein leises verzweifeltes Schluchzen über. Es dauerte einen Moment, bis sie begriff, dass diese gequälten Laute von ihr kamen. Sie versuchte Samuel, der nach ihr griff, auszuweichen, war allerdings nicht schnell genug. Amber presste ihr glühendes Gesicht an Samuels Brust. Die Tränen, die ihr über die Wangen liefen, durchtränkten die raue Wolle. Samuel roch leicht nach Schweiß und etwas anderem, das seiner Haut und seiner Kleidung anhaftete. Wieder spürte Amber ein seltsames Kribbeln. Dieses Mal breitete es sich über ihren ganzen Körper aus. Nicht unangenehm, jedoch irritierend; ihre Nerven waren inzwischen anscheinend heftig in Mitleidenschaft gezogen. In ihr regte sich eine Erinnerung an einen vertrauten Geruch. Alec liebte Drops in einer bestimmten Geschmacksrichtung. Erst jetzt bemerkte sie, dass auch Samuel eine Vorliebe für diese Bonbons hegte. Wenn er ihn wirklich kannte, würde er wissen ... Zuversicht stieg in ihr auf. Es gab eine Möglichkeit, einen letzten Versuch, der ihr helfen würde, Wahrheit von Lüge zu unterscheiden. Ihre Stimme war kaum mehr als ein Flüstern, ausgelaugt, müde und ein klein wenig hoffnungsvoll: „Welche Sorte Bonbons bevorzugt er?“

„Die mit Ingwer-Limette.“

Fast hätte sie vor Erleichterung erneut losgeheult, doch damit war jetzt endgültig Schluss. Verlegen löste sie sich aus der tröstenden Umarmung des Mannes, der als Einziger ehrlich zu ihr war. Aufmerksam studierte sie die markanten Gesichtszüge, ließ ihren Blick über die schmale Nase, die dunklen leicht gelockten Haare bis hin zu dem etwas eckigen Kinn wandern. Sie hatte es in der Aufregung übersehen, aber Samuel besaß die gleichen dunklen Haare und ausdrucksvollen Augen wie Alec. „Du kennst ihn nicht nur so, oder?“

„Er ist mein Bruder.“

In mühevoller Kleinarbeit versuchte Amber, das Gehörte zu verarbeiten und zu einem Ganzen zusammenzufügen. Etwas, das ihr dabei half zu verstehen, warum er ihr das alles erzählte und was er sich davon erhoffte. Sie verstand einfach nicht, wie es möglich war, dass ein Junge aus dem Zwölfer ausgerechnet ihre Bekanntschaft gesucht hatte. An einen Zufall glaubte sie nicht mehr. Wenn Alec wirklich aus diesem berüchtigten Bezirk stammte, warum hatte er es Amber gegenüber nie erwähnt und aus welchem Grund trieb sich sein Bruder im angrenzenden Künstlerviertel herum? Der einzige Grund, der ihr spontan einfiel, war Isabel. Sie versuchte ihre Verwirrung zu verbergen und gab sich wieder zurückhaltend. „Was wollte Alec wirklich von mir, und wo steckt er überhaupt?"

Samuel suchte offenbar nach den richtigen Worten. Sie ließ ihm Zeit und wartete geduldig auf eine Antwort. Oder versuchte es zumindest, denn bereits nach wenigen Sekunden nestelte sie ungeduldig an einer Haarsträhne, die sie an der Wange kitzelte, und schaute über Samuels Schulter hinweg zu den Passanten. Es waren inzwischen weniger geworden. Noch immer wollte sie erfahren, welches gemeinsame Ziel sie hatten, doch weitaus wichtiger war ihr, endlich herauszufinden, wer Alec war und wo sie ihn finden konnte. Auf keinen Fall würde sie sich mit einer fadenscheinigen Erklärung zufriedengeben. Zu gegebener Zeit würde sie auch von Alec eine Erklärung verlangen. Das war er ihr verdammt noch mal schuldig.

„In Ordnung. Ich erzähle dir den Teil, den du erfahren solltest. Vor einigen Wochen erzählte mir Alec, dass er sich mit dir trifft. Vor zwei Tagen haben wir uns das letzte Mal darüber unterhalten. Er versprach, vor Sonnenaufgang zurück zu sein, tauchte aber nicht auf. Glaub mir, wir haben überall nach ihm gesucht."

„Wenn du wusstest, dass er sich mit mir getroffen hat, wieso hast du nicht zuallererst bei mir nachgefragt?", unterbrach sie ihn. Dass Samuel zögerte, war ebenso seltsam wie seine Antwort. „Das hatte ich vor. Aber wir waren der Meinung, dass es besser wäre, dich da rauszuhalten. Alec hätte es niemals so weit kommen lassen dürfen, für uns alle steht einfach zu viel auf dem

Spiel. Entschuldige, das hört sich jetzt vermutlich verrückt an, aber mehr kann ich dir im Augenblick nicht sagen."

„Wir?", flüsterte Amber und biss sich verwirrt auf die Unterlippe.

„Ich, Rosalie und deine Mutter", sagte er, als wäre damit alles geklärt. „Deine Großmutter half, dich mit einer ihrer Kräutermischungen ruhigzustellen. Wir fanden es am sichersten dich erst einmal aus dem Verkehr zu ziehen, bevor du bei den falschen Leuten zu viel Aufmerksamkeit erregst."

Sie nahm das, was er ihr mitteilte, zwar auf, verstand aber nicht allzu viel von dem, was er damit meinte. Von welchen Kräutern war die Rede? Sie war kerngesund und benötigte keine Arznei. Außer ... einen Tag bevor Alec verschwand, hatten bei ihr nervige Kopfschmerzen und Schwindelgefühl eingesetzt. Die Erklärung ihres Vaters, dass sie sich eine leichte Sommergrippe eingefangen haben könnte, war ihr durchaus plausibel erschienen. Doch sie konnte sich nicht an die Einnahme eines Medikaments erinnern. Das Bild eines Wasserglases, das Rosalie allabendlich vorsorglich auf den Nachttisch gestellt und von dem sie kaum mehr als zwei kleine Schlucke genommen hatte, wäre allerdings eine Erklärung. Vorausgesetzt Samuel erzählte ihr die Wahrheit. Noch mehr als diese Verschwörung beunruhigte sie jedoch Alecs Verschwinden. Ihre Vorahnung, dass ihm etwas Furchtbares passiert sein könnte, verstärkte ihre Angst. „Okay, Alec hat sich diesem Tâche entzogen und aus dem Staub gemacht. Um was geht es hier eigentlich?", rutschte es Amber heraus. Sie war wütend, da sie nicht verstand, was um sie herum tatsächlich vorging.

„Woher weißt du vom Tâche?" Samuel blickte in Richtung Straße; Amber fiel niemand auf, der Interesse an ihnen zeigte oder etwas von dem Gespräch hätte mitbekommen können. Ungeduldig stampfte sie mit dem Fuß auf und verschränkte die Arme vor der Brust. Sie wollte endlich verständliche Antworten auf ihre Fragen. Offenbar spürte er, dass er nicht so leicht davonkam, seufzte und vergrub seine Hände in den Hosentaschen, wie sie es von Alec kannte.

„Also gut. Fühlst du dich in letzter Zeit anders als sonst?", fragte Samuel unerwartet und ließ sie dabei nicht aus den Augen.

Sie schwieg, zu geschockt über die Wendung, die das Gespräch genommen hatte. Rosalie zog in ihrem Garten allerlei Kräuter, deren Gerüche Amber seit Kurzem selbst aus der Ferne wahrzunehmen vermochte. Samuel konnte das allerdings unmöglich wissen. Amber hatte sich niemandem anvertraut. Nicht einmal Alec. Bei dem Gedanken an ihn fühlte sie sich einsamer denn je. In diesem Moment kam sie sich vor wie ein zwischen Daumen und Zeigefinger zusammengequetschter Docht einer Kerze. „War es das jetzt?" Ihre Frage war nur ein Flüstern, aber Samuel verstand. Er wartete geduldig, bis sie an ihm vorbei auf die Straße trat, und folgte ihr mit einigem Abstand. Hatte er etwa Angst, dass sie schnurstracks zu ihrer Großmutter gehen und sie zur Rede stellen würde? Dazu fehlten ihr die Energie und auch der Wille. Tränen brannten ihr in den Augen. Sie blinzelte sie wütend fort. Wie in einem Vakuum bewegte sie sich vorwärts, immer dem Verlauf der Straße nach, bis sie einen von niedrigen Gebäuden eingekeilten Marktplatz entdeckte. Sie schlüpfte durch eine Lücke zwischen den Passanten hindurch. Während ihrer Wanderung über den Platz, der einen Großteil der Straße mit einschloss, verblasste die Belastung der letzten Tage; ebenso der Druck, sich dem Willen der Erwachsenen zu beugen.

Kapitel 16

Ambers Kopf war wie leergefegt. All die verwirrenden und bedrückenden Gefühle wurden von dem bunten Treiben vor ihr überlagert. Stille und Alleinsein würden alles zurückbringen, auch die Tränen, das wusste sie, doch jetzt spürte sie nur Dankbarkeit für die Ablenkung. An den Ständen, die ohne eine erkennbare Logik einfach dort aufgebaut standen, wo ausreichend Platz vorhanden war, traf Amber auf jedwede Kunstform. Töpfer bearbeiteten feuchte Tonblöcke, sie verwandelten den geschmeidigen Ton in wunderschöne Gefäße und Skulpturen. Sie sah ihnen eine Weile bei der Arbeit zu, ging dann weiter und wechselte zu einem Schmuckstand. Perlenohrringe, Halsketten, Armreifen und Fußkettchen baumelten an einer Eigenkonstruktion aus Metall, die an der Außenwand einer Halle befestigt worden war. In der Sonne funkelte der Schmuck in allen erdenklichen Farbvariationen, sodass es einem zukünftigen Käufer schwerfallen würde, eine endgültige Wahl zu treffen. In direkter Nachbarschaft saßen Näherinnen halb verdeckt unter einem Sonnensegel, hinter bunten Stoffballen, die sich auf den Tischen türmten.

Die Menschen an diesem Ort arbeiteten nicht verbissen jeder für sich, sondern Hand in Hand. Die Aussteller unterhielten sich über Alltägliches oder diskutierten miteinander und niemand schien mit seiner Arbeitssituation unzufrieden zu sein. Sie alle gehörten einer großen Gemeinschaft an, zu der Amber keinen Zutritt hatte.

Einige Stände weiter blieb sie unschlüssig in der Nähe einer Gruppe junger Leute stehen, die auf ausgerollten Bastmatten auf dem Boden saßen. Einige von ihnen warfen ihr freundliche Blicke zu, doch die meisten schenkten ihr keine Beachtung – was Amber nur recht war. Ihr Kopf brummte und es fiel ihr schwer, einen klaren Gedanken zu fassen. Ein Mann trat aus einer Lagerhalle und ließ seinen geschulten Blick über die Köpfe der Anwesenden schweifen. Schließlich begann er, mehrere Landschaftsbilder von den unterschiedlichen Entstehungsphasen bis zum fertigen Kunstwerk zu präsentieren.

Amber war mitten in eine Lehrstunde hineingeplatzt, die im Freien abgehalten wurde. Das bunte Treiben und die Vielfältigkeit der Waren an diesem Ort boten der Kreativität hinreichend Nahrung.

Amber blieb nur die Wahl zwischen Weitergehen und Bleiben. Da ihr inzwischen die Füße wehtaten, setzte sie sich auf eine freie Bastmatte, lauschte den lebhaften Ausführungen des Künstlers und bemerkte die neugierigen Blicke eines Mädchens.

Es war seltsam, fast wie ein Zwang es ihr gleich zu tun. Immer wieder sah sie zu der Fremden. Nachdem sich ihre Blicke erneut begegneten, lächelten sie einander an. Amber verkniff sich ein Lachen, als ein Teenager aus der vordersten Reihe dazu angehalten wurde, besser aufzupassen, während sich das Mädchen erfolgreich als Unterhalterin betätigte und heimlich Grimassen schnitt. Erst jetzt begriff sie, dass die Gruppe keineswegs so aufmerksam war, wie es den Anschein hatte. Wenn ihr Lehrer sich von ihnen abwandte, ein Bild in den Schatten gegen die Wand der Halle lehnte, ein neues auswählte, um seinen Unterricht fortzusetzen, schnitt ein anderer eine Grimasse. Danach verhielt er sich, als ob nichts gewesen wäre. Das nette Mädchen gehörte anscheinend zu einem Jungen, der ebenfalls zurechtgewiesen worden war. Aus den Augenwinkeln beobachtete Amber, wie die beiden über Blickkontakt kommunizierten und fand, dass sie bemerkenswert gut darin waren, ihre Mimik kreativ einzusetzen. Im Gegensatz zu dem Mädchen, das mit einer Jeans und einem weißen T-Shirt mit Smiley-Aufdruck bekleidet war, trug der

Junge komplett Schwarz. Offenbar gehörte er den Gothic an. Beide waren blond, wobei das Mädchen lange Haare hatte. Der Junge mit den femininen Gesichtszügen hingegen hatte einen kurzen Haarschnitt. Er besaß ebensolche Locken wie seine Freundin. Amber lächelte zaghaft. Zum ersten Mal seit Alecs Verschwinden fühlte sie sich in der Gesellschaft anderer wohl. Ein befreiendes Gefühl, das sie gerne länger genossen hätte. Die lockere Stimmung wurde jäh durch eine der Näherinnen unterbrochen. Ein kurzer Wortwechsel, das bisher nachgiebige und freundliche Gesicht des Lehrers verdüsterte sich. Um ein Lächeln bemüht, ermahnte er seine Schüler, den Marktplatz zu verlassen, die darauffolgende Erklärung ging allerdings im aufwallenden Lärmpegel unter. Binnen Sekunden lagen die Matten zusammengerollt neben der Tür zur Lagerhalle gestapelt und die Gruppe stob in alle Richtungen davon. Außer Amber blieben nur das fremde Mädchen und dessen Freund zurück. Auf andere Menschen zuzugehen verunsicherte sie ungemein, doch die beiden verhielten sich ebenso locker, wie Alec es getan hatte, und erleichterten ihr dadurch den direkten Kontakt.

„Hi, ich bin Madeleine, und das ist Mel", sagte das nette Mädchen, stupste ihrer Begleitung freundschaftlich in die Seite und ergänzte mit einem Kopfnicken in Mels Richtung: „Zwei Minuten jünger als ich."

„Aber dafür drei Zentimeter größer", konterte Mel und hakte sich bei Madeleine unter.

„Hey, ich nehme nur wegen dir an diesem Kunstkurs teil. Wenn das der Dank dafür ist, kannst du das nächste Mal allein hingehen", brummte Madeleine und warf Mel einen beleidigten Blick zu.

Zwillinge. Verwirrt studierte Amber Mels weibliche Gesichtszüge und starrte einen Moment auf die dick mit Kajal umrandeten grünen Augen und das in der Sonne aufblitzende

Nasenpiercing. Amber erkannte ihren Irrtum. Sie hatte Mel mit einem Jungen verwechselt! „Amber Wel... einfach Amber", stellte sie sich verlegen vor.

Ihre offenkundige Reserviertheit war ihr unendlich peinlich, deshalb versuchte sie es mit einem freundlichen Lächeln. Die Aufmerksamkeit der beiden ruhte jedoch nicht auf ihr, sondern auf jemandem, der sich irgendwo hinter ihr befand.

„Sam ist da. Mach schon, frag ihn, wo sein Bruder steckt!" Madeleine grinste, als sich ihre Schwester zierte, und setzte noch einen oben drauf: „Komm, gib`s zu, du traust dich nicht."

Mel streckte Madeleine die Zunge heraus und wandte sich anschließend Amber zu: „Vergiss, was sie gesagt hat. Die ist immer provokant drauf. Hast du auch Geschwister, die dir den letzten Nerv rauben?"

Amber verneinte mit einem Kopfschütteln, das ehrliches Bedauern ausdrückte, und riskierte einen Blick nach hinten zu den Ständen, neugierig zu erfahren, warum Madeleine ihre Schwester derart aufzog. Die Erwartung, jemand Außergewöhnlichen zu sehen, erfüllte sich nicht. Der Töpfer mit dem graumelierten Bart und den zotteligen Haaren war definitiv zu alt, um das Interesse zweier etwa siebzehnjähriger Mädchen zu wecken. Einen Stand weiter stand ein junger Mann mit einer dunklen Warze an der Schläfe, die selbst Gretel zur sofortigen Flucht veranlasst hätte. Schließlich erregte ein kariertes Hemd, dessen rauen Stoff sie erst vor Kurzem an ihrer Wange gespürt hatte, Ambers Aufmerksamkeit.

Umringt von einigen Standbetreibern war Samuel in ein Gespräch vertieft und bekam nicht mit, dass er von drei jungen Mädchen angestarrt wurde. Er gestikulierte mit den Händen, nickte und schaute dabei immer wieder aufmerksam über den Platz hinweg Richtung Straße, als warte er auf jemanden oder etwas. Der Töpfer wusch sich die Hände in einem Eimer

Wasser. Eine der Näherinnen nahm die bunten Gewänder von den Ständern und faltete sie sorgsam zusammen. Irritiert über die allgemeine Aufbruchstimmung, die wie eine Reihe Dominosteine von Stand zu Stand übersprang und die Betreiber veranlasste, ihre Waren zusammenzupacken, sah Amber sich genauer um und achtete auf jede noch so winzige Veränderung.

Die Versammlung, an der Samuel teilgenommen hatte, löste sich innerhalb weniger Minuten auf. Samuel saß nun breitbeinig auf einem Hocker, neben ihm ein alter Mann mit breitkrempigem Strohhut und blau eingefärbter Lederschürze. Eben noch in ein offenbar wichtiges Gespräch vertieft, nahm Samuel die Arbeit wieder auf. Er setzte Knoten um Knoten, mit einer Ruhe, die ebenso fehl am Platz wirkte wie das engmaschige Gewebe des Schleppnetzes, das Amber eher am Hafen zu sehen erwartet hätte. Als hätte er ihren Blick gespürt, blickte Samuel, alias Sam, in ihre Richtung. Der Ausdruck in seinen Augen wirkte ernst, nachdenklich und angespannt zugleich. Das Kichern der Zwillinge, deren Unterhaltung sie nicht weiter verfolgt hatte, lenkte Amber ab. Sie lächelte über den offensichtlichen Übermut der beiden Mädchen, aber die Frage, weshalb sie sich für Sam interessierten, blieb ihr im Hals stecken – nachdem sie begriffen hatte, was genau Mel ihrer Schwester unter Lachanfällen zu sagen versuchte.

„Er ist nicht dabei. Alec treibt sich bestimmt wieder in der Weltgeschichte herum."

„Vielleicht hat er ja wirklich eine Freundin, bei der er gerade steckt."

„Nee, er konnte sich bestimmt nur nicht zwischen uns beiden entscheiden", kicherte Mel hinter vorgehaltener Hand. Amber behielt ihr Lächeln bei, das vermutlich eher einer Grimasse glich. Was hatten die beiden mit Alec zu tun und wie kamen sie darauf, dass er bereits vergeben war? Oder spielten sie gar auf sie an? Das war Unsinn, niemand von diesen Leuten kannte sie, außer Samuel und natürlich Alec. Sie kam nicht mehr dazu, sich Gewissheit zu verschaffen und diesbezüglich nachzuhaken, denn auf dem Marktplatz ging etwas Seltsames vor. Die Atmosphäre hatte sich grundlegend geändert. Über dem Platz lag plötzlich eine bedrückende Stille. Dass etwas nicht stimmte, fiel nun auch den Zwillingen auf. Der Anblick der schwarzgekleideten Soldaten, die wie aus dem Nichts aufgetaucht waren, ließ die Menschen instinktiv näher zusammenrücken. Amber kannte dieses Einkreisen, das in den Nachrichten mitunter live gesendet wurde. Allerdings hatte sie noch nie eine Razzia hautnah miterlebt. In den Medien wirkte es weniger beängstigend und die Personen, um die es dabei ging, stammten hauptsächlich aus der Gegend um den Hafen und hegten kriminelle Absichten. Gebannt starrte Amber auf die zum Teil unter schwarzen Helmen verborgenen Gesichter. Ihrem Bauchgefühl nach steckte sie in ernsthaften Schwierigkeiten, dabei hatte sie nichts verbrochen. Ein Entkommen schien unmöglich. Die Straße war gesperrt und die vom Platz abgehenden schmalen Gassen waren blockiert. Ein Offizier, dessen Schulterabzeichen auf einen hohen Rang schließen ließ, trat aus den Reihen vor und nutzte die Stille für ein Statement: „Es handelt sich um eine Routinekontrolle. Wie Sie wissen, besteht noch immer das Verbot, unangemeldete Versammlungen jeglicher Art abzuhalten." Das wissende Grinsen im Gesicht des Wortführers, als ob er seine kleine Rede über alle Maßen genoss, strafte die Harmlosigkeit seiner Worte Lügen. Der Mann mit den kalten stahlgrauen Augen musterte jeden der Anwesenden. Gleichsam einem Raubtier auf Beutesuche. Amber erschauderte. Wegen der sich ausweitenden Ausschreitungen und der nicht abreißenden Einbruchserie rief der Gouverneur zu Vorsicht und gegenseitiger Rücksichtnahme auf. Sein einstiger Freund setzte auf Gewalt, forderte Ambers

Vater öffentlich heraus und unternahm offenbar alles, um ihn als unfähig hinzustellen, als einen Gouverneur, der den Bewohnern nur unzureichend Schutz bot.

„Oberst Rohloff." Der erschrockene Klang in Madeleines Stimme versetzte Amber augenblicklich in Alarmbereitschaft. Es war unwahrscheinlich, dass Gregors Vater Amber etwas antun würde. Seine Stimme, in der eindeutig Triumph mitschwang und die darauf hindeutete, dass dieses Überfallkommando alles andere als eine Routineüberprüfung war, ebenso wie seine autoritäre Erscheinung, lösten dennoch in ihr Panik aus.

Nur mit Mühe gelang es ihr, sich aus der eisigen Umklammerung der Furcht zu befreien. Über dem sonnenüberfluteten Marktplatz lag noch immer eine bedrückende Stille, gleichsam der unnatürlichen Ruhe vor einem Sturm.

„Mir ist zu Ohren gekommen, dass sich unter Ihnen einige Personen befinden, die keinen gültigen Standausweis besitzen. Ich bin kein Unmensch und gebe Ihnen die Chance, freiwillig vorzutreten."

Rohloffs Befehlston hallte über den Platz und schlug wie eine Bombe ein. Bewegung kam in die Menge. Soldaten, die wie eine Mauer vorrückten, eine Handvoll Leute, die aus Lagerhallen strömten und sich den Standbetreibern anschlossen, bildeten zur Straße hin eine Linie, die die Menschen in zwei Lager teilte. Dieses seltsame Schauspiel ließ in Amber die Hoffnung aufsteigen, heil aus dieser Sache herauszukommen, ohne sich Rohloff gegenüber zu erkennen geben zu müssen. Wo zuvor Ruhe und Besonnenheit überwogen hatten, herrschte nun das reinste Chaos. Einige versuchten die Barriere der Soldaten zu durchbrechen, andere wichen in die vermeintliche Sicherheit der Hallen zurück oder suchten hinter den verlassenen Ständen Schutz. Schreie, zuerst nur vereinzelt, dann zahlreich, brachen sich an den Mauern der Gebäude. Die zuvor friedliche

Atmosphäre verwandelte sich in einen Hexenkessel, der kurz vor der Explosion stand. Zwar spürte Amber, dass Mel sie hektisch am T-Shirt zog, reagierte jedoch nicht. Ihre Füße schienen mit dem Boden verwachsen.

Hilflos musste Amber mit ansehen, wie Rohloff mit einem grausamen Lächeln auf den Lippen auf einen alten Mann zutrat, der sich unterwürfig vor ihm verbeugte. Sie konnte nicht erkennen, ob es der Alte ernst meinte oder ob er den Oberst in aller Öffentlichkeit verhöhnte. Der Schlagstock sauste auf die Schulter des Mannes nieder und zwang ihn mit einem schmerzvollen Stöhnen in die Knie. Rohloff positionierte sich breitbeinig über dem am Boden Liegenden und warf einen unmenschlich kalten Blick in die Runde. Amber jagte ein eisiger Schauer über den Rücken. Einige der Standbetreiber näherten sich dem Verletzten, doch auch Rohloff erhielt Verstärkung von seinen Soldaten.

Fassungslos blickte Amber über die Menge hinweg, auf der Suche nach Samuel. Er starrte nicht zu Rohloff, sondern zu ihr herüber, als läge die Schuld an diesem Überfallkommando einzig bei ihr.

Samuel hob die rechte Hand. Es sah aus, als würde er eine lästige Mücke verscheuchen, doch er zeigte mit dem Zeigefinger eindeutig in Richtung der Halle, in die der Kunstlehrer vor wenigen Minuten verschwunden war.

„Sam meint uns. Komm schon, setz dich in Bewegung! Zeit, schleunigst von hier zu verschwinden.“ In Madeleines drängender Stimme schwang Furcht mit und rüttelte Amber auf. Blindlings folgte sie den Zwillingen und schlängelte sich hinter ihnen zwischen jedweder Lücke hindurch. Obwohl es nur wenige Meter zu der besagten Lagerhalle waren, schien ihr die Entfernung zu weit, um vor den Soldaten dort zu sein. Als sie aus der Menschenmenge ausbrechen und eine Abkürzung nehmen wollte, verstellte ihr jemand den Weg. Amber hielt nach den Zwillingen Ausschau, die sie aus den Augen verloren hatte. Verstört versuchte sie jedem auszuweichen und fühlte sich plötzlich von allen Seiten bedrängt. Hinter ihr rückten die Soldaten näher und kämpften sich ihren Weg mit Gewalt frei. Das beängstigende Gefühl, dass Rohloff es aus irgendeinem Grund auf sie abgesehen haben könnte, verstärkte ihre Panik. Sie gehörte nicht hierher – schon gar nicht zu diesen Leuten, die sich den Angreifern mutig in den Weg stellten. Zwar blockierten sie dadurch ein weiteres Vordringen, waren jedoch den Schlagstöcken schutzlos ausgeliefert, die wie ein Hagelsturm auf sie niedergingen.

Das Gedränge wurde immer schlimmer. Jemand prallte von hinten gegen Amber, die sich nur mit Mühe auf den Beinen halten konnte. Ich darf nicht fallen, schrie es in ihren Gedanken. Einmal am Boden, würde sie zertrampelt werden. Die Menschen schienen sich verzehnfacht zu haben. Verzweifelt versuchte Amber weiter vorzurücken, die Lagerhalle zu erreichen, doch sie wurde abgedrängt.

Hinter sich hörte sie einen jungen Mann aufschreien, der sie vor weniger als einer Minute angerempelt hatte. Vor ihr versuchten sich die Leute in einem heillosen Durcheinander vor den Soldaten in Sicherheit zu bringen. Panisch warf sie einen Blick zurück und erstarrte beim Anblick des am Boden liegenden Mannes, der in einer sich ausbreitenden Blutlache lag. Entsetzt wirbelte sie herum und stieß mit einem der Soldaten zusammen, der wie aus dem Nichts aufgetaucht schien. Instinktiv riss sie beide Arme hoch, als sie einen Gummiknüppel auf sich zu sausen sah. Der Schlag gegen ihre Schläfe war mörderisch. Ein Gurgeln entrang sich ihrer Kehle, die Geräusche verstummten, dann wurde alles schwarz.

Amber öffnete die Augen und musterte das sechseckige Sonnensegel, das den Innenhof überdachte. Es erinnerte sie an die gespreizten Flügel einer schneeweißen Taube. Mit der Hand tastete sie über das weiche Polster, auf dem sie lag. Darunter befand sich das raue Holz einer Bank. Um sie herum unterhielten sich Leute, aber es fiel ihr schwer, sich auf einzelne Stimmen zu konzentrieren. In ihrem Kopf summte es wie in einem Bienenschwarm. Langsam kehrte die Erinnerung zurück. Amber bewegte vorsichtig den Kopf zur Seite, auf einen heftigen Schmerz gefasst, der allerdings nicht eintrat. Der brennende Geschmack in ihrem Mund, der offenbar nicht nur ihren Kopf, sondern auch einen Teil ihrer Zunge betäubte, erklärte, warum sie keine Schmerzen hatte. Rosalie musste ihr eines ihrer Kräuter-Wundermittel verabreicht haben und Amber war ihr in diesem Moment dankbar dafür. Irgendjemand hatte sie vor Rohloff und seinen Soldaten gerettet und zurück zu ihrer Mutter gebracht. Amber konnte sich denken, wer derjenige war, denn es gab nur eine Person außer dem Oberst, der gewusst hatte, wer sie war. Suchend blickte sie sich nach Samuel um. Sie sah zwei der Näherinnen und weitere Personen, die ihr allerdings fremd waren; zumindest konnte sie sich nicht erinnern, sie auf dem Marktplatz gesehen zu haben. Sie saßen im Schatten auf zusammengeschobenen Holzbänken und unterhielten sich leise.

Rosalie bahnte sich ihren Weg zwischen den Besuchern hindurch und verteilte Sandwichs, die sie einem Bastkorb entnahm. Nicht weit von ihr entfernt entdeckte Amber Isabel, die laut auf Samuel einredete; ihre Stimme übertönte das Summen in Ambers Kopf, das merklich schwächer wurde. „Nein. Ich habe keine Erklärung, woher sie die Information haben könnten. Nur weil ich seit Langem mit ihm befreundet bin, bedeutet das nicht, dass ich ihm etwas darüber erzähle. Außerdem verstehe ich nicht, warum er so etwas tun sollte. Und wenn wir schon über absurde Anschuldigungen sprechen: Bist du mal auf die Idee gekommen, dass Alec sie an Rohloff verraten haben könnte? Wenn er tatsächlich der Schuldige ist."

Ihre Mutter blickte kurz in ihre Richtung und Amber tat, als wäre sie noch bewusstlos.

„Ich finde nicht, dass ich überzogen reagiere. Für mich ist es eine Tatsache, dass Rohloff hinter Amber her war und wusste, wo sie sich aufhielt. Ich vermute, er hat uns beobachten lassen und auch Alec und deine Tochter im Visier."

Amber vergaß ihren Vorsatz, sich nicht anmerken zu lassen, dass sie wach war, und starrte Samuel an. Dieser wandte sich an Rosalie, die sich zu ihnen gesellt hatte.

„Ist wirklich alles in Ordnung mit ihr? Der Schlag war ziemlich heftig. Vielleicht sollten wir doch einen Arzt hinzuziehen."

„Papperlapapp. Wenn sie aufwacht, geht es ihr wieder bestens. Ein bisschen Ohrensausen und eine kleine Beule bringen niemanden um. Zweifelst du etwa an den Fähigkeiten einer Hexe?", schimpfte Ambers Großmutter, offenbar erzürnt darüber, dass Samuel es wagte, ihr Können infrage zu stellen.

Amber fing Samuels nachdenklichen Blick auf und setzte sich langsam auf. Dass er ihr mit einem verschmitzten Lächeln zuzwinkerte und sich ihr gegenüber vertraulich gab, weckte ihr Misstrauen; sie wollte nicht in etwas hineingezogen werden, das sie nicht verstand und auf das sie keinen Einfluss hatte. Was sollten das Geplänkel und die verrückte Aussage ihrer Großmutter, dass sie eine Hexe sei? Es konnte sich nur um einen makabren Scherz handeln.

„Mein Gott, Amber, warum meldest du dich denn nicht, wenn du wach bist?", rief ihre Mutter und eilte an ihre Seite. Umringt von ihr, Rosalie und Samuel und sich der Blicke aller Anwesenden bewusst, wäre Amber am liebsten aufgesprungen und in das Gebäude geflüchtet. Sie hasste es Aufmerksamkeit zu erregen, und in dieser Form aufzufallen war ihr unangenehm. „Ich bin gerade erst aufgewacht", murmelte sie peinlich berührt und zwang sich stillzuhalten, als ihre Großmutter sie einer eingehenden Prüfung unterzog.

„Hab ich es nicht gesagt. Nur eine kleine Beule, die in ein paar Tagen verschwunden sein wird", sagte ihre Großmutter zufrieden.

„Ich bin so froh, dass dir nichts passiert ist. Rosalie wird dich gleich mit Essen und Trinken versorgen", meldete sich Isabel zu Wort, als wäre das, was Amber widerfahren war, eine Lappalie und kein Grund, sich persönlich um ihre Tochter zu kümmern. Dass ihre Mutter sie derart abspeiste und vor einer Konfrontation mit ihr vor aller Augen zurückschrak, versetzte Amber in Wut. Sie fühlte sich zwar noch etwas wackelig auf den Beinen, als sie aufstand, ansonsten ging es ihr aber tatsächlich erstaunlich gut.

„Nicht so schnell, junge Dame, das da muss ebenfalls versorgt werden", stellte sich ihr ihre Großmutter mit einem Blick auf die Schürfwunden an Ambers Knien in den Weg.

„Es ist wirklich nicht schlimm. Mithilfe deiner Salbe ist davon bestimmt bald nichts mehr zu sehen", sagte Amber widerwillig und setzte sich wieder, obwohl sie hier schleunigst weg und über das Geschehene in Ruhe nachdenken wollte – bevor Rosalie bemerkte, dass der Schlag gegen ihre Schläfe mehr als eine Schwellung hervorgerufen hatte. Inzwischen bezweifelte Amber, dass das Wort ‚Hexe' überhaupt gefallen war. Amber blinzelte irritiert, als sich eine junge Frau neben sie setzte und ihr ein offenes Lächeln schenkte.

„Aber natürlich, Kindchen, wozu baue ich in meinem Garten sonst die Pflänzchen an? Ein bisschen Ringelblumenblüten, ein Schuss Öl hier, Lanolin, Bienenwachs und ein Gläschen Alkohol dort, und schon haben wir das perfekte Allheilmittel. Ich werde sofort einmal schauen, was ich dahabe", sagte ihre Großmutter mit Nachdruck.

Mit jeweils einem Sandwich in der Hand und einem Getränk zwischen die verschrammten Knie gepresst, blickte Amber Rosalie hinterher, die im Eilschritt den Hof überquerte. Amber konnte sich nicht entscheiden, ob sie lachen oder bei der Erinnerung an die unangenehme Nebenwirkung des Allheilmittels – bei Berührung mit der Haut zu brennen – nicht eher in Tränen ausbrechen sollte.

Stattdessen sah sie zu Madeleine hinüber, die auf einem umgedrehten Blumenkübel saß, und wurde von einer jungen Frau bei ihrer heimlichen Beobachtung gestört. „Ich bin Anna. Nett, dich kennenzulernen."

Überrascht wandte sie sich der Näherin zu – zumindest ließ das bunte, mit perlenbesetzte Kleid darauf schließen – und stellte sich ihr ebenfalls vor: „Amber." Amber sah Anna an, dass sie mit einer gesprächigeren Sitznachbarin gerechnet hatte, doch Amber fühlte sich mit der Situation überfordert. Inzwischen wussten vermutlich alle, dass sie Isabels Tochter war. Dass Amber, wie ihr Vater, Wellington hieß, wussten hoffentlich die wenigsten und sie wäre mit Sicherheit die Letzte, die jemanden darauf aufmerksam machte. Scheinbar hatte Anna verstanden, dass Amber nicht nach Small Talk zumute war, und ließ sie in Ruhe.

Wieder blickte Amber zu Madeleine, neben der jetzt eine zierliche Frau saß. Sie hatte ebenso grüne Augen wie Mel und sah unsicher zu Amber hinüber. Obwohl Amber unter dem Sonnensegel im Schatten saß, schien die Hitze des Tages aus dem Gemäuer zu sickern und von den Pflastersteinen aufzusteigen. Trotzdem überzog Gänsehaut Ambers Arme. Sie hatte stur zu Boden geschaut und hob langsam den Kopf. Nervös ließ sie ihren Blick wandern. Fast schon zwanghaft sah sie zu der blonden Frau, die sich, leicht vornübergebeugt, leise mit Madeleine unterhielt. Diese Frau. Irgendetwas an ihr war seltsam. Sie sah, auf eine zurückhaltende Art, durchaus attraktiv aus, aber nichts an ihr schien ungewöhnlich. Es gab keine Erklärung dafür, dass Amber derart von ihrem Anblick gefesselt war.

Sie musterte die Zwillinge und die Frau, die vermutlich deren Mutter war, genauer. Als die Frau lächelte, entblößte sie blendend weiße Schneidezähne, die eine schmale Lücke aufwiesen. Das machte Amber stutzig. Wo und vor allem bei wem hatte sie diesen winzigen Schönheitsfehler schon einmal gesehen? Amber dachte angestrengt nach, doch ihre chaotischen Gedanken, die sich allesamt um die letzten Tage drehten, wollten sich nicht entwirren. Eine leichte Brise verirrte sich in den Innenhof und bauschte das Sonnensegel auf. Ein Sonnenstrahl fiel auf die blonden Haare der Fremden, die ebenso wie Madeleines Schopf ein goldener Schimmer umgab. Etwas funkelte auf und zog Ambers Aufmerksamkeit auf einen tropfenförmigen Ohrring, den sie wie elektrisiert anstarrte. Dieses Schmuckstück hatte sie ebenfalls schon einmal gesehen. Wenn sie es genau nahm, sogar mehrmals und nicht nur bei einer Person. Amber schenkte dem luftigen, blassgelben Sommerkleid ebenfalls Aufmerksamkeit: Obwohl in Farbe und Schnitt eher schlicht gehalten, wirkte es befremdlich an dieser Frau – vor allem da Amber inzwischen zu wissen glaubte, woher sie sie kannte. Dora hatte bei Amber einen unechten Eindruck hinterlassen, obwohl sie die Rolle der Femme fatale ausgezeichnet verkörpert hatte. Amber erinnerte sich an dieses Lächeln und an die charakteristische Zahnlücke. Dora und diese Frau waren ein- und dieselbe Person, sie war absolut sicher! Amber schaute zwischen Isabel und Dora hin und her. Kritisch verglich sie die Form des Kinns, die Stellung der Augen zueinander und die hohen Wangenknochen der beiden Frauen. Sie hatte den Eindruck, dass, bis auf winzige Unterschiede, beide

Gesichter einander zu sehr ähnelten, als dass es ein Zufall sein konnte. Die Ähnlichkeit zwischen den beiden war einer der Gründe, warum ihr diese Frau in Erinnerung geblieben war. Doch erst das gleiche Paar Ohrringe, das die Ohren beider Frauen schmückte, hatte Amber letzten Endes die Augen geöffnet.

Aufgeregt drehte sie sich zu ihrer Sitznachbarin um und tippte Anna auf die Schulter. „Entschuldigen Sie bitte. Können Sie mir sagen, wer diese Frau ist?"

Die Näherin folgte ihrem Blick. Sie wirkte überrascht und musterte Amber, als wollte sie sicher gehen, dass die Frage ernst gemeint war. „Das ist Dora. Deine Tante solltest du aber eigentlich kennen." Anna zwinkerte ihr zu, als hätte Amber sich einen Scherz erlaubt, und widmete sich erneut ihrer Gesprächspartnerin. Amber hatte gerade etwas erfahren, worüber sie im Normalfall glücklich gewesen wäre – aber was war inzwischen noch normal. Isabel hatte es nie für nötig gehalten, ihre Schwester und deren Töchter ihr gegenüber zu erwähnen. Die Gewissheit, dass sie ihrer Mutter weniger als nichts bedeutete, da sie ihr ihre Schwester und deren Töchter vorenthalten hatte, war ein weiterer herber Schlag für Amber. Sollte Isabel ihre geheimnisvolle Verwandtschaft ruhig für sich behalten. Amber war nicht auf sie oder auf jemand anderen angewiesen. Bisher war sie gut allein zurechtgekommen. Dass Rosalie Bescheid gewusst und nie mit ihr darüber gesprochen hatte, war ein weiterer Schmerz. Ihre Gedanken überschlugen sich, bevor sie einzelne Erinnerungsfragmente freigaben, die sich wie Puzzleteile zu einem Bild zusammensetzten. Plötzlich schien alles so klar, dass sie sich wunderte, die Hinweise übersehen und nicht eher bemerkt zu haben. Es war kein Zufall, dass Dora ihr zuvor zwei Mal über den Weg gelaufen war. Dass sich ihre Tante ausgerechnet zum selben Zeitpunkt wie Amber auf dem Polizeirevier aufgehalten hatte, hatte Amber vermutlich

Rosalie zu verdanken. Ihre Großmutter hatte Ambers kleinen Ausrutscher sehr wohl mitbekommen und Dora auf ihre Enkelin angesetzt. Im Nachhinein begriff Amber, warum ihre Großmutter auf Ambers Ausflug so gelassen reagiert hatte.

Amber blickte misstrauisch zu Sam, der mit den Händen in den Hosentaschen lässig an der Wand lehnte und sich mit Isabel und Dora unterhielt. Sams Vorschlag, dass sich Amber auf dem Marktplatz umsehen sollte, war ebenfalls kein Zufall, ebenso wenig, dass sie dort auf die Zwillinge gestoßen war. Allerdings glaubte sie nicht, dass ihre Cousinen gewusst hatten, um wen genau es sich bei Amber handelte. Ihre Überraschung hatte echt gewirkt und nicht gestellt. Amber schenkte Sam, der sie ansah, ein widerwilliges Lächeln, das zu einem zynischen Grinsen wurde. Nicht alles war geplant, die Razzia hatte ihm gehörig dazwischengefunkt. Vermutlich hatte er darauf gebaut, Amber den Zwillingen vorzustellen, um damit ihr Vertrauen zu gewinnen. Als ob sie einem Fremden je wieder Vertrauen entgegenbringen würde.

Plötzlich sehnte sie sich nach der Sicherheit ihres Zuhauses und nach ihrem Vater, der mit beiden Füßen fest im Leben stand. Etwas, von dem sie bisher geglaubt hatte, es zutiefst zu verachten. Nun bot ihr Heim jedoch einen sicheren Anker auf stürmischer See. Zum zweiten Mal an diesem denkwürdigen Tag stand Amber kurz davor, ihn anzurufen und um Hilfe zu bitten – wäre da nicht dieses unterschwellige Gefühl, dass Alecs Verschwinden und die darauffolgenden Ereignisse irgendwie miteinander zusammenhingen.

Kapitel 17

Amber hatte Anna zugeflüstert, dass sie gleich wieder zurück wäre, doch das war eine Lüge gewesen. Sie war ihrer Großmutter gefolgt und hielt unmerklich den Atem an, als Rosalie an der angelehnten Badezimmertür vorüberging und kurz darauf die Wohnung verließ. Amber huschte in die Küche, trank direkt aus dem Wasserhahn und wusch sich hastig Staub und Schweiß von Gesicht und Händen. Anschließend lief sie in Rosalies Kammer, wühlte hektisch in der Truhe und stieß auf dem Boden auf Rosalies Handtasche. Der Ordnungsspleen ihrer Großmutter hatte eindeutig seine Vorteile, vor allem, wenn man, wie Amber, in Eile war. Wie erhofft fand sie ihr eigenes Portemonnaie mit ihrem Ausweis in der Handtasche. Seit ihrem Verschwinden war bereits eine halbe Ewigkeit vergangen, zumindest kam es ihr so vor, und die Gefahr, dass jemandem ihre Abwesenheit auffiel, erhöhte sich mit jeder Minute. Durch das offene Fenster hörte sie Stimmen, ihr Name wurde erwähnt und hallte am Gemäuer wider. Zwar war es ihr unmöglich, die Diskussion im Ganzen mitzuverfolgen, doch einiges schnappte sie dennoch auf.

„Sie haben meinen Bruder, verdammt noch mal, und alles spricht dafür, dass sie auch hinter Amber her sind. Wenn sie hierbleibt, ist es nur eine Frage der Zeit, bis Rohloff das bekommt, wonach er sucht. Charles ist nicht in der Stadt und Rohloff käme ein Druckmittel gerade recht. Ich schließe mich Dora an, bis auf Weiteres sollte Amber bei ihr wohnen“, erklang Samuels wütende Stimme.

„Nein! Ich lasse nicht zu, dass sie bei ihr bleibt, ich bin ihre Mutter. Hätte meine Schwester umsichtiger reagiert, wäre es gar nicht erst so weit gekommen!“

„Was bitte hätte ich tun sollen? Sie an den Haaren packen und hierher zerren? Elsworth hätte mich früher darüber unterrichten müssen“, meldete sich eine Frauenstimme in einem geduldigen, ja fast sanften Tonfall.

Zustimmendes Gemurmel wurde laut, die Atmosphäre schien sich weiter aufzuheizen. Amber hatte keine Ahnung, was Isabel gegen Samuels Vorschlag einzuwenden hatte. Die zornige Stimme ihrer Mutter verriet allerdings, dass die beiden Schwestern nicht gut miteinander auskamen. Vermutlich schämte sich Isabel, dass ein enges Familienmitglied einer fragwürdigen Tätigkeit nachging, und wollte verhindern, dass ihre Tochter oder Charles davon erfuhren. Aber warum wollte sie unbedingt, dass ihre Tochter bei ihr blieb? Amber hätte ebenso gut mit Rosalie nach Hause zurückkehren können. Ein solches Verhalten war untypisch. Isabel hatte noch nie Rücksicht auf andere genommen, sondern war einzig an ihrem persönlichen Vorteil interessiert. Was war so bedeutsam, dass sie die Anwesenheit einer widerspenstigen und Ärger heraufbeschwörenden Tochter weiterhin ertragen wollte?

Amber hatte endgültig genug. Wenn sie oder alle, die sich in ihrer Nähe aufhielten, wirklich in Gefahr waren, würde sie allen einen Gefallen tun und verschwinden. Verschwinden und Alec finden.

Unschlüssig, ob sie die Wohnung verlassen sollte, stand Amber in der Küche. Aus keinem bestimmten Anlass betrat sie den Wintergarten, anstatt zu gehen. Sie schaute auf eine Reihe bemalter, mit Pflänzchen bestückter Blumentöpfe, die vor der direkten Sonneneinstrahlung geschützt entlang der Wand standen. Ansonsten wäre ihr der mit vertrockneter Blumenerde gefüllte Tontopf kaum aufgefallen. Benebelt von der duftgeschwängerten, aufgeheizten Luft sah sie sich die Pflanzen genauer an. Die farblich von Weiß bis Violett reichenden winzigen

Blütenblätter sahen aus wie typisches Unkraut. Dennoch hob Amber eines der kleinen beschrifteten Plastikschilder auf, las – „Wald-Engelwurz“ – und runzelte die Stirn.

Alec hatte ihr eine ebensolche Pflanze mitgebracht. Es konnte Zufall sein, aber sie glaubte nicht mehr an Zufälle. Nicht, nachdem Rohloff und seine Männer den Marktplatz nach ihr durchkämmt hatten und sie erkannt hatte, dass ihre Familie nicht ganz so klein war, wie ihre Eltern und Rosalie sie hatten glauben lassen. Amber wusste nicht mit Sicherheit, ob Rohloff nach ihr Ausschau gehalten hatte. Es war nur ein starkes Gefühl, das sich allerdings ziemlich echt anfühlte. Der Dreh- und Angelpunkt schien immer wieder Alec zu sein, nur leider wusste sie nicht, in welchem Zusammenhang er mit den Ereignissen stand. Welche Verbindung gab es zwischen ihnen außer ihrer Freundschaft, die so bedrohlich war, dass jemand sie offenbar auseinanderbringen wollte? Hatte Alec vielleicht vor nicht allzu langer Zeit an genau derselben Stelle wie sie gestanden, die Pflanzen betrachtet und überlegt, für welche von ihnen er sich entscheiden sollte? Gelbe Margeriten, Magnolienpflänzchen, weiße Lilien in unterschiedlichen Entwicklungsstadien beanspruchten jeden Zentimeter freier Fläche. Dazwischen Töpfe mit Engelwurz, das inmitten der Farbenpracht wie unscheinbares Kraut aussah. Fragen über Fragen und keine greifbaren Antworten.

Ratlos setzte Amber sich auf die schmale Holzbank, neben sich ein getrocknetes Bündel dieses seltsamen Gewächses, und ging in Gedanken Rosalies lebhafte Ausführungen während der vielen Stunden ihrer gemeinsamen Gartenarbeit durch. Engelwurz wurde gerne bei körperlichen Beschwerden eingesetzt und besaß eine antibakterielle Wirkung. Darüber hinaus hatte ihre Großmutter einmal gesagt, dass es zu den Sonnengewächsen zählte, die jegliche Schatten vertreiben würden. Sie kannte Rosalies mitunter seltsame Denkweise und interpretierte die Schatten als Schwermut, derer man mit Engelwurz Herr werden konnte, vorausgesetzt man kannte die richtige Zusammensetzung. In diesem Augenblick hätte Amber gerne ihrem persönlichen Schatten – der Furcht – den Garaus gemacht. Sie vergrub das Gesicht in den Händen und versuchte ihre wirren Gedanken zu ordnen. Unbemerkt rutschte das Armband, das Alec ihr geschenkt hatte, unter dem Haarband hervor und berührte ihre Wange. Das zarte Prickeln, ähnlich dem eines Juckreizes, schreckte sie aus ihren trüben Gedanken. Mit einem letzten Blick zu den bepflanzten Töpfen betrat sie erneut die Küche, benetzte die juckende Stelle mit fließendem Wasser und öffnete anschließend den Kühlschrank auf der Suche nach Proviant. Für alle Fälle. Nacheinander öffnete sie die oberen Küchenschränke, fand jedoch nur Mehl, Zucker und altbackenes Brot nebst Konfitüre. In den unteren Schränken sah es ebenso mau aus, bis sie auf stapelweise Gläser mit eingelegtem Rollmops stieß, von denen sie sich eines einsteckte. Da sich ihr Ausweis wieder in ihrem Besitz befand, stand es ihr frei, nach Hause zurückzukehren. Jemanden aufzusuchen, der vielleicht einige ihrer Fragen beantworten konnte und bereit wäre, ihr bei der Suche nach der Wahrheit, nach Alec, zu helfen, stand jedoch an erster Stelle. Ein Funken Hoffnung flackerte auf. Er genügte, um sie davon zu überzeugen, dass es richtig war, auf eigene Faust nach Antworten zu suchen, selbst wenn sie sich dadurch vermutlich weiteren Ärger einhandelte.

Kapitel 18

Leise zog Amber die Wohnungstür hinter sich zu und steuerte am Ende des Treppenhauses angekommen, auf ein kniehohes Fenster zu. Ein Blick verriet ihr, dass an der Außenwand eine rostige Feuerleiter hinablief. Unter erheblichem Kraftaufwand gelang es ihr, den eingeklemmten Fenstergriff zu bewegen. Entschlossen warf sie den Rucksack auf den Außenrost, kletterte hinterher und schob den Fensterflügel so weit wie möglich zu.

Ein widerlicher Geruch nach Kanalisation stieg auf. Bemüht, flach zu atmen, hangelte Amber sich von Sprosse zu Sprosse nach unten, den Blick geradeaus auf die schmutzige Backsteinmauer gerichtet. Den letzten Meter sprang sie zu Boden. Ein scharfer Schmerz schoss ihr durch die Knie. In der Aufregung hatte sie ihre Verletzungen vergessen. Die Quittung waren erneut blutende Schürfwunden.

Kaum lag die stinkende Gasse hinter ihr, lief sie in Richtung Kreuzung. Mittlerweile parkten Fahrzeuge, die allesamt einen vernachlässigten Eindruck machten, kreuz und quer auf dem Gehweg. Sie behinderten nicht den spärlichen Verkehr, zwangen einen Fußgänger jedoch, auf die Straße zu wechseln. Für Amber entpuppte sich diese gewöhnungsbedürftige Parktechnik als Segen, als ein schwarzes Militärfahrzeug auftauchte und im Schritttempo die Straße abfuhr. Aufgewirbelter Staub und die allgegenwärtige Hitze des Tages flirrten ihr vor Augen. Keuchend wischte sie sich den Schweiß von der Stirn und kauerte sich erschöpft gegen einen Vorderreifen. Der abscheuliche Gestank des Gummis stach ihr in der Nase, doch darauf konnte sie keine Rücksicht nehmen. Sie lauschte dem lauter werdenden Motorengeräusch, das wie ein träger Wüstenwind an ihr vorüberzog. Nachdem ein weiteres Militärauto um die Ecke gebogen war, sprang sie auf und rannte die letzten Meter bis zum Zebrastreifen. Immer wieder schaute sie sich hektisch um; das Gefühl, dass sich jemand in ihrer Nähe aufhielt, sie gar verfolgte, war ebenso intensiv wie die Sonne, die auf ihre nackten Arme brannte. Die Augen fest auf das gegenüberliegende Gebäude gerichtet, betete sie, dass die Tür, über dem das Schild ‚Mica - Kuriositäten aus erster Hand' hing, noch immer unverschlossen war. Amber hatte zwar einen Notfallplan ausgetüftelt, doch unverrichteter Dinge nach Hause zurückzukehren würde sie wieder an den Anfang katapultieren. Sie wäre erneut da, wo sie vor ihrem Besuch im Polizeirevier gestanden hatte. Außerdem würden Rosalie oder Gero sie zu Hause bestimmt schon erwarten, bei Edmond hingegen vermutete sie niemand.

Es fiel ihr nicht leicht, zu diesem seltsamen Mann zurückzukehren, doch irgendetwas sagte ihr, dass er ihr vielleicht Antworten auf ihre dringlichsten Fragen geben konnte.

Ein letzter schneller Blick in beide Richtungen. Aus den Augenwinkeln heraus, meinte Amber hinter sich eine Bewegung zu bemerken, aber da war niemand. Sie sprintete über die Straße und drückte entschlossen die Klinke hinunter. Die überladene Dekoration des Schaufensters, erschwerte von außen den Blick ins Innere. Es vermittelte ihr ein Gefühl relativer Sicherheit. Nach dem teergeschwängerten Geruch auf der Straße kam ihr die abgestandene Luft im Raum erfrischend vor. Bisher war alles nach Plan verlaufen, doch sie rechnete jederzeit mit Komplikationen. Dieses Mal blieb sie nicht bei den Vitrinen stehen, sondern peilte direkt die Sesselgruppe im hinteren Teil des Ladens an. Beim Näherkommen entdeckte sie eine offene Tür, die ihr bei ihrem letzten Besuch nicht aufgefallen war. Mut war definitiv keine ihrer herausragenden Stärken und sie scheute davor zurück, die Privaträume des alten Mannes zu betreten. Unentschlossen ließ sie ihren Blick von der Tür zur Sesselgruppe wandern, die trotz ihres Alters, oder gerade deshalb, einen gemütlichen Eindruck erweckte. Einen Moment auszuruhen, auf das weiche Polster zu sinken und die Stille in sich aufzunehmen, war eine Verlockung, der sie nicht lange widerstand. Unter ihrer Hand fühlte sich der abgewetzte ockergelbe Stoff samtig an. Ein leicht modriger Geruch stieg auf, doch das störte sie nicht im Geringsten. Wie ein Kätzchen kuschelte sie sich in das Polster, schloss die Augen und driftete weg.

Ein seltsames Murmeln drang an ihr Ohr. Amber kämpfte sich aus dem Schlaf, blinzelte und beobachtete, wie Edmond mit gebeugtem Rücken an ihr vorüberschlurfte. Schweigend setzte er ein Tablett auf dem Tisch ab. Etwas zittrig schob er ein Glas Wasser einladend neben eine Schüssel reifer Erdbeeren. Sie musterte ein weiteres Glas mit einer trüben Flüssigkeit darin, von der sie dachte, dass es Milch sei, bevor Edmond mit dem Finger hineintippte und das Getränk mit einem Schnalzen probierte. Für handelsübliche Milch war es zu dünnflüssig, doch sollte er ihr ausgerechnet dieses Glas anbieten, würde sie dankend ablehnen. Dass sich Edmond solche Mühe gab, seinen ungebetenen Gast zu bewirten, obwohl sie ohne seine Erlaubnis auf einem der Sessel herumlungerte, vermittelte ihr das unwirkliche Gefühl, zumindest an diesem seltsamen Ort willkommen zu sein.

„Ich frage mich, ob es dir wieder bessergeht und du gut geruht hast?“

„Bitte entschuldigen Sie, ich muss wohl eingeschlafen sein.“

„Ja, aber jetzt bist du wach und wir können uns ein wenig unterhalten. Ein ereignisreicher Nachmittag, das muss man schon sagen. Wegen dir ist das ganze Viertel in Aufruhr. Doch nun ist es zu spät, um einen anderen Weg einzuschlagen, nicht wahr?“

Es war keine Frage – eher eine Feststellung, die sie ebenso irritierte wie sein leises Kichern. Aufrecht sitzend nahm sie dankbar eine der Erdbeeren, biss hinein und genoss das zarte, saftige Fruchtfleisch und das süße Aroma, das ihren Mund ausfüllte. „Dafür kann ich nun wirklich nichts. Na ja, vielleicht, aber wenn mir nicht immer alle etwas verschweigen würden, wäre es gar nicht so weit gekommen“, erklärte sie, während sie kaute. Selbst in ihren Ohren klang die Rechtfertigung eigenwillig, daher sparte sie sich weitere Erklärungsversuche und wechselte stattdessen das Thema: „Ich verstehe nicht, wieso das Interesse an mir so groß ist. Allmählich komme ich mir wie eine Aufziehpuppe in einem misslungenen Theaterstück vor“, murmelte sie zusammenhanglos. Aus den Augenwinkeln musterte sie Edmonds dunkelbraune abgetragene Tweedhose, die nur durch ausgeleierte Hosenträger gehalten wurde. Es erinnerte sie paradoxerweise an Alecs Gürtel, der ebenso alt und abgenutzt aussah. Nervös nestelte sie an ihrem Rucksack und griff hinein. Ganz unten am Boden, zwischen CD und Proviant, umschloss sie mit den Fingern ihren Pass. Beruhigt, dass er noch an Ort und Stelle war, lehnte sie sich gegen das weiche Polster und starrte auf die Erdbeeren, die sich in der Schüssel türmten. Mit einem Ächzen nahm Edmond ihr gegenüber Platz. Sofort beschleunigte sich ihr Herzschlag. Sie war sich nicht sicher, ob Alec mit diesem alten Mann verwandt war, doch inzwischen war sie so verzweifelt, dass sie es auf einen Versuch ankommen ließ: „Ich suche Alec.“ Sie sprach die Worte wie zu einem Kind, langsam und überaus deutlich, damit er auch wirklich verstand, was sie sagte.

„Natürlich suchst du ihn, warum sonst wärst du wohl hier? Ich habe Sam gewarnt, dass unser Alec ein Freigeist ist und seine Neugier ihn irgendwann in Schwierigkeiten bringen wird; und wie es aussieht nicht nur ihn. Trotzdem bin ich froh, dass du zu mir gefunden hast, wenn auch einzig, um meinen Sohn zu suchen. Er hat dir dieses Armband geschenkt. Woher wusste Alec, dieser verflixte Junge ...“, murmelte Edmond gedankenverloren. Bedauerlicherweise brach er mitten im Satz ab, als wären seine Überlegungen nicht für ihre Ohren bestimmt.

Amber rutschte bis zur Sesselkante vor, bereit, ihren verschollenen Freund wenn nötig zu verteidigen. „Sind Sie nicht etwas zu alt für einen sechzehnjährigen Sohn?“, rutschte es ihr unbedacht heraus.

Edmond hielt seine blassblauen, mit grauem Star behafteten Augen auf Amber gerichtet und ihrem Blick mit solch einer Intensität stand, dass es sie Mühe kostete, den Kontakt zu lösen und stattdessen ihre angeschlagenen Knie einer eingehenden Untersuchung zu unterziehen. Das Blut war inzwischen getrocknet.

„Alec ist nicht mein leiblicher Sohn“, redete Edmond weiter, ohne ihr Ausweichmanöver zu registrieren. „Ein guter Freund hat ihn mir als Säugling gebracht. Kurz nachdem auf der Insel zum zweiten Mal Unruhen ausbrachen. Damals war es ähnlich, wie heute. Manches ändert sich halt nie. Wie nach dem ersten großen Erdbeben nach dem Vulkanausbruch vor über 400 Jahren, als viele Männer ihre Familien und Mütter ihre Söhne verließen.“

„Wenn das stimmt, verstehe ich nicht, warum Mütter ihre Söhne im Stich gelassen haben. Eigentlich bleibt ein Kind doch eher bei der Mutter, als beim Vater“, wagte Amber einzuwenden. Es war verwirrend, dass der alte Mann so weit in eine Vergangenheit zurückging, die unmöglich wahr sein konnte.

„Wir sprechen hier von Selkies. Zu jener Zeit war es normal, dass sie ihre Söhne bereits als Kleinkinder mit ins Meer nahmen. Es waren sozusagen Selkies in Miniatur. Deshalb überließen die

Hexen ihre männlichen Nachkommen den Vätern und zogen ihre Töchter allein auf."

Edmonds verschlossener Gesichtsausdruck verriet, dass er etwas zurückhielt, aber das, was Amber gehört hatte, genügte, um am Wahrheitsgehalt seiner Worte zu zweifeln.

„Und was hat das alles mit heute zu tun?", fragte sie verwirrt.

„Die Erdbeben, die Unruhen, all das tritt gerade zum dritten Mal in 400 Jahren auf. Damals wie heute breitet sich Furcht vor dem Ungewissen gleichsam einem Lauffeuer aus. Liebe und Hass liegen sehr nah beieinander. Es fehlt nur ein Funke, wie vor 16 Jahren, als eine Feuersbrunst die Insel überrollte."

Amber runzelte die Stirn, sie erinnerte sich an den großen Brand in der alten Steinsalzmine, bei der viele Menschen umgekommen waren. War Edmond einer der Betroffenen gewesen? Alt genug, um es miterlebt zu haben, war er auf jeden Fall.

„Es gibt noch etwas, das sich scheinbar immer wiederholt. Damals gelang es weder den Selkies noch den Hexen friedlich zusammenzuleben. Daran scheint sich auch bis heute nichts geändert zu haben." Die Stimme des Alten klang seltsam entrückt. Er blickte unstet durch den dämmrigen Raum.

Amber atmete erleichtert auf. Es war nur ein Märchen. Natürlich kannte sie die geheimnisumwobene Legende über Aberness. Schon immer hatte sie die Geschichte über Selkies fasziniert. Sie waren halb Seehund, halb Mensch, die dem Meer entstiegen, ihr Fell abwarfen und menschliche Gestalt annahmen.

Aberness sollte einst in Besitz der Moorhexen und Selkies gewesen sein. Sie waren schon da, bevor die ersten Siedler sich auf der Insel niederließen. Irgendwann hatten die Menschen sie wohl entdeckt. Amber hielt die Geschichte für ein Ammenmärchen. Die Katastrophe, die vor sechzehn Jahren geschah, hatte weder etwas mit der dunklen Vergangenheit der Insel, noch mit den aktuellen Ereignissen zu tun. Trotzdem erfüllte sie die Vorstellung, dass ihre Heimat Schauplatz solch überschäumender Phantasien war, mit unterschwelligem Stolz. Sie befürchtete, dass Edmond aufhörte, ihr von der Vergangenheit zu erzählen, bevor sie erfuhr, was sich aus seiner Sicht damals noch zugetragen hatte. Sie wusste, dass es vor ihrer Geburt zu Konflikten zwischen der Regierung und der Bevölkerung gekommen war, die von Hafenarbeitern ausgegangen waren. Heute wie damals kämpften sie für mehr Mitspracherecht. Im Gegensatz zu früher ging es den Menschen jetzt viel besser. Es existierte ein Gesundheitssystem, ebenso eine für jedermann leicht zugängliche Grundversorgung. Dennoch schien sich die Geschichte zu wiederholen.

Es lag wohl in der Natur des Menschen, gegen alles und jeden aufzubegehren, ob aus Langeweile oder aus dem festen Irrglauben, ihm widerfahre Ungerechtigkeit. Amber dachte an die Einbruchwelle der letzten Monate. Die Stadt befand sich in Aufruhr. Vermischte Edmond vielleicht die Legende über Aberness mit seiner eigenen Vergangenheit, die er wiederum mit der Gegenwart verwechselte, wie es ältere Leute oftmals unbewusst taten?

„Was auch immer vor sechzehn Jahren geschehen sein mag, es wird nicht mehr passieren. Mein Vater ist um das Wohlergehen aller Inselbewohner bemüht“, sagte sie in beschwichtigendem Tonfall.

„Natürlich ist er das. Viele von uns respektieren ihn, aber er hat einflussreiche Feinde in den eigenen Reihen.“ Es klang wie das Gefasel eines alten Mannes, auf das sie nicht einzugehen gedachte.

Außerdem wollte sie nicht über ihren Vater sprechen, sondern mehr darüber erfahren, was damals offenbar von der Regierung vertuscht worden war. „Was ist noch passiert. Wie ist es damals ausgegangen?“, flüsterte sie und beugte sich etwas vor. Edmond hielt den Blick starr auf das Armband an ihrem Handgelenk gerichtet, schien ihre Frage aber verstanden zu haben.

„Für dich ist einzig wichtig zu wissen, was nach dem großen Erdbeben geschah. Damit meine ich nicht das Beben nach dem Vulkanausbruch vor vier Jahrhunderten, sondern das Beben vor nunmehr sechzehn Jahren. Nun gut, ich beantworte zuerst deine Frage: Die Stadt wurde damals in mehrere Bezirke aufgeteilt, in der Hoffnung, die schwelenden Konflikte besser unter Kontrolle zu halten oder im Vorfeld im Keim zu ersticken. Die Küste auf der Ostseite der Insel und das Landesinnere wurden zum Naturschutzgebiet erklärt. Aber in Wirklichkeit …", Edmond beugte sich vor, sodass Amber das Netz aus Lachfältchen um seine Augen deutlich erkennen konnte, und senkte die Stimme, „… leben dort die letzten Hexen und Selkies und warten auf den Tag, an dem der Fluch, der auf Aberness lastet, gebrochen wird."

Amber rann ein eisiger Schauer über den Rücken. Sie war unsicher, was sie von dieser haarsträubenden Geschichte halten sollte, und schwieg.

„Ihre Nachkommen, mehr Mensch, als ... na, du weißt schon, leben noch immer in dieser Stadt. Die meisten ahnen nicht einmal, dass sie von ihnen abstammen, geschweige denn, dass die Selkies tatsächlich existieren. Nur wenige wissen um ihre wahre Herkunft. Einige sind inzwischen wahre Berühmtheiten; August Ridwell zum Beispiel verdient eine goldene Nase mit seinen Shows. Der Fischflüsterer wird er genannt, weil er die Tiere dazu animiert, ihm im Wasser überallhin zu folgen. Ist dir einmal aufgefallen, dass es sich ausschließlich um Süßwasserfische handelt, die seine Choreographien in Szene setzen?"

Sie zuckte ratlos mit den Schultern.

„Süßwasser, Kind, es kann ihm nichts anhaben. Verstehst du, was ich meine?"

Offenbar erwartete der Alte keine Antwort von ihr, denn er redete einfach weiter. „Natürlich nicht. Du weißt so wenig über die Vergangenheit, die sich bis in die Zukunft erstreckt. Das, was ich dir erzähle, muss dir wie das Gefasel eines senilen Mannes vorkommen. Aber die Wahrheit ist, Aberness gehörte einst dem Volk der Selkies – und dem der Moorhexen. Einige ihrer Nachkommen hatten Probleme, sich in die Gesellschaft einzufügen. Meist werden sie als Außenseiter, Aufrührer oder Exzentriker angesehen."

In seinen Augen erschien ein wehmütiger Glanz, der Amber berührte und sie von seinen haarsträubenden Behauptungen ablenkte. Wie jedes Kind – zumindest diejenigen, die alt genug waren, die Schule zu besuchen und dem mitunter langweiligen Geschichtsunterricht beizuwohnen – wusste sie, dass die ersten Siedler sich vor 400 Jahren auf der Insel niedergelassen hatten. Später erklärte man die Insel als von England unabhängig und zu einem eigenständigen Inselstaat. Eine Entscheidung, die erst in den letzten Jahren von einer Minderheit infrage gestellt wurde. Amber war durcheinander und erschrocken über das, was sie gerade erfahren hatte, und hielt an dem fest, was sie kannte. Momentan interessierte sie sich für das Hier und Jetzt. Die um sich greifenden Unruhen waren kein Märchen, sondern bittere Realität.

Exzentriker passten ebenso wenig in ihr Weltbild wie Wesen aus Mythen und Legenden, die plötzlich erneut zum Leben erwachten.

Amber hatte genug von Edmonds Schauergeschichten. „Diese Stadt existiert schon lange und nichts, aber auch gar nichts deutet darauf hin, dass sie jemals von etwas anderem als Menschen bewohnt wurde", stemmte sie sich gegen die Behauptung, es gäbe Selkies oder Hexen.

„Bist du dir da ganz sicher? Dieser Grund und Boden, meine Kleine“, der Alte beugte sich vor, als wäre Amber schwerhörig, „ist der rechtmäßige Besitz der Selkies – und der Moorhexen.“

Sie schüttelte vehement den Kopf und presste die Lippen zusammen. Edmond blickte ihr fest in die Augen. „Die alten Erzählungen über mystische Meereswesen, ebenso wie die über viele andere Spezies, entsprangen dem Bedürfnis der Menschen, ihr Geheimnis preiszugeben, ohne für verrückt, oder besser gesagt verhext, erklärt zu werden. Du musst entscheiden, woran du letzten Endes glauben willst, einige der Geschichten sind wahr, andere nicht“, sagte Edmond, der ihr Verhalten offenbar als Anlass nahm, mit seinen Erklärungsversuchen fortzufahren. Er hob die Hand und beschrieb einen weiten Bogen. Seine Augen blitzten voller Enthusiasmus, seine fahlen Wangen nahmen Farbe an, sodass Amber Angst bekam, er würde einen Schlaganfall erleiden.

„Doch die Menschen sind dumm wie selten ein Fisch im Meer. Sie plünderten die Schätze, die seit Anbeginn der Zeit in der Erde ruhten, beuteten das fruchtbare Land aus, ließen es als blutiges Skelett zurück und verloren zunehmend die Verbindung zu ihrer Vergangenheit, in der die Mystik allgegenwärtig war. Sie haben ihre Wurzeln vergessen!“ Der eigenwillige Glanz in seinen Augen verschwand. Erschöpft sackte er in seinem Sessel zusammen.

„Wenn das alles wahr wäre, wieso spricht niemand darüber, wenn auch hinter vorgehaltener Hand? Ich kann mir nicht vorstellen, dass es in Vergessenheit geraten ist. Sie müssen sich irren.“

Edmond warf ihr einen mitleidigen und zugleich wissenden Blick zu. „Ja, glaubst du denn, dass die Menschen bereit sind zu erkennen, dass ihre Wurzeln anderen Ursprungs sind? Zum Glück gehören Scheiterhaufen und Jäger der Vergangenheit an.“

Amber hatte genug gehört. Sie glaubte dem alten Mann kein einziges Wort, wollte es nicht glauben. Konnte es nicht glauben. Ein Zugeständnis, mochte es noch so unbedeutend sein, würde sie ernsthaft an ihrer geistigen Gesundheit zweifeln lassen. „Es gibt keine mystischen Geschöpfe, sie existieren einzig in den Köpfen der Menschen", erklärte sie erschüttert und tastete nach ihrem Rucksack, bereit, fluchtartig den Laden zu verlassen. Inzwischen kam ihr Edmond weitaus gefährlicher und unberechenbarer vor, als es die Soldaten auf den Straßen je sein könnten.

„Du willst Beweise? Trink dieses Glas aus, es wäre ein Anfang."

Angewidert starrte sie auf die milchige Flüssigkeit. Sie verstand nicht, was der Alte vor sich hin murmelte, doch seine Worte, die einem bestimmten Rhythmus zu folgen schienen, erschütterten sie bis ins Mark. Ein seltsames Knistern erfüllte die Luft, vermischte sich mit einem Adrenalinstoß, der durch Ambers Körper schoss und in ihren Ohren widerhallte. Sie öffnete den Mund, um diesem Unsinn Einhalt zu gebieten, brachte allerdings kein Wort hervor. Stattdessen sprang sie auf und umrundete den Tisch, darauf bedacht, dem Alten nicht zu nahe zu kommen. In ihrer Hast stieß sie mit dem Fuß gegen die Tischkante und griff automatisch nach dem Glas, das wie in Zeitlupe in ihre Richtung kippte. Als einige Spritzer ihre Hand trafen, wich sie erschrocken zurück. Amber runzelte die Stirn und schalt sich eine Närrin. Edmond war kein wiederauferstandener Geist aus der Vergangenheit. Er war einfach ein verrückter alter Mann. Durchaus liebenswert, solange man seinen absonderlichen Geschichten keine allzu große Beachtung schenkte. Sie würde sich bei der nächsten Gelegenheit freundlich von ihm verabschieden und das Ganze vergessen.

„Alec ist mit dem Wissen aufgewachsen, dass weitaus mehr auf dieser Insel existiert als das Offensichtliche. Er sah etwas in dir, das uns bisher entgangen ist und das selbst du noch nicht erkannt hast. Ansonsten hätte er dir niemals dieses wertvolle Armband geschenkt", riss er sie aus ihren beruhigenden Gedanken. Wieso war ihm das Armband so wichtig? War es Alec vielleicht kostbarer gewesen, als sie ahnte? Etwas musste es ja mit dem Geschenk auf sich haben. Ihr Entschluss, nicht alles zu glauben, was Edmond ihr erzählte, geriet ins Wanken.

Verstört löste sie den Blick von ihrer Hand, auf der die Flüssigkeit bereits zu trocknen begann. Nur einige blasse Ringe blieben auf ihrer Haut zurück. Sie blickte von Edmond auf das nunmehr halb gefüllte Glas, an dessen Außenseite einige trübe Tropfen hinab perlten. Vielleicht war die unterschwellige Anklage, dass sie der Geschichte über Aberness nicht aufgeschlossen gegenüberstand, daran schuld, dass sich Amber entschied die Herausforderung anzunehmen. Wenn es ihr nicht gelang, ihre Furcht zu überwinden, hätte Alec sein Vertrauen besser jemand anderem, jemand Mutigerem als ihr schenken sollen. Sie klammerte sich an die Vermutung, dass es sich bei dem Gebräu nur um verdünnte Milch handelte.

Ohne über mögliche Konsequenzen nachzudenken, hob sie das Glas an die bebenden Lippen, trank es in einem Zug aus und wurde augenblicklich von einer Welle der Übelkeit erfasst. Würgend tastete sie sich vornübergebeugt zum Sessel und setzte sich. Sie hielt den Kopf zwischen den Knien, in Erwartung zu erbrechen, und rutschte auf die äußere Kante. Edmond schien wenig überrascht und hielt ihr das volle Wasserglas unter die Nase. Sie verzog voller Abscheu das Gesicht.

„Was hast du erwartet? Einen Irn-Bru? Hier geht es nicht um den Geschmack, sondern einzig um die Wirkung."

In diesem Moment hätte sie alles für ein Glas des allseits beliebten schottischen Getränks gegeben. Anstelle von süßer Limonade hatte sich ein widerlich säuerlicher Geschmack in ihrem Mund ausgebreitet. Hastig griff sie nach dem zweiten Glas und spülte ihren Mund mit frischem Wasser aus, brachte es allerdings nicht über sich, es hinunterzuschlucken. Sie spuckte es ins Glas zurück und spürte erleichtert, wie die Übelkeit nachließ. Erschöpft strich sie sich eine verirrte Haarsträhne aus dem Gesicht und wischte eine Träne aus dem Augenwinkel. Wieso hatte sie bloß auf den verrückten Alten gehört? Seine Geschichte war an den Haaren herbeigezogen, ein Kinderschreck, wie der schwarze Mann. Vielleicht glaubte er wirklich an das, was er sagte, doch sie hatte im Moment andere Probleme. Sie hatte kostbare Zeit vergeudet, die sie besser hätte nutzen sollen, anstatt einer Märchenstunde beizuwohnen, die Edmond nur in seinen Wahnvorstellungen bestärkte. Ärger stieg in ihr auf, brandete durch ihren erhitzten Körper, der sich anfühlte, als würde er jeden Moment in Flammen aufgehen. Sie biss die Zähne aufeinander und schluckte den bitteren Geschmack der aufsteigenden Galle hinunter. Ohne ein Wort der Erklärung, des Abschieds, packte sie ihren Rucksack und strebte dem Ausgang zu. Edmond hätte nur die Hand ausstrecken müssen, um sie aufzuhalten, doch er tat es nicht. Stattdessen rief er ihr etwas nach, dessen Bedeutung sie nicht verstand: „So ist es recht, Wut ist stärker als Furcht vor dem Unbekannten, aber beides lässt sich auf dieselbe Weise kontrollieren. Herzlichen Glückwunsch zu deinem bevorstehenden Geburtstag!“

Das Einzige, an das Amber denken konnte, war, den Laden zu verlassen, aus diesem Viertel zu verschwinden und in die vermeintliche Sicherheit ihres Zuhauses zurückzukehren. Würde Rohloff erneut in der Villa auftauchen und sie zu Rede stellen?

Kapitel 19

Die Patrouille war abgezogen, doch der Tag hielt weitere unliebsame Überraschungen bereit. Die Sonne verschwand hinter dunklen, zusammengeballten Wolken. Es war nur eine Frage der Zeit, bis ein Gewitter über die Stadt hereinbrechen würde. Für Amber ein weiterer Beweis, dass sich alles gegen sie verschwor. Warum hatte sie sich zu Beginn der Ferien gewünscht, etwas Spektakuläres zu erleben? Es war ein abwegiger Gedanke, denn nun sehnte sie sich danach, in ihr altes, in ruhigem Fahrwasser dümpelndes Leben zurückzukehren. Was auch immer sie unternahm, sie musste sich beeilen. Die Straßen waren leergefegt, obwohl die Bewohner bestimmt längst wussten, dass die Gefahr vorübergezogen war. Zuvor froh, niemandem zu begegnen, fühlte Amber sich inzwischen von aller Welt verlassen. Ihr Selbstmitleid verstärkte sich, als die ersten dicken Regentropfen auf den Asphalt trafen und zerplatzen. Fast meinte Amber ein leises Zischen zu hören, als sie verdampften und in Form dünner Nebelschwaden vom Boden aufstiegen. Der Dunst erinnerte sie an die karge Landschaft, die eingebettet zwischen Weiden und zerklüfteten Felsen hinter dem östlichen Stadtteil lag und sich tief ins Inland erstreckte. Eine mystische Welt, die oftmals hinter einem undurchdringlichen Nebelschleier verborgen lag. Eine Spielwiese verrückter Geschichten, denen sie bisher keine Bedeutung beigemessen hatte.

Ein zurückgesetzter düsterer Hauseingang bot Amber Schutz vor dem Regen. Dort schaltete sie ihr Smartphone ein, das mehrere SMS-Nachrichten anzeigte. Eine stammte von Isabel, zwei von Charles. Drei verpasste Anrufe waren, wie nicht anders zu erwarten, von Rosalie. Nach Hause konnte Amber nicht, da inzwischen bestimmt alle wussten, dass sie sich aus dem Staub gemacht hatte, und zu Edmond zurückzugehen kam nicht in Frage. Sie würde allerdings nicht kleinbeigeben, sondern weiterhin alles daransetzen, Alec ausfindig zu machen. Sie sehnte sich verzweifelt nach seiner Nähe, in der sie sich in der Vergangenheit sicher und beschützt gefühlt hatte. Außerdem war sie neugierig, was es mit seiner angegebenen Adresse auf sich hatte. Wenn sie nach Hause oder zu Isabel zurückging, würde sie es nie erfahren. Im fluoreszierenden Licht des Displays gab sie als Zielort ‚Soundset 21' ein. Ein digitaler Stadtplan zeigte über die Bezirke verteilt exakt drei infrage kommende Straßen an.

Der schwarz getünchte Himmel öffnete seine Schleusen vollends. Heftiger Regen prasselte nieder. Er spülte den Schmutz der vergangenen Wochen von den Straßen und Gassen fort und bahnte sich seinen Weg den Rinnstein entlang. Binnen weniger Minuten verwandelte sich das Wasser zu ihren Füßen in eine reißende Miniaturstromschnelle. Amber zog sich tiefer in den Hauseingang zurück und starrte auf einen roten Punkt auf dem Display, der wie ein glühendes Auge aufleuchtete. Da sie kaum eine weitere Gelegenheit bekommen würde, Alecs letztem Hinweis zu folgen, wartete sie ungeduldig, bis der Regen etwas nachgelassen hatte. Schließlich wandte sie sich entschlossen in die entgegengesetzte Richtung der Wohnung, weg von ihrer Mutter und deren Anhang. Bereits nach kurzer Zeit drang die graue Brühe durch ihre dünnen Schuhsohlen und sie hatte zunehmend das Gefühl, auf Kautschuk zu gehen. Über ihrem Kopf schloss jemand mit einem lauten Knall einen gekippten Fensterflügel. Aus einer Wohnung zu ihrer Rechten hörte sie die Stimmen zweier Personen, die miteinander stritten. Eine grau gestromte Katze saß triefend nass auf einer Fensterbank und klopfte, begleitet von herzzerreißendem Miauen, mit den Vorderpfoten gegen die Scheibe. Die Gegend wirkte verlassen und strahlte eine Trostlosigkeit aus, die ihr zunehmend zu schaffen machte. Der geschwärzte Himmel sah nicht aus, als würde er sich an diesem Tag noch einmal lichten. Die Nacht würde schnell und ohne nennenswerten Wechsel des Tageslichts heraufziehen, und wenn es so weit war, wollte Amber nicht allein auf den leeren Straßen unterwegs sein. Am Morgen hatte sie beim Anblick des alten Hafenviertels eine Mischung aus Abneigung und Faszination verspürt, doch jetzt schien jeder Ort besser, als im Nirgendwo zu stehen. Der aufkommende Wind stach durch ihre feuchte Kleidung. Dass sie vom Wetterumschwung überrascht wurde, war das i-Tüpfelchen der Pechsträhne, die ihr nachzuschleichen schien. Jemand war ihr gefolgt und rief ihren Namen. Erst leise, dann lauter und drängender als zuvor. In der einsetzenden Abenddämmerung konnte Amber die näherkommende Gestalt kaum erkennen. Aufgrund der ungeduldigen Stimme war sie sich allerdings sicher, um wen es sich handeln musste. Wie war es möglich, dass einer der Zwillinge sie so schnell gefunden hatte? Der Gedanke, dass kurz nach ihr noch jemand die Feuerleiter benutzt hatte, schien ihr zu weit hergeholt. Nicht mehr allein zu sein, war ein überraschend angenehmes Gefühl, verfolgt zu werden dagegen weniger. Misstrauisch wartete sie, bis Mel zu ihr aufgeschlossen war, und sah über deren Schulter hinweg. Wie vermutet tauchte eine weitere Person auf, in der sie Madeleine erkannte. Es konnte eine Falle sein, immerhin gehörten die Zwillinge zu den Wenigen, bei denen Amber nicht sofort das Weite suchte. Sie verlagerte ihr Gewicht von einem Bein auf das andere, zur Flucht bereit und darauf gefasst, dass ein ganzer Pulk um die Ecke bog. Die beiden waren aber offenbar allein unterwegs.

„Mensch Amber, was wolltest du denn beim alten Edmond?“, fragte Mel atemlos, als sie bei ihr angekommen war.

Mit allem hätte Amber gerechnet. Damit, gefragt zu werden, wie und warum sie abgehauen war, wohin sie unterwegs war und was sie sich von dieser nicht ganz ungefährlichen Aktion versprach. Dass ihr Mel eine solche Frage stellte, kam überraschend. Bei Edmonds Erwähnung dachte sie kurz an den vermeintlichen Schatten, von dem sie geglaubt hatte, er wäre ihrer Fantasie entsprungen. Offenbar hatten ihre Gehirnzellen ausnahmsweise ihren Zweck erfüllt; schade, dass es ihr nicht aufgefallen war.

„Heute Morgen bin ich zufällig in seinem Geschäft gelandet. Ich dachte, ich hätte dort etwas vergessen, und wollte schnell nachschauen", beschränkte sich Amber auf eine kurze Zusammenfassung der unwichtigen Details.

Sie verschwieg, dass sie das Streitgespräch über ihren zukünftigen Aufenthaltsort belauscht hatte, ebenso was ihr bei Edmond widerfahren war, und wechselte geschickt das Thema: „Warum seid ihr mir eigentlich gefolgt?"

Wie ihr Vater wusste sie ihre Mimik gut einzusetzen und verbarg die Erleichterung, nicht mehr auf sich allein gestellt zu sein, hinter einer undurchdringlichen Maske. Die allerdings schnell ersten Risse bekam, als Mel ihr bereitwillig Auskunft gab: „Quatsch sind wir nicht. Na ja, nur bis zur Feuerleiter. Ich wollte nachsehen, wo du so lange bleibst, als ich dich davonschleichen sah. War ja klar, dass du etwas vorhast, also bin ich dir gefolgt und habe gewartet, bis du um die Ecke verschwunden warst."

„Wie, keine Lust verspürt, mir hinterherzuklettern?"

Kaum ausgesprochen, tat es ihr leid, Mel angegriffen zu haben. „Entschuldige bitte, es wäre dumm gewesen, mir über die einsturzgefährdete Leiter zu folgen. Außerdem stank die Gasse wie ein Moorloch erster Güte", ergänzte Amber zerknirscht.

„Wenn ich es mir recht überlege, auf die Idee bin ich gar nicht gekommen. Ich kann dich beruhigen, ich habe nur Madeleine und Sam verraten, dass du abgehauen bist", wehrte sich Mel beleidigt.

Ambers Herzschlag setzte aus. Damit beschäftigt, die Straße zu beobachten, wich sie automatisch zurück, als Madeleine einen Schritt auf sie zutrat und beruhigend die Hand auf ihre Schulter legte. „Keine Sorge. Sam ist auf deiner Seite. Wer, meinst du, hat uns erzählt, dass wir dich bei Edmond finden?“

„Aber Sam ...“, es fiel Amber schwer, die Kurzform seines Namens, die von Vertrautheit zeugte, zu verwenden, „Samuel konnte unmöglich wissen, dass ich Edmond überhaupt kenne.“

„Du selbst hast es Sam verraten“, konterte Mel mit einem listigen Grinsen. Madeleine ahmte einen wackeligen Gang nach und hielt den Kopf leicht schräg. „Ich frage mich, warum du darüber so entsetzt bist. Sam ist ebenso verschwiegen wie Edmond oder dein Alec oder unsere doppelte Wenigkeit.“ Die Nennung von Alecs Namen brachte Amber aus der Fassung. Es stimmte, als sie Sam auf der Straße getroffen hatte, hatte sie Edmond unbeabsichtigt nachgeahmt. Madeleines durchaus theaterreife Leistung entlockte ihr ein zaghaftes Lächeln. Es war seltsam, aber dass die beiden ihr gefolgt waren, erschien ihr jetzt nicht mehr furchtbar. Da beide sich ihr gegenüber halbwegs normal verhielten, obwohl sie über ihre Verbindung zu Alec Bescheid wussten, hatte sie entweder Samuel oder ihrer Freundschaft zu Alec zu verdanken. Die Unterstützung der Mädchen, die hoffentlich nicht nur bis zur nächsten Straßenecke reichte, konnte sie gut gebrauchen. Vorausgesetzt die Zwillinge würden sich auf ihren Plan einlassen.

„Okay, jetzt mal raus mit der Sprache. Ihr kennt euch also. Wenn du weißt, wo Alec steckt, musst du es sagen. Wir machen uns echt Sorgen!“, unterbrach Madeleine ihren Gedankenfluss.

„Das Einzige, das ich von ihm besitze, sind ein Armband und dieser Wischzettel“, brach es aus Amber hervor. Genervt, dass ihr die Leute immer und immer wieder dieselbe Frage stellten, auf die sie selbst gern eine Antwort gewusst hätte, wühlte sie im

Rucksack nach der Adresse und schwenkte sie in der Luft. Dabei rutschte das Geschenk von Alec unter ihrem Haarband hervor. Es funkelte im Licht der Straßenlaterne wie ein wunderschöner schwarzer Edelstein – ein frisch polierter Onyx.

Die Stille verdichtete sich. Mel starrte auf das Armband, das sich von Ambers heller Haut abhob.

„Und wie geht es jetzt weiter?“, unterbrach Madeleine das Schweigen zwischen ihnen.

„Zurück zu Sam, würde ich meinen“, entgegnete Mel lahm, mit einem letzten Blick auf Ambers Handgelenk.

„Ohne mich. Was meint ihr, wozu mir Alec diesen Hinweis zugesteckt hat?“ Der zerknitterte Zettel wanderte reihum. Mel nagte nachdenklich an ihrer Unterlippe, wie Amber es oft tat, während Madeleine das Blatt Papier so dicht vor ihre Nase hielt, dass Amber hätte meinen können, sie besäße eine Sehschwäche von 7,0 Dioptrien.

„Das ist am Hafen. Soweit ich mich erinnere, befindet sich an dieser Stelle eine Fischfabrik“, überlegte Mel laut. Bisher war Amber davon ausgegangen, dass alle ehemaligen Fabriken in Hafennähe entweder geschlossen oder in das Industriegebiet ausgelagert worden waren. „Am Hafen wird noch frisch gefangener Fisch verarbeitet?“

„Ne“, warf Madeleine ein, „dort wird der Fang nur für den Transport vorbereitet. Aber warum gab er dir die Adresse einer Fabrik? Vielleicht hat er dort in den vergangenen Wochen gearbeitet ... Wäre möglich, oder?“

Alec war einem Ferienjob nachgegangen, darüber waren sie sich einig. Ambers Gedanken rasten. Wenn diese Fabrik etwas mit seinem Verschwinden zu tun hatte, musste sie dorthin, das zumindest war ihr Plan. Die einzige heiße Spur zu ignorieren, wäre einer vorzeitigen Kapitulation gleichgekommen. Sie verstand zwar nicht, weshalb die Zwillinge darauf brannten, ihr zu helfen. Dennoch nahm sie deren Unterstützung dankbar an.

Amber stand kurz davor, die beiden auch nach dem mysteriösen Tâche zu fragen. Allerdings würde Alec vermutlich überall, nur nicht dort, wo das mysteriöse Tâche stattfinden sollte, zu finden sein.

„In Ordnung. Samuel, Rosalie und unsere Mütter beabsichtigen einen Trupp zusammenzustellen, um das Viertel nach dir abzusuchen. Ich werde sie auf eine falsche Fährte locken. Kennt jemand zufällig ein paar Sehenswürdigkeiten, die ich mir unbedingt ansehen sollte und die ich mit dem Bus erreiche?“, fragte Madeleine mit einem verschmitzten Grinsen. Ihre Frage löste in Amber Schuldgefühle aus, die nicht nur ihrer Cousine, sondern auch ihrer Großmutter galten. Rosalie war vermutlich außer sich vor Sorge. „Ich hätte eine bessere Idee. Wie wäre es, wenn du auf direktem Weg zur Villa fährst, ich gebe dir meinen Schlüssel. Rosalie wird bestimmt nicht ausflippen, wenn sie dort auf dich trifft und du kannst sie beruhigen, dass es mir gut geht und ich mit deiner Schwester unterwegs bin“, schlug Amber eine Lösung vor, die ihr eher behagte.

„Ich steh sowieso nicht so auf Stadtrundfahrten. Aber ihr solltet zuerst einen Abstecher zu uns nach Hause machen. In den nassen Klamotten könnt ihr nicht durch die Gegend laufen“, sagte Madeleine in einem Kommandoton, den Amber dieser sanften Person nicht zugetraut hätte.

Die Entscheidung, wie sie vorgehen würden, war überraschend schnell getroffen. Amber war dankbar, dass die Zwillinge ihr heimlich gefolgt waren. Ein Alleingang hätte sie vor unüberwindbare Probleme gestellt, die sie niemals hätte lösen können.

„Ich weiß nicht, wie weit der Einflussbereich deines Vaters reicht, aber du solltest mir besser dein Handy und deinen

Ausweis überlassen, nicht, dass sie dich darüber finden." Der Einwurf ihrer offenbar überbesorgten Cousine schien Amber einleuchtend. Deshalb reichte sie Madeleine ihren Pass, der auch als Fahrchip fungierte, und, nach kurzem Zögern, ihr nunmehr eingeschaltetes Smartphone. Ohne das Handy fühlte sie sich allerdings unvollständig und verletzlich. Zu ihrem Leidwesen rückte Mel ihres nicht heraus.

„Wenn du deines nicht brauchst, kannst du es auch mir geben. Nur so lange, bis ich meins zurückhabe, okay?", bettelte Amber, als ginge es um ihr Leben.

„Die einzigen eingespeicherten Nummern auf meinem Handy mit denen du etwas anfangen kannst, sind die von Mel, Sam und Dora. Wir waren uns doch einig, dass wir die Erwachsenen höchstens im Notfall miteinbeziehen. Aber wenn es dir damit bessergeht, nimm es halt", gab Madeleine nach.

„Moment, ich speichere schnell noch unsere Nummern in Ambers Handy ein", mischte sich Mel ein.

Im Gegensatz zu Amber besaß Madeleine ein eher steinzeitliches Gerät. Das war jedoch besser als gar keines. Ein Handy in der Gesäßtasche zu spüren, war ein vertrautes und beruhigendes Gefühl.

„Also, ich bin soweit. Wie sieht es bei euch aus?", drängte Amber, bevor sich bei jemandem erste Zweifel meldeten.

„Alles klar. Ihr meldet euch zu jeder vollen Stunde. Wenn euch etwas merkwürdig vorkommt, schickt mir eine SMS, ich geb die Nachricht dann an Sam weiter."

Einen Moment lang schauten sie einander an, als würde der eine darauf warten, dass der andere einknickte und die Aktion abblies. Madeleine reagierte als Erste, sie hob zum Abschied die Hand, wies mit dem Daumen demonstrativ nach oben, und marschierte entschlossen in Richtung Zentrum zurück. Amber wandte sich mit Mel in die entgegengesetzte Richtung. Jetzt, da sie eine Führerin hatte, die sich in dieser finsteren Gegend auskannte, erreichten sie ohne besondere Vorkommnisse eine Bushaltestelle. Dem verblichenen Fahrplan nach würde der letzte Bus in Kürze eintreffen und Amber hoffte, dass der Fahrer sich bereits in Feierabendstimmung befand und es mit der Kontrolle nicht genau nehmen würde. Der Bus fuhr pünktlich auf die Minute ein. Sie waren die einzigen Passagiere in Richtung Zwölfer. Die Tür öffnete sich mit einem Summen. Ein mürrisch dreinblickender Mann mittleren Alters runzelte beim Anblick der durchnässten Mädchen die Stirn. Amber überließ Mel den Vortritt. Mit einem lässigen Kleinmädchenlächeln auf den Lippen hielt sie Madeleines Ausweis hoch, der gleichzeitig als Fahrchip fungierte.

Mit dem Scanner, strich der Fahrer über Mels Chip und winkte sie anschließend durch. Als Nächstes war Amber an der Reihe. Ihr gleichbleibendes Lächeln war inzwischen so festgefroren, dass ihr die Wangenmuskeln schmerzten. Das leichte Zittern ihrer Hand kaschierte sie, indem sie den Chip durch die Luft schwenkte. Ein ungeduldiger Blick unter buschigen Brauen ließ sie jäh innehalten. Der Fahrer wiederholte den Scann-Vorgang, langsamer als zuvor. Dass der Fahrer auf das Wort Zwilling und das unpassende Foto ansprang, war Amber und Mel bereits im Vorfeld klar gewesen, vor allem, da sie einander nicht unbedingt glichen. Amber mit ihrem außergewöhnlich hellen Teint, feineren Gesichtszügen und zierlich wie eine Elfe. Mel hingegen war etwas größer als ihre Cousine und um einiges schwerer: Gegensätze, die ins Auge stachen, wenn man davon ausging, dass sie Zwillinge waren. Der Fahrer zog seine graue Kappe aus der Stirn und kratze sich am lichten Haaransatz. Sein nunmehr prüfender Blick fiel dieses Mal auf Mel, die ein wenig blass um die Nasenspitze wirkte. „Ihr beide seid also Zwillinge?"

Sie nickten synchron, wagten jedoch nicht einander anzusehen. Eine Datenüberprüfung, die mit einem Fotoabgleich einherging, würde kaum mehr als drei Minuten in Anspruch nehmen.

„Zweieiig. Sie ist fünf Minuten jünger, kommt nach unserer Mutter und ist nicht unbedingt die Schnellste. Ich hingegen sehe aus wie mein Vater. Künstlergene, wenn Sie verstehen, was ich meine“, warf Amber ein. Sie betete, dass ihr Grinsen nicht zu überzogen wirkte und atmete auf, als der Fahrer mit den Schultern zuckte und sie durchwinkte.

„Deine verrückte Frisur und die Schminke … sollte einen eigentlich nicht wundern, wenn euer Vater der Künstlergilde angehört“, brummte er in Richtung Mel und warf ihrem Rucksack beim Vorbeigehen einen misstrauischen Blick zu. „Na dann, ihr zwei, sucht euch einen Sitzplatz, es stehen genug zur Auswahl. Aber lasst euch ja nicht dabei erwischen, irgendwas zu bemalen.“

Nach kurzem Ruckeln fuhr der Bus an. Amber, die bis zum Ende durchgegangen war und auf der Rückbank Platz genommen hatte, starrte durch das Fenster.

„Fünf Minuten jünger und nicht die Schnellste. Was Besseres ist dir offenbar nicht eingefallen“, zischte Mel und bedachte Amber mit einem säuerlichen Blick.

„Jetzt hab dich nicht so, es hat doch funktioniert. Außerdem weißt du jetzt, wie es sich anfühlt, fünf Minuten jünger als sein Gegenstück zu sein. Immerhin bist du mindestens zehn Zentimeter größer als ich. Das ist schon was“, raunte Amber mit einem Grinsen. Gegen das Rückenpolster gelehnt musterte sie die vorbeiziehenden Häuserreihen. Hin und wieder durchbrach der bunte Farbklecks eines Gebäudes oder parkenden Fahrzeugs, die Eintönigkeit der Aussicht. Erneut setzte ein Regenschauer ein, prallte gegen die Scheiben und verwischte die Konturen der Umgebung.

Es fiel Amber zunehmend schwerer, die Augen offen zu halten, obwohl sie bei Edmond bestimmt eine Stunde geschlafen hatte. Das leise schnurrende Motorengeräusch brach nur ab, wenn sie an einer weiteren Haltestelle bremsten. Scheinbar verspürte niemand das Bedürfnis, zu dieser ungemütlichen Zeit unterwegs zu sein. Im Gegensatz zu Amber rutschte Mel auf dem Sitz herum und konnte sich für keine endgültige Position entscheiden. „Bisher dachte ich eigentlich, ihr da oben wärt alle Snobs. Nicht sauer sein", ruderte Mel schnell zurück, doch als Amber ihre Bemerkung mit einem müden Lächeln quittierte, hakte sie nach: „Du verstehst dich mit Isabel wohl nicht besonders? Ist das der Grund, warum du sie nie besuchst?"

„Nun ja, ich würde, sagen, das beruht auf Gegenseitigkeit", wich sie der pikanten Frage aus und starrte missmutig aus dem Fenster, in dessen Glas sich Mels und ihr Gesicht spiegelte. Doch dann überlegte es sich anders: „Du hast recht und nein, ich kann sie nicht ausstehen. Wie würdest du reagieren, wenn deine Mutter dich einfach so verlassen würde und ihrer Wege ginge?"

Ihre Cousine wirkte ratlos und saß zum ersten Mal ruhig auf ihrem Sitz. „Uns hat Rosalie erzählt, dass dein Vater bei der Trennung darauf bestand, dich bei sich zu behalten. Ich dachte, du hättest dich vielleicht mit ihm gestritten und wärst deshalb bei deiner Mutter eingezogen."

Abwehrend hob Amber die Hände. „Gott bewahre. Isabel hat mich gegen meinen Willen hierhergeschleppt, so sieht's aus." Mit einer gehörigen Portion Wut im Bauch fixierte sie die abgewetzte Rückenlehne des Vordersitzes und kniff die Lippen zusammen.

„Und wir dachten, dass du hier wärst, um ..." Mel brach ab und schaute betreten zu Boden. Beunruhigt drehte sich Amber in ihre Richtung „Um was genau zu tun?"

„Na ja, um uns auszuspionieren. Dein Vater ist immerhin der Gouverneur dieser Stadt und da die Razzien in der letzten Zeit zugenommen haben ... Bisher war hauptsächlich der Zwölfer betroffen, aber jetzt ... du hast es heute ja selbst erlebt", entgegnete Mel in die Enge getrieben.

„Tut mir leid, Charles erzählt mir so gut wie nie etwas über seine Arbeit und außerdem sehe ich ihn selten. Denkt Samuel das auch?", rutschte es Amber heraus. Sie wünschte sich, dass es nicht so wäre, denn dann hätte er ihr nur etwas vorgemacht und sie direkt an ihrer momentan empfindlichsten Stelle getroffen, über sie an Alec heranzukommen.

„Ne, das glaube ich nicht. Er ist in erster Linie um Alec besorgt. Das ist auch der Grund, warum die beiden in letzter Zeit immerzu streiten."

„Samuel und Alec?", fragte Amber irritiert.

„Samuel und Isabel. Da du sie ja eh nicht besonders magst, kann ich es dir ruhig erzählen. Deine Mutter umgarnt Sam wie eine Spinne. Schwarze Witwe und so. Vor ungefähr zwei Wochen hat sie sich bei ihm eingenistet."

„Und das gefällt dir nicht, stimmt's?", erwiderte Amber, überrascht zu hören, dass die beiden gar nicht fest zusammen waren.

„Aber Hallo. Sam ist bei allen beliebt, die Leute gehen zu ihm, wenn sie Probleme haben. Er ist wirklich ein netter Kerl und Isabel zeigt nur Interesse an ihm, weil er Einfluss besitzt, wenn auch nicht so wie dein Vater, aber trotzdem. "

Amber verstand nur zu gut. Ihre Mutter ließ sich gern mit Männern aus der Arbeiterklasse ein. Bisher war Amber der Meinung gewesen, dass Isabel Ihresgleichen einfach überdrüssig geworden war, aber Mels Worte deuteten auf etwas anderes hin. Suchte ihre Mutter die Bewunderung anderer Männer vielleicht, um sie zu dominieren? Isabel liebte es, Macht über andere zu besitzen, und schien sich offenbar nicht zu schade, alles dafür zu tun. Bisher hatte Amber geglaubt, genau zu wissen, zu wem sie gehörte. Alec hatte das bereits vor ihrer ersten Begegnung unterschwellige Gefühl verstärkt, nicht dazuzugehören. Anders zu sein als die Menschen, die sie kannte und unter denen sie aufgewachsen war. Das hatte sie zum Nachdenken gebracht. Mit Dora und den Zwillingen, die definitiv der unteren Gesellschaftsschicht angehörten, verwandt zu sein, verstärkte ihre Unsicherheit. Doch warum hatte sich Dora gegen einen Teil ihrer Familie entschieden?

Momentan schien ihr Plan, Alecs Verschwinden aufzuklären, als der leichter umsetzbare Part. Plausible Antworten bezüglich ihrer Familie und diesem Tâche zu erhalten, schien ihr dagegen schwieriger. Alec hatte ihr vermutlich vieles verheimlicht, aber eines nie getan: sie angelogen. Anscheinend war sie in etwas hineingeraten, das weitaus mehr als eine Nummer zu groß für sie und wohl auch für Alec war. Der Bus hielt. Das Quietschen der Bremsen, die dringend einer Generalüberholung bedurften, ging Amber durch Mark und Bein. Sechs Schritte vor, drei Stufen hinunter, und sie standen auf der Straße. Die erste Etappe lag hinter ihnen und es galt, die zweite in Angriff zu nehmen. Einen ersten Vorgeschmack darauf, was sie in diesem Viertel zu erwarten hatte, verriet die Haltestelle. Aus einfachen Holzlatten zusammengezimmerte Stellwände, die mit zerfetzten Plakaten beklebt waren. Ein an verschiedenen Stellen eingerissenes Wellblech in Ermangelung eines soliden Daches und eine aus der Verankerung gerissene Holzbank, die in einer Ecke lag. All das ließ erkennen, wie viel aufgestaute Unzufriedenheit die Bewohner dieses Viertels in sich trugen. Mit einem ängstlichen Blick nach oben blieb Amber außerhalb des Häuschens stehen, während Mel keine Bedenken hatte, dass ihr das provisorische Dach über dem Kopf zusammenbrach. „Na komm schon. Okay, die Umgebung ist gewöhnungsbedürftig, aber die Leute hier sind echt nett. Die meisten jedenfalls", ergänzte Mel mit einem Augenzwinkern.

Die Straßenbeleuchtung direkt neben der Haltestelle war ausgefallen. Zumindest sah es so aus, bis Amber den fehlenden Glasschirm und die Scherben auf dem Gehweg entdeckte. Das fahle Licht einer einsamen Laterne fiel über die Straße, sodass sich Amber wie auf dem Präsentierteller vorkam. Aus Sorge, dass sich der Urheber der Zerstörung noch immer in unmittelbarer Nähe aufhielt und sie vielleicht gerade als nächstes Opfer ins Visier nahm, stolperte sie hinter Mel her, die, um sich vor dem einsetzenden Regen zu schützen, in die einzige halbwegs müllfreie Ecke zurückgezogen hatte.

„Gib mal her."

Es dauerte einen Moment, bis Amber begriff, was genau gemeint war. Sie fummelte Madeleines Handy aus ihrer Hosentasche und bemerkte erst jetzt, dass es die ganze Zeit über ausgeschaltet war. Beunruhigt wartete sie darauf, dass Mel eine Verbindung zu ihrer Schwester herstellte.

„Wir sind fast zu Hause. Hat es funktioniert?"

Gern hätte Amber das Gespräch aus erster Hand mit angehört, aber entweder wollte Mel das Gerät nicht auf Lautsprecher stellen oder es besaß keine entsprechende Funktion.

Ein zufriedenes Lächeln huschte über Mels Gesicht und nahm Amber etwas von der Anspannung. „Sam und Rosalie sind vor einer halben Stunde von Gero abgeholt worden. Ich glaube Gero hat in deinem Zimmer das Licht gesehen. Isabel hat sich nicht dazu bewegen lassen mitzufahren?" Mel hob eine Augenbraue und warf Amber einen vielsagenden Blick zu. „Ja, klar. Wir sehen uns morgen."

Nach Beenden des Gesprächs wandte sich Mel an Amber, ihr zufriedenes Grinsen sprach Bände. „Sie fragt, ob sie die Schokoriegel alle aufessen darf. Ach ja, und ob sie deinen kuscheligen Pulli behalten dürfte, die Hose will sie nicht, die ist ihr zu kurz."

„Ja, klar", stotterte Amber. In ihrem Kopf formte sich Madeleines Bild, die in einem himbeerfarbenen Jogginganzug steckte, zufrieden zwischen bunten Kissen auf dem Bett saß und sich über Ambers Süßigkeitenvorrat hermachte. Ein Kichern stieg auf, kitzelte sie im Hals und entwich über ihre Lippen. Einmal damit begonnen, konnte sie nicht mehr aufhören zu lachen. Offenbar erging es Mel ebenso. Lachend traten sie aus dem Unterstand hervor. „Ich glaube, heute Nacht überfällt uns keiner. Bei Durchgeknallten ist eh nix zu holen, außerdem besteht die Gefahr einer Ansteckung", prustete Amber.

„Hier sowieso nicht. Es sieht zwar etwas heruntergekommen aus, aber das ist auch schon alles. Nur am Hafen muss man höllisch aufpassen", entgegnete Mel, die sich Lachtränen aus den Augenwinkeln wischte. Amber wurde schlagartig ernst. „Ich dachte, der ganze Zwölfer wäre kriminelles Pflaster."

„Das sollen die da oben ruhig glauben. Ne, hier passiert weitaus weniger als bei euch. Mit Beziehungen oder Geld oder beidem zusammen kann man so gut wie alles vertuschen", fügte Mel mit einer Ernsthaftigkeit hinzu, die sie erwachsener wirken ließ, als Amber sich mitunter fühlte und das eine Jahr, das sie voneinander trennte.

Bevor Amber protestieren konnte, fielen ihr zwei Personen auf, die direkt auf die Haltestelle zusteuerten. Geld hin oder her, hundert Pfund würden kaum ausreichen, wenn diese Leute auf Streit aus waren. Die einzige Beziehung, die Amber vorzuweisen hatte, war die zu ihrem Vater, der in Anbetracht der allgemeinen Wut auf die Regierung wohl keine gute Referenz war.

Um sich ins abbruchreife Häuschen zurückzuziehen, war es zu spät, dort säßen sie erst recht in der Falle. Wie es aussah, bot die offene Straße den größtmöglichen Schutz. Die Bewohner der umliegenden Wohnblocks würden bestimmt auf unerwarteten Lärm reagieren und Amber beabsichtigte, wenn nötig, einen Heidenlärm zu veranstalten. Dass sie entdeckt worden waren, verriet das aufkommende Gejohle. Obwohl Amber sich vorgenommen hatte zu schreien, was ihre Lunge hergab, war ihre Kehle wie ausgedörrt. Nicht einmal ein halbwegs anständiges Piepsen brachte sie zustande. Panisch griff sie nach Mels Arm und erstarrte, als ihre Cousine sich energisch aus ihrem Griff wand und aufgeregt winkte. „He, Boje! An eurer Stelle würde ich heute Nacht nicht durch die Gegend ziehen. Die Schwarzen sind wieder unterwegs. Wir konnten denen grade so entkommen. Einem habe ich eins aufs Maul gegeben", brüstete sie sich und trippelte mit erhobenen Fäusten demonstrativ vor Amber auf und ab. Dass Mel die Typen kannte, irritierte Amber ebenso wie die faustdicke Lüge, die ihrer Cousine ohne das geringste Zögern über die Lippen gekommen war. Das Gejohle entpuppte sich beim Näherkommen als hektische Rufe, die alle gleichzeitig auf sie einprasselten. „Alec ist zurück ... Sie haben ihn in eure Wohnung gebracht ... Verdammt ... er ist übel zugerichtet ... Was wird Sam unternehmen? ... trägt die Handschrift von Rohloff ... dieses Schwein ... sollte jemand abmurksen!"

Mel und Amber wurden von den beiden Jungs, die ungefähr in ihrem Alter waren, umringt. Hätte sie eine Möglichkeit gesehen davonzuschleichen, sie hätte es nicht gekonnt. Alec war in der Nähe und offenbar verletzt. Jetzt war Mel diejenige, die Ambers Arm wie ein Schreibstock umklammert hielt. „Hat er euch erzählt, was ihm passiert ist? Wissen die anderen Bescheid? Oh mein Gott."

Der dunkelblonde braungebrannte Junge mit kernigem Aussehen, dessen Anblick Sabrina vermutlich in helle Aufregung versetzt hätte und den Mel kumpelhaft Boje nannte, hob die Hand. Er stoppte mit einer wütenden Bewegung in Richtung seines Freundes dessen unzusammenhängenden Redeschwall: „Ja, sind unterwegs. Alec ist übel zugerichtet und redet wirres Zeug."

„Wieso hat uns niemand angerufen, he?", fauchte Mel. Amber zuckte zusammen, wagte es aber nicht einzuwerfen, dass sie das Handy im Eifer des Gefechts aus Versehen ausgeschaltet hatte. Mels scharfer Tonfall ließ darauf schließen, dass ihr Alec etwas bedeutete, und dieser Umstand gefiel Amber ganz und gar nicht. Hatte sie das Recht ihre Cousine zu verurteilen, nur, weil sie eifersüchtig war? „Wo ist er? In eurer Wohnung?", wandte sie sich völlig aufgewühlt an Mel, während sie den Jungs im Laufschritt folgten.

„Wir wohnen ganz in der Nähe. Viele, die hier leben", mit einem Kopfnicken wies Mel zum ehemaligen Hafenviertel hinüber, in dem sich inzwischen viele Künstler angesiedelt hatten, „arbeiten entweder am Hafen oder in der Stadt. Die Wohnungen sind in diesem Viertel günstig", schnaufte sie, als wäre damit alles geklärt.

Kapitel 20

Amber blickte zu den Wohnblocks auf: überdimensionale Kästen, die die städtische Baugesellschaft aus reiner Zweckmäßigkeit in exakt gleich große Blöcke unterteilt hatte. Grau, schmutzig und wenig einladend. Die ungemütlich kühle Nacht konkurrierte mit der düsteren Umgebung, doch Amber war es gleichgültig, obwohl sie zu Fuß unterwegs waren. Ebenso die Treppe, die sie in Ermangelung eines funktionierenden Fahrstuhls bis zum fünften Stock zurücklegen mussten. Die verblasste Farbe im Treppenhaus hatte jemand in einem Anflug von Kreativität mit Graffiti aufzupeppen versucht und damit genau das Gegenteil erreicht. Alles wirkte alt, heruntergekommen und lieblos übertüncht, so wie die Hoffnungen der Menschen, die hier wohnten. Da sich die Zwillinge offenbar an diesem Ort wohlfühlten, ließ Amber sich ihr Entsetzen nicht anmerken und betrat hinter den anderen die kleine Wohnung. Die Jungs blieben im Wohnzimmer zurück, während Amber Mel in eine angrenzende Kammer folgte, ähnlich dem Raum, in dem Rosalie bei Isabel übernachtete. Ein ausziehbares Sofa nahm die Hälfte des winzigen Zimmers ein. Nur am Rande registrierte Amber die Bemühungen, die Kammer mit einem hellen Anstrich und einem billigen Flickenteppich wohnlich einzurichten. Ihr Interesse galt einzig Alec. Dass Mel als Erstes an seiner Seite war, ärgerte sie. Das Gefühl, ein Eindringling zu sein und kein Recht zu haben, sich um ihn zu sorgen, ließ sie zögernd nähertreten. Hinter sich jenseits der Tür hörte sie die an- und abschwellenden Stimmen, vor sich eine bedrückende Stille, unterbrochen von mühsamen Atemzügen. Plötzlich fürchtete sie sich vor dem Augenblick, in dem Mel zur Seite treten und den Blick auf Alec freigeben würde. Während der vergangenen Tage hatten die

Sorge um ihren gesunden Menschenverstand und der Wille, Alec aufzuspüren, Amber vorangetrieben. Sich in unbekanntes Terrain vorzuwagen, war bereits an sich beängstigend, doch jetzt stieg lähmende Furcht in ihr auf.

„Wer macht so etwas?“, flüsterte Mel, sank auf einen Klappstuhl und warf Amber einen hilfesuchenden Blick zu. Alec lag ausgestreckt auf dem Sofa und hielt die Augen geschlossen. Sein Gesicht wirkte im Licht der nackten Glühbirne beängstigend blass. Dort lag nur die leblose Hülle des Jungen, den Amber kannte. Ein gequälter Laut entwich ihren Lippen. Mit zwei Schritten war sie bei Alec. Sie schirmte das Licht, das viel zu grell auf sein Gesicht fiel, mit ihrem Oberkörper ab und berührte eine tiefe gerötete Schnittwunde, die quer über seine Wange verlief. Ein vages Prickeln berührte ihre Hand, als würde die Hitze, die von seiner Haut aufstieg, auf sie überspringen. Seine Lider flatterten unter ihrer Berührung. Amber war sich sicher, dass er trotz der Blässe hohes Fieber hatte.

„Ich bin sofort zurück“, flüsterte Mel und ließ sie mit Alec allein. Beim Anblick der Wunden stiegen Amber Tränen in die Augen. Der Gedanke, dass diese nicht nur Alecs Gesicht, sondern seinen ganzen Körper bedecken könnten, war entsetzlich.

Ihr leises Schluchzen vermischte sich mit seinen mühsamen Atemzügen. In dieser kleinen Abstellkammer gab es niemanden, vor dem sie ihre Gefühle verbergen musste. Es war nicht notwendig, anderen eine Stärke vorzuspielen, die sie nicht besaß. Vorsichtig strich sie ihm eine blutverkrustete Haarsträhne aus der feuchten Stirn, unsicher, was sie sonst tun konnte, um ihm zu helfen.

Mit Erste-Hilfe-Maßnahmen kannte sie sich nicht gut aus. Sie hatte alle Versuche seitens Rosalie, ihr Naturheilkunde näherzubringen, in den Wind geschlagen. Um das hier zu beheben, brauchte es mehr als Jod, sauberer Kleidung und einem feuchten Umschlag. Obwohl er ein schmutziges T-Shirt trug, war sie sicher, dass sich unter dem dünnen Stoff weitere Prellungen und eine, wenn nicht gar mehrere, gebrochene Rippen verbargen. Sie wünschte sich sehnlichst, dass ein Erwachsener anwesend wäre. Selbst wenn Madeleine Samuel umgehend verständigt hatte, würden die beiden für die Rückfahrt dennoch mehr als eine Stunde benötigen. Genügend Zeit, um das Falsche zu tun. Aber das war immer noch besser als hilflos mit anzusehen, wie Alec litt.

„Es tut mir so leid", flüsterte sie mit erstickter Stimme.

Wenn sie Isabel und Samuel nicht auf eine falsche Fährte gelockt hätten, wäre jetzt jemand bei ihm gewesen. Schuldgefühle, Sorge und Angst überrollten und lähmten Ambers Verstand. Behutsam und darauf bedacht, ihn keinerlei Erschütterungen auszusetzen, ließ sie sich auf der Sofakante nieder. Forschend wanderte ihr Blick über seine geschlossenen Lider. Sie liebte den Anblick seiner dichten dunklen Wimpern, ebenso seinen schön geschwungenen Mund, der leicht geöffnet war. Sie blinzelte die Tränen fort, als etwas ihre Aufmerksamkeit erregte. Je nachdem, wie sie sich bewegte, glitzerte seine Haut; als hätten winzige Kristalle seine Poren verstopft, die erst bei einem bestimmten Lichteinfall sichtbar wurden. Vornübergebeugt strich sie vorsichtig über seinen Arm. Für den Bruchteil einer Sekunde sah es aus, als löse sich die obere Hautschicht ab. Schließlich war der Augenblick vorüber und zurück blieb eine Rötung, wie nach einem ausgiebigen Sonnenbad. Vermutlich hatte sie sich getäuscht. Der Schweißfilm auf Alecs erhitzter Haut genügte offenbar, um ihrem gereizten Nervenkostüm den Rest zu geben. Es fühlte sich merkwürdig an, Alec wieder so nah zu sein.

Mel tauchte mit einem feuchten Küchentuch auf, dem ein aromatischer Geruch entströmte. Offenbar kannte sie sich im Gegensatz zu Amber ein wenig mit Heilpflanzen aus und wusste, dass Arnika entzündungshemmend wirkte und die Wundheilung förderte, wie sich Amber erinnerte. Sie stand auf und überließ Mel ihren Platz, ließ sie aber nicht aus den Augen. Sie beobachtete, wie ihre Cousine Alec die Schweißperlen von der Stirn tupfte, als könnte diese Handlung jeglichen Schaden wiedergutmachen.

„Wo bleiben sie nur, sie müssten längst hier sein." Die Verzweiflung in Ambers Stimme war unverkennbar und berührte offenbar auch Mel. „Ich hab eben kurz mit Sam telefoniert, sie sind in ungefähr zwanzig Minuten da und haben sogar einen Arzt aufgetrieben. Irgendein Dexter oder so."

„Unser Hausarzt", erklärte Amber, überrascht, dass dieser bereit war, mitten in der Nacht einen Patienten zu behandeln. Noch dazu jemanden aus der Arbeiterschicht. Seine Klientel gehörte ausnahmslos der Oberschicht an.

Die verbleibende Zeit bis zum Eintreffen des Arztes verbrachten sie in einvernehmlichem Schweigen. Mehrmals schaute Mel nach den beiden Jungs im Wohnzimmer. Es hatte den Anschein, als würden sie alle den Atem anhalten. Amber wich Alec nicht von der Seite und lauschte seinem schweren Luftholen, darauf gefasst, dass es jeden Moment aussetzen könnte. Türen wurden geöffnet und zugeschlagen. Das und die alltäglichen Geräusche: das Rauschen der Toilettenspülung, die Schritte im Flur, klangen furchtbar falsch. In diesem kleinen Raum existierte einzig das laute Klopfen ihres Herzschlags. Am Ende war Amber völlig ausgebrannt. Ihr Reaktionsvermögen war so weit eingeschränkt, dass Samuel sie sanft zur Seite schieben musste, damit der Arzt ihren Platz einnehmen konnte.

„Amber, es kommt alles in Ordnung. Komm mit zu den anderen. Wenn Dr. Dexter mit der Untersuchung durch ist, wissen wir mehr."

Es fiel ihr schwer zu gehen, doch Alec hatte ihre Anwesenheit nicht einmal wahrgenommen, und wenn sie blieb, stand sie nur im Weg. Erschöpft von den Ereignissen sank sie auf den Sessel, der ihr bereitwillig von einem sommersprossigen, rothaarigen Jungen überlassen wurde. Das Wohnzimmer war durch die vielen Personen überfüllt – es schien niemanden zu stören. Sie rückten einfach näher zusammen. In den vorangegangenen Tagen war die Stadt, in der Amber aufgewachsen war, zu einem überaus gefährlichen Ort geworden, mit dem nicht nur Alec konfrontiert worden war.

„Ich bin Elek", stellte sich der nette Junge mit einem zaghaften Lächeln vor. Mel war Amber gefolgt und schnitt eine Grimasse. „Immer so gut erzogen, unser Elek, nicht wahr? Übrigens glaube ich, dass Amber Alecs mysteriöse Freundin ist."

Den bissigen Tonfall nahm Amber ihr übel. Zu allem Überfluss stieg ihr auch noch die Hitze in die Wangen. „Wir sind befreundet, das stimmt", sagte sie mit fester Stimme und schaute herausfordernd in die Runde.

Alec lag verletzt im Nebenzimmer und ihr war nicht entgangen, wie Mel ihn angesehen hatte; als wären sie mehr als nur gute Freunde. Amber verstand besser als jeder andere, was in ihrer Cousine vorging. Sie hielt sich deshalb zurück, obwohl es ihr schwerfiel, unbeteiligt zu tun.

„Ne, ne, sich mit Alec anzulegen käme einem russischen Roulette gleich, ich bin doch nicht lebensmüde", entgegnete Elek und grinste, als Boje, der auf dem Sofa lungerte, zustimmend nickte.

Amber starrte zu Boden, bis Dora, die mit einem Tablett heißer Schokolade auftauchte, reihum ging. „Wer hat ihn gefunden und wo genau war das?", fragte ihre Tante Boje, der sich umständlich aufsetzte.

„Zwei Arbeiter aus der Fabrik sind im Hinterhof, bei den ausrangierten Kisten, über ihn gestolpert. Eigentlich wollten sie ihn zu Sam nach Hause bringen, aber dort war niemand. Deshalb wurde ich von der Schicht abgezogen. Auf die Schnelle fiel mir nichts Besseres ein, als ihn hierher zu verfrachten."

Boje arbeitete offenbar in derselben Fabrik, in der Alec jobbte. Amber begriff, dass seine Selbstsicherheit nur vorgetäuscht war. Sie musterte ihn von der Seite und kam zu dem Schluss, dass er keineswegs der Draufgänger war, für den er sich offenbar gern ausgab. Dennoch regte sich Ärger in ihr. Ein Schwerverletzter gehörte nicht in eine winzige Wohnung, sondern an einen Ort, an dem sich ausgebildetes Pflegepersonal um ihn kümmerte. „Anstatt ihn durch die halbe Stadt zu schleifen, hättet ihr besser einen Krankenwagen gerufen!", warf sie wütend ein und hielt Bojes missmutigem Blick stand.

„Im Krankenhaus wären Fragen gestellt worden, die uns alle in Schwierigkeiten gebracht hätten", entgegnete er in ausgesucht ruhigem Tonfall, als wäre es sinnlos, sich mit Amber zu streiten. Sie ahnte, dass er auf Rohloff anspielte und zuckte die Schultern, da ihr darauf keine plausible Antwort einfiel. Scheinbar lauerten überall Gefahren, die sie als Einzige nicht einschätzen konnte. Irgendetwas ging hier vor, von dem sie nichts wusste und in das sie offenbar auch nicht eingeweiht werden sollte. Sie öffnete den Mund, um nachzuhaken, überlegte es sich jedoch anders. Sie wollte nicht als Mitwisser in eine Sache hineingezogen werden, von der sie keine Ahnung hatte. Überhaupt ging es ihr einzig um Alec, der aufs Übelste misshandelt im Nebenraum lag. Ihre Gedanken schweiften ab, die Stimmen um sie herum wurden leiser und gingen am Ende in ein Murmeln über. Sie schmiegte ihre Wange an das weiche Polster.

„Amber? Er ist wach und hat nach dir gefragt. Möchtest du, dass ich ihm sage, du würdest später nach ihm sehen?"

„Nein, nein, schon gut“, murmelte sie schlaftrunken und erhob sich vom Klappbett, dessen Sprungfedern unter ihrem Gewicht leise ächzten. Nur vage erinnerte sie sich daran, dass Dora sie in ein dunkles Zimmer geführt und ihr ein frisches T-Shirt übergeben hatte. Jetzt war es allerdings hell und das Bett neben ihrem Nachtlager leer. Ihre Tante nickte, wandte sich ab und überließ Amber sich selbst. Der Raum wirkte anders als ihr eigenes Zimmer in der Villa ihres Vaters. Dieses war eher praktisch eingerichtet. Kein überflüssiges Mobiliar. Ein mit Zeitschriften überladenes Regal. Zwei Betten an jeweils einer Wand. In der Mitte des Zimmers Ambers Liege, die wohl nachträglich dazugestellt worden war. Ansonsten gab es noch einen hohen Wandschrank, in dem vermutlich die Kleidung der Mädchen untergebracht war. Amber griff nach ihrem Rucksack, den jemand an das Kopfende des Klappbettes gestellt hatte, und zog frische Shorts und ein einfaches Top heraus. Erleichtert, dass sie daran gedacht hatte, etwas zum Wechseln einzupacken, seufzte sie auf und trat in den Flur. Es drängte sie Alec zu sehen, doch zuvor musste sie das Badezimmer aufsuchen. Waschen, Zähneputzen und das Entwirren ihrer Haare nahmen nur wenige Minuten in Anspruch. Vor der Kammer traf sie auf Mel, die gegen die Wand gelehnt auf dem Boden saß und ebenso übernächtigt aussah wie Amber sich fühlte. Ihrem grimmigen Gesichtsausdruck nach zu urteilen, wartete sie bereits seit Längerem, zu Alec vorgelassen zu werden.

„Sam ist seit geschlagenen zwei Stunden bei ihm und meine Mum sagt, dass wir auf sein Okay warten müssen.“ Amber rechnete es Mel hoch an, dass sie ihr in der letzten Nacht geholfen hatte. Aber sie wollte Alec gern allein gegenübertreten. Um das zu erreichen, hätte sie es selbst mit beiden Cousinen auf einmal aufgenommen; Madeleine war allerdings noch nicht wieder aufgetaucht.

Aufgewühlt ließ Amber sich neben Mel nieder, behielt die Tür jedoch weiterhin im Auge. „Wo ist eigentlich deine Schwester?“

„Bei Rosalie geblieben. Unsere Großmutter ist stinksauer auf dich. Ich verstehe nicht, was Sam so lange da drin macht!“ In Mels grünen Augen blitzte es gefährlich auf. Dieses aufmüpfige Mädchen zur Feindin zu haben, war alles andere als erstrebenswert. Amber würde sich vor ihr in Acht nehmen.

Als nach einer gefühlten Ewigkeit die Tür aufging und Sam heraustrat, waren ihre Gliedmaßen steif und untauglich für einen Sprint. Dass es Mel, die sich ebenso ungelenk bewegte, genauso erging, war ein schwacher Trost. Sam deutete auf Amber: „Dexter sagte, dass Alec im Moment Ruhe braucht. Ich lasse dich zu ihm, wenn du mir versprichst, ihm keine Fragen zu stellen. Dafür ist ein andermal Zeit. Mel, es tut mir leid. Alec möchte zuerst Amber sehen.“

Samuel hatte dunkle Ringe unter den Augen, er fuhr sich durch die wirren Haare und schaute sehnsüchtig in Richtung Küche. „Ein Königreich für einen starken Kaffee“, seufzte er und zog die sich sträubende Mel einfach mit. Amber starrte auf die geschlossene Tür und atmete tief durch, bevor sie die Klinke hinunterdrückte und die Kammer betrat. Ihr schlug der Geruch nach einem Desinfektionsmittel entgegen, der den des Blutes nicht gänzlich überdeckte. Neben Alecs Lager hatte jemand eine Stehlampe aufgestellt, die den Raum in einen weichen Schimmer hüllte. Er verlieh seiner Haut ein fleckiges Aussehen, das Ähnlichkeit mit leichten Verbrennungen hatte und an eine allergische Reaktion erinnerte. Vermutlich war es eine Auswirkung des hohen Fiebers. Während Amber darauf gewartet hatte, ihm in wachem Zustand gegenüberzutreten, hatte sie sich zig Mal ausgemalt, wie es sein würde. Vielleicht lächelte er sie einfach nur an, wie er es früher oft getan hatte. Oder er würde sagen, dass alles schlimmer aussah, und sie sich keine Sorgen machen sollte. Sie klammerte sich an jedwede Aussicht auf Normalität, mochte sie noch so gering erscheinen. Auf seinen abweisenden Gesichtsausdruck und den Schmerz in seinem umwölkten Blick war sie nicht vorbereitet. Sie zögerte näherzutreten, wagte es nicht die Hand nach ihm auszustrecken und die geklammerte Wunde an seiner Wange zu berühren. Stattdessen setzte sie sich auf die Kante des Klappstuhles und legte die verkrampften Hände in den Schoss. „Hi, ich bin so froh, dass dir ...“, sie verstummte.

Ihm zu sagen, dass ihm nichts Schlimmeres passiert wäre, war zu profan, um es überhaupt auszusprechen. Dass es ihr leidtäte, eine nichtssagende Floskel. Das, was Amber ihm eigentlich erzählen wollte; ihre verzweifelte Suche nach ihm, dass er ihr furchtbar viel bedeutete, brachte sie nicht über die Lippen. Ihr Blick glitt über seinen bandagierten Brustkorb. Der Verband hob sich strahlend weiß von seiner gebräunten Haut ab. Zwischen ihnen spürte sie eine Kluft, die unüberwindbar schien, und es fiel ihr schwer, damit umzugehen.

„Amber?“

„Ja“, flüsterte sie und riskierte einen Blick, der ihre Hilflosigkeit verstärkte. Für einen Moment erschien anstelle des Schmerzes ein weicher Ausdruck in seinen Augen, der ihr vertraut war. Einen Wimpernschlag später war die Sanftheit verschwunden. Haltsuchend umklammerte sie mit zitternden Hände die Sitzfläche. Mit einem unguten Gefühl wartete sie auf eine Erklärung, warum Alec sie unbedingt unter vier Augen sehen wollte.

„Wie kommst du hierher? Es wäre besser, wenn du dich in Zukunft von mir fernhältst.“

„Was redest du für einen Unsinn? Es tut mir leid, dass ich schuld bin, dass niemand da war, als du ... aber Rosalie und Isabel ... du hast Fieber“, stammelte sie verzweifelt. In seinem

Gesicht suchte sie nach einem Hinweis dafür, dass er nicht ernst meinte, was er gerade gesagt hatte. Sein abweisender Blick blieb jedoch unverändert. In diesem Moment erkannte sie mit aller Deutlichkeit den Fremden in ihm, zu dem sie auch in der Vergangenheit nie ganz durchgedrungen war. Amber sprang auf und lief zur Tür. Er sollte nicht sehen, dass sie kurz davor stand, in Tränen auszubrechen. Sie erinnerte sich daran, was er ihr hoch oben über den Lichtern der Stadt, zugeraunt hatte: „Glaubst du daran, dass zwei Menschen füreinander bestimmt sind?"

„Vielleicht." Jetzt wäre ihre Antwort ein Nein gewesen.

Das war nun bedeutungslos. Alec war zu seinesgleichen zurückgekehrt; zu seinen Freunden, seinem Bruder, und in besten Händen. Sie hingegen war für ihn offenbar nur ein Anhängsel, ein Klotz am Bein. Dass er sich ihretwegen schämen könnte, dafür, die verhätschelte Tochter des Gouverneurs überhaupt zu kennen, riss sie fast entzwei. Sein ablehnendes Verhalten war jedoch nicht anders zu deuten. Sie würde nicht bitten und betteln, sondern ihn von ihrer Gegenwart befreien und nach Hause zurückkehren. Welche Probleme die Leute hier haben mochten, ging sie nichts an. Hatte es nie getan. Sie stolperte in Richtung Küche. Die Tür zum Wohnzimmer stand offen, sie sah niemanden. Amber hielt vor der Küche inne und beobachtete, wie sich ihre Tante Samuel zuwandte, der vornübergebeugt am Küchentisch saß und die Hände in den Haaren vergraben hatte. „Sam, du wirst sehen, es wird alles gut. Selbst wenn Rohloff uns eine Warnung zukommen ließ, Alec ist hier sicher. Ich werde Elsworth fragen, ob er Näheres über den Vorfall weiß."

„Ich dachte wirklich, dass es ihm nur um das Tâche geht. Alec sagte aber, dass er auch hinter ihr her wäre. Dass er so weit gehen könnte", entgegnete Sam ohne aufzusehen. Im ersten Moment schien das Gespräch zwischen den beiden alltäglich abzulaufen - sah Amber einmal davon ab, dass es offenbar um Alec ging.

Der Blick, mit dem Dora Samuel ansah, schien Amber allerdings fehl am Platz. Da sie inzwischen wusste, da es sich bei Dora um ihre Tante handelte, war es für Amber nachvollziehbar, dass die beiden sich kannten. Der mitfühlende Ausdruck in Doras Augen jedoch war nicht nur freundschaftlicher Natur.

Amber hüstelte. Ihr plötzliches Erscheinen ließ Dora zusammenzucken. „Setz dich zu uns." Sie bedachte ihre Nichte mit einem warmen Lächeln. Amber war nicht sicher, ob sie diesen Teil ihrer Familie näher kennenlernen wollte. Wenn sie ablehnte, würde sie ihre Tante in vager Erinnerung behalten und sie irgendwann vergessen. Dora strahlte allerdings etwas Mütterliches aus, dem sie sich nicht entziehen konnte. Vor allem da Alec ihr gerade unmissverständlich klargemacht hatte, dass sie, zumindest was ihn anging, alles andere als willkommen war.

„Danke", erwiderte sie leise und nahm Samuel gegenüber Platz. Ihr Magen protestierte beim Anblick der frischen Brötchen, der selbstgemachten Erdbeermarmelade und der verschiedenen Obstsorten. Die krümelübersäte Tischplatte und der Stapel schmutziger Teller in der Spüle deuteten darauf hin, dass weder Boje noch Elek die Wohnung mit leerem Magen verlassen hatten.

Sie beschränkte sich auf ein halbes mit Butter bestrichenes Brötchen, das sie mehr oder weniger hinunter würgte, vermied es, Samuel direkt anzusehen, und erwiderte Doras aufmunterndes Lächeln sehr zurückhaltend. Eigentlich hatte sie mit einer Standpauke gerechnet, doch Samuel reagierte anders als erwartet: „Wie es aussieht, wirst du einige Tage hierbleiben müssen. Isabel ist noch immer wütend über deine Aktion und meint, du solltest selbst entscheiden, ob du zu ihr zurückkehrst oder bis auf Weiteres bei uns bleibst. Ich verstehe, warum du so gehandelt hast, aber Alec ist zurück und es geht ihm verhältnismäßig gut. Er hat keine gebrochenen Rippen, seine Prellungen und Schürfwunden wird er allerdings einige Zeit spüren. Wir wissen im Moment nicht, wer hinter der Sache steckt. Da du in den letzten Wochen oft mit ihm zusammen warst und er nach einem Besuch bei dir von der Bildfläche verschwunden ist, könnte es auch für dich gefährlich werden. Versprich mir, dass du keine weitere Dummheit unternimmst! Ehrlich gesagt geht uns langsam die Luft aus, dir hinterherzujagen."

Daran, dass sie durch ihre enge Freundschaft zu Alec die Aufmerksamkeit desjenigen auf sich gezogen haben könnte, der für die Verletzungen verantwortlich war, hatte sie nicht gedacht. Was wenn derjenige auch hinter ihr her war? Plötzlich hatte sie Mühe, den letzten Bissen hinunterzuschlucken.

„Jetzt mach ihr keine Angst. Schätzchen. Sam übertreibt maßlos. Es ist so, dass Rosalie im Moment Isabel dabei hilft, die Blumenbuketts für eine wichtige Feierlichkeit auszurichten. Wie du dir denken kannst, legen Gäste im Allgemeinem besonderen Wert auf Exklusivität, und dem Ambiente kommt dabei eine wichtige Rolle zu. Du weißt ja selbst, dass Rosalie, wenn sie erst einmal ein Versprechen gegeben hat, es um jeden Preis halten will." Es war eine lahme Ausrede, das spürte wohl auch Dora und verstummte. Amber fand die Erklärung seltsam; Rosalie und Isabel hatten sich in der Vergangenheit nie besonders nah gestanden – zumindest war Amber bisher davon ausgegangen, wie bei so Vielem, das sich im Nachhinein als Fehleinschätzung herausgestellt hatte.

Dora sah in ihrem bequemen schwarzen Hosenanzug und mit den zu einem Pferdeschwanz hochgebundenen Haaren sehr jung und verletzlich aus. Ihr gepflegtes Äußeres täuschte jedoch nicht über ihre Erschöpfung hinweg. Amber brachte es nicht fertig, der Frau, die Alec bei sich aufgenommen hatte, gegenüber darauf zu bestehen, nach Hause zurückzukehren. Sie nickte und stellte ihr Geschirr neben die Spüle, bevor sie die Küche verließ und sich auf die Suche nach den Zwillingen machte. Von Madeleine gab es noch immer keine Spur. Beide Betten im Zimmer der Mädchen waren am Morgen zerwühlt gewesen und sie glaubte nicht, dass Samuel bei ihnen genächtigt hatte. Dem Gedanken, dass er vielleicht bei Dora geschlafen hatte, nachzugehen, würde nur einen weiteren Konflikt heraufbeschwören, über den sie auf keinen Fall nachdenken wollte. Isabel war nicht nur schön, sie ging darüber hinaus besitzergreifend mit ihrem jeweiligen Partner um. Vielleicht hatte Samuel die ganze Nacht neben Alecs Lager ausgeharrt und gewartet, bis dieser wieder zu Bewusstsein kam.

Hielt sich Mel etwa noch immer bei Alec auf? Mehrmals stand Amber kurz davor, an der Tür zu horchen. Nur die unmittelbare Nähe ihrer Tante und Samuels hielt sie zurück. Beim Lauschen erwischt zu werden, war das Letzte, dass sie gebrauchen konnte. Sie schlich ins Zimmer der Zwillinge zurück. Als sie am Bad vorbeikam, hörte sie leise Stimmen. Offenbar war nicht nur Madeleine zurück, sondern Mel bei ihr. Auf dem Klappbett, kam ihr eine Idee, die ihre Probleme mit einem Schlag lösen würde. Ihr Smartphone lag auf dem Kopfkissen. Vermutlich hielten sich die Zwillinge noch einige Zeit im Bad auf. Während sie aufstand und Sabrinas Kontakt heraussuchte, kickte sie im Vorbeigehen ihre schmutzigen Klamotten vom Vortag unter das provisorische Nachtlager. Das Handy ans Ohr gepresst, starrte sie aus dem Fenster, auf den grauen Regenvorhang und lauschte dem Piepton, der zum dritten Mal ertönte: „Sabsi ist zurzeit am Urlauben und hat keine Zeit, außer es geht um eine Einladung zu einer Party oder ins Shoppingcenter. Wenn ja, bitte laut und deutlich sprechen. Unwichtige Nachrichten mit der Flaschenpost schicken. Sabsi Ende.“ Enttäuscht, dass ihre Freundin nicht erreichbar war und sich der einzige Ausweg aus ihrer Misere in Luft auflöste, wollte sie gerade auflegen, als ein Knistern ertönte. Gefolgt von einer atemlosen Stimme: „Hi Amber, ich war gestern Morgen bei euch. Gero meinte, dass du und Rosalie für ein paar Tage verreist seid. Wieso weiß ich nichts davon? In vier Tagen ist doch dein Geburtstag, lass mich bloß nicht mit meinem selbstgebackenen Kuchen hängen, hörst du?“

Es war typisch für Sabrina, Amber etwas als Eigenkreation verkaufen zu wollen, das mit Sicherheit nicht von ihr gebacken worden war und vermutlich aus einer Konditorei stammte. Sie bezweifelte, dass ihre Freundin überhaupt wusste, wie man Eigelb von Eiweiß trennte. Wie so oft ließ sie sich nicht anmerken, dass sie Sabrina durchschaut hatte, und spielte das Spiel ihrer Freundin zuliebe mit. „Das würde ich mir nie entgehen lassen. Es gibt nur ein klitzekleines Problem, deshalb rufe ich an.“

Der Einfall war ihr spontan gekommen und erschien ihr ideal, sollte Sabrina auf die Notlüge hereinfallen. Insgeheim rechnete Amber damit.

„Na sag schon, was ist los?“

Gegen die geschlossene Zimmertür gelehnt, seufzte Amber auf. Sie wusste, wie elektrisiert Sabrina auf ein solches Verhalten reagierte. „Du glaubst nicht, was bei uns im Moment los ist. Du bist meine letzte Rettung.“

„Jetzt spann mich nicht auf die Folter. Das klingt ja, als hättest du deine Eltern in flagranti erwischt.“

Die Vorstellung war derart absurd, dass Ambers grinste. „Nein, so schlimm ist es auch wieder nicht. Charles ist im Moment nicht da. Sag mal. Gehen deine Eltern freitags nicht immer ins Theater?“

Amber sah Sabrina vor sich, wie sie ungeduldig an einem Fingernagel kaute – eine Angewohnheit, die sie einfach nicht ablegen konnte. Anschließend legt sie bestimmt ihre Stirn in Falten und prüfte den grellen Nagellack von allen Seiten auf seine Unversehrtheit. „Ja, klar, wieso?“

Wie erwartet klang Sabrinas Stimme zerstreut und weitaus weniger interessiert als noch vor wenigen Sekunden.

„Okay, Rosalie geht heute Abend zum ersten Mal mit Gero aus und will mich als Anstandswauwau zu ihrer Verabredung mitschleppen. Als ob ausgerechnet Gero ihr beim ersten Date an die Wäsche gehen würde."

Das Kichern auf der anderen Seite bestärkte sie in ihrer Vorgehensweise. Sie ahnte, dass sich diese brisante Nachricht in Windeseile herumsprechen würde. Gero tat ihr bereits jetzt leid, aber da er bisher von Rosalie ignoriert worden war, würde er es vermutlich mit stoischer Ruhe aufnehmen. Sich insgeheim vielleicht sogar darüber freuen, dass Rosalie ihm etwas mehr Beachtung schenkte. Selbst wenn der Grund dafür nicht unbedingt der Beste wäre. Die Gelegenheit, sich an Rosalie für ihren Verrat zu rächen, fühlte sich einfach zu gut an, um damit aufzuhören. „Gero ist einfach auf sie zugegangen und hat ihr eine rote Rose überreicht. Du weißt schon, wie in den Liebesschnulzen. Rosalie ist puterrot angelaufen."

„Oh mein Gott!"

Amber wusste, dass sie jetzt Sabrinas volle Aufmerksamkeit hatte und schwenkte um, da ihr die Zeit davonlief. „Du, ich stehe gerade echt im Regen."

„Wie, du bist bei dem Wetter draußen?"

„Ne, das meinte ich nicht."

„Ach so. Du das verstehe ich. Allein die Vorstellung, wie die beiden knutschen, wird in die Geschichte eingehen und du Glückliche darfst Zeuge dieses spektakulären Ereignisses sein. Du bist echt zu beneiden."

Amber verlor langsam die Geduld, atmete tief durch und brachte ihr Anliegen auf den Punkt. „Darum geht es ja gerade. Ich habe nicht vor, mir das anzusehen und wollte dich fragen, ob ich bei dir unterkommen kann. Nur bis mein Vater wieder zurück ist. Wer weiß, was die beiden Turteltauben noch alles anstellen, wenn das Eis zwischen ihnen erst mal gebrochen ist.“

Jemand versuchte von außen, die Tür zu öffnen.

„Moment.“

Amber stemmte sich mit ganzer Kraft von innen dagegen, aber die Tür öffnete sich dennoch langsam. Genervt trat sie zur Seite. Sie stand plötzlich ohne ihr Handy da und einem wütenden Samuel gegenüber, der gerade ihr Smartphone in seiner Brusttasche verschwinden ließ.

„Verdammt, ich dachte, wir hätten das geklärt.“

Fassungslos über sein eigenmächtiges Verhalten, spürte sie, wie ihr Blut in Wallung geriet, und ging blind vor Wut mit erhobenen Fäusten auf ihn los. Samuel wehrte ihren Angriff geschickt ab und packte sie am Handgelenk, bevor ihre Fäuste mit seinem Brustkorb in Berührung kamen.

„Wir?“ rief sie lauter, als gewollt. „Wir haben rein gar nichts geklärt. Wenn es nach mir ginge, wäre ich nicht hier, sondern längst wieder zu Hause. Ich hasse Isabel, Rosalie, dich und …“, sie zeichnete mit einer Umdrehung ihres Körpers einen Halbkreis, „überhaupt das ganze verdammte Viertel!“

Samuel wirkte unberührt, drückte die Tür mit seinem Rücken ins Schloss und sperrte Dora, die hinter ihm aufgetaucht war und auf deren Gesicht sich Besorgnis abzeichnete, einfach aus. Sein Atem streifte Ambers Wange, er roch leicht nach Ingwer. Die Erinnerung an Alec blitzte auf und erlosch wie der Docht einer heruntergebrannten Kerze. Zurück blieb ein rotglühender Funke, der ihr Herz zu versengen drohte.

„Beruhige dich und hör mir genau zu. Du bist ja völlig verändert“, redete Samuel auf sie ein und ließ sie dabei nicht aus den Augen. Egal wie sehr sie den Freund ihrer Mutter in diesem Moment verachtete, mit einem hatte er recht und das bereitete ihr inzwischen Bauchschmerzen. Seit sie mit diesen

Leuten in Kontakt gekommen war, hatte sie sich verändert. Ihre Emotionen schienen verstärkt und drohten beim geringsten Anlass außer Kontrolle zu geraten. Es war erschreckend und unfassbar zugleich, dass sie jemanden angegriffen hatte. Nicht aus Selbstschutz, denn Samuel stellte keine Gefahr für sie da, sondern aus dem Bedürfnis heraus ihn zu verletzen, ihm bewusst Schmerz zuzufügen, wie es ein wildes Tier in Bedrängnis getan hätte. Sie stellte jeden weiteren Versuch ein, sich aus seinem Griff zu winden.

„Es tut mir leid, dass du in die Sache hineingeraten bist. Ich habe Alec mehr als einmal davor gewarnt, sich mit dir zu treffen, aber du kennst ihn ja." Er lachte bitter und fügte leise hinzu: „Amber, um Alecs und deinetwillen, bitte sei vernünftiger als er und lass dich nicht zu irgendwelchen Dummheiten hinreißen. Sobald es mir möglich ist, bringe ich dich zurück nach Hause, aber dort ist es im Moment einfach zu gefährlich für dich. Außerdem möchte deine Großmutter, dass du die Zeit, die du hier verbringst, nutzt, um diesen Zweig deiner Familie besser kennenzulernen."

Samuel schien es aufrichtig zu meinen. Seine blauen Augen fesselten sie bei Weitem nicht so, wie es Alecs taten, doch die Ernsthaftigkeit darin war ebenso deutlich zu erkennen.

Sie wich seinem Blick aus und schaute zu Boden, auf seine Turnschuhe, die voller Schmutzspritzer waren. „Keine Sorge, Alec hat mir bereits zu verstehen gegeben, dass wir nicht länger befreundet sind. Was soll's, okay, ich bleibe und werde mich nicht davonschleichen. Wenn ich wieder Zuhause bin", sagte sie mit Bestimmtheit, „möchte ich mit alldem nichts mehr zu tun haben."

Samuel lockerte seinen Griff, der ihre Hände wie ein Schraubstock umschlossen hatte. Sie trat zurück und drehte ihm demonstrativ den Rücken zu. Als sie seinen erleichterten Gesichtsausdruck bemerkte, stand sie kurz davor, erneut auf ihn loszugehen. Das schockierende Gefühl, sich selbst nicht mehr zu kennen, weckte in ihr die Angst, vollends die Kontrolle zu verlieren. Es musste an ihrer mentalen und körperlichen Erschöpfung liegen, dass sie die Grenzen jeglichen guten Benehmens vergaß. Ab jetzt würde sie jedem Ärger aus dem Weg gehen, denn es war sinnlos, gegen Emotionen anzukämpfen, die sie nicht verstand und vermutlich auch nicht ändern konnte. Alec hatte sich gegen sie entschieden, das war sein gutes Recht und sie würde damit klarkommen. Sie bezweifelte allerdings, dass nach ihrer Rückkehr alles so sein würde wie zuvor. Sie hatte sich aus ihrem Schneckenhaus hervorgewagt und musste nun die unangenehmen Konsequenzen tragen.

Samuel warf ihr einen letzten durchdringenden Blick zu und ließ sie allein. Erschöpft rollte sie sich auf dem Bett zusammen.

Kapitel 21

„Aufwachen, du Schlafmütze! Wie kann man nur den ganzen Tag verpennen?“

Amber fuhr auf und rieb sich benommen die Augen.

„Wir treffen uns in einer halben Stunde mit den anderen. Lust auf einen Burger bei Earl?“, redete Madeleine munter auf sie ein.

Amber hatte keine Ahnung, wen ihre Cousine meinte, aber ein Tapetenwechsel würde ihr bestimmt guttun. „Gern, aber erst muss ich unter die Dusche“, nuschelte sie und warf die Decke beiseite.

„Aber mach hin, die Jungs warten nicht gerne. Gib ihnen bloß keinen Anlass, über Frauen typisches Verhalten im Bad herzuziehen!“

Tatsächlich benötigte sie weniger als eine halbe Stunde, blickte jedoch zweifelnd an sich hinunter. Ihre Kleidung war völlig zerknittert und Sachen zum Wechseln hatte sie keine mehr dabei. Da Madeleine verwaschene Jeans und ein einfaches T-Shirt trug, und Mel ohnehin auf schwarze Sachen zu stehen schien, verflüchtigte sich das Gefühl, schlampig angezogen zu sein. Amber hätte gern gewusst, wie es Alec ging, hatte sich aber geschworen, ihn mit keinem Wort zu erwähnen und wenn möglich nicht an ihn zu denken. Diesen Abend würde sie wie jeder beliebige Teenager verbringen. So schwer konnte das nicht sein.

Boje und Elek warteten bereits ungeduldig, als Amber in Begleitung der Zwillinge auf die Straße hinaustrat.

Auf dem Weg zu Burger und eisgekühlter Cola begegneten ihnen kaum Passanten. Das Viertel wirkte seltsam ausgestorben. Kurz darauf hallte Stimmengewirr von einem Gemäuer wider: mehrstimmige Rufe, die jemanden anspornten oder aber aufstachelten und im aufbrausenden Applaus unterzugehen drohten.

Es dauerte einen Moment, bis Amber realisierte, dass in der Nähe etwas im Gange war. Nicht nur die düstere Seitengasse, vor der sie stehenblieben, wirkte beängstigend, auch die Geräuschkulisse schien bedrohlich. Amber ging langsamer, während über Bojes Gesicht ein sensationsgieriger Ausdruck huschte. Mit einem Grinsen beschleunigte er, um als Erster an Ort und Stelle des Geschehens zu sein. Elek wiederum blieb zurück, unschlüssig, ob er seinem Freund folgen oder bei den Mädchen bleiben sollte. Mel überholte ihre Schwester und nahm ihm die Entscheidung ab. Sie lief einfach an ihm vorbei und verschwand hinter Boje in einer Seitengasse.

„Mist. Ich geh Mel nach und versuche sie davon abzuhalten, sich mitten ins Getümmel zu stürzen. Ich bin gleich zurück", stotterte Elek mit hochrotem Kopf. Ihm war deutlich anzusehen, dass er über seinen eigenen Vorschlag keineswegs glücklich war.

„Wenn Boje nur nicht überall, wo Konflikte auftreten oder eine Situation außer Kontrolle gerät, seine Nase reinstecken würde. War ja klar, dass Mel ihm hinterherläuft. Manchmal glaub ich echt, die beiden sind unentwegt damit beschäftigt, die Dummheit des anderen zu übertrumpfen!", schimpfte Madeleine. Amber verlagerte ein Bein auf das andere, bereit, einen Blick um die Hausecke zu werfen. „Ihnen wird schon nichts passieren", versuchte sie ihre Freundin zu beschwichtigen.

Madeleine unterbrach sie mit einer wegwerfenden Geste: „Ich mache mir keine Sorgen um Boje oder meine Schwester, sondern um Elek. Tut mir leid, dich alleine stehen zu lassen. Aber ich muss wissen, was dort vor sich geht."

„Auf keinen Fall. Wenn, gehen wir zusammen", erwiderte Amber, die nicht vorhatte, als Einzige zurückzubleiben. Bis jetzt hatte sie nie mit eigenen Augen einen derart außer Kontrolle geratenen Konflikt in aller Öffentlichkeit miterlebt und hätte es auch gerne dabei belassen. Madeleine beobachtete das Spektakel aus sicherer Entfernung. Entsetzt folgte Amber ihr wenige Schritte in die Gasse. Sie blinzelte ins Zwielicht und versuchte, sich einen Überblick zu verschaffen. Im ersten Moment erinnerte die Szenerie in dem dunklen Hinterhof an einen Boxkampf, der außer Kontrolle geraten war. Allerdings waren von den vier Männern, die umringt von johlenden Zuschauern aufeinander einprügelten, ohnehin zwei zu viel.

„Arbeitet für nen Reichen … Verräter … Zeig ihm, was es heißt, den eigenen Leuten in den Rücken zu fallen ...“, hallte es bis zu Amber. Obwohl es aussichtslos war, versuchte sie ihre Freunde auszumachen, und entdeckte den Grund, weshalb es so finster war. In keinem der Fenster brannte Licht und bei den meisten waren die Jalousien heruntergelassen worden. Durch Zufall entdeckte sie Boje, der auf einer breiten Fensterbank saß, und von dort aus den Kampf verfolgte. Sein Gesicht lag im Dunkeln, doch seine zur Faust geballte erhobene Hand sprach Bände. Hin und wieder, wenn in der Menge eine Lücke entstand, erhaschte Amber einen Blick auf die Kämpfenden, bevor sich die Lücke wieder schloss.

Erst ein durchdringender Pfiff brachte die aufgeheizte Menge augenblicklich zur Ruhe. Der Moment der Stille hielt jedoch nur wenige Sekunden an, bevor Schreie laut wurden. „Rohloffs Bluthunde ... die Bullen ... Hey du schuldest mir noch ...!“ Hätte Madeleine sie nicht am Arm gepackt und hinter einen vollen bis zum Himmel stinkenden Müllcontainer geschubst, wäre Amber entweder überrannt oder den Soldaten direkt in die Arme gedrängt worden. Andererseits boten die Menschen, die aus der Gasse drängten, einen gewissen Schutz für die beiden Mädchen. Die Schaulustigen schleuderten den Ordnungshütern, die von zwei Seiten vordrangen, Hassparolen entgegen und brachen anschließend durch die Sperre. Das Chaos erschwerte den Soldaten den Zugriff auf einzelne Personen. Dadurch gelang es Mel, sich aus der Gruppe zu lösen und zu Madeleine und Amber hinter den Container zu quetschen. Zusammengekauert lauschte Amber auf die schweren Schritte, die sich näherten, wenige Zentimeter von ihnen entfernt innehielten und schließlich umkehrten. Eine gespenstische Stille trat ein. Dennoch harrten sie einige Zeit aus, bevor sie hinter dem Müllcontainer hervorkrochen. Der durchdringende Gestank nach verdorbenem Fleisch und Gemüseresten hatte die Soldaten offenbar in die Flucht geschlagen.

„Meine Güte, war das knapp!", flüsterte Mel gutgelaunt, als wäre das gerade Erlebte ein aufregendes Abenteuer.

„Hat jemand die Jungs gesehen?", fragte Madeleine, etwas blass um die Nase, mit zittriger Stimme. Amber schüttelte den Kopf, noch immer zu erschrocken, um etwas sagen zu können.

„Die beiden sind allemal durchgekommen. Rohloffs Leute machen bestimmt nicht auf zwei harmlose Milchbubis Jagd", ergänzte Mel völlig unbeeindruckt.

Die Straße war wie leergefegt – als hätte der Kampf im Hinterhof niemals stattgefunden. Der Nachhall des Lärmpegels rauschte Amber noch immer in den Ohren. Erst eine Querstraße weiter trafen sie auf Boje und Elek, die sich unter die Menge gemischt hatten und so entwischen konnten. Auf dem Weg zu Earl redeten sie über nichts anderes, bis Madeleine genug hatte: „Geht es noch ein bisschen lauter, damit auch alle mitbekommen, dass wir dort waren? Es ist ja nicht so, dass Rohloffs Leute sich in der Gegend herumtreiben."

„Vielleicht warten sie im Imbiss auf uns und vertreiben sich die Zeit bis zu unserer Verhaftung mit Burgern", witzelte Boje. Er fing sich von Elek, der zum wiederholten Mal hinter sich schaute, einen bösen Seitenblick ein. Bevor die Situation eskalierte, einigten sie sich darauf, über den ersten Teil des Abends Stillschweigen zu bewahren. Nicht zuletzt, damit keiner von ihnen später etwas Unüberlegtes sagte und sie sich dadurch verrieten. Amber hingegen dachte an Alec. Hätte er sich ebenso wie seine Freunde ins Getümmel gestürzt? Noch vor wenigen Tagen hätte sie das vehement verneint. Er war niemand, der sich oder andere durch unüberlegte Handlungen in Gefahr brachte – stattdessen versuchte er immer, alle zu beschützen. Andererseits hatte sein unbesonnenes Verhalten, was sie betraf, ihn in Schwierigkeiten gebracht. Er hatte sich trotz Sams Warnungen mit ihr getroffen. Ihrem Bauchgefühl nach hatte er mit Problemen gerechnet. Versuchte er sie durch seine Ablehnung vor Informationen zu schützen, die sie ängstigen könnten? Dieser Gedanke war tröstlich und erschreckend zugleich.

Der Geruch nach ranzigem Fett und Angebranntem schlug ihr beim Betreten der Imbissbude entgegen, die eher einer verrauchten Kneipe glich. Earl, ein glatzköpfiger Mann, dessen Namen auf seiner Schürze prangte und der kaum hinter den Tresen passte, starrte die Neuankömmlinge mit rotgeränderten Augen an. Er wischte sich die Hände an seiner fleckigen Schürze ab, die seinen gewaltigen Bauch umspannte. „Diese Kerle sollte man zu Burger verarbeiten und den Schweinen zum Fraß vorwerfen. Hey Boje, wie geht's Alec?" Sein tiefer Bass ließ die dünnen Holzwände vibrieren und Amber zusammenzucken. Offenbar war sie die Einzige, die über die ungehobelte Ausdrucksweise schockiert war. Einige Gäste lachten über Earl, der Rohloffs Soldaten zu Witzfiguren degradierte, andere kümmerte es nicht.

„Nicht kleinzukriegen", erwiderte Boje und lotste die kleine Gruppe zwischen den vollbesetzten Tischen hindurch, auf mehrere freie Plätze zu. Eine junge Frau mit strähnigem blonden Haar schlurfte zu ihnen hinüber. Sie sparte sich die Begrüßung und warf die benutzten Pappbecher und die Plastikteller in einen Müllsack. Anschließend wischte sie halbherzig über die zerkratzte Tischplatte und machte auf dem Absatz kehrt.

Mit dem Rücken zu den Leuten, in Richtung eines winzigen Fensters, setzte sich Amber auf einen der Stühle. Sie mied den Blick auf die beiden Männer, die am Nachbartisch pokerten. Wie konnte man sich bloß in der Öffentlichkeit so gehen lassen? Es war ihr schleierhaft und ein Erlebnis, auf das sie, ebenso wie auf den Straßenkampf, gern verzichtet hätte. Sie versuchte den intensiven Schweißgeruch und das lautstarke Rülpsen zu ignorieren.

Dass sie sich zuvor über ihr Outfit Sorgen gemacht hatte, schien ihr jetzt lächerlich. Die Gäste, überwiegend Erwachsene, wenige Frauen und kaum Jugendliche, tranken vermutlich nach einem langen Arbeitstag ihr wohlverdientes Bier und tauschten untereinander Neuigkeiten aus. Obwohl sie sich wie das fünfte Rad am Wagen fühlte, bot sich ihr nun die Möglichkeit, mehr über die anderen zu erfahren. Boje, der trotz seines überheblichen Auftretens ein netter Typ zu sein schien, und Elek, der nicht nur der schmächtigste, sondern auch der ruhigste der Gruppe war, weckten ihr Interesse. Ebenso wie die Zwillinge, die nicht unterschiedlicher hätten sein können.

„Mal ehrlich, was hat Alec angestellt, dass ihn jemand so vermöbelt hat?“, fragte Boje in die Runde. Sein Blick blieb an Amber hängen, als wüsste sie mehr als sie zugab – oder als gäbe er ihr indirekt die Schuld an dem, was Alec zugestoßen war.

„Komm schon, es ist nicht das erste Mal, dass Alec in eine Auseinandersetzung verwickelt ist. Erinnert ihr euch, wie er den Typen, wie hieß er gleich ...“

„Gavin“, half Madeleine ihrer Schwester.

„Genau der. Erst hatte er einer alten Frau die Einkaufstasche über die Straße getragen und dann ließ er das Portemonnaie mitgehen? Alec fing ihn an der nächsten Straßenecke ab und vermöbelte ihn." Das einstimmige Gelächter verriet, dass sie sich alle an diese Begebenheit erinnerten. Nur Amber saß stumm auf ihrem Stuhl.

„Ja klar, und was hat der arme Samariter mit dem Fünfziger angestellt? Uns alle ins Kino eingeladen. Drei Filme hintereinander, besser kann ein Samstagabend nicht laufen", fügte Boje mit selbstgefälligem Grinsen hinzu.

„Alec hat das Geld behalten?", fragte Amber entsetzt.

Sie wollte sich nicht so in Alec getäuscht haben, wie es den Anschein hatte. Dass er nicht viel von Regeln hielt und gern eigene aufstellte, war nichts Neues und trug dazu bei, dass es in seiner Gesellschaft niemals langweilig wurde. Dass er ein gemeiner Dieb sein sollte, der skrupellos eine alte Frau bestahl, passte nicht in das Bild, das sie von ihm hatte.

Am Tisch wurde es schlagartig still. Verunsichert sah sie von einem zum anderen. Boje starrte sie an, als sähe er einen Alien. Mel versuchte ein Grinsen zu verbergen, was ihr allerdings nur bedingt gelang, und Madeleine wich mitleidig ihrem Blick aus. Einzig Elek, dem sie wohl leidtat, klärte die Sachlage auf: „Nein, du hast das falsch verstanden. Alec würde niemals jemanden bestehlen. Er hat über eine Stunde nach der Frau gesucht, sie aber nicht gefunden. Was glaubst du, wer den Finderlohn eingesteckt hätte, wenn er damit zur Polizei gegangen wäre? Dann hätte er den Schein auch gleich im Gulli versenken können."

Es war ihr furchtbar unangenehm, dass ihre Unwissenheit mehr als offensichtlich war. „Entschuldigt, es war dumm von mir zu glauben, dass er stehlen könnte."

„Ist schon okay. Bei dem, was die Medien über uns berichten, muss jeder denken, dass das Hafenviertel eine wahre Güllegrube ist", winkte Mel großzügig ab, die sich offenbar entschlossen hatte, ihrer Cousine beizustehen.

„Du meinst eine wahre Fundgrube", fügte ihre Schwester verschmitzt hinzu. Es fiel Amber schwer, ihr aufmunterndes Lächeln zu erwidern. Nachdenklich musterte sie Mel so unauffällig wie möglich. Es war nett von Mel gewesen ihr zu helfen. Der unterschwellige Stachel war Amber jedoch nicht entgangen. Er verwies sie indirekt auf ihren Platz, und dieser war nicht in der Gruppe, und schon gar nicht bei Alec. Sie wurde nur geduldet vielleicht, weil sie die Cousine der beiden war, oder weil Samuel oder Dora die Zwillinge darum gebeten hatten. Ihr Blick glitt durch den Tabakdunst zum Fenster hinüber. Die Straßenlaternen waren an diesem Abend früh angegangen. Da graue Wolken über der Insel hingen, wurde es bereits dunkel. Die nasse Straße spiegelte sich im Fensterglas wider. Oder waren es die Wassertropfen an der Scheibe, die Amber das Gefühl gaben, die Umgebung läge hinter einem dichten Nebelschleier verborgen? Sie fühlte sich wie die momentan unbeständigen Wetterverhältnisse und widerstand nur mit Mühe dem Drang aufzuspringen, in den Regen hinauszulaufen und all das, was ihr Leben beengte, abzuschütteln. Das Verlangen, der abgestandenen, mit Rauch und Fett gesättigten Luft zu entkommen und frischen, reinen Sauerstoff in sich aufzusaugen, war unerträglich. Als jemand sie anstupste, schrak sie zusammen und begegnete Eleks fragendem Blick. „Ähm, was?", fragte sie und erntete allgemeines Gelächter.

„Wie sieht's aus? Willst du nach dem Essen mitkommen, oder lieber zurück zu Alec?", fragte Madeleine sanft und hob die Hand, um die Kellnerin an den Tisch zu rufen.

Amber sah unauffällig zu Mel, die sich daraufhin hastig in der Menükarte vertiefte. „Was auch immer ihr vorhabt, ich bin dabei."

Alec hatte seinen Standpunkt, was sie betraf, deutlich zum Ausdruck gebracht und alles war besser, als in der leeren

Wohnung herumzuhängen oder, noch schlimmer, vor seiner geschlossenen Tür umherzuschleichen.

„Na, dann hätten wir ja alles geklärt“, feixte Boje, schnappte Mel die Karte aus der Hand und tippte auf einen Burger im XXL-Format. „Wenn wir zusammenlegen, bekommen wir zwei von denen, die sollten für uns alle reichen.“

Amber wurde es beim Anblick des Riesenburgers mulmig zumute. Sie fragte sich, ob es eine gute Idee gewesen war, mitzukommen. Eigentlich hatte sie vor ..., was überhaupt? Beim Eintreten hatte sie die Auslage im hinteren Teil des Imbisses kurz in Augenschein genommen. Welker Salat in einer Plastikschüssel, belegte Brötchen, die aussahen, als lägen sie dort bereits länger als einen Tag. Ihre Wahl wäre auf eine kleine Portion Pommes gefallen; heißes Fett dürfte jegliche Keime abtöten. Da die anderen den Vorschlag mit den Burgern jedoch mit Begeisterung aufnahmen, schwieg sie und fügte sich in ihr Schicksal, das ihr auch an diesem Abend nicht wohlgesonnen war. Zwar teilten sie die Burger in gleichgroße Stücke, aber niemand nahm Messer und Gabel zur Hand. Amber griff beherzt zu, zuvor hatte sie sich allerdings unter dem Tisch heimlich die Finger an ihrer Papierserviette abgewischt. Probehalber biss sie ein winziges Stück ab und kaute langsam, fast bedächtig. Sie hielt inne und machte sich dann ebenso wie die anderen über den Backfisch inklusive Tomaten, eingelegter Gurken und gedünsteten Paprikastreifen her. Zwischendurch wischte sie sich die würzige Soße von Mundwinkel und Kinn und spülte mit Cola nach. Innerhalb kürzester Zeit war ihr Anteil verputzt und sie lehnte sich zurück, mit dem Gefühl pappsatt zu sein. Ihr anfänglicher Widerwille, ein Essen, in dem es vermutlich vor Salmonellen wimmelte, hinunterwürgen zu müssen, war unbegründet. Sie glaubte, in ihrem ganzen Leben nichts Besseres gegessen zu haben, und hemmungslos mit den Fingern zuzulangen, war eine interessante und befreiende Erfahrung. Zum ersten Mal an diesem Tag dachte sie, dass es ihr vielleicht doch nicht schwerfallen würde, das Samuel gegebene Versprechen einzuhalten.

An einem der Tische brach Unruhe aus und riss sie aus dem Zustand der Zufriedenheit. Erschrocken fuhr sie herum und starrte, ebenso wie die anderen, zu den beiden Unruhestiftern hinüber.

„Spinnst du? Meinst du wirklich, die Leute vom Festland würden uns mehr Geld einbringen?"

Der kleinere der beiden machte es seinem Kumpel nach und nahm einen tiefen Schluck Bier. „'Türlich, ich wechsle meinen Job und werd Souvenirheini, wirst sehen. Soll'n se nur kommen, die feinen Pinkel", entgegnete er lallend.

Mit wutentbranntem Gesicht knallte sein Gegenpart den Bierhumpen auf die Tischplatte. Ein Großteil des hellen Schaums spritzte in alle Richtung, doch niemand störte sich daran. Die Blicke der Gäste waren gespannt auf die Streithähne gerichtet. Die plötzliche Stille wirkte auf Amber ebenso besorgniserregend wie der glasige Blick des Hünen, der seinen Tischnachbarn unablässig anstierte.

„Was woll'n die mit der Stadt? Die ganze Insel und nix and'res woll'n se belagern. Einen verfluchten Freizeitpark werden se bauen und wir sin' für die Drecksarbeit gut."

Das tiefe Grollen des Mannes wie das eines bevorstehenden Gewitters, war offenbar ein Warnsignal, das Earl genügte, um einzuschreiten. Dem Besitzer gelang es, sich zwischen den Tischen hindurchzuschieben, ohne einen Gast von seinem Stuhl zu katapultieren. Eine Wendegabel drohend in der erhobenen Hand donnerte er los: „Schluss ihr beiden, genug gesoffen! Clark, deine Frau erwartet in ein paar Wochen euer viertes Kind. Mach, dass du nach Hause kommst und zur Stelle bist, wenn's losgeht!

Und du …", Earls Gesicht verdunkelte sich bedrohlich, „bevor du deinen Job hinschmeißt, bezahlst'e erst mal deine Schulden bei mir, und jetzt raus hier! Is'n ein anständiger Imbiss und keine Krawallkiste. Die Gäste woll'n ihre Ruh."

Seine Worte zeigten Wirkung. Beide Männer erhoben sich. Sie warfen einander zwar weiterhin wütende Blicke zu, doch ihr synchrones Torkeln verriet, dass keiner der beiden seinen Verstand beisammen hatte und sie nur große Töne spuckten. Unauffällig ließ Amber ihren Blick über die anderen Gäste hinweg gleiten. Einige schienen, ihren enttäuschten Gesichtern nach zu urteilen, nicht Earls Meinung zu sein. Die meisten hatten sich allerdings wieder abgewandt und stellten ihrerseits haarsträubende Spekulationen an, die alle eines gemeinsam hatten: Kaum einer sprach sich für den Freizeitpark aus und ausnahmslos alle sahen ihre Zukunft auf der Insel in einem düsteren Licht.

Sie fing einen Satz auf, der sie nachdenklich stimmte und beugte sich zu Elek über den Tisch. „Warum sollte die Mine unser Untergang sein?"

Offenbar hatte sie nicht leise genug gesprochen, denn Boje kam seinem Freund zuvor: „Die Leute munkeln, dass die Insel inzwischen einem Schweizer Käse gleicht. Wenn das stimmt, wird die Mine bald außer Betrieb gesetzt, und wenn das passiert, versiegt eine der Haupteinnahmequellen. Dann braucht's eine andere. Das ist einer der Gründe, weshalb nicht alle gegen Rohloff stimmen werden."

Dass die Steinsalz-Quelle nicht unerschöpflich war, leuchtete Amber ein. Dass die drohende Arbeitslosigkeit kurz vor den Wahlen heiß diskutiert wurde, schien ihr ein weiterer Schachzug Rohloffs zu sein. Früher war die Haupteinnahmequelle der Insel der Fischfang gewesen. Die fortschreitenden Verunreinigungen des Meeres ließen sich jedoch selbst mit modernsten Gerätschaften nicht aufhalten. Das daraus resultierende Fischsterben hatte das Ende der lukrativen Großfischerei eingeläutet.

Amber ignorierte Mel, die sie anstarrte und ein Gesicht zog, als wäre an diesem Abend das Budget an dummen Fragen längst überschritten.

Dass die Insel selbst auf wackligen Fundamenten stand, hatte Amber nie zuvor gehört. Eine unangenehme Stille trat ein. Offenbar hingen auch die anderen düsteren Gedanken nach, doch niemand sprach sie laut aus. Die Leichtigkeit der letzten halben Stunde war verflogen und niemand protestierte, als Elek vorschlug, aufzubrechen.

Ihr Tisch sah am Ende nicht anders aus als vor ihrem Eintreffen, aber dieses Mal störte es Amber kaum.

„Alle fertig? Na dann los“, befahl Boje bemüht heiter. Das allgemeine Stühlerücken ging im Stimmengewirr der Gäste unter. Amber erhob sich als Letzte, blieb allerdings neben dem Tisch stehen. „Das Essen war super, ich lade euch ein.“ Die überraschten Blicke verunsicherten sie etwas, aber sie bestand darauf, drehte sich um und kam dadurch allen Einwänden zuvor. Sie schob sich seitlich zwischen den Stühlen hindurch und versuchte die Gerüche von gebratenen Zwiebeln, Schweiß und Tabak zu ignorieren. Ihr Magen stand dennoch kurz vor einer Rebellion.

Der Tresen reichte ihr kaum bis an die Schultern und Earl, der mit einer fettverkrusteten Zange Fischfilets auf dem Standgrill wendete, wirkte auf sie wie ein dicker Riese, der behäbig seine Keule schwang. Eingeschüchtert stellte sie sich auf die Zehenspitzen und sagte leise, jedoch laut genug, dass er sie verstehen konnte: „Alles zusammen auf eine Rechnung.“

Earl warf ihr einen überraschten Blick zu, nahm den Schein aber kommentarlos entgegen und drückte ihr nach längerem Zusammensuchen das Wechselgeld in die Hand. Erleichtert, dass es reibungslos vonstattengegangen war und niemand mitbekommen hatte, dass sie mit einer Hundertpfundnote bezahlt hatte, bedankte sie sich mit einem reizenden Lächeln und steuerte auf den Ausgang zu.

Der Nieselregen hatte inzwischen aufgehört und die Straße war stellenweise getrocknet. Sie schloss zu ihren Freunden auf, die auf dem Bürgersteig warteten. Boje war bereits ein Stück vorausgegangen. Wie selbstverständlich hakte sich Madeleine bei ihr ein, während Mel und Elek, das Schlusslicht bildeten. Je näher sie dem Hafenbezirk kamen, umso belebter war es auf den Straßen. Viele der Fußgänger, die ihnen begegneten, hatten sich nicht die Mühe gemacht, ihre Arbeitskluft gegen ein Freizeitoutfit einzutauschen. Auf der gegenüberliegenden Straßenseite hielt ein klappriger Bus und entlud eine Gruppe staubbedeckter Arbeiter, die, nach einer anstrengenden Schicht unter Tage, müde und mit grauen Gesichtern davonschlurften. Es gab einige unter ihnen, die unbeirrt weitergingen und die Fahrbahn wie selbstverständlich für sich beanspruchten. Lautes Hupen zeigte bei ihnen ebenso wenig Wirkung wie das Brüllen eines genervten Fahrers, der aus dem Seitenfenster gelehnt jemand Schläge androhte. Amber wunderte sich über die Leute, die den Lastwagen auf der Straße mit Gelassenheit begegneten. Vor einem überfüllten Lokal stellten zwei junge Kellnerinnen Stühle auf den Bürgersteig. Die darüber hinaus allgemein entspannte Stimmung täuschte jedoch nicht darüber hinweg, dass der Ton ziemlich rau war. Viele der Passanten unterhielten sich nicht einfach nur, sondern diskutierten regelrecht. Amber konnte sich denken, welches Thema gerade Gesprächsthema Nummer eins war und in Windeseile die Runde machte. Ein mulmiges Gefühl beschlich sie, als sich aus den Wortfetzen zwei bestimmte Bilder herauskristallisierte. Viele waren zwar gegen Rohloff, doch auch ihr Vater, der zu einem denkbar ungünstigen Zeitpunkt abgereist war, kam nicht ungeschoren davon. Sie schnappte den wenig schmeichelhaften Bezug ‚sinkendes Schiff' und ‚Ratten mit Schlips und Krawatte' auf. Dass Letzteres ein und dasselbe bedeutete, wusste wohl nur Amber, aber sie schwieg dazu. Fast bereute sie, nach dem Abstecher zu Earl nicht in die Wohnung ihrer Tante zurückgekehrt zu sein. Sie war nicht weltfremd, auch wenn es ihr in letzter Zeit oft so vorkam. Ihr war früher schon zu Ohren gekommen, dass Charles trotz seiner Bemühungen nicht allen Erwartungen gerecht wurde. Die Reaktionen der Menschen hautnah mitzuerleben, weckte in ihr ein befremdliches Gefühl, das sie niemals im Zusammenhang mit ihrem Vater vermutet hätte: das Bedürfnis, ihn gegen jegliche Anschuldigung zu verteidigen. Dass er in der Vergangenheit kaum Zeit für sie hatte, fand sie noch immer nicht besonders erfreulich. Inzwischen begann sie allerdings zu verstehen, dass ihr Familienname nicht nur Privilegien, sondern auch Verpflichtungen mit sich brachte. Diese bedeutete eine Last, die momentan auf den Schultern ihres Vaters ruhte. Tief in Gedanken versunken trat sie Boje beinahe in die Hacken, als er abrupt stehenblieb und einen seiner zahlreichen Bekannten grüßte. Nach etlichen Straßenüberquerungen bogen sie in eine breite Gasse ein, die zu einer offenen Fläche führte, ähnlich dem Marktplatz im Künstlerviertel. Nur, dass anstelle der Stände stabile Holzkisten und breite Planken über die Fläche verteilt gestapelt waren. Ein Lieferwagen versperrten Amber und ihrer Gruppe den Weg. Mehrere Jugendliche hievten die letzten Bohlen herunter und übergaben sie an ihre Freunde, die aus ihnen und zahlreichen Holzkisten einen Skateboard-Parcours aufbauten. Das seltsame dumpfe Grollen, das Amber bereits eine Straßenecke vorher registriert hatte, stammte von den Rollen der Skateboards. Jungs in ihrem Alter zeigten ihre akrobatischen Leistungen und heimsten selbstgefällig den Applaus für ihre schwindelerregenden Kunststücke ein. Während sich Elek und

Boje an einem Stand Skateboards ausliehen und einer Gruppe Waghalsiger anschlossen, gesellten sich Amber und die Zwillinge zu ein paar Mädchen, die auf einer Bank aus Kisten saßen und bereitwillig zusammenrückten. Mel und Madeleine kannten einige unter ihnen und unterhielten sich über begabte Jungs, die es mit Sicherheit einmal über dieses Viertel hinaus schaffen würden. Amber bezweifelte, ob exzellentes Skateboarding oder verwegenes Auftreten ausreichten, behielt ihre Meinung jedoch für sich. Da sie ganz am Ende der Bank saß und sich von Mel, die neben ihr saß, etwas abgewandt hielt, ließen die Mädchen sie weitestgehend in Ruhe. Madeleine versuchte sie hin und wieder miteinzubeziehen, aber an diesem Abend stand Amber der Wortkargheit ihres Vaters in nichts nach. Sie war nicht in der Stimmung, sich über Jungs, anbahnende Beziehungsdramen oder Schnäppchen in einem Geschäft, das sie nicht einmal kannte, zu unterhalten. Sie fühlte sich auch so schon wie ein Außenseiter. Zum Dröhnen einer Musikbox, deren Bass die Geräusche der Skater übertönte, beobachtete sie den Strom begeisterter junger Leute, die über Rampen unterschiedlicher Schwierigkeitsgrade bretterten und über Stege und Kisten hinwegsausten. Dass keiner der Anwohner die Polizei rief, war eigenartig und ließ sich nur dadurch erklären, dass die Anwohner an dieses Schauspiel gewöhnt waren und den Kids ihren Spaß gönnten. Amber gefiel, was sie sah. Es erinnerte sie entfernt an die Wochenendpartys ihrer Freunde. Allerdings war dieser Trubel weitaus intensiver und aufregender als alles, was sie bisher erlebt hatte. Ihr war, als könnte sie das geballte Adrenalin der Anwesenden am eigenen Leib spüren. Wie ein Rausch, der, würde es nach ihr gehen, niemals enden sollte. Die Zeit verlor an Bedeutung, ebenso das beklemmende Gefühl, unter diesen Menschen eine Fremde zu sein. An diesem Ort, der tagsüber grau und trostlos wirkte, zwischen all den übermütigen

Jugendlichen, fühlte sie sich in diesem Augenblick wie eine von ihnen. Sie sah zu den Fenstern, deren Licht ein komplexes Muster auf die Szenerie warf, lächelte verzückt und genoss die pulsierende Lebensfreude um sich herum. Insbesondere, da sie ein stiller Beobachter des Geschehens war. Die nunmehr kühle Nachtluft trug das vielstimmige Lachen durch die angrenzenden Gassen und Straßen.

„Es ist spät geworden. Dora wird ausflippen, wenn wir euch nicht spätestens bis Mitternacht bei ihr abliefern", ließ Boje im Brustton der Überzeugung verlauten, als die Jungs völlig außer Atem zu den Mädchen zurückkehrten. Er zwinkerte nebenbei einem hübschen sommersprossigen Mädchen zu, das ihn offen anhimmelte. Allen war klar, dass es ihm keineswegs um Doras Seelenheil ging.

„Ja, klar, und danach bringst du Maris wohlbehalten nach Hause. Hältst du uns für so blöd?", erwiderte Mel bissig.

Ihre Schwester mischte sich ein und versuchte wie üblich die Wogen zu glätten: „Egal was Boje noch vorhat, er hat recht. Nach dem, was Alec passiert ist, wird sie sich Sorgen machen. Es ist besser, wir sind pünktlich zu Hause." Überraschenderweise fügte sich Mel, ohne erneut Widerstand zu leisten, warf Boje aber einen wütenden Blick zu. Amber hätte meinen können, dass sie auf das hübsche Mädchen eifersüchtig war. Aber das war Blödsinn, Mel stand ja auf Alec. Es wurmte Amber, dass Mel sogar an zwei Jungs Interesse zeigte und sich nicht für einen entscheiden konnte. Sie wäre glücklich gewesen, wenn sie sich getäuscht hätte. Für Amber dagegen gab es nur einen Jungen, dem sie vorbehaltlos ihr Herz schenken würde.

Der Rückweg erschien ihr bei Weitem kürzer als der Hinweg. Vermutlich, weil sie keinen Zwischenstopp einlegten. Wieder in der Wohnung angekommen, zog Mel sich schmollend zurück. Madeleine warf sich im Wohnzimmer auf das Sofa, legte die Füße überkreuz auf die Tischplatte und schob sich ein zurechtgeknautschtes Kissen in den Nacken. Unschlüssig stand Amber im Türrahmen, den Blick allerdings nicht auf Madeleine gerichtet, sondern auf die geschlossene Kammer, hinter der die gedämpften Stimmen von Dora und Sam zu hören waren. Alec schwieg oder sprach zu leise, als dass sie etwas gehört hätte. In den letzten Stunden hatte sie nur einmal kurz an ihn gedacht, doch jetzt hätte sie zu gerne gewusst, über was sie sich unterhielten und wie es Alec ging. Noch näher an die Tür heranzurücken wäre allerdings zu offensichtlich. Nach mehreren Minuten des Herumlungerns folgte sie ihrer Cousine ins Wohnzimmer und stellte sich mit dem Rücken zu ihr ans Fenster. „Geht's dir soweit gut?", fragte Madeleine unter dem Rascheln einer Chipstüte, aus der sie die letzten Krümel herauspickte.

Ein Moment der Stille folgte, in dem Amber darüber nachdachte, ob sie lügen sollte.

Bei Mel hätte sie darauf zurückgegriffen, doch Madeleine war ihr gegenüber immer freundlich gewesen. Die Worte sprudelten ihr zwar mit Verzögerung, aber unmissverständlich über die Lippen: „Nein, wenn du es genau wissen willst, es geht mir mehr als bescheiden."

Das Knistern setzte aus. Amber beobachtete in der Glasscheibe, die das Innere des Raums verschwommen widerspiegelte, wie ihre Cousine aufstand und auf sie zukam. Sie wich den Armen nicht aus, die sich von hinten um ihre Hüften legten. „Du wirst sehen, Alec geht es bald besser. Glaub mir, er ist wie die meisten Jungs hier hart im Nehmen."

Amber schwieg. Wie sollte sie Madeleine klarmachen, dass es ihr nicht allein um diesen Jungen ging? Er war in Sicherheit und unter Freunden. Sie könnte ihn einfach loslassen, die kommenden Tage absitzen und anschließend in ihr Zuhause zurückkehren. Weshalb fühlte sie sich bloß so unsichtbar, substanzlos und unglücklich zugleich?

Sie schluckte den dicken Kloß, der sich in ihrem Hals gebildet hatte, hinunter und versuchte verzweifelt, die aufsteigenden Tränen zurückzuhalten. Leise schniefend starrte sie aus dem Fenster und genoss die Berührung und das einvernehmliche Schweigen zwischen ihnen. Madeleine erwartete oder forderte nichts von Amber.

„Würdest du mir von euch erzählen?", bat sie leise, nachdem sie sich wieder halbwegs unter Kontrolle hatte. Sie wollte wissen, wie sie so waren, die Menschen, die an einem solchen trostlosen Ort glücklich zu sein schienen.

„Ja klar, was genau willst du wissen?"

In der darauffolgenden Stunde erfuhr Amber viel über die Menschen, von denen sie vor Kurzem nicht einmal gewusst hatte, dass es sie gab. Dass sich Samuel und Dora bereits lange kannten, überraschte sie. Dass die Zwillinge Isabel nicht besonders mochten, und deshalb kaum eine Annäherung zwischen ihnen stattfand, verstand sie. Deshalb hatten sich die Zwillinge nie die Mühe gemacht, ihre Cousine kennenzulernen. Auf die Frage, was genau Samuel beruflich machte, bekam sie eine unzureichende Antwort: dies und das, je nachdem wer ihm gerade einen interessanten Job anbot.

„Habt ihr euch wirklich zufällig kennengelernt, du und Alec?", fragte Madeleine, als sie an der Reihe war.

Es wäre ihr gegenüber ungefähr gewesen, etwas zu erfinden, und Amber war sich inzwischen nicht sicher, ob ihre Begegnung mit Alec tatsächlich Schicksal gewesen war. Dass sie bei der Suche nach ihm über einen Teil ihrer Familie gestolpert war, ließ das erste Zusammentreffen zwischen ihnen in einem anderen Licht erscheinen.

Sie schob sich eine Haarsträhne aus der Stirn und seufzte auf. „Ehrlich gesagt bin ich mir nicht mehr sicher. Offenbar kannte Rosalie ihn schon vor mir, und zwar gut genug, um mir Beruhigungsmittel oder was auch immer, zu verabreichen, damit ich ihn nicht mehr treffe."

Es war nicht die ganze Wahrheit, kam dieser aber sehr nahe. Verbittert starrte sie an Madeleine vorbei zur offenen Tür, die den Blick auf den dahinterliegenden leeren Flur freigab.

„Sie hat was getan? Aber warum? Rosalie geht bei meiner Mum doch ein und aus und natürlich kennt sie Alec durch Sam und Edmond. Warum sollte sie dich von Alec fernhalten wollen? Der tut keiner Fliege was zuleide!"

„Keine Ahnung, vielleicht wegen meines Vaters", entgegnete Amber lahm und glaubte selbst nicht an ihre Worte. Madeleine wirkte ebenfalls nicht überzeugt. „Echt verrückt, das Ganze. Sam und meine Mum spinnen in letzter Zeit auch. Ich schätze, zwischen unseren Müttern herrscht deshalb Funkstille." Ihr Gesichtsausdruck verriet jedoch, dass ihr Letzteres herzlich egal war.

„Seit wann sind meine Mutter und Sam eigentlich zusammen?", hakte Amber vorsichtig nach. Madeleine lachte auf und strich Amber fürsorglich eine Haarsträhne hinters Ohr. Die Geste der Zuneigung überrumpelte Amber, weshalb sie darüber hinwegsah und tat, als wäre nichts gewesen.

„Was ist lustig daran?"

„Na, dass du glaubst, die beiden hätten etwas miteinander. Haben sie nicht. Isabel hätte bestimmt nichts dagegen, aber Sam lässt sich von ihr nicht hinters Licht führen. Dieses Küsschen hier und Küsschen da. Meine Güte, das ist wirklich megapeinlich."

Perplex ließ sich Amber in einen der Sessel fallen.

Natürlich, Isabel übertrieb es mit der Zurschaustellung ihrer fragwürdigen Zuneigung, der normalerweise ein bestimmter

Zweck zugrunde lag. „Aber sie wohnt bei Sam, schläft mit ihm in einem Bett. Seine Bilder hängen an den Wänden. Ich versteh das alles nicht."

„Ne, du liegst so was von falsch. Sam wohnt bei Edmond. Es ist Isabels Wohnung und die Bilder hat sie ihm abgekauft."

„Das wusste ich nicht", entgegnete Amber überrascht.

„Ist nicht wichtig. Mal was anderes: Ich glaube Sam und meine Mum verbergen etwas vor uns. Seit Wochen sind sie komisch drauf."

Amber zuckte ratlos mit den Schultern und dachte an das Wenige, das sie beim Lauschen an der Tür erfahren hatte. Was immer Rohloff Alec angetan hatte, lag erst einen Tag zurück und Madeleine sprach von den letzten Wochen, wenn nicht gar Monaten. Sie schwieg und ihre Cousine wechselte zu einem Thema, das Amber am liebsten umgangen hätte. „Was genau weißt du eigentlich über Alec?" Die Frage quittierte Amber mit einem schiefen Grinsen. „Offenbar nicht allzu viel. Was gibt es denn über ihn zu wissen?"

Madeleine warf ihr einen forschenden Blick zu, als wäre sie sich nicht sicher, ob Amber sich einen Spaß erlaubte oder wirklich ahnungslos war.

„Er wurde als Säugling zu Edmond gebracht, der ihn wie seinen eigenen Sohn aufgezogen hat. Alles in allem ist er nicht anders als die Jungs aus dieser Gegend. Ich kenne Alec lange genug. Wenn du ihm nichts bedeuten würdest, hätte er dir niemals dieses Armband geschenkt – und jetzt will er plötzlich nichts mehr mit dir zu tun haben? Das ergibt keinen Sinn." Aufgeregt zupfte Madeleine an einer ihrer blonden Haarsträhnen. „Du musst unbedingt herausfinden, was mit ihm los ist. Ich würd's ja machen, aber meine Güte, ich kann ihn schlecht fragen, ob er auf dich steht."

Voller Zweifel sah Amber just in dem Moment Richtung Flur, in dem die Tür zur Kammer aufging. Sie beobachtete, wie Dora Samuel eine zur Hälfte mit einer seltsam trüben Flüssigkeit gefüllte Glasschüssel übergab, bevor sie ihm ins Bad folgte.

Amber fand, dass die beiden gut zueinander passten. Ihre Tante besaß ebenso wie Madeleine ein freundliches Wesen, und Sam schien sich nicht nur um Alec gut zu kümmern, sondern auch um ihre Tante.

„Na los, mach mal. Geh zu ihm und frag ihn. Was kann schon großartig passieren?"

Bevor Amber widersprechen konnte, wurde sie von Madeleine aus dem Raum geschoben. „Wenn du mich brauchst, ich bin in meinem Zimmer."

„Meinetwegen, aber du musst mir versprechen, niemandem etwas zu erzählen, erst recht nicht deiner Schwester."

„Okay, okay, ich versprech's!", raunte Madeleine und huschte durch den Flur davon.

Kapitel 22

Unentschlossen stand Amber vor der geschlossenen Tür. Alles in ihr sträubte sich, Alec gegenüberzutreten. Der abweisende Ausdruck in seinen Augen hatte sie weitaus stärker getroffen als seine harten Worte. In der Vergangenheit war sie all jenen, die sie hätten verletzen können, erfolgreich aus dem Weg gegangen. Vielleicht war es an der Zeit, etwas Rückgrat zu zeigen, immerhin hatte sie bereits einige heikle Situationen gemeistert. Dennoch kostete es sie Überwindung, die Tür zu öffnen.

Alec schlief und sie stand kurz davor, umzukehren. Schließlich nahm sie all ihren Mut zusammen und trat näher. Der schwere Geruch nach Blut war verflogen und die Verletzung an seiner Wange sah besser aus als bei ihrem letzten Besuch. Verblüfft beugte sie sich über ihn und nahm die Wunde genauer in Augenschein. In der vergangenen Nacht hatte sie eindeutig einen tiefen glatten Schnitt gesehen, jetzt war es eine blassrosa schimmernde Narbe. Amber hob die Hand und berührte mit der Fingerkuppe die verheilende Wunde. Sie fühlte die wulstige Erhebung, an der sie zusammengewachsen war. Sie erschrak, als Alec einen tiefen Atemzug nahm und die Augen öffnete. Fast wäre sie ihm quer über die Brust gefallen. „Es tut mir leid, ich wollte dich nicht erschrecken, ich meine aufwecken ...“, stammelte sie beschämt. Sie ließ ihren Blick zur Tür schweifen, jederzeit bereit hinauszustürzen, sollte Alec über ihre Aufdringlichkeit ausflippen. Allerdings geschah nichts dergleichen. Er schwieg und beobachtete jede ihrer Bewegungen unter halb geschlossenen Lidern. Nichts deutete darauf hin, dass er auf sie wütend war. Selbst die Ablehnung, die sie in der vergangenen Nacht in seinem Gesicht zu sehen geglaubt hatte, war verschwunden. Etwas war seit ihrem letzten Besuch mit ihm passiert und es war weit mehr als nur die in Rekordzeit verheilte Verletzung. Es verunsicherte sie ebenso wie die seltsame Narbe, die es eigentlich nicht geben durfte – zumindest nicht in so kurzer Zeit. Sie hielt das eiserne Schweigen nicht länger aus – ebenso wenig wie seinen seltsamen Blick, der sie wie ein Scanner von oben bis unten abzutasten schien. Zögernd setzte sie sich auf den Stuhl. „War es wirklich Zufall, dass du mir damals über den Weg gelaufen bist?", stellte sie ihm die Frage, wegen der sie gekommen war.

In seinen Augen spiegelten sich Erstaunen, dann Sanftmut und am Ende Verzweiflung. Der Augenblick, in dem sie glaubte, hinter seine Fassade schauen zu können, ging vorüber. Alec sah an ihr vorbei auf die Wand, als könnte er ihren Anblick nicht länger ertragen. „Das ist jetzt nicht mehr wichtig, war es nie." Er brach ab, als hätte er bereits zu viel gesagt.

Sie schöpfte Hoffnung und setzte alles auf eine Karte – selbst auf die Gefahr hin, erneut zurückgestoßen zu werden. „Wir sind noch immer Freunde?"

Alec atmete tief durch – dass er das überhaupt konnte, war eine bemerkenswerte Leistung. Amber war vollends damit beschäftigt, ihre Nervosität unter Kontrolle zu halten.

„Ja, Freunde", entgegnete er leise.

Ihre Erleichterung wurde von nagendem Zweifel überlagert. Es war erkennbar, dass er ihr auswich, offenbar diente seine Antwort einzig dazu, sie schnell wieder loszuwerden.

„Okay, ich geh dann mal wieder."

Ein unmerkliches Nicken seinerseits, das Amber mechanisch erwiderte.

Madeleine hatte untertrieben: Ihre Mutter und Samuel steckten ständig zusammen, waren aber kaum zu Hause. Amber war es gewohnt, dass sich eine Bezugsperson in ihrer Nähe aufhielt; die neue Konstellation war gewöhnungsbedürftig. Allerdings brauchte sie nicht lange, um sich einzuleben. Bereits zwei Tage später stand sie summend in der kleinen Küche und buk, mit Unterstützung von Madeleine, Pfannkuchen, über die sie literweise Ahornsirup und Honig gossen. Boje und Elek gingen nach Belieben ein und aus und niemand störte sich daran. Ihre Cousine, die Amber inzwischen eine Freundin geworden war, verbrachte nachmittags mehrere Stunden in der Essensausgabe einer der städtischen Suppenküchen für Obdachlose. Von Alec hielt sich Amber bewusst fern. Nur über den Austausch der anderen erfuhr sie, dass es ihm zunehmend besserging. Als er endlich das Bett verlassen durfte, war es ein seltsam befremdliches Gefühl, ihn wiederzusehen.

Amber betrat mit zwei Gläsern frisch gepresstem Saft das Wohnzimmer, entdeckte Alec auf dem Sofa und blieb wie angewurzelt im Türrahmen stehen.

Rein äußerlich schien er wieder ganz der Alte. Die Narbe war nur noch ein silberner schmaler Halbmond und sein T-Shirt schmiegte sich ohne den darunterliegenden Verband an seinen muskulösen Oberkörper. Bei Ambers Erscheinen wurde es schlagartig still. Sie beschlich das unangenehme Gefühl, von allen angestarrt zu werden – außer von Alec, der ihr ein flüchtiges Lächeln schenkte. Verunsichert übergab sie Madeleine das Getränk und setzte sich neben ihre Cousine auf die Sessellehne. „Granatapfelsaft mit einem Schuss Grenadinesirup. Ich finde ihn ekelhaft, aber ich muss ihn ja nicht trinken“, erwiderte sie. Aus den Augenwinkeln beobachtete sie Alec, der sich leise mit Boje unterhielt. Er warf ihr einen Blick zu und sah wieder zur Seite, als wäre es ihm peinlich, dabei erwischt worden zu sein. Ein winziger Schmetterling flatterte, wenn auch zaghaft, in Ambers Bauch, während sich ihr Herzschlag beschleunigte. Dieses ziehende Gefühl, wenn sie Alec erblickte, war vertraut und verwirrend zugleich. Hastig drehte sie sich zu Madeleine hin, die an ihrem Saft nippte und einen rundum zufriedenen Eindruck machte.

„Glaub mir, das schmeckt immer noch besser als diese zuckersüße Schokolade, auf die du offenbar stehst. Du solltest den Saft wirklich mal probieren.“ Madeleine senkte unmerklich die Stimme. „Es sieht aus, als wäre Alec wiederhergestellt. Dann steht es also fest. Wir gehen alle auf die Party, niemand muss als Babysitter zurückbleiben – jetzt, wo Dora keine Ausrede mehr hat, uns den Abend zu vermiesen.“

Amber verzog das Gesicht und hob ihr Glas an die Lippen, damit sie Madeleine nicht sofort eine Antwort geben musste. Dass es sie ausgerechnet zu einem Zeitpunkt in diese Gegend verschlagen hatte, an dem die angesagteste Party des Jahres stattfand, war Pech. Da die Zwillinge flammende Verfechter dieses Events waren, sah sie kaum eine Möglichkeit, abzulehnen. Ihr war nicht danach auszugehen. Ihre heimliche Hoffnung, Dora würde darauf bestehen, dass sie zu Hause blieben, war durch Alecs Genesung unwahrscheinlich geworden. Allerdings sah die Alternative auch nicht besonders rosig aus. In der kleinen Wohnung Alec aus dem Weg zu gehen, war so gut wie unmöglich. Die Party bot zumindest diesen einen Vorteil.

„Okay, überredet, aber ich muss erst nachsehen, was Rosalie mir an Klamotten eingepackt hat.“

Madeleine sprang auf und zog Amber mit sich hoch. „Perfekt. Lass mal sehen. Uns bleiben exakt zwei Stunden zum Aufpeppen.“

Da sie sich einverstanden erklärt hatte mitzukommen, stieg ein mulmiges Gefühl in Amber auf. Wenn ihr schon die Partys ihrer besten Freundin nicht lagen, wie würde es ihr erst auf einer Feier unter Fremden ergehen? Madeleine ließ ihr jedoch keine Zeit, zurückzurudern. Samuel hatte Amber auf Geheiß ihrer Großmutter vor drei Tagen ihre zurückgelassene Reisetasche ausgehändigt. Trotzdem würde Amber Rosalie, die offenbar ein schlechtes Gewissen plagte, noch etwas zappeln lassen; was nicht allzu schwierig war, solange sie sich nicht über den Weg liefen.

Im Schneidersitz auf ihrem Bett sitzend musterte Madeleine jedes einzelne Kleidungsstück – das Amber aus der prallen Reisetasche zog – und schüttelte ein ums andere Mal missbilligend den Kopf. „Zu langweilig, farblos, Schlabberlook, trägt jede Zweite."

Am Ende ließ sich Amber entnervt auf ihr provisorisches Nachtlager plumpsen und zuckte mit den Schultern. „Vielleicht sollte ich besser hierbleiben. Das ist kein Problem. Ich mache es mir einfach vor dem Fernseher gemütlich. Sollte Dora auftauchen, sage ich ihr, ich hätte es mir anders überlegt."

Erst die Behauptung ihrer durchtriebenen Töchter, Amber würde unbedingt auf die Party wollen, hatte ihre Tante bewogen, ihnen bis ein Uhr Ausgang zu gewähren.

Ambers Taktik, Madeleine nur die unvorteilhaften Kleidungsstücke zu präsentieren, und ihre Ausrede waren wohl zu offensichtlich. Madeleine nahm sie ihr nicht ab. Ihr misstrauischer Blick verriet, dass sie Amber durchschaut hatte.

„Also mit einem Oberteil könnten wir dir aushelfen, ein ausgestopfter BH wäre das kleinste Problem. Dir wären meine Hosen allerdings zu lang und umgeschlagen, ne, das geht gar nicht. Lass mich mal sehen."

„Wo steckt eigentlich Mel, kommt sie nicht mit auf die Party?", versuchte Amber ein letztes Ablenkungsmanöver.

„Die ist längst bei ihrer besten Freundin. Im Notfall müssen wir uns eben bei der was ausleihen."

Amber erschauderte. Mels beste Freundin, die ihr bisher nur einmal begegnet war, hatte keinen Stil – dunkle hautenge Klamotten, Piercings an allen möglichen und unmöglichen Stellen, schwarz bemalte Lippen und Lidstriche wie Balken, die selbst den Blick aus Rehaugen stechend und unheilvoll wirken ließen.

Da Madeleine einen luftigen, türkisfarbenen Stoff vom Boden der Tasche heraufbeförderte und Amber mit einem missbilligenden Blick bedachte, schien die Aussicht, wie ein wandelndes Schreckgespenst herumzulaufen, als das geringere Übel. Ihre Freundin schüttelte das ordentlich zusammengefaltete Kleid aus und hielt es triumphierend in die Höhe. „Ich fasse es nicht, dass du mir dieses Schmuckstück vorenthalten hast! Dieses Kleid ist ein Traum, und wenn nur halbwegs die Chance bestünde, dass ich hineinpasse, würde ich dich anflehen, es mir zu überlassen. Alec wird ausflippen, wenn er dich darin sieht."

Amber zuckte bei der Erwähnung seines Namens zusammen. Wie auch immer dieser Abend verlaufen würde, er wäre hier und sie dort, wo die Party stieg. Außerdem wollte sie dieses Zimmer erst verlassen, wenn die Luft rein war. Dass die Kleiderwahl erst der Beginn war, erfuhr sie im Laufe der kommenden Stunde am eigenen Leib, in der sie vom Schlafzimmer zum Bad und wieder zurück pendelten.

Wie an den vergangenen Abenden dämmerte es früh. Obwohl die Sonne tagsüber mit gleichbleibender Intensität schien, gewann Amber immer mehr den Eindruck, dass sich der Spätsommer in diesem Jahr beeilte. Die Zeit flog nur so dahin und ihr Geburtstag rückte unaufhaltsam näher.

Während sie die Augen geschlossen hielt, stellte sie sich vor, dass es nicht Madeleine, sondern Sabrina war, die sich durch ihr lange Mähne wühlte. Hoffentlich gelang es ihrer Cousine eine halbwegs akzeptable Frisur zu kreieren. Sie vermisste ihre Freundin mehr als sie es für möglich gehalten hatte. Babsi war inzwischen zum Sinnbild einer Normalität geworden, zu der Amber nur schwer zurückfinden würde. Sie hatte einen Einblick in den Alltag der Bewohner dieses Viertels erhalten, die keineswegs nur von kriminellen Handlungen und Gewaltbereitschaft getrieben wurden. Menschen, die das Beste aus den Möglichkeiten machten, die ihnen das Leben bot, und dabei zufrieden, wenn nicht gar glücklich wirkten. Mittlerweile konnte sie der allgemein verbreiteten Lässigkeit im Umgang miteinander tatsächlich etwas abgewinnen.

Ein letztes Ziepen an ihren Haaren, eine nachgeschobene Entschuldigung, und es war so weit. Da ihr ein Blick in den Spiegel bisher vorenthalten worden war, wusste sie nicht, was Madeleine mit ihr angestellt hatte. Ihre Cousine selbst hatte sich für einen schicken dunkelroten Hosenrock nebst farblich passendem Top entschieden. Im Gegensatz zu Mel verfügte Madeleine über einen guten Geschmack. Auf ihrem Gesicht spiegelte sich Befriedigung, als Amber an den mit einem Bettlaken verhangenen Spiegel trat. Zuerst erkannte sie ihr Spiegelbild nicht und hielt entgeistert den Atem an. Das zuvor schlichte Kleid hatte durch seitliche Raffungen einen schwungvollen, verspielten Touch erhalten. Ein aus Kunstperlen gefertigtes silbernes Band, lässig um ihre Hüften geschlungen, betonte ihre schmale Taille. Ihre offenen Haare mithilfe des türkisfarbenen Stoffgürtels lose zu fixieren, war ebenfalls eine gute Entscheidung. Ambers dunkle Augen, halb verborgen unter langen dichten Wimpern, wirkten geheimnisvoll. Etwas zögerlich lächelte sie ihr ungewohntes Spiegelbild an.

„Ich sag's ja, absolut perfekt!“, strahlte Madeleine, die offenbar auf eine solche Reaktion gewartet hatte. „Ich würde sagen, wir können los. Elek wird uns begleiten“, fügte sie mit einem Lächeln hinzu, von dem Amber nicht wusste, ob es ihr oder Elek galt.

Nun ebenfalls aufgeregt schlüpfte sie in ihre Riemchensandalen und warf skeptisch einen Blick auf die Pumps ihrer Begleiterin. Sie ließ ihrer Cousine den Vortritt und sah auf den Flur hinaus, bevor sie das Zimmer verließ. Alec war glücklicherweise nirgends zu sehen.

Auf der Straße ging gerade die Beleuchtung an und ließ die Lichter hinter den Fenstern wie Vorboten dessen wirken, was auf sie zukam. Amber sah die bunten Party-Lichteffekte bereits vor sich und seufzte unmerklich auf.

Madeleine klackerte mit ihren Absätzen über den Asphalt, während beide um die Straßenecke bogen und dort auf Elek trafen. Er hatte sich ebenfalls umgezogen und trug anstelle eines Poloshirts, für die er offenbar eine Vorliebe hegte, ein kurzärmeliges blaues Hemd, dessen obere Knöpfe geschlossen waren.

Madeleine grinste und drehte sich von ihm zu Amber. „Es geht los."

Dass Eleks blasses Gesicht bei Madeleines Anblick zur Farbe seiner Haare wechselte, entlockte Amber ein Lächeln. Einige Straßenecken weiter stießen sie auf junge Leute, die sich ihnen mit lautem Hallo anschlossen. Schon bald summte ihr der Kopf. Das vielstimmige Lachen und die Gesprächsfetzen, die ihnen wie lose Blätter im Wind vorausstoben, waren ansteckend. Amber lachte anstandshalber hin und wieder mit, obwohl sie nicht immer verstand, worüber die anderen sich unterhielten. Ihr Weg führte sie durch dunkle Gassen und über hellerleuchtete Kreuzungen hinweg. Kurz darauf hatte sie die Orientierung verloren und hielt sich nah bei Elek und Madeleine, um nicht unterwegs verloren zu gehen. Nie zuvor war sie durch ein derartiges Labyrinth aus Gassen gelaufen. Dieses Viertel verwandelte sich nachts in einen steinernen Irrgarten. Es war ihr ein Rätsel, wie jemand die Richtung im Auge behalten konnte – vor allem da immer wieder Gruppen dazustießen oder wie aufgeschreckte Heuschreckenschwärme auseinandersprengten. Außer Amber und ihren Freunden, waren nur noch wenige aus der großen Truppe unterwegs. „Seid ihr sicher, dass es hier entlang geht? Irgendwie werden es immer weniger Leute“, fragte sie an Elek gewandt.

Er deutete auf eines der Häuser, an dem sie gerade vorbeigegangen waren. „Die Party findet jedes Jahr woanders statt, ansonsten wäre uns die Polizei längst auf den Fersen. Aber die haben im Moment vermutlich Besseres zu tun, als uns hinterherzuspionieren. Das Versammlungsverbot ist ein Witz. Siehst du die Markierung?“

Das Einzige, das sie sah, war die graue Fassade der Gebäude. Verständnislos schüttelte sie den Kopf. Ihr Blick folgte Eleks ausgestreckten Hand und Amber entdeckte, was er meinte. Ein quadratischer Stein wenige Zentimeter über dem Boden fügte sich fast unsichtbar ins Gemäuer ein – gäbe es nicht diesen kleinen gelben Punkt.

„Das sind Markierungssteine, die es an jeder Kreuzung gibt, unter Insidern kurz ‚Makies‘ genannt.“

„Und was bedeuten sie?“, fragte Amber neugierig. Da Elek jemandem auf der anderen Straßenseite zuwinkte und abgelenkt war, antwortete Madeleine: „Das sind interne Nachrichtenverteiler. Rot bedeutet Kontrolleure unterwegs‘, gelb, dass etwas in der Luft liegt. Heute Abend steht es aber als Wegmarkierung zu unserer Party!“, rief sie begeistert aus und stieß Elek versehentlich mit ihrem Ellenbogen in die Rippen. Sein Aufstöhnen bekam sie nicht mit, zu groß war ihre Vorfreude auf die kommenden Stunden. Bisher war Amber davon ausgegangen, dass es sich einfach um eine große Party handelte. Vielleicht, um den allgemeinen Unruhen, die sich hin und wieder auf den sorgenvollen Gesichtern der Menschen widerspiegelten, für kurze Zeit zu entgehen. Bei diesem Aufwand musste jedoch noch etwas anderes dahinterstecken.

„Was ist so Besonderes an dieser Party, und wer hat sie ins Leben gerufen?“

„Vor ein paar Jahren besuchte jemand auf dem Festland ein Barra-Fest. Er war so begeistert, dass er nach seiner Rückkehr allen, die es hören wollten, davon erzählt hat. Plötzlich war die Idee geboren, etwas Ähnliches ins Leben zu rufen. Ich glaube kaum, dass jemand von dort drüben mitbekommt, dass wir dieses Fest zu unseren Bedingungen feiern“, erklärte Madeleine und drehte sich in die Richtung, in der der Ozean lag. Amber fand es erstaunlich, dass es tatsächlich noch Leute gab, die an den Mythen und Legenden längst vergangener Tage festhielten. Soweit sie wusste, begingen nur die Inselbewohner auf Aberness das bevorstehende Comóradh, das die dunkle Jahreszeit einläutete. Das Beltane-Fest, das auch anderswo auf der Welt gefeiert wurde, hätte ihr hingegen gefallen, stand es doch für den Beginn der warmen Monate. Während Amber und ihre Freunde geradezu euphorisch durch das Viertel marschierten und an der unsichtbaren Grenze zum Zwölfer entlangkratzten, verlor sie jegliches Zeitgefühl. Die nicht enden wollenden Querverbindungen zur Hauptstraße, die bis hinunter zum Hafen führten, ebenso wie die Gebäude, an denen sie vorübergingen, sahen inzwischen alle gleich aus. Erneut bogen sie von der Straße ab und in eine dunkle Gasse ein. An deren Ende trafen sie jedoch nicht auf die zu erwartende nächste Kreuzung, sondern betraten ein gedrungenes Backsteinhaus.

Das Innere des Gebäudes wirkte ernüchternd. Der mit vergilbten Zeitungen übersäte Steinboden und der Anblick eines von Mäusen zerfressenen Schlafsacks, der in einer Ecke vor sich hin moderte, waren alles andere als einladend oder gar festlich. Neben einer Sammelbox stand ein Halbstarker, der sich ihnen in den Weg stellte. Sein Anblick verstärkte Ambers Unwohlsein.

Sie fiel etwas zurück und betrachtete die Box genauer; es war ein Fünf-Liter-Bierfass.

Amber erfasste, dass es sich um hochprozentiges Bockbier handelte, das ihres Wissens nach, nicht an unter Achtzehnjährige ausgeschenkt oder verkauft werden durfte. Vielleicht erfreute es sich deshalb so großer Beliebtheit und drohte trotz des kostspieligen Imports, das heimische Bier der letzten Inselbrauereien zu verdrängen.

„Hey, Ewan, wie viele mussten heute schon rausgehauen werden?“, fragte Elek, der neben dem Türsteher stand.

„Bis jetzt sind‘s drei, mal abwarten, was noch zusammenkommt“, erwiderte der blonde Hüne mit einem schiefen Grinsen.

Dass dieser Ewan sie unverblümt musterte, ging Amber eiskalt unter die Haut und sie war froh, als Elek einen Geldschein zückte und dem Türhüter vor die Nase hielt. „In weiblicher Begleitung kostet‘s nur die Hälfte. Ich bringe gleich zwei mit und das bedeutet …“

„Dass du weiter träumen kannst“, fiel ihm Ewan ins Wort und schnappte sich den Schein, der umgehend in die Box wanderte.

„Damit werden die armen Deppen von heute Nacht ausgelöst, damit se nich‘ über Nacht in ‘ner Zelle verrotten und den ganzen Spaß verpass‘n“, raunte ihr Madeleine zu, die Ewans Slang perfekt nachahmte.

Amber verkniff sich das Lachen und hielt sich dicht bei ihren Freunden, als Ewan ihnen die Tür öffnete und beiseitetrat.

Von früheren Partys kannte sie Dekorationen mit Lampions hier und da, bunte Tiffany-Lampen und extravagant dekorierte Tische. Ebenso waren ihr herumeilende Angestellte, die sich um Getränke und das leibliche Wohl der Gäste kümmerten vertraut. All das traf hier allerdings nicht zu. Damit, dass sich ihr in dieser ehemaligen Brennerei eine fremde und überaus faszinierende Welt eröffnen würde, hatte sie nicht gerechnet. Nach etlichen

Treppenstufen betraten sie einen Keller, in dem früher an die 500 Eichenfässer untergebracht waren. Im Gang lag ein leichter Brandgeruch, der vom Ausbrennen der Holzfässer herrührte, um dem darin lagernden Whiskey eine exquisite Note zu verleihen. Die stillgelegte Destille war an diesem Abend Schauplatz eines Events, das Amber in den Bann zog. Im vorderen in ein bläulich schimmerndes Licht getauchten Teil, drängten sich die Besucher um die zurückgelassenen Fässer, die als Tischersatz zweckentfremdet wurden. Über das Gewölbe verteilt standen gasbetriebene Wärmestrahler, die wie Pilze aus dem Boden ragten und die Kälte aus dem Gemäuer vertrieben. Elek und Madeleine schlängelten sich zwischen den Gästen hindurch weiter nach vorn, tiefer in das Gewölbe hinein. Amber hielt sich dicht hinter ihnen, besorgt, ihre Freunde aus den Augen zu verlieren. Sie blickte über die Köpfe der Leute hinweg zu der aus Kisten und Bohlen bestehenden Theke. Wie ein steter Strom gingen dort literweise Getränke über den Tresen. Sie schätzte die Besucherzahl auf mindestens 300 Personen, die alle mehr oder minder respektvoll miteinander umgingen. Ihre Angst, in ein Räubernest zu geraten, in dem sich die zwielichtigen Gestalten zuhauf trafen und in dunklen Ecken nach potenziellen Opfern Ausschau hielten, war offenbar unbegründet. Die Leute wirkten friedlich. Während sie sich der Tanzfläche im hinteren Teil näherten, bewunderte sie die Lichteffekte. An Ketten befestigte Kunststoffröhren hingen an der gewölbten Decke herab. Eine Kaskade rötlichen Lichts überzog die unverputzten Wände, ergoss sich über den dunklen Steinboden und über die sich ekstatisch wiegenden Tanzenden. Laute Musik dröhnte aus allen Richtungen auf sie ein und Amber hatte Mühe, Madeleine zu verstehen, die ihr etwas ins Ohr brüllte: „Ich besorg uns Getränke. Warte hier und lass dich bloß nicht von den Typen dort hinten anbaggern, die haben darauf Wetten abgeschlossen!“

So unauffällig wie möglich blickte Amber in die angedeutete Richtung. Dass ein paar Jungs am Rand der Tanzfläche herumhingen, war nichts Ungewöhnliches. Sie konnte niemand Verdächtigen entdecken, der auf Madeleines Beschreibung passte. Verunsichert wandte sie sich von den Tanzenden ab.

„Warten wir hier oder kommst du mit nach vorn zur Tanzfläche?", brüllte Elek. Doch Ambers Aufmerksamkeit galt jemandem, der in ihr Blickfeld geraten war. Sie hatte nicht damit gerechnet, dass Boje in Begleitung von Alec auftauchte. Bemüht, Alec nicht anzustarren, beobachtete sie Bojes Imponiergehabe. Mit dem kernigen Aussehen eines Hafenarbeiters wirkte er, trotz seines Machogehabes, auf die Mädchen attraktiv genug, um ihm Aufmerksamkeit zu schenken. Sein breites Lächeln zeigte, dass er nicht nur genoss, im Rampenlicht zu stehen, sondern es auch gewohnt war. Alec hingegen stand etwas abseits und unterhielt sich mit zwei Brünetten. Den Blicken nach zu urteilen, die sich die beiden Mädchen gegenseitig zuwarfen, waren sie die längste Zeit Busenfreundinnen gewesen. Mit seinen stechenden blauen Augen, den glänzenden dunklen Haaren und den zu einem angedeuteten Lächeln verzogenen Lippen, ging eine besondere Ausstrahlung von ihm aus, die offenbar nicht nur Amber in ihren Bann zog. Das zierlichere der beiden Mädchen, recht hübsch, wenn auch zu stark geschminkt, beugte sich vor und flüsterte Alec etwas ins Ohr, woraufhin er lachte. Amber wünschte sich, dass sein Lachen ihr galt. Zorn stieg in ihr auf, dass ihr Verstand bei ihm im Sparmodus, ihr Herz dagegen auf Hochtouren lief und sie nichts dagegen unternehmen konnte. Im Begriff, sich Elek zuzuwenden, erhaschte Amber einen Blick auf Alec, der in ihre Richtung sah, als hätte er nicht bloß ihre Anwesenheit, sondern ebenso ihre Wut gespürt. Ihre Blicke trafen sich. Die Intensität, mit der sie einander anstarrten, schockierte Amber und brachte sie vollends aus dem Gleichgewicht.

„Ist mit dir alles in Ordnung?“ Eleks Worte dicht an ihrem Ohr rissen sie aus dem Zustand der Benommenheit. Erstaunt sah sie auf ihre Hand, mit der sie seinen Arm umklammerte. „Entschuldige, mir war schwindlig“, log sie und ließ seinen Arm los. Elek musterte sie besorgt, gab sich aber mit ihrer Antwort zufrieden. „Kommst du mit zur Tanzfläche? Madeleine wird uns schon finden.“

Elek ergriff ihre Hand und zog sie hinter sich her. Bevor sie in der Menge untertauchten, warf sie einen letzten Blick zurück. Die beiden Mädchen waren verschwunden. An ihrer Stelle stand Mel, die aussah, als wollte sie alle Welt wissen lassen, dass Alec ihr allein gehörte. Es war erstaunlich, was ein schwarzer Lackminirock und ein bauchfreies Top bewirken konnten. Mel sah attraktiv aus und konnte locker mit ihren Vorgängerinnen mithalten. Amber kannte Alec erst wenige Wochen, wusste so gut wie nichts über seine Vergangenheit und Mel benahm sich, als ob sich die beiden einmal nähergestanden hätten. Dass sich Mel um Alec bemühte und Amber auf den Platz der stillen Beobachterin abgeschoben worden war, verletzte und ärgerte sie. Wütend, dass der Abend, auf den sie sich letzten Endes doch gefreut hatte, nicht verlief wie erwartet, drehte sie beiden den Rücken zu und schob sich an Elek vorbei, die letzten Meter bis zur Tanzfläche vor.

Nahe an den Boxen vibrierte der Bass und lockerte ihre verspannten Muskeln. Unbewusst bewegte sie sich zum Rhythmus der Musik und genoss die Schwingungen, die auf sie übergriffen und ihren ganzen Körper unter Strom setzten. Die aufgeheizte Atmosphäre, verstärkt durch die wechselnden Lichtspiele, besaß eine besondere Anziehungskraft und eine Faszination, die sie lockte, bedrängte und verführte.

Sie trat einen Schritt vor, dann zwei, bis sie im Zentrum der pulsierenden Farben stand und alles um sich herum vergaß. Kaum jemand hier kannte Amber und wenn, hätte es ihr seltsamerweise nichts ausgemacht. Unter nunmehr blauen Wellen, die in kurzen, wogenden Abständen über sie hinwegrollten, wiegte sie ihre Hüften und drehte sich zum Refrain mit fließenden Bewegungen um sich selbst. Der dabei entstandene Luftzug kühlte ihre erhitzten Wangen, liebkoste ihre nackten Arme und bescherte ihr ein Wechselgefühl an Empfindungen, wie Amber sie nie zuvor erlebt hatte.

Sie schmeckte einen leicht salzigen Geschmack auf den Lippen, als sie mit der Zunge darüberfuhr. Dass sie bereits nach kurzer Zeit schweißüberströmt war, bemerkte sie nicht einmal. Trunken und berauscht gab sich ganz und gar dem Rhythmus der Klänge hin, die kontinuierlich an Intensität zunahmen. Ihr Atem ging stoßweise und schien nie genug für ihre Lungen zu sein, gerade so, als bewege sie sich unter Wasser. Die Melodie wurde leiser und verklang. Amber hielt inne, öffnete die Augen, verwirrt darüber, dass sich außer ihr niemand auf der Tanzfläche befand. Sie blickte über die Personen hinweg, die sie beobachteten. Befangen strich sie sich die feuchten Haarsträhnen aus dem Gesicht und suchte Madeleine, die mit zwei Bechern in den Händen neben Elek stand. Amber hatte das Gefühl, aus einem wunderschönen Traum zu erwachen. Mit weichen Knien verließ sie die spiegelglatte Tanzfläche. Hastig drängte sie sich an den Leuten vorbei, die ihr im Weg standen und deren Blicke ihr wie ein Magnet zu folgen schienen.

Sie hatte keine Ahnung, was gerade passiert war, doch abgesehen davon, dass es ihr peinlich war, im Mittelpunkt des allgemeinen Interesses zu stehen, fühlte sie sich fantastisch. Ein neuer Song setzte ein, langsam und mit gedämpfter Lautstärke, der ihre anhaltende Aufgekratztheit etwas dämpfte. Madeleine lachte und reichte ihr einen vollen Becher, den Amber bereits zur Hälfte ausgetrunken hatte, bevor ihr bewusst wurde, dass sie gerade Starkbier in sich hineinkippte.

Die herbe Süße überlagerte den salzigen Geschmack in ihrem Mund. Genüsslich leckte sie den cremigen Schaum von ihrer Oberlippe und lächelte glückselig in die Runde.

„Meine Güte, was für ein cooler Auftritt war das denn? Stille Wasser und so, ne", stellte Elek mit einem verschämten Grinsen fest. Seine Mimik drückte Unsicherheit aus, die Amber ihm nicht verübeln konnte. Sie selbst hätte niemals von sich behauptet, viel Temperament zu besitzen. Ihr Verhalten war völlig untypisch, als wäre sie nicht sie selbst gewesen. Sie schob diesen beunruhigenden Gedanken beiseite und klammerte sich an den Nachhall des Rauschzustandes, der inzwischen deutlich abgeklungen war.

„Sag mal, wer außer mir hat dir noch etwas zu trinken angeboten?", forschte Madeleine mit einem Grinsen nach.

„Niemand, ich darf keine Getränke von Fremden annehmen. Man weiß nie, was sie einem für ein Zeug reinkippen", entgegnete Amber und kicherte, als sie sich die strengen Worte ihres Vaters ins Gedächtnis rief.

„Oder von Großmüttern, die man zu kennen glaubt", fügte ihre Cousine trocken hinzu. Elek schaute verwirrt von einem zum anderen, aber Amber hatte keine Lust, ihn darüber aufzuklären.

Ein neuer Song setzte ein, die Lichtkaskade wechselte zu weichem Rot und Amber beobachtete, wie sich die Tanzfläche zu füllen begann. Jemand stupste gegen ihre Schulter. Sie fuhr herum und sah sich einem jungen Mann gegenüber, der sie um einen Tanz bat.

„Es tut mir leid, aber ich bin noch völlig außer Atem, vielleicht später", wich sie aus, erleichtert, dass er ohne einen Überredungsversuch von dannen zog. Kaum war er im Gewühl verschwunden, bat ein anderer um einen Tanz, dem sie dieselbe

Antwort gab. Ratlos wandte sie sich an Madeleine, die gerade von der Theke zurückkam. Inzwischen war sich Amber sicher, dass es ihrer Freundin nicht einzig um die Beschaffung der Getränke ging. Unterwegs wurde sie gesehen und traf ihrerseits auf Bekannte, mit denen sie sich unterhalten konnte. Amber machte das nichts aus. Sie und Elek, der die meiste Zeit einfach herumstand, waren nicht gerade die begabtesten Gesprächspartner.

„Danke", sagte sie und nahm sich vor, dass dieser Becher der letzte war, den sie an diesem Abend trank. Langsam hatte sie das Gefühl, auf Wolken zu gehen. „Sag mal, wieso werde ich eigentlich andauernd gefragt, ob ich tanzen will?", fragte sie, um eine deutliche Aussprache bemüht.

„Ja, warum bloß?", witzelte Madeleine. Als sie bemerkte, dass Amber wirklich nicht verstand, beugte sie sich vor. „Hast du dich vorhin richtig im Spiegel betrachtet? Was glaubst du, warum sich so viele Jungs hier hinten herumtreiben? Normalerweise meiden sie die Tanzfläche wie der Teufel das Weihwasser. Als du getanzt hast, sahst du aus wie der lebendig gewordene Traum aller männlichen Wesen. Kein Wunder, dass sie mit dir tanzen wollen, oder Händchenhalten oder was auch immer", fügte sie mit einem anrüchigen Lächeln hinzu.

„Darf ich dich um diesen Tanz bitten?", fragte Elek, der nichts von dem Gespräch mitbekommen hatte. Er bedachte Madeleine mit einem Seitenblick, als hätte er eher sie gemeint, und wirkte so nervös, dass er Amber leidtat. Eigentlich hatte sie nicht vor, noch einmal auf die Tanzfläche zu wechseln, aber ihm zuliebe nahm sie sein überraschendes Angebot an.

Er ergriff ihre rechte Hand und legte die Linke umständlich an ihre Hüfte, als hätte er Angst, etwas Falsches zu tun oder ihr gegenüber aufdringlich zu erscheinen. Amber fühlte sich ebenfalls unwohl. Die Wirkung des Alkohols, der sie ihre Schritte unsicher setzen ließ, verstärkte dieses Gefühl zusätzlich.

Zu langsamen Klängen bewegten sie sich am Rand der Tanzfläche entlang, da diese mit verliebten Paaren überfüllt war.

„Danke, dass du ‚ja' gesagt hast. Weißt du, normalerweise frage ich nicht so offen heraus und dachte, dass du wie bei den anderen ablehnen würdest", brüllte er, ohne Amber direkt anzusehen. Seine Unsicherheit ließ ihn in ihren Augen umso sympathischer erscheinen. Sie zählte ihn neben Madeleine und Alec zu den Menschen, die sie wirklich vermissen würde, wenn sie nach Hause zurückkehrte.

„Die anderen sind mir egal, aber dich kenne ich ja schon ein paar Tage. Außerdem macht es Spaß, mit dir zu tanzen", entgegnete sie. Überraschenderweise entpuppte er sich als passabler Tänzer, auch wenn ein Fehltritt dazu führte, dass sie ihre Zehen rechtzeitig in Sicherheit bringen musste. Nach ihrem ungezügelten Auftritt, der ihr Blut in Wallung gebracht hatte, war dieser Tanz angenehm und wirkte beruhigend auf ihre überreizten Sinne. Der Song endete.

„Partnerwechsel?" Alecs vertraute Stimme so dicht an ihrem Ohr zu hören, verursachte Amber augenblicklich Herzklopfen. Bevor sie ihn zurückweisen konnte, fand sie sich in Alecs Armen wieder und starrte auf sein Kinn, unfähig ihm in die Augen zu sehen. Eleks Berührungen waren wie ein leichter Flügelschlag gewesen und hatten absolut nichts in ihr ausgelöst. Alec umfing mühelos ihre Hüfte, seine Berührung sandte eine Hitzewelle nach der anderen aus, die ihre Haut zu versengen drohte. Dass ausgerechnet jetzt ein langsames Lied einsetzte, das von der unerfüllten Liebe zweier Menschen erzählte, machte es nicht unbedingt leichter, ihm so nahe zu sein. Unsicher schaute sie über seine Schulter hinweg zu Elek, der mit einer wütenden Mel zu tanzen versuchte und ihr vor Aufregung prompt auf die

Zehen trat. Amber empfand keine Genugtuung, nicht einmal Schadenfreude. Alecs Nähe hielt sie gefangen. Sie wagte kaum zu atmen und sog nur hin und wieder hastig die Luft ein. Selbst wenn sie etwas hätte sagen wollen, wäre es ihr unmöglich gewesen. Mühelos bewegten sie sich über die Tanzfläche. Er war geschickt darin, anderen auszuweichen und seine Partnerin vor Zusammenstößen zu bewahren. Als er seine Finger mit ihren verschränkte, konnte sie nicht anders und schaute auf. Ihre Blicke begegneten einander. Amber verlor sich in seinen meerblauen Augen und schluckte mühsam. Seine Mimik wirkte verändert. Sein zuvor ernster Gesichtsausdruck, der ihm nicht ähnlich sah und den er bereits seit Tagen hartnäckig zur Schau stellte, wurde weich, als ein sanftes Lächeln über seine Züge huschte. Ihr pochendes Herz schlug einen doppelten Salto. In diesem Moment fühlte sie sich ihm wirklich nah - nicht nur körperlich, sondern ganz und gar von seiner Gegenwart erfüllt. Mit den Augen folgte sie seinem Blick, der zu ihrem Armband ging. Es blitzte je nach Lichteinfall an ihrem Handgelenk auf. Sein Lächeln verschwand und der ernste Ausdruck, den Amber so fürchtete, kehrte zurück. „Es wird langsam Zeit. Ich möchte, dass du, Madeleine und Mel jetzt geht und am Eingang wartet. Elek und ich bringen euch sicher nach Hause.“

Wie er darauf kam, dass sie ausgerechnet auf seine Hilfe angewiesen waren und widerspruchslos taten, was er von ihnen verlangte, war ihr schleierhaft.

Verletzt trat sie einen Schritt zurück, damit er sie nicht mehr berührte, nicht noch einmal zurückstieß und verstand, dass sie keinen Wert auf seinen Schutz legte. Mehr stolpernd als gehend flüchtete sie von der Tanzfläche, an Madeleine vorbei, und rannte Elek, der sie aufhalten wollte, beinahe über den Haufen. Im kühlen Luftzug der Eingangshalle schlang sie die Arme um ihren Oberkörper, ging ein paar Schritte und sah zu Ewan, der an der

Tür die Stellung hielt und jetzt langsam auf sie zu schlenderte. „Na, du Hübsche, wollste zu mir? Hier bin ich." In seiner Stimme klang eine gefährliche Schwingung mit, die Amber sofort in Alarmbereitschaft versetzte. Er war eindeutig betrunken.

Sie wich nach hinten aus und riskierte einen Blick auf die geschlossene Tür, durch die sie gerade gestürmt war. Zurück konnte sie nicht, dazu müsste sie an dem Hünen vorbei. In die Nacht hinauszulaufen fiel ebenfalls aus. Sie würde sich mit Sicherheit verlaufen. Der brodelnde Zorn in ihr wurde jedoch ihr Verbündeter. Abwehrend hielt sie die Arme vor die Brust, die Hände zu Fäusten geballt, bereit jederzeit zuzuschlagen, selbst wenn sie gegen diesen Kerl niemals ankommen würde.

„Du bist also kein Engel, sondern eine Wildkatze", kommentierte Ewan ihre aggressive Haltung und torkelte unbeeindruckt auf sie zu. Mit weit aufgerissenen Augen verfolgte sie seine unkoordinierten Bewegungen, bereit, wenn nötig zum Schlag auszuholen.

„Lass sie in Ruhe, sie gehört zu mir!" Alecs Stimme hätte jedes stehende Gewässer auf der Stelle gefrieren lassen. Aufgewühlt sah Amber zu Madeleine, die hinter ihm durch die Tür trat und verunsichert stehen blieb. Elek, der um die Nasenspitze blass geworden war, ging neben Alec in Position.

Ewan sah von einem zum anderen. Sein schiefes Grinsen wirkte nicht mehr selbstsicher, sondern überrascht. „Hab ja nich' gewusst, dass die Süße zu dir gehört. Dachte se wär dem Rothaarigen seine Kleene, viel zu schade für so einen ...", murmelte er, wankte zu seinem Platz zurück und lehnte sich schwer gegen die Wand.

Der Gedanke, dass Alec, der noch nicht vollends genesen war, sich ihretwegen mit diesem Typen anlegte, erfüllte Amber mit zwiespältigen Gefühlen. Schuld und Verwirrung wechselten einander ab. „Danke, dass du ..." Bevor sie den Satz beenden konnte, packte er sie am Arm. Unter den überraschten Blicken ihrer Freunde zog er sie aus dem Gebäude in die dunkle Gasse hinein. Sein Verhalten irritierte sie und seine Launenhaftigkeit ging ihr langsam aber sicher auf die Nerven. Mit grimmigem Gesicht schaute er sich um; als lauerten in jeder dunklen Ecke, hinter jedem Mülleimer und jedem Mauervorsprung Gefahren, die es einzig auf Amber abgesehen hatten. Hilflos sah sie zurück. Madeleine und die anderen folgten ihnen, hielten jedoch Abstand. Wann immer ein fahler Lichtschimmer aus einem der Fenster auf Alecs Gesicht fiel, kam sie nicht umhin, ihn anzustarren. In ihrer Erinnerung war er meistens gutgelaunt, hin und wieder verschlossen, aber niemals ablehnend. Dieser Alec, der sie rücksichtslos durch die Gasse zerrte, hatte wenig mit ihm gemein.

Ewan sah nicht aus wie jemand, der einer gepflegten Rauferei aus dem Weg ging. Amber war jedoch weder schuld daran, dass er sie bedrängt, noch daran, dass er zu tief in den Becher geschaut hatte. Wütend versuchte sie, sich aus Alecs Griff zu winden, woraufhin er fester zupackte. Seine Gesichtszüge wirkten wie aus Stein gemeißelt; er bedachte sie mit einem Blick, der sie zutiefst verunsicherte. Anstelle der kalten Wut und der Furchtlosigkeit, die er eben noch ausgestrahlt hatte, las sie nackte Angst in seinen Augen, obwohl es dafür keinen Grund gab. Weder ihr oder sonst jemandem drohte ernsthaft Gefahr.

„Was ist dir bloß passiert?“, flüsterte sie verzweifelt. Selbst in ihren Ohren klangen ihre Worte wie das Jammern eines kleinen Mädchens. Einer verwöhnten Göre. Dass er sie dazu getrieben hatte, sich kindisch zu verhalten, verwandelte ihre Besorgnis in Wut. „Habe ich erwähnt, dass ich dich gerade für völlig bescheuert halte?“, zischte sie leise, aber laut genug, dass er es nicht überhören konnte.

Mit einem verzerrten Grinsen ließ er ihre Hand los und trat einen Schritt zurück, als würde sie an einer ansteckenden Krankheit leiden. „Das ist gut. Wirklich gut."

Entgeistert starrte sie ihn an. Sie konnte nicht glauben, was er ihr gerade gesagt hatte.

„Meine Güte!", keuchte Madeleine, als sie Amber eingeholt hatte, und hakte sich schwer atmend bei ihr unter. „Du scheinst Probleme anzuziehen wie das Licht die Motten. Ewan hätte dir nichts getan. Glaub mir, dazu fehlt ihm der Mumm. In einer Nacht, in der wie heute eine große Party steigt, treiben sich aber viele besoffene Armleuchter in der Gegend herum, die nur darauf aus sind, Streit zu provozieren. Es tut mir leid, ich hätte dich warnen müssen", entschuldigte sie sich, wandte sich Alec zu und setzte ihm einen Finger an die Brust: „Und du hör gefälligst damit auf! Niemand ist zu Schaden gekommen, also kein Grund, dermaßen auszuticken."

Dass Amber Madeleine auf ihrer Seite hatte, fühlte sich gut an. Elek wirkte ratlos und Boje verhielt sich, als ginge ihn das Ganze nichts an. Mel dagegen warf Alec einen mitleidigen Blick zu, als täte es ihr leid, dass die ‚Fremde' ihm den Abend verdorben hatte. Die Stimmung war hinüber und Amber bereute zutiefst, auf diese Party gegangen zu sein.

Boje unterhielt sich auf dem Heimweg mit Elek über seine Eroberungen und zeigte mit stolzgeschwellter Brust die wie Trophäen auf seinem Arm aufgereihten Telefonnummern. Madeleine summte leise vor sich hin, während sich Amber wiederholt fragte, wie sie in diesen Schlamassel geraten war. Sie hatte den Alec, in den sie verliebt zu sein geglaubt hatte, nicht wiedergefunden. Erst nach diesem Abend realisierte sie es.

Dora öffnete ihnen die Tür in einem Bademantel und blinzelte ins helle Flurlicht. „Fast pünktlich. Wunder gibt es immer wieder. Und, wie war die Party?"

„Super“, entgegnete Madeleine einen Tick zu hastig.

„Zumindest bis kurz vor dem Ende“, fügte Mel bissig hinzu und verschwand in ihrem Zimmer, ohne Amber eines Blickes zu würdigen. Alec murmelte, während er seine Turmschuhe auszog und in die Ecke feuerte, ein: „Gute Nacht.“

Zu dritt blieben sie im Flur zurück und die unheilvolle Stille schien ihre Tante wachzurütteln. „Wie wäre es mit einem Kaffee, koffeinfrei versteht sich?“, seufzte sie, mit einem Blick auf ihre Nichte, die betreten zu Boden sah.

Am liebsten hätte sich Amber unter ihrer Bettdecke verkrochen. Stattdessen ließ sie sich auf einen Stuhl sinken, während Madeleine ihrer Mutter zur Hand ging und frisch aufgebrühten Kaffee in die bereitgestellten Tassen füllte. Dora wirkte mit dem offenen blonden Haar und ungeschminkt kaum älter als ihre Tochter. Sie strahlte eine natürliche Feminität aus, die selbst Isabel in den Schatten stellte. Der schwache Hauch eines Duftes, der nicht vom Kaffee kam, kitzelte Amber in der Nase. Verwundert runzelte sie die Stirn. Bisher hatte sie diesen blumigen Duft nur bei Isabel wahrgenommen und sie war sicher, dass ihre Tante nicht dasselbe Parfüm benutzte. Amber versuchte sich zu erinnern, ob Sam dieser Duft ebenfalls anhaftete. Immerhin hielt er sich des Öfteren bei Isabel auf. War es möglich, dass der Duftstoff von ihm auf Dora übergegangen war? Sie kam zu keinem endgültigen Ergebnis und musterte Dora genauer: Das rosige Gesicht ihrer Tante schien von innen heraus zu leuchten, ein verträumtes Lächeln spielte um ihre Mundwinkel. Alle Anzeichen deuteten auf etwas hin, das eigentlich nicht sein konnte, nicht sein durfte. Hatten Sam und Dora etwa eine Affäre? Die Zwillinge zu fragen, brachte Amber nicht übers Herz. Egal was ihre Tante trieb, es war durchaus möglich, dass ihre Töchter nichts vom Doppelleben ihrer Mutter wussten. Auf dem Polizeirevier hatte Amber ihre Tante für eine

Prostituierte gehalten. Sie erinnerte sich ungern daran und wäre die Letzte, die diese Bombe platzen ließ. Es ging sie nichts an, genauso wenig wie Samuel, der offenbar Gefallen daran fand, die eine Schwester hinzuhalten und währenddessen die andere ...

Madeleines Erklärung, dass Sam nichts von Isabel wollte, hatte sie nicht vom Gegenteil überzeugt. Amber traute Isabel, die normalerweise bekam, was sie wollte, nicht über den Weg.

„Wenn ich es dir sage, Amber sah fantastisch aus. Ihre Haare, nein, ihre Haut, funkelte, wie mit Zucker bestäubt. Und dann dieses Kleid, echt. Kein Wunder, dass sich die Jungs die Köpfe nach ihr verdrehten", schwärmte Madeleine und missachtete Ambers hektische Handzeichen, damit aufzuhören. Es war ihr peinlich, daran erinnert zu werden, in aller Öffentlichkeit die Kontrolle verloren zu haben. So etwas war ihr noch nie passiert – wie vieles in letzter Zeit.

„Alec hat sie den ganzen Abend nicht aus den Augen gelassen und einem Typen den Ellenbogen in die Seite gerammt. Keine Ahnung, was der Kerl über Amber gesagt hat, es hat Alec jedenfalls nicht gefallen", kicherte Madeleine. Sie bemerkte nicht, dass ihre Mutter Amber bei Alecs Erwähnung einen sorgenvollen, fast mitleidigen Blick zuwarf.

Amber war überrascht zu hören, dass sich Alec auf der Party in ihrer Nähe aufgehalten hatte. Sie dachte allerdings nicht daran, ihm seinen Auftritt zu verzeihen; nicht bevor er sich bei ihr entschuldigt hatte.

„Es freut mich, dass du Spaß hattest. Ach, ich hätte dich gerne tanzen gesehen!", wandte sich Dora an Amber und bedachte sie mit einem Lächeln.

„Es war wirklich toll. Aber keineswegs so spektakulär, wie es Madeleine darstellt", unterbrach Amber die Lobeshymne ihrer Freundin.

„Also ich fand es eindrucksvoll, wie Alec sie Elek regelrecht aus den Armen gerissen hat, nur um mit ihr den letzten Tanz zu tanzen“, fiel ihr Madeleine unbeeindruckt ins Wort. Entweder machte es ihr Spaß, sie in Verlegenheit zu bringen, oder sie setzte alles daran, ihre Mutter wissen zu lassen, dass Alec und Amber ... Ja, was eigentlich? Bekannte oder Freunde waren ... vielleicht. Vielleicht aber auch nicht. Amber war sich, was Alec betraf, nicht sicher.

„Und deshalb war er so brummig?“, fragte Dora erstaunt.

Amber hielt den Atem an und trat unter dem Tisch in Madeleines Richtung, um sie davon abzuhalten, auch das unrühmliche Ende einer ansonsten wundervollen Sommernacht breitzutreten. Es war eher ein Streifen als Treten, aber es reichte aus, dass Madeleine auf sie aufmerksam wurde. Unauffällig schüttelte Amber den Kopf.

„Ach, ich würde sagen, er war eifersüchtig. Da machen die Jungs bekanntlich die verrücktesten Sachen“, wiegelte Madeleine daraufhin ab.

„Wie war dein Abend?“, fragte Amber, die neugierig war, ob Dora und Samuel ihn zusammen verbracht hatten.

In den Augen ihrer Tante funkelte es verräterisch und sie glaubte zu wissen, an wen ihre Tante dachte.

„Es gab ein Treffen bei Isabel. Ich schätze, so um die zwanzig Leute waren da. Sam war der Wortführer. Es ging hauptsächlich um die allgemein schlechte Stimmung der Leute, seit durchgesickert ist, dass Rohloff Jagd auf vermeintliche Gesetzesbrecher macht.“

Dora vermied den direkten Blickkontakt und hielt offenbar etwas zurück. Amber war sich plötzlich sicher, dass es unter anderem um ihren momentanen Aufenthaltsort gegangen war. Dieses Gespräch wurde aber vermutlich nicht im Beisein aller geführt. Da ihre Tante das Thema ausklammerte, blieb ihr nichts anderes übrig als nachzuhaken: „Hat meine Mutter zufällig erwähnt, wann ich wieder nach Hause kann? Es ist nicht so, dass es mir hier nicht gefällt, aber ein guter Freund von mir organisiert eine Feier für mich. Ich würde sie ungern verpassen."

Dass es um ihren Geburtstag ging, ließ sie unerwähnt, ebenso, dass es sich um Rohloffs Sohn handelte und Gregor alles andere als ein guter Freund war.

Ihr Gefühl hatte sie nicht betrogen. Dora wich ihr eindeutig aus, drehte ihr den Rücken zu und wirkte auf einmal sehr beschäftigt. Drei Tassen abzuspülen war eine Sache von wenigen Sekunden, die sich in Minuten ausdehnten. Mit einem Klirren stellte Dora das Geschirr auf das Abtropfbrett und lehnte sich gegen die Spüle. „Okay, es tut mir leid, ich wünschte wirklich, es wäre anders gekommen. Dich unter normalen Umständen kennenzulernen, meine ich ...", sie stockte und setzte erneut an, als hätte sie gern etwas hinzugefügt, es sich aber in letzter Minute anders überlegt. „Rosalie hat mit deiner Freundin gesprochen und Sabrina – so heißt sie doch?", fragte sie nach. Amber nickte und beobachtete Madeleine, die am Verschluss ihrer Kette nestelte, als gäbe es nichts Wichtigeres auf der Welt.

„Jedenfalls soll ich dir von ihr ausrichten, dass die Feier verschoben wurde, bis du wieder zu Hause bist. Obwohl Isabel dagegen war, wurde dein Vater inzwischen darüber unterrichtet, dass du bei uns bist. Wir sind übereingekommen, dass du so lange hierbleibst, bis er von seiner Reise zurückgekehrt ist. Ich soll dir von ihm sagen, dass er mehrmals versucht hat, dich über dein Smartphone zu erreichen, du aber nicht rangegangen bist."

Amber verspürte den Anflug eines schlechten Gewissens. Es stimmte, sie hatte alle Anrufe vonseiten ihres Vaters, ebenso wie die von Isabel und Rosalie, beharrlich ignoriert. Sie sprang jedoch nicht darauf an und konfrontierte Dora stattdessen mit ihrem spärlichen Wissen: „Rohloff ist immer noch hinter Alec her, stimmt's?"

Die Überraschung im Gesicht ihrer Tante zu sehen, kam einer Antwort zumindest nah. Doras Verwunderung schürte Ambers Wut, dass ihre Tante sie wie ein rohes Ei behandelte und darüber hinaus für dumm genug hielt, alles zu schlucken, was sie ihr vorsetzte. Als wäre sie ein Kind, das unter keinen Umständen mit unerfreulichen Dingen belastet werden durfte. Ihr Gefühl sagte ihr, dass Rohloff oder einer seiner Handlanger, sie an jenem Abend heimlich verfolgt hatte, als Amber mit Alec im Park gewesen war. Die Vorstellung, beobachtet worden zu sein, verstärkte ihren Zorn. Unfähig, länger stillzusitzen, sprang sie auf, streifte Madeleines Hand wie ein lästiges Insekt von ihrem Arm und baute sich vor Dora auf. „Vielleicht habe ich keine Ahnung, um was es geht, aber dumm bin ich deshalb noch lange nicht. Erst verschwindet Alec, dann taucht plötzlich meine Mutter auf und verschleppt mich in diese Gegend. Alec wird verletzt aufgefunden und ihr alle denkt, dass es Rohloff war. So ist es doch, oder?" Sie gab ihrer Tante nicht die Gelegenheit, ihre Version der Vorkommnisse zu erzählen. Sie wollte keine Ausweichmanöver und keine weiteren Lügen hören, sondern einzig ihren aufgestauten Frust ablassen: „Und die Aktion auf dem Marktplatz. Die waren hinter mir her, richtig? Weil es meiner Mutter zu anstrengend wurde, sich um mich zu kümmern, bin ich hier gelandet. Ach ja, übrigens super, das ich erst vor Kurzem erfahren habe, dass ich überhaupt eine Tante und Cousinen habe. Als wäre das nicht genug Stoff für einen miesen Krimi, klaut mir Sam auch noch mein Smartphone. Super, diese Ferien sind nicht zu toppen!"

Aufgelöst sank Amber auf den Stuhl zurück. Sie fixierte Alec aus zusammengekniffen Augen, der in Jogginghose und mit nacktem Oberkörper in der Tür stand und einen fragenden Blick in die Runde warf. Ihre Enttäuschung und der ziehende Schmerz, den sein Anblick in ihr auslöste, verlagerte ihre Wut nunmehr auf ihn: „Und an allem bist du schuld. Wenn ich mir wegen dir nicht so viele Sorgen gemacht hätte, wäre mir das alles nicht passiert und ich wüsste von alldem nichts. Du willst, dass ich dich in Ruhe lasse? Nichts lieber als das. Du bist nicht der einzige Typ auf dieser verflixten Insel. Komm mir nicht mehr zu nah, sonst lernst du mich kennen!“, fauchte sie und wich ihm aus, als er einen Schritt auf sie zutrat. Aus den Augenwinkeln registrierte sie, dass er den Mund öffnete, Dora ihm einen warnenden Blick zuwarf und er daraufhin die Lippen zusammenpresste. Von ihm würde sie vermutlich ebenfalls nichts Relevantes erfahren. Wütend stürmte sie an ihm vorbei, steuerte auf das Bad zu und warf die Tür mit einem lauten Knall hinter sich ins Schloss. Noch immer fuchsteufelswild streifte sie das zerknitterte Kleid von den Schultern, ließ es achtlos zu Boden fallen und stieg darüber hinweg. Aufgewühlt wusch sie die Schminke ab und bürstete mit festen Strichen ihr zerzaustes Haar. Im Spiegelbild wirkte ihr gerötetes Gesicht, als bestünde es einzig aus einem Paar riesiger Augen, die wütend und seltsam düster funkelten. Abrupt drehte sie sich dem Regal zu, das Dora ihr freigeräumt hatte, griff nach ihrem Schlafshirt, das sie im unteren Teil aufbewahrte und setzte sich auf den geschlossenen Toilettendeckel. Wie betäubt starrte sie auf eine angeschlagene graue Bodenfliese, aus der eine Kante herausgebrochen war, und seufzte auf. Normalerweise flippte sie nicht derart aus, und es machte ihr Angst, dass sie zu einem solchen Verhalten fähig war. Als würde der geregelte Tagesablauf bei ihrer Tante, der Amber zunehmend einengte und nicht allzu viel von ihr forderte, ihre dunkelste Seite zum Vorschein bringen – von der sie nicht einmal gewusst hatte, dass sie diese besaß. Am Ende des Abends hatte dieser Teil in ihr eindeutig die Kontrolle übernommen. Es war eine schockierende und seltsam erlösende Erfahrung zugleich.

Erst beim dritten Anklopfen öffnete sie widerstrebend die Tür und ließ Madeleine ein, die sich inzwischen ebenfalls umgezogen hatte und ein knielanges altbackenes Nachthemd trug. Schweigend zog ihre Freundin zwei zusammengefaltete Badehandtücher aus dem Regal und legte sie auf dem Boden aus. „Als Mel und ich noch klein waren, haben wir uns oft im Bad eingeschlossen, wenn wir Ärger hatten. Dann haben wir gewartet, bis unsere Mum die Geduld verlor. Die Tür erst zu öffnen, nachdem wir über die zu erwartende Strafe verhandelt hatten, war meistens ein guter Deal", grinste sie spitzbübisch und setzte sich so, dass Amber neben ihr ausreichend Platz fand.

Im Licht der kühlen Spiegelbeleuchtung saßen sie nebeneinander gegen die Wand gelehnt – nicht unbedingt die bequemste Position, doch für eine Weile würde es gehen.

„Weißt du, bei uns gibt es hinter dem Haus eine Trauerweide, uralt und ein gutes Versteck, wenn ich von allem genug hatte", entgegnete Amber leise.

„Willst du darüber sprechen?", fragte Madeleine zaghaft.

In diesem Moment wünschte sich Amber, eine Schwester wie ihre Cousine zu haben. Jemanden, der mitten in der Nacht an eine geschlossene Tür klopfte, anstatt ins Bett zu gehen, und zuhörte, ohne abgedroschene Lebensweisheiten loszuwerden.

Sie dachte einen Moment über das Angebot nach. Niemand schien geeigneter zu sein als Madeleine, um sich ihr anzuvertrauen. „Irgendwann vielleicht. Ich wüsste gern, was eigentlich los ist. Wenn du etwas weißt, musst du es mir bitte sagen. Ich werde sonst noch wahnsinnig und komme mir mittlerweile vor wie jemand, der in der Luft herumgewirbelt wird und nicht mehr weiß, wo oben und unten ist", entgegnete

Amber, veränderte ihre Sitzposition und strich eine Falte aus dem dicken Stoff ihres Handtuchs.

„Eigentlich darf ich nicht darüber reden. Es gibt eine Gruppe, die es sich seit Jahrhunderten zur Aufgabe macht, Aberness‘ Erbe zu schützen. Sam gehört zu ihnen und sammelt Beweise, um Rohloff das Handwerk zu legen. Ehrlich, der Typ ist vollkommen durchgeknallt. Aber so leicht kommt Sam halt nicht an ihn ran. Er hat einen Großteil des Militärs auf seiner Seite und führt in letzter Zeit vermehrt Kontrollen durch. Ich glaube, damit will er diese Gruppe herausfordern. Das könnte echt gefährlich werden“, setzte sich Madeleine, ihr zuliebe, über das Verbot, über die Gruppe zu sprechen hinweg.

„Was genau sind das für Leute?“, fiel Amber ihr ins Wort.

Madeleine starrte auf ihre Zehen und schien darüber nachzudenken, ob sie ihr vertrauen konnte.

„Ich behalte es für mich, versprochen!“, drängte Amber und rückte näher.

„Ich glaube dir. Du bist eine von uns. Mel denkt, dass wir dir nicht vertrauen sollten. Ich bin anderer Meinung. Du bist doch eine von uns, oder?“

Amber zögerte und führte sich vor Augen, wie sich Alec früher ihr gegenüber verhalten hatte und wie unbeschwert sie sich in Madeleines Gesellschaft fühlte. Würde sie diese Menschen in einer Notsituation wirklich verraten?

„Ja, ich bin eine von euch“, sagte sie ohne die geringste Spur von Zweifel.

„Dein Vater gehört ebenfalls zu dieser Gruppe. Er setzt sich für die Rechte der Hafenarbeiter ein, aber es scheint um weitaus mehr zu gehen. Ich habe mitbekommen, wie sich Sam und Rosalie über eine geheime Veranstaltung unterhielten, die auf Aberness alles verändern könnte. Der Name war seltsam.“

„Tâche?“, stieß Amber auf gut Glück hervor, woraufhin ihr Madeleine einen verwunderten Blick zuwarf.

„Ja. So genau weiß ich es aber nicht. Jedenfalls soll es etwas mit dem zu tun haben, was gerade in der Stadt abläuft. Die Leute flippen langsam aber sicher aus, du hast es vor Kurzem ja selbst gesehen. Scheinbar ist niemand da, um ihnen Einhalt zu gebieten.“

Amber ahnte, dass Madeleine ihren Vater meinte, der allein durch seine Präsenz die Quertreiber in Schach hielt. Charles besaß enormen Einfluss. Sollten die heftigen Auseinandersetzungen innerhalb der Bevölkerung jedoch auf weitere Viertel übergreifen, würde es auch für ihn eng werden. Das würde seinen Widersachern in die Hände spielen.

Madeleine senkte die Stimme zu einem Flüstern: „Rohloff sucht jemand Bestimmtes und ich glaube, derjenige kann ihm gefährlich werden.“

„Vielleicht sucht er nach Sam“, überlegte Amber, aber Madeleine winkte ab. „Ne, dann hätte es zwischen den beiden längst gekracht.“

„Geht es etwa um Alec?“, fragte Amber, von dunkler Vorahnung geplagt, und rieb sich über die Arme, auf denen sich unwillkürlich die Härchen aufgestellt hatten. Die Sorge um ihn war offenbar ihrer Stimme anzuhören, denn Madeleine legte beruhigend ihre Hand auf Ambers Schulter. „Nein, sonst hätte Rohloff ihn bestimmt nicht laufen lassen. Aber eins ist sicher: Er hat ihn regelrecht gefoltert, vielleicht um herauszufinden, ob Alec derjenige ist, der ...“

„Derjenige ist, der …? Der was ist?“ Langsam kam Amber nicht mehr mit und versuchte, Ordnung in ihr Gedankenchaos zu bringen.

„Das ist es ja, ich habe keine Ahnung, wen genau Rohloff sucht. Meine Mum erwähnte mal etwas von einer Familienangelegenheit, die einige Jahrhunderte zurückliegt und bereinigt werden muss, damit wieder Frieden herrscht. Mehr konnte ich aber nicht aus ihr herausbekommen."

„Okay, Dora und Sam und einige andere, wenn ich dich richtig verstanden habe, glauben daran, dass eine Person, die vor Hunderten von Jahren gelebt hat, das alles ausgelöst hat? Das kommt mir ein bisschen, na ja, weit hergeholt vor."

„Zuerst dachte ich das auch. Aber wenn so viele Leute daran glauben, könnte etwas Wahres dran sein, findest du nicht?", fragte Madeleine unsicher.

„Vielleicht, aber was hat das alles mit mir zu tun? Ich bin definitiv nicht die Person, nach der überall gesucht wird."

Nun war Madeleine diejenige, die nervös an einer Ecke des Handtuchs zupfte. „Ne. Soweit ich weiß, sucht Rohloff nach jemand Männlichem. Trotzdem, dein Vater ist nicht in der Stadt. Wenn der Oberst dich in seine Finger bekommt, kann er dich dazu benutzen, deinen Vater unter Druck zu setzen. Ihn zwingen, als Gouverneur zurückzutreten. Rohloff ist alles zuzutrauen, schau dich um, was gerade passiert. Dabei wissen wir alle, dass er die Unruhen schürt, um ein schlechtes Licht auf deinen Vater zu werfen. Würde mich nicht wundern, wenn er für die Überfälle verantwortlich ist. Ist ja keiner da, der es mit ihm aufnehmen könnte."

Madeleine hatte ihre Vermutung genuschelt, aber Amber hatte verstanden. Alles. Sie schluckte schwer. Bisher hatte Charles immer ein gutes Wort für die Arbeiter übrig gehabt und ihnen beigestanden. Fast schien es, als würde ihm nicht nur etwas an diesen Leuten liegen, sondern, als würde ihn auch etwas mit ihnen verbinden.

„Rohloff würde das Hafenviertel zu gern komplett umkrempeln. Sam sagt, dass er aus Aberness einen riesigen Vergnügungspark der Extraklasse machen will, und wir sind in seinen Augen ein Schandfleck, den es auszumerzen gilt“, fügte Madeleine hinzu. Amber hatte den Eindruck, als wollte sie dadurch den unausgesprochenen Vorwurf abmildern, ihr Vater hätte sich feige seiner Verantwortung entzogen. Schockiert starrte Amber ihre Cousine an. Madeleines Augen funkelten wie Bernstein und erinnerten sie an den Edelstein, den Rosalie um den Hals trug. Amber blinzelte und konzentrierte sich wieder auf ihre Frage, die ihr trotz allem besonders am Herzen lag. Selbst auf die Gefahr hin, sich zu wiederholen: „Aber welche Person könnte der Oberst suchen? Wer macht ausgerechnet Rohloff so viel Angst, dass er die halbe Stadt nach ihm absucht?“

„Vielleicht sucht er jemanden, der etwas gegen ihn in der Hand hat?“

„Hat Alec etwas in diese Richtung gesagt?“

„Nicht dass ich wüsste. Aber Rohloff schickte der Gruppe vielleicht eine deutliche Warnung, sich nicht in seine Angelegenheiten einzumischen, und Alec musste dafür den Kopf hinhalten.“

Sie zuckten beide zusammen, als es an die Tür klopfte.

„Mädels, es ist spät. Ab in die Betten, und Amber …“ Das Zögern ließ Amber aufhorchen. „Bitte vertrau uns, in Ordnung?“

Ihrer Tante war anzuhören, dass sie es ernst meinte. Obwohl sie ihr offenbar nicht viel zuzutrauen schien, nahm Amber das Angebot, den Streit beizulegen, wenn nicht mit Begeisterung, so doch versöhnlich an. „Ja. Klar. Ist schon in Ordnung.“ Amber stand auf, hielt Madeleine die Hand hin und half ihr beim Aufstehen. „Zumindest dir vertraue ich“, flüsterte sie ihr zu, woraufhin ihre Freundin über das ganze Gesicht strahlte.

Kapitel 23

Morgen war ihr Geburtstag und Amber kam nicht umhin, sich vorzustellen, wie er ablaufen würde, wenn sie zu Hause wäre.

Vermutlich hätte Rosalie eine ihrer wunderbaren Torten gebacken und das Frühstück gemeinsam mit ihr auf der Terrasse eingenommen. Am Nachmittag wäre Sabrina, wie immer mit Verspätung, eingetrudelt. In diesem Jahr hätte sich ihre Freundin jedoch kaum darüber beschwert, dass Amber die Chance auf eine Party sausen ließ. Außer vielleicht darüber, dass Gregor für sie niemals eine Geburtstagsfeier organisieren würde und Amber ihm definitiv den Kopf verdreht hatte. Bei dem Gedanken daran streckte Amber geistesabwesend die Zunge heraus.

„Hey, gilt das etwa mir?", ertönte es von der Tür her.

Amber schrak zusammen.

„Oh, tut mir echt leid. Du warst nicht gemeint", beeilte sich Amber zu erklären. Sie spürte, wie ihr das Blut in den Kopf schoss. Mel schien auf Krawall gebürstet und sah sich demonstrativ im Zimmer um. „Hier ist niemand außer uns beiden."

Der sarkastische Tonfall versetzte Amber augenblicklich in Rage. Seit sie einander kannten, verhielt sich Mel ihr gegenüber ablehnend – zumindest seit sie wusste, dass Amber die Tochter des Gouverneurs war. Dass sie darüber hinaus miteinander verwandt waren, hatte für Mel anscheinend keine Bedeutung.

„Glaub mir, hätte ich dich gemeint, wüsstest du es", fauchte Amber zurück.

„Ach ja? Na, das will ich sehen", forderte Mel sie eindeutig heraus und stemmte die Hände in die Hüften, bereit, jede Auseinandersetzung anzunehmen.

Amber traute ihr Handgreiflichkeiten durchaus zu, da es Mel offenbar bewusst darauf anlegte, allseits gereizt aufzutreten. Sie hätte zu gern gewusst, warum sich ihre Cousine so merkwürdig verhielt.

Amber zögerte unmerklich, erhob sich vom Bett und wischte sich die feuchten Handflächen unauffällig an ihrer Jeans ab. „Ich bin mir darüber im Klaren, dass du mich nicht sonderlich magst, aber geh nicht zu weit. Selbst wenn ich nicht von hier bin; wenn es sein muss, nehme ich es locker mit dir auf!"

Dass sie bluffte und keineswegs so mutig war wie sie sich nach außen hin gab, verbarg sie hinter einem Pokerface.

Sie starrten einander an, doch überraschenderweise war Mel diejenige, die zuerst den Blickkontakt löste, ihr den Rücken zukehrte und Amber beim Rausgehen eine letzte Beleidigung an den Kopf warf: „Vermutlich fand Alec es nett, sich die Zeit mit einem Püppchen wie dir zu vertreiben, aber letzten Endes hat er sich gegen dich entschieden. Er zumindest weiß, wo er hingehört."

Die Worte hingen bleischwer in der Luft und brannten Amber in den Augen. Selbst wenn Mel mit ersterem recht hatte – vorausgesetzt Alec wusste, wer Amber in Wirklichkeit war – konnte und wollte sie nicht glauben, dass er sie ihrer Abstammung wegen verachtete. Dass Mel und Alec früher mehr als gute Freunde gewesen waren, dessen war sie sich nun sicher. Sollte er wirklich an einem Biest wie ihr Gefallen finden, hatte Amber kaum eine Chance. Im Moment allerdings verdiente er jemanden wie Mel.

Auf Alec wütend, fiel es ihr leicht, genau das zu glauben. Entschieden warf sie ihre langen Haare zurück, wie Sabrina es tat, wenn sie zu etwas fest entschlossen war und ihren Willen durchsetzen wollte. In Zukunft würde sie Alec und Mel ignorieren. Mit diesem Vorsatz betrat sie knapp eine Stunde später das überfüllte Wohnzimmer.

Elek und Boje hatten die kleine Wohnung kurzerhand zum Treffpunkt ihrer Clique umfunktioniert. Vorher trafen sie sich regelmäßig bei Earl, aber mittlerweile war das zu gefährlich geworden. An diesem Abend waren sie aus einem bestimmten Grund zusammengekommen. Sam hatte ihnen strikt verboten, ins städtische Kino zu gehen. Innerhalb der Bevölkerung hing die allgemein unterschwellige Unruhe wie eine Dunstglocke über der Stadt. Die Menschen rotteten sich zusammen und suchten instinktiv in der Gruppe Schutz. Die Überfälle auf die exklusiven Geschäfte hatten sich gelegt, es schien, als würden die Leute den Atem anhalten und darauf warten, wer zum nächsten Schlag ausholte. Ambers Freunde verhielten sich an diesem Abend, als wäre das, was sich über ihnen wie ein Sturm zusammenbraute, nichts, worüber sie sich den Kopf zerbrechen mussten.

Stattdessen lungerten sie herum und schauten sich einen Psychothriller an, den Boje aus der Videothek ausgeliehen hatte. Sie knabberten an Salzgebäck, das Madeleine am Kiosk um die Ecke besorgt hatte, und amüsierten sich. Jetzt wurde Amber auch klar, wohin Mel nach dem Streit so schnell verschwunden war.

„Du kommst gerade richtig. Jetzt entscheidet sich, ob der Typ seinen Trumpf ausspielen kann und seinen Gegner endgültig in die Versenkung schickt“, bemerkte Elek und rückte auf dem Sofa ein Stück zur Seite.

„Pst!“, raunte Madeleine, ohne den Blick vom Bildschirm abzuwenden. Amber hatte zuvor schon wenig Lust auf überzogene Psycho verspürt und daran änderte sich auch nichts, als der Film auf den spektakulären Höhepunkt zusteuerte.

Alec besetzte einen der Sessel, Mel neben sich auf der Lehne. Er stöhnte auf und schlug mit der Faust auf seinen Oberschenkel, verkniff sich allerdings jeglichen Kommentar.

„Nun mach doch, den packst du locker, schieß ihn über den Haufen und gut is‘!“, fluchte Boje weniger zurückhaltend.

Niemand machte Anstalten, dem Pizzaservice zu öffnen, als dieser zum wiederholten Mal an der Wohnungstür klingelte, daher erbarmte sich Amber und bezahlte mit dem Wechselgeld, das Dora auf dem Küchentisch bereitgelegt hatte.

Vorsichtig balancierte Amber sechs Kartons ins Wohnzimmer, auf den Deckeln der obligatorische rote Schriftzug ‚Pizza Express'. In der Stadt gab es kaum noch Restaurants, die gut besucht waren. Zurzeit beherrschten die Fast-Food-Ketten die Gastronomie, die Menschen bevorzugten die vermeintliche Sicherheit ihres Zuhauses.

Bisher war Amber nur die Pizza ihres Lieblingsrestaurants vertraut, in dem eine größere Auswahl an Menüs angeboten wurden. Das jeweilige Essen wurde nach der gezielten Auswahl des Gastes frisch zubereitet. Ihre Skepsis Nahrungsmitteln gegenüber, die aus ihr unbekannten Quellen stammten, hatte jedoch inzwischen merklich nachgelassen.

Sie platzierte ihren Pizzakarton auf den Knien, klappte ihn auf und griff beherzt mit den Fingern zu. Es machte ihr nichts aus, die Einzige zu sein, die eine der mitgelieferten Papierservietten zu Hilfe nahm und grinste, als Boje die Tomatenpaste über den Mundwinkel tropfte. Er wischte sie mit dem Handrücken fort und hielt mit einem nachdenklichen Blick auf seine saubere Jeans inne. Bevor er das tat, wonach es aussah, reichte sie ihm eine Serviette über den niedrigen Tisch hinweg und lachte leise auf, als er sich mit einem schiefen Grinsen bei ihr bedankte. Elek kämpfte währenddessen mit dem Belag. Er wickelte einen langen Faden des geschmolzenen Käses um den Zeigefinger, steckte ihn in den Mund und streifte den Käsewulst mit den Zähnen ab. Alec besaß passable Essmanieren und biss kleine mundgerechte Stücke ab, die er allerdings hinunterschlang. Um nicht das Finale zu verpassen, aß er blind und klappte die Schachtel zu, kaum, dass er die Hälfte der Pizza verdrückt hatte.

„Kann es sein, dass Alec keinen Hunger hat?“, raunte Amber, zu Madeleine gebeugt. Ihren Vorsatz, Alec zu ignorieren, hatte sie schon längst vergessen.

„Dienstags geht er immer zum Tai-Chi. Die haben den Trainingsraum bis zweiundzwanzig Uhr geöffnet. Mit vollem Bauch lässt es sich nicht gut trainieren, vermutlich hält er sich deshalb mit dem Essen zurück. Wir könnten dort später vorbeischauen. Natürlich rein zufällig“, flüsterte Madeleine zurück. Einerseits wollte Amber den Abend lieber gemütlich im Wohnzimmer verbringen, früh ins Bett gehen und sich nicht mit Alec befassen. Andererseits war ihre Neugier geweckt, an welchen Orten er sich in seiner Freizeit aufhielt. Alec aus ihren Gedanken zu verbannen, konnte ruhig noch etwas warten – sie fand es seltsam, dass er nach so kurzer Zeit wieder hergestellt war, aber bei dieser Sportart ging es um fließende, langsame Bewegungen. Sie zögerte eine Antwort hinaus und schob ihren Pappkarton auf den Stapel leerer Schachteln, die bereits auf dem Tisch lagen.

„So, das war‘s. Und, wie hat er euch gefallen?“ Bojes Gesichtsausdruck strahlte reinste Zufriedenheit aus. Selbstgefällig räkelte sich der Jugendliche im Sessel und schaute abwartend in die Runde. Alec schubste eine kichernde Mel von der Sesselkante und nickte.

„Absolut Klasse, die Pizza war ne Wucht“, meinte Elek im Brustton der Überzeugung, vollauf damit beschäftigt, die letzten Krümel vom Boden seiner Schachtel aufzukratzen. Das Gelächter ließ ihn überrascht innehalten.

„Boje meinte den Film“, klärte Mel ihn auf. Amber grinste. Die Verpackung hatte bei Elek den Zweck als Tellerersatz nur unzureichend erfüllt. Seine blauen Shorts hatten sich in eine Landschaft aus Salamifitzeln und rötlichen Soßenspritzern verwandelt, die nicht so leicht aus dem Stoff zu entfernen sein würden. Er war ein lieber Kerl, doch er besaß ein Talent, in sauberer Kleidung aufzutauchen und mit Flecken darauf zu gehen. Seine Mutter, die offenbar penibel darauf achtete, dass er ordentlich das Haus verließ, musste das in den Wahnsinn treiben.

„Ach so", nuschelte er verschämt.

„Nix Multitasking, unser Elek, was", entgegnete Mel trocken, ohne die Spur eines Lächelns, ließ sich wieder auf der Sessellehne von Alec nieder und legte, wie selbstverständlich, ihren Arm auf die Rückenlehne, die Hand wenige Zentimeter von seinem Nacken entfernt. Er schien es nicht zu bemerken, oder aber es machte ihm nichts aus. Amber hingegen störte es gewaltig. Sie verengte ihre Augen zu Schlitzen, verärgert über Mels provokantes Verhalten, das eindeutig auf sie abzielte. Da Alec ihr, seit sie das Zimmer betreten hatte, nur beim Überreichen der Pizza einen kurzen Blick zugeworfen hatte, war Ambers Laune an einem Tiefpunkt angekommen. Sie ertrug es nicht länger, mit anzusehen, wie sich ihre Cousine ihm schamlos an den Hals warf, und erhob sich. „Hilfst du mir den Müll zu entsorgen?", zischte sie Madeleine aufgebracht zu und griff nach den Pappkartons. Mit voller Absicht überging sie Mels Schachtel, die auf dem Tisch zurückblieb, und kassierte im Vorbeigehen einen bösen Blick von ihr.

Die winzige Küche wieder in einen halbwegs benutzerfreundlichen Zustand zu verwandeln, dauerte wenige Minuten. Während sie die Arbeitsplatte mit einem feuchten Küchentuch säuberte, stopfte Madeleine die zusammengedrückten Pappschachteln in den überquellenden Müllschlucker.

„Ist irgendwas zwischen dir und Mel vorgefallen?", fragte Madeleine unumwunden.

„Wie kommst du darauf?“, wich Amber aus und wischte energisch über eine dunkle Stelle, die sich nicht entfernen ließ.

„Hab Augen im Kopf. Normalerweise ist Mel nicht so mies drauf. Okay, sie hat ihre Macken, aber sonst benimmt sie sich nicht wie eine rachsüchtige Hexe auf einem Trip.“

„Du hast recht. Ich erzähl es dir aber nicht hier, wo jeden Moment jemand hereinplatzen könnte“, gab sich Amber schließlich geschlagen.

Madeleine schloss leise die Zimmertür, setzte sich auf ihr Bett und klopfte einladend auf die Matratze neben sich. „Na komm, spuck es aus. Irgendetwas hast du doch.“

Resigniert ließ sich Amber auf der Bettkante nieder. Dass es sich bei diesem Etwas ausgerechnet um Madeleines Zwillingsschwester handelte, machte es umso schwieriger, offen darüber zu sprechen. „Findest du, dass ich eine verwöhnte Göre bin?“, tastete sie sich an das heikle Thema heran. Ein Moment der Stille folgte. „Das klingt eindeutig nach Mel. Und nein, das finde ich ganz und gar nicht“, prustete ihre Freundin los.

Amber blieb skeptisch, ließ sich rücklings auf das Bett fallen und schaute zur Decke. „Sie ist der Meinung, dass Alec nur mit mir gespielt hat. So als Zeitvertreib, weißt du. Waren die zwei früher mal zusammen?“

Jetzt fixierte sie einen dunklen Punkt auf der Tapete, der wie die Überreste einer Fliege aussah.

„Quatsch, was hat dir Mel bloß für einen Floh ins Ohr gesetzt? Hat sie etwa versucht dir weiszumachen, dass Alec einer ihrer Verflossenen ist? Glaub mir, er ist alles andere als ein Schürzenjäger. Diese Bezeichnung trifft eher auf Boje und leider auch auf meine Schwester zu.“

Madeleine hatte recht. Es stimmte, dass Mel gern mit Jungs flirtete und die armen Kerle, nachdem sie ihr ins Netz gingen, abblitzen ließ. Mel war jedoch die Letzte, für die sich Amber gerade interessierte. „Was genau meinst du damit?“, fragte sie neugierig.

„Alec und Boje sind seit Langem gute Freunde. Aber Alec verhält sich gegenüber Mädchen allgemein eher zurückhaltend. Na egal, jedenfalls ist Boje derjenige, der sich nicht festlegen will. Er betont ja immer“, Madeleine ahmte gekonnt Bojes Stimme nach „erst mit vielen Mädels am Start wird ein Rennen so richtig interessant. Bescheuert, aber so ist er nun mal.“

Amber wandte den Blick von den Überresten der Stubenfliege ab und stützte ihren Ellenbogen auf dem Knie auf. Offenbar spiegelte ihr Gesichtsausdruck wider, was sie dachte; dass Mel und Boje sich zu oft gegenseitig auf die Schippe nahmen, als das sie für einander nichts empfanden.

„Genau. Ich glaube, Mel ist sauer, weil Boje mit anderen Mädels rummacht. Ich glaube, er macht das, um sie zu ärgern. Um es ihm heimzuzahlen verhält sich Mel dann hin und wieder seltsam. Okay, sie passt nicht wirklich in sein Beuteschema, aber ich glaub, daran liegt es nicht. Boje kennt uns alle einfach zu gut, um sich freiwillig in die Nesseln zu setzen.“

Dass Mel ausgerechnet an dem Jungen Gefallen fand, den Amber zwar nett, aber für oberflächlich hielt, war eine Überraschung und sah der toughen Mel nicht ähnlich.

„Und was habe ich mit dem Ganzen zu tun?“, hakte sie interessiert nach.

„Keine Ahnung, das musst du schon selbst herausfinden“, entgegnete Madeleine und warf mit einem Kissen nach Amber, die zu spät reagierte und frontal getroffen wurde. Die Quittung kam umgehend, und plötzlich war eine wilde Schlacht in Gang, die außer den Kissen herumliegende Kleidungsstücke miteinbezog. Amber wich einem zusammengeknüllten Sockenpaar aus, das wie ein Geschoss auf sie zugeflogen kam, ließ sich bäuchlings auf das Bett fallen und brach in Gelächter aus. Sie hielt ein Kissen als Schutzschild vor ihren Körper, als ihr Blick auf Boje und Alec fiel, die in der Tür standen und selbstgefällig das chaotische Zimmer in Augenschein nahmen. „Das also nennt ihr Aufräumen, ja?“, kommentierte Boje nüchtern und wandte sich Alec zu, der in gespielter Überraschung eine Augenbraue hochzog, bemüht ein Grinsen zu unterdrücken.

„Absolut“, kicherte Amber aufgedreht und warf Madeleine verschlagen einen Blick zu, den diese mit der Andeutung eines Nickens erwiderte.

„Wir haben erst einmal aussortiert und wollten gerade mit dem Ausmisten alles Überflüssigen beginnen“, gab Madeleine den Startschuss, auf den Amber gewartet hatte. Amber setzte sich auf und schwenkte ihr Kissen über dem Kopf. Ihr erster Wurf war ein Volltreffer. Boje wurde von der Aktion überrascht, strauchelte und hielt sich am Türrahmen fest. Alec duckte sich hinter seinem Freund, als Madeleine ihrerseits ein zusammengeknotetes Shirt abfeuerte. Sie hatten damit gerechnet, dass ihre Zielscheiben zum Gegenschlag ausholten. Dass die Jungs dabei jedoch nicht die übliche Vorgehensweise, einer direkten Konfrontation, im Sinn hatten und sich ihnen von zwei Seiten näherten, rief in Amber das beängstigende Gefühl hervor, in eine Falle zu tappen. Mit einer zusammengeknüllten Socke in der erhobenen Hand, hielt sie mitten in der Bewegung inne. Ihr Herzschlag setzte aus, als Madeleine von Boje ins Visier genommen wurde, laut aufkreischte und sich mit einem beherzten Satz hinter das Bett in zweifelhafte Sicherheit brachte. Amber stand auf der Matratze und fixierte Alec, der sie im Auge behielt und gerade einen weiteren Schritt in ihre Richtung kam. Die Entschlossenheit in seinem Blick und das Grinsen, bedeuteten wohl, dass ihr Einschüchterungsversuch mir der Socke fehlgeschlagen war. Panisch sah sie sich um, in der Hoffnung auf einen Fluchtweg. Hinter Mels Bett war Boje damit beschäftigt, ihre wild um sich schlagende Freundin in ein Bettlaken einzuwickeln. Amber würde über sie hinwegtrampeln müssen, um einen Sicherheitsabstand zwischen sich und Alec zu bringen. Der Raum bot allerdings begrenzte Möglichkeiten und einen Zusammenstoß zu vermeiden war schier unmöglich. In die Enge getrieben startete sie einen beherzten Frontalangriff, hob mit dem Fuß ein Kissen so weit an, dass sie es mit einer Hand greifen konnte, schleuderte es in Alecs Richtung, hüpfte von der Matratze und sauste an ihm vorbei Richtung Tür. Bei dem Versuch ihm auszuweichen, fand sie sich plötzlich in der Ecke zwischen Kleiderschrank und Tür gefangen.

„Die Idee war nicht schlecht, aber viel zu offensichtlich", schmunzelte er dicht an ihrem Ohr.

Außer Atem wich sie bis zur Wand zurück, bemerkte das amüsierte Funkeln in seinen Augen und überlegte fieberhaft, wie sie die vertrackte Situation zu ihren Gunsten wenden konnte.

„So, und nun würde ich dich gerne kennenlernen", ergänzte er mit einem Anflug von Sarkasmus in der Stimme.

„Du willst was?", fragte Amber, verwirrt über seine Worte, deren Sinn ihr offenbar entgangen war.

„Ich bin dir gerade zu nahe gekommen. Jetzt löse dein Versprechen ein", wiederholte er sein Anliegen mit stoischer Ruhe.

Erst mit einiger Verzögerung ging ihr auf, dass er auf ihren Wutanfall nach der Party anspielte und ihre Warnung offenbar nicht ernst nahm. Sein warmer Atem streifte ihre Wange, sie ließ sich davon aber nicht ablenken. „Warum willst du mich kennenlernen? Ich dachte, das hätten wir längst hinter uns."

„Na ja, morgen ist dein sechzehnter Geburtstag und ich wüsste zu gern, was du dir wünschst." Unter halb geschlossenen Lidern achtete er auf jede Veränderung in ihrem Gesicht und erschwerte es Amber, einen klaren Kopf zu bewahren. Bis vor einer Woche hatte sie in ihm einen guten Freund gesehen. In den letzten Tagen war er ihr eher wie ein Fremder erschienen. Sein jetziges Verhalten passte nicht zu dem Bild, das sie sich inzwischen von ihm gemacht hatte. Jemand, der derart schwer einzuschätzen war wie er, war ihr noch nie begegnet.

„Neue Klamotten, Urlaub auf den Malediven und teuren Champagner im Überfluss", entgegnete sie und sah hilfesuchend zu Madeleine, die gegen den Bettpfosten gelehnt auf dem Boden saß und interessiert das Gespräch mitverfolgte. Boje war verschwunden. Vermutlich hatte er sich sicherheitshalber aus dem Staub gemacht, Amber war zurzeit nicht gerade die Ruhe selbst.

Sie zwang sich, Alec nicht anzusehen, und er gab sie ohne Einwände frei. Als die Tür leise hinter ihm ins Schloss fiel, stürzte sie sich mit verbissener Miene auf die am Boden verstreuten Kissen und Kleidungsstücke.

„Was war das denn?", fragte Madeleine leise, nahm ihr die Wäsche aus der Hand und warf sie achtlos auf das Bett.

Amber zuckte mit den Schultern. Ihr war nicht danach, über das, was sie bewegte, zu sprechen.

„Wollen wir nachher los zum Tai-Chi?", lenkte ihre Freundin feinfühlig das Thema in eine ungefährliche Richtung.

Amber hatte jedoch keine Lust mehr, Alec an diesem Abend noch einmal zu begegnen. Außerdem wollte sie tunlichst vermeiden, dass er dachte, sie würde ihm hinterherlaufen. Die Aktion gerade war offenbar eine Entschuldigung für die letzte Nacht, trotzdem würde sie ihn nicht einfach davonkommen lassen. Zwar wusste sie mittlerweile, dass er kein Interesse an Mel hatte, dennoch fühlte sie sich nicht unbedingt besser. Ihr Leben schien im Moment derart durcheinander, dass sie sich nicht sicher war, ob sie weiteres Chaos ertrug. „Tut mir leid, wenn es dir nichts ausmacht, würde ich lieber hierbleiben", entgegnete sie erschöpft und ließ sich auf ihr zerwühltes Bett fallen.

„In Ordnung. Mel begleitet mich bestimmt, wenn ich ihr erzähle, dass Boje ebenfalls dort sein wird."

„Ich wusste gar nicht, dass du dermaßen durchtrieben bist", versuchte Amber die bedrückte Stimmung aufzulockern.

„Tja, schon vergessen? Wir sind Zwillinge mit denselben genetischen Defekten."

„Ja, ihr seid Zwillinge, kaum zu glauben", murmelte Amber zerstreut, verschränkte die Arme hinter dem Kopf und schloss die Augen.

Kapitel 24

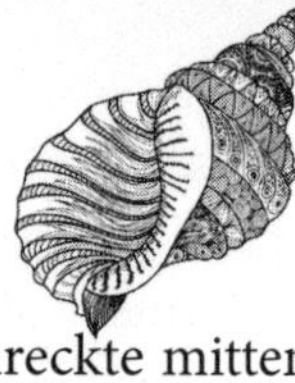

Amber musste eingeschlafen sein, sie schreckte mitten in der Nacht aus einem unruhigen Schlaf. Im spärlichen Licht, das durch das Fenster fiel, machte sie Erhebungen in den beiden Betten aus und setzte sich erstaunt auf. Sie hatte die Rückkehr ihrer Cousinen nicht bemerkt, obwohl sie normalerweise einen leichten Schlaf hatte. Zu Hause wachte sie allein durch das Zirpen einer Grille auf. Ein Blick auf den Wecker, dessen Zifferblatt in der Dunkelheit phosphoreszierend leuchtete, zeigte, dass es weit nach Mitternacht war. Noch immer trug sie die abgeschnittenen Jeans und ihr weißes T-Shirt, auf dessen Vorderseite ein Tomatenfleck prangte. Sie zog beides aus, saß in BH und Slip auf dem Bett und fühlte sich kraftlos. Trotz halbgeöffnetem Fenster machte ihr die Hitze im Zimmer mehr und mehr zu schaffen. Kalter Schweiß rann ihr in Rinnsalen über den Rücken und hinterließ ein unangenehm kitzelndes Gefühl auf der Haut. Ihre Zunge klebte am Gaumen und ihre Kehle war wie ausgedörrt, als hätte sie sich einen grässlichen Virus eingefangen. Zu allem Überfluss fiel es ihr zunehmend schwerer, tief durchzuatmen, als befände sie sich nicht in einem sauerstoffreichen Raum, sondern unter Wasser. Verzweifelt rang sie nach Luft, spürte, wie Furcht in ihr aufstieg und ihre Muskeln verkrampften. Panisch warf sie die Bettdecke ab und tastete sich durch die Dunkelheit zur Tür. Ihr eigentliches Ziel, die Küche, ließ sie links liegen, ihre Schritte lenkten sie automatisch in die entgegengesetzte Richtung. Sie beugte sich über das Waschbecken und ließ den kalten Wasserstrahl direkt in ihren Mund strömen. Doch der brennende Durst, der ihre Eingeweide zu zerreißen drohte, ließ sich einfach nicht stillen. Ihr wurde speiübel. Auf den Knien erbrach sie in die Toilette, deren Deckel sie gerade noch rechtzeitig hochgeklappt hatte. Die ekligen Geräusche, die sie dabei von sich gab, und das Plätschern des Wassers, das ungehindert weiter in das Waschbecken rann, übertönten das bedrohliche Brausen in ihren Ohren. Irgendwann gab sie auf, sank ausgelaugt auf die Fliesen und presste die Hände gegen die Ohren. Der Würgereiz ließ nach. Stattdessen überrollte sie eine Hitzewelle, die ihre Angst steigerte. Amber blickte zur Dusche, deren Schiebetür einladend offenstand. In Unterwäsche torkelte sie in die Duschwanne. Das Brausen in ihren Ohren ließ nach, als das kalte Wasser über ihren zitternden Körper lief. Mit geschlossenen Augen, den Kopf vornüber gebeugt, stöhnte sie vor Erleichterung auf.

„Ist alles in Ordnung?", drang die Stimme ihrer Tante zu ihr durch. Selbst wenn Amber hätte antworten wollen, sie konnte es nicht. Bei dem Versuch, aus der Dusche zu steigen, wurde ihr schwindlig. Blindlings tastete sie an der Duschwand entlang und stützte sich daran ab, bemüht, das Gleichgewicht zu halten.

„Amber, bist du das? Ich komme jetzt rein."

Ein kalter Luftzug traf ihre empfindliche Haut wie Nadelspitzen. Nur verschwommen nahm sie wahr, wie ihre Tante mit schreckensweiten Augen zu ihr in die Dusche stieg und sie aus der Kabine zog. Samuel tauchte hinter ihr auf und riss ein Badetuch aus dem Regal, das Dora entgegennahm. Behutsam wickelte sie Amber darin ein, nachdem sie das Wasser abgestellt hatte.

„Das kann unmöglich sein. Sie wird morgen sechzehn, richtig?", fragte Samuel unzusammenhängend.

„Heute", korrigierte Dora mit einem Zittern in der Stimme, aber vielleicht irrte sich Amber auch, denn noch immer rauschte es ihr in den Ohren.

„Vor exakt einer Stunde und fünfzehn Minuten, um genau zu sein. Was meinst du mit ‚unmöglich'?", wunderte sich ihre Tante, deren Stimme in Ambers Ohren klang, als kratze jemand mit einem spitzen Gegenstand über eine Schieferplatte.

„Alle Anzeichen sprechen dafür, aber wie kann das sein?", fragte Samuel ungläubig, hob Amber auf die Arme und verließ mit einer ängstlichen Dora im Schlepptau das Bad. Im Wohnzimmer bettete er Amber vorsichtig auf das Sofa. Dora setzte sich tropfnass dazu und wischte Amber mit der flachen Hand über die Stirn, auf der sich erneut Schweißperlen bildeten.

„Sie hat hohes Fieber, wir müssen sofort einen Arzt rufen. "

„Nein", fiel ihr Samuel mit einer Entschiedenheit ins Wort, die keinerlei Einwände duldete. „Erinnerst du dich an das Pulver, das wir bei Alec verwendet haben? Bitte gib anstelle eines Esslöffels die fünffache Menge in einen Liter warmes Wasser und achte darauf, dass es sich vollständig auflöst."

Samuel wirkte gefasst und schien genau zu wissen, was zu tun war.

Amber blinzelte. Das helle Deckenlicht brannte sich regelrecht in ihre Netzhaut ein. „Irgendetwas stimmt nicht mit meinen Augen", wisperte sie benommen. Ihr Gegenüber öffnete den Mund, schaute in Richtung Tür und runzelte wütend die Stirn. „Du", brach es aus ihm heraus. „Wenn das hier vorbei ist, wirst du mir einiges erklären müssen."

„Was ist mit ihr?" Beim Klang seiner Stimme setzte sich Amber mit Samuels Unterstützung auf und blinzelte Alec an, der wie erstarrt im Türrahmen stand. Bei ihrem Anblick weiteten sich seine Augen.

„Er hat nichts getan", murmelte sie erschöpft.

Zwischen Tiefschlaf und Dämmerzustand bekam sie nur vage mit, dass ihr jemand mit einem nassen Tuch Arme und Beine abrieb. Es war eine Wohltat, als das Brennen ihrer Haut schwächer wurde und die Hitzeschauer langsam nachließen. Alecs besorgtes Gesicht tauchte wiederholt in ihrem Blickfeld auf. Dora und Samuel kümmerten sich im Wechsel um sie, bis die Gesichter irgendwann miteinander zu verschmelzen schienen. Gegen Morgen verschwand Samuel gänzlich von der Bildfläche. Dora scheuchte Alec aus dem Raum und half ihr beim Wechseln der schweißnassen Wäsche. Amber fuhr sich mit der Zunge über die rauen Lippen und schmeckte etwas Salziges. Seltsamerweise stillte es ihren entsetzlichen Durst, dem sie mit noch so viel Wasser nicht Herr geworden war.

Als sie aufwachte, befand sie sich allein im Zimmer der Zwillinge. Über alle Maßen erschöpft und mit dem vagen Gefühl einem Albtraum entronnen zu sein, an den ihr jegliche Erinnerungen fehlten, rollte sie sich auf den Bauch. Ausgerechnet an ihrem Geburtstag hatte sie verschlafen und niemand hatte sie geweckt. Etwas war allerdings seltsam. Nach Ambers Empfinden müsste es früh am Morgen sein, aber im Raum war es ungewöhnlich hell. Ihr Blick fiel auf den Wecker. Das Gefühl, dass die Zeit merkwürdige Kapriolen schlug, bestätigte sich. Es war bereits Mittag. Dennoch dauerte es fast eine halbe Stunde, bis sie sich aufraffte und das Bett verließ. Sie trug ein blaues T-Shirt, konnte sich aber nicht erinnern, es angezogen zu haben. Verschlafen tapste sie mit einer Jeans und einem Top über dem Arm zum Bad.

Sie begnügte sich mit einer Katzenwäsche. Als sie den obersten Knopf ihrer Jeans schloss, fiel ihr Blick zufällig in den Spiegel. Überrascht hielt sie inne. Etwas stimmte mit ihren Augen nicht. Sie glänzten wie im Fieberwahn und ließen das Braun eine Nuance dunkler wirken. Hinter ihr befand sich die mit Wassertropfen besprengte Duschkabine, die verriet, dass vor Kurzem jemand geduscht hatte. Alles wirkte normal in Anbetracht dessen, dass sich fünf Personen das winzige Badezimmer teilten. Amber überfiel dennoch eine seltsame

Beklemmung. Der Raum ließ jedwede Gemütlichkeit vermissen. Dass er einzig auf Funktionalität ausgerichtet war, hatte sie bisher nie gestört. Jetzt wirkte er jedoch kalt und abweisend. Um sich abzulenken, studierte sie ihre Gesichtszüge im Spiegel und rümpfte die Nase. Sie wirkte nicht älter als am Tag zuvor. Nichts deutete darauf hin, dass sie nun volljährig war, und erwachsener fühlte sie sich auch nicht. Wie kam sie bloß auf den Gedanken, es könnte sich innerhalb einer Nacht etwas grundlegend verändert haben? Nervös grinste sie ihr Spiegelbild an und flocht ihre widerspenstigen Haare zu einem straffen Zopf. Eine Handlung, die dazu beitrug, ein wenig zu entspannen.

Wie erwartet, war die Küche verlassen, doch die Ruhe täuschte. In der kleinen Kammer hielt sich vermutlich niemand auf. Somit blieb nur das Wohnzimmer, dessen Tür geschlossen war. Sie konnte sich den Grund dafür denken. Eigentlich hatte sie sich vorgenommen, diesen Tag wie jeden anderen zu verbringen, aber das war offenbar reines Wunschdenken. Für einen kurzen Moment wünschte sie sich die Stille der frühen Morgenstunden herbei, die sie leider verschlafen hatte. Im Mittelpunkt zu stehen, war ihr von jeher zuwider, dieses Mal gab es allerdings kein Schlupfloch, um dem zu entgehen. Alec hatte bereits angedeutet, dass ihre Freunde sie nicht verschonen würden. Deshalb war es keine Überraschung, alle im Wohnzimmer anzutreffen.

„Alles Gute zur Volljährigkeit, zum Sechzehnten, zu eigenständigem Denken, zu Ausgang ohne Limit!“, schallte es ihr entgegen, kaum, dass sie die Tür geöffnet hatte. Alec grinste verhalten, als wäre es seine Idee gewesen, eine Überraschung zu organisieren, die nicht ganz überraschend kam. Dora wirkte übernächtigt, schloss Amber in die Arme und schien sie nicht mehr loslassen zu wollen. Amber schaute zu Mel, die sie ansah, als wäre ihr Auftauchen die einzige Überraschung des Tages, mit dem sie nicht gerechnet hatte. Amber interpretierte ihr Nicken als Glückwunsch, erleichtert, dass Mel nicht tat, als wären sie plötzlich beste Freunde. Ihre Schwester gab sich weit weniger zurückhaltend, umarmte sie stürmisch, kaum, dass sich die Gelegenheit bot, und wisperte ihr ins Ohr: „Ab jetzt feiern wir durch bis zum Morgen!"

Eigentlich wäre Alec nun an der Reihe gewesen, aber er hielt Abstand und gratulierte ihr über Samuels Schulter hinweg: „Alles Gute, Amber."

Sein warmes Lächeln ging ihr durch und durch. Sam umarmte sie und verhinderte, dass sie Alec weiterhin anstarrte. „Ich wünsche dir für deine Zukunft nur das Beste." Seine Stimme klang ernst, als wäre mit Eintritt der Volljährigkeit jedweder Spaß vorbei.

„Ich danke euch, aber das", sie wies in Richtung der Geschenke, die auf dem Tisch bereitlagen, „wäre wirklich nicht nötig gewesen. Obwohl, wenn ihr darauf besteht ..." Zaghaft nahm sie ein pinkfarbenes, mit einer silbernen Schleife verziertes Päckchen in die Hand. Sie scheute davor zurück, vor aller Augen die Geschenke auszupacken, aber alle schienen darauf zu warten, dass sie genau das tat. Sie zögerte dennoch, öffnete die längliche Schachtel und hielt überrascht inne. Am Morgen nach der Barra-Party hatte sie den ausgeliehenen Gürtel schweren Herzens an Madeleine zurückgegeben und jetzt bekam sie ihn nicht nur geschenkt, sondern auch passende silberne Perlenohrringe dazu.

„Der Gürtel ist von mir, schon klar. Die Ohrringe waren Mels Idee, sie hat sie selbst hergestellt", erklärte Madeleine die Verteilung der Geschenke. Mel nestelte am obersten Knopf ihrer Bluse, als wäre es ihr peinlich, erwähnt worden zu sein. Daran, dass ihre Cousine das Kriegsbeil begraben hatte, wagte Amber nicht zu glauben. Dass sie an ihrem Geburtstag zu einem Waffenstillstand, ja sogar zu einer freundschaftlichen Geste bereit war, war wiederum, eine überraschende Wendung, gegen die sie nichts einzuwenden hatte.

„Das ist toll, wirklich toll, ich danke euch", murmelte sie und nahm sich ein weiteres, recht großes Päckchen vor. Das kitschig rosenbedruckte Geschenkpapier trug eindeutig Rosalies Handschrift. Dora hatte ihr vor einigen Tagen mitgeteilt, dass weder Rosalie noch Isabel zu ihrem Geburtstag kommen konnten. Eine Begründung hatte sie nicht geliefert und Amber hatte nicht nachgefragt. Die Vorstellung, ihren Geburtstag gemeinsam mit den beiden Frauen und Ambers neuen Freunden – denn das schienen sie zu sein – unter einem Dach zu begehen, weckte in ihr Besorgnis. Gemeinsam zu feiern wäre konfliktträchtig.

Trotz allem hatte es sich Rosalie nicht nehmen lassen, Dora ein teures Geschenk mitzugeben. Die beigelegte Geburtstagskarte, verriet, dass sich ihre Tante an dem Geschenk beteiligt hatte.

Mit gemischten Gefühlen, einerseits vermisste sie ihre Großmutter, andererseits war sie noch immer wütend auf sie, schlug Amber das Seidenpapier zurück und hob die dunkelgrüne Tunika aus der Schachtel. Die Schlichtheit des Kleidungsstückes gefiel ihr auf Anhieb. Ihre Finger ertasteten die Seide. Sprachlos sah sie zu Dora, die mit Samuel einen raschen Blick wechselte.

„Wunderschön", flüsterte Madeleine und berührte den glänzenden Stoff voller Ehrfurcht.

„Ich bin sicher, im angezogenen Zustand wird es noch fantastischer aussehen. Vorausgesetzt, es ist bis dahin nicht durch Falten oder fettige Fingerabdrücke ruiniert", meldete sich Dora zu Wort und drapierte das Gewand über ihrem Arm. Amber wandte sich dem letzten Geschenk zu, das in einen einfachen weißen Bogen Papier eingeschlagen und leicht war. Aus irgendeinem Grund machte sie dieses Päckchen nervös, bevor sie es ausgepackt hatte. Sie schlug das Papier zurück und musterte den seltsamen Gegenstand, der an einen hölzernen

Webrahmen in Kleinstausführung erinnerte. Unschlüssig, wo sie dieses ungewöhnliche Geschenk einordnen sollte, strich sie mit der Kuppe ihres Zeigefingers über die Kettfäden, wie über die Saiten einer Gitarre. Mit beidem hatte sie keine Erfahrung und das würde sich in Zukunft nicht ändern. Es war eine merkwürdige Idee, ihr einen Webrahmen zu schenken, besonders, da er von Sam und Alec kam, die beide stolz lächelten, obwohl sie vermutlich noch nie ein Webschiffchen in der Hand gehalten hatten. Auf jeden Fall war ihnen die Überraschung gelungen und Amber sah sich gezwungen etwas zu sagen. „Ein Webrahmen. Eine tolle Idee, danke."

Dass sich ihre Begeisterung in Grenzen hielt, verriet die Ratlosigkeit, die ihr offenbar ins Gesicht geschrieben stand. Mel hüstelte hinter vorgehaltener Hand und Madeleine sah zu ihrer Mutter, die, den zuckenden Mundwinkeln nach zu urteilen, kurz vor einem Lachanfall stand. Offenbar erging es bis auf Sam allen ähnlich wie Amber. Aus den Augenwinkeln bemerkte sie, wie Alec sich seitlich wegdrehte, um ein Grinsen zu verbergen. Sein Bruder wirkte zufrieden, als hätte er einen Volltreffer gelandet. „Da wir das erledigt haben, wie sieht es mit Frühstück aus, ich habe einen Mordshunger", warf er in die Runde und erntete von allen Seiten befreiendes Gelächter.

Dora, in einem hellgrünen Trägerkleid, das die Farbe ihrer Augen betonte, strahlte und deutete auf die Zwillinge. „Ihr beide kommt mit, und das Geburtstagskind", rief sie bereits auf dem Weg in die Küche, „räumt die Geschenke weg. Alec, wärst du ihr dabei behilflich?"

Samuel wurde die Aufgabe zuteil, Tisch und Stühle ins Wohnzimmer hinüberzutragen. Amber spürte, dass Alec dicht hinter ihr stand, sah ihn aber nicht an, sondern reichte ihm schweigend die Geschenke, die er mit Brust und Kinn fixierte, und sammelte das verstreute Geschenkpapier ein. So schön es war, überrascht zu werden, war sie dennoch erleichtert, dass die erste und womöglich unangenehmste Etappe hinter ihr lag. Jetzt musste sie nur seine Nähe ohne emotionale Schäden überstehen und der Tag war gerettet. Im Zimmer der Mädchen lud Alec seine Last ab, während sie das Geschenkpapier in den Mülleimer stopfte. Er saß stillschweigend auf ihrem Bett und machte keine Anstalten, das Zimmer zu verlassen.

„Okay, gibt es noch etwas, worauf ich mich einstellen sollte?", begann sie, da sie seine Anwesenheit nicht länger ignorieren konnte.

„Komm schon, Amber, setz dich einen Moment. Dann verrate ich dir vielleicht, was heute auf dich zukommt", spielte Alec mit ihr und kassierte einen strafenden Blick. So weit entfernt wie möglich ließ sie sich auf der Bettkante nieder und vermied es, ihn direkt anzusehen. Dass er in seinen schwarzen Jeans und dem weißen T-Shirt verboten anziehend wirkte, machte sie ebenso nervös wie seine Nähe. „Bitte kein Blindekuhspiel und keine Zaubertricks, aus dem Alter bin ich raus", entgegnete sie, bemüht, locker zu bleiben. In seinen Augen blitzte es amüsiert auf, das verräterische Zucken seiner Mundwinkel, verhieß nichts Gutes. Zuvor bereit, sich auf sein Spiel einzulassen und dennoch auf der Hut zu sein, baute sich Amber vor ihm auf. „Also doch irgendwelche Geburtstagsspiele und Zaubertricks? Das ist ein Scherz und ich hoffe, das bleibt auch einer."

„Du hast Glück, auf die Schnelle wird sich vermutlich niemand bereit erklären, den Alleinunterhalter zu spielen", witzelte er unbeeindruckt.

„Wie, keine Lust, den Job zu übernehmen?", schoss sie zurück und sah, einem Racheengel gleich, auf ihn herab. Alec ging nicht auf ihre Provokation ein, als wüsste er, weshalb sie so empfindlich reagierte. „Okay, du hast gewonnen. Sag mal, geht's dir eigentlich gut?"

Die Frage kam so unerwartet, dass sie vergaß, Abstand zu halten, und näher zu ihm aufrückte. „Klar geht es mir gut. Wie kommst du darauf, dass es anders sein könnte?“ Er wich ihrem Blick aus, sah auf einen pinken Papierfetzen neben dem Bett hinunter, beugte sich vor und hob ihn auf. „Ach, nur so. Du wirkst etwas blass, als hättest du die letzte Nacht nicht besonders gut geschlafen“, entgegnete er leichthin.

„Vermutlich bin ich beim Anblick des Webrahmens blass geworden. Glaub bloß nicht, dass ich jetzt für alle niedliche Tischdeckchen webe“, witzelte sie, doch er lachte nicht wie erwartet, sondern musterte sie mit einer Intensität, die Hitzewellen durch ihren Körper sandte.

„Wie gesagt, ich habe geschlafen. Gibt es noch etwas, das du wissen willst, zum Beispiel meine Schuhgröße?“

„37“, murmelte er und zuckte zusammen, als sie ihm einen Stoß gegen die Brust versetzte.

„Also keine weiteren Überraschungen, richtig?“, hakte sie nach. Sie war im Begriff sich abzuwenden, als er mit seiner Hand ihren Unterarm umschloss.

„Nur eine. Aber du bekommst mein eigentliches Geschenk erst später und auspacken musst du es auch nicht“, fügte er mit einem listigen Lächeln hinzu.

Im ersten Moment hatte sie tatsächlich an etwas anderes, als einen Kuss gedacht. Das ‚nicht Auspacken müssen‘ passte zu der reizvollen Vorstellung eines Dates. Dass ihr ein solcher Gedanke in den Sinn kam, war ihr mehr als peinlich. Alecs leises Lachen verriet, dass nicht nur ihre Gedanken diese gefährliche Richtung eingeschlagen hatten.

„Ich wüsste allerdings jemanden, der nichts dagegen hätte etwas Hübsches auszupacken.“

„Vergiss es“, hielt sie ihn auf, bevor sie vollends aus dem Gleichgewicht geriet. Seinem Schulterzucken begegnete sie mit einem Lächeln.

„Amber, Alec? Wenn ihr noch länger braucht, wird aus dem verspäteten Frühstück ein frühes Abendessen!“, rief Dora durch die geschlossene Tür und beide fuhren auseinander, als wären sie bei etwas Unanständigem ertappt worden.

Alec fasste sich als Erster und rief zur Tür hin: „Schon unterwegs!“

Amber flüchtete und stieß im Flur beinahe mit Samuel zusammen.

Das zusätzliche Mobiliar füllte das Wohnzimmer aus, alle rückten zusammen. Um Schadensbegrenzung bemüht, übernahm Dora die Verteilung knuspriger Weizenbrötchen, Schokoladencroissants und Mohnstangen. Amber hielt sich ebenso wie die Zwillinge an die selbstgemachte Erdbeer- und Kirschkonfitüre, Samuel und Alec plünderten währenddessen die Käse- und Wurstplatte. Nur Dora schien mit einer Tasse pechschwarzen Kaffees zufrieden zu sein und setzte sich neben Samuel auf das Sofa. Offenbar schien das traute Zusammensein der beiden niemanden außer Amber zu stören. Mel unterhielt sich mit Alec und lenkte sie von ihrer Tante ab. „Hat es geklappt?“

„Ja“, sagte er kurz angebunden.

„Bist du sicher, dass es das Richtige ist?“, hakte ihre Cousine nach. Ihrer Stimme waren die Zweifel deutlich anzuhören und das beunruhigte Amber. Alles deutete darauf hin, dass die beiden über die Überraschung sprachen. Alecs Antwort ging unter, da in diesem Moment Madeleine, dicht gefolgt von Boje und Elek, dazukamen.

„Alles Gute!“, erklang es synchron. Elek lächelte in Ambers Richtung. Boje war offenbar der Meinung, den Anstandsregeln mit seiner Anwesenheit zu genügen. Er schnappte sich ein

Gebäckstück aus dem Korb und biss herzhaft hinein. Dabei bedachte er Mel mit einem Augenzwinkern, das wohl Eindruck schinden sollte. Sie schien allerdings nicht begeistert zu sein und kommentierte seine Dreistigkeit mit ihrem üblichen Zynismus. „Elek, ich an deiner Stelle würde mir einen großen Teller schnappen, bevor Boje alles allein verdrückt. Obwohl, lass es besser bleiben. Findet ihr nicht, dass er in letzter Zeit einen kleinen Bauchansatz entwickelt hat?“, fügte sie mit einer eindeutigen Geste in Richtung Bojes Körpermitte hinzu.

Dieser verzog das Gesicht, als hätte er auf etwas Hartes gebissen, schaute an sich hinunter und runzelte die Stirn, als Mel in Gelächter ausbrach.

„Danke, aber das war nicht besonders nett!“, murrte er und biss demonstrativ ein weiteres Stück der Mohnstange ab, jedoch weit weniger gierig als zuvor.

Während ihre Freunde nach dem gemeinsamen Frühstück im Wohnzimmer herumalberten, folgte Amber Dora und Samuel, die sich beide seltsam verschlossen gaben und sich vorerst verabschiedet hatten. Darauf bedacht, kein verräterisches Geräusch zu verursachen, hockte sie neben dem Eingang zur Küche und presste ihre Wange gegen den Türrahmen.

„Es ist alles gut gegangen. Sie erinnert sich nicht.“

„Das ändert nichts an dem, was passiert ist. Wenn es das ist, was ich denke, wird es Zeit, sie darauf vorzubereiten“, fiel Samuel Dora ins Wort. Seine Stimme klang merkwürdig angespannt.

„Bist du dir sicher? Ich kann verstehen, dass sie es vor Rohloff geheim halten wollten, aber vor uns? Die Kleine scheint nicht zu wissen, was mit ihr vorgeht. Was haben sich Charles und Rosalie nur dabei gedacht?“, schimpfte Dora, so leise, dass Amber Mühe hatte, sie zu verstehen.

„Du solltest mit Rosalie darüber sprechen, bevor wir alle anderen informieren“, sagte Samuel.

„Rosalie hat damit bestimmt nichts zu tun. Sie hätte alles Erdenkliche getan, um es zu verhindern. Ist etwas Derartiges schon einmal vorgekommen?“, fragte Dora.

„Nicht, dass ich wüsste. Normalerweise werden die Kandidaten von ihren Familien auf ihre Aufgabe vorbereitet. So wie wir es mit Alec getan haben. Dass sich die beiden wie Magnete anziehen, hätte uns viel früher auffallen müssen.“

Schritte näherten sich der Tür, neben der Amber kauerte. Sie widerstand dem Drang, zu flüchten. Eine vage Ahnung blitzte auf, als ihr Edmonds merkwürdiges Verhalten ihr gegenüber in den Sinn kam. Während Sam weitersprach, verschwand diese allerdings wieder, bevor Amber sie zu fassen bekam.

„Wir müssen langsam los. Mein Vater ist mir eine Erklärung schuldig, die ich einzufordern gedenke.“

Sie hatte keine Ahnung, worüber die beiden sich unterhielten. Es hatte mit ihr und Alec zu tun und schien wichtig zu sein, sonst würden sie den Nachmittag mit ihr verbringen – so wie ihre Tante es am Vortag geplant hatte. Nur zu gern wäre sie ihnen heimlich gefolgt. Die Neugier brannte ihr regelrecht unter den Nägeln. Sie konnte ihre Freunde jedoch nicht zurücklassen. Ein Pulk junger Leute würde kaum unbemerkt bleiben; allein loszuziehen, schien ihr ebenso unklug. Bevor Amber von jemanden beim Lauschen erwischt wurde, schlich sie auf Zehenspitzen ins angrenzende Badezimmer – auf der Suche nach einem Ort, an dem sie in Ruhe über das Gehörte nachdenken konnte. Durch Zufall fiel ihr Blick auf ein kleines Einmachglas im untersten Regal. Es enthielt eine trübe Flüssigkeit. Amber schraubte den Deckel auf und schnupperte vorsichtig am Inhalt. Nichts – der hellgraue Sand, der vielleicht von einem Strand stammte, war, wie erwartet, geruchlos. Nachdenklich kippte sie den Inhalt im Glas von einer Seite zur anderen. Sie musste herausfinden, ob es sich bei diesem Pulver wirklich um Sand oder um etwas anderes handelte. Mit zu viel Vorsicht an die Sache heranzugehen, würde sie aber nicht weiterbringen. Kurz entschlossen befeuchtete sie eine Fingerspitze, tippte ihn in das Pulver und musterte die Kristalle, die sofort verklumpten und daran haften blieben. Sie berührte die Substanz mit der Zungenspitze.

‚Salzig' war das Einzige, das ihr dazu einfiel. Keine Geschmacksexplosion oder Übelkeit. Es handelte sich bei dem Pulver eindeutig um Salz, aber die Farbe und die Konsistenz waren ungewöhnlich.

Sie stellte das Glas wieder ins Regal und ging zurück ins Wohnzimmer, bevor die anderen sie vermissten.

„Hey Amber, Ewan lässt dir ausrichten, dass es ihm leidtut, wie er sich dir gegenüber benommen hat. Und er meinte, dass er dich gern ...", Boje machte eine vielsagende Pause und sicherte sich dadurch die Aufmerksamkeit aller, „dass es wohl keinen Sinn machen würde, dich um ein Date zu bitten?"

Sein Grinsen sprach Bände und es schien ihm einen Heidenspaß zu bereiten, Amber vor allen anderen aufzuziehen. An den Ausgang der Party erinnert zu werden, ließ sie augenblicklich in Abwehrhaltung gehen. Bojes unbedachten Worte machten sie wütend. Es gab keinen Grund, darauf feindselig zu reagieren. Sie konnte dennoch nicht gegensteuern und ging wie eine Furie auf Boje und auf Alec los, der bei der Erwähnung von Ewan das Gesicht verzog. „Das würde ich vielleicht sogar in Erwägung ziehen. Aber mit euch beiden im Schlepptau endet selbst ein harmloses Date in einer Katastrophe. Außerdem stehe ich nicht auf streunende Köter, die einem überallhin folgen und bei jedem Pups loskläffen!"

Boje klappte überrascht den Mund zu und sah unsicher zu Alec, der Ambers Ausbruch gelassener nahm und sich Mel zuwandte: „Denkst du immer noch, dass ich mit meiner Idee falsch liege?"

Zum ersten Mal wirkte Mel verunsichert. Nun richtete sich Ambers Wut gegen ihre Cousine, die offenbar wieder einmal etwas ausgeheckt hatte: „Und du“, mit ihrem Zeigefinger stach sie in deren Richtung, „glaub ja nicht, dass ein paar Ohrringe für einen zweifelhaften Waffenstillstand ausreichen! Die nette kleine Göre ist wirklich schnell zu besänftigen und zufriedenzustellen, nicht wahr?“ Sie spürte die Blicke aller auf sich gerichtet. Madeleine war aufgesprungen und wurde von Elek, der sie geistesgegenwärtig am Arm packte, zurückgehalten. Alec schob Mel in Bojes Richtung, bevor Amber sich auf sie stürzen konnte. Das hatte sie tatsächlich in Erwägung gezogen. Nur dumm, dass es keine wirklichen Feinde gab, zumindest nicht in diesem Raum. Alec ging langsam auf sie zu, doch ihre Aufmerksamkeit galt nicht mehr ihren Freunden, sondern dem aggressiven Brausen in ihren Ohren. Es klang wie ein wütender Sturm.

„Komm schon, es war ein Scherz, nichts weiter“, sagte Alec leise. Sie starrte ihn an und versuchte durch heftiges Kopfschütteln ihre Gedanken zu klären und das nervige Geräusch in ihren Ohren loszuwerden. Kurzerhand griff er nach ihrer Hand und zog sie hinter sich her aus dem Zimmer.

Zwei benutzte Kaffeetassen standen in der Spüle, der Tisch war mit Überresten des Buffets übersät – all das registrierte sie nur am Rande. Das Einzige, das sie deutlich wahrnahm, war die Nähe des Jungen, der ihr einmal so viel bedeutet hatte, dass sie für ihn bis ans Ende ihrer kleinen Welt gelaufen wäre. Das war allerdings zu einer Zeit, in der Amber nicht so schnell die Nerven verloren hatte. Zu einem Zeitpunkt, in der ihr wichtigstes Anliegen darin bestanden hatte, der Bevormundung durch ihren Vater und ihre Großmutter die Stirn zu bieten.

Ihre Augen füllten sich mit Tränen der Wut und der Furcht, aber das allein war nicht der Grund dafür, dass sie die Umgebung verschwommen sah. Sie blinzelte hektisch, doch die Gegenstände blieben weiterhin undeutlich. „Meine Augen", wimmerte sie entsetzt und klammerte sich an Alecs Hand, die sie zuvor weggestoßen hatte.

„Ruhig durchatmen. Konzentriere dich darauf."

Sie versuchte es. Mehrmals, es funktionierte nicht. Die Panik hielt jeden Zentimeter ihres Körpers in Schach. Alec löste sich aus ihrem Griff, hielt sie an beiden Armen fest und zwang sie dadurch, ihn anzusehen. „Hast du etwas zu dir genommen, das du nicht verträgst?", fragte er eindringlich.

Amber überlegte fieberhaft, ob sie auf eines der Nahrungsmittel, die sie gegessen hatte, überempfindlich reagierte. Ihr fiel nichts ein, das eine so starke und darüber hinaus seltsame allergische Reaktion hervorgerufen haben könnte. Es gab keine Entschuldigung für ihren Ausraster oder eine Erklärung für ihre plötzliche Sehstörung. Sie schüttelte heftig den Kopf, wich einen Schritt zurück und brachte dadurch Abstand zwischen sie.

„Okay", Alec atmete tief durch, als müsste er eine schwierige Entscheidung treffen, ließ die Arme sinken und gab sie frei. „Du hast in der letzten Zeit ziemlich unter Stress gestanden. Die neue Umgebung, fremde Leute, und schwups bist du volljährig, verständlich, dass du durch den Wind bist."

Vielleicht war das die Erklärung. Bisher hatten ihr Vater und Rosalie weitestgehend ihr Leben bestimmt. Noch vor Kurzem hatte sie ihre Volljährigkeit herbeigesehnt und dabei ausgeblendet, dass sie ab diesem Zeitpunkt die volle Verantwortung für ihr Handeln trug. Das war beängstigend – zumindest, wenn sie lange genug darüber nachdachte, was Amber allerdings nicht wollte. Langsam klärte sich ihr Sehvermögen, ebenso wie sich ihre Furcht legte.

„Ja, das wird es sein. Du, ich bin total müde. Würdest du den anderen sagen, dass mir das von vorhin leidtut?"

Er nickte und sie war erleichtert, so glimpflich davongekommen zu sein. Dass er sich ihr gegenüber fürsorglich verhielt, rechnete sie ihm hoch an. Gleichzeitig verspürte sie ein schlechtes Gewissen. Ihn vorzuschicken, um die Wogen zu glätten, bis sie den Mut aufbrachte, sich für ihr unangemessenes Verhalten zu entschuldigen, war feige. Alec bedachte sie mit einem letzten nachdenklichen Blick. Er berührte ihre Wange, als wollte er sich vergewissern, dass es ihr gut ging, und verließ die Küche. Offenbar hatte er eingesehen, dass sie Zeit für sich allein benötigte. Tatsächlich gönnten ihre Freunde ihr die Auszeit oder sie waren froh, ihrer miserablen Laune zu entgehen.

Dass Amber ausgerechnet an ihrem Geburtstag von zwiespältigen Gefühlen heimgesucht wurde, kam ihr merkwürdig vor. Der mentale Erschöpfungszustand war so stark, dass sie sich in das Zimmer der Zwillinge davonschlich und auf der Liege zusammenrollte. Madeleine war diejenige, die sich eine Stunde später in das Zimmer wagte und Amber aufgeweckte. Sie hatte wie ein Baby in Embryostellung geschlafen. Das Gefühl, sich unter Wasser zu befinden und erst beim Erwachen aufzutauchen, ließ sie wie ein Fisch auf dem Trockenen nach Luft schnappen.

„Sorry, ich wollte dich nicht erschrecken, aber es wird langsam Zeit für deine Überraschung und du willst doch nicht deinen restlichen Geburtstag verschlafen, oder?"

Amber setzte sich auf und streckte sich ausgiebig. „Ich glaube, ich hab für die nächsten beiden Nächte im Voraus geschlafen. Keine Ahnung, was los war, aber jetzt bin ich auf Alecs Überraschung gespannt."

Kaum ausgesprochen wurde ihr klar, dass es stimmte. Zum ersten Mal an diesem Tag fühlte sie sich gut, ausgeruht und voller Tatendrang. Was auch immer die kommenden Stunden bringen mochten, Amber war bereit, sich in jedweden Spaß hineinzustürzen und sauste an einer verblüfften Madeleine vorbei aus dem Zimmer. Gegen ihr vom Schlaf zerknautschtes Gesicht half reichlich kaltes Wasser. Amber verwandelte ihre zerzauste Frisur mit wenige Handgriffen in einen ordentlich geflochtenen Zopf. Ihr Blick fiel zufällig auf die leere Stelle im Regal, an der vor Kurzem das Schraubglas gestanden hatte. Sie unterdrückte einen Anflug des Unbehagens und verließ den winzigen Raum. Madeleine erwartete sie bereits ungeduldig im Flur. „Okay, nix wie los. Sam und Dora haben sich zur Feier des Tages bereit erklärt, für uns Taxi zu spielen, die anderen sind schon …" Madeleine fuhr mit der Hand zum Mund. „Verdammt, fast hätte ich zu viel verraten. Vergiss es einfach", fügte sie unnötigerweise hinzu.

Sam lehnte in einem schwarzen Anzug, die Haare ordentlich gekämmt, am Kotflügel eines klapprigen alten Autos. Die an mehreren Stellen ausgebesserte Lackierung glich einer Patchworkdecke in unterschiedlichen Gelbtönen. Der Anblick eines alten Autos war keine Seltenheit – zumindest für diejenigen, die in der Gegend rund um den Hafen lebten. Seit Amber sich in der Nähe des Zwölfers aufhielt, waren ihr einige Klein- und Kleinstwagen aufgefallen – platzsparend, im Unterhalt günstig und allesamt jenseits des Verfallsdatums. Niemand hier fuhr einen Mittelklassewagen neueren Datums, von einer Nobelkarosse, wie Amber sie gewohnt war, ganz zu schweigen. Ein solch auffälliges Fahrzeug hätte förmlich zu einem Diebstahl eingeladen. Der bloße Anblick der repräsentativen, oberhalb der Stadt thronenden Villen musste der weniger privilegierten Bevölkerung wie Hohn vorkommen. Ohne allgegenwärtiges Sicherheitspersonal wäre der Kriminalität Tür und Tor geöffnet. Es überraschte Amber, dass sie für die nicht immer noblen Beweggründe der Arbeiter Verständnis aufbrachte. Vor weniger als einer Woche hatte sie keinen Gedanken daran verschwendet. Amber wunderte sich über Sams eleganten Aufzug und den missmutigen Gesichtsausdruck, den er hinter einem verkniffenen Lächeln zu verbergen suchte. Nach dem belauschten Gespräch zwischen ihm und ihrer Tante war sie überrascht, dass die beiden offenbar ein Rendezvous hatten. Mit Schwung öffnete Dora die Beifahrertür, die mit einem protestierenden Quietschen nachgab. Sie stieg aus, während Amber gefolgt von Madeleine auf das Fahrzeug zusteuerte. Im Licht der Straßenlaterne glänzten Doras blonden Haare wie flüssiges Gold. Amber kam nicht umhin, ihre Tante für ihr jugendliches Aussehen zu bewundern. Bisher war sie davon ausgegangen, dass Dora um die Mitte dreißig war; immerhin war sie Mutter zweier halbwüchsiger Töchter und Isabels jüngere Schwester. Da Ambers Mutter auf Ende Vierzig zuging, was vermutlich die wenigsten wussten, sah Dora entweder jünger aus als sie tatsächlich war, oder es handelte sich bei ihr um einen Nachzügler. In diesem Zusammenhang fiel ihr ein, dass sie nichts über ihre Großeltern mütterlicherseits wusste.

„Träumst du etwa?", fragte Dora mit einem Lächeln, das Amber das Gefühl gab, als wäre sie eine dritte Tochter und nicht nur die Nichte, die unerwartet aufgetaucht war und ihr aller Leben durcheinanderwirbelte.

Dora deutete Richtung Rückbank, auf der es sich Madeleine bereits bequem gemacht hatte. Amber war entgangen, dass ihre Cousine an ihr vorbeigehuscht war, und stieg auf der gegenüberliegenden Seite ein. Sam bedachte sie mit einem forschenden Blick und Amber stellte sich mit einem unguten Gefühl in der Magengrube die Frage, ob er von ihrem Ausrutscher etwas mitbekommen hatte. Selbst wenn das der Fall war, hatte er im Augenblick andere Sorgen als sie darauf anzusprechen. Er mühte sich ab, seine langen Beine im engen Fußraum unterzubringen, steckte den Schlüssel ins Zündschloss und sah in den Rückspiegel, an dem eine kleine blassblaue Stoffschnecke baumelte. „Es geht los, alles angeschnallt?"

Hastig griff Amber nach dem ausgeleierten Sicherheitsgurt und suchte nach dem Verschluss, der zwischen die abgenutzten Polster gerutscht war. So wie der Wagen von außen aussah, wirkte auch das Innere: abgenutzte Armaturen, verblasste, ehemals dunkelbraune Sitzbezüge; vor allem die durchgesessene Rückbank war alles andere als komfortabel. Nach wenigen Metern machte Ambers Allerwertester höchst unfreiwillig mit zahlreichen Schlaglöchern Bekanntschaft. Sie befürchtete insgeheim, dass das Kopfsteinpflaster der engen Gassen ihrem Hinterteil lange in Erinnerung blieb. Das Klingeln eines Smartphones übertönte den Motor, der malträtiert aufheulte, sobald Sam eine scharfe Kurve nahm. Automatisch griff Amber in die Innentasche ihrer Jacke und erinnerte sich zu spät, dass sie ihr Smartphone zuunterst in ihrer Reisetasche verstaut hatte. Madeleine beugte sich gleichzeitig mit ihr zur Mitte hin, um das Gespräch ihrer Mutter nicht zu verpassen.

„Nein, Isabel. Ich finde, das ist keine gute Idee. Du warst diejenige, die keine Zeit hatte für solch einen Firle…", entgegnete ihre Tante nach einem Moment des Schweigens. Während des Schlagabtauschs wurde Dora lauter und was sie ihrer Schwester zu sagen hatte, bekamen ausnahmslos alle mit. „Was denkst du dir dabei, an ihrem sechzehnten Geburtstag ein Bankett für deine Freunde zu organisieren? Rosalie für deine Zwecke einzuspannen ist ja nichts Neues." Dora hielt inne und Amber konnte sich gut vorstellen, wie Isabel auf derlei Anschuldigungen reagierte und zurückschoss. Dass es sich um eine Drohung handelte, war nicht zu überhören.

„Wage es ja nicht, so tief wirst selbst du nicht sinken. Sie ist nicht mehr nur deine Tochter, sondern viel mehr als das … Du weißt sehr genau, was ich meine. Die endgültige Entscheidung triffst nicht du, sondern sie … Ja, Sam ist bei uns. In eine bescheuerte Uniform gezwängt einen Kellner zu mimen, war wohl doch nicht das richtige Arrangement für ihn. Es wird dir bestimmt nicht allzu schwerfallen, einen Ersatz zu finden. „Ausgerechnet du wagst es mir zu drohen?", hörten die Mädchen Dora nach einer kleinen Pause zischen. „Ja, ja ich werde sie fragen", fügte sie hinzu und wandte sich auf dem Sitz in Richtung Amber, die hastig den Blick senkte. „Deine Mutter ist dran. Aber das wird dir nicht entgangen sein. Dir stehen zwei Möglichkeiten offen: Du kannst Isabels verspätete Einladung zu einem gemeinsamen Abendessen bei ihren Freunden annehmen oder hoch über dem Hafen mit deinen Freunden am Lagerfeuer sitzen. Ich musste Isabel versprechen, dir die Wahl zu überlassen."

Madeleine protestierte entrüstet. Ob wegen Isabels Ultimatum oder weil Dora Alecs Überraschung platzen ließ, wusste Amber nicht. Ihre Antwort kam ohne Zögern und entlockte Dora ein Lächeln, das eindeutig Schadenfreude verriet: „Ich wollte schon immer das berühmt berüchtigte alte Hafenviertel, wenn nicht von unten, dann wenigstens von oben mit eigenen Augen sehen."

Wie zur Unterstreichung ihrer Worte bog Sam, der bisher eisern geschwiegen hatte, ohne Vorwarnung in eine schmale Gasse ein. Sie war nicht darauf vorbereitet, stieß unsanft gegen Madeleine, die mit beiden Händen nach der Nackenstütze des Vordersitzes griff, und fügte etwas leiser hinzu: „Wenn meine Knochen bis dahin diesen miserablen Fahrstil überstehen."

Ihre Freundin kicherte, während Dora Amber zuzwinkerte und Sam beruhigend die Hand auf sein Knie legte, anstatt ihn zu bitten, das Tempo zu drosseln. Zumindest sah es aus Ambers Blickwinkel danach aus. Sich erneut vorzubeugen und zu vergewissern, wäre zu auffällig gewesen, deshalb sah sie lieber aus dem Seitenfenster. Ihre Entscheidung war die einzig richtige. Sie hätte auf jeden Fall gegen Isabels Vorschlag gestimmt, egal, was diese ihr angeboten hätte. Außerdem freute sie sich tatsächlich auf diesen Abend, und darauf, ihn mit ihren Freunden und vor allem mit Alec zu verbringen. Eine seltsame Entwicklung, die ihr erst jetzt deutlich bewusst wurde. Ihr Ausraster passte nicht zu ihren momentanen Empfindungen. Offenbar waren Sam und Dora nicht über ihren Ausrutscher unterrichtet worden, sie verhielten sich ihr gegenüber normal und wirkten zufrieden. Ein Gefühl tiefer Verbundenheit zu den Menschen, die in ihr nicht nur die Tochter des Gouverneurs sahen und sie akzeptierten, wie sie war, trieb ihr die Tränen in die Augen. Sie tastete blind nach der Hand ihrer Freundin. Der ohne Zögern erwiderte Händedruck gab ihr das beruhigende Gefühl, auch ohne Worte verstanden zu werden. Am Ende der Gasse angekommen, hielten sie auf einem Innenhof vor einem mehrstöckigen Backsteingebäude, wie es sie in dieser Gegend häufiger gab. Allerdings war dieses höher, als die Häuser in unmittelbarer Nachbarschaft.

„Da wären wir. Ich wünsche euch und vor allem dir, Amber, unvergessliche Stunden.“ Doras Stimme klang gerührt und emotionsgeladen. Amber hatte den Eindruck, als gäbe es etwas, das sie wissen sollte, aber momentan nicht erfahren durfte – ein vages Gefühl, das verging, als Sam am Bordstein hielt und die Fahrertür öffnete. Sein tiefer Seufzer, als er seine Beinfreiheit zurückgewann, entlockte nicht nur Amber ein Grinsen. Wie er seine Beine eines nach dem anderen ungelenk aus dem engen Fußraum befreite, sah zu komisch aus.

„Wie du siehst, war deine Sorge, dass das Kopfsteinpflaster mein Auto in seine Einzelteile zerlegt, unbegründet. Den Rückweg kannst du getrost langsamer angehen“, kommentierte Dora die Fahrt. Sam wechselte zur Beifahrerseite, öffnete übertrieben galant die Seitentür und lächelte grimmig. Amber kicherte, rutschte über den Rücksitz und rieb ebenso wie Madeleine demonstrativ ihr Hinterteil.

„Jetzt hört aber auf. So schlimm war die Fahrt nicht!“

Sam zwinkerte ihnen zu und öffnete die massive Eingangstür, die zu Ambers Verwunderung unverschlossen war. Die Wände schmückten vergilbte Plakate längst vergangener Theatervorführungen, die hohe Decke zierte beschädigter Stuck, aus dem einige Stücke herausgebrochen waren. Da ihre Freunde die nach links abgehende Flügeltür unbeachtet ließen, folgte Amber ihnen eine gewundene Marmortreppe hinauf. Auf jeder Etage gingen zu beiden Seiten schmale Flure ab, die wiederum zu weiteren Türen führten. Alles wirkte verlassen und heruntergekommen. Das ehemals berühmte Stadttheater war nur noch ein Schatten seiner Selbst.

Amber schüttelte traurig den Kopf. „Ich verstehe nicht, warum die Stadtverwaltung dieses Gebäude nicht längst in Wohneinheiten aufgeteilt hat. Hier könnten sie locker zig Familien unterbringen." Ihre Worte hingen wie die dichte Staubwolke, die Sams Füße aufwirbelten, sekundenlang in der Luft.

„Das Theater gehört nicht der Stadt, nicht einmal der Regierung. Einige der alten Gebäude, wie der Leuchtturm, befinden sich in Privatbesitz, der allerdings von Jedermann genutzt werden darf. Die Ehrfurcht vor dem kulturellen Erbe schwindet und ich befürchte, dass sich daran nichts ändert, solange die Menschen nicht zu ihren Wurzeln zurückfinden", klärte er sie auf und nahm die Stufen zur nächsten Etage in Angriff.

Sie hätte gerne mehr über dieses historische Gebäude erfahren und bedauerte, dass es sich selbst überlassen wurde. Ohne Beheizung in der kalten Jahreszeit würde der Zerfall unaufhaltsam voranschreiten. Hinter Amber ächzte Madeleine auf. Sam nahm die letzten beiden Stufen auf einmal und wandte sich an die beiden Nachzügler, zu denen Amber erfreulicherweise nicht gehörte. „Wer wird denn schlappmachen? Kommt schon, es sind doch nur 220 Stufen. Nehmt euch ein Beispiel an Amber, frisch wie der Morgentau auf den Blüten einer Rose.“

Was alles andere als der Wahrheit entsprach, sie ließ sich ihre Erschöpfung nur nicht anmerken.

Sams breites Grinsen war ansteckend. Amber freute sich diebisch über das Lob, selbst wenn es jeder Grundlage entbehrte.

„Wenn ich es nicht besser wüsste, würde ich behaupten, ihr beide seid miteinander verwandt. Wie kannst du so offensichtlich durchtrainiert daherkommen?“, keuchte Madeleine missmutig und zog sich die letzten Stufen am Treppengeländer entlang.

Insgeheim wartete Amber darauf, dass ihre Tante ebenfalls einen tiefsinnigen Kommentar zum Besten gab, doch Doras Lächeln erlosch und sie mied den Blick auf ihre Nichte. Oben angekommen stellte sich ihre Tante dicht neben sie, als benötigte diese ihren Schutz. „Ich hätte mich besser für den Aufzug entscheiden und ein rotes Kleid, in der Farbe von Rosenblätter, anziehen sollen“, sagte sie mit einem gezielten Seitenblick auf Sam und überraschte Amber mit ihrem witzigen Kommentar. Vermutlich sollte dieser darüber hinwegtäuschen, dass Dora zuvor eher beunruhigt gewirkt hatte.

„Den Aufzug? Hier gibt es einen Aufzug?“, echote Madeleine und sah ihre Mutter beleidigt an, die darauf mit einem entschuldigenden Schulterzucken reagierte.

„Ärger dich nicht, jetzt ist es sowieso zu spät“, versuchte Amber die Wogen zu glätten und hatte mit ihrem Beschwichtigungsversuch Erfolg. Madeleine kräuselte zwar die Lippen, schwieg jedoch.

Das Obergeschoss war ein großer leerer Raum, in dem früher vermutlich Requisiten zwischengelagert worden waren. Inzwischen lag eine dicke Staubschicht auf dem nackten Holzboden. Unzählige Mäusewanderungen hatten im Laufe der Jahre ein bizarres Muster entstehen lassen. Amber musterte die winzigen Pfotenabdrücke und sah sich nach weiteren Spuren um. Es gab keine, ihre Freunde hatten den Aufzug benutzt. Es überraschte sie, dass das Licht in den oberen Etagen funktionierte – wenn auch schwach, wie die gedämpfte Treppenhausbeleuchtung bewies. Die Luft war angefüllt mit Staubpartikeln, die bei jedem Luftzug wie Sternschnuppen aufstoben und Amber in der Nase kitzelten. Sie beeilte sich, Sam bis zum anderen Ende des Raumes zu folgen. Auf dieser Seite gab es zahlreiche Fußspuren, die von dem Fahrstuhl bis zu einer Tür gingen. Sie folgte Sam und trat über ein dickes Kabel hinweg, das von einer Steckdose aus über den Boden verlief und auf das Flachdach hinausführte. Nebenbei registrierte sie, wie er Dora, mit einem Blick auf ihr olivgrünes Kleid, zuraunte, dass es mit Sicherheit irgendwo auch grüne Rosen gäbe.

Der Anblick, der sich ihr hoch über den Dächern bot, lenkte ihre Aufmerksamkeit von dem Geplänkel der beiden ab. Zum Schutz vor dem kühlen Wind, der an ihr zerrte, zog sie die Jacke enger um den Körper. Sie bemerkte Elek und Boje, die auf umgedrehten Holzkisten an einem Lagerfeuer saßen. Darüber nachzudenken, wo Alec und Mel steckten, verbot sie sich. Stattdessen legte sie den Kopf in den Nacken und sah zu den dunklen Wolken hinauf.

Ihr Wohnviertel lag auf einem Hügel. Bisher hatte sie bei Einbruch der Nacht dennoch nie das Gefühl verspürt, sich nur ein wenig recken zu müssen, um den Himmel berühren zu können. Der Hafen und dieses Gebäude hingegen befanden sich am tiefsten Punkt der Insel, ihre Wahrnehmung musste ihr somit einen Streich spielen. „Kommst du? Da oben gibt es nichts zu sehen“, sagte Madeleine im Vorbeigehen und zupfte sie an der Jacke. Amber blinzelte ins Zwielicht und folgte ihr über das Dach bis zur prasselnden Feuerstelle. Alles dahinter lag weitgehend im Dunkeln.

„Willkommen am heimischen Herd“, witzelte Boje, der über seinem Shirt eine Steppjacke trug. Hinter ihm war eine kompakte Musikanlage samt dazugehörigen Boxen aufgebaut und Amber wurde klar, was es mit dem meterlangen Kabel auf sich hatte. Elek sprang auf und beeilte sich, einige Kisten herbeizuschleppen, die verstreut auf dem Dach herumlagen. „Wartet, ich bring euch ...“, stammelte er mit einem schüchternen Blick auf Madeleine und Amber hätte darauf gewettet, dass er rot anlief. Allerdings spiegelte sich der Schein der Flammen auf ihren Gesichtern wider. Dass Elek sich den Erwachsenen gegenüber zuvorkommend verhielt, war eine Sache. Amber zu bedienen, selbst wenn heute ihr Geburtstag war, eine andere. „Lass nur, du kannst für Madeleine eine Kiste besorgen, zwei auf einmal sind mir zu schwer“, kam sie ihm zuvor. Elek zögerte und sah zu Madeleine, die in die Knie gegangen war und die Hände am Feuer wärmte, als herrschte auf dem Flachdach tiefster Winter. Amber war in den letzten Tagen aufgefallen, dass Elek sich ihrer Cousine gegenüber auffallend zurückhaltend verhielt. Bisher hatte sie geglaubt, dass er von Natur aus schüchtern war. Die Art und Weise, wie er Madeleine gerade angesehen hatte, deutete allerdings auf etwas anderes hin. In Amber keimte eine Vermutung auf. Seine Nervosität in Madeleines Gegenwart und die Bemühungen, sich ihr gegenüber auffällig unauffällig zu verhalten, verrieten Amber, dass er in ihrer Cousine weit mehr als eine langjährige Freundin sah.

„Wo steckt eigentlich Alec?“, fragte Sam, der auf einer der Kisten Platz genommen hatte, in die Runde.

„Und Mel?“, ergänzte Dora, an Boje gewandt.

„Die sind kurz weg. Aber keine Sorge, Alec benimmt sich ihr gegenüber bestimmt anständig, ansonsten wäre uns längst ihr Gezeter zu Ohren gekommen. Der Wind steht günstig“, entgegnete Boje und zauberte vor aller Augen mit der ihm eigenen Selbstverständlichkeit, eine Flasche Bier hervor. Er setzte sie lässig an, bevor jemand einschreiten konnte.

„Verdammt Boris, her mit der Flasche! Habe ich mich nicht deutlich ausgedrückt? Ich sagte kein Alkohol!"

Amber blickte Sam überrascht an – bisher hatte niemand Bojes vollen Namen ausgesprochen, dass er es getan hatte, deutete darauf hin, dass er ernsthaft wütend war.

Sam kontrollierte die Getränkekiste und kassierte vier Flaschen ein, während Boje um jede Einzelne bettelte, als ginge es um sein Leben. „Komm schon, ich bin siebzehn und hab die Getränke die Treppe hochgeschleppt. Lass mir wenigstens zwei Flaschen. Okay, eine, hey, das kannst du nicht machen ...!"

„Und ob ich kann. Erstens hast du den Aufzug genommen und zweitens hast du bereits mindestens eine Flasche intus. Also her mit dem Zeug."

Boje gab sich endgültig geschlagen und starrte mürrisch ins Feuer. „Toll, wirklich toll. Der Abend ist so was von gelaufen."

„Soll ich mal schauen, wo die anderen abgeblieben sind?", bot Elek an, dem die Situation sichtlich unangenehm war.

„Spätestens, wenn sie Hunger bekommen, tauchen die beiden wieder auf", betonte Madeleine, die sich neben Elek auf eine Kiste setzte.

„In der Zwischenzeit könnten wir das Picknick vorbereiten, was meint ihr?", fragte Dora, stand auf und ging in Richtung einer Kunststoffbox, die Amber in dem Durcheinander übersehen hatte. Bisher hatte sie sich absichtlich vom Rand des Daches ferngehalten. Sie war sich nicht sicher, inwieweit sie mit der Höhe klarkommen würde, obwohl sie gern einen Blick riskiert hätte.

Kapitel 25

Das Meer zu sehen, erfüllte Amber mit Spannung, die sie einen Moment auskosten wollte. Selbst wenn es inzwischen fast dunkel war und es nicht so sein würde, wie sie es sich in ihren Tagträumen vorgestellt hatte. Schließlich hielt sie es nicht länger aus, versprach, vorsichtig zu sein, und ging mit klopfendem Herzen auf den Rand des Daches zu.

Der hell erleuchtete Leuchtturm, der mit einer imposanten Höhe von 120 Metern den Zugang zu einem Kanal, durch den die Schiffe ein- und ausliefen, markierte, ragte vor ihr auf. Er wies ihr die Richtung. Dahinter wirkte das Meer tiefschwarz. Mit der kühlen Brise getragen, gewann das herausfordernde Rauschen der Wellen, die gegen Klippen und Stadtmauer brandeten, kontinuierlich an Stärke. Es zerrte an ihr, lockte sie, sodass sie es kaum ertragen konnte, dem Ozean fern zu sein. Nichts hätte sie auf seinen Anblick vorbereiten können, nichts war auch nur annähernd mit der Wirklichkeit zu vergleichen. Die unermessliche Weite des Ozeans ging durch die Nebelbank verloren, die in der Dunkelheit als vager Kondensstreifen zu erkennen war. An der Stelle, an der das gemächlich rotierende Signallicht rötliche Schlieren auf die Wasseroberfläche warf, wirkte das Meer nicht spiegelglatt und mit Tinte geschwärzt, sondern ständig in Bewegung. Sie erschauderte unter der enormen Anspannung. Die von den Wellen ausgehende Naturgewalt ließ ihren Körper bis in die Zehenspitzen vibrieren. Etwas anderes nahm sie ebenfalls intensiv wahr. Jemand hatte die Anlage eingeschaltet – die Musik übertönte die Stimmen im Hintergrund; jedoch nicht die Atemzüge direkt hinter ihr. Der vertraute Duft nach Ingwer entlockte ihr ein Lächeln. Selbst wenn sie es nie zugegeben hätte, mit Alec diesen atemberaubenden

Augenblick gemeinsam zu erleben, war das schönste Geschenk an diesem Tag. Aufgewühlt sah sie hinab auf das Labyrinth der Straßen und Gassen. Die Wohnblöcke wirkten wie eine Miniaturausführung und die Beleuchtung in den winzigen Fenstern durchbrach die Dunkelheit wie die goldgelben Waben eines Bienenstocks.

Unvermittelt spürte sie einen heftigen Stich hinter der Stirn, gefolgt von einer Wahrnehmungserweiterung, als würde ein Vorhang gelichtet. Eine heftige Windböe ließ sie straucheln. Die hell erleuchteten Fenster verwandelten sich in glühende Augen, die sie grotesk anstarrten. In ihrem Kopf drehte sich ein Karussell und die Eindrücke, die auf sie einprasselten, drohten sie in die Tiefe zu reißen. Sie verlor die Balance und die Welt unter ihr schien rasend schnell auf sie zuzustürzen. Alec griff nach ihr, zog sie vom Rand des Daches weg und brachte einen sicheren Abstand zwischen sie und der Tiefe. Das überwältigende Gefühl der Faszination hatte sich in Furcht verwandelt.

„Mensch, das wäre fast schiefgegangen! Kannst du nicht aufpassen?“, schimpfte Alec und hielt sie an seine Brust gepresst, als könnte sie durch eine weitere Unachtsamkeit doch noch in die Tiefe stürzen.

„Ehrlich, es war alles in Ordnung. Bis diese Lichter, diese Lichter ...“, stammelte Amber, presste die Augen zu und klammerte sich verängstigt an sein T-Shirt.

„Halte dich in Zukunft besser von Dächern und sonstigen Höhen fern. Ich bin vielleicht nicht immer zur Stelle, um dich zu retten“, entgegnete er leise. Sein Tonfall, verdeutlichte, dass er genauso erschrocken war wie sie. Das Wort ‚gerettet‘ hallte in ihren Ohren wider. Seine Befürchtung, dass sie in Gefahr schwebte, hatte sie nach der Party zum ersten Mal deutlich wahrgenommen. Wie es aussah, hatte er, so unsinnig es ihr vorkam, nicht falsch gelegen. Was genau war der Auslöser dafür, dass er die Rolle des Beschützers übernommen hatte? Warum verhielt er sich ihr gegenüber mal ablehnend und dann wieder, als würde ihm etwas an ihr liegen?

Sie wollte keinen wankelmütigen Aufseher, der auftauchte, wenn es ihm passte, oder wenn ihm danach war, den Helden zu spielen. Seine Launen erinnerte sie zu sehr an ihren Vater. Auch er war schwer einzuschätzen. Oft genug warf er Pläne zugunsten seiner Arbeit um und stellte seine Familie zurück.

Unwillig trat sie einen Schritt seitwärts, doch Alec zog sie wieder an sich. Sie konnte seinen kräftigen, wenn auch beschleunigten Herzschlag an ihrer Wange spüren. Unwillkürlich schmiegte sie sich an den Stoff seines Shirts. „Alles Gute zum Geburtstag", flüsterte er und hob sanft ihr Kinn an. Die Musik als auch die Stimmen traten in den Hintergrund. Sein Gesicht lag im Dunkeln – ihres glücklicherweise ebenfalls. Sie spürte, wie sie bis in die Haarspitzen errötete. Sein warmer Atem streifte ihre Wange. Der Moment, in dem ihre Lippen einander berührten, erinnerte sie an das erste Mal, das eine Ewigkeit zurücklag. Sie ließ sein Shirt los und legte ihre Hände zaghaft auf seine Brust, die sich bei jedem seiner Atemzüge hob und senkte.

Amber erschauderte, als er mit seiner Zungenspitze über ihre Unterlippe fuhr und sanft deren Konturen nachzeichnete, während er seine Hände unter ihr Shirt gleiten und das Rückgrat hinaufwandern ließ. Überall dort, wo er sie berührte, überzog ein leichtes Prickeln ihre Haut.

Mit seiner Zunge drängte er, zuvor sanft und tastend, zwischen ihre leicht geöffneten Lippen. Sie ließ sich auf diese neue Erfahrung ein und seufzte wohlig auf. Mutiger geworden, tastete sie sich seitlich an seinem Oberkörper entlang zum Rücken hin und fühlte die angespannten Muskeln. Als seine Küsse drängender wurden, erfüllte sie die Sehnsucht, ihm so nahe wie möglich zu sein. Gleichzeitig spürte sie Angst vor den intensiven

Gefühlen, die seine Berührungen in ihr auslösten. Als hätte er ihre Zurückhaltung gespürt, zog er sich abrupt zurück. Sein Verhalten verwirrte sie. Eben noch hatte er sie geküsst, als könnte er nicht genug von ihr bekommen. Das Schweigen zwischen ihnen zog sich in die Länge. Wäre es nach ihr gegangen, hätten sie die ganze Nacht dem besänftigenden Rauschen der Wellen gelauscht. Dieser Wunsch war absurd, erschien ihr aber weitaus weniger bedenklich als der Aufruhr, den ein einziger Kuss von ihm in ihr auslöste.

„War es das jetzt mit den Überraschungen?", stammelte sie. Die Enttäuschung darüber, dass er sich zurückzog, versuchte sie vor ihm zu verbergen.

„Ich muss dir etwas Wichtiges sagen", wich er ihrer Frage aus.

„Jetzt?", flüsterte sie überrascht. Sein Gesicht lag weiterhin im Dunkeln, was sie insgeheim ärgerte. Ihn anzusehen, seine Gemütsregung zu beobachten, hätte ihr einen Hinweis darauf gegeben, was er wirklich von ihr wollte.

„Bisher ergab sich keine Gelegenheit. Außerdem bin ich mir nicht sicher, wie du darauf reagieren wirst."

Er schien es tatsächlich ernst zu meinen. Der klägliche Rest der Glücksgefühle, die sie noch vor Kurzem in einen Rausch versetzt hatten, verflog.

„Worauf wartest du? Wir sind allein, mehr oder weniger zumindest", forderte sie, gefasster als ihr zumute war. Was, wenn er ihr sagte, dass er sie mochte, aber eine andere hatte und ihre Freundschaft ebenso wie dieser Kuss ein Fehler war? Zwischen zwei Atemzügen schoss Amber durch den Kopf, dass es durchaus Leute gab, die über WhatsApp eine Beziehung beendeten. Warum nicht auch nach einer Knutscherei auf dem Dach eines Gebäudes?

„Erinnerst du dich daran, was ich dir über Aberness erzählt habe?"

Der Moment der Erleichterung verwandelte sich in Ratlosigkeit.

„Du meinst, als wir auf die Stadt hinuntergeschaut haben? Die Geschichte über diese Selkies und Hexen? Klar erinnere ich mich.“

„Sam hat heute mit Edmond gesprochen“, sagte Alec leise. Bei der Erwähnung des Namens rann ihr ein eisiger Schauer über den Rücken.

„Auf was willst du hinaus?“, fragte sie beunruhigt. Unwillkürlich schaute sie über seine Schulter in Richtung des prasselnden Lagerfeuers, dessen Anblick Wärme und Geborgenheit versprach. Sie spürte, wie er mit seiner Hand ihren Arm berührte.

„Es war keine Geschichte, die er dir erzählt hat. Das, was er dir angetan hat, lässt sich nicht mehr ändern. Es tut mir leid, ich hätte es dir viel früher erzählt, aber Sam musste erst sichergehen ...“

Er redete Unsinn, entweder hatte er trotz Sams Verbot zu tief ins Glas geschaut oder, oder ... Ihr fiel auf die Schnelle kein weiterer Grund ein, der sein seltsames Verhalten erklärte.

„Edmond hat nichts, aber auch gar nichts mit mir angestellt, wenn es das ist, was du wissen willst. Bitte verschon mich mit weiteren Schauergeschichten über Selkies und Hexen. Dafür bin ich zu alt.“

Was hatte Edmond ihr verabreicht, das von so großer Tragweite war, dass sich Sam und Alec die Köpfe darüber zerbrachen?

„Bitte, ich will dir nur ...“, setzte er erneut an.

„Hey, Alec, wie lange brauchst du, um Amber zu holen? Was treibt ihr beide überhaupt? Hoffentlich nicht das, was ich an eurer Stelle täte“, rief Boje über das Lagerfeuer hinweg und prostete Mel, die seinen Kommentar offenbar nicht witzig fand, mit einer halbvollen Colaflasche zu.

Alec schwieg. Amber ebenso.

Mit weichen Knien folgte sie ihm und setzte sich so weit wie möglich von ihm entfernt ans Feuer. Ihr war nicht nach Reden und erst recht nicht nach Späßen zumute. Deshalb beließ sie es bei einem flüchtigen Lächeln, als wäre Bojes Vermutung absurd und aus der Luft gegriffen. Dass Madeleine ihr ein Thunfisch-Sandwich aufgehoben hatte, war eine nette Geste und eine willkommene Ablenkung. Mit gemischten Gefühlen beobachte sie, wie Alec eine Flasche Cola aus der Kiste angelte. Dass er sein Gesicht etwas abgewandt hielt und die Flasche gegen seine Lippe presste, anstatt sie aufzusetzen, wirkte befremdlich. „Also ich würde mich um nichts in der Welt dem Rand des Daches nähern. Allein der Gedanke daran, brr“, raunte Madeleine ihr zu.

Vielleicht hätte sie ihrer Freundin zugestimmt, doch das Zusammentreffen mit Alec und das, was zwischen ihnen passiert war, hielt sie davon ab. Sie ersparte sich die Antwort und lenkte das Gespräch auf ein unverfänglicheres Thema: „Ein nächtliches Picknick auf einem Dach ist wirklich eine originelle Idee, an die ich mich lange erinnern werde.“ Dass Alec ihr Gespräch mitverfolgte, verrieten seine angespannte Haltung und die Neigung seines Kopfes, der jetzt in ihre Richtung wies. Bemüht, ihn aus ihren Gedanken zu verbannen, fiel ihr etwas ein, das sie längst fragen wollte: „Hast du niemals die Lust verspürt, direkt am Meer zu stehen? Nicht vom Kai aus, sondern ihm richtig nah zu sein?“

Madeleine wirkte ratlos und verwirrt zugleich. Offenbar war ihr noch nie in den Sinn gekommen, die Existenzberechtigung des Schutzwalls in Frage zu stellen – geschweige denn, das Meer aus nächster Nähe sehen zu wollen. „Ne, dort gibt es doch nur kahle Klippen. Außerdem ist es gefährlich. Da pilgere ich lieber ins Landesinnere.“

Ihre Cousine hatte nicht ganz unrecht und stand mit ihrer Meinung keineswegs allein. Die Strömungen rund um die Insel waren unberechenbar. Selbst wenn es möglich gewesen wäre, bis zum Strand vorzudringen, niemand hätte es gewagt, im Meer zu schwimmen. Obwohl alles dagegen sprach, träumte Amber, seit Kindesbeinen an, von einer von Menschen unberührten geheimnisvollen Bucht, von der sie sich sicher war, dass es sie gab. Fast wäre ihr das Geständnis vor allen herausgerutscht. In letzter Minute wechselte sie das Thema: „Wer will schon das Meer sehen, im Landesinneren ist es viel schöner. Ich war im letzten Sommer mit meiner Schulkasse in Brae. Ein wirklich schöner Ort. Die Leute dort waren freundlich und wer wollte, durfte sogar im Heu schlafen. Natürlich nicht draußen bei den Weiden, sondern in der Scheune“, fügte Amber schnell hinzu, da ihre Cousine skeptisch wirkte.

„Echt? Ich war mal mit Mel und Rosalie in der Wildnis zum Campen. Im Dunkeln raus zu müssen, auf die Gefahr hin, sich im Moor zu verirren, war eine Erfahrung, die meinen Bedarf an Frischluft für allezeit gedeckt hat.“

„Komm schon, das war ein einziges Mal und nur, weil wir nicht auf die Zeit geachtet haben und es zu spät war, um ins Dorf zurückzukehren“, mischte sich Mel ein, die mit offensichtlichem Genuss den Rest ihres Sandwichs verspeiste. Ihre Schwester dagegen verzog das Gesicht und legte ihr Brötchen neben sich auf die Kiste, als wäre ihr der Appetit vergangen.

Mels Kommentar verwirrte Amber. Offenbar besuchte Rosalie an ihren freien Tagen nicht nur frühere Bekannte in der Altstadt, sondern kletterte wie ein junges Mädchen auf der Hochebene umher. Auf der Suche nach, ja, was? Sie erinnerte sich, wie oft Rosalie mit Körben frischer Kräuter von ihren Ausflügen zurückgekehrt war. Bisher war sie davon ausgegangen, dass ihre Großmutter hin und wieder einen Abstecher zum Wochenmarkt unternahm. Da Amber sich nie für Kräuter interessiert hatte, war es ihr egal gewesen. Mels Erwähnung lieferte jedoch eine

Erklärung, mit der sie nicht gerechnet hatte. Es lag auf der Hand, dass ihr Vater Rosalies Freizeitaktivitäten nicht verborgen geblieben sein konnten. Das Hochland war Naturschutzgebiet, unerlaubtes Betreten war strengstens verboten. Besucher benötigten einen Passierschein, den niemand ohne Weiteres erhielt. Eifersucht nagte an ihr. Rosalie stand mit Isabel in Kontakt, deshalb hatte sie verständlicherweise auch Umgang mit Dora und den Zwillingen. Dass sie die beiden ihr vorgezogen und sie nie gefragt hatte, ob Amber sie auf einen dieser Ausflüge begleiten wollte, ärgerte sie immens.

„Okay, Zeit für eine der alten Geschichten, was meint ihr?“, rief Sam enthusiastisch in die Runde und drehte die Musik leise. Alec wirkte plötzlich gelangweilt und setzte mehr oder weniger erfolgreich sein Sandwich zusammen, dessen Toasthälften er über dem Feuer gebräunt hatte. Elek, der an diesem Abend Kellnerqualitäten zeigte, reichte Mel einen glänzenden rotwangigen Apfel. Mel nahm ihn mit einem hoheitsvollen Nicken entgegen, und Amber dachte mit einem Hauch von Boshaftigkeit an Schneewittchens Gegenspielerin; die böse Hexe und ihr vergifteter Apfel. Einzig Dora schien sich für Sams Vorschlag zu erwärmen – vermutlich wäre ihre Tante selbst auf den Einfall, abwechselnd auf einem Bein zu hüpfen, begeistert eingegangen, vorausgesetzt die Idee kam von Sam.

„Na kommt schon. Amber kennt sie bestimmt noch nicht“, versuchte er es erneut und warf ihr einen Blick zu, als läge die Entscheidung allein bei ihr.

Die Situation war ihr außerordentlich unangenehm. Einerseits schien niemand Lust auf Sams Geschichten zu haben, die er den Reaktionen zufolge nicht zum ersten Mal zum Besten gab. Andererseits wollte sie ihn nicht vor den Kopf stoßen. Automatisch sah sie hilfesuchend zu Alec hinüber.

„Du hast vergessen, dass wir etwas vorhaben. In zehn Minuten geht's los, jetzt ist es für eine deiner Geschichten zu spät", nuschelte er mit vollem Mund und half ihr damit aus der Patsche.

Sam warf Dora einen fragenden Blick zu, den diese mit einem aufmunternden Lächeln quittierte. Indes überlegte Amber fieberhaft, was anstehen könnte, von dem sie nichts wusste. Wenn es nach ihr gegangen wäre, würde sie einfach am Feuer sitzen bleiben und Sams Geschichten lauschen. Ihre Freunde allerdings waren auf etwas anderes aus und redeten plötzlich alle durcheinander. „So spät schon ..." „Na, ich weiß ja nicht ..."

„Ich hab alles im Griff", betonte Alec und wischte sich seine Finger an der Jeans ab. „Wenn das mal gutgeht." Letzteres kam von Mel.

„Einen Moment. Vielleicht klären wir erst, wer die Nacht hier oben verbringen will. Sollte es sich jemand anders überlegen, einfach anrufen und Sam holt euch ab", mischte sich Dora ein. Ihr Blick allerdings ruhte ausschließlich auf Amber. Überrumpelt benötigte sie einen Moment, um zu realisieren, dass das Lagerfeuer keineswegs der krönende Abschluss ihres Geburtstags war. Die Aussicht, eine Nacht hoch über den Dächern der Stadt zu verbringen, verursachte ihr nach ihrem letzten Fehltritt ein ungutes Gefühl, aber kneifen kam nicht in Frage. Nicht überzeugt, die richtige Entscheidung zu treffen, rang sie sich schließlich zu einem: „Ich bin dabei" durch und biss entschlossen eine Ecke ihres Sandwichs ab. Sam nahm seinen Bruder beiseite und sprach leise auf ihn ein, bis dieser die Geduld verlor.

„Alles klar, ich hab verstanden. Wir bleiben im Gebäude und treiben uns nicht auf den Straßen herum. Sollte etwas sein, rufe ich dich an", fiel Alec ihm ins Wort.

Zu Ambers Verwunderung erklärten sich Elek und Madeleine bereit, die Feuerstelle im Auge zu behalten und blieben auf dem zugigen Dach zurück. Dieses Mal fuhren sie in zwei Etappen, mit dem winzigen Aufzug hinab ins Erdgeschoss. Ohne viel Wirbel verabschiedeten sie sich dort von Dora und Sam, die, ihren Gesichtern nach zu urteilen, eine sturmfreie Wohnung durchaus zu schätzen wussten. Amber musterte die goldenen verschnörkelten Lettern über der Flügeltür im hinteren Bereich der Halle: ‚Palace'. Neugierig folgte sie Mel und betrat den dämmrigen Saal. Lange Reihen rubinrot bezogener Polstersessel standen im Halbkreis angeordnet, vor einer überdimensionalen Kinoleinwand. Die weiße Beschichtung wies einen leichten Gelbstich auf. Die roten Samtvorhänge zu beiden Seiten der dahinterliegenden Bühne hoben diese hervor und weckten Ambers Interesse.

„Die mittlere Reihe ist der beste Platz. Setzt euch schon mal, ich kümmere mich um alles andere", schlug Boje vor, dessen Stimme durch den Raum hallte und Amber das Gefühl gab, auf die Größe einer Ameise geschrumpft zu sein. Während sie nach vorn ging, dachte sie an die Besucher, die einst allabendlich auf der Suche nach Zerstreuung den Saal gefüllt hatten. Die verwaisten, mit einer Staubschicht bedeckten Sessel lösten in ihr Wehmut aus. In einer früheren Epoche musste das Theater ein faszinierender Ort mit einer ganz eigenen Atmosphäre gewesen sein. Wie zur Bestätigung glommen entlang der Sitzreihen Lampen auf, die an Fackeln in kupfernen Halterungen erinnerten. Ihr Blick glitt zu der dunkel vertäfelten Decke, an der die Vorrichtungen der abmontierten Kronleuchter baumelten. Langsam ging sie die Reihen ab, auf der Suche nach einem passenden Sitzplatz. Nicht in der Mitte, jedoch weit genug, um nicht umständlich den Kopf in den Nacken legen zu müssen. Die Hoffnung stirbt bekanntlich zuletzt, dachte sie zynisch, als Mel nicht wie erwartet Abstand zu ihr hielt, sondern sich an ihr vorbeidrückte und einen Sessel weiter Position bezog. Alec ließ sich zu ihrer Linken in die Polster plumpsen, von denen daraufhin eine Staubwolke aufstieg.

Sie versuchte seine Nähe und das unangenehme Gefühl der Enge zu vergessen und lauschte auf das leise metallene Klappern hinter der Bühne, wohin Boje verschwunden war. Den Geräuschen nach hantierte er nicht mit digitalisiertem Filmmaterial. Es wäre an diesem Ort fehl am Platz. Die Beleuchtung im Saal erlosch. Gebannt schaute Amber in Richtung der Leinwand, auf der eine Zahlenabfolge erschien, die sich beginnend mit der Zehn rückwärts auf die Eins zubewegte – begleitet von einem merkwürdigen Summen. Es klang, als würde jemand in die Pedale eines Fahrrades treten, dessen Vorderrad durch die Luft surrte. Ein Stummfilm, schoss es ihr durch den Kopf. Das erste Bild war verwackelt und dementsprechend unscharf. Der Film stockte.

Amber musterte den steinigen Strand, der aus Richtung des aufgewühlten Ozeans, gefilmt worden war.

Kapitel 26

Es war tatsächlich ein Stummfilm in Schwarz-Weiß, aber Amber glaubte, das Rauschen der Wellen und das Kreischen der Silbermöwen zu hören, die sich gegen den bewölkten Himmel abhoben. Der Anblick einer Schafherde, die den Strand nach glitschigem Seetang absuchte, war ebenso befremdlich wie die niedrige Steinmauer, die wenige Meter vom Strand entfernt verlief. Sie sollte die Tiere von den dahinterliegenden Grünflächen fernhalten. Amber war dieser Ort gänzlich unbekannt. Offenbar handelte es sich um ein Areal des Naturschutzgebietes, das fast die Hälfte der südlich gelegenen Inselseite mit einschloss. Seehunde räkelten sich auf einem nur wenige Zentimeter über der Wasserfläche liegenden Plateau. Einige von ihnen glitten aufgescheucht in die Wellen und verschwanden hinter dem Riff. Eine Kolonie von Trottellummen, die ihre Nester in den steilen Felsklippen gebaut hatten, fesselte Ambers Aufmerksamkeit. Sie vergaß, dass sie sich mitten in einer modernen Stadt in einem abgedunkelten Saal befand. Ihre Sinne waren auf eine ursprünglichere Welt ausgerichtet als die, in der sie aufgewachsen war und die sie bis vor Kurzem gut zu kennen geglaubt hatte. Erneuter Szenenwechsel. Ein anderer Strandabschnitt. Amber entdeckte einen Punkt in der Ferne. Im ersten Moment war sie unsicher, auf was der Kameramann aus war. Wasser, nichts als blaues, in Ufernähe schäumendes Wasser, das sich in unregelmäßigen Intervallen hob und senkte. Der näherkommende Punkt entpuppte sich als der mächtige Kopf eines Seehundes, der aus einer Schaumkrone auftauchte und wieder verschwand. Für den Bruchteil einer Sekunde erhaschte Amber einen Blick auf den glänzenden Körper des Tieres, bevor es die Richtung wechselte und direkt auf den Kameramann zusteuerte. Sie zuckte erschrocken zusammen, als Mel neben ihr in die Stille hinein verlauten ließ: „Aufgepasst, jetzt kommt meine Lieblingsstelle!“

Mit angehaltenem Atem beobachtete Amber, wie das staatliche Tier mit einer hohen Welle an den Strand gespült wurde – oder glaubte, es zu beobachten. Das Filmmaterial musste an dieser Stelle schadhaft sein, oder jemand musste es verändert haben. Denn das, was sie auf dem Strand liegen sah, war kein Seehund, nicht einmal ein Tier. Die ebenmäßigen Gesichtszüge des jungen Mannes verliehen ihm etwas Feminines. Sein jungenhaftes Grinsen deutete darauf hin, dass er erst vor Kurzem die Schwelle zum Erwachsenen überschritten hatte. Verwirrt und sich der Nacktheit des Motivs nur zu bewusst, senkte Amber den Blick. Sie hoffte, dass der Kameramann ein Einsehen hatte und die Linse nicht mehr auf die untere Körperregion des Fremden gerichtet hielt. Das Kichern zu ihrer Rechten ließ sie tiefer in den Sessel sinken.

„Ich muss schon sagen, ein schönes Exemplar. Schade, dass es heute nicht mehr allzu viele von ihnen gibt und sie einer anderen Altersklasse angehören. Andererseits würde ich mich eh bloß ärgern. Bekanntlich standen die ja auf Hexen“, kommentierte Mel in einem Anflug von Humor.

Amber stockte der Atem. Sie musste sich verhört haben, oder Mel meinte zickige Mädchen. Allerdings deutete Alecs Reaktion darauf, dass sie mit ihrer Vermutung, sich verhört zu haben, falsch lag: „Du hast mir etwas versprochen, also halt dich daran.“

„Ein Witz ist doch noch erlaubt, oder?“, entgegnete Mel beleidigt.

Amber atmete tief durch und wandte sich wieder der Leinwand zu. Gebannt starrte sie auf den Mann, der jetzt glücklicherweise ab der Hüfte aufwärts zu sehen war und dessen zotteligen nassen Haare ihm über die Augen fielen. Der Film ruckelte erneut, bevor das Bild stockte. Dieses Mal durchbrachen hektische Geräusche die Stille, gefolgt von einem lauten Poltern, als wäre jemand gegen einen Stuhl gestoßen.

„Moment, es hängt“, tönte es hinter den Kulissen und bestätigte Ambers Vermutung.

Sie registrierte, wie Alec sich seitlich nach hinten beugte und Mel zuraunte: „Wer es glaubt. Ich schätze, sie waren froh, dass die Hexen sie nicht mit Haut und Haaren verschlungen haben, sonst wären sie mit Sicherheit viel früher ausgestorben.“

Warmer, schwach nach Ingwer duftender Atem streifte Ambers Nacken. Sie erschauderte, wandte sich ihm zu, und stieß mit ihrer Wange versehentlich mit Alecs Stirn zusammen. Er zuckte vor der Berührung zurück und rieb sich mit der Hand über die Stelle.

„Entschuldigung“, murmelte sie gekränkt. Sie beugte sich nach vorn, um den beiden nicht im Weg zu sein und einen erneuten Zusammenstoß zu vermeiden.

„Alec, du weißt, dass du eigentlich auf der Seite der Hexen stehen müsstest“, überging Mel den peinlichen Moment. „Aber Sam und Edmond haben dich so was von verdorben. Amber, kannst du bitte aufhören auf deinem Sitz herumzuhibbeln, du machst mich damit wahnsinnig. Es geht weiter“, kommentierte Mel im gleichen Atemzug.

Verwirrt über das merkwürdige Gespräch der beiden, enthielt sich Amber jeglichen Kommentars und richtete ihre Aufmerksamkeit erneut auf den Film. Offenbar hatte Boje ein Stück vorgespult, der Strandabschnitt war verschwunden. Sanfte Hügelketten, weitläufige Wiesen, Heidekraut und gedrungene Büsche beherrschten nun einen Großteil der Szenerie. Die Bildabfolge, zuvor im Zeitraffer, schien an Geschwindigkeit zuzulegen. Atemlos verfolgte Amber, wie die Aufnahmen an ihr vorbeirasten und ihre Sinne überfluteten. Raue, unwirtliche

Gebiete gingen in üppige Vegetation über. Großflächige Moorsümpfe verrieten, dass sie sich nicht mehr an der Küste befanden, sondern tief im Landesinneren. Die knorrigen Büsche und Kiefern wirkten aus der Ferne wie Teile der kleinen Wälder, die es heute noch vereinzelt gab. Amber hatte dieses Gebiet allerdings bisher nie aus der Nähe gesehen, geschweige denn betreten.

In ihr regte sich ein ungutes Gefühl. Laut eines Bildbandes, der in ihrem Zimmer im Regal stand, gab es diesen Ort tatsächlich. Was, wenn es sich nicht nur um einen witzigen Filmdreh handelte? Was, wenn das gedreht worden war, als es noch möglich war, die Insel ohne nervigen Papierkram ungehindert zu durchstreifen? Etwas an dieser Szenerie stimmte nicht. Es wirkte alles andere als gestellt und deutete auf etwas hin, das zu glauben Amber schwerfiel.

Dass dieser Teil der Insel tatsächlich besiedelt war, verdeutlichte der Abspann. Eine Gruppe überwiegend junger Frauen, in knöchellangen Kleidern und mit bunten Kopftüchern, lachte selbstbewusst in die Kamera. Die Männer hielten Harken in den Händen, an denen dunkle Erde klebte. Von ihnen ging jedoch eine düstere Ausstrahlung aus, als wollten sie nicht durch den Dokumentationsfilm in die Öffentlichkeit gezerrt werden.

Amber wusste über den Torfabbau recht wenig. Zu ihrem Bedauern wurde das Thema im vergangenen Schuljahr nur grob angerissen. Vielleicht, weil sich das Moor nicht im Besitz der Regierung befand. Es gehörte den Nachkommen der ersten Siedler, die an längst vergangenen Zeiten festhielten und ihr Leben unberührt von der Industrialisierung führten. Bisher hielt Ambers Vater wohlwollend die Hand über diesen seltsamen Menschenschlag. Sie bezweifelte allerdings, dass Rohloff, sollte er die Wahlen gewinnen, ebenso nachgiebig mit diesen eigensinnigen Leuten wäre, die laut Hörensagen seltsame Feste feierten und vermutlich deshalb den Ruf hatten Hexen zu sein. Nachdenklich glitt Ambers Blick über die Entwässerungsgräben, die ihres Wissens nach Bereiche des Sumpflandes trockenlegten, bis der Boden per Handarbeit ausgestochen werden konnte. Amber erinnerte sich an eine von Rosalies Erzählungen über die Insel. In deren Kindheit stieg im Frühjahr dunkler Rauch auf, der die Moorlandschaft verdunkelte. Einst dienten die gezielt abgebrannten Landstriche der Kultivierung. Der Anbau von Getreide, Obst und Gemüse ermöglichte den Bewohnern eine Eigenständigkeit fernab der Stadt.

Die Siedler verschwanden. Die letzte Sequenz schloss mit der Ablichtung eines knorrigen Baumes, der sich vor dem bewölkten Himmel abzeichnete. Seine mächtige Krone reichte, vom immerwährenden Wind gebeugt, bis zum Boden – als würde er vor einem unsichtbaren Publikum sein Haupt neigen. Völlige Dunkelheit hüllte Amber ein und ließ sie unwillkürlich erschaudern. Mit weit aufgerissenen Augen starrte sie ins Nichts, unfähig zu verstehen, was sie gesehen hatte. Tief in ihrem Inneren hatte sie längst gewusst, dass alles, was sie gerade mitverfolgt und über Hexen und Selkies gehört hatte, der Wahrheit entsprach. Dieses Wissen war nicht greifbar, aber eindeutig vorhanden, und das nicht erst, seit sie diesen Saal betreten hatte. Einiges deutete daraufhin; ihre Fähigkeit, Gerüche stärker wahrzunehmen als normal, war einer davon. Alec war nicht senil oder ein Spinner – trotzdem glaubte er Edmonds Geschichte. Selbst Amber schien sie plötzlich real. Dennoch …

Verzweifelt versuchte sie, sich an der Wahrheit, an dem, was sie bisher für die Wirklichkeit gehalten hatte, festzuhalten, und spürte, wie sie ihr entglitt. Als wären ihre zu Fäusten geballten Hände Stundengläser, durch die unaufhaltsam Quarzsand rann. Das gleißende Licht der aufflammenden Leuchter ringsum katapultierte sie unbarmherzig in eine veränderte Realität zurück. Wut stieg in ihr auf und half ihre Panik zumindest so weit unter Kontrolle zu halten, dass die anderen es ihr nicht anmerkten. Warum hatte man ihr diese Dokumentation gezeigt? Was erwarteten ihre Freunde nun von ihr? Dass sie bei einer Konfrontation mit einem Selkie, einem Monster, das in ihrer Welt eigentlich nicht existieren durfte, schreiend aufsprang und das Weite suchte? Oder dass sie über die gelungene Überraschung applaudierte? Verunsichert und von der Helligkeit bedrängt, kniff sie benommen die Augen zusammen. Jeder Versuch, sie wieder zu öffnen, ohne, dass das Licht sie blendete, scheiterte. Sie ahnte mehr als dass sie es sah, dass sie von ihren Sitznachbarn beobachtet wurde. Vielleicht, um beim ersten Anzeichen eines Ausflippens einzugreifen. Diese Genugtuung wollte sie weder Mel noch Alec geben. Mühsam widerstand sie dem Drang, sich hilfesuchend an ihn zu wenden. Obwohl er ihr bereits einmal, als es ihr ähnlich ergangen war, geholfen hatte, wenn auch auf eine Weise, die sie nicht verstand. Hastig senkte sie den Blick. „Ich verschwinde jetzt“, sagte Mel, die die Geduld verlor. Sie quetschte sich an Amber vorbei und ging, dem sich entfernenden Klang ihrer Schritte nach zu urteilen, Richtung Bühne.

„Tut mir leid. Aber wir waren uns alle einig, dass du uns erst glaubst, wenn du die Wahrheit mit eignen Augen siehst.“

Noch immer schaute Amber nicht auf und war insgeheim froh, Alec nicht ansehen zu müssen. Sie war wütend und verletzt zugleich. Entweder erlaubten sie sich einen schlechten Scherz mit ihr und hatten Elek, der sich gut mit Bildbearbeitungsprogrammen auskannte, überredet, herumzuexperimentieren, oder aber nichts von alldem war getürkt. Letzteres drängte sich ihr auf eine unangenehme Weise auf, als würde sie jemand oder etwas wachrütteln wollen.

Eines wusste sie allerdings mit absoluter Sicherheit: Alec war die treibende Kraft und seine gestohlenen Küsse im Schutz der Dunkelheit erschienen ihr nun wie reiner Hohn. „Ist das vererbbar oder nur ansteckend?“, zischte sie und meinte damit seinen schrägen Humor. Sie tastete sich blind an der Sesselreihe vor ihr entlang zum Mittelgang hin.

„Vererbt. Hast du wieder Probleme mit deinen Augen?“ Sein Tonfall klang neutral. Sie bemerkte das kurze Zögern zwischen den Sätzen und deutete es als schlechtes Gewissen.

„Bitte setz dich. Ich wollte dir längst erzählen, dass du eine direkte Nachfahrin von ihnen bist. Wenn du mir nur einen Moment zuhörst ... Ich kann dir das alles erklären.“

Amber hatte jedoch genug gehört und gesehen. „Das brauchst du nicht. Schöne Freunde hast du dir da angelacht. Aber weißt du was?“ Sie zwang sich, ihre schmerzenden Augen dem Licht auszusetzen, ungeachtet der Tränen, die ihr über die Wangen rannen. „Du kannst mich sonst was!“

„Warte!“, flüsterte er nah an ihrem Ohr. Zu nah. Dieses Mal löste er bei ihr kein Herzklopfen aus. Es war seine Idee gewesen, ihr, ähnlich wie Edmond es getan hatte, auf die harte Tour zu zeigen, dass es auf Aberness mehr gab als Menschen und Tiere. Sie lächelte zynisch.

Mensch, Tier, Mischwesen, vielleicht sogar fleischfressende Pflanzen? Was wusste sie von der Welt dort draußen, die weit über die Stadtgrenze hinausging?

„Sieh mich an. Komm schon“, wiederholte er in einem Tonfall, den Amber von Sam her kannte. Trotzig presste sie die Lider zusammen. Alec berührte sie nicht und sie weigerte sich, ihn anzusehen.

„Ja klar, träum weiter. Als ob du auch nur gegen eine der Hexen eine Chance gehabt hättest. Sie hätte dich genüsslich zum Frühstück verspeist! Wenn du mir nicht glaubst, dann versuch dein Glück erst mal bei mir“, hörte Amber ihre Cousine schimpfen, die sich offenbar mit Boje stritt.

„Jetzt hab dich nicht so. Gegen Mädchen trete ich nicht an. Obwohl, mich mit dir auf einer Matte zu wälzen, wäre eine Überlegung wert!“, schallte Bojes wütende Stimme durch den Saal. Amber riss erschrocken die Augen auf und begegnete Alecs Blick. Sekundenlang starrten sie einander an. Als er keine Anstalten machte, etwas zu sagen, wandte sie sich ab. Sie bekam mit, wie Mel im Vorbeirauschen eine Grimasse zog, als wäre es unter ihrer Würde, sich weiterhin mit irgendjemandem in diesem Raum abzugeben. Ihre Cousine lief auf den Ausgang zu und war wenige Sekunden später verschwunden. Aus den Augenwinkeln bemerkte Amber nicht nur Bojes spöttisches Lächeln, sondern auch, wie Alec seinem Freund einen warnenden Blick zuwarf und den Kopf schüttelte.

Er hatte es schon wieder getan. Was immer es war, was mit ihren Augen nicht stimmte, Alec hatte ihr erneut geholfen, es in den Griff zu bekommen. Sie war zu aufgebracht, um sich über dieses Problem den Kopf zu zerbrechen oder ihn darauf anzusprechen. Nachdem Boje die Filmrolle zurückgebracht und die Lichter gelöscht hatte, verließen sie den Kinosaal und durchquerten im Dunkeln die Eingangshalle. Die mit vergilbtem Zeitungspapier zugeklebten hohen Fenster ließen nicht einmal das Licht der Straßenbeleuchtung ein. Dadurch wirkte die Halle gespenstig und Amber war Alec insgeheim dankbar, dass er an eine Taschenlampe gedacht hatte, die ihnen den Weg zum Aufzug wies, der sich gerade in Bewegung setzte. Vor dessen Tür lagen ordentlich zusammengerollte Schlafsäcke nebst einem großen Rucksack. Der dritte Schlafsack, der, da er Mels Wut zum Opfer gefallen war, wohl Boje gehörte, lag einen Meter entfernt an der Wand. Amber klemmte sich einen der Rucksäcke unter den Arm, wartete bis der Fahrstuhl zurückkam und stellte sich im Aufzug mit dem Rücken zu Alec. Niemand sprach. Sie alle hingen ihren eigenen Gedanken nach und Amber war erleichtert, dass die Jungs sie in Ruhe ließen.

Zurück auf dem Dach, beeilte sie sich, Abstand zwischen sich und Alec zu legen. Sie schaute als Erstes nach Mel, die in einen vierten Schlafsack eingerollt im Halbdunkel lag und tat, als würde sie schlafen. Elek und Madeleine hatten während ihrer Abwesenheit kurzerhand drei Kisten zu einer Bank zusammengeschoben. Er hatte seine Zurückhaltung abgelegt und unterhielt sich angeregt mit ihr. Anscheinend waren die beiden bereits drüber informiert worden, was zwischen Mel und Boje vorgefallen war.

„Die Zwei sind echt wie Hund und Katz. Wenn der eine bellt, miaut der andere. Allerdings muss ich Mel recht geben, er hätte nicht sagen dürfen, dass er es damals bestimmt mit mehreren dieser Frauen auf einmal aufgenommen hätte. Dass sie darauf so reagiert, hätte ihm klar sein können. Er muss sie aber auch immer ärgern."

„Zum Glück macht sich Alec nichts aus dem ganzen Geschwätz, sonst hätten wir bald dieselben Zustände wie damals", entgegnete Elek und bedachte Boje mit einem Blick, der Missbilligung ausdrückte.

„Na ja, irgendwie haben wir das. Schau dir an, was in der Stadt zurzeit vorgeht", kommentierte Madeleine und wurde von Alec unterbrochen, der an Amber vorbei zur Feuerstelle ging. „Tja, Rohloff nutzt die Situation aus. Wäre ich Sam, hätte ich längst ..."

„Bist du aber nicht", mischte sich Boje ungehalten ein, der um Mels Schlafplatz einen weiten Bogen ging und mürrisch dreinschaute.

„Und was genau hättest du getan? Die Bombe platzen lassen und darauf gehofft, dass sich alle überglücklich in die Arme fallen?", zischte Madeleine in Bojes Richtung. Alec schwieg und schürte stattdessen das heruntergebrannte Feuer. Amber blickte ratlos von einem zum anderen. Die Stimmung drückte auch ihr auf das Gemüt und dabei wusste sie nicht einmal, über was sich ihre Freunde aufregten. Ihre Vermutung bewegte sich in Richtung der Aufstände, doch der Rest blieb weiterhin nebulös. Hexen, Selkies, die Unruhen in allen Stadtteilen, Rohloff, der mit Verhaftungen nicht geizte, das alles schien mit der Vergangenheit zusammenzuhängen. Es war zu verwirrend und sie zu müde, um darüber nachzudenken. Ihr fiel auf, dass sich Boje seit dem Streit mit Mel ungewöhnlich still verhielt – dennoch wirkte er unruhig. Er erhob sich nach wenigen Minuten, knallte seinen Rucksack direkt vor Eleks Füße und marschierte in Richtung Getränkekiste. Grimmig zog er zeitgleich ein Feuerzeug aus der Hosentasche und setzte sich mit einer Colaflasche an das heruntergebrannte Feuer. Der Abend schien gelaufen und ein unrühmliches Ende genommen zu haben.

„Mannomann, der Film muss einigen von euch ja echt die Laune verhagelt haben. Mel erzählt nichts, außer, dass alles Mist gewesen wäre“, murrte Elek an Alec gewandt. Er erhoffte sich von ihm mehr als das, was er und Madeleine von Mel zu hören bekommen hatte.

Amber war sich allerdings sicher, dass weit mehr hinter den Kulissen abgelaufen war.

„Bevor ich es vergesse …“, umrundete Alec das heikle Thema, ging vor Elek in die Hocke und wühlte in seinem Rucksack. Er hatte nichts dem Zufall überlassen und vorausgedacht. Der Anblick der Kleidungstücke, die er nacheinander hervorzog, ließ Amber aufatmen. Sie musste nicht in ihren Kleidern schlafen und erkannte ihren roten Jogginganzug, den er auf eine Kiste legte, auf den ersten Blick. Madeleine war wohl diejenige, die ihn in einem unbeobachteten Moment aus Ambers Reisetasche entwendet hatte. Madeleine grinste, als Amber dankbar lächelte und den Daumen nach oben hielt. „Danke“, raunte sie ihrer

Freundin zu, die ebenfalls müde wirkte und wie zum Beweis ausgiebig gähnte.

„Kein Thema, ich verdrück mich jetzt. Wenn Elek nicht gewesen wäre, hätte Sam die Rucksäcke tatsächlich im Kofferraum vergessen.

War es heftig?", fügte sie besorgt hinzu.

Im ersten Moment dachte Amber, dass Madeleine die Knutscherei mit Alec mitbekommen hatte und darauf anspielte, doch Madeleine sah nicht sie an, sondern zu ihrer Schwester hinüber.

„Irgendwie war es das. Und ausnahmsweise ist Mel nicht auf mich wütend, sondern auf Boje."

„Das ist nichts Neues, aber eigentlich meinte ich dich."

„Nein, ja, ich muss erst darüber nachdenken", wich sie ihrer Freundin aus, die ihr ein verständnisvolles Lächeln schenkte. „Das verstehe ich. Versuch wenigstens etwas zu schlafen, okay?"

Amber nickte und beobachtete, wie Madeleine ihren Schlafsack neben dem ihrer Schwester ausbreitete und sich darauf niederließ.

Amber stand auf und sah sich nach einer geeigneten Stelle um, an der sie sich unbeobachtet umziehen konnte. Etwas abseits im Schutz der Dunkelheit zog sie sich bis auf die Unterwäsche aus und tastete nach dem Wäscheschild, das verriet, wo vorne und hinten war. Sie zog die ausgeleierte Kordel enger, damit die Jogginghose nicht von ihren Hüften rutschte, und hob ihr T-Shirt und die Jeans vom Boden auf. Bereit, zu den anderen zurückzukehren, hielt sie inne. Offenbar war Alec weitaus weniger verschämt als sie.

Sie musterte seinen nackten Oberkörper. Alecs Haut glänzte im schwachen Schein der Feuerstelle. Das Spiel seiner Muskeln, als er den Gürtel seiner Jeans öffnete, faszinierte Amber und sie verstand zum ersten Mal die Bedeutung des Begriffs

‚Schmetterlinge im Bauch haben'. Sollte es sich dabei tatsächlich um ein untrügliches Anzeichen handeln, in jemanden verliebt zu sein, war es der Beweis, dass sie für Alec Gefühle hatte, die eindeutig über Freundschaft hinausgingen. In diesem Moment war sie froh, dass es dunkel war. Es war peinlich genug, ihn zu beobachten, wie er aus seiner Hose stieg und nackt bis auf seine Boxershorts dastand. Ihm schien es nichts auszumachen, dass ihn jemand beobachten könnte. Dass sie dieser jemand war, konnte er zwar nicht wissen, aber vermutlich hätte es ihn nicht einmal gestört. Es führte ihr deutlich vor Augen, wie unterschiedlich sie im Grunde waren. Erneut schlichen sich Zweifel und Argwohn ein, vielleicht nur einem – wenn auch bis vor Kurzem realistisch vorgekommenen – Tagtraum hinterhergejagt zu sein. Tief im Inneren wusste sie bereits länger, dass etwas mit ihr nicht stimmte – warum sonst fühlte sie sich in letzter Zeit seltsam fehl am Platz? Der Stummfilm hatte ihr vor Augen geführt, dass Hexen und Selkies existierten, oder existiert hatten. Vielleicht hatte Edmond nicht allgemein über diese Wesen gesprochen, sondern darauf angespielt, dass er in Amber eine dieser Hexen wiedererkannte. Eine, die in Kräuterkunde kläglich versagte. Ihre Abwehrhaltung beizubehalten war vermutlich alles andere als klug. Es hielt die anderen davon ab, sie über derlei Dinge aufzuklären. Noch war sie allerdings nicht bereit, zu akzeptieren, dass sie ein Freak war – oder zumindest von einem abstammte.

„Na komm schon, seit wann nehmen dich ihre Sticheleien so mit? Du weißt doch, wie Mel ist. Kein Grund, Trübsal zu blasen", versuchte Alec seinen Kumpel erfolglos aufzumuntern.

„Warum benimmt sie sich dermaßen daneben? Als hätte ich ihr etwas getan. Ach, vergiss es, hat keinen Sinn, darüber nachzudenken", reagierte Boje mit Ablehnung auf den gut gemeinten Ratschlag.

„Na kommt, trinken wir auf einen gelungenen Abend ...“, Elek brach ab, als ihm Boje einen wütenden Blick zuwarf, und ruderte hastig zurück, „einen so weit netten Abend unter guten Freunden?“

Boje lächelte verkniffen, prostete seinem Kumpel mit einer weiteren Flasche Cola zu und trank sie in einem Zug aus. „Du hast recht, so schlecht war er nicht. Nacht allerseits.“

Amber sah verunsichert zu Alec hinüber, der inzwischen eine Jogginghose angezogen hatte und in ihre Richtung blickte.

„Wo steckt eigentlich unser Geburtstagskind?“, fragte Elek harmlos in die Stille hinein.

Um peinlichen Fragen zuvorzukommen trat Amber in den Lichtkegel. „Mensch, sich ohne etwas zu sehen umzuziehen, ist nicht so einfach. Ich musste auf den Knien nach meinen Klamotten suchen. Oh, hier schlafen ja schon fast alle!“, sagte sie übertrieben fröhlich und hoffte, dass ihr die gespielte Überraschung gelungen war.

„Bist du nicht müde?“, griff Elek ihren Kommentar auf, während Alec ihr einen seltsamen Blick zuwarf, als wüsste er, dass sie ihnen etwas vormachte. Schweigend reichte er ihr eine bereits geöffnete Limonade, die sie nach kurzem Zögern entgegennahm. „Doch, ich verschwinde auch gleich in meinen Schlafsack.“

Fünf Minuten später saßen sie einträchtig um das mit trockenen Zedernzweigen bestückte Feuer. Der sanfte Schimmer beleuchtete einen Radius von kaum einem Meter. Selbst in ihrem Sweatshirt wurde es Amber zu kalt und sie stand kurz davor, mit den Zähnen zu klappern. So angenehm warm dieser Spätsommertag gewesen war, die Nächte fühlten sich merklich kühler an – vor allem, nachdem sie dem stetig vom Meer kommenden Wind ausgesetzt war. Eigentlich war sie todmüde, doch sie genoss die entspannte Atmosphäre ebenso wie Alecs

Gegenwart – obwohl sie es sich nicht eingestehen wollte. Er saß seitlich von ihr, die langen Beine zum Feuer hin ausgestreckt, und kaute gedankenverloren an dem kärglichen Rest des letzten Sandwichs.

„Okay, ich geh schlafen. Bleibt ihr noch auf?", fragte Elek. Die Neugier stand ihm ins Gesicht geschrieben. Er war kein Meister der Täuschung und würde vermutlich nie einer werden.

Insgeheim hatte sie damit gerechnet und darauf gewartet, dass Alec mit ihr über den heutigen Abend sprach – wenn nicht über das, was zwischen ihnen gewesen war, so doch zumindest über die Dokumentation, die viele Fragen aufwarf. Sie war zu müde, um sich über sein Schweigen zu ärgern. Enttäuscht war sie dennoch. Träge dümpelte sie dem Schlaf entgegen und schreckte plötzlich auf. Irgendjemand würde mit Sicherheit fragen, wie der restliche Abend verlaufen war. Das Risiko, dass Elek erzählte, wie sie und Alec als Einzige aufgeblieben waren, wollte sie nicht eingehen. Die folgenden Spekulationen hätten ihr gerade noch gefehlt.

„Also ich nicht, wir sehen uns morgen in alter Frische", beantwortete sie Eleks Frage mit Verzögerung. Ein bescheuerter Kommentar, aber etwas anderes fiel ihr auf die Schnelle nicht ein. Unschlüssig sah sie sich nach einem passenden Liegeplatz um. In Madeleines Nähe wäre ihre erste Wahl gewesen, doch Mel wollte sie selbst im Schlaf nicht zu nahe kommen. Boje, der hinter Alecs Rücken leise vor sich hin schnarchte, fiel ebenfalls aus, da Elek den freien Platz neben ihm beanspruchte. Wo Alec schlafen würde, war unklar, deshalb blieb sie dort, wo sie war. Sie rückte ein wenig von der Feuerstelle ab und schob die Kisten beiseite. Es gefiel ihr, während des Einschlafens den endgültigen Zerfall der angekokelten Zweige zu beobachten. Alec sah kurz zu ihr hinüber. Auf seinem Gesicht lag ein warmer Ausdruck, der Amber durch und durch ging.

„Schlaf gut."

Er sagte nicht mehr und nicht weniger, nur diese beiden nichtssagenden Worte, doch seine Lippen umspielten ein sanftes Lächeln. Während Amber in ihren Schlafsack kroch, war sie sich seiner Blicke bewusst. Sie benötigte mehrere Anläufe, den Reißverschluss weit genug zu öffnen, um bequem hineinzuschlüpfen. Ihre Jacke diente als Kissenersatz. Die Erhöhung war perfekt, um die Feuerstelle und Alec im Auge zu behalten. Während sie auf die Glut starrte, ging ihr einiges durch den Kopf.

Ihr Ausraster am Mittag war mit einer gehörigen Portion Zorn und Angst behaftet. Dass sie sich zeitweise selbst fremd vorkam, war beängstigend. Was sie im Saal gesehen hatte, blendete sie aus und reflektierte lieber den magischen Augenblick, in dem Alec sie am Rand des Flachdachs geküsst hatte. Erneut durchlebte sie ihre verwirrenden Gefühle: Glück, Unsicherheit und Verlangen. Sie zuckte ob dieses Wortes zusammen und unterdrückte ein Kichern, bevor es außer Kontrolle geriet. Nie zuvor war sie von jemandem mit einer solchen Leidenschaft geküsst worden. Ganz zu schweigen von dem Wechselbad der Gefühle, als er sie berührt hatte. Es war absolut nicht mit Gregors provokanter Kussattacke zu vergleichen, mit der er sie am gemeinsamen Kinoabend überrumpelt hatte. Eine Verletzung ihrer Intimsphäre, die sie ihm bis heute übelnahm.

Träge verfolgte sie, wie Alec aufstand und mit seinem Schlafsack zwischen ihr und Elek Stellung bezog. Ein Luftzug schürte die in sich zusammengefallene Glut, wirbelte Funken auf, die wie Sternschnuppen auseinanderstoben und von der Dunkelheit ausgelöscht wurden. Der stete Wind, der bisher vom Ozean her ins Landesinnere drang, wechselte den Kurs, wehte nun aus nordöstlicher Richtung, dorthin, wo sie am Boden lag. Amber setzte sich auf und starrte zu Alec hinüber. Sie versuchte, ihn im

Halbdunkel ausfindig zu machen, und hielt überrascht den Atem an. Alec schlief keineswegs, wie sie vermutet hatte – vielmehr saß er ebenso aufrecht wie sie und lauschte den Geräuschen des Windes. Sie musste eingeschlafen sein. In ihrem Traum sah sie, wie er aufstand und sich ihr näherte. Je stärker sie sich auf ihn konzentrierte, umso deutlicher nahm sie seine Umrisse wahr – als läge zwischen ihnen nur ein dünner Vorhang, der sich allein durch ihre Willenskraft zurückzog und den Blick auf alles Dahinterliegende freigab. Nicht klar und deutlich, sondern seltsam verzerrt.

Natürlich, sie schlief, die seltsame Wahrnehmung, war der eindeutige Beweis, dass sie träumte. Ihr Unterbewusstsein spielte ihr einen Streich, suggerierte einen Zustand des Wachseins und schlich sich klammheimlich in ihre Träume ein. Nach dem, was sie in den letzten Tagen und vor allem an diesem Abend erlebt hatte, war es kein Wunder, dass sie Alec in einem verwirrenden Licht sah. Da sie sich weder blamieren noch in ein Fettnäpfchen treten konnte, ließ sie sich neugierig auf die Suggestion ein. Amber zog am Reißverschluss ihres Schlafsacks, der mit einem leisen Surren nach unten glitt. Mit einer einladenden Geste schlug sie den gefütterten Stoff zurück und rückte ein wenig zur Seite. Alec kam ihrer Aufforderung nach, als wäre es völlig normal, mitten in der Nacht in ihren Schlafsack zu kriechen.

„Wenn ich dich etwas frage, wirst du mir die Wahrheit sagen?“

Ihr Freund, denn das war er zumindest in ihrem Traum, nickte. Sie konzentrierte sich auf die erste Frage, die sie so geschickt wie möglich verpackte: „Warum wolltest du wirklich, dass ich mir diese Dokumentation ansehe?“

Obwohl er wenige Zentimeter von ihr entfernt war, hatte sie Schwierigkeiten, sein Gesicht zu erkennen, als spiegele es sich auf einer sanft bewegenden Wasseroberfläche.

„Damit du mir glaubst, wenn ich dir sage, dass die Geschichten über Aberness nicht einzig Legenden sind“, sagte er leise.

Ohne dass er es wusste, hatte er ihr damit zwei Antworten geliefert. Dennoch ärgerte es sie, dass er in Bezug auf ihre Fragen selbst in ihrem Traum nicht besonders gesprächig war.

„Verstehe ich das richtig? Du meinst tatsächlich, sie existieren heute noch, Hexen und Selkies?“, hakte sie vorsichtig nach.

„Es geht nicht nur darum, sondern ebenso um Wissen und um das, was sie mit diesem Wissen bewirken kann.“

„Bewirken?“, murmelte Amber verständnislos.

„Oder Schaden anrichten, je nachdem“, fügte er hinzu.

Sie war sich sicher, dass er auf Rohloff anspielte. Selbst in ihrem Traum spürte sie die kalte Furcht, die ihr Rückgrat versteifte. Sie ignorierte das unangenehme Gefühl. „Bist du einer von ihnen? Einer der Nachkommen?“, sprach sie den Gedanken aus, der ihr nicht mehr aus dem Kopf ging. Eigentlich hatte sie die Frage auf gut Glück gestellt und nicht erwartet, dass er ihr bereitwillig Auskunft gab. Darüber, warum er es tat, würde sie später nachdenken, wenn sie wieder aufgewacht war – vorausgesetzt, sie konnte sich an etwas erinnern.

„Ja, ich und einige andere ebenfalls.“

Seltsamerweise spürte sie keine Furcht mehr, sondern Neugierde. Sie wollte endlich erfahren, in was sie unwissentlich hineingeraten war.

Im ersten Moment war sie über seine Antwort erstaunt, doch dann erinnerte sie sich, dass es nicht Wirklichkeit und nur ein Traum war.

Es war eine Sache, an mystische Wesen zu glauben, die vor langer Zeit auf oder um Aberness herum gelebt hatten – eine völlig andere, damit konfrontiert zu werden, indem sie einige von ihnen persönlich kannte. Wer war der freundliche ältere Nachbar, der allmorgendlich in seinem Pool seine Runden drehte, in Wahrheit? Sie hörte Edmonds Stimme und dachte an August Ridwell, den Fischeflüsterer. Waren die Leute, die sie zu kennen glaubte und denen sie tagtäglich begegnete, wirklich nur einfache Menschen, oder hütete der ein oder andere ein dunkles Geheimnis? Es war unglaublich leicht, ihre Gedanken in surrealistische Gefilde zu lenken. Solange sie nicht in Gefahr geriet, Realität mit Illusion zu verwechseln, fand sie es sogar faszinierend.

„Sam dachte, dass ich dir einen netten Film zeige, in dem ein paar Hexen vorkommen. Er wird ausflippen, dass ich ihn angelogen und dir die Wahrheit über uns verraten habe, bevor er die Gelegenheit dazu hatte. Aber du musst wissen, dass auch du eine von uns bist. Bei dir ist es nicht so einfach. Vermutlich fällt es den anderen deshalb schwer, mit dir darüber zu sprechen." Sein Tonfall hatte sich unmerklich verändert: Zuvor bestimmt und entschlossen, schien er ihr nun ungewöhnlich sanft, fast entschuldigend.

Amber erschauderte, als Alecs Hand beruhigend über ihren Arm strich. Sie benötigte einen Moment, um zu realisieren, dass er nicht über ein x-beliebiges Mädchen gesprochen hatte, sondern sie meinte. Amber dachte darüber nach, wieso sie ausgerechnet davon träumte, eine von diesen Wesen zu sein – und das, obwohl der Gedanke sie im Wachzustand beinahe um den Verstand brachte. Filme wie ‚Vampire Academy' vermittelten mitunter eine starke Sehnsucht, dazuzugehören. Im Ernstfall wäre es weitaus weniger romantisch, einzig durch Blutkonserven oder dem Aussaugen eines Menschen überleben zu können.

Um einen halbwegs klaren Gedanken bemüht, klammerte sie sich an eine weitere Frage und blendete Alecs vorherigen Worte aus: „Wird sich deshalb etwas zwischen uns ändern?"

Dass sie im Sumpf des bodenlosen Grauens herumdümpelte, wollte sie ihn selbst im Traum nicht wissen lassen.

„Aber nein. Wenn es so wäre, hätte ich dich heute Nacht nicht geküsst", raunte er ihr zu. Seine Worte waren ein Trost. Allerdings reichten sie nicht aus, um ihre Verwirrung zu mildern. Mit beiden Händen umklammerte sie den Stoff ihres Schlafsacks, den sie sich am liebsten bis über den Kopf gezogen hätte. Jetzt wünschte sie sich nichts sehnlicher als aufzuwachen, und dieser Wunsch erinnerte sie daran, dass sie anstelle einer schönen Illusion in einem Albtraum gelandet war.

Kein Grund zur Panik, es ist alles nur ein Traum, redete sie sich erfolgreich ein, und die Beklemmung in ihrem Inneren verschwand.

„In Ordnung, reihen wir uns endgültig in die Riege der Freaks ein. Aber erklär mir eines: Woher willst du wissen, wer oder was ich bin, wenn ich es selbst nicht weiß?"

Alec atmete tief durch, sie konnte es spüren. Vielleicht wunderte er sich, dass sie so ruhig blieb. Sie lächelte. Es fühlte sich gut an, ihn wenigstens einmal zu verblüffen und sprachlos zu sehen.

„Am Anfang wusste ich es nicht. Kannst du dich an unser Treffen am Pool erinnern?"

„Natürlich erinnere ich mich daran", entgegnete sie und starrte auf den wolkenverhangenen Himmel über ihr, der sich mit reiner Willenskraft nicht beeinflussen ließ.

„Als du länger als fünf Minuten unter Wasser geblieben bist und es nicht einmal gemerkt hast, ist mir zum ersten Mal klargeworden, dass du mehr als ein Mensch sein könntest."

Verblüfft versuchte Amber, sein Gesicht zu erkennen, doch es war zu dunkel. „Ich war höchstens 50 Sekunden abgetaucht …", brach sie ab. Tatsächlich konnte sie länger die Luft anhalten als alle, die sie kannte. Im Schwimmunterricht war sie die beste Taucherin und hatte bereits einige Pokale eingeheimst. Ihr Vater hatte allerdings auf alle Anfragen des Sportlehrers, sie an

Wettkämpfen außerhalb von Aberness teilnehmen zu lassen, ablehnend reagiert. Sie hatte ihn für seinen Eigensinn gehasst und war überzeugt, dass ihm ihre überragenden Leistungen in einem Fach, das keine besondere Intelligenz erforderte, gleichgültig waren. Dass sie ihm gleichgültig war. Ein unbehagliches Gefühl brach sich Bahn. Was, wenn ihr Vater längst wusste, welches Wesen sie war – oder noch schlimmer, wenn sie dieses mutierte Gen von ihm geerbt hatte? Hexe oder eher Selkie? Was von beidem war sie, wenn überhaupt etwas davon wahr war? War ihre Mutter hinter dieses schreckliche Geheimnis gekommen? Hatte sie ihre Familie deshalb Hals über Kopf verlassen? Überwies ihr Vater Isabel regelmäßig Geld, um sich ihr Stillschweigen zu erkaufen?

Überfordert beschloss sie, dem Ganzen einen Riegel vorzuschieben. Traum hin oder her, er entwickelte sich unaufhaltsam zu einer Katastrophe. Doch wie sollte sie einen Traum beenden? Knopf drücken und gut? Sie versuchte es mit einer List und kniff sich in den Unterarm. Außer einem kurzen Schmerz geschah nichts, Alec saß immer noch neben ihr. Die Dunkelheit um sie herum blieb weiterhin bestehen und die ausgesprochenen Worte hatten sich unwiderruflich in ihr Hirn eingebrannt.

„In Ordnung. Ich glaube, mir reicht es für heute. Verschwinde aus meinem Kopf und lass mich weiterschlafen.“ Sie unterdrückte ein Gähnen, wandte ihm demonstrativ den Rücken zu und benutzte ihren Arm als Kopfstütze.

„Du glaubst, dass du träumst?“, fragte Alec belustigt. Sie nahm ihm übel, dass er ihre Reaktion witzig fand, war aber zu müde, um ihm zu antworten. „Hm“, war alles, was sie hervorbrachte.

„Okay, wir reden morgen weiter.“

Sekunden später schlief sie ein, eingelullt durch die Wärme seines Körpers und das Säuseln des Windes, der nun besänftigend über sie hinwegstrich.

Kapitel 27

Ein Geräusch, als würde eine Holzkiste über den Boden gezogen, weckte Amber am Morgen. Der Wind wehte frisch vom Meer her und trug dunkle Wolken mit sich. Zuerst wusste sie nicht, wo sie war. Etwas hielt sie umklammert. Dieses Etwas entpuppte sich als muskulöser Arm. Abrupt setzte sie sich auf. Alecs Hand glitt zur Seite und ruhte nun auf ihrer Hüfte. Bestürzt ließ sie ihren Blick über den Schlafsack wandern. Was sie sah, war an sich nichts Ungewöhnliches – außer der Umstand, bewussten Schlafsack mit jemandem zu teilen. Hastig zog sie den Reißverschluss auf und starrte auf Alecs nackte Brust, die sich gleichmäßig hob und senkte. Ein leises Lachen lenkte sie ab und ließ sie für die Zeitspanne eines Atemzugs vergessen, dass das, was sie in der vergangenen Nacht erlebt hatte, alles andere als ein Traum gewesen war.

„Nein, wie nett, zwei Turteltauben auf dem Dach. Wer hätte das gedacht", witzelte Boje, damit beschäftigt, die Glut neu zu entfachen. Er zwinkerte ihr frech zu, beugte sich über die sorgsam aufgeschichteten Zweige und mimte einen Blasebalg. Von Elek lugte nur der rote Haarschopf aus seinem Schlafsack hervor. Blitzschnell sah sie zu den Zwillingen hinüber und begegnete Mels ungläubigem Blick, der Amber zu durchbohren schien.

Sie öffnete den Mund, um die Sachlage aufzuklären, und schloss ihn wieder. Tatsache war, dass ihr nichts einfiel, das sie sagen konnte. Sie wusste ja selbst nicht, wie es dazu gekommen war. Dass Alec neben ihr den Schlaf des Gerechten schlief, war für sie ebenso überraschend, wie für ihre Cousine. Nachdenklich runzelte sie die Stirn. Wenn es sich in der letzten Nacht um keinen Traum gehandelt hatte, wenn all das, was sie gehört hatte, nicht nur ihrem Unterbewusstsein oder ihrer lebhaften Fantasie entsprungen war, hatte sie sich gründlich blamiert. Madeleine wühlte sich aus der Decke, folgte dem Blick ihrer Schwester und hielt verblüfft inne. Amber schlug den dicken Stoff beiseite und krabbelte aus dem Schlafsack, wie eine Katze auf der Suche nach morgendlichen Streicheleinheiten strich eine kühle Brise um ihre nackten Beine.

Sie sah an sich hinunter und stöhnte entsetzt auf. Alecs unzureichend bekleideter Zustand musste auf die anderen verdächtig wirken – ebenso wie der Umstand, dass Amber nur ein Sweatshirt und einen Snoopy-Slip trug. Die Kordel ihrer Jogginghose hatte sich verselbstständigt. Vage erinnerte sie sich, dass sie unruhig geschlafen und mit den Füßen gestrampelt hatte. Der Grund dafür lag neben ihr und schnarchte leise vor sich hin. Sie musste das unbedingt klarstellen, so unglaubwürdig ihre Erklärung sich auch anhören mochte. Mit hochrotem Kopf griff sie nach ihrer Hose, die zusammengeknüllt am unteren Ende des Schlafsacks lag. Sie war darauf bedacht, Alec nicht zu wecken – weitere Peinlichkeiten wollte sie sich ersparen. Amber bemühte sich, nach außen hin gelassen zu wirken. Sie war sich in aller Deutlichkeit bewusst, dass sie von den anderen beobachtet wurde und zog sich hastig an. Nach kurzem Zögern ging sie zu Boje hinüber, der ihr langsam aber sicher mit seinem anzüglichen Grinsen auf die Nerven ging.

„Vergiss, was du gesehen hast. Es ist nicht so, wie es aussieht. Mir war nur kalt ...", sie dachte einen Moment nach und revidierte, „… ihm war kalt. Also eigentlich war uns beiden kalt." Sie brach resigniert ab.

„Ja, schon klar. Kein Problem. Macht, was ihr nicht lassen könnt."

Gereizt, weil Boje die Situation zu genießen schien und es witzig fand, sie in Verlegenheit zu bringen, ließ sie sich neben Madeleine auf die provisorische Bank sinken.

„Ehrlich, da war nichts", setzte sie erneut an. „Mensch, das weiß ich doch. Alec ist nicht der Typ, der die Situation ausnutzen würde", mischte sich ihre Freundin ein.

„Außer, du wärst damit einverstanden", meldete sich Boje zu Wort und prostete ihnen feierlich zu.

„Es reicht. Selbst du solltest bemerkt haben, dass Amber deine Kommentare nicht besonders spaßig findet", wies Madeleine ihn zurecht.

„Weiber, gönnen einem nicht den kleinsten Spaßmoment!", murmelte er mit einem Schulterzucken.

„Nicht, wenn er auf Kosten eines anderen geht", mischte sich unerwartet Mel ein. Amber fuhr herum, erschrocken, dass sich ihre Cousine direkt hinter ihr befand. Warum sie sich auf ihre Seite stellte, war kein Geheimnis. Amber war ihr im Grunde herzlich egal, es ging Mel allein um Alec. Sie hatte Boje anscheinend noch nicht verziehen. Dass sie sich wie eine wütende Löwin vor ihr Junges stellte, obwohl Alec alles andere als hilflos war, war typisch.

„Also gut, du hattest deinen Spaß. Es hatte nichts, aber auch absolut nichts zu bedeuten. Kannst du bitte aufhören, darauf herumzureiten?", zischte Amber Boje an, der von ihrem Ausbruch unbeeindruckt schien. Sie fühlte sich wie erschlagen, hatte keine Lust auf diesen Kinderkram und sehnte sich danach, von hier wegzukommen. Sie wollte alles, was sie mit Alec Seltsames und weniger Seltsames erlebt hatte, aus ihrem Gedächtnis streichen. So sehr sie ihre neuen Freunde – mit Ausnahme ihrer zickigen Cousine – mochte, genug war genug und dieser Punkt war definitiv überschritten. Wahrscheinlich reagierte sie über und sollte es mit Humor nehmen. Leider war sie nicht gut darin, über sich selbst zu lachen und anderen damit den Wind aus den Segeln zu nehmen. Wütend stand sie auf, begann wortlos die leeren Flaschen einzusammeln und läutete damit den Startschuss einer Aufräumaktion ein. In weniger als fünf Minuten waren die leeren Getränkekisten gefüllt. Boje verfrachtete sie in den Aufzug. Alec war ebenso wie Elek von dem Treiben aufgewacht und wirkte noch recht müde, was seine Schweigsamkeit erklärte. Er verhielt sich, als wäre nichts passiert. Gemeinsam stapelten sie die Holzkisten an der Hauswand. Amber vermutete, dass ihre Freunde die Kisten bei Gelegenheit abholen wollten. Alec klärte sie jedoch auf, dass das Dach des Gebäudes ein beliebtes Ausflugsziel vieler Jugendlicher war. Die Kisten sollten deshalb an Ort und Stelle verbleiben.

„Du hättest es mir sagen müssen", zischte sie, als er seinen Monolog beendet hatte.

„Woher hätte ich wissen sollen, dass du dachtest, du träumst?", flüsterte er zurück und hielt sie am Arm fest, als sie sich an ihm vorbeidrücken wollte.

„Wenn ich mich recht erinnere, hast du es am Ende mitbekommen", hielt sie unversöhnlich dagegen.

„Und gesagt, dass wir heute darüber reden werden", entgegnete er nun ebenfalls wütend.

„Darauf kannst du lange warten!", zischte sie und schüttelte seine Hand ab.

Boje löschte mit einem bedauernden Aufseufzen und mit einer Zweiliterflasche Wasser das Feuer, während Madeleine mit ihrer Mutter telefonierte.

Zu fünft standen sie im Aufzug, Amber zu ihrem Leidwesen direkt neben Alec, die zusammengerollten Schlafsäcke zu ihren Füßen. Keiner wirkte ausgeschlafen und alle schwiegen. In ihren Köpfen existierte nur ein Thema. In Anbetracht der Enge taten sie jedoch gut daran, Alec und Amber nicht zu reizen. Alecs Miene war ausdruckslos, Amber dagegen stand die Ablehnung offen ins Gesicht geschrieben. Auf der Leuchttafel blinkten die Zahlen in umgekehrter Reihenfolge auf: 6 - 5 – 4.

„Wir müssen uns unbedingt irgendwo in Ruhe unterhalten", flüsterte Alec ihr ins Ohr. Amber starrte weiterhin verbissen auf ihre Schuhspitzen.

Dass er wusste, wie verletzt und verwirrt sie sich fühlte, machte die Situation schier unerträglich. Sie wollte nicht mit ihm allein sein, oder gar mit ihm über das reden, was in der letzten Nacht vorgefallen war. Die Lage in der sie sich befand, war ihr unglaublich peinlich und ängstigte sie zugleich. Sie schüttelte den Kopf und brummte, als trüge Alec die alleinige Schuld: „Es war keine gute Idee, die Nacht in meinem Schlafsack zu verbringen. Sieh sie dir an. Egal was wir sagen, sie werden uns kein Wort glauben."

Bevor er etwas erwidern konnte, hielt der Fahrstuhl mit einem Ruck. Die Tür glitt auf und Amber beeilte sich, aus seiner Nähe zu kommen. Während sie vor dem Gebäude auf Dora warteten, hielt sie sich von den Jungs fern und unterhielt sich leise mit Madeleine, die als Einzige nicht so tat, als hätten Amber und Alec etwas miteinander. Vielleicht hätte sie das Ganze lockerer genommen, wenn ihre Freunde wirklich falsch gelegen hätten. Dem war jedoch nicht so. Die Knutscherei am Vorabend vor sich selbst zu leugnen, war ebenso sinnlos, wie sich vorzumachen, dass es ihr nicht gefallen hatte. Was sie für ihn empfand, ging weit über das hinaus, was man für einen guten Freund empfinden sollte. Und das nicht erst seit der vergangenen Nacht. Amber bewegte sich auf dünnem Eis. Alec hatte ihr gegenüber mit keinem Wort angedeutet, was er für sie empfand. Es schien eher, dass er mit ihr spielte, wie ihm der Sinn danach stand. Inzwischen glaubte sie fast, dass nichts von alldem, das er ihr erzählt hatte, der Wahrheit entsprach. Madeleine konnte sagen, was sie wollte – nicht nur Boje schien in Sachen Mädchen aufreißen nichts anbrennen zu lassen, wenn sich die Gelegenheit bot. Wirklich wütend war Amber jedoch darüber, dass sie gedacht hatte, sie würde träumen – so wie sie manchmal vom Meer träumte und nach dem Aufwachen das Gefühl hatte, es wäre real gewesen.

Dieses Mal wurden sie von Dora abgeholt, die zuerst die Mädchen ins Auto verfrachtete und erst bei der zweiten Fuhre die Jungs und das Gepäck einsammelte.

Zurück in der Wohnung verschwand Mel mit ihrer Schwester im Schlepptau, die ihr beim Färben der Haare half. Amber wäre nie in den Sinn gekommen, sich nach der zurückliegenden Nacht als Erstes um ihre Haare zu sorgen. Da das Bad belegt war, musste sie ihren während der Rückfahrt gefassten Plan fallen lassen; zu duschen und sich danach so lange im Bett zu verkriechen, bis Gras über die Sache mit ihr und Alec gewachsen war. Ihre Tante zeigte ein offenkundiges Interesse daran, wie der Abend und die Nacht verlaufen waren. Das täuschte Amber jedoch nicht darüber hinweg, dass Dora angespannt wirkte. Vielleicht hatte sie sich mit Samuel gestritten, oder sie war wieder mit Isabel aneinandergeraten.

Ambers Hoffnung auf einen ruhigen Tag zerschlug sich, als Dora sie um ein Gespräch unter vier Augen bat und ins Wohnzimmer vorausschickte.

Sam saß in einem Sessel, die langen Beine übereinandergeschlagen, und starrte nachdenklich in seine halbvolle Kaffeetasse, als wollte er aus dem Bodensatz lesen. Bei ihrem Eintreten sah er kurz auf und bedeutete ihr mit einem Kopfnicken, auf dem anderen Sessel Platz zu nehmen. Sie setzte sich auf das Sofa und legte die Hände in den Schoss. Ihr Gefühl hatte sie also nicht getrogen. Schon während der Rückfahrt war ihr aufgefallen, dass Dora sich seltsam verhielt: Ihr Lachen war zu laut gewesen, ihr Blick zu abwesend. Als Mel während der Fahrt wie nebenbei erwähnt hatte, dass Alec und Amber einen Schlafsack geteilt hatten, hatte sie darauf nicht mit einer Moralpredigt reagiert, sondern es ignoriert. Tatsache war, dass ihre Tante mit den Gedanken woanders war. Wie so oft in den letzten Tagen. Dieses Mal schien allerdings Amber dafür verantwortlich zu sein. Warum sonst hätte sie ihre Nichte ins Wohnzimmer zitieren sollen, und weshalb war Sam ebenfalls anwesend? Das Dora mit ihr sprechen wollte, nachdem, was sie von Mel über Amber und Alec erfahren hatte, war keine allzu große Überraschung. Bis zu Sam konnte die Neuigkeit unmöglich schon durchgedrungen sein. Die Vorstellung, aus seinem Mund etwas über Bienen und Blüten zu hören, war amüsant. Es entlockte ihr ein Grinsen, das jedoch ebenso schnell verschwand, wie es gekommen war. Sie kannte diesen nachdenklichen Blick, den Sam ihr zuwarf. Ihr Vater sah sie genauso an, wenn er dachte, dass sie es nicht bemerken würde.

„Hi Sam, was gibt es Dringendes, das nicht bis heute Abend warten kann?", sprang sie über ihren eigenen Schatten und leitete das Gespräch ein – in der Hoffnung, dass es einen besseren Verlauf nahm, als der Anfang versprach.

„So einiges, so einiges", entgegnete er rätselhaft. Um seine Mundwinkel erschien der Anflug eines Lächelns, das sie verhalten erwiderte und sie aufatmen ließ. „Ich freue mich, dass die Geburtstagsüberraschung ein voller Erfolg war", fügte er mit einem Schmunzeln hinzu, das sie wiederum misstrauisch werden ließ.

Da sie offensichtlich nichts Relevantes aus ihm herausbekam, seufzte sie und schloss die Augen. Sie hörte, wie Sam seine Tasse auf dem Tisch abstellte, und lauschte seinen Schritten, als er ziellos durch den Raum wanderte. ‚Tigern' hätte Rosalie kommentiert, wenn sie anwesend gewesen wäre. Obwohl sie noch immer wütend auf ihre Großmutter war, gestand Amber sich mittlerweile ein, dass sie Rosalie vermisste. An ihrem Geburtstag war ihr bewusst geworden, dass sie sich gern mit ihr ausgesprochen hätte. Vielleicht gab es einen triftigen Grund, der sie so hatte handeln lassen. Einen ebenso triftigen Grund wie Dora und Sam ihn haben mochten, sich ihr gegenüber seltsam zu verhalten.

„Meine Güte, ich hoffe, ich störe euch nicht bei eurem angeregten Gespräch", platzte Dora in die Stille hinein und riss sie damit aus ihrem Dämmerzustand.

„Keineswegs, wir wollten nur nicht ohne dich anfangen, über dich herzuziehen. Irgendjemand muss dich ja verteidigen", konterte Sam und warf Dora einen Blick zu, der eindeutig liebevoll war. Normalerweise wäre Amber darüber erfreut gewesen, dass ihre Tante einen netten und gutaussehenden Verehrer hatte, doch an dieser Konstellation war nichts normal. Dora war für die Zwillinge eher eine große Schwester als eine Mutter. Sam ließ offenbar nichts unversucht, ihrer Tante den Kopf zu verdrehen. Amber hieß es zwar nicht gut, aber Isabel hatte Sam nicht verdient und offenbar lief nichts zwischen den beiden. Dass Erwachsene anstrengend und kompliziert sein konnten, war nichts Neues.

„Sam wollte wissen, wie mein Geburtstag war. Er war toll, ehrlich, absolut toll."

Dora warf Sam einen hilfesuchenden Blick zu, dem er mit einem aufmunternden Lächeln begegnete. „Ich … wir würden gern mit dir über etwas sprechen, das, na ja, dir vielleicht ein wenig merkwürdig erscheinen wird", eröffnete ihre Tante das Gespräch.

Amber war gespannt zu erfahren, was das Problem war. „Nur zu", entgegnete sie und wartete darauf, dass die beiden sie endlich aufklärten.

„In Ordnung. Die Leute glauben, dass dein Vater …", Dora stockte unmerklich und setzte einen Tick zu hastig ihren Satz fort, „zurzeit offiziell nicht auf der Insel ist. Weißt du Genaueres darüber?"

Die Frage kam unerwartet und verwirrte Amber, die nicht verstand, warum es wichtig war, wo sich ihr Vater aufhielt. „Na ja, soweit ich weiß, versucht er, sich die Stimmen einiger einflussreicher Leute zu sichern."

„Hat sich dein Vater vielleicht mit jemandem darüber unterhalten?", meldete sich Sam zu Wort, der seine Wanderung von Wand zu Wand eingestellt hatte.

„Nicht dass ich wüsste", antwortete Amber vorsichtig. Sie wusste, dass sie nicht über die Arbeit ihres Vaters sprechen durfte, doch Dora und Sam waren davon wohl ausgenommen. Sie wirkten ernsthaft besorgt. Selbst wenn es sich im Nachhinein als Fehler herausstellen sollte, sie vertraute ihnen. „Eigentlich hat er mit mir nicht darüber gesprochen, ich habe es nur zufällig mitbekommen."

„Du weißt ja jetzt, dass die Inselbewohner unterschiedlich sind", äußerte Sam und ließ sie dabei nicht aus den Augen.

„Ja, ja. Ich glaube es, wenn es das ist, was ihr wissen wollt", entfuhr es Amber, die verwirrt von einem zum anderen sah. Vermutlich hatte Alec bereits mit Sam telefoniert und ihn über die Dokumentation in Kenntnis gesetzt.

Sam ging es offenbar jedoch um etwas anderes. „Wusstest du, dass die Regierung seit Beginn der Unruhen ein Gesetz erlassen hat, das niemandem erlaubt, die Insel zu betreten oder zu verlassen?", wechselte er unerwartet das Thema.

Amber schüttelte den Kopf und dachte einen Moment angestrengt nach. Sie zählte eins und eins zusammen und das Ergebnis war alles andere als beruhigend. Schnell öffnete sie den Mund und schloss ihn wieder, unfähig auszusprechen, was ihr durch den Kopf ging.

„Es tut mir so leid, aber uns bleibt leider keine Zeit, dich schonend aufzuklären. Charles ist nicht nur der Gouverneur dieser Insel, sondern auch die Verbindungsperson, die es den letzten verbliebenen Hexen und Selkies ermöglicht, weitgehend unentdeckt auf Aberness zu leben. Dein Vater war auf dem Weg zu einem Treffen beider Völker und wurde unterwegs angegriffen. Im Moment erholt er sich von seinen Verletzungen, wird aber erst in einigen Tagen transportfähig sein."

„Wie schlimm ist es?", rief Amber entsetzt aus.

„Ein paar Blutergüsse und diverse Prellungen. Nichts lebensbedrohliches", versuchte Dora sie zu beruhigen.

„Jemand aus den eigenen Reihen muss für diesen Verrat verantwortlich sein und wir glauben, dass nur eine Person in Frage kommt, die dazu imstande wäre", konfrontierte Sam sie damit, dass ihr Vater die Insel gar nicht verlassen hatte. Ihr rann ein kalter Schauer über den Rücken. Sie glaubte zu wissen, wer diese Person war, und ahnte, wie er von Charles' Vorhaben Wind bekommen hatte. Es war nicht Alec gewesen, der sie als Tochter des Gouverneurs für seine Zwecke benutzt hatte, sondern Gregor. Rohloffs Sohn. Langsam ergaben seine penetranten Anmachversuche, die Anrufe und Einladungen einen Sinn. Ihr Vater hatte sich diese Verbindung gewünscht, um beide Familien zusammenzuführen. Das war jedoch, bevor sein einstiger Freund ihm in den Rücken gefallen war. So nobel das Ansinnen ihres Vaters war, Rohloff hatte ihm einen Strick daraus gedreht. Amber, die in letzter Zeit oft auf ihren Vater wütend gewesen war, war blindlings in die Falle getappt. Gregor war über sie an wichtige Informationen gekommen und hatte diese vermutlich sofort an seinen Vater weitergegeben. „Ich habe nur mit seinem Sohn kurz darüber gesprochen, ehrlich", stotterte sie und starrte Dora an, die an der Knopfleiste ihrer Jacke zupfte, als wüsste sie nicht wohin mit ihren Händen. Die bedrückte Stimmung wurde unerträglich. Amber beobachtete Sam ängstlich aus den Augenwinkeln. Deshalb fiel ihr auf, dass sich seine Aufmerksamkeit verlagerte und auf etwas hinter ihr richtete. Schnell warf sie einen Blick zurück und entdeckte Alec, der abwartend im Türrahmen stand. Seinem ernsten Gesichtsausdruck nach hatte er alles mit angehört. Alecs Anblick brachte sie auf einen Gedanken, an den sie sich klammerte: „Hast du damals den Durchgang der Hecke erweitert?"

Er warf ihr einen erschrockenen Blick zu, der ihr verriet, dass es ein Fehler gewesen war, ihm in Sams Anwesenheit ausgerechnet diese Frage zu stellen.

„Ich hab doch erzählt, dass ich auf dem Weg zur Fabrik von zwei Männern abgefangen wurde", antwortete er, anstatt ihre Frage zu beantworten. Etwas an seinem Verhalten sagte ihr, dass er log oder etwas zurückhielt. Im Nachhinein kam es ihr vor, als wäre sein Verschwinden der Auslöser weiterer Verwicklungen gewesen, die sie letzten Endes bis in dieses Viertel geführt hatten.

„Von welchem Durchschlupf redest du? Alec, ich dachte, du hättest Amber immer weitab des Grundstücks getroffen?", mischte sich Sam ein und griff nach der Thermoskanne mit dem Kaffee, die vor ihm auf dem Tisch stand. Alec hatte Sam und vermutlich auch Dora und wer weiß wem noch alles erzählt, was ihm an jenem Abend und in den darauffolgenden Tagen widerfahren war. Ihr hatte er jedoch kein Sterbenswörtchen verraten. Außerdem hatte er seinen Bruder anscheinend angelogen – zumindest was ihre Bekanntschaft betraf. Alec hatte Amber nur das wissen lassen, was sowieso ans Licht gekommen wäre, und hütete weitaus mehr Geheimnisse vor ihr als sie vor ihm. Sie wich seinem Blick aus, als Alec sie davor warnen wollte, etwas Unüberlegtes zu sagen. Amber senkte ihre Stimme, um nicht auch noch ihre Cousinen auf den Plan zu rufen: „Das stimmt nicht. Wir haben uns wochenlang bei uns hinter der Villa getroffen."

Sie wollte, dass Alec Ärger bekam, wollte ihn dafür büßen lassen, dass er ihr so wenig vertraute. Wenn sie gewusst hätte, wie Sam reagierte, hätte sie geschwiegen. Eben noch mit dem Kaffee beschäftigt, schoss er auf Alec zu und packte ihn am Kragen. „Bist du wahnsinnig? Ich habe dir strikt verboten, dich weiterhin mit ihr zu treffen! Außerdem habe ich dir mehr als einmal gesagt, dich nicht in der Nähe der Villa blicken zu lassen! Hast du nie daran gedacht, dass dir jemand folgen könnte?“

Alec schüttelte stumm den Kopf. Er machte keinerlei Anstalten, sich gegen den Angriff zur Wehr zu setzen, während Amber unter Sams zornigem Blick erstarrte. Seine Augen waren nicht mehr blau, sondern von einer Schwärze, die eisige Kälte ausstrahlte und eindeutig nicht menschlich war. Gehetzt schaute sie zu Dora, der alle Farbe aus dem Gesicht gewichen war. „Sam, bitte reiß dich zusammen! Du machst ihr Angst. Kleines, es ist nicht, wie es aussieht. Er hat sich gleich wieder unter Kontrolle. Sieh nicht ihn, sondern mich oder Alec an. Du musst mir jetzt genau zuhören.“

Amber starrte über die Schulter ihrer Tante hinweg auf ihr eigenes Gesicht, das sich im Glas der Vitrine spiegelte. Ihre weit aufgerissenen Augen waren Sams Augen erschreckend ähnlich. Aus einem animalischen Instinkt heraus reagierte sie auf die Bedrohung, die nicht nur von Sam, sondern von ihr selbst auszugehen schien, und wich vor ihrem Spiegelbild zurück. Angetrieben von dem Bedürfnis zu fliehen, manövrierte sie Sam, der Alec noch immer festhielt, aus. Sie schlug Alecs Hand weg, und rannte an ihnen vorbei. Vor der geschlossenen Tür der Zwillinge hielt sie kurz inne und stürzte ins Bad.

Gehetzt rieb sie mit einem feuchten Handtuch über den beschlagenen Spiegel. Hässliche Schlieren überzogen die Oberfläche. Amber verstärkte ihre Bemühungen, wimmerte auf und starrte gebannt auf die Augen, die unmöglich zu ihr gehören konnten. Sie waren weder grau, grün oder braun, die, wie Rosalie gerne betonte, die Farbe satter Erde hatten, sondern schwarz wie die Nacht. Ihr eigener Anblick verängstigte sie dermaßen, dass sie die Hände vors Gesicht schlug. Sie taumelte rückwärts, stieß gegen die Wand und ging in die Knie. Zusammengekrümmt wippte sie auf den Fersen und versuchte, sich gleichzeitig Augen und Ohren zuzuhalten. Was allerdings nahezu unmöglich war, außer sie hätte über Hände so groß wie Teller verfügt. Bei dem Gedanken an diese Kuriosität ächzte sie auf. Ihr Stöhnen steigerte sich zu einem irren Lachen, das ihren Körper schüttelte.

„Amber, lass mich bitte rein."

Wie durch eine Nebelbank waberte Alecs besorgte Stimme zu ihr durch, vermochte allerdings nicht, sie zur Besinnung zu bringen. Ein Knall, dem ein Luftzug folgte, Alec griff nach ihr und versuchte sie auf die Füße zu ziehen. Obwohl sie mitbekam, dass es Alec war, der sie in seine Arme zog und ihr einen intensiven Kuss auf die Lippen drückte, als wäre es das ultimative Allheilmittel, wehrte sie ihn ab.

„Lass mich los!", heulte sie auf, und trat ihm gegen sein Schienbein. Am liebsten hätte sie ihn mit ihren Fäusten malträtiert, aber dazu hätte sie die Hände von den Ohren nehmen müssen.

Alec wehrte sich nicht. Er ließ sie einfach gewähren, bis sie sich ausgetobt hatte und kraftlos in seinen Armen zusammensackte. Die Wärme seiner Haut, die sie durch sein T-Shirt spürte, und der Duft nach herbem Duschgel funktionierten in diesem Moment wie ein Rettungsring aus Normalität. Amber presste ihr tränennasses Gesicht an seine Brust. Langsam beruhigte sie sich. Die wimmernden Laute, die nicht zu ihr zu gehören schienen, gingen in ein Schniefen über und endeten mit einem leisen Seufzer.

„Sch, ich bin es. Ich hab ihnen gesagt, dass ich mit dir reden werde. Also, wenn du soweit bist, mir zuzuhören, ohne mir an die Gurgel zu gehen, sag Bescheid, okay?"

Natürlich wollte sie wissen, was mit ihr passierte, aber noch war sie nicht bereit, sich aus seiner beschützenden Umarmung zu lösen und der Realität zu stellen. Sie konnte ihn nicht ansehen – aus Augen, die nichts Menschliches an sich hatten und deren Anblick sie zutiefst verabscheute. Offenbar hatte es Alec nicht eilig, eine Unterhaltung zu beginnen, die Potenzial für eine weitere Explosion bot. Er hielt Amber fest umschlungen und schien darauf zu warten, dass sie die Fassung zurückgewann. Erst als er den Kopf senkte und ihr ins Ohr flüsterte, dass sie an den Verwicklungen keine Schuld hatte, wich die Kälte in ihrem Inneren. Sie war dankbar, dass er sie nicht für durchgeknallt hielt. Vermutlich war es ihm ähnlich ergangen, nachdem er herausgefunden hatte, wer oder besser gesagt was er war. Im Gegensatz zu ihr wirkte er unerträglich vernünftig. Sie überprüfte diesen Gedanken. Seit seinem Verschwinden hatte er sich mehr als einmal auffällig verhalten. Mit einem letzten tiefen Seufzer schob sie ihn etwas von sich, wagte aber noch immer nicht, zu ihm aufzusehen.

„Komm, sieh mich an. Du musst dich nicht für das schämen, was dich ausmacht. Erinnerst du dich an die letzte Nacht? Ich habe dir erzählt, dass ich alles andere als normal bin."

Er umfasste ihr Kinn und hob es sanft an. „Wunderschön, sie sind wunderschön, das musst du mir glauben", raunte er ihr ehrfürchtig zu.

„Ja, das sind sie", flüsterte sie fasziniert von seinen azurblauen Augen und der Intensität der Gefühle, die dieser besondere Farbton seit jeher in ihr auslöste.

„Dummerchen, ich meine nicht meine Augen, sondern deine. Seit der Nacht, in der du sechzehn geworden bist und es dir plötzlich schlecht ging, wollte ich sehen, wie sie aussehen. Aber immer wenn es so weit war, brachte ich es nicht übers Herz, die Furcht in deinen Augen zu sehen."

„Was?“, flüsterte sie verständnislos.

„Ich wollte es dir gestern erklären, aber du bist eingeschlafen. Wenn deine Gefühle dich überwältigen, sei es aus Angst oder Wut, weiten sich deine Pupillen. Deshalb erscheint dir das Licht so grell.“

„Ich möchte kein Seehund sein“, flüsterte Amber völlig durcheinander.

Beruhigend drückte er ihr einen sanften Kuss auf die Lippen. „Keine Sorge, das passiert uns nicht. Dafür steckt zu wenig unserer Vorfahren in uns. Vielleicht haben sich alle getäuscht und du stammst von einer Meerjungfrau ab. Du weißt schon, große Brüste, ein knackiger Hin...“

Amber schubste ihn von sich. Er stieß mit der Hüfte gegen das Waschbecken und stöhnte theatralisch auf. „Ich hab's verstanden“, grinste er.

Sie begegnete seinem offensichtlich gespielt schmerzverzerrten Gesicht mit nunmehr scharfem Verstand und stemmte die Hände in die Hüften. „Ja, das hast du.“

Er richtete sich auf, zuckte mit den Schultern und hielt ihr versöhnlich die Hand entgegen. „Ich glaube, wir sollten hier raus. Wer weiß, auf welche Gedanken Dora sonst kommt. Jetzt, wo Mel ihr unser kleines Geheimnis verraten hat.“

Amber war zwar der Meinung, dass es auf ein Geheimnis mehr oder weniger nicht ankam, gab Alec jedoch recht.

An der Tür zögerte sie kurz. Er ließ ihr allerdings keine Zeit für einen Rückzieher – den sie tatsächlich in Erwägung zog – schob sie vor sich her in seine Kammer und schloss die Tür.

„Ähm, meinst du Dora oder dein Bruder wären damit einverstanden, wenn sie wüssten, dass wir hier zusammen sind?“, fragte Amber. Sie setzte sich auf das ausgezogene Sofa und rückte zur Seite, als Alec Anstalten machte, sich neben sie zu setzen.

„Wenn es dich beruhigt, ich musste den beiden hoch und heilig versprechen, nichts zu tun, was sie nicht auch täten."

Amber warf ihm einen ungläubigen Blick zu, worauf er in heiseres Gelächter ausbrach. „Schon gut, schon gut. Es war nicht so gemeint."

Sie nickte, stand auf, schob die schmutzige Jeans und das zusammengeknüllte Shirt beiseite und setzte sich sicherheitshalber auf den Stuhl. Sie war ihm dankbar, dass er ihr helfen wollte. Trotzdem konnte er ihr weder die Furcht vor dem Unbekannten nehmen, noch den Teil in ihr verschwinden lassen, der Amber fremd war und von dem sie nicht einmal gewusst hatte, dass es ihn gab. Seit sie auf die Idee gekommen war, Alec zu suchen, hatte sie allerlei Seltsames erlebt. Einiges hatte sie zutiefst verunsichert, anderes verängstigt. Es gab aber durchaus Momente, in denen sie sich in Gesellschaft seiner Freunde sehr wohlgefühlt hatte. Sie war durch eine Reihe Emotionen gewatet: Angst, Verzweiflung, Trauer und Hass. All das hatte sie im Schnelldurchlauf durchlebt und war irgendwie damit klargekommen. Während dieser Zeit standen ihr Menschen zur Seite, die ihr geholfen hatten. Wenn es etwas gab, das sie daraus gelernt hatte, war, dass Freunde oder Familie sie nicht vor Fehlern schützten, das Leben jedoch durch ihre Anwesenheit erträglicher machten. Wie sah es wohl aus, wenn all diejenigen, die sie kannte, herausfanden, was Alec, Sam und sie selbst waren?

Amber hatte wahnsinnige Angst, für etwas verachtet zu werden, das sie selbst am allerwenigsten verstand. Es war offensichtlich, dass sie nicht menschlich war. Aber was war sie dann? Ein Tier, eine Kuriosität, ein Fehltritt der Natur? Was sie auch sein mochte, es änderte nichts daran, dass sie ein normaler Teenager sein wollte. Amber erinnerte sich an die Art und Weise, wie ihr Vater sie manchmal angesehen hatte – und daran, was Rohloff Alec angetan hatte. Sie fragte sich, ob Rohloff über sie

Bescheid wusste. Das würde erklären, warum er ebenso hinter ihr her war.

Alec war mit den Geschichten über Aberness aufgewachsen. Er wurde akzeptiert, wie er war. Aber was war mit ihr, wem lag sie am Herzen? Vielleicht ihrer Großmutter, die ihr die Mutter ersetzte. Allerdings hatte sie sich in letzter Zeit als unzuverlässig erwiesen. Sabrina wäre als Ansprechpartner ihre zweite Option gewesen. Aber sie war vermutlich nicht gut auf Amber zu sprechen. Amber hatte sie seit Beginn der Ferien oft hängen lassen und sich seit ihrem letzten Anruf nicht mehr bei ihr gemeldet. Ratlos biss sie sich auf die Unterlippe, hielt inne und fuhr mit der Zunge darüber. Sie konnte sich nicht erinnern, etwas Salziges gegessen zu haben. Tatsächlich hatte sie an diesem Morgen noch nichts zu sich genommen. „Okay, in Ordnung. Warum hast du mich geküsst? Bestimmt nicht, um mich deinen Lippenpflegestift kosten zu lassen“, sagte sie misstrauisch.

„Es gibt ein, sagen wir, Allheilmittel, das eine beruhigende Wirkung auf unsereins ausübt. Sozusagen ein altes Familienrezept. Hättest du einen Ingwerdrops von mir angenommen, wenn ich dich darum gebeten hätte?“, fragte er leise und hielt ihr auf der flachen Hand ein Bonbon hin. Sie schüttelte den Kopf, was weder ein eindeutiges ‚Ja‘ noch ein ‚Nein‘ bedeutete. Was konnte ein harmloses Kaubonbon bewirken? Sie zögerte, dann griff sie zu, wickelte es aus und steckte es kurzerhand in den Mund. Es war nicht das erste Mal, dass sie einen seiner Drops aß, doch dieser schmeckte nicht süß und kaum nach Ingwer. Entweder beruhigte sie dieser unerwartete Geschmack tatsächlich, oder es lag am Kauvorgang, der sie ablenkte. „Salz. Dein Elektrolythaushalt muss verrückt spielen“, nuschelte sie und stellte ihm im gleichen Atemzug eine Frage: „Was genau hat es damit auf sich?“

Ihr Tonfall war sanft, als hätte sie sich in ihr Schicksal ergeben, worauf offenbar alle zu hoffen schienen.

„Zuallererst aktiviert Salz ein bestimmtes Gen, soweit vorhanden – die Wirkung hat einen durchschlagenden Effekt. So ähnlich wie die Überdosis eines stimmungsaufhellenden Medikaments, wurde mir zumindest gesagt. Stimmt es, dass du nur davon gekostet hast? Sam meinte, dass aus dem Glas nicht mal ein Gramm fehlt."

Amber nickte geistesabwesend und lutschte hingebungsvoll an ihrem Drops.

Alec schnalzte anerkennend mit der Zunge und hob eine Augenbraue. „Bei dir muss es besonders gut gewirkt haben. Vielleicht deshalb, weil du, als es passierte, gerade die Grenze von sechzehn Jahren überschritten hast. Zu diesem Zeitpunkt ist das Gen extrem empfindlich, was seine Aktivierung betrifft. Später funktioniert das nicht mehr so einfach."

„Hätte ich das früher gewusst, hätte ich besser auf das Genom aufgepasst", murmelte Amber, ohne dass Alec es mitbekam.

„Wenn es passiert, verteilt sich das Salz in deinem Körper und legt Depots an. Glaub mir, Sam, Dora und natürlich meine Wenigkeit sind aus allen Wolken gefallen, als du dich plötzlich so seltsam benommen hast. Da kam das ungezähmte Tier in dir zum Vorschein. Dass ein Mädchen das Gen eines Selkies in sich trägt, ist nahezu unmöglich. Normalerweise betrifft es ausschließlich die männlichen Nachkommen. Mit einer Ausnahme ...", brach er ab. Vermutlich ging ihm auf, dass er vom Thema abschweifte. Er war keineswegs so relaxt wie er ihr weiszumachen versuchte.

„Und wie kann ich es unter Kontrolle halten?", hakte sie nach und tastete mit ihrer Zungenspitze nach dem Rest des Kaubonbons, der ihr zwischen zwei Backenzähnen klebte.

Sie verschwieg ihm, dass ihre Gereiztheit bereits vor ihrem Geburtstag eingesetzt hatte. Genauer gesagt seit ihrem letzten

Besuch bei Edmond – deshalb musste sie unbedingt wissen, wie sich diese nervigen Gefühlsausbrüche und die leidige Augensache unterdrücken ließen. Worauf sie indes kein Interesse hatte, war herauszufinden, was diesen nicht menschlichen Teil ausmachte. In ihrem Kopf schwirrten Bilder von Leuten, die sich in Werwölfe verwandelten – mit spitzen, blutbefleckten Zähnen, die ebenso gut zu der Spezies Vampir passen würden. Zukunftsaussichten, die ihr Angst machten und über die sie nicht einmal ansatzweise nachdenken wollte.

„Wie kann ich es verdammt noch mal kontrollieren?", verlor sie die Beherrschung und fixierte Alec aus schmalen Augen.

Er reagierte allerdings nicht sauer oder zornig. Er verhielt sich neutral. „Es geht um Selbstbeherrschung, nicht mehr und nicht weniger. Erinnere dich, wie oft Mel dich gereizt hat. Gib es zu, du standest mehr als einmal kurz davor, ihr eine runterzuhauen", sagte er, während ein wissendes Lächeln seine Mundwinkel umspielte.

„Das stimmt, woher ...", erwiderte Amber verwirrt und hielt inne.

Sie bohrte ihren Zeigefinger in Alecs Brust. Sie war wütend, dass er sie hereingelegt hatte, um zu sehen, wie sie mit einer derartigen Konfrontation klarkam. „Du wusstest, dass Mel und ich nicht gerade beste Freundinnen sind, und hast das ausgenutzt. Du wolltest, dass sie mich herausfordert. Wie konntest du das tun? Ich dachte, Mel wäre deine Freundin. Ich dachte, ich wäre deine Freundin!" zischte sie aufgebracht.

„Atme tief durch. Ein und aus. Komm schon, mach es mir nach!", forderte Alec ungerührt. Er machte es ihr vor, schnaufte wie ein gestrandetes Walross und wirkte dabei so urkomisch, dass es Amber problemlos gelang, ihre Wut unter Kontrolle zu bringen. Die Ablenkung half ihr, sich auf seine Anweisung zu konzentrieren. Das leise Summen ihres Blutes, das zuvor wie ein Sturzbach durch ihre Adern gerauscht war, ebbte ab. Amber nahm ihrer beider Atemzüge überdeutlich wahr. Sie synchronisierten sich nach einer kurzen Anlaufphase, während sich beide anstarrten. Alec regte sich als Erster, umfasste ihre Hände und ließ sie hautnah spüren, dass zwischen ihnen etwas Besonderes ablief. Ihre Fingerspitzen pulsierten und sandten Hitzewellen aus, die sie jedoch keineswegs als Schmerz, sondern eher als angenehmes Prickeln wahrnahm.

„Okay, das reicht fürs Erste", presste Alec zwischen zusammengebissenen Zähnen hervor. Er löste den Kontakt, als hätte er sich an ihr verbrannt, wich ihrem Blick aus und drehte sich zur Seite. Sein Verhalten schien ihr auffällig. Irgendetwas verbarg er vor ihr und sie stellte sich zum ersten Mal die Frage, ob es einen weiteren erblich bedingten Unterschied zwischen ihnen gab.

„Bedeutet das jetzt, dass du mir so lange nicht mehr von der Seite weichst, bis ich allein mit den Auswirkungen des Gens klarkomme?"

Seine Antwort wischte das ohnehin schwache Lächeln aus ihrem Gesicht.

„Wäre diese Vorstellung so schlimm?", fragte er in ernstem Tonfall.

„Ja … nein … vielleicht."

Sie war sich nicht sicher. Sich freiwillig auf ihn einzulassen, war etwas anderes als keine Wahl zu haben. Amber wusste, dass ihre Gefühle für ihn tief gingen. Wie sollte sie ihm jedoch nach alldem vertrauen? Es war klar, worauf diese Übung hinauslief. Er wollte ihr helfen, mit dieser neuen und beängstigenden Situation umzugehen. Das bedeutete aber nicht, dass sie tatsächlich damit klarkam, und noch viel weniger, dass sie sich daran gewöhnen konnte oder es gar akzeptierte. Sollte sie sich auf sein Angebot einlassen, würde er ihr allein durch seine Anwesenheit ihre eigene Abnormität vor Augen führen. Verunsichert stand sie auf und wandte sich langsam der Tür zu.

„Ja, das wäre es“, flüsterte sie laut genug, damit er es mitbekam. Er hielt sie nicht auf und sie war erleichtert, dass er es nicht auf einen Versuch ankommen ließ. Ihr war nicht danach, ihren Cousinen oder Sam und Dora in die Arme zu laufen. Sicher wollten sie erfahren, ob es Alec gelungen war, was sie vermasselt hatten. Trotzdem folgte sie den Stimmen, die aus der Küche kamen, blieb dicht vor der angelehnten Tür stehen und rührte sich nicht.

„Wir hätten sie viel früher darauf vorbereiten müssen!“, meinte Dora sichtlich aufgeregt.

Sams Stimme klang sehr nah. Amber vermutete, dass er direkt auf der anderen Seite der Tür stand. „Sie ist hart im Nehmen und schafft das schon.“

„Und wenn nicht? Für uns ist das alles selbstverständlich. Meine Mädchen sind mit dem Wissen über Selkies und Hexen aufgewachsen. Du hast recht. Vielleicht war es keine gute Entscheidung, sie im Unklaren zu lassen. Denkst du, dass Isabel es weiß? Also dass Amber diejenige ist, die im Tâche antreten wird?“

„Zumindest ist ihr plötzliches Interesse an ihrer Tochter ungewöhnlich“, entgegnete Sam nachdenklich.

„Du weißt, dass wir seit über 70 Jahren auf diesen Moment gewartet haben. Nicht auszudenken, wie die Hexen reagieren werden, wenn sie erfahren, dass Amber unwissentlich einem Ritual unterzogen wurde. Wir sollten das irgendwie in Ordnung bringen.“

„Dora, es tut mir wirklich leid, was Edmond getan hat. Er wird vermutlich seine Gründe haben, die wir noch nicht verstehen.“

„Dein Vater hätte zuerst mit Charles darüber sprechen müssen!“, warf Dora wütend ein.

„Dein Schwager wusste offenbar Bescheid und wollte es niemandem verraten. Wie sonst erklärst du dir sein Verhalten?“, konterte Sam.

Stille.

Amber lugte vorsichtig durch den Türspalt. Sie beobachtete, wie Sam hinter Dora trat, die Arme um sie legte und ihr etwas ins Ohr flüsterte. Es besänftigte ihre Tante augenscheinlich. „Ich dich auch. Aber das hilft uns jetzt nicht weiter“, entgegnete sie und lehnte ihren Kopf gegen seine Schulter.

„Du weißt, wie Alec und Amber zueinander stehen. Wir können es ihr auf keinen Fall jetzt schon sagen. Sie befindet sich in einer extrem schwierigen Phase. Wir sollten unser Glück nicht überstrapazieren.“

„Glück? Das nennst du Glück? Die Kleine ist völlig durcheinander. Sie braucht jede Unterstützung, die sie bekommen kann, und ihr Vater ist nicht da“, flüsterte Dora und wand sich aus seiner Umarmung.

„Sie wird sie erhalten. Glaub mir, alles wird gut. Wir sollten nur nichts überstürzen.“

Amber hörte eine Tür ins Schloss fallen, trat hastig einen Schritt zurück und tat, als wäre sie gerade aus dem Wohnzimmer gekommen und auf dem Weg ins Mädchenzimmer. Madeleine grinste ihr entgegen und schwenkte eine zerknautschte Tube in ihrer Hand. „Hi Amber. Hast du Lust auf rote Strähnchen? Mehr ist von der Farbe leider nicht übrig geblieben.“

Madeleine, die offenbar nicht nur ihrer Schwester die Haare gefärbt, sondern auch selbst geduscht hatte, trug Leggins und ein karminrot gesprenkeltes, ehemals weißes T-Shirt. Sie wies in die Richtung, aus der sie gekommen war. „Ich habe Mel gewarnt. Es kann passieren, dass die Leute bei ihrem Anblick stehen bleiben und auf Grün warten, aber sie findet die Farbe cool.“

„Ne, lass mal. Mel steht bestimmt nicht auf einen weiteren Zwilling, der ihr das Leben versüßt“, konterte Amber, erleichtert, dass sie nicht in flagranti beim Lauschen erwischt worden war.

„Quatsch, sie macht sich nur selbst das Leben schwer. Glaub mir, das hat nichts mit dir zu tun. Lust auf einen Snack? Ich bin gerade auf dem Weg zum Kühlschrank.“

Amber drängte sich an ihrer Freundin vorbei. Sie wollte auf keinen Fall von Sam oder Dora entdeckt werden.

„Ja, klar. Ich meine nein, würdest du mir etwas mitbringen? Ich verschwinde schnell unter die Dusche“, redete sie sich heraus.

Mit einem Handtuch bewaffnet schlich sie kurz darauf aus dem Bad und huschte in das Zimmer der beiden Mädchen. Die Zwillinge hockten im Schneidersitz auf dem Flickenteppich und rissen die zweite Packung Kräcker auf. Im ersten Moment wunderte sie sich, warum sie auf dem Fußboden saßen, obwohl das Bett weitaus bequemer war. Ein kurzer Blick auf den mit Krümel übersäten Boden gab ihr die Antwort. Auf Zehenspitzen bewegte sie sich durch das Krümelfeld und griff im Vorbeigehen nach ihrer Reisetasche, in der sie nur noch Unterwäsche und ihre Socken zwischenlagerte. Madeleine hatte ihr die oberen beiden Schubfächer im Schrank freigeräumt. Die geöffnete Tür diente als perfekter Sichtschutz, während sie sich umzog. Selbst wenn jemand unverhofft ins Zimmer stolperte, würde er nicht mehr als ihre nackten Füße sehen – ein beruhigender Gedanke, da Alec sich nur zwei Räume entfernt aufhielt. Sie rubbelte ihre Haare so weit trocken, dass keine Wassertropfen ihr T-Shirt durchnässten, und schlüpfte in frische Unterwäsche und Jeans. Zufrieden, sich wieder wie ein normaler Mensch zu fühlen, ließ sie sich neben Madeleine nieder und reagierte auf Mels Nicken mit einem verhaltenen Lächeln. Ihre Cousine war mit Vorsicht zu genießen und hinter ihrer Freundlichkeit konnte sich eine andere Absicht verstecken. Offenbar hatte Mel jedoch nicht vor, sie zu ärgern.

Stattdessen stopfte sie sich abwechselnd mit Käsewürfeln und in Naturjoghurt gedippte Kräcker voll.

„Hey, das ist unfair, du hast fast alle Käsewürfel verputzt. So hungrig kannst du nicht sein!“, wies Madeleine ihre Schwester zurecht, schnappte sich den letzten Käsehappen und reichte ihn an Amber weiter.

„Doch nicht meine Schuld. Immerhin haben wir geschlagene fünf Minuten auf sie gewartet“, grummelte Mel, zog eine kleine Flasche Wasser zu sich, setzte sie auf und verschluckte sich prompt. Amber fand, dass sie es verdient hatte, aber Madeleine beugte sich hinüber und klopfte Mel fest auf den Rücken. „Das hast du nun davon.“

Für eine Sekunde war es still, doch dann kicherte Mel los, steckte ihre Schwester an und auch Amber konnte nicht anders als mitlachen.

Es war schräg, wie die beiden miteinander umgingen. Sie schienen den jeweils anderen in- und auswendig zu kennen, sodass sie sich alles herausnehmen konnten, ohne ihr Gegenüber zu verärgern. So ähnlich lief es zwischen ihr und Sabrina ab – wobei Amber diejenige war, die oft um des lieben Friedens willen nachgab. Sabrina war auf eine komplizierte Art und Weise ebenso auf sich bezogen wie Mel. Im Gegensatz zu Mel tat es ihre Freundin jedoch nicht mit Absicht und niemals, um einen anderen zu verletzen. In diesem Augenblick vermisste Amber sie schmerzlicher denn je. Auch wenn Madeleine ihr mittlerweile eine gute Freundin geworden war, wusste sie nicht, was wirklich in ihr vorging. Sabsi hingegen war ein offenes Buch, sie kannten einander seit Kindertagen. Ihre Freundin schien im Moment allerdings meilenweit entfernt zu sein.

Daran ließ sich gerade nichts ändern, deshalb machte sich Amber heißhungrig über die Kräcker her und knabberte zu jeweils einem Keks immer nur eine winzige Käseecke. Bereits nach dem ersten Biss, war ihr klar, dass die Snack-Kombination fantastisch schmeckte. Sie revidierte ihre Meinung über Mel. Ihre Cousine war und blieb ein Miststück. Tatsächlich hatte sie nie zuvor ein Stückchen Käse so genossen wie dieses. Der würzige Geschmack, nicht zu herb und nicht zu zart, reizte ihre Geschmacksknospen und verstärkte ihren Appetit eher, als dass er ihn stillte. „Wahnsinn, welche Sorte ist das?“, fragte sie begeistert an Madeleine gerichtet.

„Cheddar, den kauft Dora in einem der kleinen Läden unten am Hafen. Ich glaube nicht, dass es Importware ist, das wäre viel zu teuer. Also kommt er vermutlich direkt aus dem Hochland. Hey, wir sind übrigens allein. Sam und Dora sind kurz weg, aber ihr wisst ja: ‚nur kurz‘ kann bei den beiden lange dauern. Ich besorge uns noch etwas von dem guten Stück. Merkt eh keiner“, fügte sie mit einem Augenzwinkern hinzu.

Mel, die nicht begeistert wirkte, verkniff sich einen Kommentar und wischte sich die Krümel von der Hose. Diese Tätigkeit behielt sie stoisch bei, bis ihre Schwester mit einem weiteren Teller Käsehäppchen auftauchte.

„Du bekommst die Hälfte, den Rest teilen wir uns“, bestimmte Madeleine und ließ sich neben Amber auf dem Teppich nieder.

„Wenn es auffällt, bist du schuld, nur damit du Bescheid weißt“, entgegnete Mel, die das letzte Wort haben musste.

„Kein Thema. Außerdem habe ich aus erster Hand die Erlaubnis, eine Hälfte Amber zu überlassen.“

„Und von wem bitteschön?“, konterte Mel und warf Amber einen Blick zu, als hätte sie jemanden bestochen.

„Ich sag nur: Alecs Stück“, kicherte Madeleine übermütig.

Dass er just in dem Moment in der Küche aufgetaucht war, als Madeleine den Käsekanten weiter verkleinerte, war im Grunde keine Überraschung. Immerhin hatte er an diesem Tag noch nichts gegessen. Dass er seinen Anteil an Amber abtrat, war ein netter Zug. Dennoch sollte er sich keine Hoffnungen machen, sie hatte nicht vor ihre Meinung zu ändern. Madeleine lehnte gegen den Bettpfosten und beobachtete Amber beim Essen, bis diese nervös innehielt und ihren angebissenen Kräcker auf den Teller zurücklegte.

„In Ordnung, irgendetwas brennt dir auf der Seele. Spuck es am besten gleich aus, bevor es dir im Hals stecken bleibt!“, sagte Amber leise.

Das Grinsen ihrer Freundin verriet, dass sie mit ihrer Vermutung richtig lag.

„Was wollten die Erwachsenen von dir und Alec? Eine Standpauke wird's kaum gewesen sein. Ich habe meiner Mum gesteckt, dass Mel wie üblich übertreibt. Obwohl, Alec wirkte nicht glücklich, als ich ihm in der Küche begegnet bin. Was war zwischen euch los?“

Dass ihr ausgerechnet Madeleine diese Frage stellte, war vorhersehbar. Mel würde Amber gegenüber niemals zugeben, dass es sie interessierte. Trotzdem wunderte sie sich insgeheim über die offenkundige Neugier.

Für den Bruchteil einer Sekunde stand sie kurz davor, ihr zu erzählen, um was es gegangen war. Dass sie nur zur Hälfte ein Mensch und zur anderen Hälfte etwas war, das sie nicht einmal in Worte gefasst wissen wollte. Mels Anwesenheit hielt sie allerdings nicht nur davon ab, sich Madeleine anzuvertrauen, sondern auch davon, Andeutungen zu machen.

„Es war nichts Wichtiges, glaub mir, völlig nebensächlich.“

Leider machte Ambers zittrige Stimme ihr einen Strich durch die Rechnung. Ungeübt im Lügen wich sie aus, stand auf und klopfte umständlich die Krümelreste von ihrer Hose.

Vermutlich wäre sie damit sogar durchgekommen, wenn Mel nicht gewesen wäre. Ihre, wie es schien, ewige Kontrahentin bohrte jedoch tiefer in der empfindlichsten Stelle: „Lügen musst du noch lernen. Ich wette, es ging um dich und Alec. Ich meine, du und er, da sind die Probleme vorprogrammiert."

Amber versuchte es wirklich, atmete mehrmals hintereinander langsam ein und aus. Sie ließ ihren Blick durch den Raum schweifen, auf der Suche nach etwas, auf das sie sich konzentrieren konnte. Es gab allerdings nichts, das ihr Interesse lange genug fesselte, um den aufsteigenden Frust zu mildern. Zu hastig geatmet, schoss es ihr durch den Kopf, als ihr schwindlig wurde und ihre Hände und Füße zu prickeln begannen. Selbst diese Ablenkung reichte nicht aus, um die aufschäumende Wut zu unterdrücken. Dass ausgerechnet Mel sie in diese Situation gebracht hatte, verstärkte ihren Zorn, der gefährlich dicht unter der Oberfläche brodelte. Langsam drehte sie sich zu ihrer Cousine, die bei ihrem Anblick hastig von ihr wegrückte und zischte durch zusammengebissene Zähne: „Er und ich sind uns nicht so unähnlich, wie du vielleicht glaubst. Wieso bist du sauer auf mich? Ich habe dir nichts getan und dein Alec kann eigene Entscheidungen treffen. Dazu braucht er nicht dich!"

Amber überkam ein seltsames Gefühl, als würde es plötzlich heller im Raum werden. Madeleines überraschter Gesichtsausdruck brachte sie letzten Endes zur Besinnung. Entsetzt, dass sie die Beherrschung verloren hatte, wandte sie sich brüsk ab. Das Licht brannte ihr in den Augen und sie wusste, was das bedeutete: Ein eingeschränktes Sichtfeld, als ob sie bei einem Tauchgang die Augen geöffnet hielt, deutete auf eine Veränderung ihrer Pupillen hin. Ohne ein Wort der Erklärung wankte sie zu ihrem Bett und ließ sich bäuchlings darauf fallen. Sie spürte Erschöpfung, die an bleierne Müdigkeit grenzte, und schloss die Lider. Den Sekunden völliger Stille folgten Minuten, und obwohl Amber noch immer wütend war, stand sie kurz davor einzuschlafen.

„Na was sagst du jetzt? Ich wusste, dass ihre Augen so wie Sams und Alecs aussehen, wenn die beiden sich aufregen", hörte sie ein Flüstern und ordnete es Mel zu. Amber spitzte die Ohren.

„Ja schon, aber sie kann kein Nachfahre eines Selkies sein. Wie jeder weiß, vererbt sich das Gen ausschließlich über den männlichen Zweig. Also war das ganze Theater nur, um mir zu beweisen, dass du mit deiner Vermutung richtig liegst? Wieso hast du sie nicht einfach gefragt?", flüsterte Madeleine, die über diese Entdeckung weit weniger begeistert schien.

„Wie denn? Etwa so: Amber, hast du endlich begriffen, dass mit dir was nicht stimmt, und Alec sich deshalb so seltsam verhält? Nicht zu vergessen, dass er sich für dich hat vermöbeln lassen. Übrigens bist du nicht die Einzige, die nicht ganz menschlich daherkommt. Alle sind völlig aus dem Häuschen, dass du nicht nur anders, sondern anders anders bist. Klärst du mich über die schräge Sachlage auf?"

„Hey, mir musst du nichts beweisen. Ich bin deine Schwester, schon vergessen?", entgegnete Madeleine so leise, dass Amber es kaum verstand. Obwohl es ihr schwerfiel, ruhig zu bleiben, achtete sie auf eine gleichmäßige Atmung.

Ein leises Rascheln; zumindest eine ihrer Cousinen, vermutlich Madeleine, sammelte die leeren Verpackungen vom Boden auf und beförderte sie in den Abfalleimer. „Du hast recht. Am Anfang war ich sauer auf sie. Ich meine, taucht hier plötzlich auf und verdreht unserem Alec den Kopf."

„Du stehst doch gar nicht auf ihn."

„Und wenn schon. Er hat ihr sein Armband geschenkt, obwohl er sie bis vor einigen Wochen nicht einmal kannte. Findest du das nicht merkwürdig? Als wäre er verhext oder so was?"

Madeleine schwieg und Amber dachte, dass sie das Gespräch abbrachen. Ihre Freundin überlegte es sich jedoch anders.

„Ich denke, sie bedeutet ihm wirklich viel, das sieht doch ein Blinder mit Krückstock. Ich mag beide, kapiert. Wenn sie füreinander bestimmt sind, soll es so sein."

„Du wieder mit deinen Lovestorys. Glaub mir, das läuft auf kein Happy End hinaus."

Der mitleidige Unterton, den Amber aus Mels Stimme zu hören glaubte, überraschte sie.

„Hast du mal darüber nachgedacht, dass wir nicht alles wissen? Was, wenn es eine Möglichkeit gäbe?"

„Jetzt hör mit dem Schmachtzeugs auf. Was, wenn die Razzia nicht zufällig war und sie nicht Alec, sondern Amber gesucht haben? Alec war zu diesem Zeitpunkt nicht einmal freigelassen."

„Sie ist ein Mädchen!"

„Seltsam genug. Okay, also könnte Rohloff ihr die Hand schütteln und wüsste nicht einmal, dass sie diejenige ist, die er gern aus dem Verkehr gezogen hätte", entgegnete Mel trocken.

„Genau, aber die Spekulationen bringen uns nicht weiter, und Sam wird nichts rausrücken. Demzufolge", Madeleine seufzte bedauernd auf, „wird es uns auch sonst niemand erzählen."

Vorsichtig zog Amber ihr rechtes Bein an, das über die Bettkante hing, und tat, als würde sie sich im Schlaf drehen. Innerlich kochte sie vor Wut. Der wiederholt unterschwellige Vorwurf, dass sie die Schuld an Alecs Zustand trug, war mehr, als sie momentan ertragen konnte.

Das plötzliche Schweigen im Raum verriet, dass die Zwillinge jede ihrer Bewegungen mitverfolgten.

Mel ließ nicht locker und raunte Madeleine zu: „Sollte Alec sich doch noch anders entscheiden, stell ich mich freiwillig zur Verfügung. Besser ich als jemand anders. Wir machen einfach nichts und lassen die Show auffliegen."

„Red keinen Quatsch. Die merken schneller, dass du keine Hexe bist, als du Abrakadabra sagen kannst. Wenn sich eine

Seite weigert, spielt das Rohloff in die Hände!", zischte Madeleine aufgebracht zurück.

„Ja, ja, schon klar. Die Idee ist nicht so gut. Lust auf etwas Herzhaftes, einen Burger bei Earl?", ruderte Mel zurück.

„Aber nur, wenn du meinen bezahlst", antwortete Madeleine und verließ mit ihrer Schwester das Zimmer.

Fassungslos über das, was sie mitgehört hatte, setzte sich Amber auf und starrte die geschlossene Tür an.

Die ausgesprochenen Worte, die niemand mehr ungeschehen oder zurücknehmen konnte, summten wie ein aufgezogener Kreisel in ihrem Kopf. Mel schien eindeutig scharf darauf zu sein, ihr eins auszuwischen.

Erst in diesem Moment begriff Amber die Tragweite dessen, was sie bisher nicht hatte wahrhaben wollen: dass Edmond mit allem recht hatte. Der alte Mann hatte mit den mysteriösen Meerwesen nicht nur Sam, Alec und sie, sondern auch sich selbst gemeint. Alec hatte seit Längerem geahnt, dass es sich bei Amber ebenfalls um ein Meereswesen handelte. Die Menschen, denen sie vertraute, hatten es die ganze Zeit über vor ihr verheimlicht. Es war zu spät, um die Augen davor zu verschließen – aber nicht zu spät, um zu handeln. Sie glitt vom Bett, öffnete die Schranktür, zerrte ihre Wäsche aus den Regalen und stopfte sie in ihre Reisetasche. In weniger als einer Woche begann das neue Schuljahr und bis dahin, hoffte sie, war ihr Vater längst zurück. Ihr ursprünglicher Plan, in der Zwischenzeit bei Sabrina unterzukommen, war in ihrer momentanen Verfassung keine gute Idee. Sie ertrug es allerdings nicht eine Sekunde länger, Alec, Mel oder gar Sam um sich zu haben. Bei dem Gedanken an ihre Tante schossen ihr gegen den Willen Tränen in die Augen. Dora war ihr gegenüber überaus fürsorglich gewesen. Mehr als einmal hatte sich Amber insgeheim gefragt, wie ihr Leben verlaufen wäre, wenn Dora anstelle von Isabel ihre Mutter wäre.

Das war jedoch reines Wunschdenken. Sie gehörte nicht in diese Familie. Blut ist dicker als Wasser; dieses Sprichwort schien nur dazu da, um sie zu verhöhnen. Zutiefst verletzt zog sie den Reißverschluss der Reisetasche zu und überlegte sich ihre weitere Vorgehensweise. Gero zu bitten, sie abzuholen, fiel definitiv aus. Er sähe es als seine oberste Pflicht an, Rosalie zu informieren. Als wäre das nicht genug, würde er Amber vermutlich geradewegs ins Künstlerviertel verfrachten, wohin sie auf keinen Fall wollte. Blieb nur mit dem Bus zu fahren, der ihr zudem die Möglichkeit bot, während der Fahrt in Ruhe nachzudenken.

Etwas leichter ums Herz huschte sie ins Bad, nahm ihre Kosmetiktasche aus dem Regal und legte sie in die bereits überquellende Reisetasche. Der Reißverschluss klemmte und ließ sich nicht ohne Weiteres schließen. Kurzerhand leerte sie den Kulturbeutel aus und quetschte ihr Make-up, die Bürste und ihr Shampoo zwischen die Ritzen. Dennoch kniete sie am Ende auf der Tasche, um sie zu schließen. Amber versuchte sie anzuheben. Wenige Zentimeter schaffte sie, mehr ging nicht. Nach einem wütenden Tritt gegen das Gepäckstück kaute sie nachdenklich an ihrer Unterlippe. Alle ihre Klamotten mitzunehmen konnte sie vergessen. Alec zu bitten, ihr dabei behilflich zu sein, von hier zu verschwinden, war leider keine Möglichkeit, die ihr weiterhalf. In ihrem Rucksack war nur Platz für das Nötigste. Im Grunde musste sie nichts mitnehmen. Zu Hause wartete ein überfüllter Kleiderschrank auf sie. Das Einzige, das nicht ersetzbar war und das sie auf keinen Fall zurücklassen wollte, waren der kleine Webrahmen und Madeleines Geschenk. Den Rucksack geschultert, schlich sie durch den Flur und zog die Haustür sachte hinter sich zu. Der Gang vor ihr war verlassen. Dennoch befürchtete sie, dass just in dem Moment jemand nach oben fuhr, der sie kannte.

Sie drückte auf einen beliebigen Knopf des Fahrstuhls, der hin und wieder, und dann auch nur für kurze Zeit, funktionierte. Das rote Licht blinkte auf und wanderte in Zeitlupe nach oben. Über das Treppengeschoss verließ sie unbehelligt das Gebäude.

KAPITEL 28

Inzwischen kannte sich Amber in der näheren Umgebung aus. Vorsichtshalber nahm sie einen kleinen Umweg über zwei Seitenstraßen in Kauf. Sie wollte niemandem begegnen, den sie kannte. Ebenso wie am Morgen hielten sich seltsamerweise viele Menschen auf den Straßen auf. Viele der Anwohner waren in Gruppen unterwegs. Dass an diesem Tag die Straßen überfüllt wirkten, beunruhigte Amber ebenso, wie die angespannten Gesichter der Menschen, die an ihr vorbei hasteten.

Sie steuerte die nächstgelegene Haltestelle an und wartete auf den Bus. Vor weniger als einer Woche war sie hier inmitten einer stürmischen Nacht angekommen.

Am helllichten Tag wirkte der Unterstand weniger furchteinflößend als in der Nacht. Ein ungutes Gefühl überfiel sie, als sie sich der Warteschlange anschloss. Die Leute unterhielten sich im Flüsterton oder telefonierten. Etwas musste im Laufe des Tages passiert sein. Es schien Amber, als machte eine wichtige Meldung die Runde, in die sie niemand eingeweiht hatte. Hin und wieder bekam sie Gesprächsfetzen mit, auf die sie sich allerdings keinen Reim machen konnte. Ungeduldig sah sie auf ihre Uhr und presste die Lippen aufeinander. Laut dem verblichenen Fahrplan fuhr der nächste Bus in fünf Minuten. Sie war dankbar, nicht allein an der Haltestelle warten zu müssen. In einer Menschenmenge war es ein Leichtes, sich unter die

Leute zu mischen. Dennoch ging von diesen unterschwellig eine Gefahr aus. Amber hielt ihr Smartphone griffbereit, um im Notfall wenigstens so zu tun, als würde sie telefonieren. Das Handy in der Hand vermittelte ihr ein Gefühl der Sicherheit.

Die Wartezeit zog sich unerträglich in die Länge. Amber trippelte auf der Stelle, und schaute alle paar Minuten auf die Uhr.

Das Motorengeräusch des Busses klang wie Musik in ihren Ohren. Sie verstaute ihr Smartphone im Rucksack und stieg ein. Mit ihrem Fahrchip gab es keine Probleme. Mit einem Sitzplatz schon. Der Bus war bis auf den letzten Platz besetzt, sodass sich Amber mit einem Stehplatz im Mittelgang zufriedengeben musste. Wo kamen plötzlich die vielen Leute her? Etwas ging vor, von dem sie nichts mitbekommen hatte. Darüber wollte sie sich aber nicht den Kopf zerbrechen. Sie war auf dem Weg nach Hause, und nur das zählte. Sie schaute über den Kopf eines Fahrgastes hinweg aus dem Fenster und beobachtete, wie die Gebäude und Gassen an ihr vorüberzogen: Earls Imbiss, eine geschlossene Kneipe, heruntergelassene Rollgitter vor einem Laden.

Unmerklich veränderte sich die Umgebung. Die Gebäude wurden höher, die Straßen breiter. Entgegen dem Viertel, aus dem sie gerade kam, füllten sich im Stadtzentrum die Straßen eher langsam mit Passanten, die einander aber nur selten eines Blickes würdigten.

Je näher der zentrale Busbahnhof kam, desto ruhiger wurde Amber. Während der Fahrt dachte sie an all diejenigen, die sie ohne sich zu verabschieden zurückgelassen hatte. Das Verlangen nach ihrem Zuhause war stärker, als ihre Schuldgefühle. Sie sehnte sich nach Ruhe und Abgeschiedenheit. Zuerst würde sie Sabrina allerdings einen kurzen Besuch abstatten. Durch das Seitenfenster beobachtete sie, wie die öffentlichen

Verkehrsmittel im Minutentakt vor ihr ein- und ausfuhren und sich die Menschentraube hinter dem gelben Markierungsbalken langsam aufzulösen begann.

Kaum hielt das Fahrzeug, war sie mit einem Satz zur Tür hinaus, rannte die wenigen Meter bis zur Route 21 und erreichte gerade noch rechtzeitig den Anschluss-Bus. Er war ebenfalls dicht besetzt. Die Fahrgäste unterhielten sich kaum, hielten Distanz zu ihren Sitznachbarn und bedachten einander mit misstrauischen Blicken – als wäre jeder Zusteigende eine potenzielle Gefahr. Einige sahen betont gleichgültig aus dem Fenster, andere blätterten in der Zeitung, viele waren in ihr Smartphone versunken. Amber machte es nichts aus, zwischen zwei älteren Damen eingezwängt inmitten einer dichten Parfümwolke zu sitzen. Sie schloss die Augen, lehnte den Kopf gegen das Sitzpolster und lauschte mehr oder weniger freiwillig dem Gespräch ihrer Sitznachbarn.

„Meiner Meinung nach wurde es wirklich Zeit, dass die Armee mit aller Härte gegen das Gesindel vorgeht. Nicht auszudenken, wenn die Übergriffe weiter überhandnehmen." Die ältere Dame zu Ambers Rechten zog ein Spitzentaschentuch aus ihrem Dekolleté, hob ihre goldeingefasste Brille und rieb hektisch über das blitzblanke Glas.

„Olivia, jetzt übertreibst du. In den Nachrichten erwähnte der Sprecher, dass die Gegend um den Hafen im Laufe des Tages komplett abgeriegelt wird. Dann kommt niemand mehr rein oder raus. Selbstverständlich verlasse ich mich nicht darauf und habe mein Wachpersonal informiert, eine reine Vorsichtsmaßnahme."

„Als ob uns das nutzt. Erinnerst du dich an den schrecklichen Aufstand, damals vor sechzehn Jahren? Die Hälfte meiner Bediensteten verschwand bereits am ersten Tag, undankbares Pack!"

Amber ballte unwillkürlich die Hände zu Fäusten. Sie hatte keine Ahnung, worüber sich die beiden Frauen unterhielten, oder was im Hafenviertel tatsächlich vor sich ging. Wenn es stimmte, war sie rechtzeitig durch das engmaschige Netz geschlüpft. Automatisch kehrten ihre Gedanken zu dem Zwischenfall zurück, der auf dem Weg zu Earl passiert war. Amber hatte den Ernst der Situation verkannt und es für eine Eigenart der Anwohner gehalten, sich auf diese Weise die Zeit zu vertreiben und abzureagieren. Jetzt fand sie es bedrohlich, dass jemand jederzeit für einen Spitzel, schlimmer noch, für einen Überläufer gehalten werden konnte. Plötzlich sorgte sie sich um ihre Freunde. So leicht ließen sich ihre Gewissensbisse nicht unterdrücken, egal wie sehr sie sich einzureden versuchte, dass sie nichts mit alldem, das gerade passierte, zu tun hatte. Sie war auf dem Weg nach Hause. Dort würde sie damit weitermachen, womit sie zu Beginn der Ferien aufgehört hatte: ein ruhiges und vorhersehbares Leben führen, das sie vor weiteren unangenehmen Überraschungen bewahrte. Hin- und hergerissen griff sie schließlich zu ihrem Smartphone. Sie stand kurz davor, die aktuellen Nachrichten aufzurufen. Die Furcht vor dem Beweis dafür, dass alles außer Kontrolle geriet, hinderte sie daran. Stattdessen wählte sie eine Nummer. Es meldete sich niemand. Nervös wippte sie mit den Füßen und ignorierte die strafenden Blicke der beiden Frauen neben sich. Madeleine ging nicht ran. Amber spürte einen ersten Anflug von Panik. Vor ihren Augen wirbelte ein Meer aus Funken. Hektisch wühlte sie in ihrem Rucksack, auf der Suche nach dem Einmachglas, das sie damals aus Isabels Küchenschrank hatte mitgehen lassen: in einer trüben Salzlake eingelegte glänzende Rollmöpse. Mit zitternder Hand nahm sie einen zwischen Daumen und Zeigefinger, beugte ihren Oberkörper vor und biss beherzt hinein. Während sie kaute, schluckte und wieder kaute, breitete sich in ihrem Inneren eine wohltuende Wärme aus, die eine dämpfende Wirkung auf sie ausübte. Die Blicke der Fahrgäste ignorierte sie. Während sie hingebungsvoll an einem grau-silbrigen Filetstück saugte, stellte sie sich vor, wie die Leute reagiert hätten, wenn Alec die Rolle des Herings übernommen und vor aller Augen mit ihr geknutscht hätte. Bemüht, einen hysterischen Lachanfall zu unterdrücken, verschluckte sie sich und bekam stattdessen einen Hustenanfall. Mit dem Ärmel wischte sie sich den salzigen Sud von Kinn und Mundwinkel, drehte den Deckel zu und ließ das Glas wieder in ihrem Rucksack verschwinden. Das aufkeimende Getuschel und die entrüsteten Blicke der Fahrgäste quittierte sie mit einem herausfordernden Grinsen.

Was auch immer in sie gefahren war; es gefiel ihr, die Leute zu provozieren – selbst wenn es sich um ihre Nachbarn gehandelt hätte. Die restliche Fahrt wurde sie vom Klatsch der beiden Frauen verschont. Dass die Leute sie misstrauisch beäugten, ignorierte sie und starrte bis zu ihrer Ankunft aus dem Fenster.

An der Haltestelle, die sie zu Sabrinas Zuhause führte, stieg sie aus und ging die Straße hinunter auf das zurückgesetzte schmiedeeiserne Tor zu. Endlich ließ die tiefe Verunsicherung nach, die Amber seit ihrem Weggang nicht mehr abgelegt hatte. Sie hielt auf das weiß gestrichene Wachhäuschen zu. Der gemähte Rasen zu beiden Seiten der Einfahrt, über den ein signalroter Mähroboter kreisende Bahnen zog, zeugte von der Beständigkeit, nach der sie sich inzwischen sehnte. Ein uniformierter junger Wachmann, der sie hinter der Panzerglasscheibe mit einem Lächeln begrüßte, betätigte einen Knopf auf dem überdimensionalen Schaltbrett.

„Amber Wellington. Was für eine angenehme Überraschung. Sabrina wird erfreut sein, dich zu sehen. Unter uns, seit Tagen versucht sie dich zu erreichen und klagt Chloe stündlich ihr Leid, dass ihre beste Freundin sie in diesen unruhigen Zeiten schmählich im Stich gelassen hat. Mach ihrem und Chloes Leiden bitte ein Ende."

Amber blieb stehen und klimperte mit den Wimpern.

„Ich stehe Ihnen jederzeit zu Diensten." Der Schalk in Lewis' Augen und der Anblick seiner grauen Schirmmütze, die nachlässig über eines seiner leicht abstehenden Ohren gerutscht war, gaben Amber den Rest. Sie prustete los, hob den Zeigefinger in gespielter Ermahnung und kommentierte die Begrüßung auf typische Weise: „Mr. Darsen, wie immer bin ich hoch erfreut, Sie zu sehen, und bitte Sie inständig, mir, wenn nicht ihr Herz, so doch Tür und Tor zu öffnen."

„Es ist schön, dich wiederzusehen", entgegnete Lewis, lüftete seine Mütze und winkte sie durch die Seitentür, die hinter ihr ins Schloss fiel.

Offenbar hatten die Mackays Angst, dass Kriminelle es auch auf sie abgesehen hatten. Darüber wollte sie allerdings nicht nachdenken. Es fühlte sich gut an, sich wieder auf gewohntem Terrain aufzuhalten.

„Wie geht's Chloe?", fragte Amber scheinheilig, den Blick auf das imposante, Gebäude gerichtet, über dessen Vorderfront eine weitläufige Terrasse verlief.

„Seit sie meinen Antrag angenommen hat, findet sie kaum Zeit für mich. Die Planungen einer perfekten Hochzeit fallen nicht unbedingt in mein Interessengebiet." Er verdrehte die Augen und entlockte Amber ein breites Grinsen: „Lass mich raten, Sabrina hat sich als Beraterin angeboten und überlässt nichts dem Zufall?"

„Erraten. Moment", brach er ab und setzte die Kopfhörer auf, die er achtlos auf dem Tisch abgelegt hatte. „Nur keine Aufregung. Ja, sie ist es tatsächlich. Würdest du Chloe ausrichten, dass ich sie nach Dienstschluss nach Hause begleite?"

Amber stutzte, irritiert über die Sorge in seiner Stimme. Sein plötzlicher Stimmungswechsel erinnerte sie an das Gespräch der beiden älteren Damen.

„Sabrina will wissen, ob du mich oder sie besuchst", riss Lewis sie aus ihren Gedanken und wies mit dem Kopf in Richtung Veranda. Auf dem Treppenabsatz stand ihre Freundin und winkte ihr ungeduldig zu.

Während Amber auf das Haus zuging, dachte sie über das nach, was eine der Frauen gesagt hatte. Die Vorstellung, dass sich Lewis Aufständischen anschließen könnte, schien ihr unvorstellbar – falls das Gerücht stimmte. Ihm und Chloe ging es gut. Die beiden erhielten ein gutes Gehalt und wollten heiraten. So etwas warf niemand fort, um blindlings dem Gerede über einen bevorstehenden Aufstand der Arbeiterschicht zu folgen. Amber verfiel ins Laufen, flüchtete vor all dem Unbegreiflichen, das ihr widerfahren war, direkt in Sabrinas weit geöffnete Arme.

„Ich habe mir solche Sorgen gemacht. Mein Dad sagt, dass dein Vater einen Unfall hatte. Und bei dir war nur die Mailbox an. Oh mein Gott, vielleicht solltest du erst einmal duschen. Ist das Fisch? Oh Amber, was war los, du musst mir alles erzählen, haarklein, und lass bloß nichts aus!", redete Sabrina auf sie ein und zog sie hinter sich her ins Haus. In der Eingangshalle herrschte ein Zwielicht, an das sich Ambers Augen erst gewöhnen mussten. Zwischen den Ritzen der hinuntergelassenen Jalousien sickerte kaum Sonnenlicht hindurch. Die Sitzgruppe bot Platz für eine Handvoll Gäste. Glücklicherweise waren sie allein. Erschöpft ließ sich Amber in einen großen Sessel fallen, in dem sie fast versank.

„Was war denn los? Warum hast du dich nicht mehr bei mir gemeldet?", rief Sabrina aus, bevor Amber dazu kam, auch nur Piep zu sagen. Ihr war jedoch weder zum Reden zumute, noch danach, ihrer Freundin ihr lädiertes Herz auszuschütteln. „Lass mich bitte erst zu Atem kommen. Ich war geschlagene zwei Stunden in einem miefigen Bus unterwegs“, versuchte sie Sabrina behutsam in die Schranken zu weisen, die ihre Freundin leider allzu oft wieder einriss.

Sabrinas blondgefärbte Locken, wippten auf und ab, als sie wie ein aufgeschrecktes Huhn aufsprang, sich mit der Hand an die Stirn fasste und in Richtung Küche rief: „Chloe, könntest du uns bitte zwei Gläser Zitronentee bringen? Bevor ich es vergesse, Lewis holt dich nach der Arbeit ab.“

Sabrina ließ ihren Blick zur offenen Küchentür hinüber schweifen und wieder zurück zu Amber.

„Weißt du, eigentlich bist du schuld, dass ich Chloe angeboten habe, sie bei ihren Hochzeitsvorbereitungen zu unterstützen. So langweilige Ferien hatte ich schon lange nicht mehr!“, schmollte sie.

Amber kannte ihre Freundin gut genug, um zu wissen, dass sie versuchte, ihr ein schlechtes Gewissen einzureden. Auf diese Weise hoffte sie, Neuigkeiten in Erfahrung zu bringen.

Bevor Amber ihr das jedoch auf den Kopf zusagen konnte, erschien das Hausmädchen und setzte das Tablett auf einem kleinen Beistelltisch ab. „Hallo Amber, du hast dich ja lange nicht mehr blicken lassen. Sabrina war außer sich, als sie dich nicht erreichen konnte. Und glaub mir, sie hat es oft versucht. Wenn mich nicht alles täuscht, waren es mindesten zwanzig Anrufe täglich.“

Ihr gutmütiges Lächeln verlieh Chloe eine Weichheit, die sie von innen strahlen ließ. Ihr offenherziges Verhalten erinnerte Amber schmerzlich an Madeleine.

„Ach Süße, kein Grund Trübsal zu blasen, jetzt bist du ja da“, mischte sich Sabrina ein, als wäre damit alles in bester Ordnung.

„Ich dachte, Rosalie hat dir Bescheid gegeben, oder etwa nicht?“ fragte Amber nach, ohne das Missverständnis aufzuklären. Sie war sich unsicher, ob sie Sabrina in all die Ereignisse der letzten Tage einweihen sollte.

„Hat sie, sie wollte mir aber nicht sagen, wann du zurückkommst. Wie lief es denn mit Isabel?"

In der Gewissheit, dass sie mit ihrer Antwort einen Stein ins Rollen brachte, der nicht mehr aufzuhalten war, seufzte Amber auf. Irgendetwas musste sie Sabrina erzählen und ihre Überraschungsverwandtschaft bot zumindest genügend Gesprächsstoff, um Amber von ihren Problemen abzulenken. Wie beiläufig ließ sie die Bombe platzen. „Tatsächlich war ich nur kurz bei Isabel. Die meiste Zeit verbrachte ich bei meiner Tante und meinen beiden Cousinen."

„Was? Du hast sie mir gegenüber nie erwähnt. Ich dachte außer dir, deinen Eltern und Rosalie gäbe es keine weitere Verwandtschaft mehr auf der Insel."

Das Glitzern in Sabrinas Augen und die Neigung ihres Kopfes verrieten, wie neugierig sie darauf war, alles, aber auch wirklich alles zu erfahren.

„Dachte ich ebenfalls. Bis mir Mel und Madeleine über den Weg gelaufen sind. Dora, meiner Tante", fügte sie erklärend hinzu, „bin ich davor schon mal begegnet. Da wusste ich aber noch nicht, wer sie war."

Amber bemerkte, wie Chloe, die ihnen Tee aus einer eisgekühlten Karaffe nachschenkte, bei der Erwähnung ihrer Tante innehielt und ihr einen überraschten Seitenblick zuwarf. Amber hatte das merkwürdige Gefühl, als wollte sie etwas sagen. Selbst wenn sie gewollt hätte, Sabrina ließ sie nicht zu Wort kommen.

„Wahnsinn. Also ehrlich, da sitze ich hier und drehe Däumchen, bemitleide dich zutiefst und du erlebst so verrückte Sachen. Nach Langeweile hört sich das für mich nicht an."

Ihr war klar, dass sich Sabrina nur verhielt, als wäre sie beleidigt. Alles deutete darauf hin, dass sie für ihren großen Auftritt übte: Die Art und Weise, wie sie den kleinen Finger beim Halten der Tasse abspreizte, ebenso wie ihr Aufzug. Sie trug ein blassblaues spitzenverziertes Gewand, unter dessen Saum ein weißes Leinenunterkleid hervorlugte.

Sabrina wollte ihr schauspielerisches Talent bei der diesjährigen Schulaufführung im Ozean-Life unter Beweis stellen. Amber hatte sich ebenfalls beworben, war jedoch nicht genommen worden. Die Rolle der Lady Macbeth in dem berühmten Shakespeare-Drama war Sabrina wie auf den Leib geschnitten. Sie gönnte es ihrer Freundin.

Theater hatte Amber in den letzten Tagen bis zum Abwinken erlebt.

Sie hatte keine Ahnung, wo sie anfangen sollte. Es gab so vieles, von dem sie nichts erzählen konnte – und einiges, das sie nicht erzählen wollte.

Sabrina würde allerdings nicht lockerlassen und erst zufrieden sein, wenn sie sich sicher war, alles Wissenswerte in Erfahrung gebracht zu haben. Ambers letzten Anruf hatte Sam unterbrochen, ohne ihr die Möglichkeit zu geben, sich von Sabrina zu verabschieden. Offenbar hatte diese Behandlung bei ihrer Freundin Spuren hinterlassen.

Sie gönnte sich eine kurze Verschnaufpause im Kampf gegen ihr schlechtes Gewissen, Sabrina nur einen Bruchteil der Wahrheit anvertrauen zu können. Automatisch griff sie in der Obstschale nach einer reifen Banane, schälte sie und biss in das butterweiche Fruchtfleisch, das auf ihrer Zunge ein pelziges Gefühl hinterließ. „Du weißt ja, dass ich dachte, meine Mutter lebt in einer Penthouse-Wohnung, aber inzwischen ist sie im Künstlerviertel, ich glaube wegen Samuel“, begann sie vorsichtig.

„Du weißt schon, dass diesem Viertel ein Hauch von Anrüchigkeit anhaftet“, fiel ihr Sabrina ins Wort.

„Davon habe ich nichts gemerkt“, erwiderte Amber trocken.

Das Künstlerviertel, insbesondere einige angesehene Mitglieder innerhalb der Künstlergilde, galten in gehobenen Kreisen als Inbegriff der Frivolität. Auf den angesagtesten Veranstaltungen waren sie allgegenwärtig und gern gesehene Gäste, obwohl niemand, der etwas auf sich hielt, es offen zugegeben hätte – boten sie doch der allgemein gültigen Etikette allein durch ihre Anwesenheit die Stirn. Das unkonventionelle Auftreten besonders exzentrischer Künstler sahen einige Leute als einen Akt der friedlichen Auflehnung an. Bei verschiedenen Events einem Künstler zu begegnen, vor allem wenn es sich um ein attraktives Exemplar handelte, versprach ein prickelndes Aufeinandertreffen. Das mitunter undisziplinierte Verhalten eines Freidenkers, wurde von einigen Damen gern nach außen hin als geschmacklos deklariert. Diese Partys besaßen den schalen Beigeschmack eines Wettlokals und bot den perfekten Anlass zu wilden Spekulationen hinter vorgehaltener Hand.

„Was für ein Künstler ist er?“, fragte Sabrina interessiert.

„Maler.“

„Ach so. Na ja, die gibt es wie Sand am Meer. Ich wünschte, mir würde mal ein attraktiver Modedesigner über den Weg laufen“, entgegnete ihre Freundin mit entrücktem Blick.

„Tut mir leid, dass ich dich in der Sache enttäuschen muss. Aber wenn es dich beruhigt …“ Amber hob vielsagend die Augenbrauen und sicherte sich so Sabrinas volle Aufmerksamkeit.

Im Nachhinein konnte sie nicht sagen, welcher Teufel sie geritten hatte. Vielleicht war Sabrinas abfällige Antwort schuld daran, oder das Bedürfnis, ihre Freundin für ihre oberflächlichen Ansichten zu bestrafen. „Anthrazitfarbene Augen, dunkles, leicht gewelltes Haar, und das Beste: ein Körperbau zum Dahinschmelzen."

Sabrina hing an Ambers Lippen, die sich bemühte, nicht laut loszulachen. „Einfühlsam, stark, witzig und mitunter sehr dickköpfig, ich sag nur Thane of Cawdor", fügte sie mit einem Augenzwinkern hinzu.

„Der entpuppt sich am Ende doch als Tyrann", entgegnete Sabrina skeptisch, die sofort verstanden hatte, dass Amber auf die Figur der Macbeth anspielte.

„Ja, aber er sah dabei wahnsinnig gut aus", kicherte Amber.

„Warum begegnet mir nie so jemand?", schmollte Sabrina.

Über ihre Schulter hinweg fing Amber Chloes belustigten Blick auf. Sie hatte den Eindruck, als wüsste das Hausmädchen sehr genau, welche Person Amber in Wahrheit bis zur Unkenntlichkeit verklärte.

„Ich gebe es ungern zu, aber ich bin tierisch neidisch, vor allem, weil es so gut wie aussichtslos ist, diesem Prachtexemplar von Mann jemals zu begegnen", sinnierte Sabrina und zog eine mitleidheischende Grimasse.

Amber hätte das Spiel noch weitertreiben können, doch das, was ihre Freundin anschließend sagte, wischte ihr das Lächeln aus dem Gesicht.

„Dann sei froh, dass dein Samuel, ups, ich meinte natürlich Isabels Samuel, ein Künstler und das Viertel weit genug ab vom Schuss ist. Seit heute Morgen geht es am Pier heftig zur Sache. Meine Mum wollte schon die Shoppingtour mit meinem Dad sausen lassen. Ihn hätte es gefreut, aber sie ist schnell dahintergekommen, was er mit seiner übertriebenen Sorge um ihre Sicherheit bezweckte. In den Medien berichten sie rund um die Uhr und weisen immer wieder darauf hin, dass kein Grund zur Sorge besteht. Als würde irgendjemand glauben, dass die Aufstände bis zu uns herüberschwappen könnten."

„Ich versteh nicht … von welchen Aufständen sprichst du eigentlich?", stotterte Amber verwirrt. Sie beobachte, wie Sabrina nach der Fernbedienung griff, die unter einem Stapel Modezeitschriften begraben lag. In den nächsten zehn Minuten sprachen sie kein Wort. Amber starrte auf den überdimensionalen LED-Bildschirm. Dank HD hatte sie den Eindruck, das Szenario aus nächster Nähe mitzuerleben. Es wurde ein Ausschnitt des Hafenviertels gezeigt. Das Gebiet in der Nähe des Piers war nicht menschenleer, die Bewohner standen dichtgedrängt. Ein Nachrichtensprecher schob sich seitlich ins Bild und berichtete, dass die Armee alle Hände voll damit zu tun hatte, die Unruhen auf das Hafenviertel zu beschränken.

Amber verfolgte, wie eine Polizeikolonne von einer wütenden Menschenmenge mit Molotowcocktails daran gehindert wurde, unter Einsatz der Fahrzeuge, eine Straßensperre zu errichten. Für den Bruchteil einer Sekunde glaubte sie, das Backsteingebäude des Theaters zu erkennen. Das war eigentlich unmöglich. Dieses Gebäude lag ein ganzes Stück vom Hafen entfernt. Dieser Gegend, die Amber bisher nicht zu Gesicht bekommen hatte, visuell so nah zu sein, machte ihr deutlich, wie sehr die vergangenen Tage sie geprägt hatten. Es schien ihr, als würde ein Schritt ausreichen, um sich unter die aufgebrachte Bevölkerung zu mischen. Sie war in Sicherheit. Solange sich jedoch Menschen, denen sie sich zugehörig fühlte, im Krisengebiet aufhielten, käme sie vor Sorge um. Während sie in ihrem Rucksack nach ihrem Smartphone suchte, auf dem inzwischen mehrere Nachrichten eingegangen waren, schob sie die zu erwartenden Konsequenzen, die ihre eigenmächtige Heimkehr möglicherweise mit sich brachte, weit von sich.

Ihr ging erst jetzt auf, weshalb Sam ihr das Gerät anstandslos zurückgegeben hatte. Weder Sabrina noch Gregor oder ihr Vater hatten sie persönlich erreicht. Sam hatte alle eingehenden

Nachrichten auf die Mailbox umgeleitet und das Signal auf stumm geschaltet. Seltsamerweise war sie nicht wütend. Nach dem, was sie in den letzten Tagen erlebt hatte, konnte sie Sams Vorsichtsmaßnahmen verstehen. „Rosalie. Ich bin's. Ja, ja, mir geht es gut. Bei Sabrina." Sie kam kaum zu Wort und warf ihrer Freundin einen hilfesuchenden Blick zu, der mit einer ebenso hilflosen Geste erwidert wurde. Sabrina signalisierte auf laut zu stellen, doch Amber schüttelte den Kopf. Was immer Rosalie ihr zu sagen hatte, sie würde ihre Freundin da raushalten. Ihr plötzliches Verschwinden inmitten der Unruhen hatte ihre Freunde offenbar in helle Aufregung versetzt. „Geht es allen gut?" Die Antwort, dass sich alle in der kleinen Wohnung aufhielten und bisher niemand zu Schaden gekommen war, ließ sie erleichtert aufatmen. Zu erfahren, dass nicht nur Samuel und Dora nach ihr gesucht hatten, sondern auch Alec und Boje, hielt ihr vor Augen, wie schmählich sie jene im Stich gelassen hatte, die sie noch am Morgen als ihre Freunde bezeichnet hatte. Eine kurze SMS oder eine Nachricht, dass sie das Viertel verlassen und gut angekommen war, wäre, das Mindeste gewesen. Amber hatte eine dringende Frage auf dem Herzen, die keinen Aufschub duldete. Etwas von Sabrina abgewandt, senkte sie die Stimme: „Ist Sam darin verstrickt?"

„Was ist los und wer ist in was verstrickt?", unterbrach Sabrina das Gespräch. „In Ordnung, ich gehe nicht zu Fuß. Ja, ich warte auf Gero ", seufzte Amber und ignorierte Sabrinas Einwurf. Mit dem Smartphone in der Hand starrte sie auf den Bildschirm, auf dem sich der Nachrichtensprecher verabschiedete und seinen Platz für die Werbung räumte.

„Sag mir bitte, was los ist. Hallo, ich bin's, deine beste Freundin", meldete sich Sabrina erneut zu Wort.

Amber fühlte sich nicht in der Lage, ihr weitere Lügen aufzutischen und suchte erfolglos nach einer unverfänglichen Ausrede.

„Du schneist hier einfach so rein, stinkst wie aus dem Fischabfall gezogen und verschweigst mir offenbar etwas, das ich als deine Freundin wissen sollte. Schon kapiert, ich gebe Lewis Bescheid, dass Gero unterwegs ist und er das Tor öffnen soll. Im Gegensatz zu deiner Mutter bin ich nicht darauf aus, dich gegen deinen Willen festzuhalten."

Bisher gab es zwischen ihnen keine Geheimnisse, und sie kannte Sabrina gut genug, um zu wissen, dass sie über ihre Heimlichtuerei zutiefst enttäuscht war.

Hin- und hergerissen, aus Sorge, eine weitere Fehlentscheidung zu treffen, die dieses Mal ihre Freundschaft gefährden könnte, rang sie sich zu einem Teilgeständnis durch. Mit den Gedanken war sie jedoch nur halb dabei. Sabrina hatte erwähnt, dass Amber nach Fisch stank. Es verriet, dass ihr Geruchssinn wieder in Ordnung zu sein schien – ein Umstand, den sie begrüßte.

„Im Moment benötigt Isabel keine Hilfe von Rosalie, deshalb kann ich sofort nach Hause", sprudelte es aus ihr heraus.

„Seit wann stehen die beiden auf so gutem Fuß?"

Amber wäre dieses Thema am liebsten umgangen und machte einen Sprung zu den schier unüberwindbaren Differenzen, die sie nicht nur mit ihrer Mutter, sondern seit Kurzem auch mit Rosalie hatte. „Seit mein Vater Isabel für die Zeit seiner Abwesenheit das Sorgerecht übertragen hat. Frag mich nicht, wie es dazu gekommen ist, ihn kann ich ja leider nicht fragen. Wo ich bin, ist Rosalie nicht weit und irgendwie mussten sie miteinander auskommen." Sie war sich nicht sicher gewesen, ob sie ihre aufsteigende Wut über Isabels eigenmächtiges Handeln unter Kontrolle hatte, aber offenbar lernte sie schnell dazu.

Sabrina durchschaute ihr Ablenkungsmanöver, zuckte mit den Schultern und sagte mit dem Anflug eines Schmollmundes: „Ja klar, deine Eltern bekriegen sich nicht. Verständlich, dass er, großzügig wie er ist, Isabel am trauten Heimspiel teilnehmen lässt."

Aus ihrem Mund klang das Ganze absurd.

Amber kicherte. Sabrina grinste, bevor beide in befreiendes Gelächter ausbrachen. „Meine Güte, die ganze Insel steht Kopf und ich habe es als letzte mitbekommen", gluckste Sabrina. „Auf uns und alle kommenden Verrücktheiten, mögen sie ausnahmsweise nicht an mir vorübergehen."

„Auf unsere Freundschaft", flüsterte Amber und trank ihren noch unberührten Tee in einem Zug aus.

Während sie Seite an Seite die Auffahrt entlanggingen, erzählte sie Sabrina von Mel, was ihr half, die Neugier ihrer Freundin auf Nebensächlichkeiten zu lenken. Der Zwist mit Mel bot Amber die Gelegenheit, ihre Freundin von sensiblen Fragen abzulenken. Der Preis, den sie dafür zahlte, waren haufenweise Ratschläge, die sie sich geduldig anhörte.

„Du darfst ihr gegenüber keine Schwäche zeigen. Am besten ignorieren. Nein, provoziere sie lieber, das macht wenigstens Spaß. Okay, Gero wartet, und denk dran, ich bin zur Stelle, wenn du Unterstützung benötigst."

Die Verabschiedung fiel mit einer kurzen Umarmung unspektakulär aus. Amber stieg in den Wagen und kam Gero zuvor, der dank Rosalie mit Sicherheit bereits über ihren letzten Akt der Rebellion in Kenntnis gesetzt worden war.

„Mann, bin ich froh, wieder zu Hause zu sein. Egal, was Rosalie dir erzählt hat, glaub nur die Hälfte davon. Die andere Hälfte entspricht ihrer eigenen Wahrheit und deckt sich nicht unbedingt mit meiner."

Eigentlich hatte sie nicht sarkastisch sein wollen, doch mit Geros Erscheinen schlichen sich die Wut und die Enttäuschung zurück, von Rosalie schmählich hintergangen worden zu sein. Amber hatte wirklich geglaubt, dass sie ihre Gefühle inzwischen im Griff hatte. Das war ein Trugschluss gewesen. Zu ihrer Verwunderung reagierte Gero nicht mit seinem üblichen Nicken, das gleichbedeutend war mit ‚es geht mich nichts an, ich bin nur ein Angestellter' – sondern wie ein Freund, zu dem Amber ihn seit Langem zählte. „Das wirst du mit Rosalie klären müssen. Aber mit einem hat sie recht: Du kannst nicht vor allem davonlaufen und dich und andere damit in Gefahr bringen. Bisher hattest du immer das Glück, auf jemanden zu treffen, der dir geholfen hat, aber Glück ist ein unzuverlässiger Begleiter."

Die milde Rüge traf sie weitaus härter, als es ein offener Tadel oder ein wütender Blick vermocht hätten. Gero wusste offenbar mehr als er ihr gegenüber zugab. Zum ersten Mal kam ihr der Gedanke, dass sein distanziertes und mitunter desinteressiertes Verhalten seinem Charakter oder seiner Stellung in ihrer Familie entsprach.

„Sie verschweigen mir etwas, verstehst du? Ich meine, wieso glaubt jeder, dass mir etwas Schlimmes zustoßen könnte?", brach es aus ihr hervor. Gero bog in ihre Wohnstraße ein und drosselte die Geschwindigkeit, als hätte er es nicht eilig, seine kostbare Fracht abzuliefern.

„Ich sage dir jetzt etwas, das du Rosalie gegenüber besser nicht erwähnst. Sie reagiert mitunter sehr empfindlich darauf. Du weißt, dass dein Vater in seiner Funktion als Gouverneur oft auf Reisen ist. Er schließt mit vertrauenswürdigen Regierungsabgeordneten anderer Staaten Handel ab. Dadurch ist es den Inselbewohnern möglich, den technischen Entwicklungen zu folgen und dennoch weitgehend eigenständig zu bleiben. Aber er hat noch eine andere weitaus wichtigere Aufgabe, über die du von mir nichts erfahren wirst ..." Er hielt inne. Sein ernster Gesichtsausdruck und die Art und Weise, wie er durch die Frontscheibe starrte, machten Amber nervös. „Ja, das weiß ich alles, aber was hat das mit mir zu tun?"

„Solange dein Vater nicht genesen ist, übernimmt sein offizieller Stellvertreter seine Aufgaben."

Ihre Gedanken überschlugen sich. Der in ihren Augen angestaubte Senat hatte sie nie interessiert – was sich im Nachhinein offenbar als fataler Fehler herausstellte. Krampfhaft versuchte sie, sich an einzelne Politiker zu erinnern, die bei der letzten Wahl genügend Stimmen erhalten hatten, um in der oberen Riege mitzuspielen. Der einzige Name, der ihr außer dem ihres Vaters auf Anhieb einfiel, ließ sie zusammenzucken. „Rohloff", sprach sie ihre Vermutung laut aus und erntete ein Nicken.

„Genau. Rohloff, der damals die Laufbahn beim Militär einschlug, während dein Vater für das Amt des Gouverneurs kandidierte. Wie du weißt, waren sie früher miteinander befreundet, doch seit er deinem Vater seine Stellung streitig macht, sind sie erbitterte Gegner. Es ist wie es ist. Rohloff ist stellvertretender Gouverneur. Seiner ersten Amtshandlung ist es zu verdanken, dass der heutige Tag in die Stadtchronik eingehen wird."

Gero wandte ihr sein sorgenvolles Gesicht zu und Amber erkannte plötzlich, dass er nicht nur als Sicherheitsbeamter und Chauffeur fungierte, sondern darüber hinaus in die Privatangelegenheiten ihres Vaters eingeweiht war.

„Rohloff besitzt die Loyalität seiner Soldaten. Ein durchaus wirkungsvolles Druckmittel, um die Abgeordneten davon zu überzeugen, sich besser aus allem herauszuhalten."

„Wenn mein Vater zurückkommt, werden sie geschlossen hinter ihm stehen. Ich glaube, dass die Bevölkerung mit Charles sympathisiert, ansonsten wäre er bestimmt nicht seit sechzehn Jahren Gouverneur dieser Insel. Er wird Rohloff für seine Anmaßung bestrafen und auf seinen Platz verweisen!“ Obwohl sich Amber sicher war, dass sie richtig lag, schien Gero skeptisch. „Wir sollten Rosalie nicht länger warten lassen. Sie macht sich Vorwürfe, dich nicht besser im Auge behalten zu haben, und sorgt sich um deine Sicherheit“, wich er aus, bog in die Auffahrt ein und ließ das Auto die letzten Meter bis zur Villa ausrollen.

Ihr Zuhause wirkte verlassen. Die Fensterläden im Erdgeschoss waren geschlossen, als beherberge das Haus eine Horde Vampire, die das Sonnenlicht scheuten. Es war ein seltsames Gefühl zurückzukehren – als wäre sie nicht Tage, sondern Jahre fort gewesen und mit einem veränderten Weltbild zurückgekehrt. Ihre Ansichten über die Menschen, die weniger privilegiert waren als diejenigen, unter denen sie aufgewachsen war, hatten sich ebenfalls verändert. Ersteren gegenüber empfand sie weitaus mehr Achtung als einem Großteil der Bewohner dieses Viertels gegenüber. Die Erschöpfung der anstrengenden Rundreise quer durch die Stadt gewann langsam aber sicher die Oberhand. Alles an diesem Ort wirkte ruhig, die Geräusche gedämpft.

„Deine Großmutter hat, in Anbetracht der Situation, Dora und ihre Töchter, Samuel und Alec hierher eingeladen“, brach Gero das Schweigen zwischen ihnen.

Amber zuckte unmerklich zusammen. „Aber warum? Zuerst will sie, dass ich bei meiner Tante wohne, da es allein in der Villa zu gefährlich ist, und jetzt lässt sie mich einfach so nach Hause kommen“, sagte sie in sich gekehrt.

„Ein gewisses Risiko bleibt. Aber im Kreis deiner Familie und Freunde, die alle ein Auge auf dich haben werden, scheint mir die Gefahr kalkulierbar“, entgegnete Gero nach kurzem Zögern.

Amber war zu erschöpft, um sich darüber aufzuregen, dass die Erwachsenen sie wie ein Kleinkind behandelten, und nickte.

Dass sich Rosalie Dora gegenüber erkenntlich zeigte und nicht nur sie und die Mädchen, sondern auch Alec einlud, erfüllte Amber mit zwiespältigen Gefühlen. Im Normalfall wäre sie wenig erbaut darüber gewesen alle so schnell wiederzusehen. Aufgrund der Gegebenheiten war das allerdings ein egoistischer Gedanke.

Ihr Zuhause bot den perfekten Unterschlupf, weitab der Unruhen, um die aus dem Gleichgewicht geratene Welt auf Distanz zu halten. Amber verspürte einen Kloß im Hals, der sich auch nach mehrmaligen Versuchen nicht beseitigen ließ.

Kapitel 29

Als sich die Eingangstür öffnete und Rosalie in ihrer vertrauten Kombination aus buntem Rock, Bluse und gestreifter Weste erschien, schob Amber ihren Groll auf sie beiseite und begrüßte ihre Großmutter mit einer innigen Umarmung.

„Kindchen, ich bin so froh, dass dir nichts passiert ist! Du bist schwieriger zu hüten als eine Invasion kampflustiger Flöhe, die ich auf keinen Fall in diesem Haus dulden werde. Ich will gar nicht wissen, wo du dich herumgetrieben hast. Wie wäre es, wenn du erst einmal duschst und dir saubere Kleidung anziehst? In der Zwischenzeit bereite ich uns einen kleinen Imbiss zu."

Dass ihre Großmutter sich dermaßen überschlug, war Amber mehr oder weniger vertraut. Etwas in ihrer Stimme verriet, dass Rosalie ihr gegenüber ein schlechtes Gewissen hatte und darüber sprechen wollte. Etwas, das Amber begrüßte. Inzwischen war sie es leid, auf Leute wütend zu sein, die ihr nahestanden. Jetzt schien ein geeigneter Moment, den unterschwelligen Konflikt zwischen ihnen beizulegen.

„Keine Sorge, ich habe mir keine Flöhe eingefangen. Bei Läusen bin ich mir allerdings nicht sicher. Irgendwie juckt's mich gerade höllisch." Demonstrativ kratzte sie sich am Kopf und grinste zufrieden, als sie Rosalies entsetzten Blick auffing.

Kurz darauf betrat sie ihr Zimmer und blieb mitten im Raum stehen. Sie nahm die Leere um sich herum überdeutlich wahr und trat nach kurzem Zögern ans Fenster. Von hier aus konnte sie nur einen Teil der Wohngegend einsehen. Selbst wenn sie über einen Röntgenblick verfügt hätte, der Hafen lag zu weit entfernt, um erkennen zu können, was sich dort abspielte. Sie hielt sich in der Sicherheit ihrer vier Wände auf. In diesem Moment wurden Menschen verletzt oder starben, weil sie für ihre Prinzipien, Wünsche und Hoffnungen kämpften. Dieser Gedanke dämpfte Ambers Freude, außerhalb der Gefahrenzone zu sein. Da sie nichts daran ändern konnte, wandte sie sich ab und betrat das Bad, das ihr auf einmal viel zu groß und luxuriös vorkam. Die Küche und das Wohnzimmer ihrer Tante passten locker in diesen Raum. Sie war wieder zu Hause, doch es fühlte sich nicht danach an. Nichts war, wie sie es sich vorgestellt hatte. Bei Isabel und ihrer Tante war sie sich mehr als einmal wie ein Eindringling, eine Fremde oder zumindest wie ein ungebetener Gast vorgekommen. Dass sie sogar in ihrem eigenen Zimmer so empfand, fühlte sich falsch an. Am liebsten hätte sie den Rückwärtsgang eingelegt, um wieder am Anfang anzukommen: an dem Morgen, an dem Alec ihr zum ersten Mal über den Weg gelaufen war. Dieser Wunschgedanke hatte aber einen Haken. Nichts von alldem, das sie in den vergangenen Tagen erlebt hatte, ließ sich ungeschehen machen oder aus ihrem Gedächtnis tilgen. In Zukunft musste sie damit klarkommen, ob es ihr gefiel oder nicht. Es schien fast, als hätte etwas Gewalt über sie. Als würde dieses Etwas ihr Denken und Handeln beeinflussen. Sie spürte, wie Wut sich in ihrem Inneren ausbreitete. Die Furcht, die sonst damit einherging, blieb allerdings aus. Sie war allein. Es gab niemanden, der an ihren Augen erkennen konnte, dass mit ihr etwas nicht stimmte. Entschlossen trat sie vor den Spiegel und sah ein Augenpaar, das ihr gänzlich fremd war. Pechschwarz und bedrohlich. Panik stieg in ihr auf, jedoch weitaus weniger als erwartet. Sie beugte sich vor, näher an den Beweis, dass sie ein Wesen zwischen Mensch und etwas anderem war. Ihre Lippen formten ein Wort, dann sprach sie es zum ersten Mal aus: „Selkie." Das an sich harmlose Wort klang in ihren Ohren wie ein sanftes Windspiel, das erst durch die Berührung einer Brise zum Leben erwachte. In ihrem Fall hatte sie diesen Umstand Edmond oder Alec zu verdanken. Wer auch an dieser Misere letzten Endes die schuld hatte, es gab kein Zurück.

Sie blinzelte und riss die Augen auf. Abgrundtief schwarze Pupillen, die das Weiß verdrängt hatten. Schwarze Tinte, die Licht wie Löschpapier aufsog. Hastig senkte sie den Blick, schnappte sich im Vorbeilaufen ein zusammengefaltetes Badetuch aus dem Regal und hielt es wie einen Schutzschild an ihren zitternden Körper gepresst, bis sie sich wieder beruhigt hatte.

„Setz dich zu mir. Möchtest du lieber Limonade oder heiße Schokolade?", empfing Rosalie sie in der Küche. Sonnenlicht fiel durch das Fenster. Zumindest dieser großzügig geschnittene Raum wirkte heimelig und vertraut.

Sie entschied sich für die heiße Schokolade und umklammerte den Becher, als könnte dieser Vorgang die Unbekümmertheit längst vergangener Tage zurückbringen. Der versprochene Snack stellte sich als eine mit frischen Kräutern verzierte Käseplatte nebst aufgebackenen Frühstücksbrötchen heraus. Seit jeher kümmerte sich ihre Großmutter nicht nur um die Mahlzeiten, sondern auch um den Bestand haltbarer und konservierter Lebensmittel. Sie legte regelmäßig einen Vorrat an, der wohl einzig bei einem Hamster auf Verständnis gestoßen wäre. Da Rosalie eines der schweren Erdbeben hautnah miterlebt hatte, akzeptierte Amber ihre Obsession, ohne ein Wort darüber zu verlieren. „Danke, ich sterbe vor Hunger", bedankte sie sich höflich und griff gierig zu.

„Ich denke, es ist an der Zeit, dir einiges zu erklären", setzte Rosalie an. Amber unterbrach sie und brachte das Gespräch auf den Punkt: „Darf ich dir ein paar Fragen stellen, auf die ich gerne eine ehrliche Antwort hätte?"

Rosalie wirkte überrascht und erleichtert zugleich. „Natürlich."

Amber formulierte ihre Worte mit Bedacht: „Du wusstest, wer Alec ist, nicht wahr?"

Ihrer Großmutter stand das Unbehagen deutlich ins Gesicht geschrieben. „Du hast recht – und ich wusste, dass ihr euch getroffen habt."

„Warum hast du abgestritten, dass du ihn kennst?"

Ihre Direktheit zwang Rosalie, Stellung zu beziehen. Es fühlte sich seltsam an, die Oberhand zu haben. Amber blieb aber auf der Hut. Ihre Großmutter beugte sich dem Willen ihrer Enkelin fast zu bereitwillig. Es sah ihr nicht ähnlich und schürte Ambers Misstrauen.

„Du warst drauf und dran, dich mit jemandem einzulassen, der dir schaden könnte. Ein Junge aus dem Hafenviertel und ein Mädchen wie du …", Rosalie stockte unmerklich, „… das behütet aufgewachsen ist und nichts von der Realität dort draußen weiß."

Was wusste die alte Dame über Hexen und Selkies?

Amber fühlte sich in die Enge getrieben, als wäre sie und nicht Isabel diejenige, die ihre Familie enttäuscht und verlassen hatte. Das beklemmende Gefühl war irrational, da es keine plausible Erklärung dafür gab. Stärker als je zuvor spürte sie, wie pulsierende Wut sich ihren Weg bahnte, und senkte rasch die Lider. „Und was ist mit meinem Vater?", presste sie mühsam hervor.

„Charles kämpft für den Erhalt dieser Insel und ihrer Bewohner."

Amber kam ein furchtbarer Gedanke, der, erst einmal da, von ihr Besitz ergriff. „Fast hätte er von Isabel bekommen, was er wollte, nicht wahr? Einen Erben, der seine Arbeit weiterführt. Schade, dass ich kein Junge bin!", spie sie Rosalie die Worte regelrecht entgegen.

„Amber, was redest du denn da? Das stimmt nicht!", versuchte Rosalie, Charles in Schutz zu nehmen, doch für Amber war es die ungeschminkte Wahrheit – auch wenn ihre Großmutter etwas anderes behauptete.

„Isabel hat ihn verlassen und nicht umgekehrt. Er will bloß das Beste für dich", versuchte Rosalie sie zu überzeugen. Aus den Augenwinkeln bemerkte Amber, wie ihre Großmutter die Hand nach ihr ausstreckte und schlug sie zur Seite. Inzwischen bereitete es ihr Mühe, den Kopf gesenkt zu halten. Es bewahrte sie allerdings davor, ihrer Großmutter ins Gesicht sehen zu müssen. Sie fürchtete, dort den unerschütterlichen Glauben an die rechtschaffenen Ideale ihres Vaters sehen zu müssen.

Denn dann konnte sie sich nicht länger beherrschen und Rosalie würde sehen, dass sie unmöglich die Tochter ihres Vaters sein konnte. Dieser furchtbare Gedanke war in den letzten Tagen wie ein Geschwür in ihr herangewachsen. Außer er war ebenfalls ein Abkömmling eines Selkies. So viel Salz konnte er sich aber gar nicht einverleiben, um seine stoische Ruhe selbst in unruhigen Zeiten zu bewahren.

Das Gespräch entwickelte sich zunehmend in eine Richtung, die Amber nicht einschlagen wollte. „Es tut mir leid. Das wird mir alles zu viel."

„Lass dir bitte erklären“, setzte Rosalie erneut an und machte Anstalten aufzustehen. Ambers brennender Zorn gewann die Oberhand. „Alles Lügen, ihr alle lügt mich fortwährend an. Das macht mich wahnsinnig!“, entlud sich ihre Wut in einer gewaltigen Explosion.

Ihre Stimme überschlug sich und fiel beim letzten Wort in sich zusammen. Zu allem Überfluss nahm sie Rosalie nur noch verschwommen wahr. Sie blinzelte hektisch. Als das nichts half, presste sie die Lider zusammen, tastete sich an der Tischkante entlang und wurde von ihrer Großmutter gestoppt, die ihren Arm festhielt. Automatisch blickte sie auf und hörte Rosalies leisen Aufschrei. Ihr Arm war wieder frei.

„Wer hat das getan?“, stieß ihre Großmutter erschrocken hervor. Amber hielt überrascht inne. Sie hatte damit gerechnet, dass Rosalie entsetzt vor ihr zurückwich oder beim Anblick der grässlichen Augen zu schreien begann – nicht jedoch mit dieser Reaktion.

„Niemand“, flüsterte sie niedergeschlagen und sank halb blind auf den Stuhl zurück.

„Kindchen, das bekommen wir wieder hin, lass mich nur machen ...“, murmelte Rosalie. Amber hörte, wie mehrere Schubladen, nacheinander hastig aufgezogen und wieder geschlossen wurden. Porzellan, das aneinanderstieß, das Rascheln von Papier, Schritte, die auf Amber zueilten.

„Hier nimm, iss, dann geht es dir gleich besser.“

Sie fühlte den glatten Stiel des Teelöffels, der ihr in die Hand gedrückt wurde. Vorsichtig führte sie ihn zum Mund und schnupperte. Da sie nichts Verdächtiges roch, wusste sie, was Rosalie von ihr wollte. Die feinen Kristalle schmolzen auf der Zunge und knirschten ihr zwischen den Zähnen. Nicht nur in ihrem Mund entfaltete sich der salzige Geschmack. Er breitete sich wohltuend in ihrem ganzen Körper aus und verdrängte die negativen Gefühle, die ihr wie ein schwerer Klumpen im Magen lagen. Die verschwommenen Umrisse wurden deutlich, als wären ihre Pupillen Kameralinsen, die jemand scharf stellte. Gleichzeitig ließ der brennende Schmerz nach, der ihr die Tränen in die Augen getrieben hatte.

Rosalie saß ihr gegenüber, die Hände im Schoss gefaltet. Ihr zuvor rosiger Teint wirkte blass.

Amber fühlte sich seltsamerweise erleichtert. Ihre Großmutter wusste Bescheid. Was sie mit ihrem Wissen anfangen und wie sie sich in Zukunft ihr gegenüber verhalten würde, war schwer einzuschätzen. Sie war sich selbst nicht sicher, wie sie damit umgehen sollte.

Ein verirrter Sonnenstrahl fiel durch das Fenster auf das ehemals mahagonisatte Haar ihrer Großmutter, in dem silberne Strähnen aufblitzten. Ihre braunen Augen wanderten forschend über sie hinweg. Die Minuten dehnten sich aus, bis Rosalie ihre herabgesunkenen Schultern straffte und ihrem Körper wieder Spannkraft verlieh. „Nein, du trägst keine Schuld. Wie solltest du auch? Ich wollte es dir schon vor Jahren erzählen, aber dein dickköpfiger Vater war dagegen und meinte, es bliebe uns genügend Zeit. Wir waren uns nicht sicher, ob du überhaupt diejenige bist ... Ach, hätte ich bloß ...“

„Was meinst du? Bitte sag mir, was du darüber weißt“, bat Amber leise. Zumindest hatte es ein Gutes, dass der erste Schock hinter ihr lag: die Erkenntnis, dass sie einem mystischen Volk angehörte, das für die meisten Menschen nicht real war.

„Was ich dir jetzt erzähle, betrifft nicht nur unsere Familie. Hör mir bitte bis zum Ende zu.“

Es war kein Befehl, sondern eine Bitte.

„Lange bevor die ersten Siedler auf diese Insel stießen, war sie die Heimat der wenigen, die die Hexenverbrennungen überlebt hatten. Aberness wurde aus der Verzweiflung und Hoffnung auf bessere Zeiten erschaffen. Um dieses Ziel zu erreichen, wurden die magischen Kräfte fast aller Hexen über Jahrhunderte hinweg aufgezehrt. Was uns blieb, war das Wissen über die Heilkräuter und deren Verwendung. In der Gründungsphase siedelten sich die Meerwesen, allgemein bekannt unter dem Namen Selkie, entlang der sicheren Küste an, da sie auf dem offenen Meer in jener Zeit von den Menschen, wie Tiere verfolgt und abgeschlachtet wurden. Ja, du hast richtig gehört, Kind, ich gehöre der Hexenzunft an."

Dass Rosalie ihren überraschten Blick richtig gedeutet hatte und Amber zuvorgekommen war, verriet, dass sie jede noch so winzige Reaktion ihrer Enkelin registrierte.

Hatte sie Angst, dass Amber unerwartet ausflippte oder ihre Emotionen erneut die Oberhand gewannen? Der Gedanke entlockte Amber ein müdes Lächeln. Rosalie wirkte entschlossen, ihre Enkelin in alles einzuweihen, und sie war bereit zuzuhören und das Gehörte später in Ruhe zu überdenken.

„Von jeher neigten Hexen zu Frivolität. Die wenigsten unter ihnen heirateten oder blieben ein Leben lang mit einem Partner zusammen."

Überrascht über Rosalies Geständnis hob Amber eine Augenbraue.

„Kluges Mädchen. Ich war nie mit deinem Großvater verheiratet. Aber gäbe es einen Ehemann, glaub mir, meine Wenigkeit hätte ihn so oder so vorzeitig unter die Erde gebracht", ergänzte Rosalie, mit einer Überzeugung, die auf einige Eskapaden in ihrer Jugend hindeutete.

„Und wie waren oder sind sie, die Selkies?", fragte Amber neugierig. Ein wissendes Lächeln voll schöner Erinnerungen huschte über das Gesicht der alten Frau.

„Tja, ihre Nachkommen sind heute noch passable Exemplare, wenn es das ist, was du wissen willst. Damals jedoch waren sie mehr Tier als Mensch. Ein undisziplinierter Haufen geballtes Testosteron.“

Als ihre Großmutter eine kurze Pause einlegte und sich eine Kanne Tee aufbrühte, den Amber dankend ablehnte, kam ihr ein weiterer verwirrender Gedanke. Unter denen, die sie kannte, passten Dora und Mel am ehesten zu Rosalies Beschreibung der Hexen. Dora hatte etwas an sich, dass die Männer anzog und schien eine Vorliebe für das zwielichtige Milieu zu haben. Ihre Cousine verhielt sich Jungs gegenüber extrovertiert – besonders bei Boje, für den sie eindeutig Gefühle hegte. Auf der Suche nach weiteren Übereinstimmungen, unter denen, die sie kannte, fielen Amber einige Merkmale auf, die allerdings eher auf die Spezies Selkie hindeuteten. Sam, Edmond, Alec und Boje, sie alle besaßen blaue Augen, doch anders als die übrigen hatte Boje keine dunklen, sondern blonde Haare. Vielleicht war das nicht von Bedeutung.

Der Duft nach Jasminblüten durchzog die Küche. Auf Rosalie schien er eine entspannende Wirkung zu haben. Amber musterte das Salz, das in einer kleinen braunen Tüte vor ihr auf dem Tisch stand. Sie widerstand der Versuchung, davon zu stibitzen. Seit ihrer unfreiwilligen, hohen Dosis fühlte sie sich bedeutend entspannter als in den Tagen zuvor und die Gefahr einzuschlafen, während Rosalie sie in das lang gehütete Geheimnis über Aberness und einen Teil der Inselbewohner einweihte, war zu groß.

„Die Jüngeren unter ihnen, und damit meine ich nicht nur die Selkies, waren zügellos und unkontrollierbar. Bis eine junge und sehr mächtige Hexe einen Bann über Aberness verhängte. Ein Fluch, oder zur damaligen Zeit eher ein Segen, der beide Seiten gleichermaßen traf. Die Selkies benötigten fortan einen weitaus höheren Salzgehalt als Menschen. Die Hexen hingegen reagierten auf dieses Mineral mit unangenehmen Hautirritationen, wenn sie ihm in zu hoher Dosis ausgesetzt wurden.“ Die Stimme ihrer Großmutter vibrierte vor Emotionen, als hätte sie ebenfalls einst unter dem Bannspruch gelitten.

„Ich hingegen konsumiere Salz, als wäre es Zucker“, entgegnete Amber mit einem Anflug von Furcht.

„Du stehst sozusagen zwischen den Stühlen und trägst die Gene der Selkies und der Hexen in dir. Anstelle deines Hexen-Gens wurde dein Selkie-Gen aktiviert, nur deshalb bist du auf Salz angewiesen. Aber das bedeutet nicht, dass in dir keine Hexe mehr steckt!“

„Bist du dir sicher?“, warf Amber zögerlich ein und spürte, wie Hitze ihre Wangen überzog.

„Wie meinst du das?“, fragte Rosalie und stellte damit genau die Frage, die Amber unangenehm war. Da sie es erwähnt hatte, blieb ihr nichts anderes übrig, als das heikle Thema anzuschneiden.

„Bevor das alles mit mir passiert ist, habe ich schon auf Alec reagiert. Also manchmal, wenn wir uns berührt haben ...“ Amber schluckte schwer und gab sich einen Ruck, „zufällig, an den Händen, meine ich. Dann hat meine Haut gekribbelt und ich glaube bei Alec war es ähnlich.“ Selbst in ihren Ohren hörten sich ihre Worte verrückt an und das leise Lachen ihrer Großmutter verstärkte ihr Gefühl, dummes Zeug von sich zu geben.

„Meine Kleine. Glaub einer alten Frau, dass diese Reaktionen nichts, aber auch rein gar nichts mit Selkies oder Hexen zu tun haben, sondern einzig mit den Gefühlen, die ihr füreinander hegt. Ein völlig normaler Vorgang, wenn man bedenkt, dass dieser Junge deine erste große L…“

„Schon gut. Ich hab‘s verstanden!“, fiel Amber ihr ins Wort.

„Du hast mich gefragt und ich habe dir geantwortet“, erwiderte Rosalie in sanftem Tonfall, lehnte sich zurück und schloss die Augen.

Nachdenklich tippte Amber mit dem Zeigefinger mehrmals auf den Löffel, dessen Stil mit lautem Klacken auf die Tischplatte trommelte. Sie dachte über Rosalies Reaktion nach, als diese sie festgehalten und augenblicklich wieder losgelassen hatte. Obwohl es inzwischen nicht mehr heiß war, schwitzte Amber.

„Wirklich clever. Deshalb können Hexen, ebenso wie ihre Nachkommen, keine Beziehungen zu Selkies oder ihren Nachkommen eingehen, die über eine Freundschaft hinausgeht. Mit anderen funktioniert es, richtig?"

„Es gibt nur noch wenige reinblütige Hexen und Selkies. Das Blut unserer Vorfahren ist inzwischen eher Spülwasser in unseren Adern. Aber du hast recht, die körperliche Verbindung mit normalen Menschen war nie das Problem, ansonsten gäbe es vermutlich nur halb so viele Bewohner auf dieser Insel", entgegnete Rosalie mit einem Anflug von Belustigung und nahm einen weiteren Schluck Tee. Ihre Großmutter seufzte auf, als hätte sie sich mit ihrem Statement verausgabt.

Obwohl Amber im Verlauf des Gesprächs erfahren hatte, dass ihre Großmutter keine Hexenkunst beherrschte, versuchte sie dennoch ihr Glück: „Kannst du nicht wenigstens versuchen, mich wieder zurückzuhexen?"

„So einfach, wie du dir das vorstellst, funktioniert das nicht. Du wurdest, wie wir alle, unter diesem Bann geboren. Aber es gibt immer Hoffnung ... Dora und die Kinder müssten jeden Moment eintreffen. Vielleicht unterhalten wir uns später weiter darüber?"

Im Gegensatz zu Rosalie hatte Amber nicht nur die Zeit vergessen, sondern auch ihre zu erwartenden Übernachtungsgäste. Seltsamerweise fühlte sie sich nicht mehr verloren und hoffentlich stark genug, um es mit Mel aufzunehmen, sollte diese ihr quer kommen.

„War nur diese Hexe böse oder waren es alle? Ich meine, in den meisten Büchern kommen sie nicht allzu gut weg“, fügte Amber hastig hinzu.

Rosalie, gerade im Begriff aufzustehen, überlegte es sich anders: „Das sind bloß Märchen und diese haben mit der Realität wenig gemein. Handlungen aus Rache oder missverstandener Liebe gab es zu allen Zeiten. Egal ob von Hexen, Selkies oder Menschen verübt. Aber, um auf deine eigentliche Frage zurückzukommen: Es gibt tatsächlich eine Möglichkeit, den Bann zu brechen. Ein Schlupfloch, wie man so schön sagt. Seit Generationen findet immer mal wieder in unregelmäßigen Abständen eine Prüfung mit auserwählten Nachkommen beider Völker statt. Bestehen sie diesen Test, verliert der Zauber seine Macht.“

Amber beschlich ein ungutes Gefühl. Dass ihre Großmutter damit das mysteriöse Tâche meinte und Alec damit zu tun haben könnte, diesen Gedanken wollte sie lieber nicht weiterverfolgen. Sie stand vom Tisch auf, um zu gehen.

„Eines noch“, hielt Rosalie sie auf, „Wer hat dich aufgeklärt, Dora oder Samuel?“

Amber verstand zwar nicht, was das für eine Rolle spielte, tat ihr jedoch den Gefallen und klärte den Sachverhalt auf: „Keiner der beiden. Ich glaube, es war Alec, der es zuerst herausfand. Na ja, die anderen ahnten es ziemlich schnell, schätze ich. Sie haben mir an meinem Geburtstag eine alte Filmaufnahme gezeigt. Aber eigentlich sind sie für das aktivierte Selkie-Gen nicht verantwortlich.“

Amber überlegte, wer der oder die Schuldige war, dass sie zu dem wurde, was sie niemals für möglich gehalten hätte. Ihr fiel nur eine Person ein, die ihre Unwissenheit schamlos ausgenutzt hatte. „Alecs Auftauchen hat alles erst ins Rollen gebracht“, murmelte Rosalie in Gedanken.

„Nein, er hat mir die Augen geöffnet!", setzte sich Amber für ihren Freund ein.

„Du nimmst diesen Jungen in Schutz. Ich hätte mir denken können, dass ihr beide einen großen Einfluss aufeinander ausübt und hätte Isabel früher um Hilfe bitten müssen."

An der Tür angekommen, drehte sich Amber um und starrte Rosalie entgeistert an. „Was meinst du damit, dass du Isabel um Hilfe gebeten hast?" Ihre Großmutter warf ihr einen seltsamen Blick zu, als wäre ihre Enkelin schwer von Begriff.

„Ja, hat dir Alec nicht erzählt, dass er nur etwas bei mir abholen sollte, als er dir über den Weg gelaufen ist? Deine Mutter und ich waren dagegen, dass er dich wiedersieht, aber dieser Dickkopf von einem Selkienachwuchs lässt sich ja von niemandem reinreden. Was blieb mir anderes übrig, als Isabel zu bitten, mit Sam zu sprechen? Er ist meines Wissens der Einzige, auf den der Junge hört."

Ihr wurde übel, ob mit Verspätung durch das Salz oder durch Rosalies Geständnis. Es hörte sich allerdings eher wie eine Anklage an, dass sich Amber mit einem Jungen wie Alec abgegeben hatte.

„Wenn du es genau wissen willst; es war Edmond. Er war es, der mir das angetan hat! Der dieses verflixte Selkie-Gen gegen meinen Willen aktiviert hat", brach es aus Amber hervor, die nicht anders konnte, als Alec in Schutz zu nehmen.

„Edmond? Er hatte kein recht, eine derartige Entscheidung zu treffen!", schimpfte Rosalie. Als hätte irgendjemand das Recht, derart in Ambers Leben einzugreifen.

„Ich muss hier raus!"

„Erst gibst du mir dein Wort, dass du nicht wieder weglaufen wirst."

„Ja, ja." In diesem Moment hätte sie alles versprochen, wenn sie nur endlich diesem Gebäude, dieser Enge entkam, die ihr das Atmen erschwerte.

Rosalie nickte, goss sich offenbar beruhigt ihren Tee nach und hielt Amber nicht auf, als diese gehetzt durch die Hintertür ins Freie stürmte.

Gierig sog sie die frische Luft ein, dankbar, dass die unerträgliche Hitze des Sommers vorüber war. Der Jahreszeitenwechsel kam für sie immer unerwartet, obwohl die Anzeichen eindeutig waren: kühlere Nächte, Bäume, die sich über Nacht zu verfärben schienen, Regen, der kontinuierlich an Stärke gewann und irgendwann in Herbststürme überging. In diesem Jahr war es jedoch ungewöhnlich trocken gewesen und die Niederschläge hatten sich mit halber Kraft und in großen Abständen über die Insel entladen. Selbst das Gras hatte einen ungesunden Gelbstich und die Äste der Trauerweide hingen kraftlos zu Boden. Nur der Kräutergarten und die Blumenrabatte, die sich inzwischen vom letzten Sturm erholt hatten, gediehen prächtig.

Amber bog die tiefhängenden Äste der Weide auseinander und kroch auf allen Vieren in den Unterschlupf. Bevor sie sich aufrichtete, fiel ihr Blick auf die vertrocknete Blume, die vergessen zwischen Moos und raschelnden Blättern auf dem Boden lag. Sie hob auf, was von Alecs Mitbringsel übriggeblieben war, lehnte sich mit dem Rücken gegen den Stamm und zog die Beine an. Die sie umgebende Stille zauberte ihr ein wehmütiges Lächeln auf die Lippen.

Egal, was sie heute erlebt und erfahren hatte, sie war zurück. Zu Hause, und solange sie sich vor der Welt dort draußen verbarg, konnte ihr niemand etwas anhaben. Sie war müde, so unsäglich müde, dass keine Wut, Enttäuschung oder Trauer länger Macht über sie hatte. Es schien, als hätte sich die Bandbreite ihrer Gefühle erschöpft. Am Fuße des Stammes wie ein Kätzchen zusammengerollt, schloss sie die Augen und glitt in einen erholsamen Schlaf, der sie, so lange er anhielt, in trügerischer Sicherheit wiegte.

Kapitel 30

Amber fuhr auf und realisierte mit einiger Verzögerung den Grund, warum sie aus dem Schlaf geschreckt war. Die Motorgeräusche vor der Villa verebbten. Eine Autotür fiel ins Schloss, gedämpfte Stimmen erklangen. Nunmehr aufrecht gegen den Stamm gelehnt, lauschte Amber den Stimmen der ankommenden Gäste. Sie hielt die Zweige so weit auseinander, dass ein Spalt entstand, und lugte vorsichtig hindurch.

Aus sicherer Entfernung beobachtete sie Gero, der Gepäckstücke auslud. Dass sie sich in Kürze mit Dora, den Zwillingen und Alec auseinandersetzen musste, war etwas, das sie gern auf später oder besser auf irgendwann in der Zukunft verschoben hätte.

Sie hatte gehofft, ein wenig Abstand zu gewinnen und alles, was mit den letzten Tagen zusammenhing, vorneweg den dunklen Teil ihres Selbst, im hintersten Winkel ihres Verstandes unter Verschluss zu halten. Mit dem untrüglichen Wissen, dass bald jemand nach ihr rief, zog sie sich tiefer in den Schutz der Weide zurück. Es blieb nach wie vor ruhig. Nur das Rascheln im Geäst, das entfernte Bellen eines Hundes und gelegentliche Motorgeräusche waren zu hören. Missmutig sammelte sie die abgestorbenen Zweige zu ihren Füßen auf und schob sie zu kleinen Pyramiden zusammen. Unfähig, entweder durch die Vordertür zurück ins Haus zu gehen oder sich durch die Hintertür hineinzuschleichen und ungesehen in ihrem Zimmer zu verschwinden, blieb sie, wo sie war.

Jemand näherte sich ihrem Versteck. Das Knirschen der Kieselsteine unter Schuhsohlen, klang in ihren Ohren wie Donner, der kurz über lang über ihr hereinbrechen würde. Sie kompensierte ihre Nervosität, indem sie die Pyramiden mit der flachen Hand plattdrückte; als könnte sie dadurch jegliche Beweise vernichten, dass sie sich an diesem Ort aufhielt. Sie ließ ihren Blick über den grünen Vorhang gleiten, auf der Suche nach einer Möglichkeit, unbemerkt zu verschwinden. Langsam arbeitete sie sich vor und biss sich bei jedem verräterischen Knacken eines Zweigs auf die Lippen. Amber stand kurz davor unter der Weide hervorzukriechen und durch das Schlupfloch der beiden Hecken von hier zu verschwinden. Gleichzeitig war ihr klar, dass sie nicht weit käme, wenn die näherkommende Person sie sähe. Die Schritte näherten sich der Weide und blieben direkt davor stehen. Das bedeutete – es konnte nur Rosalie oder Alec sein. Alec. Bei dem Gedanken, dass er derjenige war, wurde ihr heiß und kalt. Einerseits klopfte ihr Herz in Erwartung, ihn wiederzusehen, andererseits verkörperte er genau das, wovon sie unbedingt Abstand gewinnen wollte.

„Ist noch ein Platz für mich frei?"

Seine vertraute Stimme klang weder fordernd noch wütend.

Amber hatte Mühe, seiner Bitte zu widerstehen. „Nicht wirklich. Der Sinn eines Verstecks ist, sich dort zu verstecken. Was meinst du, warum ich hier bin?", grummelte sie.

„Schon klar, du gehst dir selbst aus dem Weg", kommentierte er von der anderen Seite.

„Und wenn es so wäre, was geht es dich an?"

„Wenn man davon absieht, dass wir uns gestern geküsst haben und ich derjenige war, der dir erzählt hat, was mit dir los ist: nichts," konterte er.

„Gut gebrüllt. Du hast vergessen zu erwähnen, dass wir uns vor deiner Offenbarung geküsst haben", schoss sie genervt zurück.

„Na, dann steht einer weiteren Kussaktion ja nichts im Weg", setzte er ihrer herausfordernden Antwort entgegen und brachte sie damit in Rage.

„Verschwinde einfach und lass mich in Ruhe!"

Alec schien sich köstlich zu amüsieren. Er lachte leise. „Ich könnte darauf warten, bis du deine Meinung änderst, oder Mel mich entdeckt. Sie spaziert gerade aus der Hintertür. Spätestens dann, wenn sie mich vor einer altehrwürdigen Weide knien sieht, wird sie sich wundern, wieso ich mich mit einem Baum unterhalte. Dass ich ihn anbete, nimmt sie mir bestimmt nicht ab. Wir könnten dem Ganzen entgehen, wenn du mir erlaubst zu bleiben", versuchte er sie zu besänftigen.

Dass ausgerechnet Mel ihr Versteck und dadurch auch sie entdecken könnte, erschien ihr weitaus übler als Alecs fragwürdige Gesellschaft zu ertragen.

„Überredet. Aber tu mir einen Gefallen und halt den Mund. Mir ist nicht danach, mich mit dir zu unterhalten", zischte sie, wütend, dass er trotz ihrer Versuche, ihn in seine Schranken zu weisen, die Oberhand behielt.

Leises Rascheln ertönte, für den Bruchteil einer Sekunde hob sich seine Gestalt gegen die untergehende Abendsonne ab.

Im Zwielicht, konnte sie ihn kaum erkennen und war versucht, mit der Hand nach ihm zu tasten, als er mit seinem Arm ihre Schulter streifte. Sie spürte mehr als dass sie es sah, wie er sich neben sie setzte, und hielt den Atem an. Es war nicht seine Nähe, die sie in einen Zustand der Starre versetzte, sondern Schritte, die sich der Weide näherten.

„Keine Sorge, ich bin rein geschlüpft, bevor sie mich sehen konnte. Ich schätze, sie macht einen kleinen Rundgang, um Rosalies Fürsorge zu entgehen."

„Bist du deshalb hier draußen?", fragte Amber im Flüsterton.

„Nein, eigentlich nicht. Deine Großmutter sagte, dass du irgendwo auf dem Grundstück bist, da war mir klar, wo ich dich finde. Ich glaube, sie hofft, dass ich dich zurückbringe. Ich meine, wie sieht das aus, wenn du deiner Verwandtschaft zum zweiten Mal in so kurzer Zeit den Rücken zukehrst?"

Ihr war klar, dass er sich über sie lustig machte, und konnte nicht anders als sich zur Wehr zu setzen. „Und was wäre, wenn du der Einzige wärst, dem ich die kalte Schulter zeige? Das hier und jetzt gilt nicht, ich wollte nur nicht, dass Mel mich findet."

„Autsch, das hat gesessen!", raunte er unbeeindruckt und Amber schüttelte den Kopf über seine Unverfrorenheit. Gerne hätte sie ihm etwas Schlagfertiges an den Kopf geworfen, doch leider fiel ihr auf die Schnelle nichts ein. Außerdem war Mel ihnen zu dicht auf den Fersen.

Die kommenden Minuten verhielten sie sich ruhig, wohl wissend, dass Mel nach ihnen Ausschau hielt. Alec linste durch die Zweige. Amber hätte ebenfalls zu gern gewusst, wo sich ihre Cousine aufhielt. Vielleicht marschierte sie eine Runde um die Villa, in der Hoffnung, die Tochter des Hauses hätte sich im Pool ertränkt. Bei dem Gedanken legte Amber die Hand über den Mund, um nicht laut loszuprusten. Einige verräterische Gluckser entwichen ihr dennoch.

„Sie ist zurück ins Haus. Hey, sag mal, lachst du oder weinst du etwa?", raunte Alec ihr zu.

„Wenn es nach mir ginge, beides", kicherte Amber, erleichtert, dass die Gefahr einer weiteren Entdeckung gebannt war.

„Schon gut. Es freut mich, dass ich dir dabei helfen kann, deine schlechte Laune für einen Moment zu vergessen."

Sie spürte, wie er mit seiner Hand an ihrem Unterarm entlang tastete und ihr Armgelenk wie eine leichte Brise streifte. Die Berührung löste auf ihrer Haut ein warmes vertrautes Prickeln aus. Sie glaubte nicht mehr an ein Kontaktekzem. Dieser Gedanke führte zu einem weiteren Lachanfall – schließlich war es Alec, der sie berührte. Seine Beherrschung war besser als ihre. Sie hörte keinen Mucks von ihm – es war allerdings auch schwierig, solange sie sich nicht im Griff hatte. Das Beben seines Körpers verriet ihr, dass ihn ihr Kichern nicht kalt ließ.

Zu lachen war eine Erleichterung und dämpfte all jene erdrückenden Gefühle, die wie Zwanzig-Kilo-Gewichte auf ihr lasteten. Die Trübsal war verflogen und mit ihr fürs Erste die Verstimmung, die Amber seit dem Morgen anhaftete.

„Was ist eigentlich am Hafen los?“, wandte sie sich an Alec, nachdem sie sich beruhigt hatte.

„Rohloff durchkämmt die Blocks auf der Suche nach Aufständischen. Inzwischen sperrt die Armee das Gebiet ab und richtet sich häuslich ein. Sam bestand darauf, dass wir verschwinden, solange es möglich ist. Wir konnten gerade noch rechtzeitig durch eine Seitengasse entkommen, bevor sie von einer Gruppe Soldaten blockiert wurde. Zuerst wussten wir nicht wohin, bis Dora mit Rosalie übers Handy Kontakt aufnahm und sich wenig später Edmond einschaltete. Es war seine Idee – was lag näher als dorthin zu gehen, wo uns Rohloffs Männer am allerwenigsten erwarten?“

Amber nickte verhalten. Sie selbst war erst vor kurzem auf dem Polizeirevier gewesen, weil sie dachte, dass Alec sie benutzt hatte, um bei ihr unterzutauchen. Dass Edmond denselben Gedanken hatte, entlockte ihr ein Schmunzeln. „Dass Rosalie dabei mitspielt, hätte ich nicht gedacht“, sprach sie ihre aufsteigenden Zweifel aus und erhielt von Alec eine Antwort, die nicht abwegig war:

„Rosalie lebt mit dir in diesem Haus und du bist Doras Nichte. Damit gehören die Zwillinge und deine Tante zum engsten Familienkreis. Dein Vater ist nicht da, wen hätte sie fragen sollen? Isabels Standpunkt war klar und deutlich. Sie will nichts mit den Unruhen zu tun haben und das bezieht uns mit ein. Also blieb nur Gero, der sich auf unsere Seite gestellt hat und Rosalie überzeugen konnte, das Richtige zu tun.“

„Gero?“, fragte Amber erstaunt. „Was hat er mit alldem zu tun? Ich meine, nichts für ungut, aber die beiden führen sich auf wie Katz und Maus und jetzt ziehen sie an einem Strang?“

„Mensch Amber, du hast keine Ahnung. Gero und Rosalie kennen beide Edmond. Es brauchte nur einen Anruf von ihm und die Sache war geritzt.“

„Na super, Rosalie scheint offenbar jeden in dieser Stadt zu kennen. Dabei verhält sie sich immer, als wäre sie ganz allein auf der Welt. Bla, bla, bla ...“, ahmte sie, mit einer gehörigen Portion Sarkasmus, die Stimme ihrer Großmutter nach. Währenddessen rückte sie zur Seite und löste den Körperkontakt zu Alec. Sie spürte, wie das Prickeln auf ihrer Haut nachließ.

„Kann es sein, dass du überdreht bist? In Ordnung, machen wir dort weiter, wo wir aufgehört haben, bevor du heute Morgen abgehauen bist.“

„Vergiss es, Rosalie hatte mich schon in der Mangel.“ Sie sprang auf und stieß sich prompt den Kopf an einem dicken Ast. „Verdammt, das gibt eine Beule!“

Er ließ seine Hand vorschnellen und umschloss ihr Handgelenk, bevor sie unter den Zweigen hindurch schlüpfen konnte.

„Willst du wirklich in Kauf nehmen, dass alle Welt sieht, wie sich deine Augen verdunkeln, wie du dich veränderst, wenn du wütend wirst? Dein Emotionszentrum spielt verrückt, aber das hast du längst herausgefunden, stimmt's?“

Dass alle sehen könnten, dass sie kein Mensch war – zumindest nicht vollständig – änderte ihre Meinung. Vielleicht war es keine gute Idee, sich von Alec fernzuhalten. Ihr kam ein Gedanke. „Sam könnte mir dabei helfen, die Kontrolle zu behalten. Er hat damit bestimmt mehr Erfahrung als irgendjemand sonst“, sagte sie zuversichtlich.

Es genügte ein tiefer Seufzer, um ihre Hoffnung im Keim zu ersticken.

„Normalerweise würde er das übernehmen. Aber er hat alle Hände voll zu tun, unsere Leute rechtzeitig vor Rohloff zu warnen und dabei nicht selbst in die Schusslinie zu geraten. Sag mal, welches Problem hast du mit mir? Ich könnte dir ebenso helfen."

Amber zögerte die Antwort hinaus. Sie konnte ihm schlecht verraten, dass sie fürchtete, seinem Sex-Appeal zu erliegen. Außerdem würde seine permanente Anwesenheit sie andauernd an das erinnern, an das sie nicht erinnert werden wollte. „Wie kommst du darauf, dass ich mit dir ein Problem habe? Also gut, du hilfst mir und ich werde eine brave Schülerin sein, bist du nun zufrieden?", fragte sie schnippisch und schüttelte seine Hand von ihrem Arm.

„Wer's glaubt ...", murmelte Alec und fügte etwas lauter hinzu, „kommen wir zur ersten Lektion: Du musst deine Wut im Zaum halten. All die unterdrückten Emotionen, die deine menschliche und deine animalische Seite aus dem Gleichgewicht bringen, müssen eine Einheit bilden. Ansonsten bekämpfen sie sich gegenseitig. Kaum zu glauben, dass du so voller Wut steckst", fügte er mit leisem Erstaunen hinzu. „Wir beginnen mit einer effektiven Hilfsmaßnahme. Im Grunde ist es nicht schwer. Ich habe dir etwas gegen deinen Frust mitgebracht. Du stehst doch auf Wildkirsche."

Das tat sie tatsächlich und freute sich insgeheim, dass er es nicht vergessen hatte – bis ihr einfiel, dass nicht er, sondern sie diejenige war, die an Hirnmasse eingebüßt hatte. „Also futtere ich immer, wenn ich wütend werde, eines dieser präparierten Salzbonbons und alles ist gut?", fragte sie argwöhnisch. Die Umsetzung hörte sich nicht schwierig an.

„Das wiederum wäre zu einfach. Du musst darauf achten, alle vier Stunden Salz zu dir zu nehmen. So kommt es nicht zu Ausfällen."

„Und was passiert, wenn ich es einmal vergesse?“, fragte Amber kleinlaut.

„Dann hast du Ausraster vom Feinsten! Die seit langer Zeit unterdrückten Gefühle werden ungebremst zum Vorschein kommen und sich im schlimmsten Fall gegen dich selbst richten.“

Ihr schauderte bei dem Gedanken daran: Zorn, Hass, Gewaltbereitschaft. Amber hätte diese Eigenschaften niemals auf sich bezogen. Zu erfahren, dass sie diese in einem solchen Ausmaß besaß, und nur einen Wimpernschlag davon entfernt war, Leuten, die sie mochte, Schaden zuzufügen, versetzte sie in Panik. „Nein, nein, so bin ich nicht!“, stöhnte sie auf.

„Wir alle, ob Mensch oder Tier, besitzen diese Seite. Denk an Ausnahmesituationen, in denen du über dich selbst hinauswächst. Das Potenzial ist vorhanden, es kommt darauf an, wie du damit umgehst.“

Sie spürte, wie Alec ihr vorsichtig etwas Rundes, Glattes zwischen die Lippen schob. Der Geschmack nach fruchtiger Wildkirsche, durchsetzt mit Steinsalz, füllte ihren Mund aus und entfaltete eine Wirkung, von der sie inzwischen wusste, dass der Effekt einem Beruhigungsmittel gleichkam.

„Mein Gott, ich bin auf Droge“, flüsterte sie entsetzt und lutschte dennoch hingebungsvoll ihr Bonbon.

Sein leises Lachen nahm sie nur beiläufig wahr, ebenso, dass Alec nach ihrer Hand griff und sie hinter sich her aus dem Versteck zog. Offenbar hatte sie im Tiefschlaf dort mehrere Stunden verbracht. Die rötlich angehauchte Sonne ging gerade unter. Lange Schatten zauberten dunkle Winkel auf den Weg zur hell erleuchteten Villa. An der Hintertür ließ Alec ihre Hand los. Es war an der Zeit, sich Dora und Ambers Cousinen zu stellen.

Ihre Tante stand neben Rosalie mit dem Rücken zur Tür. In die Vorbereitungen des Abendessens vertieft, arbeiteten die beiden Frauen Hand in Hand. Während Rosalie eine deftige

Gemüsesuppe umrührte, hackte Dora ein Bündel frischer Kräuter. Dora bemerkte sie zuerst, trocknete sich die Hände am Küchentuch ab und ging auf Amber und Alec zu. Er hatte ihr den Vortritt gelassen. Amber gab ihrer ersten Gefühlsregung nach und umarmte ihre Tante, die sie mit sanftem Druck an sich zog. Sie schwiegen. Es schien, als wäre keiner bereit, diesen empfindsamen Moment mit Worten zunichtezumachen. Aus den Augenwinkeln bemerkte Amber das Lächeln ihrer Großmutter, die Alec zunickte. Sie hatte ihn tatsächlich gebeten, nach ihr zu sehen. Automatisch glitt ihr Blick zu dem dunkelhaarigen Jungen, der noch immer an der Hintertür stand und sie aus bemerkenswert blauen Augen beobachtete.

„Ich bin so froh, dass dir nichts passiert ist. Wir haben überall nach dir gesucht", sagte Dora leise in die Stille hinein und etwas lauter an Alec gewandt: „Jetzt, da wir zusammen sind, wird alles in Ordnung kommen."

„Natürlich wird es das. Amber hat das Richtige getan, frühzeitig zu verschwinden", nahm Alec sie in Schutz, obwohl es nicht nötig war.

„Ich hoffe, Isabel geht es gut. Bisher hat sie auf keinen meiner Anrufe reagiert", schimpfte Rosalie, wieder ganz die Alte, und schwenkte energisch die Suppenkelle, als wollte sie jemandem eins überbraten. Ihr Lächeln, als wäre ein verlorengegangenes Schaf unbeschadet zur Herde zurückgekehrt, strafte ihre Worte jedoch Lügen.

Alec beeilte sich aus ihrer Reichweite zu kommen und zog Amber kurzerhand mit sich durch die Tür. Wie selbstverständlich schlug er den Weg durch das Wohnzimmer in Richtung hinterer Terrasse ein. Dass er die Initiative ergriff, wurmte sie zwar, aber ohne seinen Beistand wäre sie Mel vermutlich nicht aus dem Weg gegangen. Auf der Schwelle zur Veranda blieb er außer Sichtweite der Zwillinge stehen, die es sich auf den Liegen bequem gemacht hatten. „Die erste Hürde hast du geschafft, jetzt die zweite und du hast es überstanden.“

Seine Zuversicht in Ehren. Wie Amber ihre unliebsame Cousine allerdings einschätzte, würde das Aufeinandertreffen nicht reibungslos verlaufen. Dennoch war es besser, was auch immer zwischen ihnen lag anzugehen, anstatt erneut einen Streit heraufzubeschwören. Amber straffte die Schultern, wie Rosalie es oftmals tat.

„Hallo, wie geht's?“, stieß sie hervor und krümmte sich wegen der lahmen Begrüßung innerlich zusammen.

Mel wandte mit trägem Blick den Kopf in ihre Richtung, als wäre ihr Aufeinandertreffen in Ambers Zuhause nichts Ungewöhnliches.

Madeleine hingegen sprang auf und umarmte sie stürmisch. „Einfach abzuhauen! Nun gut, Alec hat uns alles erklärt, oder zumindest das, was wir noch nicht wussten“, plapperte sie freudig vor sich hin. Wie nicht anders zu erwarten, ging Mel distanzierter vor, erhob sich in Zeitlupe und blieb zwei Schritte vor Amber stehen. Sie musterten sich und umkreisten einander, bevor auf Mels Gesicht der Anflug eines Lächelns erschien. Amber holte tief Luft und sprach das aus, was ihr am Morgen unmöglich gewesen wäre: „Mit uns beiden ist es bisher nicht gut gelaufen. Können wir vielleicht das Kriegsbeil begraben?“

„Ja klar, ich war nicht besonders nett zu dir und bin immer noch der Meinung, dass du eine verwöhnte Göre bist. Sei´s drum.“

„Besonders sympathisch bist du mir auch nicht. Aber ebenso sei´s drum“, schoss Amber zurück. Damit war die Sache fürs Erste geklärt. Keine von ihnen war so dumm zu glauben, dass sie nun beste Freundinnen waren. Trotzdem war dieser Kompromiss besser als nichts, und Amber hatte andere Probleme, als sich mit ihrer schwierigen Cousine zu duellieren.

„Na dann, da offenbar alles geklärt ist, bitte ich zum Abendessen“, ertönte es hinter ihnen. Alec verbeugte sich übertrieben und wies mit einer schwungvollen Geste hinter sich.

Während der Mahlzeit herrschte weitgehend Schweigen. Rosalie unterhielt sich mit Dora über den Aufstand und die zu erwartenden Auswirkungen auf das alltägliche Leben, im Hintergrund gab das Radio die letzten Vorfälle aus dem Hafenviertel wieder.

Die durch die Armee errichtete Barriere war während der letzten Stunden an mehreren Stellen durchbrochen worden. Wie vermutet, hatten sich die gewaltsamen Auseinandersetzungen über das Arbeiterviertel hinaus ausgeweitet. Laut dem Nachrichtensprecher war kein Ende in Sicht. Amber erfuhr erst jetzt, dass die Hafenarbeiter um mehr soziale Gleichberechtigung kämpften. Bei den gutbetuchten Personengruppen stieß diese Forderung auf Ablehnung.

Bereits in der Vergangenheit war es immer wieder zu Demonstrationen gekommen, die der Gouverneur durchaus ernst genommen hatte. Dieses Mal war Charles jedoch nicht zur Stelle, um die Wogen zu glätten. Rohloff hatte freie Bahn und ließ anscheinend nichts unversucht, um die lauter werdende Stimme des Volkes mit Gewalt zu unterdrücken. Ein mulmiges Gefühl stieg in Amber auf, als sie an den Oberst als einen Kameraden ihres Vaters dachte. Die Tatsache, dass sie ihm selten begegnet war, sprach gegen eine enge Freundschaft der beiden. In Überlegungen versunken, stocherte sie in ihrem Reis. Mit der Gabel nahm sie ein Häufchen nach dem anderen auf und beobachtete, wie einzelne Körner zwischen den Zinken zurück auf den Teller fielen.

„Seit wann spielen wir mit unserem Essen?“, ertönte Rosalies Stimme und ließ nicht nur sie, sondern auch die Zwillinge erschrocken zusammenzucken. Amber warf Madeleine einen raschen Blick zu und musste sich beherrschen, nicht laut loszulachen. Mel verdrehte die Augen auf eine bizarre Art und Weise, wie Amber es bereits auf dem Marktplatz beobachtet hatte. Madeleine stieß ihre Schwester unauffällig in die Seite. Rosalie hatte von alldem nichts mitbekommen und nahm das Gespräch mit Dora wieder auf. Alec verhielt sich außergewöhnlich still und schien einzig der Stimme des Nachrichtensprechers zu lauschen.

Ein ereignisreicher Tag lag hinter ihnen, dem eine ebenso lange Nacht vorausgegangen war. Deshalb war es nicht verwunderlich, dass sich nach dem Essen einer nach dem anderen zurückzog.

Amber fiel die Aufgabe zu, ihrem Besuch die Gästezimmer zuzuweisen. Aufgrund Rosalies Veto blieb Alec im Erdgeschoss. Sie wollte ihn aus der unmittelbaren Nähe der Mädchen heraus wissen. Er bezog ein kleines Gästezimmer, das an das Büro des Gouverneurs angrenzte. Dora erhielt ein helles Zimmer am Ende des Flurs, das einmal Ambers Mutter als Rückzugsort gedient hatte. Sie war damit einverstanden, dass Mel bei ihr blieb, anstatt sich mit ihrer Schwester ein Zimmer zu teilen.

Mit tatkräftiger Unterstützung durch Gero und Alec stand zehn Minuten später ein schmales Bett für Madeleine in Ambers Zimmer. Auf ihrem Flur lag noch ein weiteres Gästezimmer, das für Samuel bereitgehalten wurde.

„In diesem Haus hätten mehrere Familien Platz“, sagte Madeleine ehrfürchtig, als sie das Bad verließ und sich neben Amber auf deren Bett setzte.

„Hm“, entgegnete Amber und schloss die Augen, als ihre Cousine mit langsamen Bewegungen die Bürste durch Ambers offenes Haar gleiten ließ. Im weichen Licht der Nachttischlampe wirkte der Raum gemütlich. Madeleines Anwesenheit hatte etwas von einer Pyjamaparty, wie Amber sie in einigen Filmen gesehen, jedoch nie an einer teilgenommen hatte. Ihr Vater mochte es nicht, wenn sie woanders übernachtete. Das einzige Zugeständnis, das sie ihm abringen konnte, war bis Mitternacht auf Partys gehen zu dürfen. Vermutlich änderte ihre Volljährigkeit nichts an seiner Einstellung, aber Amber könnte sich über diese Regel hinwegsetzen. Der Gedanke war reizvoll, vor allem da am Wochenende vermutlich die Party anlässlich ihres Geburtstages stattfand. Sie war sich sicher, dass Sabrina die Gunst der Stunde genutzt und Gregor über ihre Rückkehr informiert hatte. Insgeheim ahnte sie, dass ihre Freundin auf diesen schmierigen Typen stand. Da sie wusste, dass Amber sich nicht für ihn interessierte, arbeitete sie darauf hin, ihn auf sich aufmerksam zu machen. Amber gönnte es ihr, verstand allerdings nicht, was ihre Freundin an ihm fand.

„Weißt du, es ist seltsam, hier zu sitzen, und dort unten tobt das Chaos. Ich muss andauernd daran denken, dass es Bekannte und Nachbarn gibt, die es jederzeit erwischen könnte. Boje und Elek zum Beispiel. Ich wünschte, sie wären hier, aber sie wollten nicht mitkommen. Klar, für Boje ist es ein Abenteuer, das er auf keinen Fall verpassen will. Weißt du, was er zum Abschied gesagt hat?"

Amber schüttelte den Kopf. Eine ihrer Haarsträhnen verhakte sich und Madeleine entwirrte sie vorsichtig, während sie weitersprach: „Frauen würden auf Veteranen stehen, diese Chance würde er sich auf keinen Fall entgehen lassen. Verrückt, wenn du mich fragst."

„Ich glaube, das sagt er nur so dahin. Was meint seine Familie dazu?", fragte Amber interessiert.

„Er lebt mit seiner Mutter zusammen. Beide arbeiten in der Fischfabrik unten am Hafen. Keine Ahnung, was sie dazu sagt, Boje erzählt nie viel über sie."

„Was ist mit seinem Vater?", hakte Amber leise nach.

„Der hat sich vor Jahren von seiner Frau getrennt."

Der Gedanke lag nah, dass Boje einen Hass auf seinen Erzeuger hegte, doch es erklärte nicht, warum er sich Frauen gegenüber so bescheuert verhielt.

„Und Elek, was ist mit ihm?"

„Er wird sich zurzeit bestimmt nicht im Zwölfer aufhalten. Ist irgendwann bei Earl aufgetaucht und an uns hängen geblieben. Keine Ahnung, warum. Sein Vater ist der Leiter des Wasserwerks. Vielleicht hat sich Elek gelangweilt. Du weißt schon, Abwasser, Trinkwasser und Kanalisation im Allgemeinen. Nichts, das besonders spannend wäre. Aber was anderes: Wieso siehst du dir keine Nachrichten an? Ist mir nur so aufgefallen."

Amber hatte sich eigentlich eher unbewusst von Radio, Bildschirm und dem Nachrichtenticker ihres Smartphones ferngehalten. Erst als Madeleine sie darauf ansprach, gestand sie sich ein, dass sie in letzter Zeit viel zu sehr mit sich selbst beschäftigt war, um das, was um sie herum geschah, zu reflektieren. Da sie nicht wusste, wie sie ihrer Cousine ihr chaotisches Innenleben erklären sollte, versuchte sie es gar nicht.

Madeleine akzeptierte ihr Schulterzucken und wechselte das Thema. „Auf dem Weg hierher sind wir an einigen Großbildschirmen in den Schaufenstern vorbeigekommen. Verständlich, dass sich die Menschen in Krisenzeiten lieber zusammenrotten als zu Hause allein vor dem Fernseher zu hocken. Aber es wirkte, als böte der Aufstand ein Event der Extraklasse. Würde mich nicht wundern, wenn sie kistenweise Bierflaschen köpfen. Echt geschmacklos, wenn du mich fragst."

Amber verkniff sich ein Nicken. „Verständlich ist es. Aberness ist nicht gerade das, was man als Hochburg des Vergnügens bezeichnet. In dieser Stadt passiert normalerweise nicht viel. Die meisten sind bestimmt mit ihrem Leben zufrieden. Was ist aber mit denen, die es nicht sind? Finanzielle Sicherheit und eine vorhersehbare Zukunft machen auf Dauer träge, nicht unbedingt glücklich. Was ist mit denen, die mehr als das wollen?“

Madeleine hielt in der Bewegung inne und Amber hatte Angst, etwas Falsches gesagt zu haben. Immerhin hatte sie hautnah miterlebt, in welchen Verhältnissen ihre Tante und deren Töchter lebten. Sie würden sich vermutlich im siebten Himmel wähnen, wenn sie keine finanziellen Sorgen mehr hätten. Ihre Gedankenlosigkeit hatte dazu geführt, etwas sehr Dummes zu äußern. Ohne zu bedenken, wie sich Madeleine bei ihren Worten fühlte. Amber drehte sich um und legte eine Hand auf den Arm ihrer Freundin. „Es tut mir leid. Das hätte ich nicht sagen dürfen.“

Ihre Cousine lächelte. „Amber, uns geht es nicht schlecht, auch wenn das für dich vielleicht so aussieht. Ansonsten wären wir längst auf das Festland umgezogen. Aberness ist unsere Heimat und die Menschen, mit denen wir täglich zu tun haben, sind unsere Freunde. Nun schau nicht so belämmert, ich weiß, dass du es nicht böse meinst, und habe es auch nicht so aufgefasst. Ehrlich gesagt, möchte ich um nichts in der Welt mit dir tauschen.“

Kapitel 31

In dieser Nacht konnte Amber lange nicht einschlafen. Ihr gingen die Gedanken, dass Madeleine nicht unrecht hatte, nicht mehr aus dem Kopf. Die Menschen unter denen ihre Cousinen aufgewachsen waren, verhielten sich anders als diejenigen, die Amber kannte. Sie scheuten nicht davor zurück, so zu sein, wie sie waren. Sie traten füreinander ein und hielten alte Wertvorstellungen hoch. Amber kannte genug Menschen, bei denen diese längst in Vergessenheit geraten waren.

Mit etwas Abstand betrachtet, hatte sie sich bei ihnen wohlgefühlt und mehr als einmal gewünscht, dazuzugehören. Inzwischen hatte sich jedoch vieles, wenn nicht alles verändert. Sie würde niemals ganz und gar zu jemandem gehören – nicht solange sie das Gefühl hatte, ein Spielball der sich überschlagenden Ereignisse zu sein.

Stimmengewirr und vorbeieilende Schritte weckten sie. Schlaftrunken drehte sie sich auf die andere Seite und schaute zu Madeleines leerem Bett hinüber. Amber warf einen Blick auf den Wecker. Es war bereits elf Uhr und kein Wunder, dass die anderen längst aufgestanden waren. Sie schälte sich aus der Decke und schlüpfte in Jeans und Pullover.

Bevor sie das Zimmer verließ, tastete sie prüfend über ihren geflochtenen Zopf, um den sie Madeleine am gestrigen Abend gebeten hatte. Er schien soweit in Ordnung zu sein. Sie musste sich beeilen, wenn sie nicht als letzte am Frühstückstisch erscheinen wollte. Die Chancen standen allerdings schlecht. Niemand begegnete ihr auf dem Weg ins Erdgeschoss. Auf Socken hastete sie in die Küche, die wie zu erwarten verlassen war, folgte dem lebhaften Stimmengewirr und betrat die Terrasse. Ein zu beiden Seiten ausgezogener Gartentisch bot ausreichend

Platz für alle. Dora, die an diesem Morgen besonders guter Laune schien, begrüßte sie mit einem strahlenden Lächeln. Mel kaute genüsslich ihr Müsli und hob kurz den Löffel, bevor sie ihn wieder in die Milch eintauchte. Madeleine wies auf den freien Stuhl neben sich.

„Amber, du bist spät dran, bist du Alec begegnet? Er ist nicht in seinem Zimmer", fragte Rosalie misstrauisch. Sie war damit beschäftigt, aus einer großen Portion Butter zwei kleinere zu machen.

„Ich habe Gero heute in der Frühe mit ihm wegfahren sehen. Vermutlich schaut er nach Edmond und versucht ihn zu überreden, mit ihm hierher zu kommen. Aber er ist ein sturer alter Mann und wird weder seinen Laden schließen noch seine geliebten Schätze Plünderern überlassen", mischte sich Dora ein, bevor Amber antworten konnte.

Es irritierte sie, dass ihre Tante derart emotionslos über Edmond sprach, als wäre er ein entfernter Bekannter. Sie war sich sicher, dass dem nicht so war. Amber sah zu den Zwillingen hinüber, doch keine der beiden ließ erkennen, ob die offensichtliche Hartherzigkeit ihrer Mutter sie ebenfalls erstaunte.

Amber war allerdings danach, sich aufzulehnen. „Ich verstehe nicht, wie du so über Edmond reden kannst. Was, wenn ihm oder Alec etwas passiert? Rohloffs Leute sind inzwischen bestimmt überall!"

Ihre Stimme überschlug sich und sie musste sich zusammenreißen, nicht loszuschreien. Rosalies missbilligenden Blick ignorierte sie. Sie konzentrierte sich auf ihre Tante. Dora legte bedächtig das Messer zur Seite und fixierte sie aus ihren grünen Augen. „Wie kommst du darauf, dass ich mir um Edmond keine Sorgen mache? Sam meldet sich mehrmals am Tag bei mir. Er hat erst vor kurzem nach seinem Vater gesehen. Im Moment geht es ihnen gut und wenn er das sagt, dann kannst du es glauben. Wir haben alles versucht, Edmond davon zu überzeugen, mit uns zu kommen. Er wollte nicht, meinte, niemand kümmert sich um einen alten starrköpfigen Mann. Es gibt einen Grund, warum er seit über 50 Jahren dort und nicht woanders seinen Laden führt. Bisher wurde das Künstlerviertel weitgehend von den Soldaten verschont. Der perfekte Ort für all diejenigen, die Hilfe benötigen. Erinnere dich an den blau markierten Stein neben seiner Eingangstür."

Amber entsann sich vage daran und ihr ging auf, was Dora damit sagen wollte. Trotzdem gab sie sich nicht damit zufrieden, denn die Antwort ihrer Tante bezog sich auf Edmond und nicht auf Alec.

„Wieso hast du sie nicht aufgehalten?", schrie sie. Ihr Messer flog in hohen Bogen über den Tisch.

Brodelnder Zorn kratzte gefährlich nah an der Oberfläche. Amber schnappte über den Tisch hinweg nach dem Salzstreuer. Die Menge, die sie in ihre Tasse kippte und mit heißem Kaffee in sich hineinschüttete, war beträchtlich. Augenblicklich spürte sie die erlösende Wirkung. Ihr zuvor verschwommener Blick klärte sich und ihre Wut schien sich nach einem letzten Aufbäumen zurückzuziehen. Während Mel sie fasziniert beobachtet hatte, wie sie so unauffällig wie möglich die erste Dosis Salz einnahm, wirkte Madeleine erschrocken über Ambers Gefühlsausbruch. Rosalie hatte nichts von der Salzaktion mitbekommen. Ihr verkniffener Gesichtsausdruck zeigte deutlicher als Worte, dass sie mit Ambers Verhalten nicht einverstanden war. „Wenn du dich deiner Tante gegenüber nicht benehmen kannst, solltest du auf dein Zimmer gehen, bis du dich wieder beruhigt hast und bereit bist, dich bei Dora zu entschuldigen."

„Glaubst du, dass sich Alec etwas verbieten lässt? Schau mich bitte an, wenn ich mit dir rede", mischte sich unerwartet ihre Tante ein.

Ausgerechnet von ihr in diesem schneidenden Ton angegangen zu werden, entsetzte Amber mehr als sie sich eingestehen wollte. Zur Salzsäule erstarrt saß sie auf ihrem Stuhl.

„Um auf deine Frage zurückzukommen: Es ist besser, Gero behält ihn im Auge und informiert uns im Notfall, als dass Alec versucht, allein bis zu Edmond durchzukommen. Das Auto deines Vaters ist beeindruckend und bietet ihm zumindest etwas Schutz. Tu, was Rosalie dir gesagt hat, geh auf dein Zimmer!"

Mit schlechtem Gewissen verließ Amber die Terrasse, mied jeglichen Blickkontakt und rannte, kaum außer Sichtweite, die Treppe hinauf, immer zwei Stufen auf einmal nehmend.

Sie hatte die Strafe verdient und sich furchtbar aufgeführt. Ihr neuerwachtes Temperament war mit ihr durchgegangen – etwas, das sie inzwischen ebenso verabscheute wie vor aller Augen bloßgestellt zu werden. Bäuchlings warf sie sich auf ihr Bett. Sie vergrub das Gesicht im Kissen und versuchte sich darüber klar zu werden, warum sie zornig geworden war. Dabei kam sie zu einem überraschenden Ergebnis: Dora war wütend auf Edmond. Denn dieser war schuld, dass Amber zu etwas mutierte, das sie nicht verstand.

Tatsächlich war Amber weitaus weniger auf den alten Mann sauer als auf Dora. In den ganzen Jahren hatte es sie nicht interessiert, wie es ihrer Nichte ging. Ein solches Verhalten ließ sich nicht korrigieren. Deshalb hatte Amber zornig reagiert.

Mit einem Seufzer rollte sie sich vom Bett, suchte frische Wäsche aus ihrem Schrank und tapste missmutig ins Bad. Skeptisch musterte sie ihren Zopf, aus dem sich einige Strähnen befreit hatten und zog kurzerhand am Haargummi. Die heiße Dusche war eine Wohltat und beruhigte ihr Gemüt. Amber verließ das Bad und blieb wie angewurzelt im Türrahmen stehen.

„Gütiger hast du mich erschreckt! Wie geht es dir und wie bist du hierhergekommen?", stotterte Amber, verblüfft, Alec in ihrem

Zimmer anzutreffen. „Mal langsam, also mir geht's gut. Sam und ich sind bei Edmond untergekommen, bevor sie die Hafenregion endgültig dichtgemacht haben. Um auf deine andere Frage einzugehen: Was glaubst du, wie ich hierhergekommen bin?" Mit dem Bus natürlich", half er ihr auf die Sprünge, als sie mit den Schultern zuckte. „Im Augenblick ist der Busbahnhof noch nicht betroffen, ich schätze aber, dass auch dort bald eine Kontrollstation eingerichtet wird. Deshalb wollte ich so schnell wie möglich aus dem Zentrum raus."

„Was genau machst du hier?" Sie starrte Alec an, der im Schneidersitz auf ihrem Bett saß. Er hatte ein aufgeschlagenes Fotoalbum auf den Knien und sah mit einem Lächeln zu ihr auf: „Die anderen sind hinter dem Haus und die Hintertür zur Küche ist meistens unverschlossen – deine Worte", entgegnete er ohne den Anflug eines schlechten Gewissens.

Sie schüttelte den Kopf. Wirklich böse war sie ihm nicht. Immerhin hatte sie ihm selbst erzählt, dass Rosalie die Hintertür nie abschloss. Sie hätte sich denken können, dass Alec dieses Wissen bei der erstbesten Gelegenheit für sich nutzen würde. Und für sie, gestand sie sich ein, denn sie hatte Fragen, die nur er beantworten konnte. Außerdem war sie froh, ihn heil und gesund wiederzusehen. Solange er sich in der Villa aufhielt, musste sie sich wenigstens um ihn keine Sorgen machen.

Sie ließ ihren Blick zum angrenzenden Badezimmer gleiten, erleichtert, dass Alecs Neugier zumindest vor dieser Tür Halt gemacht hatte. Nicht auszudenken, wenn er sie beim Duschen überrascht hätte.

„In Ordnung. Wie wäre es, wenn du zur Abwechslung ehrlich bist? Wir wissen beide, dass du dir nicht von Langeweile getrieben die Umgebung angesehen hast und rein zufällig hier gelandet bist." Amber holte tief Luft und versuchte sich zu zügeln. „Also?"

Alec lehnte sich gegen einen Doppelpack bunter Kissen. „Wie wär‘s, wenn du dich erst mal hinsetzt, oder willst du dich von dort aus mit mir unterhalten?“

„Ich würde mich gern auf mein Bett setzen, wenn es nicht schon von dir belagert wäre. Rück zur Seite und wag es ja nicht, dich mit deinem Hintern auf eines der Kissen zu setzen!“, schoss sie zurück und setzte sich im Schneidersitz neben ihn. „Kannst du bitte das Album aus der Hand legen? Was willst du damit?“

Alec rückte näher und Amber widerstand nur knapp der Versuchung, ihn direkt anzusehen. Seine Nähe machte sie nervöser als sie sich eingestehen wollte. Ihr Blick ruhte auf seinem dunklen Schopf.

„Deshalb.“ Er schlug eine bestimmte Seite auf, als hätte er sich eingeprägt, wo er sie finden würde.

Amber beugte sich vor und sah interessiert auf die Fotografie, auf der sie als Sechsjährige mit einem Blumenkranz im Haar in einem Hängekleidchen zu sehen war. Sie musste nicht die ordentlich beschriftete Rückseite des Bildes ansehen, um herauszufinden, zu welchem Anlass es entstanden war. Leise stöhnte sie auf: „Das war der schrecklichste Geburtstag meines Lebens. Nein, wenn ich es mir genau überlege, war es der schrecklichste Tag überhaupt. Sie löste sich vom Anblick des kleinen Mädchens, das mit Tränen in den Augen und einem verkrampften Lächeln in die Kamera blinzelte, und spürte Alecs Blick auf sich ruhen. Hastig wich sie ihm aus und sah in Richtung Zimmertür, die einen Spalt breit offenstand. „Rosalie hat die Party für mich organisiert. Ich hatte mir an diesem Tag keinen Clown oder Berge von Luftballons und Süßigkeiten gewünscht, sondern, dass meine Eltern sich vertragen. Dass sie wenigstens dieses eine Mal nicht miteinander streiten und mir zuliebe so tun, als ginge es allein um mich.“

„Was ist passiert?“, fragte Alec leise.

„Nichts, absolut nichts."

Sie schlug das Album zu und kickte es wütend von seinem Schoß. Dagegen, dass ihre Stimme sarkastisch klang, war sie machtlos. Es schürte ihren Ärger, dass Alec ihr diese Frage gestellt hatte und sie sich mit dem missglückten Geburtstag auseinandersetzen musste.

„Isabel kam viel zu spät und blieb nicht lange. Charles ließ sich bloß kurz blicken – Arbeit, die ihm offenbar wichtiger war als der Geburtstag seiner Tochter." Sie meinte, an den Worten ersticken zu müssen. Der Kloß in ihrem Hals war wieder da; wie damals, als sie fest geglaubt hatte, ihre Eltern würden einander irgendwann wieder lieben. Eine kleine heile Familie – ein kindischer Wunsch, der nie in Erfüllung gegangen war und inzwischen keine Bedeutung mehr hatte.

Alec legte seinen Arm um ihre Schultern, und zog sie zu sich. Sie wehrte sich nicht. Seine Nähe war der Trost, den sie dringend benötigte. „Du erinnerst dich wirklich nicht mehr an mich, oder?"

Überrascht über diese seltsame Frage, löste sie sich aus seiner Umarmung und erforschte sein nachdenkliches Gesicht.

„Das war kein Scherz? Deine Frage ist ernst gemeint?"

„Ja, ist sie. Ich habe dich belogen. In der Einfahrt, das war nicht das erste Mal, dass wir uns begegnet sind. Komisch, ich dachte, du hast dich längst wieder erinnert", murmelte er gedankenverloren.

Amber zog das Album zu sich und schlug die besagte Seite auf. Zum ersten Mal schaute sie sich das Bild genauer an. Bisher hatte sie tunlichst vermieden, die Erinnerung an jenen Tag neu aufleben zu lassen.

Sie musterte die bunten Servietten auf den dekorierten Tischen, auf denen sich Kuchen, Muffins und allerlei Süßwaren stapelten. Links von Amber posierte Sabrina in einem orangefarbenen

Kleid. Ihr Lächeln entblößte eine breite Zahnlücke. Hinter ihrer Freundin stand Gregor in einem lächerlich wirkenden Matrosenanzug. Die anderen Geburtstagsgäste waren allesamt aus der Nachbarschaft. Sie kannte alle Kinder – bis auf eines.

Er war schon damals einen Kopf größer als sie, hielt sich im Abseits und wirkte in den kurzen Shorts und dem ausgeblichenen blauen Shirt fehl am Platz. Das verriet ihr jedoch nicht, dass es sich um Alec handelte. Es waren seine azurblauen Augen und der herausfordernde Blick, mit dem er in die Kamera geschaut hatte. Während sie den Siebenjährigen eingehend musterte, schien sich eine Tür zu öffnen, die Amber vor langer Zeit fest verschlossen hatte. Anschließend hatte sie den Schlüssel weggeworfen.

Alec hatte ihn für sie aufbewahrt und die Tür nicht nur geöffnet, sondern Amber hindurchgeschubst. Sie erinnerte sie sich an ihre erste Begegnung, die einige Tage vor ihrem sechsten Geburtstag stattgefunden hatte.

***

Amber lugte durch den Spalt der handbreit geöffneten Tür und beobachtete Isabel, ihre Tante und Onkel Sam. Sie nannte ihn Onkel, obwohl er nicht mit Dora verheiratet war. Sie alle hatten sich an diesem Abend in der Halle versammelt. Eigentlich sollte sie in ihrem Bett liegen. Stattdessen hatte sie sich ins Büro ihres Vaters geschlichen. Anfangs hatte sie große Angst, entdeckt zu werden. Es wäre ein Leichtes, das Büro zu verlassen. Dazu hätte sie einfach durch die Tür marschieren müssen – ihre Großmutter würde vor den Gästen bestimmt nicht mit ihr schimpfen. Bevor sie sich entschieden hatte, kam ihr jemand dazwischen. Hastig griff sie nach dem Bild, das sie gemalt hatte und zog einen Schmollmund, wütend darüber, dass der Junge sie entdeckt hatte.

Er war mit Sam und Dora gekommen und hatte sich in einem unbeobachteten Moment aus der Halle ins Büro davongestohlen. Wäre sie jetzt gegangen, dachte der Eindringling womöglich, dass sie Angst vor ihm hätte. Amber saß in der Falle und der Junge, der sich ihr gegenüber als Alexander ausgegeben hatte, grinste, als sie zu ihm rüber sah.

Sie versuchte ihn zu ignorieren, lauschte dem Gespräch der Erwachsenen allerdings nur mit halbem Ohr.

„Das Charles nicht möchte, dass ihr sie weiterhin besucht, ist nicht meine Schuld. Nun seht ihr, warum ich ihn verlassen habe. Der Mann ist paranoid, was dieses Kind betrifft!", brauste ihre Mutter auf.

Ambers Onkel mischte sich ein. Seine Augen wirkten im künstlichen Licht der Deckenlampe dunkel und gefährlich: „Er sperrt die Kleine ein. Aus Angst, dass ihr etwas passieren könnte. Das ist der falsche Weg, sie zu beschützen. Das habe ich ihm mehrmals zu erklären versucht."

Isabel fiel ihm mit einer herrischen Geste ins Wort. ihre Stimme klang kalt, berechnend und jagte Amber einen Schauer über den Rücken: „Die Dinge liegen jetzt anders. Charles und ich leben seit Jahren getrennt. Ich habe ihm Ambers Erziehung überlassen, seine Entscheidungen gehen mich nichts mehr an."

Isabel blickte ihre Schwester an, richtete das Wort jedoch an Samuel. Er legte seine Hand besitzergreifend an Doras Hüfte.

„Da wir über Paranoia sprechen: Wieso verheimlicht ihr vor aller Welt, dass ihr Eltern geworden seid? Glaubt ihr wirklich, die beiden Mädchen dadurch zu schützen? Oder wollt ihr herausfinden, ob Amber einem von euren Bälgern den Rang abläuft?"

Zum ersten Mal mischte sich Dora in das hitzige Gespräch ein. Ihre Wangen waren gerötet, offenbar hatte sie Mühe, ihren Zorn unter Kontrolle zu halten: „Wie kannst du es wagen? Du weißt ebenso gut wie wir, dass es Leute gibt, die Edmond aus der Stadt vertreiben wollen. Die Mädchen wären ein willkommenes Druckmittel, wenn bekannt würde, dass Sam ihr Vater ist."

„Lass meine Töchter aus dem Spiel, ansonsten wird es für dich ziemlich unangenehm!", warnte Sam in einem Tonfall, der nicht nur Amber Angst einflößte.

„Wie bereits gesagt, es geht mich nichts mehr an", zischte Isabel und wandte sich brüsk um.

„Natürlich. Sein Geld hast du bereits, den Namen Wellington ebenso. Mein Gott, es geht hier um deine Familie, der du in den Rücken fällst!"

„Du meinst eine Familie aus Hexen? Tja, ich bin keine von ihnen, und ob meine Tochter eine ist, steht nicht fest. Wenn Charles sie vor diesem Wissen bewahren will, soll es mir recht sein", fügte Isabel trocken hinzu.

„Wir beide wissen, was du mit einer derartigen Fähigkeit anfangen würdest. Vielleicht ist es gut, dass Charles dir das Kind weggenommen hat. Nicht auszudenken …", entgegnete Dora, deren Stimme besorgt klang.

„Dora, lass gut sein. Mit Isabel zu sprechen bringt nichts", mischte sich Samuel ein und schob Dora in Richtung Wohnzimmer.

Amber richtete sich auf und rutschte näher an die Tür. Sie konnte jedoch nichts mehr hören, da das Gespräch im Wohnzimmer fortgeführt wurde.

„Sam ist sauer auf deine Mutter. Er hat das Sagen und alle machen, was er will", raunte Alexander. Er zeigte mit seinem schmutzigen Finger auf den wütenden Mann, der mit grimmiger Miene die Tür zum Wohnzimmer hinter sich schloss.

„Nicht alle, sonst würdest du dich nicht verstecken, oder?", flüsterte Amber zurück. Sie war zwar erst fünf, aber sie hatte recht, sein schuldbewusstes Gesicht verriet es ihr.

„Pah, er hat gesagt, dass ich bei Edmond bleiben soll. Ich bin trotzdem mit. Keiner hat's gemerkt, weil niemand unter den Autositz geschaut hat."

Er legte sich bäuchlings neben Amber auf den Boden. In den nachfolgenden Minuten verwandelte der Junge ihre Zeichnung in ein Fernrohr, das er sich vor ein Auge hielt, während er das andere zusammenkniff.

„Lass mich auch mal!", drängelte Amber, die sich zu langweilen begann.

„Hier, du bekommst die andere Hälfte." Zuerst wollte sie aufbegehren, da er Anstalten machte, das Blatt in der Mitte durchzureißen. Sie hatte das Bild für ihren Vater gemalt, aber die Aussicht auf ein lustiges Spiel war stärker als ihr Wunsch, ihn auf sich aufmerksam zu machen.

Nebeneinander lagen sie im Halbdunkeln und spielten ein Ratespiel, bei dem sie einen bestimmten Gegenstand in der näheren Umgebung erraten mussten. Sie hatte ihn zu ihrer bevorstehenden Feier eingeladen, bevor sie auf dem Fußboden eingeschlafen war. Er hatte versprochen zu kommen und Wort gehalten. Dafür hatte er sogar Schelte in Kauf genommen, da er den Erwachsenen verraten musste, woher er Amber kannte. Nach jenem Geburtstag war er ebenso wie Dora und Sam aus ihrem Leben verschwunden.

***

Amber schüttelte die Erinnerung an jenen seltsamen Abend ab. Wie hatte sie vergessen können, wer Sam und Dora waren? Derjenige, der sie in diesem Moment allerdings wirklich interessierte, befand sich in diesem Raum direkt neben ihr. Mit klopfendem Herzen musterte sie Alec, der sie offenbar die ganze Zeit über beobachtet hatte.

„Du warst auf meiner Geburtstagsfeier“, stellte sie erstaunt fest und kassierte ein breites Grinsen.

„Ja, damals stritten wir uns über das perfekte Geschenk. Du sagtest, ein Kinobesuch mit Popcorn und Limonade‘ und ich wollte ein cooles Auto mit breiten Reifen.“ Sein Lächeln verschwand. „Sam nahm mich danach nur noch einmal mit, aber du warst nicht da und als wir uns nach so vielen Jahren wiedersahen, war ich auf dem Weg zu Rosalie, um etwas abzuholen. Tja, und den Rest kennst du“, fügte er mit einem verhaltenen Schmunzeln hinzu.

Amber schwieg. Sie dachte über das nach, was ihr Rosalie vor Kurzem erzählt hatte und klappte das Album zu.

„Was solltest du denn abholen?“

Alec wich ihr eindeutig aus. Seine Haltung hatte sich verändert, sie war nicht mehr lässig wie zuvor, sondern angespannt.

„Komm schon, keine Geheimnisse mehr, okay?“

Er fuhr sich durch die zerzausten Haare. Eine Strähne fiel ihm in die Stirn. „Es war eine Salbe. Und bevor du mich über die Bestandteile ausfragst, ich weiß es nicht“, fügte er leise hinzu und strich ihr, wie zur Unterstreichung seiner Worte, über den Arm. Amber sah auf seine Hand. Sie beobachtete, wie Alec seine Finger gleichsam einem imaginären Klavierspiel über ihren nackten Arm wandern ließ. Plötzlich wusste sie, welche Wirkung die Salbe auf Alec, oder besser auf seine Haut, hatte. Mit Ausnahme der Knutscherei über den Dächern der Stadt war er, wenn er sie zufällig berührt hatte, zusammengezuckt, als hätte er sich an ihr verbrannt. Amber fielen Rosalies Worte ein und sie kam zu einer logischen Schlussfolgerung: Diese Salbe war ursprünglich für Hexen gedacht, um sich vor der Berührung eines Selkies zu schützen. Ihre Großmutter hatte sich vor Kurzem Amber gegenüber genauso verhalten. Die Salbe schien Alec zu schützen. Aber vor was? Er reagierte auf ihr körpereigenes Salz, das ihrer

Haut anhaftete! Obwohl er wie Amber salzige Drops aß. Oder hatte er sich ebenso wie sie einem Ritual unterzogen und gehörte nun der Gegenseite an? Soweit sich Amber erinnerte, hatte er sich allerdings bereits vor ihrer Verwandlung ähnlich verhalten.

„Oh mein Gott, du stammst gar nicht von Selkies ab, sondern von Hexen!“, brach es aus ihr hervor. Ihre Gedanken überschlugen sich. Zwar hatte sie auf den Moment gewartet, in dem er sich ihr gegenüber outete, dabei allerdings in die falsche Richtung gedacht. Dass er ein Nachkomme einer Hexe sein könnte, war das Letzte, mit dem sie gerechnet hatte.

Das war das Aus für eine Beziehung, die sie vielleicht gar nicht wollte. Zumindest wäre es ihre eigene Entscheidung gewesen; dass sie weder in ihrer noch in seiner Hand lag, ließ alles, was zwischen ihnen war, in einem tragischen Licht erscheinen.

Sie drängte die aufsteigenden Tränen der Wut und Hilflosigkeit zurück und erschrak, als Alec sie am Arm packte. „Verdammt Amber, wieso musst du immer voreilige Schlüsse ziehen? Sieh mich an, trage ich eine Brille oder siehst du auf meiner Stirn eine Narbe? Lass mich gefälligst ausreden!“, fügte er etwas leiser hinzu. Sie presste die Lippen zusammen und verkniff sich die Bemerkung, dass er nicht wissen konnte, was sie sagen wollte. Gebannt musterte sie seine nunmehr schwarzen Augen, in denen sich das durch das Fenster einfallende Sonnenlicht nicht widerspiegelte. Es waren eindeutig Selkie-Augen. Ihr wurde bewusst, dass sie einem Trugschluss erlegen war. Ihre Großmutter war eine Hexe, Alec jedoch nicht. Dass sie ruhig blieb, schien ihn zu irritieren. Die Schwärze wich einem blassen Blau. Ihr Herz machte einen Luftsprung – zumindest fühlte es sich danach an.

„Am besten beginne ich von vorn. Vor drei Monaten hat Sam erfahren, dass Rohloff die Stadt nach jemandem absuchen lässt. Das war kurz nachdem das Gerücht umging, dass in diesem Jahr das Tâche stattfindet. Rohloff war auf etwas Bestimmtes aus. Sam meint, dass es Rohloff nicht darum geht, das Tâche zu verhindern, sondern er will es zu seinen Gunsten beeinflussen."

„Was weißt du über diese Prüfung?", unterbrach sie ihn.

„Nur, dass oft Jahrzehnte dazwischenliegen."

Amber war sich plötzlich sicher, dass es bei diesem Tâche um dieselbe Prüfung ging, auf die sie im Internet gestoßen war. Alec ließ ihr weder Zeit darüber nachzudenken, noch ihm diesbezüglich Fragen zu stellen. Es war, als wollte er vermeiden, dass sie ihn auf seine Erlebnisse ansprach.

„Obwohl ich bei Edmond aufgewachsen bin, weiß ich kaum mehr darüber als du. Über dieses Tâche schweigen sich alle aus."

„Was hat er mit der Sache zu tun?", fragte Amber leise.

Alec quittierte ihre erneute Unterbrechung mit einem missbilligenden Blick und seufzte: „Okay, noch weiter zurück. Edmond ist einer der ältesten Inselbewohner und einer der wenigen Überlebenden des Minenunglücks vor sechzehn Jahren. Damals wurde ein Teil der Anlage bei den Aufständen zerstört. Für viele aus dem Arbeiterviertel wurde er dadurch zum Helden. Seit diesem Unfall ist er Anlaufstelle für die Nachkommen der Selkies, denen es mitunter schwerfällt, sich an Regeln zu halten. Sam unterstützt ihn bei seiner Arbeit."

Amber fand es interessant, mehr über Edmond zu erfahren, momentan gab es aber Wichtigeres zu klären.

„In Ordnung. Aber was hat es mit der Salbe auf sich?", fragte sie.

„Na ja, die Salbe bewirkt, dass Hexen der Kontakt mit salzhaltigem Wasser nichts anhaben kann."

„Aber du bist kein Hexer und warst rot wie ein gekochter Hummer!", fiel Amber ihm ins Wort.

„Du hast recht. Das spezielle Fett der Salbe schützte mich davor, dass mein Selkie-Gen zu einem ungünstigen Zeitpunkt aktiviert wurde. Allerdings war es ziemlich knapp. Du hast ja gesehen, wie rot meine Haut war. Einen Tick länger und die Salbe hätte ihre Wirkung verloren. Der Plan, Rohloff in die Irre zu führen, wäre gescheitert, wenn das Gen gegen meinen Willen aktiviert worden wäre. Das wollte ich unbedingt vermeiden", lieferte er ihr eine Erklärung.

„Und jetzt ist es aktiviert?", wagte Amber einzuwerfen. Sie vergaß einen Moment zu atmen, als Alec nickte.

„Sam und Dora haben mir am ersten Abend bei deiner Tante geholfen. Bei einem Selkie heilen Verletzungen, die mit Salzwasser behandelt werden recht schnell."

„Das versteh ich. Warum hast du dich mir gegenüber so sonderbar verhalten?", stellte sie ihm eine Frage, die ihr keine Ruhe ließ.

„Ich wollte nicht, dass du in die Sache hineingerätst und hätte mich wirklich von dir fernhalten müssen. Na, du siehst ja wie toll das bisher funktioniert hat."

Da Amber ihn schweigend ansah, atmete er tief durch und lieferte ihr endlich eine nachvollziehbare Erklärung, für sein Ausweichmanöver: „Rohloff war hinter mir her und Edmond wusste davon, lange bevor die Unruhen ausbrachen. Frag mich nicht woher. Dank Edmond weiß Sam unglaublich viel über die Insel und ihre Bewohner. Deshalb hielt ich mich so lange wie möglich von Salz fern. Wir durften nicht riskieren, dass Rohloff herausfindet, wer ich bin. Aber das Salz auf deiner Haut war wahnsinnig verführerisch. Es ist mir echt schwergefallen, dich nicht anzufassen", raunte er ihr zu und brachte sie damit in Verlegenheit.

„Jedenfalls ist es uns gelungen, ihn in die Irre zu führen. Er denkt, dass ich ein normaler Mensch bin, sucht aber nach einem Nachkommen der Selkiefraktion. Damit bin ich aus dem Rennen."

„Du hast Rohloff verarscht?", hakte Amber nach und grinste.

„Er hat's verdient", erwiderte Alec mit einem lässigen Schulterzucken, als wäre das, was er getan hatte, nicht der Rede wert.

„Wer hat die Hecke beschädigt?"

Kaum ausgesprochen ging ihr auf, dass sie die Frage über das ‚Wer' selbst beantwortet hatte. Jemand hatte sie verfolgt oder zumindest beobachtet, und derjenige hatte vermutlich auch den Durchschlupf entdeckt. Sie erinnerte sich an das Rascheln im Gestrüpp, als sie nachts in den Park geschlichen waren. Gleichzeitig dachte sie an ihre erste Nacht bei Isabel und das beklemmende Gefühl, dass jemand ihr Fenster beobachtete.

Mit ihrer Flucht aus dem Künstlerviertel hatte sie womöglich Rohloffs Absichten durchkreuzt; sich Amber bei der erstbesten Gelegenheit vorzuknöpfen. Inzwischen ergab einiges Sinn.

„Oh mein Gott. Er hatte uns die ganze Zeit über im Visier und du wusstest davon!"

Alec strich mit seinem Daumen sanft über die Rückseite ihrer Hand. „Ich habe es nur geahnt. Erst nachdem mir zwei seiner Leute an der Pforte auflauerten, war ich mir sicher."

Alec hielt ihrem misstrauischen Blick stand und zuckte nicht mit der Wimper. Seine Reaktion verriet ihn ebenso wie die Tatsache, dass er in seinem Bericht etwas Wesentliches ausgelassen hatte.

„Wenn sie dich dort erwartet haben und du sie rechtzeitig bemerkt hast, warum sah die Hecke aus, als hätte ein Kampf stattgefunden?"

„Ich dachte, du wärst in der Nähe", sagte er widerstrebend.

Es waren nicht nur diese wenigen Worte, die ihr einen Schauer über den Rücken jagten, sondern das, was er nicht erzählt hatte.

„Du kennst dich auf dem Grundstück aus und hättest sie mit Leichtigkeit abschütteln können. Stattdessen wolltest du mich warnen."

Ihre Stimme zitterte. Sie sprach hastig weiter, um es zu vertuschen. „Du hättest mir vertrauen können, weißt du“, flüsterte sie.

Alec nickte. Seine Augen waren wieder von einem dunklen Blau, das sie faszinierte.

„Du warst so verdammt unwissend. Du hattest keine Ahnung wer ich bin, noch, dass du einem Volk angehörst, das für die meisten nicht existiert. Hättest du mir geglaubt?“

Zaghaft schüttelte Amber den Kopf. Nein, das hätte sie nicht.

„Leute zu belauschen ist natürlich eine Möglichkeit, Dinge zu erfahren, die einen nichts angehen. Aber dann sollte man sich nicht erwischen lassen“, kommentierte er mit einer raschen Kopfbewegung in Richtung Ausgang.

Amber blickte verwundert zur Tür, die Mel gerade aufstieß: „Ja, schon gut. Eigentlich trifft das ja nicht auf mich zu. Alles, was du gesagt hast, wusste ich bereits. Mehr oder weniger“, rechtfertigte sich ihre Cousine mit ebenso geröteten Wangen wie Amber, die einen Moment lang dachte, Alec hätte auf ihre neueste Untugend angespielt.

„Kommt Madeleine nach? Nicht, dass wir uns dauernd wiederholen müssen“, bemerkte er trocken und zwinkerte Amber zu.

„Ne, die hilft Rosalie und Dora in der Küche. Ich erzähl‘s ihr später“, konterte Mel, wieder ganz die Alte.

Es fühlte sich seltsam an, dass Alec neben ihr auf dem Bett saß und Mel es sich wie selbstverständlich auf ihrem Rattanstuhl bequem machte. Eine erwartungsvolle Stille breitete sich aus. Unmerklich zuckte Amber mit den Schultern. „In Ordnung, fest steht, dass Rohloff jemanden sucht, der ihm offenbar gefährlich werden kann. Alle Welt weiß, dass er Dreck am Stecken hat. Also was denkt ihr wird er anstellen, um die Sache voranzutreiben? Vielleicht hat es gar nichts mit diesem Tâche zu tun? Wisst ihr, wann es stattfindet?“, richtete Amber das Wort an beide gleichermaßen.

Mel kam Alec zuvor, oder aber er ließ ihr den Vortritt: „In drei Tagen. Laut den Nachrichten, hat Rohloff heute Morgen einen Großteil seiner Leute aus der Innenstadt abgezogen. Entweder wird ihm die Sache zu heiß oder er hat etwas vor. So durchtrieben wie er ist, kann ich mir nicht vorstellen, dass er kalte Füße bekommen hat. Ach ja, ich soll dir von Rosalie ausrichten, dass dein Vater auf dem Weg hierher ist“, ergänzte Mel.

Amber schluckte. Sie hatte keine Ahnung, wie sie auf die plötzliche Heimkehr ihres Vaters reagieren sollte. Erleichterung, dass es ihm gut ging, vermischte sich mit dem mulmigen Gefühl, ihm in ihrem jetzigen Zustand zu begegnen. Sie war nicht bereit, ihn mit dem Wissen zu konfrontieren, das er sechzehn Jahre lang vor ihr geheim gehalten hatte. Alec sah ihr offenbar an, mit welchen zwiespältigen Gefühlen sie kämpfte. „Lass ihn wissen, dass du Bescheid weißt und gib ihm eine Chance. Er ist immerhin dein Vater.“ In seinen Augen lag ein sanfter Ausdruck, der es ihr erleichterte, eine Entscheidung zu treffen. „Das werde ich, versprochen. Aber erst muss ich etwas Dringendes erledigen. Wir sehen uns später.“

Es wäre besser gewesen, wenn sie geschwiegen oder zumindest erst an der Tür den Mund aufgemacht hätte. Sie hatte vergessen, wie schnell Alec war. Als er sich an ihr vorbeischob, den Ausgang blockierte und mit demonstrativ verschränkten Armen vor ihr stand, war es zu spät.

„Nicht so schnell. Was musst du denn gerade dringend erledigen?“

Er überragte sie um einen Kopf, sodass sie zu ihm aufschauen musste. „Seit wann bist du derart neugierig?“, mischte sich Mel unvermittelt ein. Sollte Amber dankbar für die unerwartete Unterstützung sein, oder eher argwöhnisch? Es sah Mel nicht ähnlich, sich gegen Alec zu stellen und zu Amber zu halten. Das Rattangeflecht ächzte, als Mel zur Verstärkung neben ihr Stellung bezog. „Schon mal von Frauensachen gehört, oder möchtest du gern am leidvollen, genetisch festgelegten Elend unserer Spezies teilhaben?", fragte Mel in einem Tonfall, der ihn davon abhielt nachzuhaken.

Sein hastiges Beiseitetreten kam einer Flucht gleich und Amber hatte Mühe, nicht laut loszulachen. Bevor er ihnen auf die Schliche kam, huschte sie dicht gefolgt von Mel durch die Tür. Nachdem sie ihre Cousine ins Büro ihres Vaters geschubst und leise die Tür hinter ihnen geschlossen hatte, konnte sie nicht mehr an sich halten. „Meine Güte, hast du sein Gesicht gesehen?", prustete sie los, während sie sich mit einer Hand an der Schreibtischkante abstützte.

Mel grinste. „Das funktioniert ausnahmslos. Solltest du dir merken." Mels Stimme verlor sich, als Amber den Schreibtisch umrundete. Sie blieb gezielt vor einem Gemälde stehen. Vorsichtig ergriff sie den Rahmen und ruckelte daran. Anschließend nahm sie das Porträt ihres Vaters herunter und stellte es an der Wand ab.

„Da ich dich eh nicht loswerde, degradiere ich dich zum Mittäter."

Wie nicht anders zu erwarten, blieb Mel und trat näher an den in die Wand eingelassenen Tresor heran. „Wow, wie blöd muss man sein, einen Tresor hinter einem Bild zu verstecken und zu glauben, dass niemand darauf kommt?"

„Ehrlich gesagt bin ich froh, dass ich das Büro nicht auf den Kopf stellen muss", murmelte Amber und überlegte, welche der drei wahrscheinlichsten Code-Kombinationen sie zuerst ausprobieren sollte.

„Sag nicht, dass du auch noch die Zahlenfolge kennst“, flüsterte Mel, die immer wieder zur Tür sah und zusammenzuckte, wenn sie ein Geräusch hörte.

Amber warf ihrer Cousine einen belustigten Blick zu. „Überleg mal. Wer versteckt einen Tresor dort, wo ein Einbrecher vermutlich als Erstes nachsehen würde?“

Da Mel ratlos mit den Schultern zuckte, drehte sich Amber wieder um, tippte eine Zahlenfolge ein und klärte Mel nebenbei auf. „Jemand, der keine Lust hat, sich über ein geeignetes Versteck oder einen kniffligen Code den Kopf zu zerbrechen.“

Enttäuscht ließ sie die Hand sinken, mit dieser Kombination lag sie daneben. Im Grunde hatte sie nicht geglaubt, auf Anhieb einen Volltreffer zu landen. Ihr Geburtsdatum einzugeben war dennoch naheliegend.

Mels warmer Atem streifte ihren Nacken und setzte einen Moment aus, als Amber einen erneuten Versuch wagte: dieses Mal mit dem Geburtsdatum ihres Vaters. Wieder schlug ihr Bemühen fehl und sie gab fürs Erste auf.

„Verdammt, ich war mir sicher, dass es, wenn nicht meines, sein Geburtsdatum ist.“

„Du weißt schon, dass wir nicht beliebig oft danebenliegen dürfen, bevor die Alarmanlage oder was auch immer angeht, oder?“, flüsterte Mel beunruhigt.

„Okay, okay, danke für den Hinweis. Keine Alarmanlage, aber eine elektronische Sperre, die ich nur mit einem Revisionsschlüssel aufheben kann.“

Mels überraschtem Gesichtsausdruck begegnete Amber mit Gelassenheit. „Ich habe mich mal mit meinem Vater über Tresore unterhalten, aber das ist lange her. “ Amber gönnte sich eine kurze Verschnaufpause. Ihre Nerven lagen blank. Sie konnte es zwar vor Mel verbergen, aber ihr war mulmig zumute. Sie versank fast im ausladenden Bürosessel ihres Vaters und wippte nachdenklich vor und zurück, während Mel sich an Ort und Stelle auf dem Boden niederließ und zu ihr aufsah.

„Was suchen wir eigentlich? Wenn ich mich in die Sache hineinziehen lasse, wüsste ich zumindest gern, um was es geht."

Es wäre ein Leichtes gewesen zu lügen und zu behaupten, dass sie nur ihre Geburtsurkunde näher in Augenschein nehmen wollte. In ihrer Familie musste es jemanden geben oder gegeben haben, der von einem Selkie abstammte, soviel war sicher. Sie hätte Rosalie darauf ansprechen sollen. Sie war allerdings nicht scharf darauf, zu erfahren, welche heißen Eisen ihre Großmutter in jungen Jahren im Feuer hatte.

Amber musste unbedingt an den Inhalt dieses verflixten Tresors gelangen. Sie wippte mit dem Fuß, der wenige Zentimeter über dem Boden schwebte. Getragen vom Eigengewicht schwang der Sessel noch einmal kurz nach und verblieb in der Ausgangsposition.

„Wenn jemand Unterlagen über dieses Tâche besitzt, dann mein Vater. Vielleicht finden wir Informationen über den Ablauf."

In Mels Augen blitzte es auf. „Natürlich, Menschenskind, ich glaube, ich kenn die Zahlenkombination! Sam und Dora haben sich Letztens über den Termin unterhalten. Ich habe nicht gelauscht, sondern es zufällig mitbekommen", fügte Mel hastig hinzu.

„Pst, du musst sie ja nicht gleich dem ganzen Haus mitteilen!", warnte Amber nervös und rutschte vom Sitz, der sich nach vorn verlagerte.

„Das Tâche findet am Comóradh statt. Du weißt schon, das ist der Tag, an dem wir der ersten Siedler gedenken. Die wenigsten wissen, dass die Insel lange vor der Besiedelung der Menschen bewohnt war. Ist auch egal … Also ist der 21. September ein magisches Datum. Noch die aktuelle Jahreszahl anhängen und wir haben eine achtstellige Kombination." Amber knabberte an ihrer Unterlippe. Was, wenn sie falsch lagen und der dritte Fehlversuch eine Blockade hervorrief, oder der Alarm ausgelöst wurde? Wenn sie es nicht durchzog, wäre die einzige Chance vertan, an Informationen zu gelangen. Ihrem Vater alles aus der Nase zu ziehen, dafür wären selbst drei Tage zu kurz. Entschlossen, es darauf ankommen zu lassen, nickte sie Mel zu. Beim Eintippen der Zahlen hielt sie den Atem an und behielt das blaue Display im Auge, dessen gleichbleibende Farbe die richtige Zahlenangabe bestätigte. Trotzdem war sie darauf gefasst, dass die Anzeige auf Rot wechselte. Nichts geschah, weder bei der ersten noch bei der letzten Eingabe.

„Wir haben es tatsächlich geschafft!“, hauchte Amber und musste sich zusammenreißen, Mel nicht um den Hals zu fallen. Dass ihre Cousine ebenso nervös war wie sie, verriet ihr blasses Gesicht, in das langsam wieder etwas Farbe zurückkehrte.

„Du siehst furchtbar aus“, konnte sich Amber nicht verkneifen und grinste, als Mel das Kompliment postwendend an sie zurückgab. Tatsächlich hatte Amber vor Anspannung feuchte Hände. Sie wischte sie an ihrer Jeans ab, bevor sie den metallenen Klappgriff packte und in Richtung Uhrzeigersinn drehte. Das Schließfach beherbergte eine unscheinbare Kassette, die glücklicherweise unverschlossen war. „Okay, schauen wir nach“, gab sich Amber einen Ruck. Jetzt, wo die erhofften Informationen zum Greifen nah waren, verstärkte sich ihr Unbehagen. Zuvor wild entschlossen, den Geheimnissen ihres Vaters auf den Grund zu gehen, spürte Amber nun Furcht aufsteigen. Ihre Hände zitterten plötzlich.

„Gib her, bevor du zusammenklappst“, übernahm Mel das Ruder und nahm ihr die Kassette ab. Amber wandte dem Tresor den Rücken zu. Sie wollte beim Anblick der Öffnung nicht daran erinnert werden, dass sie ihren Vater hinterging. Selbst wenn sie nicht vorgehabt hätte etwas zu stehlen, würde er für das

Ausspionieren seiner Privatdokumente kaum auf vermindertes Strafmaß plädieren – Taschengeld-Kürzung, Hausarrest oder beides standen zur Auswahl.

Mel schien keine solchen Gedanken zu hegen. Sie setzte sich hinter den Schreibtisch, klappte den Deckel der Kassette auf und entnahm einen großen weißen Umschlag, den sie vor sich auf die Arbeitsfläche legte.

„Möchtest du oder soll ich?", fragte sie.

Da Amber unschlüssig mit den Schultern zuckte, öffnete Mel kurzerhand den Umschlag. Zum Vorschein kam ein dünner Stapel dicht beschriebener, nach Datum sortierter Seiten.

Schweigend reichte Mel ihr die untere Hälfte des Stapels und vertiefte sich in ihren Teil der Familienchronik, die den Schriftzügen nach von unterschiedlichen Personen verfasst worden war. Gegen die Wand gelehnt nahm Amber das erste Dokument in Augenschein. Ein weiblicher und ein männlicher Name standen zuoberst. Den beigefügten Abstammungsurkunden nach waren beide Personen zum Zeitpunkt des letzten Tâche sechzehn Jahre alt gewesen und auf Aberness geboren; Bartholomäus Rohloff und Malvina Mackenzie. Amber kannte nur eine männliche Person mit diesem Vornamen: Gregors Großvater, der vor vielen Jahren gestorben war. Der Frauenname war Amber ebenfalls bekannt. Sie hatte ihn vor weniger als einer Woche gehört, als sie das Telefongespräch ihres Vaters belauscht hatte.

Unter den beiden Urkunden befand sich eine handschriftliche Aufstellung der geladenen Gäste des Tâche. Jemand hatte in Klammern den jeweiligen Status hinzugefügt. Die Liste umfasste an die 50 Personen, die anscheinend allesamt von Hexen oder Selkies abstammten. Zumindest deuteten die Kürzel – H. und S. – darauf hin. Was die Häkchen hinter den Namen bedeuteten, entzog sich Ambers Kenntnis.

Sie war enttäuscht. Sie hatte auf eine Zusammenfassung der Prüfungsergebnisse gehofft. Im unteren, kurz gehaltenen Absatz stand ein Hinweis, dass beide Teilnehmer an der ihnen gestellten Aufgabe gescheitert waren. Zudem fand sie die Kopie einer Ausreisegenehmigung, die auf den Namen Malvina Mackenzie ausgestellt worden war – nur wenige Tage, nachdem das mysteriöse Tâche stattgefunden hatte. Das Rascheln von Papier setzte aus, als Amber zeitgleich mit Mel zur geschlossenen Tür schaute. Schritte erklangen und die aufgeregten Stimmen ihrer Großmutter und Dora ertönten. Diese waren jedoch schon bald außer Hörweite.

„War ja klar, dass sich die Erwachsenen auf so engem Raum irgendwann anzicken", murmelte Mel und steckte ihre Nase wieder in die Unterlagen. Amber runzelte die Stirn. Weshalb war Rosalie so außer sich und warum war Dora, die normalerweise recht ruhig war, derart ungehalten? Amber hatte es nicht hören können. Erst war Amber diejenige, die aufgebracht war, dann Alec und jetzt Dora. Offenbar hatten die Aufstände und die damit einhergehende Anspannung nicht vor der Haustür haltgemacht. Es schien, als würden die Unruhen wie zäher Schleim durch die dicken Mauern sickern. Als würde er auf die Bewohner und den Besuch übergreifen und an ihnen haftenbleiben, ohne dass es jemand bemerkte. Etwas Seltsames ging vor und es hatte nichts damit zu tun, was sich innerhalb der Stadt abspielte. Amber angelte in ihrer Hosentasche nach der Rolle Drops und schob sich hastig ein Bonbon in den Mund, obwohl noch keine vier Stunden vergangen waren. Vorsicht war besser als ihr Versäumnis am Ende ausbaden zu müssen.

Milder Kirschgeschmack füllte ihren Mund aus. Wieder einmal war sie Alec für seinen Weitblick dankbar. Ein Seitenblick auf ihre Cousine, und Amber vertiefte sich erneut in die Aufzeichnungen. Sie arbeitete sich bis zur letzten Seite durch, die mehrere Jahrhunderte umfasste. Ebenso ratlos wie zuvor, ließ sie den letzten Bogen Papier sinken und dachte über das nach, was sie herausgefunden hatte. Ihre Zuversicht, Informationen über die Prüfung zu erhalten, war dahin. Niemand der bisherigen Teilnehmerpaare hatte den Wettstreit gewonnen und einige von ihnen hatten Aberness danach verlassen. Wer würde in diesem Jahr das große Los ziehen? Welches Paar focht einen scheinbar aussichtslosen Kampf gegen die Fehde zweier Völker aus? Ein Tauziehen, das lange vor Malvinas und Bartholomäus Geburt seinen Anfang genommen hatte.

Alarmiert sah Amber zu Mel hinüber, die sich ungewöhnlich still verhielt. Das letzte Mal, dass Amber aus ihrer Richtung ein Rascheln vernommen hatte, lag mehrere Minuten zurück und noch immer starrte ihre Cousine auf ein und dasselbe Dokument.

„Mel?“, wisperte Amber beunruhigt.

Ihre Cousine reagierte nicht und so blieb ihr nichts anderes übrig, als aufzustehen und nachzusehen. Mit einem komischen Gefühl in der Magengegend trat sie hinter den Sessel. Amber schaute über Mels Schulter hinweg auf das Papier, das nicht vergilbt war, sondern aussah, als käme es geradewegs aus einem Schreibwarengeschäft. Amber erkannte die steile Schrift des Gouverneurs. Entsetzt starrte sie auf die Namen in der obersten Zeile: Amber Wellington und Gregor Rohloff. „Was hat das zu bedeuten?“, flüsterte sie entgeistert, obwohl sie die Antwort bereits kannte. Ihre zittrige Stimme dicht an Mels Ohr, schien diese aufzurütteln.

„Ich versteh‘s auch nicht. Du stehst auf der Seite der Hexen, dieser Junge bei den Selkies. Hat Alec nicht etwas über die direkten Nachkommen aus den Gründungsfamilien geschwafelt? Tja, sieht aus, als hätten wir sie gefunden. Der Gouverneur von Aberness gehört der Hexenzunft an und sein Widersacher ist offenbar nicht nur im Wahlkampf ein ernstzunehmender Gegner."

Ambers Gedanken überschlugen sich. Wenn von vornherein feststand, dass sie in diesem Jahr mit Gregor an dieser seltsamen Prüfung teilnehmen sollte, wieso hatte ihr Vater nie davon gesprochen? Sie nicht darüber aufgeklärt, dass ihre Familie einem mystischen Volk angehörte? Warum setzte ihr Vater ebenso wie Rosalie voraus, dass sie sich allen Entscheidungen fügte?

Die Antwort lag auf der Hand. Bis vor wenigen Wochen hatte sie meistens getan, was beide von ihr erwarteten, und darauf vertraut, dass ihr Vater ebenso wie ihre Großmutter das Beste für sie im Sinn hatten. Die Vorschriften waren oft lästig gewesen, jedoch nie beängstigend. Wie das Tâche in all das passte, war ihr schleierhaft. „Jetzt wird mir klar, weshalb Sabrina und nicht ich die Hauptrolle in dem Theaterstück bekommen hat", murmelte sie gedankenverloren.

„Was für ein Theater?", hakte Mel nach, nahm ihr das Schriftstück aus der Hand, schob es zurück und klatschte den Umschlag auf die Tischplatte.

„Hallo, lass dir nicht alles aus der Nase ziehen! Was für ein Theaterstück?" Amber riss sich zusammen. Wenn sie nicht aufpasste, würde sie vollends in Panik geraten und kein Wort mehr herausbringen. „Ein paar aus unserem Jahrgang wurden für ein Bühnenstück ausgewählt, das im Ozean-Life vorgeführt werden soll."

„Meinst du, es könnte sich um das Tâche handeln?", kam Mel ihr zuvor.

„Nun ja, es könnte passen. Viele aus meiner Klasse wollen dabei sein und erfahren, was es mit dem Gerücht einer internen Veranstaltung auf sich hat. Ich hatte mich mit meiner Freundin als eine der Ersten in die Liste eingetragen und sogar vorgesprochen, wurde aber nicht genommen. Also habe ich unseren Lehrer gefragt, ob ein anderer Part zu vergeben wäre, hatte aber das Gefühl, dass er mir ausweicht."

Sie senkte die Stimme. „Er sagte, dass alle Rollen besetzt sind. Meine Freundin hat sich aber erst danach bereit erklärt, die der Lady MacBeth zu übernehmen. Erst da wurde mir klar, dass mich der Lehrer belogen hat."

Offenbar war alles ein abgekartetes Spiel, in das mehr Leute involviert waren, als sie sich je hätte vorstellen können. Das beklemmende Gefühl, in etwas hineingezogen zu werden und sich nicht dagegen wehren zu können, verstärkte sich zusehends. Dass ihr Vater Pläne für ihre Zukunft schmiedete, war nichts Neues. Würde er so weit gehen und sich in die Belange der Schule einmischen, um Ambers Aktivitäten zu kontrollieren? Offenbar ging es um weit mehr als die Zukunftspläne eines Vaters für sein einziges Kind. Amber fühlte sich hintergangen. Bevor Mel den Umschlag in das Schließfach zurücklegen konnte, riss Amber ihn ihr aus der Hand. Hastig zog sie das oberste Blatt heraus. Sie ließ ihren Blick über die Zeilen gleiten und hielt inne.

Amber Wellington, Vater Charles Wellington, Mutter Isabel Wellington.

Keine Ahnentafel wie bei den anderen, nur ein schlichter Absatz. Allerdings war eine Kopie ihrer Geburtsurkunde an das Blatt geheftet. Ihr Vater stammte ebenso wie Isabel und Dora von Hexen ab. Das anscheinend nachträglich hinzugefügte Kürzel H. hinter seinem Namen war der Beweis. Amber tippte mit dem Zeigefinger auf den Buchstaben, brachte jedoch keinen Ton heraus.

„Verdammt, wie kann das sein? Wo, bitte schön, kommt dein Selkiegedöns her?", flüsterte Mel überrascht, die endlich begriffen hatte, was Amber verstörte.

„Lass uns verschwinden, mir reicht's!", flüsterte Amber und schnappte sich den Umschlag. Durch die aufsteigenden Tränen sah sie verschwommen und wischte sich mit dem Handrücken über die Augen. Am Morgen hatte sie daran geglaubt, dass sich ihr aus dem Ruder gelaufenes Leben wieder einrenken ließ. Jetzt sah alles danach aus, als befände sie sich vor einem Abgrund, über den keine Brücke und kein Steg sicher auf die andere Seite führten.

„Tut mir echt leid", entgegnete Mel leise und Amber glaubte ihr sogar. Nachdem die Kassette im Schließfach und das Porträt wieder an Ort und Stelle waren, schlichen sie aus dem Büro. Die gedämpften Stimmen aus dem Wohnzimmer ließ Amber außer Acht. Sie huschte die Treppe hinauf und verschwand in ihrem Zimmer. Dass Mel ihr dicht auf den Fersen blieb, war lästig, aber verständlich. Sie nahm es für den Moment als gegeben hin. In ihrer Unachtsamkeit hätte sie ihrer Cousine aber fast die Tür vor der Nase zugeschlagen. „Pass doch auf! Komm schon, wir sollten darüber reden", drängte sie sich Amber auf, die keinen Nerv auf ein tiefgründiges Gespräch mit ihrer Lieblingscousine hatte. Stattdessen warf sie sich bäuchlings auf das Bett, zog eines der Kissen zu sich und vergrub den Kopf darin. „Na, dann stell dich an", murmelte sie aufgewühlt. Mel ließ nicht locker und setzte sich auf die Bettkante. „Wir sollten es wenigstens Alec und Madeleine erzählen. Vielleicht weiß jemand von denen, was das zu bedeuten hat. Kann ja sein, oder?"

Mel hatte jegliche Kratzbürstigkeit verloren. Das Ambers Vorhaben nicht im Ansatz gescheitert war, hatte sie allein ihr zu verdanken. Ihre Cousine schien ebenso verwirrt wie Amber sich fühlte. Außerdem war sie froh, wenigstens eine Verbündete zu haben – selbst wenn es ausgerechnet die Person war, von der sie es am wenigsten erwartet hatte. Konnte sie einem Erwachsenen noch Glauben schenken? Ihren neuen Freunden zu vertrauen, fiel ihr schwer genug, schien aber unvermeidlich. Madeleine hatte sich ihr gegenüber immer fair und aufrichtig verhalten. Alec war ein Thema für sich. Er war nicht leicht zu durchschauen, strahlte jedoch eine Bodenständigkeit aus, die ihr ein gewisses Maß an Sicherheit gab. Außerdem versuchte er ihr dabei zu helfen, ihr unerwartetes Erbe in den Griff zu bekommen. Boje und Elek, beide nett auf ihre spezielle Art, waren leider abwesend. Mel hatte sie immerhin nicht umgehend an Rosalie verraten. Es sah aus, als wären die Freunde auf ihrer Seite. Amber musste jedoch auf Nummer sicher gehen. „Ihr wusstet von Sam, worauf Rohloff abzielt. Wieso hat mir das niemand erzählt? Warum vertraute sich Alec dir und nicht mir an?"

Dass Alec in der Tür stand und den Platz mit Mel tauschte, bemerkte sie erst, als er anstelle ihrer Cousine antwortete: „Wie hättest du reagiert, wenn du gewusst hättest, dass sie mich in einen Zuber mit Salzwasser steckten, um herauszufinden, welchem Volk ich angehöre?"

Amber schwieg. Sie wusste es nicht und Alec schien keine Antwort zu erwarten.

„Mithilfe der Salbe konnte ich sie an der Nase herumführen. Aber Rohloff wollte erfahren, in welcher Beziehung ich zu dir und deinem Vater stehe. Ich habe ihm nichts verraten." Beim Klang seiner Stimme zog Amber den Kopf unter dem Kissen hervor. Alec trug ein weißes Shirt, eine zerknitterte Jeans und war barfuß; vermutlich war das der Grund, warum sie ihn nicht hatte kommen hörn. Seine Haare klebten ihm feucht in der Stirn. Sie verliehen ihm ein jungenhaftes Aussehen, das so gar nicht zu seiner zornigen Stimme passte.

Während Mel und Amber ins Büro ihres Vaters eingedrungen waren, hatte er offenbar ein paar Runden im Pool gedreht – in Gesellschaft von Madeleine, die gerade das Zimmer betrat. Sie trug ein schlichtes Trägerkleid und hatte ein Handtuch um den Kopf gewickelt. Überrascht schaute sie von einem zum anderen.

„Was ist denn los? Hab ich etwas verpasst?"

„Vielleicht setzt du dich erst mal“, entgegnete Mel und klopfte einladend neben sich auf den Schreibtisch, den sie als Sitzplatz auserkoren hatte. Alecs dunkler gewordene Augen ruhten weiterhin auf Amber, die sein Bekenntnis erst einmal verdauen musste. Alec hatte sich bei dem Versuch, sie zu schützen, bereits vorbereitet. Geschützt durch Rosalies Salbe konnte ihm das salzhaltige Wasser nicht viel anhaben. Anstatt ihn laufen zu lassen, hatte Rohloff die Chance genutzt, um mehr über Amber zu erfahren. Ihretwegen hatte Alec Prügel bezogen. Sie konnte die Tränen nicht länger zurückhalten und senkte hastig den Kopf. Er wollte nicht bemitleidet werden. Ihr Entsetzen über diese schändliche Tat wurde von einem anderen Gefühl überlagert. Alec hatte in der Vergangenheit nicht mit ihr gespielt. Sie hatte ihm so viel bedeutet, dass er sich ihretwegen sogar in die Mangel nehmen ließ.

„Es ist okay. Glaub mir, wir finden eine Lösung“, murmelte er und hob sanft ihr Kinn an. In diesem Moment, in dem ihre Blicke aufeinandertrafen und er sich zu ihr beugte, sehnte sie seinen Kuss herbei. Sie erwiderte ihn vorbehaltlos und vergaß, dass sie nicht allein waren. Die Sekunden zogen sich in die Länge. Etwas fehlte allerdings. Das Prickeln – angenehm, wenn Alec es hervorrief, unangenehm, wenn es einfach so passierte – war verschwunden. Aus der Ferne drang ein Hüsteln zu ihr durch. Wieder halbwegs bei klarem Verstand, tauschte sie mit Alec einen letzten Kuss und löste sich bedauernd aus seiner Umarmung.

„Sag bitte nicht, du bist schwanger“, rief Madeleine, die die Situation verkannte. Ihre Ahnungslosigkeit löste befreiendes Gelächter aus. Obwohl es Amber schwerfiel, setzte sie Alec und Madeleine über das, was sie herausgefunden hatten, in Kenntnis. Ohne Punkt und Komma wiederholte sie das Gespräch, das sie mit ihrer Großmutter geführt hatte, und ging anschließend übergangslos zum Öffnen des Tresors über. Wenn sie ins Stocken geriet, übernahm Mel wie selbstverständlich.

„Damit wäre die Frage geklärt, ob mein Vater über Selkies und Hexen Bescheid weiß", endete Amber. Alec fuhr sich durch das zerzauste Haar – und das nicht zum ersten Mal innerhalb der letzten halben Stunde. Er schien ebenso ratlos wie sie. Dennoch wartete sie darauf, dass er eine Lösung parat hatte. Irgendetwas aus dem Hut zu zaubern war besser, als tatenlos die Hände in den Schoss zu legen. Amber wollte nicht warten, bis die dunkle Wolke über ihrem Kopf sich von allein verzog – oder ihre Schleusen öffnete und sie eiskalt im Regen stehen ließ.

Madeleine rutschte unruhig auf der Tischplatte herum. Ihr Gesicht spiegelte sehr deutlich das Unbehagen wieder, das alle erfasst hatte.

Das Geräusch eines vorfahrenden Fahrzeugs zerriss den Schleier des Schweigens. Es wirkte wie ein Startschuss. Gleichzeitig hasteten sie zum Fenster und warfen einen Blick auf die darunterliegende Einfahrt.

Obwohl Amber mit Verspätung reagierte, musste sie sich nicht an vorderste Front durchdrängeln. Alec machte ihr Platz, damit sie beobachten konnte, wie Gero das Fahrzeug umrundete, die Beifahrertür öffnete und Charles ein Paar Krücken reichte. Amber zuckte erschrocken zusammen. Ihr Vater schien um Jahre gealtert. Seine Bewegungen wirkten hölzern und kraftlos. Er war nicht allein. Als wäre das Haus nicht mit Gästen überfüllt, gesellte sich ein weiterer hinzu. Ihre Erscheinung machte Amber neugierig und rückte den erschreckenden Anblick ihres Vaters in den Hintergrund. Ein erdfarbenes Gewand war das Erste, was sie von der alten Frau sah. Eine ausladende Kapuze verbarg ihr Gesicht. Ihr Anblick löste bei Amber heftiges Herzklopfen aus, obwohl sie ihr nie zuvor begegnet war. Ihrem hohen Alter zum Trotz schlug sie Sams Hilfe aus, der ihr beim Aussteigen galant die Hand reichte. Amber war weder auf den Anblick ihres Vaters noch auf die furchteinflößende alte Frau vorbereitet.

„Ihrem Aussehen nach könnte sie Edmonds Kuriositäten entsprungen sein", kicherte Amber. Ohne erkennbaren Grund wurde sie zunehmend nervöser. Die Fremde ließ ihren stechenden Blick in Richtung Fenster über die Fassade gleiten. Ihre Schritte wirbelten den Kies auf und übertönten jedes Geräusch. Amber beschlich dennoch das Gefühl, ertappt worden zu sein. Automatisch trat sie einen Schritt zurück, der sie direkt in Alecs Arme beförderte.

„Habt ihr eine Ahnung, wer die alte Frau ist?", fragte sie misstrauisch in die Runde.

Alec zog sie enger an sich und warf den Zwillingen einen mitleidigen Seitenblick zu. „Jetzt fehlt nur noch Isabel und die Familienzusammenführung ist komplett", kommentierte er trocken.

„Dich zu sehen genügt vollkommen, obwohl du ja nicht direkt zur Familie gehörst", konterte Mel, die sich offenbar von ihrem Schreck erholt hatte und es mit ihm aufnehmen wollte.

Obwohl sie nicht wusste, worüber die beiden redeten, erschauderte Amber. Unwillkürlich schmiegte sie sich an Alec, was ihm zu gefallen schien.

„Du kannst dir nicht ansatzweise vorstellen, was sie mit dir anstellt, wenn sie herausfindet, dass du mit Amber angebändelt hast", fügte Mel hinzu, als wäre die Situation nicht kompliziert genug.

Alecs warmer Atem streifte Ambers Wange. „Wenn du es sagst. Sam versorgt mich mit so vielen skurrilen Geschichten, dass ich sie mir nicht alle merken kann", entgegnete er in einem Anflug von Humor und erntete von Madeleine vorwurfsvolle Blicke. „Kommt schon, ihr kennt sie auch nicht wirklich. Einmal im

Jahr vom Festland herüberzuschippern macht keine Familie aus. Ich sag nur, was wir alle denken. Edmond erzählt für sein Leben gern Geschichten und Sam steht ihm in nichts nach. Wer weiß so genau, welche wahr sind und welche erfunden?", versuchte er die angespannte Atmosphäre zu entschärfen.

Alecs Bemühung, die bedrückte Stimmung aufzulockern, Mels Sarkasmus und Madeleine, die sich beunruhigt eine Haarsträhne aus dem Gesicht strich – das alles deutete darauf hin, dass ihre Freunde wussten, um wen es sich bei dem Gast handelte.

„Dora hätte uns vorwarnen müssen. Rosalie und Malvina unter einem Dach, na super!", motzte Mel und setzte sich auf den Schreibtischstuhl.

Alec stand hinter Amber und legte schützend die Arme um sie. Bei der Erwähnung des Namens warf sie erschrocken einen Blick Richtung Fenster.

„Wie, was?", fragte sie irritiert und wandte sich an Madeleine, da Mel die Nase rümpfte und keine Anstalten machte, irgendetwas aufzuklären.

„Eure entzückende Groß...", murmelte Alec undeutlich.

Amber hatte genug von der Geheimniskrämerei und löste sich aus seiner Umarmung. „Okay, verstanden. Euch allen hat es die Sprache verschlagen. Wunder gibt es immer wieder. Kein Problem, ich frage einfach Rosalie."

Sie wollte die Zwillinge aus der Reserve locken. Damit, dass plötzlich alle durcheinanderredeten, hatte sie nicht gerechnet.

„Rosalie und Malvina sind sich nicht grün. Mach, was du willst, aber beschwer dich hinterher nicht, wir hätten dich nicht gewarnt!" Dieser Spruch kam von Mel, die sich intensiv mit den Schnürsenkeln ihrer Sneakers beschäftigte. Am Ende war es Alec, der für Ruhe sorgte und sie aufklärte: „Malvina ist deine, eure, Großmutter mütterlicherseits."

„Amber, kommst du bitte runter, um deinen Vater und unseren Gast zu begrüßen? Bring die Mädchen mit!“, rief Rosalie in diesem Moment aus dem Erdgeschoss. Sie klang gereizt, als würde sie keine Einwände dulden. Die Zwillinge tauschten Blicke aus, die Amber nicht einordnen konnte.

„Du bist die Ältere“, sagte Mel, in der Absicht, ihrer Schwester den Vortritt zu lassen.

„Aber du bist größer und kannst es deshalb besser mit ihr aufnehmen“, argumentierte Madeleine, die sich allerdings geschlagen gab, als Mel nicht reagierte. „Schon gut, ich mach's. Aber du bist mir etwas schuldig!“, zischte sie und marschierte hoch erhobenen Hauptes an ihrer Schwester vorbei, die ihr mit ein wenig Abstand folgte.

„Was war denn das?“, fragte Amber.

„Ich schätze das Übliche. Lass dich bloß nicht von Malvina ins Boxhorn jagen“, warnte Alec, der bereits an der Tür war und Amber einladend die Hand hinhielt.

So gerne sie sein Angebot angenommen hätte, es wäre kein guter Einstieg, wenn sie Hand in Hand mit einem Jungen aus der Selkiefraktion einer Hexe gegenübertrat, die noch dazu ihre unbekannte Großmutter war.

Kapitel 32

Amber ging neben Alec die Treppe hinunter. Es kam ihr vor, als wäre sie nicht in ihr ruhiges Zuhause zurückgekehrt, sondern mitten in einen Hexenkessel geraten. Mit Ausnahme von Sam, Alec und ihr stammten alle in diesem Haus offenbar von Hexen ab. Ein merkwürdiger Gedanke, der dennoch tröstlich war. Zumindest waren Alec und sie nicht mehr die einzigen Freaks. Unten angekommen, hörte sie aus dem Wohnzimmer Rosalies zornige Stimme. Es klang, als verlief das erste Aufeinandertreffen der beiden alten Frauen nicht gut. Amber blieb unschlüssig auf der Schwelle stehen und verhielt sich ruhig. Sie ließ ihren Blick über die Anwesenden gleiten. Dora stand ein wenig abseits und verfolgte den Streit, der in die zweite Runde ging. Malvinas von tiefen Furchen durchzogenes spitzes Gesicht wirkte furchteinflößend. Sie lieferte sich mit Rosalie einen Schlagabtausch. Es war jedoch etwas anderes, das Amber verunsicherte. So alt und gebrechlich die Fremde wirkte, von ihr ging eine Autorität aus, die den Raum bis in den letzten Winkel auszufüllen schien. Dass Rosalie es dennoch mit Malvina aufnahm, das wiederum überraschte Amber nicht im Geringsten. Die Atmosphäre im Raum war aufgeheizt. Von der Gastfreundschaft, auf die Rosalie normalerweise besonderen Wert legte, war kaum etwas zu spüren.

Keine der beiden hatte ihr Auftauchen bemerkt. Deshalb drückte sie sich seitlich hinter den Zwillingen vorbei. Während Mel genervt aussah, schenkte Madeleine ihr ein verunglücktes Lächeln. Die Zwillinge nutzten ebenfalls die Gunst des unbeobachteten Moments und wechselten unauffällig zu ihrer Mutter. Amber hatte Alec gebeten, sie nicht weiter zu begleiten.

Sie bereute bereits, dass sie ihn an der Tür zum Wohnzimmer stehengelassen hatte.

„War ich nicht diejenige, die das Kind aufgezogen hat? Es wäre meine Aufgabe gewesen, die Kleine in die Mysterien einzuführen. Dieser Junge gehört nicht zu uns, sondern zu ih...“, schnappte Amber auf.

Instinktiv hielt sie den Atem an, als Malvina Rosalie ins Wort fiel: „So wie es aussieht, gehört er zu ihr. Letzten Endes wird es auf dasselbe hinauslaufen. Die Wahl liegt nicht bei uns, sondern einzig bei ihnen. Denk in Ruhe darüber nach!“

Der Anblick ihres Vaters bot ihr eine willkommene Zuflucht. Charles schenkte Amber ein erschöpftes Lächeln und bat sie mit einer Geste, neben sich auf dem Sofa Platz zu nehmen. Dass ihr Vater besorgniserregend blass war und unter seinen Augen dunkle Ringe lagen, als hätte er seit Tagen nicht ausreichend geschlafen, weckte ihr Mitgefühl – etwas, das sie ihm gegenüber noch nie empfunden hatte. Amber lehnte seine eisernen Prinzipien kategorisch ab. Seine Bemühungen, sie mit Gregor zusammenzubringen, hatten sie dagegen belustigt. Die Gedankengänge ihres Vaters waren ihr vertraut. Was sich in schweigenden Einvernehmen zwischen ihnen abspielte, war jedoch komplett anders. Zum ersten Mal hatte sie das Gefühl, dass er sie sah, wie sie tatsächlich war: momentan verwirrt, verletzlich und mit der Situation überfordert.

Der Funken der Erkenntnis schoss wie ein Stromschlag durch Ambers Körper. Vielleicht hatte ihr Vater nach Hinweisen dafür gesucht, dass sie nicht seine Tochter war. Wie entsetzt musste er gewesen sein, als er erkannt hatte, dass sie hinsichtlich ihres Charakters und ihrer genetischen Veranlagung, anders war als er. Amber zögerte, bevor sie seine Hand nahm. „Keine Sorge, mir geht es gut. Ich habe gehört, was Edmond getan hat. Das bringen wir im Handumdrehen wieder in Ordnung“, flüsterte er ihr zu. Er war nie ein Mann vieler Worte gewesen und noch weniger jemand, der offen seine Gefühle zeigte. Dass er es jetzt tat, verriet, dass er verstand, was in ihr vorging.

„Es tut mir leid", stammelte sie und verstummte, da sie nicht wusste, was er von ihr erwartete.

„Wenn sich jemand entschuldigen muss, bin ich das. Ich dachte, es bliebe noch Zeit um dich in das Geheimnis von Aberness einzuweihen. Ich dachte, du wärst zu jung, zu unschuldig, um zu begreifen, wie wichtig du für uns alle bist. Wenn es nach mir ginge, würdest du nicht an dieser Prüfung teilnehmen. Aber der Unfall hat mir gezeigt, dass es gleichgültig ist, was Rohloff oder ich möchten."

„Wie kannst du ihn verteidigen, nach allem, was er dir angetan hat?", stieß Amber hervor. Sie ignorierte, dass sie ihre Stimme hob und registrierte, wie Malvina sie mit durchdringendem Blick musterte, bevor sich ihre Aufmerksamkeit auf jemanden richtete, der sich hinter Amber befand.

„Ihr beherbergt seinen Sohn unter eurem Dach. Das hatte ich nicht erwartet."

Malvinas Stimme erinnerte Amber an das Krächzen eines Raben. Die Worte der Alten trieften vor Abscheu und weckten in Amber das Bedürfnis, Alec vor dieser Anfeindung zu schützen. Er schlenderte jedoch auf Malvina zu und verbeugte sich auf eine Art und Weise, die Hochachtung oder aber Verhöhnung ausdrückte. „Seid gegrüßt. Ich komme in Vertretung meines leiblichen Vaters", fügte er nach kurzem Zögern und einem schnellen Seitenblick auf Amber hinzu, die ihn fassungslos anstarrte. Soweit sie wusste, kannte er seinen leiblichen Vater nicht.

Edmond war sein Ziehvater und Sam nannte er Bruder. Alecs Stimme klang nicht wütend, eher amüsiert, was ihr weitere Rätsel aufgab.

Malvinas verkniffener Gesichtsausdruck ließ sein Verhalten umso seltsamer erscheinen. Alec hatte den Worten der alten Frau durch sein selbstbewusstes Auftreten die Spitze genommen. Das schien ihr nicht entgangen zu sein und schürte offenbar ihren Unmut. „Ach ja? Dann hast du dich mehr, als nur im Haus geirrt. Euresgleichen findet sich im Hafenviertel.“

„Wenn das so ist, verabschiede ich mich an dieser Stelle. Amber, kommst du? Wir sind nicht länger erwünscht.“

Die Stille im Raum war betäubend.

Alle Blicke ruhten auf Amber, als müsste sie sich an Ort und Stelle zwischen ihrer Familie und Alec entscheiden – was sie in Erwägung zog. Warum wurde von ihr überhaupt erwartet, dass sie eine Entscheidung traf, die ihrem Gefühl nach einem Urteil gleichkam? Ihr fielen Rosalies Worte über die gemeinsamen Nachkommen beider Völker und das Tauziehen um deren endgültige Zugehörigkeit ein. Barg sie, wie ihre Großmutter angedeutet hatte, tatsächlich beide Möglichkeiten in sich? Amber spürte, wie ihr die Kontrolle entglitt. Zorn stieg auf, trübte ihren Blick und ihre Gedanken.

Bloß ein Schritt in die richtige Richtung – oder eben in die Falsche. Sie konnte, nein, wollte sich nicht entscheiden.

„Geh zu ihr“, raunte Alec so dicht an ihrem Ohr, dass lediglich sie es hören konnte. Fassungslos, dass er ihr Zögern falsch interpretierte, klammerte sie sich an seinen Arm. Mit sanfter Gewalt löste er ihre Hand und trat einen Schritt zurück.

Sie blieb, wo sie war.

Durch den sich lichtenden Schleier musste sie zusehen, wie Malvina sie ins Visier nahm. Für Amber verkörperte die alte Frau das Sinnbild einer Hexe. Der intensive Geruch nach feuchter Erde, der Malvinas Kleidung anhaftete, kitzelte Amber in der Nase. Sie konnte nicht anders als diese zu rümpfen. Der sie erfassende Ekel war unbeschreiblich. Automatisch wich sie zurück. Ihr Blick klärte sich zwischen zwei Atemzügen. Malvina musterte sie mit dunkelbraunen Augen von Kopf bis Fuß – als wäre sie ein Pferd, das ein Käufer auf dem Markt begutachtete. Sie war nicht darauf gefasst, dass die Alte ihre Hände packte und ihr so nah kam, dass sich fast ihre Nasenspitzen berührten.

„Sieh mich an! Ich beiße nicht."

Verunsichert über die plötzlich sanfte Stimme folgte Amber der Bitte und zuckte überrascht zusammen. Von Weitem war Malvinas Augenfarbe schlammbraun. Nahe genug, um die Struktur der Iriden erkennen zu können, entdeckte Amber ihren Irrtum. Eines der Augen war braun, das andere braunblau marmoriert. Um nicht aufdringlich zu erscheinen, blickte sie hastig zur Seite. Sie schaute verwirrt in die schweigsame Runde, die die erste Begegnung zwischen Großmutter und Enkelin interessiert mitverfolgte.

Dora, Rosalie, die Zwillinge, selbst ihr Vater wirkten wie Zuschauer in einem Theaterstück, dessen Ende offen war. Aus den Augenwinkeln bemerkte Amber, wie Dora einen Schritt auf sie zutrat und von Rosalie zurückgehalten wurde.

„Sie hat die Probe bestanden. Hoffen wir, dass sie auch diejenige ist und das Band, das einst zerriss, erneuern wird. Es bleiben nur wenige Tage der Vorbereitung. Erst wenn sie uns angehört, wird sie ihre Aufgabe erfüllen können. Der Schaden, den Edmond angerichtet hat, lässt sich beheben, aber uns bleibt wenig Zeit."

Die Worte hingen in der Luft und tropften wie flüssiges Blei auf Amber. Mit allem hatte sie gerechnet: dass Malvina sie ob ihrer Zuneigung zu Alec tadelte. Dass sie sie anklagte, weil sie sich nicht zu ihrer Familie bekannte. All das hätte sie weniger getroffen als Malvinas tatsächlichen Worte. Sie deuteten darauf hin, dass es nicht zu spät war, ihren Zustand rückgängig zu machen. Wenn es ein Mittel zur Umkehr gab, würde Amber auf die Seite der Hexen wechseln. Dann würde sie Alec für immer verlieren. Allein der Gedanke an diesen Verlust war unerträglich. Die Möglichkeit, dass sie dieses Tâche bestand und den Fluch brach, schien ihr zudem zweifelhaft.

Malvinas provokatives Auftreten Alec gegenüber und die Zurückhaltung ihrer Familie, verrieten Amber, dass es einzig darum ging, herauszufinden, wie sie zu ihrem Freund stand. Vermutlich waren alle eingeweiht.

Erst jetzt ging ihr auf, dass ihr Freund sich ebenfalls seltsam verhalten hatte. Hinter Alecs Aufforderung auf seine Seite zu wechseln, hatte mehr gesteckt, als sein Wunsch sie möge ihn begleiten. Er hatte das makabre Spiel, wenn nicht unterstützt, so doch mitgespielt. Empört drehte sie sich zu Alec um. Er begegnete ihrem anklagenden Blick als Einziger offen und wich ihr nicht aus.

„Wie lange wusstest du Bescheid?", fragte sie.

„Dass du beide Gene, das der Selkies und das der Hexen, besitzt? Oder was Malvina vorhatte?", fragte Alec. Nach einer kurzen Pause fügte er erklärend hinzu; „Sie und Edmond sind seit Langem gute Freunde. Beziehungen zwischen einem Selkie - und einem Nachkommen der Hexen sind mitunter kompliziert. Es lag auf der Hand, dass sie mich herausfordert."

„Und damit indirekt auch mich", raunte Amber benommen.

Eigentlich hätte sie auf Alec wütend sein müssen, weil er sie nicht vorgewarnt hatte. Er war aber, ebenso wie sie, zum Spielball der Ereignisse geworden. Im Hinblick auf das Tâche wollten die Erwachsenen offenbar sichergehen, auf die richtige Kandidatin zu setzen. Sie hatten Amber gezielt einem Test unterzogen. So oder so, Alec hätte nichts dagegen unternehmen können. Ging es ihnen tatsächlich nur darum, herauszufinden, wie sie zu ihm und damit stellvertretend zu allen seiner Art stand, oder steckte mehr dahinter? Sie jedenfalls hatte die Nase voll und verließ, ohne jemanden eines Blickes zu würdigen, den Raum.

Die Weide war ihr erster Gedanke. Dort hätte sie sich eine Atempause gönnen können. Vor der Welt zu verbergen, würde aber nichts an ihrer Situation ändern. Die Zeit sich zu verstecken war vorüber – der Zeitpunkt eigene Entscheidungen zu treffen und kompromisslos durchzusetzen, gekommen. Im Laufe der letzten Wochen war sie manipuliert, herausgefordert und in tiefe Verunsicherung gestürzt worden. Damit war es nun vorbei! Dieser Entschluss beflügelte ihre Schritte und führte sie hinaus auf die sonnenüberflutete Terrasse, die sie zumindest für diesen Augenblick für sich hatte.

In Gedanken vertieft, schlüpfte sie aus ihren Sandalen, setzte sich an den Rand des Pools und tauchte die Füße ins Wasser. Abgesehen von dem kurzen Augenblick der Kälte, genoss sie die Abkühlung.

Amber ließ ihren Blick zur Hecke gleiten. Die sonst allgegenwärtigen Grillen schwiegen – ebenso der Wind, der in den vergangenen Tagen aufgefrischt hatte. Die Stille erfüllte sie mit Mutlosigkeit. Ein langer Weg lag hinter ihr. Er hatte ihr über sich selbst und die Welt die Augen geöffnet. Gutes und Schlechtes hatte sie erlebt. Das Beste, das ihr allen Widrigkeiten zum Trotz widerfahren war, hatte einen Namen: Alec.

Er hatte sie zwar in den Strudel der sich überschlagenden Ereignisse gezogen, aber selbst ohne ihn wäre sie alldem auf die eine oder andere Weise begegnet. So allerdings gab es etwas, oder besser jemanden, für den es wert war zu kämpfen.

Ihre Lippen umspielte ein zaghaftes Lächeln, das sich verstärkte, je länger sie über Alecs heimliche Besuche nachdachte. Den Moment, in dem sie ihm in der Auffahrt begegnet war. Den Sommerabend, an dem er – an der Stelle, an der sie gerade saß – aus dem Wasser gestiegen war, und die magische Nacht, in der sie gemeinsam auf die schlafende Stadt hinuntergeschaut hatten – zu einem Zeitpunkt, zu dem sie nicht gewusst hatte, wer er war.

Hätte sie sich gegen ihn entschieden, wenn sie es gewusst hätte? Die Antwort war ein klares ‚Nein'.

„Hier versteckst du dich. Geht's dir gut?", fragte Alec und ließ sich neben ihr nieder. Er zog seine Turnschuhe aus, krempelte jedoch nicht die Hosenbeine hinauf, sondern tauchte seine Füße einfach ins Wasser. Es war eine seiner typischen unbedachten Handlungen. Genau das war es, was Amber an ihm gefiel.

„Mehr oder weniger", erwiderte sie, während sie seine Zehen beobachtete, mit denen er unter Wasser wackelte. Winzige Bläschen stiegen auf, sanfte Wellen rollten zu ihr hinüber und umschmeichelten ihre Fußknöchel.

An diesem Tag war viel gesagt worden, über das sie erst in Ruhe nachdenken musste. Da sie nicht wusste, was sie sagen sollte, fragte sie das Erstbeste, das ihr einfiel: „Das letzte Mal, als wir uns hier getroffen haben, wollte ich dir beichten, dass Rosalie nicht die Haushälterin, sondern meine Großmutter ist. Aber das wusstest du. Warum hast du mir nicht auf den Kopf zugesagt, dass ich gelogen habe?"

Alec hielt inne und ließ seine Füße tiefer ins Wasser sinken. Sie wagte es kaum ihn anzusehen, roch seinen ingwergeschwängerten Atem, als sich sein Gesicht ihrem näherte. Ein Kuss war nicht das, was sie als Antwort erwartet hatte. Es war ihr aber egal, ob er sie auf diese Weise vom Thema ablenken oder beruhigen wollte. Letzteres funktionierte nicht. Ihr Herz raste wie verrückt. Aus Sorge, dass sie jemand beim Küssen ertappte, drehte sie mit leisem Bedauern den Kopf zur Seite.

„Hm, okay. Ich wollte dich aufmuntern. Vielleicht sollten wir vorab etwas Grundlegendes klären: Egal wie verrückt dir das alles vorkommt, der Kuss an deinem Geburtstag war genauso echt wie dieser. Du bedeutest mir sehr viel, egal für welche Seite du dich entscheidest, oder das Tâche am Ende für uns alle ausgeht."

Offenbar machte er sich ebenfalls über die mysteriöse Veranstaltung Gedanken. Amber wollte allerdings nicht darüber nachdenken – nicht in diesem Moment, der nur ihnen gehören sollte.

„Du munterst mich auf, indem du mit mir herumknutschst, hm?“

„Auf jeden Fall muntert es mich auf“, entgegnete er leise. „Aber du hast recht. Ich wusste, wer du bist und fand es in Ordnung, dass du nicht jedem auf die Nase bindest, wer dein Vater ist.“

Dass er es so sah, beruhigte sie. Seine Gedankengänge wiederum verunsicherten sie. Mit ihm zusammen zu sein, lief immer auf ein Abenteuer hinaus.

Bereits vor der Auseinandersetzung mit Malvina war ihre Beziehung nicht einfach gewesen. Daran hatte sich nichts geändert. In den letzten Tagen hatte Amber mehr über Alec erfahren als in den Wochen davor. Vielleicht gingen ihr deshalb Malvinas zynische Worte nicht aus dem Kopf. Sie war sich sicher, dass er etwas verheimlichte. Vielleicht wollte er sie vor weiteren unliebsamen Überraschungen bewahren? Oder es ging um etwas, von dem er glaubte, dass es ihre Meinung über ihn änderte?

„Was meinte Malvina?“, tastete sie sich behutsam heran – selbst auf die Gefahr hin, dass er ihr erneut auswich.

Alec blickte ihr tief in die Augen. „Es stimmt, dass ich bei Edmond aufgewachsen bin. Gero hat mich damals zu ihm gebracht“, antwortete er. Seine Stimme klang gepresst. Sie verriet Amber, dass er ihr nur ungern Rede und Antwort stand.

„Gero? Er kannte deine Eltern?“, flüsterte sie verwirrt.

Er nickte verhalten und redete weiter, als wollte er das, was er zu sagen hatte, schnell hinter sich bringen. „Meine Mutter war achtzehn und wurde von ihrem Arbeitgeber schwanger. Er hat seine Position missbraucht und sie danach aus dem Haus geworfen."

Amber war entsetzt. Sie hätte ihn gern um des Berührens willen berührt. Dennoch unterdrückte sie diese Regung und wartete geduldig, bis er ihr den Rest der Geschichte erzählte.

„Ich kenne nur ihren Vornamen, bin mir aber nicht sicher, ob Bonnie ihr richtiger Name ist. Nach dem, was ihr passiert ist, war es vermutlich das Beste, neu anzufangen."

Dass er seine Mutter in Schutz nahm, verdeutlichte, dass sie ihm keinesfalls gleichgültig war. Er hatte sich damit abgefunden oder den Schmerz über den Verlust seiner Mutter bestenfalls verdrängt. In seinen blauen, nunmehr dunkel durchwirkten Augen las Amber eine Trauer, die seiner Mutter galt, und den Zorn auf seinen Erzeuger.

Sie blinzelte mehrmals, um den Schleier zu vertreiben, der ihr Sehfeld beeinträchtigte.

„Dann wollen wir mal", sagte Alec zusammenhanglos, kramte eine mitgenommene Rolle Drops aus seiner Hosentasche, drückte mit dem Daumen einen in den Mund und reichte das Päckchen an Amber weiter. Der salzige Geschmack hemmte nicht ihre aufgewühlten Gefühle. Er genügte jedoch, um ihre Wut über die Ungerechtigkeit, die Alec widerfahren war, im Zaum zu halten. Dass sie ebenso wie er die Hände zu Fäusten geballt hatte, fiel ihr erst im Nachhinein auf.

„Wer ist dein Vater?", fragte sie und hielt den Atem an, als Alec sich von ihr abwandte und gedankenverloren auf das Wasser starrte.

„Rohloff."

Amber entwich die angehaltene Luft mit einem leisen Zischen, aus ihren Lungen.

Rohloffs erwachtes Interesse an Alec. Er musste irgendwie mitbekommen haben, dass sein früheres Dienstmädchen einen

Jungen entbunden hatte. Dass er ihn nicht als seinen Sohn erkannt hatte, war einzig Rosalies Wissen über Kräuterkunde und deren Anwendungsmöglichkeiten zu verdanken. Die Salbe ihrer Großmutter hatte Alec davor bewahrt, als ein Selkie-Nachkomme erkannt zu werden. Die Misshandlungen verrieten, wie boshaft und krank dieser Mann war. Kein Wunder, dass selbst Gregors Mutter das Handtuch geworfen und die Insel verlassen hatte.

Und auch kein Wunder, dass Alec ihr seine wahre Herkunft verschwiegen hatte. Er wirkte in sich gekehrt und abweisend zugleich. Vermutlich hätte sie entsetzt oder wütend sein sollen, dass ausgerechnet derjenige, den sie am meisten verachtete, Alecs leiblicher Vater war. Insgeheim machte sie ihn für die grausamen Taten verantwortlich, die überall in der Stadt ihre Spuren hinterließen. Es gelang ihr nicht. Die einzige Konstante in ihrem Leben war Alec – egal, wie seltsam er sich ihr gegenüber benahm. Ohne ihn fühlte sie sich angreifbar und hilflos. Ohne ihn fehlte ein Teil von ihr. Amber nahm ihren Mut zusammen und sprach aus, was sie sich für einen besonderen Moment aufgehoben hatte. Als hätte sie es hundert Mal geprobt, kamen ihr die Worte flüssig über die Lippen: „Es ist mir egal, wer dein Vater ist. Ich liebe nicht ihn, sondern dich."

Zaghaft tastete Amber mit ihrer Hand nach seiner, liebevoll verflochten sie ihre Finger ineinander. Dass Alec schwieg, verunsicherte Amber. Sie spürte, wie ihr vor Verlegenheit Hitze in die Wangen stieg. Nervös fixierte sie die Kacheln am Boden des Pools. Sie wirkten wie durch eine Linse verzerrt und vom festen Untergrund abgelöst.

„Eigentlich habe ich mir das anders ausgemalt. Kerzenschein, eine Cola und 'ne Pizza, die wir uns teilen", raunte Alec. Ein sanftes Lächeln umspielte seine Lippen. Sie lächelte befreit zurück. Der unangenehme Moment der Distanz war vorüber, doch so leicht wollte sie ihn nicht davonkommen lassen.

„Na ja, ich habe es ohne Kerzenlicht, Cola und Fastfood geschafft, funktionierte reibungslos“, flüsterte sie atemlos.

„Würdest du mir bitte etwas Zeit lassen, darüber nachzudenken, wie ich es dir am besten sage? Wenn schon der romantische Kram fehlt, sollte mein ‚ich liebe dich‘ wenigstens perfekt sein“, schimpfte er leise und zog sie im selben Atemzug an sich.

Dass es ihm schwerfiel, seine Gefühle zu offenbaren, entlockte ihr ein Lächeln. Er hob die Augenbrauen, küsste sie – und ließ alles andere in Vergessenheit geraten. Ihnen waren zumindest einige Minuten vergönnt, bevor die Zwillinge mit Dora im Schlepptau auf der Terrasse erschienen. Mit ihrem Kommentar, dass es keine allzu große Überraschung wäre, Alec und Amber auf der Terrasse anzutreffen, trieb Dora sie auseinander. Beschämt, dass ihre Zuneigung so offensichtlich war, stand Amber hastig auf. „Heute um Mitternacht an der Garage. Bring einen Film mit. Dieses Mal ist es ist ein offizielles Date“, raunte Alec ihr zu, bevor sie in Beschlag genommen wurde. Barfuß, eine feuchte Spur hinterlassend, schlenderte er an den drei Frauen vorbei, die ihm verdutzt hinterher sahen.

Sie versuchten ihr Bestes, um Amber in ein unverfängliches Gespräch einzubinden, Dora stellte etliche Fragen über Ambers Freunde und ihren Alltag. Madeleine saß still an der Seite ihrer Mutter, während Mel ihr gesamtes Repertoire an Flüchen abschoss, die allesamt nervige Großmütter betrafen. Es fiel Amber zusehends schwerer, eisern zu schweigen und die Maske der Ablehnung aufrechtzuerhalten. Noch immer war sie gekränkt, dass die drei das Spiel der beiden älteren Frauen mitgespielt hatten. Da sie die Regeln nicht beherrschte, stellte sie eigene auf. Es erschien ihr ein Gerechtigkeitsausgleich, sie zappeln zu lassen – obwohl sie durch die merkwürdige Szene im

Wohnzimmer einen, nein, sogar zwei Schritte weitergekommen war. Alec und sie fühlten dasselbe füreinander und er hatte sie in sein größtes und schmerzlichstes Geheimnis eingeweiht. Sie dachte daran, dass Mel sie vor nicht allzu langer Zeit eine verwöhnte Göre genannt hatte, weil sie aus einem privilegierten Elternhaus kam. Diese Einstellung fand sie im Hinblick auf Alecs Abstammung amüsant. Was würde ihre Cousine sagen, wenn sie wüsste, dass Alec mit Rohloff verwandt war? Ein Lächeln umspielte ihre Lippen. Es verschwand, als sie sich fragte, warum Rohloff ausgerechnet jetzt, nach so vielen Jahren, auf der Suche nach seinem ältesten Sohn war.

„Sag mal, hörst du mir zu? Sabrina hat angerufen, dein Smartphone lag auf dem Bett. Du sollst sie zurückrufen, wie die drauf war, schon vorgestern. Deine Freundin gehört nicht zur geduldigen Sorte, oder?“, fragte Mel und stupste Amber an, als diese nicht reagierte.

„Was? Ja, scheint so“, stammelte sie und erhob sich von der Liege, auf der sie wie auf glühenden Kohlen gesessen hatte.

„Ich muss zurückrufen“, erklärte sie lahm und ignorierte Dora, die ebenfalls Anstalten machte aufzustehen. Bevor ihre Tante sie aufhalten oder ins Haus begleiten konnte, lief Amber über die Terrasse. So leise wie möglich huschte sie zur Küche. Als sie keine Geräusche oder Stimmen hörte, öffnete sie vorsichtig die Tür. Die Küche war leer. Ein Blick aus dem Fenster Richtung Garten erklärte, wieso. Rosalie und Malvina standen auf dem Weg zwischen den Gemüsebeeten und unterhielten sich. Amber wandte sich vom Fenster ab und wäre fast mit einem der Mädchen, die Rosalie im Haushalt halfen, zusammengestoßen, die mit einem leeren Korb in der Hand aus der Speisekammer trat. „Tut mir leid, ich habe dich nicht gehört“, rief Amber erschrocken. Das Hausmädchen winkte ab. „Es ist ja nichts passiert. Schön, dass Sie und Ihr Vater wieder zu Hause sind. Möchten Sie mich in den Garten begleiten?“

„Nein, danke. Richtest du Rosalie aus, dass ich Kopfschmerzen habe und mich zurückziehe? Es wäre nett, wenn du mir mein Abendessen aufs Zimmer bringst. Mir ist nicht danach, mit den anderen … “, setzte Amber zu einer Erklärung an und brach abrupt ab.

Das Hausmädchen folgte ihrem Blick zum Fenster. Sie schien zu wissen, was oder besser wen Amber meinte – und seufzte auf, als Malvina die Gartenpforte hinter sich schloss und resoluten Schrittes auf das Gebäude zuging.

„… Konversation zu betreiben“, half das Mädchen ihr auf die Sprünge.

„Ja genau“, erwiderte Amber und huschte aus dem Raum, bevor die Hexe die Hintertür erreichte.

Im Vorbeigehen sah Amber zum Gästezimmer und kam nicht umhin, sich zu fragen, ob Alec Malvina sein Zimmer überlassen hatte und in die obere Etage umgezogen war. Ihn in ihrer Nähe zu wissen, war ein tröstlicher Gedanke.

Auf ihrer Mailbox waren drei weitere Anrufe von Sabrina eingegangen. Amber hörte sie nicht ab, sondern schaltete ihr Smartphone aus und legte es in die Nachttischschublade. Sie hatte keine Lust, Sabrina Rede und Antwort zu stehen. Was sollte sie ihrer besten Freundin erzählen?

Die Wahrheit war so verrückt, dass es selbst ihr schwerfiel, daran zu glauben. Vor wenigen Wochen hatte sie sich jederzeit ungestört auf ihr Zimmer zurückziehen können. Gelegentlich war Amber sich verloren vorgekommen, jetzt aber fühlte sie sich durch die Anwesenheit der vielen Leute eingeengt. Ihre Privatsphäre schien sich auf ihr Bett zu beschränken – ließ sie Alec außen vor, der selbst davor nicht haltmachte.

Kapitel 33

Im Laufe des Nachmittags schaute Rosalie mehrmals nach Amber und ließ sie wissen, dass ihr Vater erst morgen Zeit für sie hatte. Dora besuchte Amber am späten Nachmittag und nahm ihr die Kopfschmerzen nicht ab. Dass Amber mit dem Rücken zu ihr auf dem Bett lag, hinderte ihre Tante nicht daran, eine Unterhaltung zu beginnen. Die Matratze senkte sich, als sie sich auf der Bettkante niederließ.

„Ich verstehe, dass du wütend bist. Meine Mutter kann besitzergreifend sein. Sie war die Kandidatin im letzten Tâche. Das war vor mehr als 70 Jahren. Der Fluch beinhaltet, dass immer wieder – manchmal liegen Generationen dazwischen – ein Mädchen mit beiden Genen geboren wird. Es muss sich für eine Seite entscheiden. Das wiederholt sich so lange, bis der Bann gebrochen ist. Vielleicht verstehst du jetzt, warum es Malvina so wichtig ist herauszufinden, ob du all dem gewachsen bist. Wenn du möchtest, erzähle ich dir etwas über unsere Familie.“

Amber zwang sich stillzuliegen. Zumindest hatte sich ihre Befürchtung, dass es sich bei ihrem leiblichen Vater nicht um ihren Erzeuger handelte, nicht bewahrheitet. Aber würde Dora relevante Informationen liefern oder nur die Oberfläche ankratzen?

Ihre Tante auf Distanz zu halten, konnte sich, wenn sie es clever anstellte, als Vorteil erweisen. Mit schlechtem Gewissen plauderte jeder schnell Dinge aus, die er sonst nicht preisgeben würde.

„Es tut mir wahnsinnig leid, was dir und Alec passiert ist. Charles hätte längst mit dir über unsere Familiengeschichte sprechen müssen, dann hättest du in Ruhe darüber nachdenken und dich entscheiden können.“

Amber vergaß ihren Vorsatz, setzte sich kerzengerade auf und fixierte Dora aus zu Schlitzen verengten Augen. „Was entscheiden? Ob ich lieber den Selkies oder den Hexen angehören möchte? Ich habe noch nie von ihnen gehört, bevor Alec – nein, ihr alle, in mein Leben geplatzt seid! Oder, ob ich an diesem verdammten Tâche teilnehme, obwohl ich keine Ahnung habe, was auf mich zukommt?" Erregt schnappte sie nach Luft und versuchte, ihren Zorn unter Kontrolle zu bringen. Es gelang besser als erwartet. Die letzte Salzdosis lag knapp eine Stunde zurück und trug dazu bei, dass sie sich eher ängstlich und verletzlich fühlte als wütend. Der Zorn hatte ihr die Kraft verliehen, gegen ihre Angst anzukämpfen, die sich wie ein Blutegel an ihr festgesaugt hatte und langsam die Oberhand gewann.

Die Antwort ihrer Tante konnte nichts daran ändern, stimmte Amber jedoch nachdenklich: „Ob du bereit bist, unsere Heimat wieder zu dem werden zu lassen, was sie einmal war. Die Macht deiner Vorfahren zu nutzen, das ist das Ziel. Die Prüfung ist nur der Weg dorthin. Es lohnt sich zumindest darüber nachzudenken, findest du nicht?"

Der bittende Blick ihrer Tante ging Amber durch und durch. Es gab jemand, dessen Anblick ihr jedoch ein weitaus stärkeres Gefühl vermittelte: Alec. Sie hatten einander erst gefunden. Amber war nicht bereit, ihre Beziehung aufs Spiel zu setzen – nicht, solange sie nicht überzeugt war, dass ausgerechnet ihr gelingen sollte, woran alle vor ihr gescheitert waren.

„Wer trägt eigentlich die Schuld an diesem ganzen Schlamassel?"

„Mór, eine junge Hexe, verliebte sich einst in Aodhán, einen ebenso jungen Selkie. Ihrer Liebe entsprang ein Kind. Vielleicht wäre alles gutgegangen, wenn dieses Mädchen die machtvollen Gene ihrer Mutter, einer Hexe in sich getragen hätte, doch sie war etwas Besonderes. Beide Gene, die ihrer Mutter und die ihres Vaters, waren gleichstark ausgeprägt. Deshalb erhob sowohl das Volk der Hexen als auch das der Selkies Anspruch auf das einzige Kind, das das Erbe beider Völker zu gleichen Teilen in sich vereinte. Darüber zerbrach die Liebe zwischen Mór und Aodhán. Das wiederum löste einen Zwist zwischen Hexen und Selkies aus. Am Ende kehrte Aodhán zu den Seinen zurück, während Mór mit ihrer Tochter zurückblieb. Ihr Zorn auf den Vater des Kindes, der seinem Volk näherstand als ihr und ihrem gemeinsamen Kind, entlud sich in einem Bannspruch, der die Jahrhunderte bis heute überdauert. Ihr Fluch sollte das Herz der Insel entzweibrechen – ebenso wie ihr eigenes Herz gebrochen war. Sie wollte alle, die nach ihr kamen, an ihrem Schmerz teilhaben lassen. Mór war nicht böse – nur zutiefst verletzt. Ansonsten gäbe es das Tâche nicht.

Der Zauber ist einzig durch einen gemeinsamen weiblichen Nachfahren von Mór und Aodhán umkehrbar. Wenn jede von ihnen infrage käme, wäre die Lösung des Problems zu leicht. Deshalb überspringt der genetische Code oft mehrere Generationen, bis ein Kind geboren wird, dessen Blut machtvoll genug ist, um es mit dem Bann aufzunehmen“, fügte Dora hinzu, der Ambers Entsetzen nicht entgangen war. Die Geschichte ließ Amber den Schmerz und die Verzweiflung der jungen Hexe erahnen. Sie konnte ihr brennendes Verlangen nach Vergeltung nachempfinden. Gleichzeitig erkannte sie die Chance auf Wiedergutmachung.

„Wie war der Name ihrer Tochter?“, fragte sie leise.

„Rosalie ist mit unserer Geschichte vertrauter als ich. Sie bestand darauf, dir ihren Namen zu geben.“

„Gütiger Himmel, sie wollte mich Rosalie nennen?“, rief Amber entsetzt.

Ihre Tante lachte auf. „Natürlich nicht. Ihr Name war Amber.“

Obwohl leise ausgesprochen, hallten die Worte wie ein Paukenschlag in Ambers Kopf wider. „Ehrlich gesagt weiß ich nicht, was ich sagen soll."

Dass selbst ihr Name nicht ihr gehörte, grub sich wie ein giftiger Stachel durch ihre Eingeweide. „Warum erzählt Malvina mir nicht, was in der Prüfung vorkommt?", fragte sie herausfordernd.

Dora strich ihr besänftigend über die Wange. „Das kann sie nicht. Das Tâche dient dazu, sich selbst kennenzulernen."

Amber hatte nicht das Gefühl, mit sich im Reinen zu sein. Eher schien das Gegenteil der Fall zu sein. „Ich muss darüber nachdenken", sagte sie enttäuscht.

„In Ordnung. Du weißt hoffentlich, dass du jederzeit zu mir kommen kannst."

Amber nickte mechanisch. Ihre Gedanken eilten ihr voraus, zu ihrem ersten richtigen Date mit Alec. Zumindest ihren Gefühlen ihm gegenüber konnte sie sich sicher sein.

Sie hatte Glück. Niemand drängte sie, den Abend im Kreis der Familie zu verbringen. Alle, bis auf ihren Vater, der einige wichtige Anrufe tätigte, hatten sich im Wohnzimmer versammelt. Amber jedoch stand vor dem Spiegel und biss sich unschlüssig auf die Unterlippe. Nicht zum ersten Mal stellte sie sich die Frage, was sie zu ihrem Treffen mit Alec anziehen sollte. Dieses Mal war das Date etwas Besonderes, das, wenn nicht perfekt, doch so nah wie möglich daran heranreichen sollte. Sich wie auf der Barra-Party aufzuhübschen wäre unklug. Die Gefahr, beim Verlassen der Villa einem Familienmitglied zu begegnen, war nicht zu unterschätzen. Alec hatte verlauten lassen, dass er an diesem Abend bei Sam blieb, der am Nachmittag kurz vorbeigeschaut hatte.

Am Ende entschied sie sich für eine dunkle Jeans, einen blauen Pullover und Sneakers.

Im Eingangsbereich hielt sie einen Moment inne und lauschte dem gedämpften Stimmengewirr, das aus dem Wohnzimmer drang. Als sie zur Haustür huschte, hörte sie das Klirren von Gläsern, die auf ein Tablett gestellt wurden. Ihre Sorge, wie sie unbemerkt zu Alec gelangen sollte, erwies sich glücklicherweise als unbegründet. Amber wusste nicht, wie Alec es bewerkstelligt hatte, dass sowohl der Bewegungsmelder ausgeschaltet als auch der Seiteneingang zur Garage unverschlossen waren.

Im Begriff, die Türklinke hinunterzudrücken, stand Amber kurz vor einem Herzinfarkt, als, wie aus dem Nichts, Alec neben ihr auftauchte. Er griff an ihr vorbei, öffnete die Tür und schob sie kurzerhand ins Dunkle. Amber lauschte seinen Atemzügen und rührte sich nicht von der Stelle. Alec tastete nach ihrer Hand, und sie überließ ihm bereitwillig die Führung. Dass sie sich ausgerechnet in der Garage ihres Vaters mit ihm traf, war verrückt, aber vermutlich der einzige Ort, an dem sie ungestört blieben. Niemand würde an diesem Abend den Wagen benutzen. Das schummrige Licht der Glühbirne zeichnete tanzende Schatten auf die Wand.

„Du bist ein Angsthase, weißt du das?“, kommentierte Alec ihr Zögern und zog sie mit sich.

„Kann sein, aber wenn Gero uns erwischt, bekommen wir Probleme. Kannst du überhaupt fahren?“, stammelte sie und schalt sich direkt im Anschluss eine Närrin. Davon, eine Spritztour zu riskieren, war nie die Rede gewesen, und ihn auf eine solche Idee zu bringen, keine kluge Idee. Unsicher starrte sie auf den frisch polierten Lack der Motorhaube. Alec strich mit der Hand über den Kotflügel, während er das Fahrzeug umrundete. „Daran habe ich nicht gedacht. Aber wenn du unbedingt willst, von mir aus. Wird nicht so schwer sein, ein Auto kurzzuschließen.“ Als sie erschrocken nach Luft schnappte, lachte er auf und kassierte einen empörten Blick.

„Na komm, war nur ein Scherz. Rein mit dir.“

Mit einer Verbeugung öffnete er, plötzlich ganz Gentleman, die Beifahrertür und entlockte Amber ein zaghaftes Lächeln.

„Höchstens eine Stunde, okay?“, vergewisserte sie sich, bevor sie einstieg. „Wie kommst du immer auf so verrückte Ideen?“, flüsterte sie erstaunt.

„Die Summe von Kino und einem Auto mit breiten Reifen ergibt Autokino“, erwiderte er mit einem warmen Lächeln, das ihren Herzschlag beschleunigte.

Alec löste sein Versprechen, das er ihr an ihrem sechsten Geburtstag gegeben hatte, mit einigen Jahren Verspätung tatsächlich ein – wenn auch auf eigenwillige Weise.

„Popcorn?“

„Nur, wenn es dazu Limonade gibt“, scherzte sie.

„DVD oder Stick?“

„Ich überlasse dir die Wahl“, entgegnete sie, erleichtert, dass sie daran gedacht hatte, beides mitzunehmen.

„Na, dann los, bereit?“

Amber hatte Mühe, sich von seinen Augen zu lösen, die im Licht der Innenbeleuchtung eine Nuance dunkler wirkten als sonst. Während Alec sich vorbeugte und den Stick in die Buchse schob, musterte sie ihn von der Seite. Sie verkniff sich gerade noch einen tiefen Seufzer. Der vertraute Duft, der von ihm ausging, tat ein Übriges um sie zu verwirren. So ähnlich hatte sie sich ein richtiges Date vorgestellt. Dass sie jetzt neben ihm saß, war ein unglaubliches Gefühl.

„‘Vampire Diaries‘? Du hast ‚Vampire Diaries‘ ausgesucht?“, kommentierte Alec ihre Wahl mit einer hörbaren Portion Belustigung in der Stimme.

Verlegen rutschte sie auf dem Ledersitz hin und her. „Entschuldige, das meinte ich nicht. Es ist noch ein dystopischer Film auf dem Stick: ‚Maze Runner‘“, fügte sie schnell hinzu.

„Nein, nein, kein Problem, ich wollte schon immer wissen, wie Episode Fünf ausgeht."

Verwundert, dass er die Serie kannte, hakte sie nach.

„Du schaust sie dir an?"

„Na klar, das ist meine Lieblingsserie. Okay, ich hab ein paar Folgen bei Mel gesehen", entgegnete er und zwinkerte ihr verschwörerisch zu.

Amber starrte auf das gekräuselte Haar in seinem Nacken. Eifersucht gegenüber ihrer Cousine nagte an ihr. Sie wusste nicht mit Sicherheit, ob sein Filmabend mit Mel ein Date gewesen war. Diesen Abend verbrachte er aber mit ihr und sah sich sogar ihr zuliebe eine explosive Lovestory an.

Ihr fiel es schwer, der Handlung zu folgen, als sich Elena und Stefan küssten, während Alec dicht neben ihr saß. Alec tastete im Dunkeln nach Ambers Hand. Sie war dankbar, dass nicht nur das Licht in der Garage, sondern auch die Innenbeleuchtung ausgeschaltet waren.

„Siehst du? Die beiden haben sich am Ende gefunden", sagte er in die Stille hinein, nachdem die Musik des Abspanns verklungen war.

„Das bleibt leider nicht so. Warts nur ab", flüsterte Amber, der bewusst wurde, dass sie und Alec ebenfalls eine komplizierte Beziehung führten. Dazu musste keiner von ihnen ein Vampir sein; eine Hexe oder ein Selkie genügten. Der Druck seiner Hand verstärkte sich. Alec knipste das Spiegellicht an und musterte sie eingehend. Hastig wischte sie sich eine Träne aus dem Augenwinkel.

„Weinst du etwa?"

„Wie kommst du darauf?"

„Nur so. Bist du dir sicher, dass du nicht doch weinst?"

„Absolut."

„Amber, das ist eine Serie. Wir sind, was wir sind."

Dass es nicht so einfach war, wussten sie beide. Es hinderte Alec allerdings nicht daran, auf ihren Sitz zu wechseln.

Sie kicherte, als er seine langen Beine zwischen ihre in den Fußraum quetschte. Amber tastete mit der Hand nach dem Knopf, der den Sitz nach hinten verschob und ihnen etwas mehr Beinfreiheit ermöglichte. Mit ihrer tatkräftigen Unterstützung tauschten sie die Plätze. Auf seinem Schoss sitzend, den Kopf gegen seine Brust gelehnt, starrte sie durch die Windschutzscheibe auf die Wand.

„Alec?"

„Ja?"

„Warum, glaubst du, ist dein Vater so scharf darauf, dich nach so vielen Jahren ausfindig zu machen?"

Sie spürte seinen warmen Atem an ihrer Wange, als er tief durchatmete.

„Sam denkt, dass Rohloff mich an Stelle von Gregor in den Ring schicken will."

„Warum sollte er das tun?" Sie hob den Kopf, um ihn ansehen zu können.

Er blickte über sie hinweg ins Leere. „Wenn ich das wüsste. Vielleicht will er sich und seiner Familie die Blamage des Scheiterns ersparen? Wenn ich verliere, kann er die Schuld mir, einem Bastard, zuschieben. Rohloff kalkuliert gerne alles mit ein. Wenn er wirklich die Aufstände unter der Hand unterstützt, ist ihm daran gelegen, dass Selkies und Hexen einander fernbleiben – oder sich bekämpfen. Glaub mir, dieser Mann ist so bösartig, wie ihm nachgesagt wird. Edmond behauptet, sein Vater war anders gewesen."

Amber erinnerte sich vage an etwas, das Gregor erwähnt hatte. Er hatte ihr verraten, dass für seinen Großvater Familie und das Wohl der Insel oberste Priorität besaßen.

Wenn es so war, musste ihm das Scheitern beim damaligen Tâche mit Malvina fürchterlich getroffen haben. Rohloff legte das Erbe seines Vaters allerdings zu seinen Gunsten aus und stellte sein persönliches Ziel, der nächste Gouverneur der Insel zu werden, über die des Volkes, dem er angehörte.

„Eins verstehe ich nicht. Viele, wenn nicht die meisten, wissen nichts über unsere Vorfahren, ahnen nicht einmal, dass Hexen oder Selkies tatsächlich existierten. Wieso sollten sie sich für die Verbliebenen oder Aberness einsetzen?"

Alec strich sanft über ihr Handgelenk und berührte wie zufällig ihr Armband. „Sam erklärte es mir so: Stell dir einen Baum vor, dessen Äste in alle Richtungen wachsen und einander nicht berühren. Was haben sie dennoch gemeinsam?"

Amber zuckte mit den Schultern.

„Sie alle sind auf die eine oder andere Weise miteinander verbunden. Ihr Ursprung sind der Stamm und die Wurzel, die ihnen Halt geben. Heute strebt aber jeder in eine andere Richtung und ist sich selbst der Nächste. Der Glaube an die Gemeinschaft ist uns verloren gegangen."

Amber genoss seine Berührung und hatte Schwierigkeiten, ihm konzentriert zuzuhören. Alec schob seinen Daumen zwischen Haut und Armband. Fühlte er, wie das Blut durch ihre Adern pulsierte und sich ihr Herzschlag unter seiner Berührung beschleunigte? Bemüht, sich nichts anmerken zu lassen, erwiderte sie spöttisch: „Und Edmond denkt, dass alle Menschen zu ihren gemeinsamen Wurzeln zurückfinden und einander bis in alle Zeiten lieben sollten?"

Das, was Alec sagte, war eine wunderschöne Vorstellung. Sie bot Raum für Träume und Hoffnungen. Dagegen klang ihre Bemerkung unbarmherzig.

Alec umschloss ihr Handgelenk. „Pessimistisch wie eh und je. Unsere Vorfahren besaßen eine Magie, die auch in uns ist. Sie ist nicht verloren, nur tief in uns vergraben."

„Somit wären wir wieder beim verflixten Tâche angekommen", entgegnete Amber leise.

„Bevor du mich darüber ausquetschst: Ich habe keine Ahnung, wie es abläuft – und wie es aussieht, wird es uns niemand erzählen."

Alec beugte sich vor, sein warmer Atem strich über ihre erhitzte Wange und verursachte Amber eine Gänsehaut des Wohlbehagens.

„Was meinst du mit ‚uns'?" Ein mulmiges Gefühl stieg in Amber auf. Unruhig rückte sie von ihm ab. Alec studierte ihr Gesicht, als versuchte er zu ergründen, auf was sie hinauswollte.

„Na ja, du stehst auf der Liste und ich könnte vielleicht für Gregor ..."

Sie ahnte, was er sagen wollte. Hastig legte sie ihre Hand auf seinen Brustkorb, bevor er aussprechen konnte, was sie insgeheim befürchtete.

„Ich werde nicht gegen dich antreten. Außerdem bin ich jetzt eine von euch. Malvina muss sich jemand anderen suchen, der ihre Aufgabe zu Ende führt."

Sie hatte fest mit einem Nicken gerechnet, doch Alec schwieg.

„Stimmt's?", hakte sie unsicher nach.

„Nicht ganz. Deine Augenfarbe wird sich verändern. Solange dieser Vorgang nicht abgeschlossen ist, ist das, was Edmond getan hat, umkehrbar. Wenn du dich also noch anders entscheiden willst ..."

Amber sah ihm an, dass er ihr diesen Ausweg am liebsten verschwiegen hätte. Amber rechnete ihm seine Ehrlichkeit hoch an. Das änderte jedoch nichts an ihrer Entscheidung. Über Alecs

Nasenwurzel erschien eine steile Falte. Amber lächelte, strich mit der Kuppe ihres Zeigefingers sanft darüber und glättete sie.

„Vergiss es. So schnell wirst du mich nicht los. Es sei denn, du bist darauf aus, dass ich als garstige Hexe ende.“

Anstelle einer Antwort beugte er sich vor und kramte in der mitgebrachten Papiertüte. Seine verspätete Antwort entschädigte sie für die letzten aufreibenden Minuten. Er schmeckte nach Salz, mit einem Hauch Ingwer, der Amber daran erinnerte, dass sie die vier Stunden fast überschritten hatte. Amber hielt überrascht still, als er ihr anschließend etwas Glattes, Rundes auf die Zungenspitze schob und ihren Mund danach mit seinen Lippen versiegelte. Sie war bis über beide Ohren verliebt, daran gab es keinen Zweifel. Wie es aussah, ging es ihm ebenso. Alec ließ seine Hand ihren empfindlichen Nacken hinaufgleiten und strich über ihre Schläfe, während sie die Augen schloss. Amber erlebte zum ersten Mal, dass ein Selkienachkomme zu sein nicht nur mit negativen Gefühlen einherging. Zwischen ihnen stob ein feiner silberner Funkenregen auf.

In ihren Ohren rauschte das Blut wie ein leichter Wellengang, der gegen den Strand brandete. Beinahe glaubte sie zu spüren, wie kühles Wasser ihren erhitzten Körper umschloss, ihn streichelte und in die Tiefe zog. Ein kurzer Moment absoluter Schwerelosigkeit. Fasziniert über diese überwältigende Erfahrung öffnete sie die Lider und traf auf strahlendes Blau. Wären nicht Alecs warmer Körper und seine innige Umarmung gewesen, die Amber wie ein Anker an Ort und Stelle hielten, hätte sie einen Anflug von Furcht verspürt. Alec strich mit seinen Lippen sanft über ihre Unterlippe. Eine Locke, die ihm in die Stirn gefallen war, kitzelte ihre Wange. All das nahm sie intensiv wahr. Es war ein berauschendes und überwältigendes Gefühl. Deshalb zuckte sie erschrocken zusammen, als er sich plötzlich von ihr löste, zeitgleich die Beifahrertür öffnete und sie mit einer geschmeidigen Bewegung mit sich aus dem Auto zog. Dass sie mit den Knien nicht auf dem Betonboden aufkam, verdankte sie einzig seinen ausgezeichneten Reflexen. Er griff nach hinten, zog den Stick aus der Buchse und schnappte sich die zerknautschte Papiertüte, die im Fußraum lag. Mit einem leisen Klicken fiel die Autotür ins Schloss.

„Was ist los?“, flüsterte sie benommen. Instinktiv ging sie neben dem Auto in die Hocke.

„Pst!“ Den Finger mahnend über ihren Mund gelegt, wies er mit dem Kopf Richtung Garagentür. Amber lauschte den näherkommenden Schritten und den lauter werdenden Stimmen, die sie Gero und ihrem Vater zuordnete.

„Da rüber“, raunte Alec und riss sie aus ihrer Erstarrung. Ihnen blieb kaum mehr als eine Minute, um unsichtbar zu werden. Bis auf den Lichtstreifen, der durch den Türspalt fiel, lag die Garage im Dunkeln. Ihre erste Eingebung, an Ort und Stelle zu bleiben, verstärkte die Gefahr entdeckt zu werden. Mit der Situation überfordert, hielt sie sich dicht hinter Alec. Er sprintete auf den wuchtigen Schrank zu, in dem Gero sein Handwerkszeug aufbewahrte.

Gerade noch rechtzeitig drückte Alec sie gegen das Spind. Aneinandergepresst verharrten sie in dieser unbequemen Position. Ihr Blick hing an der Glühbirne, die direkt über dem Fahrzeug baumelte und durch den Windzug der sich öffnenden Tür hin und her schwang.

„Ein Großteil des Senats ist bereits informiert. Rohloff muss Einhalt geboten werden, bevor er außer Kontrolle gerät. Die Krankenhäuser sind schon jetzt überbelegt. In der Zwischenzeit hast du bitte ein Auge auf den Jungen. Mir gefällt es nicht, wie meine Tochter ihn ansieht.“

„Er wurde von Edmond und Samuel aufgezogen. Alec ist ein guter Junge“, entgegnete Gero, als wäre damit alles gesagt. Amber konnte nicht sehen, wie ihr Vater reagierte. Nickte er oder hob er skeptisch eine Augenbraue?

Insgeheim wunderte es sie nicht, dass ihr Vater, obwohl noch nicht erholt, seinen Aufgaben als Gouverneur nachging. Das altbekannte Gefühl, dass ihm seine Arbeit wichtiger war als mit seiner Tochter ein längst ausstehendes Gespräch unter vier Augen zu führen, blieb allerdings aus. Sie verstand, dass er für die Zukunft von Aberness und das Wohlergehen aller Inselbewohner die Verantwortung übernommen hatte. In ihr regte sich Mitgefühl für ihren Vater.

„Warten Sie, ich mache das Licht an."

Alec presste sich an Amber und schirmte sie mit seinem Körper ab, als würde dies bei einer Entdeckung etwas nützen.

„Nicht nötig."

Während Gero die Fernsteuerung bediente, die das Garagentor nach oben gleiten ließ, nahm Charles mit Krawatte und Anzug auf dem Beifahrersitz Platz. Sekunden später flammten die Scheinwerfer auf, gefolgt vom ohrenbetäubenden Motorengeräusch und einer stinkenden Abgaswolke, die Amber und Alec einhüllte.

Sie blinzelte die Tränen weg, die ihr in die Augen geschossen waren, und wartete darauf, dass sich der Qualm verzog. „Meine Güte, das war wirklich knapp", flüsterte sie in den Stoff seines Shirts.

Ausgerechnet ihrem Vater in die Arme zu laufen, noch dazu mit Alec im Schlepptau, wäre das Highlight dieses an sich schon verrückten Tages gewesen. Der Anflug eines Lächelns huschte über Alecs Züge. Offenbar dachte er gar nicht daran zurückzutreten. Auf Zehenspitzen hauchte sie ihm einen Kuss auf die Lippen, die Alec daraufhin zu einem breiten Grinsen verzog. Wäre ihr Vater oder Gero zurückgekehrt, sie hätten es vermutlich nicht einmal bemerkt. Irgendwann stieg die Kälte des Steinbodens durch Ambers dünne Sohlen und kroch ihr die Beine hinauf. Sie fröstelte. Für Alec würde sie sogar einen fiesen Schnupfen in Kauf nehmen. „Weißt du, an was ich die ganze Zeit denken musste?“

Amber runzelte die Stirn. Zumindest wusste sie, was ihr durch den Kopf geschossen war, während ihr Vater nichtsahnend wenige Schritte von ihr entfernt gestanden hatte; dass Rosalie, Malvina und er ihren Freund duldeten, weil er einem der beiden mystischen Völker angehörte. Eine Beziehung zwischen ihnen würden sie jedoch niemals akzeptieren. Es war gleichgültig, dass Alec seinen leiblichen Vater nicht kannte. Er war Rohloffs Sohn, und nur das schien zu zählen.

„Dass alles anders wäre, wenn ich bei meinem Vater aufgewachsen wäre. Niemand legte Gregor die Fehler seines Vaters zur Last. Rosalie hat mir erzählt, dass dein Vater eine Verbindung zwischen euch beiden vorgesehen hatte, um eure Familien zu stärken. Vielleicht dachte Charles, dass die Chance, das Tâche zu bezwingen, dadurch höher wäre. Kein Wunder, dass er nicht gut auf mich zu sprechen ist.“ Seine Worte wirkten leicht daher gesagt, doch sie spürte seine angespannte Haltung.

„Gegen eine solche Verbindung hätte ich nichts einzuwenden. Die kann er bekommen, nur nicht so, wie er es sich vorgestellt hat. Ich weiß, er ist dein Halbbruder, aber Gregor ist echt nicht mein Typ. Mach dir keine Gedanken, ich habe mich definitiv für den richtigen Bruder entschieden.“

Alec ließ seine Hand ihren Nacken hinaufgleiten und strich sanft über ihre Haut, während er ihre Lippen mit einem zärtlichen Kuss verschloss.

Es war weit nach Mitternacht. Ambers Vater war zwar noch nicht zurückgekehrt, aber die Außenbeleuchtung war eingeschaltet und der kurze Weg bis zur Vordertür hell erleuchtet.

Amber schaute zu den Fenstern hinauf. In keinem brannte Licht. Die wenigen Meter bis zum Eingang legten Alec und sie im Schnellschritt zurück. Wie erwartet war die Tür verschlossen, doch Alec zauberte einen Ersatzschlüssel hervor.

„Hast du den etwa mitgehen lassen?", flüsterte Amber überrascht. Obwohl sie es nicht so gemeint hatte, hörte es sich anklagend an – als würde sie ihm zutrauen zu stehlen.

„Musste ich nicht. Deine Großmutter gab ihn mir. Sie dachte ja, dass ich mich mit Sam treffe. Wenn sie gewusst hätte, dass ich mich mit ihrer Enkelin herumtreibe, hätte sie dich mit Sicherheit ein- und mich ausgesperrt."

Sein Grinsen war ansteckend. Amber stellte sich Rosalies Gesicht vor, sollte sie je erfahren, dass sie diejenige war, die ihnen die heimliche Rückkehr ins Haus erleichtert hatte.

„Wie eh und je besorgt um das Wohlergehen ihrer Gäste", kicherte sie, bemüht, nicht in lautes Lachen auszubrechen.

Alec steckte den Schlüssel ins Schloss und hielt mit einem verschmitzten Seitenblick auf sie inne. „Was meinst du? Behalten oder zurückgeben?"

„Behalten", gab sie zurück. Hand in Hand huschten sie im fahlen Lichtschein, der durch die hohen Fenster fiel, die Treppe hinauf in den oberen Stock. Vor ihrer Zimmertür küssten sie sich ein letztes Mal. Amber wollte ihn am liebsten nicht mehr gehen lassen. Zu mehr als dem, was an diesem Abend zwischen ihnen vorgefallen war, fehlte ihr allerdings der Mut. Alec war ihr zu keiner Zeit zu nahegetreten, hatte sie nicht bedrängt und nichts gefordert, was sie nicht bereit war, ihm freiwillig zu geben. „Gute Nacht", flüsterte er, öffnete die Tür und schob sie sanft hindurch.

Gegen die Tür gelehnt lauschte Amber den regelmäßigen Atemzügen ihrer Cousine. Nachdem sie sich sicher war, dass Madeleine schlief, tastete sich Amber möglichst leise durch den Raum Richtung Bad. Lange Zeit stand sie vor dem Spiegel. Ein blassblauer Schimmer, nur erkennbar, weil sie wusste, nach was sie Ausschau halten musste, überschattete das satte Braun ihrer Augen. Ein erschreckender und faszinierender Anblick zugleich.

Kurz darauf schlüpfte sie unter die Bettdecke und kuschelte sich in ihr Kissen. Sie starrte in die Dunkelheit und ließ die vergangenen Stunden Revue passieren. Sie kam nicht umhin, Unterschiede zwischen Alec und Gregor zu suchen, obwohl sie für Letzteren keinerlei romantische Gefühle hegte. Ihre Meinung über Gregor hatte sich nicht geändert. Im Vergleich zu Alec, der kaum älter war als sein Bruder, wirkte er unreif. Seine mitunter vulgären Sprüche empfand sie unpassend und diskriminierend. Der Gedanke war naheliegend, dass er nicht allein ein Aufschneider war, sondern gar nicht wusste, was es bedeutete, jemanden zu lieben – weder sie noch jemand anderen, außer sich selbst. Mutterlos bei einem Vater wie Rohloff aufzuwachsen, wäre eine Erklärung für sein Verhalten. Alec war ebenfalls in einem reinen Männerhaushalt aufgewachsen. Er war ernsthaft, aber ebenso humorvoll und fürsorglich. Eines hatte die Zeit, die sie mit ihm verbracht hatte, gezeigt: Egal wie rätselhaft er sich verhielt, er beschützte sie wie sonst niemand auf der Welt. Genau dieses Gefühl benötigte sie dringend, um die kommenden Tage zu überstehen.

Kapitel 34

„Aufwachen, du Schlafmütze. Wie geht's deinen Kopfschmerzen?", fragte Madeleine, die neben Ambers Bett kniete. Sie zog an der Decke, die Amber mit beiden Händen umklammert hielt.

Schlaftrunken blinzelte Amber ins Licht und stöhnte auf: „Bestens. Ein Tag Ruhe bewirkt wahre Wunder", murmelte sie und gähnte herzhaft.

„Ja, unser Alec hat es drauf, nicht wahr?", erwiderte Madeleine und zerrte ihr mit einem Ruck die Decke weg.

Amber griff automatisch nach einem Zipfel und zog sie zurück an Ort und Stelle. „Woher weißt du das? Hat es sonst noch jemand mitbekommen?", fragte sie, während ihr die Röte in die Wangen stieg.

Madeleines Kichern und ihr triumphierendes Grinsen verrieten, dass sie nur geraten hatte.

„Komm schon, das ist unfair! Ich schlafe praktisch noch. Also, jetzt mal für Begriffsstutzige, wie kommst du zu der weit hergeholten Annahme, dass ich mit Alec zusammen war?" Bemüht, sich ihre Belustigung nicht anmerken zu lassen, versuchte es Amber mit einem ernsten Gesichtsausdruck, der allerdings nicht die gewünschte Wirkung zeigte.

„Nach der wilden Knutscherei am Pool war klar, dass ihr euch ein ruhiges Plätzchen gesucht habt. Ihr wolltet bestimmt dort weitermachen, wo wir euch gestört haben."

Darauf hatte Amber keine überzeugende Ausrede parat. Sie strich sich mit einer lässigen Bewegung eine Haarsträhne aus dem Gesicht. Einen Moment hielt sie inne und bombardierte ihre Cousine anschließend mit mehreren Kissen, die allesamt ihr überraschtes Ziel trafen.

„Also war er gut im Küssen?“, prustete Madeleine und griff nach dem nächstliegenden Kissen.

„Ja, ja, war er“, lachte Amber und brachte sich vor der Retourkutsche unter der Bettdecke in Sicherheit.

„Stille Wasser sind tief“, kicherte ihre Freundin, ließ das Kissen fallen und setzte sich auf die Bettkante. Amber lugte unter der Decke hervor.

„Findest du? Ich würde ihn nicht als stilles Wasser bezeichnen“, japste sie gutgelaunt.

„Ihn meinte ich nicht“, schoss Madeleine zurück und sprang vom Bett auf, bevor Amber reagieren konnte.

„Okay, ich habe es verstanden. Wie wäre es mit Frühstück?“, fragte sie und flüchtete Richtung Badezimmer, damit Madeleine keine Gelegenheit hatte, pikante Einzelheiten aus ihr herauszukitzeln. Sie hörte, wie ihre Cousine das Zimmer verließ.

Mit einem Lächeln auf den Lippen und einem verträumten Blick stand Amber summend unter der Dusche. An diesem Morgen nahm sie sich Zeit. Kaum hatte sie das Bad verlassen, tauchte Dora auf.

„Hat Madeleine etwas vergessen?“, fragte Amber erstaunt, rubbelte die feuchten Haare ab und trat an den Kleiderschrank.

„Nicht, dass ich wüsste. Sag mal, warum seid ihr Mädels heute Morgen so gut gelaunt? Meine beiden kichern unentwegt und niemand will mir verraten, was der Grund ist. Ich dachte, ich versuche mein Glück bei dir.“

„Tut mir leid, aber das ist bereits aufgebraucht“, entgegnete Amber und verkniff sich ein Grinsen. Dora schien über ihre Antwort nicht wirklich unglücklich zu sein. Die rosigen Wagen und das Blitzen in ihren Augen verrieten, dass Sam sie gestern besucht hatte. In ihrer jetzigen Verfassung gönnte sie ihrer Tante das Techtelmechtel mit Alecs Bruder von Herzen.

„Hast du dich entschieden?", fragte Dora leise und katapultierte sie auf den Boden der Tatsachen zurück.

„Was passiert, wenn ich ablehne?", stellte Amber eine Gegenfrage.

„In diesem Fall müsste jemand anderes deinen Platz einnehmen."

„Also gibt es noch jemanden, der so ist wie ich?", hakte sie überrascht nach.

Dora wirkte für einen Sekundenbruchteil betroffen, fasste sich aber schnell: „Nicht in dieser Generation. So weit wir wissen, bist du momentan die Einzige, die die Gene beider Völker in sich trägt. Diese Prüfung muss stattfinden! Deine Cousinen gehören zwar ebenfalls der direkten Blutlinie an. Du bist aber diejenige, die die Magie beider Völker in sich vereint."

Das alles war gut und schön, aber Amber wollte nicht die Person sein, von der das Wohl aller abhing – was auch immer das bedeuteten mochte. Sie wollte nur mit Alec zusammen sein.

Dieses Mal sprach sie aus, was sie tief im Inneren seit Längerem wusste: „Es tut mir wahnsinnig leid. Aber ich bin die falsche Person dafür und außerdem talentfrei."

„Glaub mir, du bist die Richtige, daran gibt es keinen Zweifel. Ich gebe deine Entscheidung aber weiter", knickte ihre Tante ein.

Amber wurde das Gefühl nicht los, dass Dora in Gedanken woanders war.

Beim Frühstück setzte Amber sich Alec gegenüber, der am Ende des Tisches saß. Er zwinkerte ihr zu, doch sie hütete sich, ihn direkt anzulächeln. Stattdessen legte sie abwartend die Hände in den Schoss und musterte ihre Großmutter aus den Augenwinkeln. Im Gegensatz zum gestrigen Tag wirkte Malvina vollkommen entspannt. Vielleicht lag es daran, dass die Strapazen der langen Reise mehr als zwölf Stunden zurücklagen, oder an dem reichhaltigen Angebot des Frühstücksbuffets. Neben frischgebackenen Roggen- und Milchbrötchen gab es eine reichliche Auswahl an weiteren Brotsorten, die geschmackvoll in Bastkörben arrangiert waren. Verschiedene Käsesorten, selbsteingekochte Marmelade aus dem Garten und goldgelber Honig ließen Amber das Wasser im Mund zusammenlaufen.

Mit: „Guten Morgen. Als ich in deinem Alter war, hatte ich immer Hunger, egal zu welcher Tageszeit", richtete Malvina das Wort an Amber.

„Guten Morgen. Eigentlich habe ich gar keinen Hunger", log sie und ignorierte das amüsierte Aufblitzen in Alecs Augen. Mit der Fußspitze peilte sie unter dem Tisch sein Bein an und trat aufs Geratewohl zu.

„Pfff", entwich es ihm. Sie begegnete seinem vorwurfsvollen Blick mit einem unschuldigen Lächeln.

„Ich habe mich etwas mit Rosalie unterhalten. Sie erwähnte, dass du dich nicht für Pflanzenheilkunde interessierst. Das ist sehr schade, denn die Natur birgt wahre Schätze. Ich bin mir darüber im Klaren, dass unsere erste Begegnung unter keinem guten Stern stand. Würdest du mir nach dem Frühstück trotzdem auf einem Rundgang über das Grundstück Gesellschaft leisten?"

Zu ihrem Bedauern fiel Amber auf die Schnelle kein Argument ein, um das Überraschungsangebot abzulehnen.

„Natürlich, gern", sagte sie lahm, und widmete sich ihrem Frühstück, das ihr nach Malvinas Ankündigung nicht schmecken wollte. Dass Alec gegenüber saß und ihr heimlich zuzwinkerte, war das einzig Positive an diesem Morgen. Sie atmete erleichtert auf, als Dora mit den Zwillingen am Frühstückstisch erschien. Rosalie reihte sich als Letzte in die mehr oder weniger gesellige Runde ein und überließ den beiden Hausmädchen die Aufgabe, für das leibliche Wohlergehen der Gäste zu sorgen. Madeleine und Mel warfen Amber und Alec neugierige Blicke zu, die sie ignorierte. Es fiel ihr weitaus schwerer, sich Alec gegenüber unbeteiligt zu geben. Ihm konnte unmöglich entgangen sein, dass die Zwillinge über das Date Bescheid wussten. Dennoch wirkte er entspannt – als vertraute er darauf, dass sie im Beisein der Erwachsenen keine Anspielungen oder anzüglichen Fragen zu befürchten hatten.

Amber verfolgte aufmerksam die Gespräche und brachte ihr Wissen über die Lage innerhalb der Stadt auf den neuesten Stand. Ihr Vater hatte die Senatsmitglieder überzeugt, dass Gewalt einzig Gegengewalt hervorrief. Er setzte darauf, die Wogen zu glätten und die Wut der Bevölkerung in geordnete Bahnen zu lenken. Den Menschen in den am stärksten betroffenen Gebieten, wie dem Hafenviertel, sicherte er freie Verpflegung und ärztliche Versorgung zu. Außerdem versprach er, die Wortführer anzuhören. Direkt am Volk anzusetzen war ein cleverer Schachzug. Verständnis für die Bedürfnisse der Inselbewohner zu signalisieren und sich als Gouverneur auf deren Stufe zu stellen, einer von ihnen zu sein, schuf ein Wir-Gefühl, das alle Schichten mit einschloss. Vielleicht wollte ihr Vater die Menschen zum Nachdenken anregen, gegen wen oder was sie tatsächlich ankämpften? Als sie eine flüchtige Berührung am Bein spürte, schreckte sie aus ihren Gedanken. Alec sah sie fragend an. Sie schenkte ihm ein verhaltenes Lächeln, das er erwiderte.

Aus den Augenwinkeln verfolgte sie, wie Mel aufstand und direkt auf sie zusteuerte. Zeitgleich kam Malvina von der anderen Seite auf sie zu. Im Vorbeigehen raunte Mel Amber etwas zu, das bei ihr einen schalen Beigeschmack hinterließ: „Du und Alec auf Tuchfühlung, so, so."

„Bist du soweit?", fragte Malvina im selben Atemzug und ließ ihr keine Zeit, ihrer Cousine zu antworten. Während die anderen den Tisch abräumten, trottete Amber schicksalsergeben hinter Malvina her, die den Weg Richtung Auffahrt einschlug.

Sie sah zurück und begegnete Alecs mitleidigem Blick. Sie mochte Malvina nicht und bezweifelte, dass dieser Rundgang etwas daran änderte. Um des lieben Friedens willen hatte sie dem Vorschlag zugestimmt – in der Hoffnung, dass Malvina sie danach in Ruhe ließ.

„Mädchen, schau nicht so griesgrämig drein. Es ist bloß ein Spaziergang und nicht der Weg zum Schafott", kommentierte Malvina ihre bedrückte Miene, die sie nicht schnell genug hinter einem nichtssagenden Gesichtsausdruck verbergen konnte.

Der erste Satz war ihr von Rosalie her vertraut. „Davon bekommst du Falten", führte ihn Amber automatisch zu Ende.

„Vom Schafott?", fragte Malvina irritiert.

„Nein, nein. Entschuldige, ich hab laut gedacht."

Malvina verzog das Gesicht zu einem Lächeln. Es milderte die Verbissenheit in ihren Zügen und ließ die alte Frau überraschend nett erscheinen.

„Wir Alten sagen auch immer geradeheraus, was wir denken."

Erstaunt, dass Malvina sich die Mühe machte, mit ihr ins Gespräch zu kommen, nahm Amber sich vor, für die Dauer ihres Rundgangs entgegenkommender zu sein. Misstrauisch blieb sie dennoch. Das sollte Malvina ihr aber nicht anmerken.

Sie näherten sich dem Wachhäuschen. „Ist es hier nicht wunderschön?", murmelte Malvina, die sich in Ruhe umsah, verzückt. Ratlos blickte Amber über das Grundstück. Sie sah nichts Sehenswertes. Der Rasen erholte sich langsam von der sengenden Hitze des Sommers. Nur hier und da durchzogen helle Stellen das satte Grün. Die Blätter der mächtigen Kastanienbäume bewegten sich in der kühlen Brise.

Amber verlangsamte ihre Schritte und vergrößerte den Abstand zwischen sich und Malvina, die ihr Zögern bemerkte. Die alte Frau drehte sich um und zeichnete mit erhobener Hand einen Halbkreis in die Luft.

„Was fällt dir auf?“

Amber schwieg und musterte die Umgebung. „Ich weiß nicht.“

„Dann beantworte mir diese Frage: Was siehst du nicht?“

Schmiedeeisernes Tor, sauber geschnittene Hecken, akkurat gemähter Rasen, die gleichbleibende Entfernung zwischen den Bäumen der Auffahrt – all das gab ihr einen Hinweis, was Malvina von ihr wollte – sie sollte über die offensichtlichen Dinge hinaussehen. Nunmehr aufgeregt ließ Amber ihren Blick erneut über Altbekanntes gleiten. „Ich weiß jetzt was du meinst. Es ist alles steril, leblos und ungemütlich“, sprudelte es aus ihr heraus.

„Das ist, was du oberflächlich wahrnimmst. Komm, ich möchte dir noch etwas anderes zeigen.“

Ambers Widerwille war verschwunden. Begierig zu erfahren, auf was Malvina aus war, folgte sie ihr.

Vielleicht handelte es sich um ein Rätsel, das es zu lösen galt. Wollte Malvina herausfinden, wie clever ihre Enkelin war? Oder war es ein Test? Wollte Malvina wissen, wie viele Hexengene in Amber steckten?

Malvina führte sie in Rosalies Garten. „Was siehst du?“, wiederholte sie stoisch ihre Frage und legte eine Hand auf Ambers Schulter.

Jetzt, da sie wusste, dass sie auf jedwede Kleinigkeit achten sollte, fiel es ihr leicht, danach Ausschau zu halten. Sie konzentrierte sich. Kaum merklich weitete sich ihr Sichtfeld. Es eröffnete ihr eine Welt, eine Sicht auf Dinge, denen sie bisher kaum Beachtung geschenkt hatte: Glitzernde Tautropfen, die vom Blatt einer Rose perlten, zu Boden fielen, vom weichen Untergrund aufgesogen wurden und einen dunklen Fleck hinterließen. Ein lackschwarzer Käfer, der einen Grashalm erklomm, herunterfiel und auf dem Rücken zu liegen kam. Harmlos wirkendes Unkraut, das in direkter Nachbarschaft der Heilpflanzen wuchs und ihnen früher oder später das lebensnotwendige Sonnenlicht rauben würde.

All das eröffnete Amber einen neuen Blickwinkel auf eine Welt voller Geheimnisse, angereichert mit pulsierendem Leben, das seinen vorbestimmten Lauf nahm und in seiner Winzigkeit dennoch etwas Großem angehörte.

Eine Böe wirbelte unzählige Blütenblätter auf und kreierte einen bunten Farbenschauer, der über dem Garten niederging.

„Na, dein Selkiegen scheint mir recht stürmisch. Lass bitte den Wind aus dem Spiel. Unternimm etwas dagegen, bevor du einen Wirbelsturm auslöst. Rosalie wäre alles andere als erfreut, wenn du ihren Garten verwüstest."

Widerwillig löste sich Amber vom Mysterium der Natur und wandte sich Malvina zu.

„Ich habe nichts getan, das war ... der Wind ..." Sie brach ab und riss erstaunt die Augen auf. „War ich das etwa?", wisperte sie erschrocken und starrte wie gebannt zum bewölkten Himmel hinauf.

„Ich bin vielleicht nur eine alte übellaunige Moorhexe, doch ich kenne mich mit Selkies aus. Immerhin habe ich sie mein Leben lang studiert. Wind und Wasser sind ihr Element. Früher haben sie diese Kräfte für sich genutzt und sich durch heraufbeschworene Unwetter aus ausweglosen Situationen gerettet. Ziemlich hitzköpfig, dieses Volk!", fügte Malvina abschließend hinzu.

„Und zu was sind Hexen imstande?", fragte Amber, die auf mehr Informationen hoffte.

Die Stimme ihrer Großmutter klang undeutlich. Malvina zupfte zwischen den Pflastersteinen wachsendes Unkraut aus. „Krankheiten heilen, lindern, verhindern. In der heutigen Zeit leider mit begrenzten Möglichkeiten. Die Zivilisationskrankheiten sind mitunter ebenso hartnäckig wie dieses Kraut. Schauen wir uns an, was Rosalie alles gezaubert hat“, wechselte Malvina das Thema und ging langsam die bepflanzten Reihen ab. „Die Blätter des Beinwell beschleunigen den Heilungsprozess von Knochenbrüchen.“

Amber starrte das Kraut an, das sie aufgrund der hübschen lila Blüten für eine Blume gehalten hatte. Dank Malvina hatte sie nun das Bild von Gelenkknochen vor Augen.

„Diese hier wird bei Herzproblemen eingesetzt. Du siehst, die Eseldistel, auch gern Wolldistel genannt, ist nicht nur Schottlands Nationalblume, sondern auch eine Heilpflanze. Sie wächst auf Wiesen, selten in Gärten, hin und wieder findet man sie auch an Wegesrändern. Heutzutage sind sie aber an öffentlichen Straßen durch Schadstoffe wie Abgase unbrauchbar geworden. Leider hat Rosalie ihren Vorrat aufgebraucht. Nun aber genug, ich habe deiner Großmutter versprochen, ihren Bestand an Salben und Tinkturen aufzufüllen. Wenn in der Stadt nicht bald Ruhe einkehrt, wird der Bedarf an pflanzlichen Arzneimitteln rapide ansteigen.“

Das Gewicht unzähliger Fragen bewegte Amber fast dazu, sich an das Kleid der schmächtigen Hexe zu klammern.

„Wie ist das mit dem Wind? Ich verstehe nicht, wie ich das angestellt habe.“ Amber lief aufgewühlt neben ihr her und nutzte den kurzen Rückweg, um weitere Fragen zu stellen.

Malvina wandte ihr Gesicht der Sonne zu und schien genießerisch den Duft der Blumen in sich einzusaugen. „Ah ja“, flüsterte ihre Großmutter und schaute nach oben. Amber folgte ihrem Blick, fand jedoch nicht heraus, was so faszinierend an einem blassblauen Himmel sein sollte.

„Wenn ich ein Selkie wäre, wüsste ich vermutlich eine Antwort auf deine Frage. Da ich keiner bin, kann ich dir nur sagen, was ich erkenne. Dieser Sommer war außergewöhnlich heiß. Gerade in unseren Breitengraden ist das Wetter normalerweise in den Sommermonaten eher durchwachsen. Dazu kommen die Unwetter, die ebenso untypisch waren. Das alles deutet darauf hin, dass das Wetter manipuliert wurde. Rosalie hatte ein Auge auf dich. Sie glaubt, dass du dafür verantwortlich bist. "

„Damit hab ich nichts zu tun. Wenn es nach mir gegangen wäre, wäre das Thermometer bei konstanten 25 Grad geblieben", setzte Amber sich zur Wehr. Die indirekte Unterstellung, dass sie Schuld an der Dürreperiode hätte, war verrückt.

„Doch, Kindchen, das hast du. Aber die Schuld liegt wohl bei uns. Alles deutete darauf hin, dass jemand in das Klima pfuscht. Wir haben die Zeichen zu spät erkannt. Der Zwiespalt, dem du emotional ausgesetzt warst, ist dadurch zum Vorschein gekommen. Diese Kräfte störten das Gleichgewicht der Natur."

„Warum hat Rosalie mir all das verschwiegen und wer entscheidet, wann dieses Tâche stattfindet?", warf Amber ungeduldig ein. Sie musste wissen, was das alles zu bedeuten hatte. Da Rosalie gerade nicht greifbar war, erhoffte sich Amber von Malvina Antworten.

„In dieser Generation sind es Rosalie und Edmond, die das Tâche organisieren", gab Malvina überraschend bereitwillig Auskunft.

„Ja, aber woher wusste meine Großmutter, dass ich diese Person bin, auf die offenbar alle gewartet haben? Ich verstehe nicht, wie sie sich so sicher sein konnte! Edmond hat mich erst dem Ritual unterzogen, nachdem ich auf dem Polizeirevier war und herausfand, dass dieses Tâche überhaupt stattfindet."

In ihrer Erregung hatte Amber lauter und schneller gesprochen, als gewollt und holte erst einmal tief Luft.

„Rosalie fiel bereits vor ein paar Monaten auf, dass du Gerüche intensiver wahrnimmst, als zuvor. Lass mich raten: du konntest die salzhaltige Luft schmecken und den Duft von Rosen über große Entfernungen riechen."

Amber nickte, brachte jedoch kein Wort hervor.

„Diese Fähigkeit besitzen nur die Nachfahren der Hexen. Warum Rosalie auf dich besonderes geachtet hat, liegt auf der Hand. Mór hat einst diesen Bann verhängt und ließ ein Schlupfloch offen. Allerdings wollte sie es uns nicht zu leichtmachen. Die Kandidaten aller Tâches stammen aus den beiden Gründerfamilien Rohloff und Wellington. In unserer Familie sind es ausschließlich die weiblichen Nachkommen, bei den Rohloffs die männlichen. Solange Rosalie sich unsicher war, ob es sich bei dir um die nächste Teilnehmerin handelt, hat Charles ihr verboten, dich in die Geheimnisse unserer Familie einzuweihen. Du musst nicht die Stirn runzeln. Dein Vater wollte dich beschützen und dir eine unbeschwerte Kindheit ermöglichen."

„In Ordnung, Danke, dass du mich aufgeklärt hast. Weder Sam noch Alec haben mir etwas darüber verraten. Ist das alles, oder gibt es zudem etwas, das ich wissen sollte?"

Der belustigte Zug um Malvinas Mundwinkel ärgerte Amber und brachte ihre Redeflut augenblicklich zum Stillstand.

„Nur, dass du aufgrund deiner Abstammung und deiner Besonderheit als Einzige dazu in der Lage bist, das Wetter zu beeinflussen – je nachdem, wie dein Befinden ist. Glücklicherweise scheint diese Gabe noch nicht ausgeprägt zu sein. Solltest du dich für uns entscheiden, verlierst du diese Fähigkeit ebenso wie die unangenehme Salzgeschichte, die dir gerade das Leben erschwert."

Amber war sich nicht sicher, ob Malvinas Worte der Wahrheit entsprachen. Vielleicht wollte ihre Großmutter sie nur davon überzeugen, auf die Seite der Hexen überzuwechseln.

Die alte Frau hielt Amber zurück, als diese an ihr vorbei wollte. „Das Jahr war bis vor Kurzem für uns alle ein Geheimnis. Niemand wusste, ob überhaupt in diesem Jahr das Tâche stattfindet. Rosalie wollte auf Nummer sichergehen, aber Edmond zählt nicht zu den geduldigen Menschen. Er wollte die Enthüllung durch sein Ritual vorantreiben, da die Zeit drängt. Ehrlich gesagt, sind wir mit deiner Vorbereitung ziemlich spät dran. Das Datum des Tâche fällt immer auf das Comóradh. Das Fest erinnert uns daran, dass die Magie, die wir in uns tragen, eine besondere Macht, aber auch Verantwortung mit sich bringt."

Erst im Nachhinein, in der Abgeschiedenheit ihres Zimmers, erinnerte sich Amber daran, dass Rosalie sie früher mehrmals auf die unbezwingbare Vielfalt der Natur und deren mystische Kräfte aufmerksam gemacht hatte. Nur selten hatte Amber ihr dabei zugehört. Sie hatte die Worte ihrer Großmutter insgeheim als Altweibergeschwätz abgetan.

Wie so oft in letzter Zeit blieben ihr wenige Minuten der Ruhe, bevor Mel mit Madeleine im Schlepptau ins Zimmer stürmte und sich ohne zu fragen auf ihrem Bett niederließ. „Jetzt mal Klartext. Du und Alec, ist das etwas Ernstes?", sprudelte Mel hervor. Sie ignorierte den tadelnden Blick ihrer Schwester, die eindeutig schuldbewusst neben ihr stand.

„Definiere ‚Ernstes'", konterte Amber, die dankbar für die Ablenkung war, das Interesse ihrer Cousine aber nicht nachvollziehen konnte. Sie hegte noch immer Zweifel an Mels Sinneswandel. Eine gute Tat löschte ihr vorangegangenes Verhalten nicht vollends aus.

Diese strich sich über ihre Haare und zupfte an einer Locke.

„Hat er dir gesagt, dass er dich liebt? Hast du ihm gesagt, dass du ihn liebst? Das tust du doch, oder? Hat er dich geküsst, hast du ihn geküsst?"

„Okay, okay." Amber betonte jedes einzelne Wort, um Mel wieder auf den Boden der Tatsachen zurückzuholen. „Wir haben uns geküsst. Punkt. Der Rest geht euch nichts an."

„Eigentlich schon, immerhin sind wir verwandt", setzte Mel an. Sie wurde von ihrer Schwester unterbrochen, die ihren Sitzplatz aufgab und ans Fenster trat. „Ich hab dir gesagt, dass du nichts Weltbewegendes erfahren wirst. Lass sie einfach in Ruhe."

Mel verhielt sich eigenartig. Amber war allerdings nicht danach, sich mit der chaotischen Psyche ihrer Cousine zu befassen. Ihr Blick fiel auf ihr Smartphone, das sie am Morgen neben ihrem Kissen zurückgelassen hatte: drei neue Nachrichten. Es war unnötig nachzuschauen – sie ahnte, wer sie mit Nachrichten bombardierte. Gedankenverloren nahm sie ihr iPhone in die Hand und wandte sich an Madeleine und Mel: „Fragt Alec. Vielleicht erzählt er euch etwas, das ihr noch nicht wisst."

„Pah, als ob ich das nicht längst versucht hätte. Da wäre ein Baum gesprächiger!", schimpfte Mel und bettelte sie mit den Augen an, ihre Neugierde zu stillen.

„Hey, sie sind zurück, Sam ist auch dabei!" Madeleine rettete Amber in letzter Minute, mehr über das Date preiszugeben als sie wollte.

Mit den Nasenspitzen dicht an der Fensterscheibe beobachteten sie, wie Gero den Wagen wendete und Charles in Begleitung von Sam auf das Gebäude zuging. „Wusstest du, dass dein Vater sich heute Morgen öffentlich zu ersten Verhandlungen mit den Aufrührern bereit erklärt hat? In den Nachrichten berichten sie von nichts anderem", bemerkte Mel und brachte Amber in Erinnerung, dass die Aufstände unvermindert anhielten. Von der Tochter des Gouverneurs erwartete sie vermutlich, dass sie sich über die Entwicklungen auf dem Laufenden hielt.

„Ja, klar, wusste ich. Es tut mir leid, aber ich habe wirklich keine Zeit. Sabrina ist bestimmt sauer auf mich. Wärt ihr so nett?"

„Wir wollten eh los und uns ein bisschen in der Gegend umschauen", warf Madeleine ein und schob ihre sich sträubende Schwester Richtung Tür.

„Halt uns auf dem Laufenden, mit Alec und dir", rief Mel, bevor die Tür ins Schloss fiel.

Nachdenklich sank Amber auf die Bettkante und las die Nachrichten im Schnelldurchgang. Die erste stammte von gestern Abend und beinhaltete nur, dass ihre Freundin auf ein Lebenszeichen von ihr wartete. Darüber hinaus war Sabrina neugierig, ob die Mel, mit der sie gesprochen hatte, etwa diejenige sei, über die sie sich unterhalten hatten. Die Warnung, ihr Smartphone nicht jeder Dahergelaufenen zu überlassen, entlockte Amber ein müdes Lächeln. Es war müßig, Sabrina darüber aufzuklären, dass sie keineswegs jedem ihr iPhone in die Hand drückte. Amber ahnte, dass ihre Freundin eine Verschwörung witterte. Vielleicht dachte sie, dass Amber extra nicht ans Handy ging oder Mel das Telefonat absichtlich abgewürgt hätte. Was verständlich war, nach allem, was sie ihr über Mel erzählt hatte. Sabrinas zweite Nachricht war am späten Vormittag versendet worden. Ihre Freundin ließ sie wissen, dass sie aus Sorge um ihre Freundin kein Auge zugetan hatte. Amber war sich allerdings sicher, dass ihre Freundin diese Mitteilung direkt nach dem Aufwachen geschrieben hatte. Die letzte entlockte ihr ein Grinsen, als ein fettgedruckter Schriftzug als Banner über das Display lief: Dazu ertönte ‚Pop State of Mind-Party' gefolgt von Ambers Lieblingsmusik, in voller Lautstärke. Die folgende Info allerdings stimmte sie nachdenklich: Gregor hatte ihre Geburtstagsfeier auf morgen vorverlegt. Diese Nachricht hatte einen schalen Beigeschmack. Die Party fand Freitag statt, am Samstag das Tâche.

Gregors Erklärung der ahnungslosen Sabrina gegenüber, nahm Amber ihm nicht ab. Gregor war sich selbst der Nächste. Der Anlass der Planänderung waren nicht die allgemein besorgniserregenden Vorkommnisse, sondern das bevorstehende Tâche.

War es ihm ähnlich wie ihr ergangen? Wahrscheinlicher war, dass er lange vor ihr von seiner Teilnahme am Tâche gewusst hatte. Ihre Gedanken schweiften ab. Dass Rohloff seinem Sohn verheimlichte, dass er ein Selkie-Nachkomme war, schien ihr unwahrscheinlich. Andererseits hätte Gregor es ihr gegenüber bestimmt erwähnt – wenn auch nur mit dem Hintergedanken, seine Chancen bei ihr zu erhöhen. Immerhin saßen sie im selben Boot.

Welchen Sinn machte es, dass ihre Vorfahren mit Zauberkräften und überragenden Tauchkünsten ausgestattet waren? Schließlich waren ihren Nachfahren bloß ein Bruchteil dessen geblieben.

Offenbar besaß kaum jemand Wissen über seine wahre Herkunft. Vermutlich war das gut so. Betrachtete Amber es allerdings von einer anderen Seite, gab es in der Stadt auffallend viele Heilpraktiker, die einen ausgezeichneten Ruf genossen und ebenso zahlreiche Fischer, die bis vor Kurzem ein besonderes Händchen für den Fischfang bewiesen hatten. Die Inselbewohner besaßen viele Talente, die sie von ihren Vorfahren geerbt haben mochten. Ambers Gedanken schweiften weiter ab:

Moorhexen und Torfabbau. Selkies und Fischfang. Die Insel, das Meer und seine Schätze. Es schien, als ob all dies wie die Zahnräder einer Uhr perfekt ineinander passten. Ineinander gepasst hatten, revidierte sie, da das Uhrwerk zurzeit nicht reibungslos funktionierte. Die ineinander verhakten Zahnräder, gleichbedeutend mit den um sich greifenden Unruhen, ließen sich offenbar nur mit roher Gewalt voneinander trennen.

Dass sich ihre Mutter weder bei ihr noch bei Rosalie, Sam oder Dora gemeldet hatte, gab Amber ein weiteres Rätsel auf. Ihr Mutter-Tochter-Verhältnis war nie gut gewesen, aber Funkstille in unruhigen Zeiten wie diesen? Dass ihr Vater aufrecht hinter seinem Schreibtisch saß, ließ zumindest ihn in einem positiven Licht erscheinen. Trotz des Aufruhrs regelte er souverän die

Belange der Stadt und setzte sich aktiv für die Bedürfnisse der Menschen ein.

Da das Gespräch mit ihm kurz bevorstand und Amber deshalb unruhig war, schickte sie ihrer Freundin eine kurze Nachricht. „Ich bringe zur Party ein paar neue Freunde mit, die du dann morgen kennenlernst. Ach ja, guten Morgen". Wenige Minuten später kam der Rückruf, mit dem sie fest gerechnet hatte. Weiter als ihr erneut einen: „Guten Morgen" zu wünschen, kam sie allerdings nicht.

„Wie, Freunde? Meinst du diese Mel und ihre Schwester? Ich dachte, ihr wärt euch nicht grün. Na egal. Was ziehst du an?"

Amber runzelte die Stirn. Ihre Ausrede gegenüber Gregor, dass der Paketdienst soeben ihr Partykleid lieferte, war eine Notlüge gewesen.

„Mal schauen. Irgendein Kleid eben", sagte sie hastig.

„Irgendein Kleid? Hallo? Es ist deine Feier, bitte sag nicht, dass du dir darüber keine Gedanken gemacht hast!"

Zorn stieg in Amber auf, gefolgt von einem heftigen Stich hinter ihrer Stirn, als das grelle Licht plötzlich auf ihre empfindliche Netzhaut traf. Sie ahnte, dass sich ihre Pupillen verändert hatten und nun schwarz waren, dazu benötigte sie keinen Spiegel. Nur mit Mühe gelang es ihr, einen Schmerzensschrei zu unterdrücken. Stattdessen sog sie scharf die Luft ein. Wie betäubt schüttelte sie den Kopf und tastete nach der Rolle Drops, die sie zuvor achtlos auf das Bett geworfen hatte.

„Ich denke unentwegt an Klamotten. Obwohl das Haus überfüllt, mein Vater erst gestern von seiner Reise zurückgekommen und die Stadt außer Rand und Band ist. Was meinst du, welche Farbe soll ich wählen, Rosa oder Lila?"

Schweigen auf beiden Seiten.

Amber nutzte die Pause und zerkaute das Bonbon, um die Wirkung zu beschleunigen.

„Du hast recht. Das alles tut mir wahnsinnig leid. Wenn du möchtest, komme ich vorbei und helfe dir bei der Auswahl."

Langsam ließ sie das Smartphone sinken und begriff zum ersten Mal, dass sie und ihre beste Freundin nicht viel gemeinsam hatten. Ihr gesellschaftlicher Stand ermöglichte Sabrina gegenüber den Nöten weniger Privilegierter gefühllos und blind zu sein. Bevor sie Alec kennengelernt hatte, traf es allerdings ebenso auf sie zu, gestand Amber sich schweren Herzens ein.

„Danke für dein Angebot, aber mir ist gerade eingefallen, was ich anziehen werde. Ich muss Schluss machen, meine Großmutter ruft und du weißt ja, wie ungeduldig sie sein kann", sagte sie lahm und beendete das Gespräch, ohne Sabrina zu Wort kommen zu lassen. Achtlos legte sie das Smartphone auf ihren Nachttisch, überlegte es sich anders, verstaute es in der Schublade und schob diese mit Nachdruck zu.

Bis vor wenigen Wochen hätte sich ihr Vater über Gregors Einladung zufrieden die Hände gerieben und die Hochzeitsglocken läuten hören. Seinen Einfluss durch eine Verbindung beider Familien zu stärken, war sein größter Wunsch. Ein Gefühl sagte ihr jedoch, dass es ihm darüber hinaus um etwas anderes gegangen war. Würde Charles sie in die Nähe von Rohloff lassen, oder es ihr im Hinblick auf das bevorstehende Tâche verbieten? Ihr musste schleunigst etwas einfallen, damit diese heikle Frage gar nicht erst aufkam.

Durch das geöffnete Fenster drangen Stimmen zu ihr. Amber kletterte auf das Außensims, wie sie es früher oft getan hatte, um der Enge ihres Zimmers zu entfliehen.

Das 90 Zentimeter hohe, nach außen gewölbte Gitter schützte sie davor, in die Tiefe zu fallen. Nur deshalb war es ihr möglich, diesen Platz als Freisitz zu nutzen, ohne sich Sorgen über einen Absturz zu machen. Mit angezogenen Knien gegen den Fensterrahmen gelehnt, beobachtete sie Sam, den sie im ersten

Moment für Alec gehalten hatte. Er hechtete auf Mel zu, packte sie unter den Achseln und wirbelte sie durch die Luft. Madeleine, die mit Dora auf die Villa zuging, blieb stehen und lachte. Amber ahnte, dass Mel vorlaut gewesen war. Es sah ihr ähnlich. Die Gegenreaktion, die sie mit Sicherheit verdient hatte, schien alle außer Mel zu amüsieren.

Dass Amber die Worte ihrer Cousine deutlich hören konnte, verriet, in welcher Lautstärke Mel um Gnade flehte. „Mir wird schlecht. Lass mich runter, sofort!"

Das Sam Mel zurück auf die Füße stellte, hatte sie nicht ihrer Lautstärke zu verdanken, sondern der Androhung sich zu übergeben. Mit einem Lächeln auf den Lippen beobachtete Amber, wie Sam sicherheitshalber Abstand hielt und seinen Arm um die Hüfte ihrer Tante legte. Weder Mel noch Madeleine schienen sich daran zu stören. Sam und Dora wirkten vertraut und bis über beide Ohren ineinander verliebt. Nachdenklich legte Amber das Kinn auf ihrem Knie ab. Vielleicht hatte sie sich in Dora getäuscht und es gab eine simple Erklärung dafür, dass sie sich in einem aufreizenden Aufzug im Präsidium herumgetrieben hatte. Je länger sie darüber nachdachte und die vorangegangenen Ereignisse Revue passieren ließ, um so logischer schien ihr Doras Aufenthalt bei der Polizei. Über den Inspektor gelangte sie mit Leichtigkeit an Informationen über Rohloffs Vorhaben, wo und wann er Razzien durchführte. Diese Informationen leitete Dora an Sam weiter, der die entsprechenden Vorsichtmaßnahmen traf. Mit etwas Abstand zu den Ereignissen hatte Amber im Nachhinein erkannt, dass er und die Standbetreiber sich auf dem Marktplatz seltsam verhalten hatten. Als hätten sie gewusst, was passieren würde. Frühzeitig die Stände abzubauen, um auf diese Weise einer Razzia zu entgehen, hätte selbst Rohloff misstrauisch werden lassen. Es war zwar nur eine von vielen Vermutungen, aber Amber fand Gefallen daran und sponn sie weiter. Elsworth hatte das Büro nicht wegen des Lärms im Gang, sondern wegen Dora verlassen. Anstatt ihre Tante darüber aufzuklären, wer bei ihm im Büro saß und nach Alec gefragt hatte, hatte er sie über die bevorstehende Razzia informiert.

Wenn Amber mit ihrer Vermutung richtig lag, war Dora ihr, nach Ambers Besuch auf dem Polizeirevier, tatsächlich bis zu dem kleinen Lebensmittelladen gefolgt. Charles war zu diesem Zeitpunkt schon nicht mehr in der Stadt gewesen. Mit wem hätte der Inspektor sonst sprechen können? Wer außer ihrer Tante konnte gewusst haben, dass Amber einen Trip ins Revier unternommen hatte? Ihr fiel nur eine Person ein, die sich an jenem Tag ebenso auffällig verhalten hatte, wie Dora: Isabel!

Das plötzliche Auftauchen ihrer Mutter war Amber zu jenem Zeitpunkt merkwürdig erschienen. Genau so seltsam wie Elsworths Verhalten ihr gegenüber, als er erfahren hatte, wer Amber war. Mit dem Wissen, das sie inzwischen besaß, war es leicht, Isabels Bemühungen aus einem anderen Blickwinkel zu betrachten.

Ambers Gedanken überschlugen sich im Taumel der Erkenntnis. Rosalie hatte erwähnt, dass sie Isabel im Hinblick auf Alec um Hilfe gebeten hatte. Kurz darauf war ihr Freund von Rohloffs Männern abgefangen worden. Später hatte Alec ihr gegenüber angedeutet, dass der Oberst ein auffallend großes Interesse an Amber gezeigt hatte. Was, wenn ihre Mutter diejenige war, die Alec an Rohloff verraten hatte?

Isabel war am selben Tag aufgetaucht, an dem Amber wegen Alec bei der Polizei gewesen war. Dass sie anschließend darauf bestanden hatte, Amber mitzunehmen, deutete ebenfalls darauf hin, dass sie in Alecs Verschwinden involviert war und von Ambers Abstecher in die Stadt erfahren hatte. Außerdem gab es sonst niemanden, dem Amber ein derart heimtückisches Verhalten zutraute. Das Problem Alec auf diese Weise zu lösen, sah Isabel ähnlich. Aber was hatte Isabel mit Elsworth zu tun? Woher kannten sich die beiden? Kannten sie sich überhaupt?

Vor Aufregung verlor Amber das Gleichgewicht und purzelte vom Fenstersims kopfüber ins Zimmer. Nur ihren Reflexen hatte sie es zu verdanken, dass sie mit beiden Händen voran auf dem Boden aufkam. Ihr blieb ein Moment die Luft weg, dann rappelte sie sich auf und verließ den Raum. Sie musste unbedingt mit Alec sprechen. Ihm konnte sie ihre Befürchtung anvertrauen. Nicht auszudenken, wenn sie falschlag und Isabel zu Unrecht beschuldigte. Viel schlimmer aber war der Gedanke, wenn sie richtiglag und damit alle in helle Aufregung versetzte.

Am Ende des Flures hielt sie vor dem letzten Gästezimmer und atmete tief durch.

Nach zweimaligem Klopfen öffnete Alec die Tür. Er registrierte ihren Gesichtsausdruck und trat zur Seite. Mit einem Blick erfasste sie das zerwühlte Bett, die Jeans auf dem Boden, das zerknautschte T-Shirt und die Socken. Hastig sammelte Alec seine Wäsche auf und ließ sie kurzerhand in der obersten Schublade der Kommode verschwinden.

„Entschuldige, ich habe mit niemandem außer Sam gerechnet und der ist momentan nicht da."

Mit einer fahrigen Handbewegung versuchte er die Bettdecke zu glätten und gab auf, als sie sich auf den Wust aus Decke und Kissen setzte. Ordnung war das Letzte, worüber sie sich Gedanken machte. Alec nahm neben ihr Platz. Er fuhr sich durch die zerzausten Haare, die aussahen, als hätte er bis vor wenigen Minuten geschlafen. Sein fragender Blick machte sie nervös, ebenso sein Lächeln, das sie gerne erwidert hätte.

„Ich glaube Isabel ist schuld, dass Rohloff dich in die Finger bekommen hat. Ich habe es eben erst herausgefunden, bin mir aber ziemlich sicher. Es tut mir leid", sprudelte sie hervor.

„Moment, warte kurz."

Augenblicklich verstummte sie.

„Noch mal langsam zum Mitschreiben: Wieso sollte sie da mit drinhängen?"

Amber fiel es schwer, ruhig zu bleiben. Sie nestelte an einer Ecke der Bettdecke, während sie ihm erzählte, was ihr durch den Kopf gegangen war.

Insgeheim hatte sie befürchtet, dass die Situation peinlich werden würde. Immerhin erzählte sie Alec, zu welcher Ungeheuerlichkeit ihre Mutter fähig war. Er reagierte jedoch nicht sauer, sondern gefasst und machte nicht den Eindruck, als ob er jeden Moment in die Luft gehen würde.

„Wenn das mit deiner Mutter wahr wäre ...", raunte er mit belegter Stimme und zog sie näher an sich heran. Er drückte ihren Kopf gegen seine Schulter, als wäre sie diejenige, die von Isabel eiskalt ans Messer geliefert worden war.

„Kann es sein, dass du dir die Beweise so zurechtbiegst, dass sie deine Mutter belasten? Ich weiß, dass du sauer auf sie bist, aber Isabel an allem die Schuld zu geben ist der falsche Weg", sagte Alec, nach einem Moment des Schweigens.

Lag sie falsch? Immerhin hatte sie auch Dora anhand von Indizien einiges zugetraut.

„Rosalie selbst hat mir erzählt, dass Isabel über uns Bescheid wusste. Es sieht doch alles danach aus, dass sie dich an deinen Vater verraten hat", warf Amber mit einem Anflug von Zweifel ein. Hatte Alec recht und sie sich darin verrannt, ihre Mutter für alles und jedes die Schuld zuzuweisen? Bei Dora zumindest hatte sie sich gründlich geirrt.

„Okay, ich weiß eigentlich nicht wirklich, wo Isabel überall die Finger mit drin hat", ruderte Amber zurück.

„Ich für meinen Teil möchte das gar nicht wissen", entgegnete Alec und schenkte ihr ein Lächeln, bei dem ihr die Knie weich wurden. Glücklicherweise saß sie neben ihm auf dem Bett.

„Stimmt auch wieder. Weißt du, ich sollte mich bei Dora bedanken, dass sie Sam vor der Razzia gewarnt hat“, sprudelte es aus Amber heraus.

„Ähm, dieses Mal war es deine Mutter, die sich mit meinem Bruder in Verbindung gesetzt hat“, klärte Alec sie über die Hintergründe auf.

„Wieso Isabel? Ich kann mir nicht vorstellen, dass sie sich um andere Menschen sorgt“, antwortete Amber im Brustton der Überzeugung.

Alec blickte ihr kurz in die Augen und runzelte nachdenklich die Stirn.

„Ich weiß es von Sam. Glaub mir, deine Mutter hat die Information weitergegeben und nicht Dora.

„Also könnte Isabel doch etwas mit Rohloff oder zumindest Elsworth zu tun haben. Von wem sollte sie es sonst erfahren haben?“, fügte Amber schnell hinzu, da Alec weiterhin skeptisch wirkte.

„Einen Moment, das muss in etwa zum selben Zeitpunkt gewesen sein, an dem du auf dem Markt warst. Wenn du recht hast und Isabel von alledem wusste, ging es ihr gar nicht um Sam oder sonst jemanden, sondern allein um dich. Sie konnte sich denken, dass du dort bist, oder zumindest in der Gegend, und wollte dich vermutlich aus der Schusslinie bringen“, entgegnete Alec, anstatt ihre Mutmaßung vom Tisch zu fegen, wie Amber insgeheim befürchtet hatte.

„In Ordnung, also nochmal zurück an den Anfang. Erst erfährt Isabel, Dank meiner geschwätzigen Großmutter, dass zwischen uns was läuft und dann findet sie zufällig heraus, dass eine Razzia geplant ist? Woher sollte sie davon wissen?“, hakte Amber verblüfft über die Wendung des Gesprächs nach.

„Es könnte natürlich sein, dass … ach nein, oder doch?“

„Was, oder doch?“, half ihr Alec auf die Sprünge. Er wirkte ebenso angespannt, wie sich Amber fühlte.

„Elsworth verhielt sich seltsam, als ich mich nach dir erkundigte. Nicht, als würde er dich nicht kennen, sondern so, als ob er wüsste, dass dir etwas zugestoßen ist. Wenn ich nicht ganz paranoid bin, würde ich denken, dass der Inspektor wusste, dass meine Mutter dich an Rohloff ausgeliefert hat. Und das kann Elsworth nur von Isabel erfahren haben.“ Amber geriet ins Stocken und sortierte ihre Gedanken.

„Oh man, egal ob sie diese Informationen von Elsworth oder meinem Vater bekommen hat, wenn das stimmt, wäre das eine echt heiße Nummer“, erwiderte Alec, der ihrem Blick auswich und stattdessen eine verwaiste Socke auf dem Boden inspizierte.

„Du weißt doch irgendetwas“, antwortete Amber alarmiert über sein Verhalten.

„Na ja wissen ist das falsche Wort. Ich muss nur gerade daran denken, dass mir deine Mutter vor Kurzem im Künstlerviertel über den Weg gelaufen ist. Sie war in Begleitung des Inspektors. Ich dachte, sie wären sich zufällig begegnet. Mich hat nur gewundert, dass mich deine Mutter überhaupt bemerkt und dann auch noch gegrüßt hat, als würden wir uns seit Ewigkeiten kennen.“

„Ich sag's dir, aus irgendeinem Grund hatten es nicht nur dein Vater, sondern auch die beiden, oder zumindest Isabel, auf dich abgesehen!“, fiel Amber ihm ins Wort.

„Wer weiß noch, dass Rohloff dein Vater ist?“

Sie hätte diese Frage gerne ausgespart. Es klang, als wollte sie von ihrer Mutter ablenken, indem sie seinen Vater ins Spiel brachte. Alec runzelte die Stirn und zählte auf: „Sam und Edmond, klar. Dora, Gero und dein Vater, der Malvina auf der Rückreise über meine Familienzugehörigkeit aufgeklärt hat.

Rosalie auf keinen Fall, sie sieht in mir nur einen Störenfried aus dem Zwölfer, der ihre Enkelin auf Abwege bringt."

Letzteres schien ihn ebenso zu amüsieren wie sie. Automatisch hauchte sie ihm einen Kuss auf die Lippen. „Womit sie nicht ganz unrecht hat."

„Wenn du es sagst, muss ich es wohl glauben", entgegnete er und erwiderte ihren Kuss mit einer Intensität, die Amber für einen Moment vergessen ließ, aus welchem Grund sie ihn aufgesucht hatte.

Nach dem Gespräch lagen sie einander zugewandt auf seinem Bett. Es war das erste Mal, dass sie zusammen waren, ohne auf der Hut sein zu müssen. Der Gedanke war aufregend und beängstigend zugleich. Amber war nervös. Alec hingegen wirkte entspannt, als wüsste er, wie er sich in einer solchen Situation zu verhalten hatte. Im Flur erklangen Schritte, eine Tür fiel ins Schloss. Erneut Stille.

Amber strich Alec eine Strähne aus der Stirn, wie sie es schon den ganzen Morgen gern getan hätte.

Für kurze Zeit hatte sie geglaubt, alles um sich herum vergessen zu können. Ebenso wie sein ungemachtes Bett, lag allerdings zu vieles im Argen und hielt sie davon ab, sich auf seine Berührungen einzulassen.

Seine Augen wirkten dunkel und geheimnisvoll. Alec ließ seine Hand sanft ihr Rückgrat entlanggleiten. Beim Bund ihrer Jeans angekommen, zog er sich zurück und strich ihr Shirt mit einer Endgültigkeit glatt, die den letzten Rest Romantik im Keim erstickte.

„In Ordnung, und was jetzt?", flüsterte er ratlos.

Amber benötigte einen Moment, bevor ihr aufging, was er meinte. „Ich könnte Isabel anrufen. Wenn ich sie ärgere und sie mit meiner Vermutung konfrontiere, verrät sie sich oder Elsworth vielleicht", dachte sie laut nach.

Alec schüttelte den Kopf und setzte sich auf. „Was sollte das bringen? Dann wissen wir, dass Isabel mit Elsworth … was auch immer. Aber nicht, was Rohloff mit den beiden zu tun hat. Ich glaube dir. Wirklich“, sagte er hastig. „Wenn wir richtigliegen, brauchen weder Elsworth noch Isabel Dora als Undercover-Ermittler. Die beiden sitzen an der Quelle. Isabel muss nur den Inspektor fragen, was Rohloffs Leute planen und Elsworth erfährt im Gegenzug von ihr, was Sam vorhat dagegen zu unternehmen.“

Seine Argumentation, dass Elsworth und Isabel einander unter Verschluss gehaltene Informationen austauschten, war nicht von der Hand zu weisen. Amber hatte hautnah miterlebt, wie ihre Mutter sich Sam an den Hals geworfen hatte – und das, obwohl Isabel wusste, dass er und Dora seit Langem ein Paar waren.

Der Dreh- und Angelpunkt schien der Job ihrer Tante zu sein, ansonsten hätte Isabel ihr niemals dazu verholfen. Vielleicht diente er als Ablenkungsmanöver?

Amber setzte sich ebenfalls auf. „Macht es dir nichts aus, dass Isabel und Rohloff dir das angetan haben?“

Sie hatte mit sich gerungen, doch diese Frage musste sie einfach stellen. Wie er zu ihr stand, war ihr inzwischen klar. Mitunter wirkte er auf sie allerdings wie ein einsamer Wolf, der umherstreift – immer auf der Hut vor Gefahren. Nie selbst auf der Lauer liegend, um seinen Feinden zuvorzukommen.

„Natürlich“, entgegnete er und hielt ihrem Blick stand, ohne mit der Wimper zu zucken. „Das ändert aber nichts an dem, was passiert ist. Wir sind nicht für die Fehler unserer Eltern verantwortlich, wir müssen bloß lernen damit klarzukommen. Das betrifft auch die Selkies und Hexen, damals wie heute. Ein ewiger Kampf um die Vorherrschaft. Kann sein, dass dieses Tâche die einzige Möglichkeit ist, den Kreislauf zu durchbrechen.“

Amber erstarrte. Seine Antwort und das, was sie unterschwellig herauszuhören glaubte, verunsicherte sie zutiefst. „Möchtest du, dass ich daran teilnehme?“

„Ziehst du es denn in Erwägung?“, stellte er ihr eine Gegenfrage.

„Nein.“

Allein der Gedanke, dass sie ihn noch einmal und dann vielleicht für immer verlieren könnte, war unerträglich. Diese Bürde, ebenso wie das schlechte Gewissen, ihre Familie dadurch aller Hoffnungen zu berauben, musste sie tragen und nicht er.

Malvina hatte gesagt, dass Amber diese Entscheidung allein treffen musste – aber war es wirklich so einfach?

Anstelle einer Erwiderung zog Alec sie zu sich. Amber klammerte sich an ihn, als könnte er ihr jeden Moment entgleiten. Fünf Minuten später verließ sie Alecs Zimmer mit seinem Versprechen, er würde gleich nachkommen. Sie hatte gehofft, dass es ihr nach dem Gespräch mit Alec besserging. Sie fühlte sich jedoch schlechter als zuvor. Vielleicht war sie ihrer Mutter doch ähnlicher, als sie dachte. Sie klagte die vermeintlich Schuldigen an. Dabei wollte sie sich nur ihre eigene Schuld nicht eingestehen. Das war der falsche Weg, um mit sich selbst ins Reine zu kommen. Alec hatte lange vor ihr verstanden, dass es bei dem Tâche um weit mehr ging, als einen Fluch zu brechen. Durfte sich Amber überhaupt widersetzen? Wenn sie es täte, würde jemand anderer irgendwann ihren Platz einnehmen müssen. Alec hatte versucht, es ihr so einfühlsam wie möglich begreiflich zu machen, ohne sie in die Enge zu treiben. Stille umfing Amber, die allerdings nicht angenehm, sondern beklemmend war.

Ein Blick über die Balustrade in die leere Eingangshalle erklärte, warum es derart ruhig war. Amber ging die Treppe hinunter und fand alle auf der Terrasse versammelt. Die Tafel war um einen weiteren Tisch erweitert worden. Neben Dora stand ein leerer Stuhl. Ihre Tante hatte Amber den Platz neben sich freigehalten.

Die Zwillinge saßen am Ende des Tisches neben Malvina. Keine von ihnen sah in Ambers Richtung. Ihr Vater unterhielt sich leise mit Sam und hatte ihr Erscheinen nicht bemerkt. Selbst Rosalie saß bereits am Tisch. Eine warme Brise wehte vom Meer her und die hinter Wolken hervorgekommene Sonne tat ein Übriges, die Szenerie wie ein nettes Familienessen wirken zu lassen. Der Schein trog jedoch. Die gedämpfte Stimmung versetzte Amber in Alarmbereitschaft. Etwas musste in ihrer Abwesenheit vorgefallen sein. Dass es nichts Gutes war, verrieten die bedrückten Mienen der Zwillinge.

Die Kommunikation der anderen beschränkte sich fast ausschließlich darauf, die Schüsseln reihum zu reichen.

„Ich hoffe, Alec verspätet sich nicht allzu sehr", raunte ihre Tante und erwischte Amber eiskalt.

„Woher wei...ßt du ...?", stotterte sie leise. Dora griff nach der nächststehenden Schüssel und reichte ihr den Kartoffelbrei, von dem sie sich allerdings nur einen Löffel nahm.

„Als ich vorhin in meinem Zimmer war, habe ich euch reden hören. Keine Sorge, in meinem Alter lauscht man nicht mehr an geschlossenen Türen."

Amber wollte etwas Unverfängliches erwidern, doch Alec erschien, wie versprochen. Er lächelte ihr im Vorbeigehen beruhigend zu und setzte sich zwischen seinen Bruder und Charles.

„Wir haben uns nur unterhalten", erklärte Amber und beobachtete aus den Augenwinkeln, wie ihr Vater Alec in das Gespräch miteinbezog. Malvina sah zu Amber hinüber. Augenblicklich verstärkte sich bei ihr das Gefühl, dass etwas Seltsames vorging. Madeleine saß kerzengerade auf ihrem Stuhl, vor sich den unberührten Teller. Sie hielt den Blick gesenkt und schien dem Redefluss ihrer Großmutter zu lauschen. Ein kratzendes Geräusch ließ Amber herumfahren. Rosalie schob den Stuhl zurück, marschierte in Richtung Küche und murmelte etwas von: „Pudding zum Nachtisch".

„Was ist mit Rosalie los?", flüsterte Amber nervös.

„Dein Vater wird dir nach dem Essen alles unter vier Augen erklären. Du weißt doch, deine Großmutter hat einen Dickkopf, der selbst einen Elefanten in den Wahnsinn treiben würde. Leider vergisst sie, dass wir alle bei dieser Sache ein Wörtchen mitzureden haben."

„Was hat sie sich in den Kopf gesetzt?", hakte Amber vorsichtig nach, erhielt aber keine Antwort. Plötzlich ahnte sie, um was es ging, und schluckte schwer. Wie hatte sie glauben können, das bevorstehende Tâche auszusitzen wäre die Lösung des Problems? Dass Malvina sich intensiv mit den Zwillingen und vor allem mit Madeleine beschäftigte, verhieß nichts Gutes – zumindest das war Amber klar geworden. Sie verlor jegliches Hungergefühl. Ihre winzige Portion Kartoffelbrei schluckte sie gedankenverloren. Das Angebot an Gemüse und einer Scheibe Braten wies sie mit vehementem Kopfschütteln zurück. Amber linste zu Alec hinüber.

Ihr Freund hörte abwechselnd ihrem Vater und Sam zu und aß nebenbei ein Stück Baguette, das er in Bratensoße tunkte. Einerseits fühlte sich Amber von ihrem Vater übergangen, anderseits war es eine Erleichterung, sich nicht mit ihm auseinandersetzen zu müssen. Nachdem selbst der Nachtisch weitgehend verschmäht wurde und kaum jemand gedanklich anwesend war, hätte sie ein Gespräch mit ihm den Vorzug gegeben.

„Heute scheint kaum jemand mein Essen zu würdigen. Ich schlage vor, dass ihr euch später in der Küche selbst bedient. Glaubt ja nicht, dass ich mich heute Abend erneut an den Herd stelle, um einer heißhungrigen Meute ein Vier-Gänge-Menü zu zaubern!" Rosalie stemmte die Hände in die Hüften, blickte mit verkniffenem Gesichtsausdruck in die Runde bis zu Malvina. Die beiden Frauen duellierten sich mit Blicken. Die Spannung zwischen den beiden älteren Frauen war greifbar und schien in der Sonne zu flirren wie die Hitze, die an heißen Sommertagen von den Steinplatten aufstieg. Dieses Mal wirkte der Konflikt nicht vorgetäuscht.

„Dora, begleite deine Töchter bitte nach oben, bis wir eine endgültige Entscheidung getroffen haben. Amber, ich erwarte dich in fünf Minuten in meinem Büro, und bitte keine Ausflüchte. Es wird Zeit, dass wir uns unterhalten."

Da war sie wieder: die Autorität ihres Vaters. Er duldete keinen Widerspruch. Genau diese Unnachgiebigkeit hatte sie schon früher gegen ihn aufgebracht.

Bevor sie ihn zum Teufel wünschen konnte, begegnete ihr Alecs warnender Blick. Sein unmerkliches Kopfschütteln und die Geste zum Salzstreuer hin erinnerten sie daran, dass sie die Kontrolle zu verlieren begann. Es war mehr als die Hälfte des salzigen Inhalts nötig, bis sie sich wieder bei klarem Verstand fühlte. Ihr Vater erhob sich, nickte ihr kurz zu und verließ die Terrasse ohne ein weiteres Wort. Rosalie rauschte an Malvina vorbei Richtung Küche. Wenige Sekunden später räumte ihre Kontrahentin ebenfalls das Feld.

Dora legte Amber besänftigend die Hand auf die Schulter. „Lass dir von niemandem etwas einreden. Wir verstehen es, wenn du dich dagegen entscheidest. Meine Mutter hat ihre Wahl getroffen und ist gescheitert. Sieh, was aus ihr geworden ist."

„Bitte erzähl mir mehr darüber!", rief Amber verzweifelt aus. Sie musste es wissen. Nicht später, nicht morgen und schon gar nicht zum Zeitpunkt des Tâche, das in zwei Tagen stattfinden würde, sondern sofort. Ihre Tante schien zu spüren, wie wichtig es ihr war und dass sich Amber noch nicht endgültig entschieden hatte.

„Sie hat sich als Sechzehnjährige zu den Hexen bekannt. Bartholomäus gehörte den Selkies an, aber beide waren überzeugt, dass sie die Prüfung bestehen würden. Niemand weiß, wie das Tâche damals ablief. Jedenfalls sieht Malvina ihre Chance gekommen, dass sich durch dich der Sinn des Tâche erfüllt. Leider vergisst sie dabei, dass dieses Mal nicht sie, sondern du diese Entscheidung treffen musst."

Amber verstand. Nicht alles, aber genug, um den Unterschied zwischen Malvina und sich selbst zu erkennen: Sie war dank Edmond mehr Selkie als Hexe und konnte mit Alec zusammen sein, wie und wann es ihr gefiel – vorausgesetzt, ihre Beziehung hielt alldem stand.

Dora erhob sich und begleitete Sam ins Haus, während Amber ihre verwirrenden Gedanken zu ordnen versuchte. Warum musste ausgerechnet sie die Fehler anderer ausbaden? Sie hatte niemandem Leid zugefügt. War ihr Wunsch nach Freiheit und Selbstbestimmung falsch?

Sie spürte einen Luftzug im Nacken und fuhr erschrocken herum.

Mel stand direkt hinter ihr. Sie wirkte bedrückt und flüsterte mit einem Blick auf Madeleine: „Lass nicht zu, dass sie am Tâche teilnimmt. Ich würde ja an ihrer Stelle gehen, aber aus irgendeinem Grund haben sich die Erwachsenen auf meine Schwester eingeschossen." Ihr Zögern verriet, wie schwer es ihr fiel, sich zu offenbaren. Dass sie es dennoch tat, rechnete Amber ihr hoch an. „Ich kann es bestehen, dafür muss ich keine Hexe sein, echt. Es ist nicht richtig, Madeleine ins Rennen zu schicken!"

Mel wartete nicht darauf, dass Amber antwortete. Sie lief Madeleine nach, die aufgestanden war und, ohne sich umzusehen, ins Haus ging. Vermutlich benötigte sie ebenso eine Auszeit, wie Amber sie sich wünschte.

Amber warf Alec einen hilflosen Blick zu und las in seinen Augen, was er niemals aussprechen würde, und worauf sie trotzdem die ganze Zeit gewartet hatte. In einem Punkt hatte sie sich geirrt: Nicht nur sie verspürte Angst und machte sich Sorgen um das, was auf sie zukam. Zu sehr mit sich selbst beschäftigt, hatte sie die Signale übersehen. Als er aufstand und zu ihr kam, blieb sie sitzen. Langsam beugte er sich zu ihr. Sie spürte seinen warmen Atem. „Ich warte vor dem Büro auf dich. Egal, wie du dich entscheidest, ich bin da, solltest du mich brauchen."

Kapitel 35

Der Anblick ihres hinter dem Schreibtisch sitzenden Vaters suggerierte eine Normalität, die in Ambers Welt nicht mehr existierte. Er wies auf einen Stuhl und wartete, bis sie sich gesetzt hatte. Für Amber war es ungewohnt, ihn nicht hinter einem Stapel Ordner vergraben vorzufinden und seine volle Aufmerksamkeit zu bekommen. Umgeben von Aktenschränken und ohne Ablenkungen von außen spürte sie die unüberwindbare Distanz zwischen ihnen. Der Abend, an dem sie neben ihm auf dem Sofa gesessen hatte, verblasste zunehmend und erschien ihr wie ein Tagtraum.

„Es tut mir leid, dass ich erst jetzt Zeit für dich erübrigen kann, aber du siehst ja, dass die Stadt in Aufruhr ist. Ich weiß, dass es keine Entschuldigung für mein Verhalten gibt. Ich hätte dir viel früher von uns und unseren Vorfahren erzählen müssen. Anzunehmen, dass ich dich vor dem Tâche bewahren kann, indem ich die Zeichen ignoriere, war ein großer Fehler. Ich habe nicht über den Tellerrand hinaus geschaut. Ich möchte dir etwas zeigen. Vielleicht verstehst du dann meine Beweggründe, warum ich dir bisher nichts über unser Familienerbe erzählt habe. Inzwischen denke ich anders darüber. Du musst wissen, was für uns und die Inselbewohner auf dem Spiel steht."

In seinen Augen las sie die Bitte um Verständnis, das sie nicht aufbrachte. Charles wirkte kränklich und verdiente ihr Mitgefühl. Allerdings war ihr alles, was darüber hinausging, unmöglich. Zu tief saßen die Enttäuschung und der Schmerz. Amber erkannte, dass ihm das Wohlergehen von Aberness noch immer mehr bedeutete als sie.

Dass er mit Worten sparsam umging, war nichts Neues – dass er sich so distanziert gab, verletzte sie zutiefst. In Gegenwart ihres Vaters fühlte sie sich hilflos. Daran hatten auch die zurückliegenden Ereignisse nichts geändert. Die Minuten zogen sich in die Länge, ohne dass er Anstalten machte, das einseitige Gespräch fortzuführen. Sie gab ihren Widerstand auf, nickte und nahm ihm gegenüber Platz. Schweigend beobachtete sie, wie er etwas in seinen Computer eingab, innehielt und den Bildschirm so ausrichtete, dass Amber einen guten Blick darauf hatte. Mit einem Klick öffnete sich ein Dokument. Das darin abgelegte Video war laut Datum bereits vor sechzehn Jahren aufgenommen worden, zu einem Zeitpunkt, an dem sich die Insel im Ausnahmezustand befunden hatte.

Dichter Rauch zog durch Straßen und Gassen und hüllte die aus dem Krankenhaus drängenden Menschen ein. Sie blockierten die Zugänge und versperrten den Entgegenkommenden den Weg.

Die Menge ergoss sich auf den Bürgersteig. Zwischen ihnen entdeckte Amber notdürftig versorgte Verletzte. Sie lagen auf provisorischen Tragen, irrten umher oder wurden von anderen mitgeschleppt. Unter zerfetzten Arbeitskleidungen blitzten hässliche Brandwunden hervor. Sie alle waren auf der verzweifelten Suche nach Hilfe. Fast glaubte Amber den Gestank von Blut und verbranntem Fleisch zu riechen, und die Panik der Menschen am eigenen Leib zu spüren. Schmerzensschreie hallten zwischen den Gebäuden wider und unterstrichen das entsetzliche Grauen, das an jenem Tag auf Aberness Einzug gehalten hatte. Zum Zeitpunkt der verheerenden Explosion in der Mine hatte auf dem Geländer eine Demonstration stattgefunden. Viele der Teilnehmer, im Besonderen die Arbeiter, hatten sich am Unglücksort oder zumindest in unmittelbarer Nähe aufgehalten. Amber klammerte sich an die Erinnerung, dass sich das Unglück nur in der Nähe der alten Salzsteinfabrik abgespielt hatte. Das Ausmaß der Katastrophe war begrenzt und betraf nicht alle Bewohner der Stadt – dennoch hielt sie es kaum aus und stand kurz davor, den Blick abzuwenden.

Ein eingeblendeter Ausschnitt aus dem Zwölfer belehrte sie jedoch eines Besseren.

Blutlachen glänzten wie Pfützen nach einem Regenschauer auf Asphalt und Kopfsteinpflaster. Ohne Rücksicht auf Verletzte bewegten sich die Linie der Angreifer und die der Verteidiger aufeinander zu. Die Hafenarbeiter verloren Meter um Meter gegen die Armee. Die Soldaten hoben sich wie eine schwarze Wand gegen den weiß schäumenden Hintergrund ab. Es schien, als ob sich selbst das Meer in Aufruhr befand.

Amber gelang es kaum, die Tränen zurückzuhalten. Sie umklammerte die Tischkante. Ihr Atem ging stoßweise und setzte ein ums andere Mal aus, wann immer jemand zu Boden ging oder niedergetrampelt wurde.

Sie zuckte zusammen, als die Szenerie einfror, atmete mehrmals tief durch und drehte sich von dem Standbild weg. „Warum zeigst du mir das?"

Nicht nur ihre Stimme zitterte, ihre Nerven schienen ebenfalls ein Eigenleben entwickelt zu haben.

„Weil es erneut geschehen könnte, wenn Madeleine und Gregor bei der Prüfung versagen."

„Warum habt ihr Madeleine ausgewählt? Sie trägt nicht beide Gene in sich, richtig?", fiel sie ihm ins Wort. Ihr Vater hob zu einer Erklärung an, doch Amber war nicht fertig: „Was passiert, wenn sie die Prüfung nicht bestehen? Ich versteh's noch immer nicht!"

„Aberness entstand durch die Magie unserer Vorfahren. Zwischen uns und dieser Insel besteht eine Verbindung. Damals, wie heute, wirken sich die Unruhen auf die Insel aus. Die Erdbeben, die kontinuierlich an Stärke gewinnen, kommen nicht von ungefähr, sie sind ein Spiegelbild unserer Gesellschaft.

Jemand muss diesen Bann brechen. Uns läuft die Zeit davon. Wenn du dich nicht der Herausforderung stellst, wird es Madeleine versuchen. Zumindest ist sie ein direkter Nachfahre", fügte ihr Vater hinzu. Der Tonfall in seiner Stimme, duldete keine Widerrede.

Amber schwieg. Dass nicht nur die Bewohner, sondern auch die Insel selbst betroffen sein sollte, war etwas, über das sie einen Moment nachdenken musste.

„Damals waren die Explosionen schuld an der Eskalation. Ganz sicher. Und die Ablehnung der Regierung gegenüber den Forderungen der Arbeiter!", brach es aus ihr hervor. Sie konnte nicht mehr klar denken. Ihr Verstand rang mit ihren aufgewühlten Gefühlen um die Oberhand.

Ihr Vater hingegen wirkte viel zu ruhig – als wäre er, nachdem er sich das Video unzählige Male angesehen hatte, abgestumpft. „Diese Explosion ist der Grund, warum die Stadt heute noch existiert. Sie lenkte die Menschen von den Scharmützeln ab. Dadurch richteten sie ihre Aufmerksamkeit auf ihr Zuhause und ihre bedrohte Existenz. Die Katastrophe bot Rettung in letzter Minute. Das war ein gezielter Anschlag. Die Regierung hatte das geplant. "

„Ist das Leben so vieler Menschen denn nichts wert?", fragte sie verbittert. Sie war schockiert über das, was sie zwischen seinen Worten herauszuhören glaubte.

Charles lockerte seine Krawatte, als hätte sie ihn mit ihren Fragen in die Enge getrieben. Er öffnete den obersten Knopf seines blütenweißen Hemdes und richtete sich die Manschetten der Ärmel. „Auf der einen Seite das Leben einer Handvoll Menschen, auf der anderen das Zuhause von Tausenden."

Amber verschlug es die Sprache.

Eine Tochter gegen Tausende, schoss es ihr durch den Kopf. Ihr schauderte bei diesem Gedanken.

„Sehen wir uns das Video des Nachrichtenkorrespondenten an, das heute Morgen in meinem Postfach gelandet ist."

Entsetzt, dass ihr Vater gegenüber den damaligen Ereignissen kein Mitgefühl erkennen ließ, schüttelte sie heftig den Kopf. Alles in ihr wehrte sich gegen seinen Vorschlag. Amber hatte bereits genug Elend gesehen. Sie verfolgte trotzdem gebannt den Pfeil, den ihr Vater zielgerichtet über den Bildschirm wandern ließ. Der Pfeil kam auf einer Datei zum Stillstand. Nach einem harmlosen Klick offenbarte sich ihr die ungeschminkte Wahrheit. Ihr Vater zwang sie, sich dem zu stellen. Kleinere Einbrüche in Geschäfte, Restaurants und Lagerhallen – das Ausmaß der Straftaten hatte sie während der letzten Wochen in den Medien mitverfolgt. Der folgende Filmausschnitt aus einer Überwachungskamera ließ sie allerdings Zeuge einer Reihe von Vorfällen werden, über die in den Nachrichten nie berichtet worden war. Im ersten Moment glaubte sie, die Aufnahme wäre uralt und ungefähr im Jahr ihrer Geburt gefilmt worden. Sie zeigte das Innere eines Krankenhauses. Der moderne Standard deutete jedoch nicht auf Vergangenheit, sondern auf die Gegenwart hin. Patienten aller Altersstufen saßen in einem überfüllten Warteraum. Bei ihnen handelte es sich durchweg um Frauen und alle wiesen blassrosa bis tiefrote Hautreaktionen an Händen, Gesicht und Hals auf. Einige verhielten sich ruhig und in sich gekehrt, andere wirkten aufgewühlt oder wütend.

„Allergien unbekannten Ursprungs?", flüsterte Amber entsetzt.

„Die ersten Fälle traten bereits vor Wochen auf. Die Ärzte dachten, dass es ein neuer Grippevirus sei, da die Hautsymptome mit Übelkeit und Fieberschüben einhergehen. Inzwischen hat sich die Anzahl der Erkrankten verdreifacht."

Sein darauffolgendes Schweigen verriet, dass ihm dasselbe durch den Kopf ging wie ihr. „Denkst du, dass es sich bei diesen Frauen um Nachfahren von Hexen handelt und die Reaktionen auf den Kontakt mit den Selkienachkommen zurückzuführen sind?“

„Dass die Trennungs- und Scheidungsrate seit Beginn dieser Epidemie rapide angestiegen ist, lässt darauf schließen. Die schlafenden Gene bei einigen Nachkommen der Selkies scheinen sich explosionsartig zu aktivieren. Aber dazu hätte eine größere Anzahl Männer über einen längeren Zeitraum Salzwasser zu sich nehmen müssen. In geringen Mengen zwar, aber über das normale Maß hinausgehend. Es hätte auch gereicht, wenn sie einmalig mit einer beträchtlichen Dosis Salz in Kontakt gekommen wären. Irgendjemand muss für die Gen-Aktivierungen im großen Stil verantwortlich sein. Jemand, der genau weiß, was er tut. Die Selkienachkommen werden offenbar mit ausreichend Salz versorgt, um streitsüchtig zu bleiben, ohne komplett durchzudrehen. Ansonsten würden Horden an Männern mit schwarzen Augen durch die Stadt laufen. Bisher gehen die in die Geschichte eingeweihten Ärzte davon aus, dass der Auslöser in Umlauf gebrachte kontaminierte Kräuter oder Gewürze sind. Somit wären die Nachkommen der Hexen für das Chaos verantwortlich. Sie geraten damit unweigerlich in den Fokus der Bruderschaft der Hexen und Selkies, die unser aller Erbe vor Entdeckung schützt.“

„Was meinst du mit Brudersch...“, setzte Amber an, kam aber nicht dazu den Satz zu beenden.

„Unsere Lebensmittelkontrolleure verfolgen die Transportwege zurück ins Hochland. Lebensmitteltechniker untersuchen Stichproben, bisher allerdings ohne nennenswerte Ergebnisse.“

Ihr Vater verhielt sich weiterhin auffällig distanziert. Amber sah ihm seine Bedenken dennoch an: Er befürchtete, dass das Ganze weitaus größere Ausmaße annahm als erwartet. Amber überlegte fieberhaft und kam zu einer erschreckenden Erkenntnis. Plötzlich verstand sie den Zusammenhang zwischen damals und heute, aber dieses Mal schien es nur einen Ausweg zu geben. Furcht erfüllte sie.

Irgendjemand zielte darauf ab, die Gewaltbereitschaft innerhalb der Bevölkerung zu schüren, indem er einen Super-GAU auslöste. Wie schon einmal wollte jemand, dass nicht die Insel, sondern nur deren Bewohner zugrunde gerichtet wurden.

Die wenigsten wussten über ihre wahre Herkunft Bescheid. Niemand würde in Panik und Misstrauen mit dem Finger auf ein paar Selkienachkommen deuten, deren Gen aktiviert wurde. Das Ausmaß an Aggressivität und Gewaltbereitschaft lenkte die Aufmerksamkeit nicht auf einige Personen, sondern auf die gesamte Bevölkerung. Wer sollte so etwas tun und weshalb? Rohloff, war Ambers erster Gedanke. Diese Vorgehensweise trug zumindest seine Handschrift. Bloß warum sollte er den endgültigen Zerfall der Stadt vorantreiben, wenn er auf das Amt des Gouverneurs aus war?

„Dieses Tâche ist für uns alle überlebenswichtig", sagte ihr Vater in die Stille hinein.

Amber verstand.

Er hatte nicht vor, sie zu zwingen. Er konfrontierte sie mit der brutalen Wirklichkeit und appellierte auf diese Weise an ihr Gewissen. Es war ein cleverer Schachzug, keine Frage. Amber verstand zum ersten Mal, was Charles ihr beim Schachspielen beibringen wollte: die eigenen Züge und die des Gegners vorauszusehen.

Dieses Mal war sie aber eindeutig schachmatt gesetzt worden. Er hatte recht. Das, was mit den Inselbewohnern geschah, wenn der Bann nicht gebrochen wurde, ging sie ebenso an wie ihn.

Nun lag es an ihr, die Verantwortung anzunehmen und ihren letzten Zug für sich zu beanspruchen – so gering die Aussicht auf einen Sieg auch sein mochte. Die Bürde auf den Schultern ihres Vaters schien sie zu erdrücken. Sie erkannte, wie viel Charles für die Insel und ihre Bewohner geopfert hatte. In diesem Moment sah sie ihn mit anderen Augen. Seine übertriebenen Schutzmaßnahmen und die daraus resultierenden Verbote waren ebenso Ausdruck seiner Fürsorge und Zuneigung ihr gegenüber wie sein Versuch, seine Tochter aus dem Tâche herauszuhalten. Nur deshalb hatte er ihr diesen Teil ihrer Vergangenheit und ihre Familiengeschichte vorenthalten.

Sie dachte an die Sanftmut ihrer Cousine, die trotz ihres Verwandtschaftsgrades die zweite Wahl war. Sie dachte an Gregor, dem Madeleine niemals gewachsen wäre. Sie dachte an all diejenigen, denen eine Liebe, wie sie und Alec sie erlebten, verwehrt war und kam sich schäbig vor.

Ihre Handflächen wurden feucht. Das Herz pochte ihr bis zum Hals und zog sich bei dem Gedanken an Alec schmerzlich zusammen. Bevor Angst die Oberhand gewann, sprang sie auf und lief zur Tür. „In Ordnung. Ich nehme an der Prüfung teil", sagte sie, die Hand bereits an der Türklinke.

Die Tür fiel hinter ihr ins Schloss. Amber blinzelte wütend über ihre Schwäche die aufsteigenden Tränen fort und bemerkte Alec, der vornübergebeugt auf einem Sessel saß. Während sie auf ihn zuging, prägte sie sich den Anblick seiner widerspenstigen Haare ein, die wie eh und je zerzaust wirkten und ihr wie so oft ein Lächeln entlockten. Er schien ihre Anwesenheit zu spüren, hob den Kopf und sah sie mit seinen blauen Augen auf dieselbe Art und Weise an wie bei ihrer ersten Begegnung in der Auffahrt: neugierig, abwägend und doch wissend.

Sie stand nicht nur vor einem Jungen, der sich seiner Herkunft und der Verantwortung, die damit einherging, bewusst war. Sie stand ihrem Freund gegenüber, der dasselbe von ihr erwartete.

Es war gleichgültig, ob jemand mitbekam, dass sie sich einander mitten in der Eingangshalle umarmten.

Sie hatte ihre Entscheidung getroffen. Diese schloss Alec ein.

„Du trittst gegen Gregor an?“, raunte er ihr ins Ohr.

Es war weniger eine Frage als eine Feststellung. Offenbar kannte er sie besser als sie sich selbst.

„Sieht danach aus“, versuchte sie zu scherzen und erwiderte seinen zärtlichen Kuss, der ihre Lippen verschloss.

Sie schluchzte leise auf, obwohl sie sich ihm gegenüber mutig und entschlossen zeigen wollte.

„Deine Entscheidung ist die einzig richtige“, murmelte er in ihr Haar.

„Ich weiß, aber ich könnte es nicht ertragen, dich zu verlieren“, flüsterte sie verzweifelt.

„Du bist nicht allein. Egal was passiert, ich stehe hinter dir“, sprach er aus, worüber sie sich im Moment in erster Linie Sorgen machte.

„Vielleicht kennt Malvina ja ein Mittel, das dich in einen zweiten Merlin verzaubert“, versuchte sie, das Ausmaß ihrer Entscheidung herunterzuspielen.

„Wenn ich nur einen Funken Hexenmagie in mir hätte, vielleicht. Aber leider kann sich niemand seine Vorfahren aussuchen“, entgegnete er und strich ihr mit einer sanften Geste eine Haarsträhne aus dem Gesicht.

„Ich werde es den anderen sagen. Kommst du mit?“

Alec schien damit gerechnet zu haben, dass sich Amber letzten Endes für das Tâche entschied. Zumindest wirkte er gefasster als sie sich fühlte. Eigentlich hatte sie bloß Madeleine über ihren Entschluss informieren wollen und gehofft, dass sich die Information von selbst herumsprach. Alec zog sie durch den Hintereingang zum Kräutergarten, der auf einmal bei allen beliebt zu sein schien.

Rosalie hielt einen Bund Kräuter in der Hand und unterhielt sich mit Malvina, die mit dem Rücken zum Gebäude stand und Amber nicht kommen sah. Der zufriedene Blick, mit dem

Rosalie ihre widerspenstige Enkelin bedachte, öffnete Amber die Augen. Die Entscheidung, Madeleine an ihrer Stelle ins Rennen zu schicken, war kein Zufall. Zumindest ihre Großmutter musste gewusst haben, dass Amber eine tiefe Zuneigung zu Madeleine entwickelt hatte und sich nie mit dieser Lösung einverstanden erklärt hätte. Amber ärgerte sich aber nicht darüber. Sie hatte ihre Entscheidung getroffen.

Sam saß auf einem der Klappstühle, die normalerweise im Gartenhaus untergebracht waren. Seine Hände in denen von Dora. Die Zwillinge hatten sich in den hintersten Winkel des Gartens zurückgezogen. Ambers Familie hatte sich nur aus einem Grund an diesem Ort versammelt: Sie warteten gemeinsam auf ihre endgültige Wahl.

Amber öffnete die niedrige Gartenpforte und ließ Alecs Hand los, der außerhalb des Gartens zurückblieb und Sam zunickte. Sein Bruder erhob sich und ging auf Amber zu. Sam blieb allerdings nicht bei ihr stehen, sondern gesellte sich zu Alec. Die Kluft zwischen den beiden und ihrer Familie zerriss Amber das Herz: Auf der einen Seite die Nachkommen der Selkies, auf der anderen die der Hexen. Sie musste sich zwingen, nicht umzukehren und in Alecs Arme zu flüchten.

„Und welches der Kräuter verwandelt mich nun in eine Hexe?"

Das allgemeine Gelächter, das ihr wie ein einziges Aufatmen vorkam, durchschnitt die abwartende Stille. Ehe sie sich versah war sie umringt, während alle gleichzeitig auf sie einredeten. Ihre Großmütter überboten sich mit Rezeptvorschlägen, deren Zutaten Amber ein Rätsel waren. Zu ihrer Erleichterung kamen darin weder Kröten noch Opossumschwänze vor. Dora umarmte sie überschwänglich und reichte sie kurzerhand an Mel weiter.

„Wenn alle verwöhnten Gören wären wie du, könnte ich mich vielleicht mit ihnen anfreunden", flüsterte Mel ihr ins Ohr.

Amber deutete es als ein Dankeschön. „Ich finde dich eigentlich auch nicht übel“, konterte sie und ging auf Madeleine zu, die sich bisher im Hintergrund gehalten hatte.

„Ich hätte es dir und Alec zuliebe versucht. Bist du dir sicher?“, fragte ihre Freundin mit Tränen in den Augen.

„So sicher wie du es bist“, erwiderte Amber so leise, dass es niemand sonst hörte. Madeleine lächelte. In ihrem Gesicht spiegelte sich Mitgefühl wider.

Bei dem Wechselbad der Gefühle war Amber entgangen, dass Sam dazugekommen war. Sie zuckte zusammen, als sie seine Hand auf ihrer Schulter spürte.

„Bevor ich es vergesse: Ich soll dir von Edmond ausrichten, dass du bei Gelegenheit bei ihm vorbeischauen sollst. Er hat da eine Geschichte auf Lager, die du bestimmt noch nicht kennst.“

Sein amüsiertes Lachen irritierte Amber. Schließlich wurde ihr klar, dass er sie nur aufziehen wollte. Es war seine Art, ihrer Entscheidung Respekt zu zollen.

„Willst du dich etwa mit mir anlegen, solange ich eine von euch bin?“, drohte sie mit erhobenem Zeigefinger.

„Bewahre, gegen dich habe ich keine Chance“, witzelte er.

Malvina beanspruchte seinen Platz und Amber wurde zum ersten Mal bewusst, dass beide darauf achteten, einander nicht zu nahe zu kommen.

„Ich danke dir, dass du dich deiner Aufgabe stellst. Obwohl ich dir nichts über das Tâche erzählen darf, einen Rat habe ich dennoch: Erinnere dich an die schönen Momente in deinem Leben, wann immer dir danach ist.“ Automatisch griff Amber an ihr Handgelenk und ertastete Alecs Geschenk.

Malvina verfolgte jede ihrer Bewegungen.

„Es tut mir leid, aber du musst dieses Armband bis auf Weiteres ablegen.“

Amber erstarrte. Sie hatte nicht damit gerechnet, dass sie sich von allem trennen musste, das mit einem Selkie zusammenhing. Es widerstrebte ihr zutiefst, das Einzige, das sie nach ihrer Verwandlung mit Alec verbinden würde, auch noch abzugeben.

„Wir erledigen das später, wenn wir allein sind, okay?“, raunte ihr Madeleine zu. Sie hatte erkannt, dass Amber kurz davorstand, gegen diese Regel zu protestieren.

Bis auf Madeleine waren alle in die Villa zurückgekehrt. Durch die Ruhe realisierte Amber, dass die erzwungen lockere Stimmung ihr geholfen hatte, nicht in einen lähmenden Angstzustand zu verfallen.

Im Gegenteil, sie hatte sich im Kreis ihrer Angehörigen und Freunde aufgehoben und beschützt gefühlt. Jeder von ihnen hatte auf seine Weise versucht, ihr die Furcht zu nehmen.

„Versuch es abzunehmen!“, drängte Madeleine.

Die Worte hingen in der Luft und schienen sich ebenso träge im Kreis zu drehen wie Ambers Gedanken. Widerwillig griff sie nach dem Armband. In ihren Fingerspitzen prickelte es. So zerbrechlich das Band auch aussah, es ließ sich nicht abstreifen. Dabei war das Anlegen problemlos vonstattengegangen.

Sie zerrte daran. Energisch quetschte sie ihre Finger zwischen Haut und Armband und versuchte es zu dehnen. Es schien jedoch mit ihrer Haut verwachsen zu sein. „Das kann nicht sein!“, schimpfte sie leise.

„So funktioniert es nicht. Es ist tatsächlich eines dieser Bänder.“ In Madeleines Stimme schwang Ehrfurcht mit, als wäre von einem Neugeborenen die Rede. Amber wollte weder inmitten der Kräuterbeete ein Kind gebären noch das Armband, an den sie offenbar gefesselt war, gegen ihren Willen tragen.

Es ging offenbar nicht nur darum, das Verhängnis, das über Aberness hereinzubrechen drohte, abzuwenden. Amber musste die Existenz einer uralten Magie anerkennen, die allgegenwärtig schien und sie unbarmherzig umklammert hielt. Wenn sie schon nichts gegen ein simples Armband ausrichten konnte, wie sollte sie dann dieses Tâche bestehen? Sie drehte und zog, zerrte und quetschte, bis ihr Handgelenk wund gescheuert war. Madeleine gab ihr einen sanften Schubs, der sie wieder zur Vernunft brachte.

Amber traten Tränen in die Augen. „Wie bekomme ich dieses verdammte Ding ab?", fauchte sie.

„Indem du dich wirklich und wahrhaftig davon löst. Hat dir Alec nichts darüber erzählt?"

„Was erzählt? Dass er mich gegen meinen Willen an die Kette gelegt hat?", fluchte Amber leise.

„Okay, hör mir einfach zu, ohne auszuflippen."

Dass sie darauf einging, lag weniger an der Aufforderung als an Madeleines beschwichtigendem Tonfall. Mit einem Seufzer ließ sie von ihren Bemühungen ab und setzte sich erschöpft auf den Boden.

Madeleine folgte ihrem Beispiel und ließ sich neben ihr nieder. „Dieses Armband besitzt etwas von der Magie der Person, aus deren Haaren es geknüpft ist. Komm schon, du warst einverstanden, mir wenigstens zuzuhören!", unterbrach Madeleine ihre Erklärung, da sie Amber ansah, was sie dachte.

Amber wusste genau, was das war: Ablehnung und nur ja mit keinem weiteren mystischen Quatsch konfrontiert werden. Sie unterdrückte ihren Widerwillen und wartete darauf, dass Madeleine fortfuhr.

„Gehen wir einmal davon aus, dass nicht allein unsere Vorfahren mit Magie umzugehen wussten und es Leute gibt, die sie heute noch nutzen – wenn auch in begrenztem Umfang."

Amber nickte ergeben. Bisher war sie mit den Symptomen, die ein aktiviertes Selkiegen mit sich brachte, klargekommen. Die chaotischen Empfindungen und die zuweilen eingeschränkte Sehfähigkeit bekämpfte sie mit ausreichend viel Salz. Bei all diesen

Dingen handelte es sich um körperliche Beschwerden, die nichts Magisches an sich hatten. Sie dachte an Malvinas Behauptung, dass sie aufgrund ihrer Abstammung dazu fähig wäre, den Wind zu beeinflussen. Warum sollte Alec nicht ebenfalls über eine Fähigkeit verfügen? Immerhin stammte auch er aus einer der Gründerfamilien. Edmond kannte erwiesenermaßen den ein oder anderen Trick, um aus jemandem Magie herauszukitzeln.

„Hast du dich nie gefragt, warum du all den Ärger auf dich genommen hast, um Alec zu finden? Als es brenzlig wurde, hättest du die Suche nach ihm abbrechen können. Dieses Armband besteht aus seinen Haaren, durchwirkt mit der Magie seiner Ahnen. Es funktionierte, weil dieses Erbe auch in dir steckt. Es stellt eine Verbindung zwischen euch her. Obwohl ich glaube, dass es nicht seine Absicht war, dass du ihn findest, sondern er dich. Es soll so ähnlich sein wie in jemanden verliebt zu sein. Du weißt schon: jede Sekunde an jemanden denken zu müssen und nur darauf zu warten, bis er wieder bei einem ist." Madeleine kicherte. Amber warf ihr einen eisigen Blick zu.

„Entschuldige, ich hab mich hinreißen lassen, aber genau so funktioniert es."

Alec hatte ihr nichts über dieses Armband erzählt. Zu erfahren, dass sie mit ihm über jede Entfernung hinweg verbunden war, solange sie es trug, machte es ihr umso schwerer, sich davon zu trennen. Andererseits kam sie sich wie an die Kette gelegt vor – als wäre sich Alec ihrer Gefühle für ihn nicht sicher gewesen. Waren Ambers Gefühle überhaupt echt, oder hatte dieses Armband Macht über ihre Gefühle? Sie musste das Band loswerden, bevor sie vor Madeleine in Tränen ausbrach.

„Weder dieses Armband noch die Prüfung oder deine Herkunft werden deine Gefühle für ihn ändern", versuchte Madeleine ihr die Situation zu erleichtern.

„Wenn das so ist, überlasse ich dir gerne diesen überdimensionalen Ehering von einem Selkie!“, zischte Amber aufgebracht und hielt Madeleine ihr Handgelenk mit dem Armband unter die Nase.

„Sieh einer an. Alec steht scheinbar auf Zickenalarm“, konterte Madeleine, wie es Mel nicht besser hinbekommen hätte.

Sie starrten einander an und brachen in Gelächter aus, obwohl der Anlass alles andere als erfreulich war.

Amber schob den Gedanken beiseite, dass sie Alec verlieren könnte und versuchte es erneut. Dieses Mal ließ sich das Armband ganz leicht abstreifen. Einen Augenblick lang spürte sie eine schmerzhafte Leere, doch dieses Gefühl verging, nachdem sie Madeleine das Band übergeben hatte.

Zurück blieb die Hoffnung, dass ihre Freundin recht behielt.

Sie blickte auf und bemerkte Alec, der jenseits des Gartenzaunes auf sie wartete und alles von dort aus beobachtet hatte. Er erinnerte sie daran, dass ihr laut Malvina weniger als eine Stunde blieb. Danach wäre sie nicht mehr annähernd wie er. Zögerlich ging sie auf ihn zu und blieb vor ihm stehen.

„Ich möchte dir etwas zeigen“, sagte er leise und ergriff ihre Hand.

„Kannst du es hören?“ Neben ihr trat Alec ungeduldig von einem Bein auf das andere und störte sie in ihrer Konzentration. Amber warf ihm einen genervten Seitenblick zu, der allerdings nicht die beabsichtigte Wirkung erzielte. Alec rückte näher. Es fehlte nicht fiel und er würde ihr in seiner Ungeduld die Muschel eigenhändig gegen das Ohr pressen.

Sie trat einen Schritt seitwärts. „Wenn du mir nicht andauernd die gleiche Frage stellen würdest, bestimmt. Aber mal ehrlich, jedes Kind weiß, dass es nicht wirklich das Meer ist, das man hört, sondern das durch die Adern fließende Blut.“

„Das ist, das, was man jedem Kind erzählt. Komm schon, versuch es noch mal.“

Amber startete einen weiteren Versuch. Die Augen auf die untergehende Sonne gerichtet, blendete sie die Umgebung aus.

Wie zuvor hörte sie nichts, nicht einmal ein Rauschen. Genervt ließ sie die Hände sinken. „Was soll´s, es könnte auch die Luftströmung sein, die durch die Muschel aufgefangen und für Meeresrauschen gehalten wird. Im Moment ist Windstille“, ergänzte sie.

Dass Alec mitunter hartnäckig war, wusste sie. Doch sein Verhalten wirkte fast paranoid. In ihren Augen war es reine Zeitverschwendung, der Muschel Geräusche entlocken zu wollen. Ihm zuliebe versuchte sie es ein weiteres Mal, ohne sich allzu viel davon zu versprechen. Als sie die Muschel platzierte, ging die automatische Sprinkleranlage an und wässerte nicht bloß den Rasen, sondern auch ihre und Alecs nackten Füße. Sie kicherte und riss sich sofort wieder zusammen, als er ihr einen missbilligenden Blick zuwarf. Dieses Mal versuchte sie es mit geschlossenen Augen. Aufmerksam lauschte sie in die Muschel. Sie glaubte tatsächlich ein gedämpftes Summen zu hören. Es klang wie ein leichter Wellenschlag, der an Kraft gewann.

Plötzlich nahm sie das Rauschen des Windes, die Brandung, und noch etwas anderes, Seltsames wahr, für das selbst ihr keine vernünftige Erklärung einfiel: Tiefes Bellen, warnend, ähnlich dem eines Hundes, der etwas Alarmierendes witterte. Amber wurde immer besser darin, das Geräusch von den Nebengeräuschen zu isolieren. Allmählich gelangte sie zu der Überzeugung, dass sich die Lautstärke der Brandung mit ihrem Herzschlag vereinte. Der Klang schien sich über die Wellen hinwegzubewegen. Die Ausläufer drangen bis zu ihr vor.

In ihr ballte sich etwas Hartes, Kaltes zusammen. Als hätte jemand eine Furcht in sie gepflanzt, die ihr wie ein Stein im Magen lag.

Ein kühler Luftzug, der aus Richtung des Meeres wehte, löste bei ihr ein heftiges Zittern aus.

„Du spürst es auch, sag schon ... Amber?“

Alec riss sie herum und Amber starrte benebelt in seine samtweichen Augen.

„Was war das?“, zerriss ihr Aufschrei den dichten Nebelschleier, der ihren Kopf ausfüllte, und brachte sie in die Realität zurück. Ihre Wahrnehmung musste sich einen makabren Streich erlaubt haben.

Amber war dieses Phänomen nicht unbekannt. Jemand konzentrierte sich auf etwas, die Einbildungskraft wurde aktiv und es traf genau das ein, was man erhofft oder befürchtet hatte. Dass sie Alecs Drängen nachgegeben hatte und er dadurch Zeuge ihrer Leichtgläubigkeit geworden war, war beschämend.

Sie hielt ihm die Muschel hin, doch er machte keinerlei Anstalten, sie entgegenzunehmen. Stattdessen schob er die Hände tief in die Hosentaschen. „Sie ist für dich. Damit du dich immer an den Gesang der Selkies erinnerst.“

Sie blickten sich tief in die Augen und Amber überkam das ungute Gefühl, dass sich Alec auf diese Weise von ihr verabschiedete.

„Du wirst mich daran erinnern“, entgegnete sie mit einer Bestimmtheit, die sie selbst überraschte.

Er streckte seine Hände nach ihr aus, ergriff ihre Schultern und zog sie an sich. „Amber, spätestens morgen wirst du dich fragen, was du je an mir gefunden hast, und ich werde dich nicht einmal mehr berühren können, ohne dich zu verletzen. Das ist es, was dieser verdammte Fluch bewirkt.“

Der Schmerz in seiner Stimme war unüberhörbar und spiegelte ihre eigenen Gefühle wider. Verzweifelt schmiegte sie sich an seine Brust, lauschte seinem Herzschlag, sog den salzigen Geruch seiner Haut ein und unterdrückte die aufsteigenden Tränen. „So wird es nicht sein, dafür liebe ich dich viel zu sehr. Ich bestehe diese Prüfung. Nichts und niemand wird mich davon abhalten. Schon gar nicht Gregor."

„Ich wünschte ...", setzte er an, ohne den Satz zu beenden.

„Was wünschst du dir?"

„Vieles, so vieles, aber was ich mir am meisten wünsche, ist mit dir zusammen zu sein."

Sie starrte über seine Schulter hinweg auf das schwindende Licht und beobachtete, wie die Sonne versank.

Die letzten Minuten, die ihnen blieben, küssten sie sich mit einer alles verzehrenden Leidenschaft, die an pure Verzweiflung grenzte.

„Es wird Zeit zurückzukehren", sagte er leise und sprach das aus, wovor sich Amber am meisten fürchtete.

Er hatte ihr versprochen, nicht am Ritual teilzunehmen. Er hielt sein Wort, obwohl sie ahnte, wie schwer es ihm fiel, sich am Haupteingang von ihr zu trennen. Die letzten Meter bis zum Kräutergarten bewegte sie sich wie in Trance. Jeder Schritt brachte sie ihrer Bestimmung näher und entfernte sie nicht nur räumlich von der Person, die ihr am meisten bedeutete.

Von Zweifeln geplagt bog sie um die Hausecke und blieb abrupt stehen.

Gero hatte die Außenbeleuchtung an diesem Abend auf Rosalies Wunsch hin nicht eingeschaltet. Erst jetzt verstand Amber den Grund dafür. Irgendjemand hatte in Abständen von jeweils einem Meter Fackeln im Garten befestigt. Sie beleuchteten ein Quadrat, in dessen Mitte mehrere Personen standen. Amber konnte sie im Dämmerlicht nicht erkennen.

Ausnahmslos alle trugen erdfarbene Gewänder und schienen dadurch mit ihrer Umgebung zu verschmelzen. Ihre Anordnung glich einem der Steinkreise, wie Besucher sie mitunter auf der Äußeren Inselgruppe Schottlands vorfanden. Der Kreis öffnete sich und Rosalie eilte auf sie zu, einen kupferfarbenen Umhang über dem Arm. Der Stoff glänze, wann immer ein Lichtschimmer darauf fiel.

„Kindchen, habe ich dir nicht beigebracht, pünktlich zu sein? Nun ja, es lässt sich nicht mehr ändern. Wenn es nach mir gegangen wäre, hätte die Zusammenführung bereits am Abend deines sechzehnten Geburtstags stattgefunden. Aber nun fix, uns bleiben nur noch zehn Minuten, bis der Tag endgültig die Schwelle zur Nacht überschreitet."

Verwirrt ließ Amber zu, dass ihre Großmutter ihr den wärmenden Umhang um die Schultern legte. Das Gewicht überraschte sie. Ihr Mund fühlte sich plötzlich staubtrocken an. Seltsam benebelt trat sie in die Mitte des Kreises und drehte sich auf Malvinas Anweisung. Madeleine wirkte zutiefst verunsichert. Sie streckte zur Begrüßung ihre Hand aus und berührte Amber am Ärmel. Charles Gesicht lag im Dunkeln. Er nickte ihr zu, während Rosalie mit einem zufriedenen Lächeln an sie herantrat. „Es ist dein Schicksal, uns anzugehören."

Amber schwieg. Sie fühlte sich wie eine willenlose Puppe, an deren Fäden ihre Familie nach Belieben zog. Überfordert mit der Situation ließ sie zu, dass alle die Hände nach ihr ausstreckten. Es erinnerte sie an ein Sonnensystem. Sie alle bewegten sich im lautlosen Tanz. Das Licht der Fackeln verschmolz mit ihren Umrissen. Außer dem Rascheln, wenn Stoff auf Stoff rieb, waren alle Geräusche verstummt. Die Natur selbst schien den Atem anzuhalten. Vom Boden stieg seltsamer Nebel auf und mit ihm der Geruch nach schwerer feuchter Erde. Amber schmeckte den herben Rauch der Fackeln, der ihr in Mund und Nase drang, litt aber unter keinem Hustenreiz oder tränenden Augen. Gegen ihren Willen öffnete sie den Mund und sog die Schwaden ein. Ihr wurde schummrig. Panisch tastete sie nach Halt. Es war niemand da, an dem sie sich festhalten konnte.

Kapitel 36

Amber stand auf einer Wiese. Heftiger Wind peitschte ihr lose Haarsträhnen ins Gesicht und nahm ihr die Sicht. Unwillkürlich zog sie den Umhang enger über die Brust. Sie strich sich die Haare zurück und schaute sprachlos über die weite Ebene. Weder Zäune noch Straßen durchschnitten das Land. Keine Häuser oder gar Wolkenkratzer behinderten ihren freien Blick. Amber sah sanfte Hügelketten, dichte Baumbestände und Wiesenflächen, deren hohes Gras sich der Kraft des Windes beugte. Der herbe Rauch der Fackeln war verschwunden. An seine Stelle trat frische salzhaltige Luft. Amber hatte das Gefühl, sich selbst in die Vergangenheit katapultiert zu haben. Sie kam sich in Anbetracht der Weite, die Aberness besaß, winzig vor. Gleichzeitig verspürte sie jedoch weder Angst, noch hatte sie Bedenken, diesen Ort zu erkunden. Federnden Schrittes lief sie durch das Gras, schnitt mit ihrem Körper eine Schneise, die sich hinter ihr ohne Spuren zu hinterlassen wieder schloss. Ohne zurückzuschauen lief sie auf den Horizont zu, der zum Greifen nah vor ihr lag.

Scharen von Schmetterlingen stoben auf, ließen sich auf ihr nieder und hüllten sie in eine farbenprächtige zitternde Wolke. Sie jauchzte auf und streckte die Arme aus, als wollte sie die ganze Welt umarmen. Vor ihren Augen schienen die Falter plötzlich zu schrumpfen. Sie waren nur noch bunte Punkte, die sie mit jedem Schritt hinter sich zurückließ. Die Umgebung verblasste, je näher sie dem brausenden Ozean kam. Amber spazierte über den weißen Sand und bewunderte die Schätze, die das Meer im Laufe vieler Jahre ans Land gespült hatte. Muscheln und Gesteinssplitter bildeten, berührt von der Sonne, einen glitzernden Übergang zum Wasser hin, dessen sanfter Wellenschlag gegen das flache Ufer rollte. Benommen sank sie auf die Knie, grub die Hände in den Sand und ließ ihn fasziniert durch die Finger rieseln. Der Umhang glitt von ihren Schultern, befreite sie von der Last der Verantwortung und der Furcht, die an ihr nagte. Ohne darüber nachzudenken, schlüpfte sie aus den Jeans und zog sich mit einem Ruck das Shirt über den Kopf. Sie zögerte und streifte sich dann den letzten Rest an Zivilisation ab. Splitternackt tänzelte sie die letzten Meter auf eine heranrollende Welle zu, die sich vor ihr aufbäumte und einen Augenblick später Erde und Sand von ihrer Haut spülte. Fasziniert über die unzähmbare Kraft der Natur lauschte sie dem ohrenbetäubenden Tosen einer weiteren Welle, die sich mannshoch vor ihr aufzubauen begann. Ohne das geringste Zögern tauchte sie darin ein. Das Wasser kühlte ihren erhitzten Körper und verlieh ihm eine Leichtigkeit, die sie träge werden ließ.

Etwas stimmte nicht. So sehr sie auch versuchte, durch die Wasseroberfläche zu stoßen, es gelang ihr nicht. Ihre Bewegungen, zuvor kraftvoll, wurden zunehmend schwächer. Ihre Glieder fühlten sich schwerer an, als es der Umhang je sein konnte. Ein Strudel erfasste sie und zog sie in die Tiefe. Die aufsteigende Panik stahl ihr den letzten Rest an Sauerstoff. Ihr zu einem Schrei geöffneter Mund füllte sich mit Salzwasser, das ihr Innerstes verbrannte. Sie bäumte sich verzweifelt auf und fand sich auf dem Boden liegend im Garten wieder.

Madeleine kniete neben ihr, Ambers Kopf im Schoss gebettet, und schluchzte leise: „Es ist alles gut, hörst du? Es ist alles gut."

Mühsam öffnete Amber die Augen und spürte die Schwere der Salzkristalle, die an ihren Wimpern hafteten. Vor Kälte zitternd griff sie nach den Aufschlägen ihres Umhangs und wickelte ihn enger um den Körper. „Es war nur ein Albtraum, eine Halluzination", ächzte sie und hielt irritiert inne, als sie den durchweichten Stoff ertastete. Verwirrt strich sie sich eine Haarsträhne aus dem Gesicht und hielt in der Bewegung inne. Irgendetwas war falsch. Wenn alles ein Traum gewesen war, warum waren ihre Kleidung und ihre Haare klatschnass? Amber beugte sich seitwärts und übergab sich.

Malvinas Stimme, streng und nachsichtig zugleich, war nicht an Amber, sondern an Madeleine gerichtet: „Jeder von uns erlebt die Reise zu seinen Wurzeln auf unterschiedliche Weise. Wir haben dich gewarnt. Es ist nicht gut, wenn du daran teilnimmst, bevor du dich deiner Zeremonie unterzogen hast. Es ist nicht immer angenehm, es mit anzusehen. Amber rang mit einem Teil ihrer selbst. Kein Kampf, so kurz er auch sein mag, geht ohne Opfer einher. Entweder du lässt uns das Ritual zu Ende führen oder du verlässt augenblicklich diesen Ort."

Madeleine rückte keinen Meter ab. Stattdessen hielt sie Amber die Haare aus dem Gesicht, damit sie diese nicht beschmutzte. Als das Schlimmste überstanden war, sah Amber auf, nahm die Gestalten um sich herum jedoch nur schemenhaft wahr. Der Rauch war verzogen. Die Fackeln glommen schwach, als wäre Amber mehrere Stunden fort gewesen.

Rosalie kniete vor ihr nieder und nestelte an einer Kette, die sie um den Hals trug. „Es ist fast überstanden. Ich übergebe dir als Leihgabe diesen Jadestein: das Symbol der Hexen. Der Stein wird deinem Körper das restliche Salz entziehen. Aber ich warne dich, trage ihn bloß diese eine Nacht! Du bist zu unerfahren, um mit dieser Form der Magie umzugehen."

„Warum hast du mir nicht gesagt, wie es sein würde?", flüsterte Amber erschöpft. Eine der nächststehenden Fackeln glomm ein letztes Mal auf und ließ den grünen Stein gleich einem Katzenauge aufblitzen.

Instinktiv schreckte Amber davor zurück.

„Du hättest es mir sagen müssen! Wie es sein wird", klagte sie erneut ihre Großmutter an, deren Gesicht wieder im Dunkeln lag.

„Ich wusste es nicht. Diese mentale Reise ist normalerweise geprägt von schönen Erinnerungen unserer Vorfahren. Du aber hast den Pfad der Hexen übertreten, der bisher von niemandem verlassen wurde, da es eine weitere Möglichkeit zuvor nicht gab."

„Was meinst du damit?", fragte Amber verwirrt.

„Hexen beschreiten einen anderen Weg, als Selkies, die sich dem Meer zugehörig fühlen. Du musst auf beiden Pfaden ein Stück weit gegangen sein. Soweit ich das beurteilen kann, ist das bisher noch nie vorgekommen", lieferte Rosalie eine Erklärung, die für Amber nachvollziehbar war.

„Du musst davon gewusst haben." Ambers Frust richtete sich gegen Malvina, die wie ein unheilvoller Schatten über ihr aufgetaucht war.

„Weil du und ich derselben Linie entstammen? Es ist viele Jahre her, seit ich den Weg beschritten habe. Ich erinnere mich aber nur an einen Weg, der bis zum Herzen von Aberness führte. Meine Augenfarbe veränderte sich erst nach dem Tâche, da während der Prüfung mein Selkiegen aktiviert wurde. Du siehst, du bist nicht die Einzige von uns, die sich einem Ritual zur Umkehr unterziehen muss."

„Spar dir deine Beschuldigungen für Edmond auf, er ist derjenige, der alles durcheinandergebracht hat", mischte sich Rosalie ein und sprach zu Amber wie zu einem aufmüpfigen Kind.

Amber riss sich zusammen und starrte auf die Kette, die Rosalie ihr hinhielt. Dass ihre Großmutter sie ihr nicht eigenhändig umlegte, entlockte Amber ein zynisches Lächeln. Das Salz des Meeres haftete an ihr wie eine zweite Haut.

„Es ist vollbracht", meldete sich Charles zu Wort, der sich bisher im Hintergrund gehalten hatte. Ihm war die Erleichterung deutlich anzuhören. Was auch immer ihr widerfuhr, welchen Veränderungen sie in Zukunft auch ausgesetzt war; eines schien ein fester Bestandteil in ihrem Leben zu sein: die zurückhaltende, geradezu ignorante Haltung ihres Vaters. Amber war über die unmittelbaren Ereignisse verwirrt. Die Konsequenzen konnte sie sich nicht annähernd vorstellen. Gleichzeitig war sie zutiefst verunsichert, ob sie die richtige Entscheidung getroffen hatte. Ihr Vater dagegen schien nur daran interessiert, dass alles nach seiner Zufriedenheit ablief. Seine Bemühungen, Aberness unter allen Umständen zu retten, hatten an diesem Abend eine schmale Brücke zu Amber geschlagen. Die Kluft zwischen ihnen ließ sich nicht vollends überbrücken oder gar schließen.

„Ich muss gehen", murmelte sie und löste sich aus Madeleines Umarmung. Rosalies Einwände, sie solle sich bei einer Tasse heißen Tees erst einmal erholen, eine Kleinigkeit essen und zu Kräften kommen, schlug sie aus.

Es war ungewohnt, Zorn zu verspüren, ohne durch Symptome ausgebremst zu werden. Es fühlte sich gut an, ihre Familie für den seelischen Schmerz, den sie ihr immer und immer wieder zugefügt hatte, zu strafen. Amber wies deren Fürsorge zumindest für diesen Abend zurück. Ihr Vater, Rosalie, selbst Malvina, brauchten Amber und nicht umgekehrt. Die einzige Person, die Amber sehen wollte, befand sich nicht unter ihnen.

Sie machte sich nicht die Mühe, die untere Etage nach Alec abzusuchen. Sie ahnte, wo sie ihn finden würde. Zuvor jedoch machte sie einen Abstecher in ihr Zimmer und packte eine

Handvoll frischer Wäsche zusammen. Sie wusste, dass in dieser Nacht eine Verwandlung mit ihr vorging, die nicht mehr aufzuhalten war. Im weichen Licht der gedimmten Leuchter, die in regelmäßigen Abständen Lichtkreise an die Wand warfen, huschte sie über die Empore.

Aus einem der Gästezimmer drangen die gedämpften Stimmen ihrer Tante und Mel. Amber schlich an der geschlossenen Tür vorbei. Nicht nur Isabel, sondern auch Dora und Mel waren genetisch übersprungen worden, wie Amber von Charles erfahren hatte. Ihre Cousine hatte es angedeutet, doch Amber war zu durcheinander gewesen, um sich darüber Gedanken zu machen. Zumindest bei ihrer Tante hätte es ihr auffallen müssen, denn Sam und Dora waren zusammen und Sam gehörte definitiv den Selkies an.

Die Tür zu Alecs Zimmer war angelehnt, als hätte er auf sie gewartet. Der Raum lag weitgehend im Dunkeln. Mit Hilfe des Lichtschimmers, der durch ein Fenster fiel, konnte sie auf dem Bett Alecs Umrisse erkennen. Auf Zehenspitzen näherte sie sich ihm und blieb zwei Schritte entfernt unschlüssig stehen. Was, wenn er gar nicht mit ihr gerechnet hatte und bereits eingeschlafen war?

„Solltest du nicht bei deiner Familie sein?"

Seine Stimme klang eindeutig nicht nach unterbrochenem Schlaf – etwas rau, aber nicht müde.

Amber setzte sich auf die Bettkante, zog die Knie an und legte ihr Kinn darauf ab. „Familie", murmelte sie gedankenverloren.

Alec setzte sich auf und schlang die Arme um ihren Oberkörper. Dankbar lehnte sie sich gegen seinen Brustkorb und spürte, wie sich dieser synchron mit seinen Atemzügen hob und senkte.

„Das sind die Menschen, die dir etwas bedeuten und denen du wichtig bist", fügte er leise hinzu.

Fast rutschte ihr heraus, dass er in diesem Fall die wichtigste Person für sie war. Sie verkniff es sich, als ihr der eingestaubte Spruch ‚verliebt, verlobt, verheiratet' durch den Kopf schoss. Sabrina hatte dieses Gefasel einmal erfolgreich zur Abschreckung eines unliebsamen Verehrers angewandt und dem armen Kerl damit einen furchtbaren Schrecken eingejagt.

Vor nicht allzu langer Zeit hatte sie sich sehnlichst gewünscht, dass ihr Alltag nicht so gähnend vorhersehbar war. Bei der Erinnerung daran seufzte sie leise auf. „Wie auch immer, sie haben bekommen, was sie wollten."

Er rutschte bis zur Kante vor, sodass sie zwischen seinen Beinen saß. „Lass sie mal außer Acht und verrate mir, warum du dich ihnen angeschlossen hast."

Es war nur ein Raunen dicht an ihrem Ohr, doch es ging ihr durch und durch. Amber biss sich auf die Unterlippe und horchte in sich hinein. Sie reflektierte das, was sie über Aberness und seine Bewohner erfahren hatte, und gestand sich ein, dass sie allen Unannehmlichkeiten zum Trotz richtig gehandelt hatte. „Hätte ich mich geweigert, wäre ich ebenso verabscheuungswürdig wie Rohloff. Ich habe mich gefragt, über wie viele Leichen ich gehen will, um mir meine persönlichen Wünsche zu erfüllen." Sie drehte sich zu ihm um. „Charles hat mir ein paar Videos gezeigt. Aufzeichnungen von den Tagen nach dem Aufruhr vor sechzehn Jahren und einige von den letzten Tagen. Sie verraten, das wir schon immer zerstörerisch, ja sogar selbstzerstörerisch gehandelt haben. Ob Menschen, Hexen oder Selkies. Ich glaube, Mór war nicht wirklich böse, rachsüchtig oder blind vor Wut. Vielleicht wusste sie, wie unsere Zukunft aussieht. Was, wenn sie uns mit diesem Tâche immer wieder die Chance gibt, alles zum Guten zu wenden? Bevor es irgendwann zu spät ist? Die Kandidaten kommen jeweils aus den Reihen der Hexen und

Selkies. Vielleicht geht es nicht darum, über den anderen zu siegen, sondern darum, zusammenzuarbeiten."

Sie redete wie im Wahn. Ihre Gedanken überschlugen sich. Alec unterbrach sie nicht ein einziges Mal. Er war einfach für sie da, hörte ihr zu und hüllte sie mit seiner Körperwärme ein.

„Es hört sich verrückt an, aber ich glaube wirklich, dass es so ist", murmelte sie, selbst überrascht über ihre Worte.

„Wenn deine Urahnin in die Zukunft sehen konnte, sah sie vermutlich ein mutiges Mädchen, dessen Name ähnlich wie diese Insel klingt. So etwas nenne ich Bestimmung, meine Süße."

Amber lächelte. Ihr gefiel, wie er sie nannte. Bei jedem anderen hätte sie es als Abwertung gedeutet und lautstark protestiert. Aus seinem Mund hörte es sich allerdings wie das Säuseln des Windes an.

Beruhigt, dass er ihre Erklärungsversuche nicht infrage stellte, schmiegte sie sich an sein T-Shirt, das sich merkwürdig klamm anfühlte. Hastig rückte sie von ihm ab. „Entschuldige, eigentlich wollte ich schnell unter die Dusche. Ich war wohl so durch den Wind, dass ich es vergessen habe", raunte Amber und folgte Alecs Blick, der zum Wäscheberg auf dem Boden wanderte. „In Ordnung, ich war wohl mehr als nur etwas durcheinander. Immerhin habe ich an trockene Sachen gedacht."

Alec beugte sich etwas vor und schnupperte an Ambers nackten Arm.

„Das beantwortet meine nächste Frage, ob du statt zu duschen in den Pool geflüchtet bist, aber du riechst eindeutig nach Meer."

„Es tut mir leid."

Alec hielt sie am Arm fest, bevor sie in Richtung Bad verschwinden konnte, und zog sie wieder auf das Bett zurück. „Es ist okay. Die Wirkung der Salbe ist längst aufgebraucht. Die habe ich nur benötigt, um Rohloff in die Irre zu führen. Erinnerst du dich an meine Verletzungen? Sam und Dora haben mich mit

Salzwasser behandelt. Dadurch heilten nicht nur meine Wunden schneller, als Folge wurde auch mein Selkiegen aktiviert. Wenn ich ehrlich bin, das Salz auf deiner Haut fühlt sich gut an."

Er hatte recht, es fühlte sich gut an, ihm so nahe zu sein.

Amber stand auf und entledigte sich ihrer nassen Kleidung. So nackend vor Alec stehend, fühlte sie sich verletzlich wie nie. Doch er würde die Situation nicht ausnutzen, ihr niemals weh tun und nicht weitergehen, als sie zu gehen bereit war.

„Was hast du vor?"

Ein Lächeln umspielte ihre Lippen. Sie hatte keinerlei Erfahrungen mit solchen Dingen, aber vielleicht war dies die letzte Gelegenheit, ihm auf diese Weise nah zu sein. Außerdem wollte sie sich nicht an eine Nacht erinnern, in der sie Alec für immer verloren hatte, sondern daran, wie es sich angefühlt hatte, mit ihm zusammen zu sein.

„Wonach sieht es denn aus?", wich Amber seiner Frage aus. Obwohl sie sich bemühte, nach außen hin selbstbewusst aufzutreten, gelang es ihr nicht, das leichte Zittern ihrer Stimme zu unterdrücken.

Alec berührte ihre Hüfte, ließ seine Hand darüber hinweggleiten und legte sie in Höhe des Nabels auf ihren Bauch.

„Ich habe gehört, dass den Hexen die Verführungskunst im Blut liegt. Sie soll spektakulär sein. Ich fühle mich geehrt, dass du mich ausgewählt hast, aber das Salz auf deiner Haut ist der Beweis, dass du noch keine Hexe bist. Vielleicht sollten wir uns ein wenig gedulden." Er zog sie eindeutig auf und nahm ihr damit die Unsicherheit.

„Gib dich besser mit dem zufrieden, was du bekommst, sonst könnte es passieren, dass du am Ende leer ausgehst."

Anstelle einer Antwort zog er sie kurzerhand näher zu sich. Amber hielt den Atem an, als sie auf ihm zu liegen kam.

„Dir ist kalt", kommentierte er ihr Zittern und zog sein feuchtes T-Shirt aus. Nackte Haut auf Haut, dazwischen winzige Salzkristalle, die aneinander rieben. Amber schrak davor zurück und presste die Augen zusammen. Es fühlte sich allerdings nicht im Entferntesten wie Schmirgelpapier an – eher wie eine wohltuende Massage. Unter ihren Augenlidern zuckten silberne Funken. Sie blinzelte und beobachtete fasziniert, wie sie aufstoben und ein dichtes Netz um sie und Alec woben. Das Blau seiner Augen wirkte eine Nuance dunkler als sonst und reflektierte den Lichtschimmer, der wie Nebelschleier von ihren Körpern aufzusteigen schien.

„Wenn ich früher gewusst hätte, wie wir aufeinander reagieren, wäre ich schon bei unserer Begegnung in der Auffahrt über dich hergefallen", raunte er ihr zu. Er verfolgte den Weg ihrer Finger, mit denen Amber sanft quer über seinen Brustkorb strich und damit einen weiteren Funkenregen auslöste.

Sie strich über seine warme Haut und zeichnete mit den Fingerspitzen funkelnde Kreise auf seine Brust. Seine Küsse wurden drängender, sehnsüchtiger, fordernder. Amber erwiderte und genoss seine Berührungen. Trunken vor Sehnsucht nach mehr Berührung, drückte sie sich an ihn und erstarrte. Freude und Angst vor dem, was sie in Begriff waren zu tun, wechselten sich ab und zerrten an ihr.

„Amber, was ist los?", fragte Alec leise und schaute zärtlich auf sie hinunter.

„Wenn einer über jemanden hergefallen ist, dann wohl ich", revidierte sie benommen. Sie fühlte sich nicht mehr ganz bei klarem Verstand.

Sein ernster Gesichtsausdruck passte nicht zu ihrem Wortgeplänkel, mit dem sie ihre Verunsicherung überspielte. Anstatt zu lächeln, oder zu lachen, sah er sie nur an.

„Wir müssen das nicht heute Nacht tun", flüsterte er, umfasste ihr Gesicht mit beiden Händen und verhinderte so, dass sie ihren Kopf zur Seite drehte.

„Dafür ist es zu spät."

„Nicht, wenn du mir sagst, dass ich aufhören soll", gab er leise zurück.

Amber runzelte die Stirn. Warum wollte er, dass sie aufhörten? War es so deutlich, dass sie keine Erfahrung besaß, oder hatte sie sich falsch verhalten? Hätte sie die Initiative ergreifen und mutiger sein sollen? Hatte er mehr von ihr, einer angehenden Hexe, erwartet?

„Es tut mir leid, wenn es nicht so ist, wie du es dir vorgestellt hast", erwiderte sie gekränkt.

„Stopp", unterbrach er sie und stützte sich mit den Händen über ihr auf. „Was redest du denn da? Es geht mir nicht um das, was ich möchte. Dass ich dich will, solltest du inzwischen wissen. Es geht mir um die Frage, ob du dazu bereit bist." Seine Worte trafen den Kern ihres Problems. Sie wollte ihn, sehnte sich nach seinen Berührungen, weil sie einander mit jeder Faser ihres Seins begehrten und liebten. Andererseits hatte sie Angst vor dem nächsten Schritt. Natürlich wusste sie, wie so etwas ablief, aber das Intimste zwischen einem Mann und einer Frau selbst zu erleben, war etwas komplett anderes. Sie war sich wirklich sicher gewesen, dass es das war, das sie in dieser Nacht von ihm wollte. Ging Liebe nicht immer mit Sex einher?

„Ich will dich und das nicht nur, bis die Sonne aufgeht", sagte sie allumfassend.

Alec schwieg, hielt sie einfach in seinen Armen. Dieses Gefühl war wundervoll, rein und frei von jeglicher Erwartung.

„Das, was du willst, ist nicht immer das, was du brauchst", sagte er in die Stille hinein und strich ihr liebevoll eine Haarsträhne aus dem Gesicht.

Er behielt recht. Amber fühlte sich in seiner Nähe wohl. Sie hatte erkannt, dass Geborgenheit genau das war, was sie von ihm gebraucht hatte. Eine Stunde vor Morgengrauen löste sie sich behutsam aus seiner Umarmung. Sie prägte sich seine weichen Gesichtszüge ein, bis Tränen ihren Blick verschleierten. Mit langsamen Bewegungen sammelte sie ihre Kleidung vom Boden auf, presste das Bündel gegen ihre Brust und zog sachte die Tür hinter sich ins Schloss.

In ihrem Zimmer vergewisserte sie sich, dass Madeleine tief und fest schlief und nichts von ihrer Rückkehr mitbekam. Wenige Minuten später stand sie unter dem heißen Wasserstrahl der Dusche und atmete auf. Sollte Madeleine jetzt aufwachen, würde sich Amber verhalten, als wäre sie früh aufgestanden. Sie beobachtete, wie das restliche Salz das Wasser zu ihren Füßen in eine milchige Pfütze verwandelte.

Mit der Schere in der Hand starrte sie ihr Spiegelbild an, bevor sie eine dicke Strähne teilte und dicht am Haaransatz abschnitt. Mit dem kleinen Webrahmen auf dem Schoss, saß sie im Schneidersitz auf den Bodenfliesen. Konzentriert webte sie ihr Haar zu einem Armband. Es war zwar feiner und dünner als das Geschenk, das Alec ihr gemacht hatte, doch mit einem vor Liebe berstenden Herzen. Sie knüpfte beide Enden zusammen, verließ das Bad und legte ihr Geschenk an Alec in die Nachttischschublade. Müde zog sie ein knielanges Shirt über, hielt inne, legte sich die Kette ihrer Großmutter um und krabbelte in ihr Bett. Obwohl es zwischen ihnen eher harmlos abgelaufen war, hatten sie und Alec eine zauberdurchwirkte Nacht erlebt. Keiner von ihnen würde mit einem anderen Partner je wieder eine derart mystische Verbindung eingehen. Ihre Körper hatten die tiefe Zuneigung, die sie füreinander empfanden, und das, was sie miteinander verband, in einem Feuerwerk reinster Magie sichtbar werden lassen. Während sie noch immer die tröstende Wärme seiner Haut zu spüren glaubte, glitt sie langsam in den Schlaf.

Kapitel 37

Die Sonnenstrahlen eines wolkenlosen Tages fielen durch das Fenster und kitzelten Amber im Gesicht. Die Decke über ihrem Kopf dämpfte die Helligkeit im Raum nur unzureichend. Die Idee, das Bett zu verlassen und die Vorhänge zuzuziehen, war ein Fehler gewesen. Sie war hellwach, während Madeleine noch immer schlief. Offenbar hatte der gestrige Abend nicht mit Ambers plötzlichen Verschwinden seinen Abschluss gefunden.

Es klopfte an der Tür.

„Komm rein!"

Erwartungsgemäß stürmte Mel ins Zimmer und blieb abrupt vor ihr stehen. „Wow, ich werd verrückt. Das nenn ich eine Überraschung der Extraklasse."

„Dass ich mich morgens um acht in meinem Zimmer aufhalte, oder dass deine Schwester ausnahmsweise länger schläft als ich?", fragte Amber gereizt. Ihre Cousine verlor offenbar keine Zeit, um festzustellen, ob Amber bereits Anzeichen einer waschechten Hexe aufwies. Ihr Verhalten zeugte von ihrem mitunter auffälligen Mangel an Einfühlungsvermögen.

„An deiner Stelle würde ich mir mal deine Augen ansehen", schlug Mel mit einem alarmierend nachsichtigen Unterton vor. Nebenbei zog sie ihrer Schwester die Decke weg, was diese mit einem: „Spinnst du", quittierte, bevor sie sich aufsetzte.

„Nur, wenn ich die Einzige bin, die unsere Cousine mit anderen Augen sieht", quietsche Mel und sprang gleichzeitig mit Amber auf.

Alle drei Mädchen spurteten wie auf Kommando zum Spiegel. Überrascht hielt Amber den Atem an. Hatte Alec nicht erwähnt, dass ihre Augenfarbe eine Veränderung durchlaufen würde, egal welche Entscheidung sie traf? Malvina hatte ihr den zweiten Hinweis geliefert, dem sie jedoch kaum Aufmerksamkeit geschenkt hatte. Natürlich war ihr aufgefallen, dass ihre ursprünglich braunen Augen seit längerem einen kaum erkennbaren Blaustich besaßen. Dies hatte sie Edmonds Ritus und dessen gravierenden Auswirkungen zugeschrieben. Sie hatte damit gerechnet, das zweite Ritual würde den Vorgang umkehren. Doch der Farbton ihrer Augen war weder rein braun noch blau, er war braun-blau marmoriert und würde jedem auffallen, der nicht mit Blindheit geschlagen war.

„Oh nein, nicht das noch", wisperte sie verstört.

„Warum verhältst du dich immer so, als wäre alles, was mit uns zusammenhängt, etwas Furchtbares? Es ist ein Geschenk und kein Fluch", zischte Mel und stampfte wütend mit dem Fuß auf.

Verwundert über den unerwarteten Ausbruch drehte Amber sich zu Mel herum. „In Ordnung. Vielleicht klärst du mich auf, was mit dir los ist. So langsam wird mir das zu anstrengend. Ich habe selbst genug um die Ohren, um mich noch mit einer durchgeknallten Cousine herumzuschlagen." Die Worte klangen hart und taten Amber, kaum ausgesprochen, leid. Aber offenbar war die Wortwahl genau die richtige, um Mel auf ihren Platz zu verweisen. Empört stürmte diese an ihrer Schwester vorbei aus dem Bad.

„Das war ziemlich heftig. Sie mag es verdient haben, aber du musst es ihr ja nicht unbedingt noch schwer machen", kommentierte Madeleine und ließ Amber vor dem Spiegel stehen. Dass sie ihren Zwilling verteidigte, war eine vorhersehbare Reaktion, aber warum ausgerechnet Mitleid?

Amber wartete, bis sie sich etwas gesammelt hatte, und kehrte ins Zimmer zurück. Entschlossen, herauszufinden, was mit Mel eigentlich los war, setzte sie sich neben Madeleine, die ihre Schwester im Arm hielt.

Auf dem Flur näherten sich Schritte, die vor der Zimmertür innehielten und sich wieder entfernten. Amber überlegte, ob es Alec gewesen sein könnte. Noch immer fühlte sie sich eher ihm und Sam zugehörig als ihrer eigenen Familie.

Offenbar hütete nicht nur Amber ein Geheimnis.

„Es tut mir ehrlich leid, was ich gesagt habe." Sie gab sich einen Ruck und fügte leise hinzu: „Zu ahnen, dass ich mich verändere, finde ich weniger erschreckend, als es zu sehen. Es direkt vor meinen Augen zu haben, macht es so unglaublich real und nimmt mir jede Möglichkeit, mir weiterhin etwas anderes, weniger Beängstigendes vorzuspielen."

Statt Madeleine antwortete überraschenderweise Mel: „Du musst dich nicht bei mir entschuldigen. Ich verstehe, was du meinst. Die ganze Zeit über habe ich dich um das beneidet, was du bist und ich nie sein werde. Meine Güte, du trägst nicht nur ein besonderes Gen in dir, sondern gleich zwei. Spektakulärer geht's nicht mehr!" Mel lächelte gequält, in ihren Augen blitzte es begeistert auf.

„Warum willst du unbedingt anders als die anderen sein?", fragte Amber, selbst auf die Gefahr hin, dass ihre Cousine dichtmachte. Sie traf offenbar einen wunden Punkt, da Mel errötete. „Wie sonst könnte ich Boje auf mich aufmerksam machen? Er ist wie Alec und umringt von Freunden, die entweder Selkies oder Hexen sind – die Tussis stehen Schlange."

Amber hatte sich getäuscht. Mel trug nicht das Gen einer Hexe in sich und schien darunter zu leiden. Sie war sich ihrer persönlichen Tragik, in Boje verliebt zu sein, bewusst und versteckte es hinter einer Maske aus Abwehr und Provokation. Verständnisvoll ging Amber vor ihr in die Knie und wiederholte Alecs Worte in etwas abgewandelter Form: „Hast du nie darüber nachgedacht, dass das, was er hat, vielleicht nicht das ist, was er will?"

Mel schien nicht wirklich überzeugt. Nachdenklich blickte Amber auf ihre Cousine. Ein Gedanke durchzuckte sie und ließ sie elektrisiert aufspringen. „Heute Abend steigt eine Party bei Rohloff. Ich bin eingeladen und nehme euch einfach mit. "

Die entsetzten Blicke der Zwillinge ignorierte sie und sprach jetzt sicherer weiter: „Die Party ist so etwas wie eine Entschuldigung von Gregor. Deshalb wird niemand etwas dagegen haben, wenn ich ein paar Freunde mitbringe. Alec muss ich noch einweihen, wenn ihr beide Boje und Elek übernehmt, sind wir heute Abend zu sechst, das dürfte als Aufsicht genügen." Amber hoffte, dass sie ihren Vorschlag nicht bereuen würde.

„Bist du wahnsinnig, weiß dein Vater davon?", rief Madeleine bestürzt.

„Natürlich nicht. Ansonsten hätte er mich längst eingesperrt und den Schlüssel weggeworfen."

Sie riskierte viel. Die Zwillinge könnten ihr einen gewaltigen Strich durch die Rechnung machen. Aber die Idee, mit mehreren Freunden auf der Party zu erscheinen, war genial und würde Gregor abschrecken, sich ihr gegenüber daneben zu benehmen. In dem Moment wurde ihr bewusst, dass sie unbedingt zu dieser Party wollte, die zumindest einige Stunden Normalität versprach.

Madeleine schritt noch immer im Zimmer auf und ab.

„Das ist viel zu gefährlich. Nicht nur für dich, auch für Alec. Rohloff war schon einmal hinter ihm her. Wenn er jetzt auf seinem Grund und Boden auftaucht, kann weiß Gott was passieren. Außerdem findet morgen bei Sonnenuntergang das Tâche statt. Nicht ohne Grund lassen die anderen dich momentan in Ruhe. Du solltest dich besser ausruhen."

„Und brav abwarten, bis es so weit ist? Ich habe zugestimmt, mich diesem Ritual zu unterziehen und dadurch vielleicht Alec verloren. Das Einzige was ich mir wünsche, sind einige Stunden nicht an dieses verdammte Tâche denken zu müssen. Gregor ist ebenso davon betroffen wie ich und schmeißt eine Party, auf der ich heute Abend sein werde – mit oder ohne euch!"

„Sei doch vernünftig!", flehte Madeleine, die über Ambers aggressives Auftreten blass geworden war.

„Sie hat recht", mischte sich ihre Schwester ein. Im ersten Moment war Amber nicht sicher, wem ihre Cousine zustimmte und wollte schon aufbegehren, als Mel ergänzte: „Ich bin dabei und werde heute Mittag mit Boje und Elek sprechen. Amber übernimmt Alec, und du Sam. Irgendjemanden müssen wir einweihen oder willst du heute Abend zu Fuß in sündhaft hohen Absätzen zu der Party stöckeln?"

Amber war bis auf einen Punkt damit einverstanden. „Sam lassen wir besser außen vor, ich hab auch schon eine Idee."

„Na toll", murmelte Madeleine. Ob wegen der fehlenden Fahrgelegenheit oder der allgemeinen Situation, war nicht ganz ersichtlich.

Amber umarmte Mel und flüsterte: „Danke, du hast etwas gut bei mir."

„Ja habe ich! Das löse ich auch gleich ein. Was sollen wir heute Abend anziehen? Unsere Partyklamotten sind zu Hause."

Ambers Kleider würden den beiden nicht passen. Ihr fiel Sabrina ein, die ungefähr die Größe der Zwillinge besaß. Amber war sich sicher, dass ihre Freundin nichts lieber täte, als ihren überquellenden Kleiderschrank auszumisten. Wie die Klamotten ungesehen in ihr Zimmer gelangen sollten, musste noch, wie so vieles andere, geklärt werden.

„Das bekommen wir schon irgendwie geregelt. Lasst mich nur machen", sagte Amber, verlor keine Zeit und schnappte sich ihr Smartphone.

Umringt von Mel und Madeleine, die trotz ihrer vorherigen halbherzigen Einwände ebenso aufgeregt waren, führte Amber ein längeres Gespräch und nickte zufrieden ein ums andere Mal:

„Ja genau. Du kennst ja meinen Vater, als würde der Aufstand heute Abend direkt vor unserer Tür stattfinden. Abgemacht, ich warte an der Straße auf dich."

Zufrieden legte sie ihr iPhone beiseite.

„Das wäre erledigt. Sabrina liebt es, Verbote zu ignorieren. Sie schickt eine SMS, wenn sie da ist."

Kurz darauf saßen alle drei einträchtig am Küchentisch. Amber kam jedoch erst zum Frühstücken, nachdem Rosalie, Malvina und Dora sie einer genauen Inspektion unterzogen hatten. Ihre veränderte Augenfarbe war offenbar doch nicht so normal. Die Stärke und Intensität ihres blauen Farbstichs boten Anlass genug, ihre Verwandlung infrage zu stellen. Erst, nachdem sie den Salztest bestanden hatte, atmeten die Frauen erleichtert auf. Amber streute sich etwas Salz über den Handrücken, auf dem sich sofort die charakteristische Rötung zeigte. Dora schimpfte über die Dickköpfigkeit alter Weiber vor sich hin und behandelte die Rötung mit einer kühlenden Salbe.

Ambers gute Laune hatte einen Dämpfer erhalten und es fiel ihr schwer, sich nichts anmerken zu lassen. Genervt wieder einmal im Mittelpunkt des allgemeinen Interesses zu stehen, dachte sie an Alec, der zu ihrer Enttäuschung bereits gefrühstückt hatte. Ihr Freund erwartete Sam am Tor.

„Husch, husch, alle unter Zwanzig verlassen die Küche. Es gibt noch einiges vorzubereiten. Drei alberne Küken können wir dabei nicht gebrauchen. Bitte lasst uns in Ruhe unsere Arbeit erledigen!"

Offenbar wedelten Großmütter ihre Nachkommen gern energisch mit einem Geschirrtuch aus dem Raum. Malvina jedenfalls stand Rosalie in dieser Disziplin in nichts nach. In der Halle trafen sie auf Sam und Alec. Amber tat so, als würde sie die lautstarke Diskussion der Zwillinge mitverfolgen, die darüber stritten, welchen Film sie sich am Abend ansehen wollten. Mel schoss mit ihrer Idee, sich so unauffällig wie möglich zu verhalten, eindeutig übers Ziel hinaus.

Aus den Augenwinkeln schielte Amber zu Alec. Er begleitete gerade Sam ins Büro ihres Vaters, war aber bei ihrem Auftauchen stehengeblieben. Es gelang ihr, ihm unbemerkt ein Handzeichen zu geben. Sam hatte Amber ebenfalls entdeckt, kehrte um und musterte sie ebenfalls. Alec nickte ihr unauffällig zu und verschwand Richtung Terrasse.

„Deine Augen sind wirklich faszinierend, damit sollten jegliche Zweifel aus dem Weg geräumt sein. Du bist die nächste Kandidatin", murmelte Sam.

Eiskalt rann es ihr den Rücken hinab. Sie dachte an die lange Namensliste, die sie in der ganzen Aufregung vergessen hatte. Es war schon schlimm genug, an dieser geheimnisvollen Prüfung teilnehmen zu müssen, von der offenbar so Vieles abhing. Dabei von wildfremden Leuten angegafft zu werden, war ein weiteres Highlight, auf das sie gern verzichtet hätte.

„Ja super. Ich freu mich schon darauf", zischte sie ungehalten. Doch Sam hatte es anscheinend nicht eilig auf ihren Vater zu treffen. Ihr lief die Zeit davon, Alec würde nicht ewig warten.

„Kaum ist die Kleine eine Hexe, benimmt sie sich auch so," feixte Sam und trat einen Schritt näher an sie heran.

„Ich könnte dich im Handumdrehen in eine Kröte verwandeln", warnte Amber und erntete ein breites Grinsen. „Versuch's erst einmal mit etwas Einfacherem, nicht, dass du dich noch übernimmst."

Bevor es zwischen ihnen zu einem Wortgefecht kam, steckte Dora den Kopf durch die Küchentür. „Hab ich mich doch nicht verhört. Du bist spät dran. Hattest du nicht", demonstrativ sah sie auf ihre Uhr, „vor genau zehn Minuten einen wichtigen Termin bei Charles?"

„Ich bin pünktlich wie eh und je. Wer weiß, vielleicht hat deine Nichte ja die Uhrzeit verhext."

Mit einem Kopfschütteln verschwand Dora. Sam wandte sich erneut Amber zu, die zum wiederholten Mal Richtung Terrasse schaute und unruhig von einem Bein auf das andere wechselte. Mit einem ernsten Gesichtsausdruck wollte Sam ihr seine Hände auf die Schultern legen, ließ sie aber unvermittelt wieder sinken.

„Alles wird gutgehen! Wir sind davon überzeugt, dass du die größten Chancen hast, diese Aufgabe zu meistern. Glaube an dich, vertrau deinem Partner und denk im entscheidenden Moment daran, dass man immer eine Wahl hat! Es kommt nur darauf an, ob man die richtige trifft."

Amber verstand mal wieder nur die Hälfte. Die mitunter kryptische Sprache der Erwachsenen lag ihr definitiv nicht.

Zu ihrer Erleichterung erschien in diesem Moment ihr Vater an der Tür, nickte Amber zu und verschwand, mit einem Seitenblick auf Sam, wieder im Büro.

„Bin schon unterwegs", rief Sam gutgelaunt. Kaum hatte er ihr den Rücken zugekehrt, lief Amber bereits durch die Eingangshalle auf die Terrasse hinaus.

Alec saß mit dem Rücken zu ihr am Pool. In Nähe des Wassers schien er sich ebenso wohlzufühlen wie sie. Übten die glänzende Wasseroberfläche und die Tiefe des Pools von rund vier Metern noch immer diese seltsam beruhigende Faszination auf sie aus, oder hatte all das inzwischen an Bedeutung verloren? Bevor sie bei ihm ankam, drehte er sich zu ihr um. Auf seinem Gesicht lag ein Ausdruck, den sie bisher noch nie bei ihm wahrgenommen hatte: Skepsis und Zurückhaltung.

Sie war gerade in Begriff sich neben ihn zu setzen. Mitten in der Bewegung hielt sie jedoch inne und rutschte ein Stück von ihm weg.

Irgendetwas hatte sich verändert.

Zum einen hinderte Amber die Angst vor einem unangenehmen Ausschlag. Aber da war noch mehr. Sie hatte nicht das Bedürfnis mit ihm auf Tuchfühlung zu gehen.

Sie überkam das beklemmende Gefühl, neben einem Fremden zu sitzen. „Weshalb hast du dich heute Morgen einfach davongeschlichen?“, fragte Alec in ihre Gedanken hinein. Er musterte sie von der Seite, was ihr plötzlich unangenehm war.

„Warum nicht?“

Den Schmerz in seinen Augen zu lesen, berührte sie kaum. Er schien nichts mit ihr zu tun zu haben.

„Es hat also funktioniert. Deine Gefühle für mich sind verschwunden, richtig?“

Verwirrt sah Amber auf das Wasser, dachte über seine Worte nach und versuchte all jene Gefühle, die sie für ihn gehegt haben mochte, wieder spürbar werden zu lassen. Doch da war nichts. Immer wenn die vage Empfindung tiefer Zuneigung sie überkam, entglitt sie ihr wieder. Bei dem Gedanken, dass sie in der letzten Nacht fast mit ihm geschlafen hätte, schüttelte es sie.

Seine, in ihren Augen anklagenden, Worte entsprachen der Wahrheit. Instinktiv ging sie auf Abwehr. Er hatte kein Recht ihr ein schlechtes Gewissen einzureden.

„Richtig! Bist du jetzt sauer, oder kann ich mit dir über etwas anderes reden?“ Sie beobachtete genau seine Reaktion bevor sie weitersprach: „Ich bin wegen einer Sache gekommen, die unter uns bleiben muss.“

Amber betrachtete seine schwarzen Haare, die matt und ungepflegt aussahen und dringend einen neuen Schnitt brauchten. Ihr Blick wanderte seine zusammengepressten Lippen hinauf, bis sie seinem forschenden Blick begegnete: Blaue Augen, wie sie viele Leute besaßen. Sie waren nicht außergewöhnlich und erklärten keinesfalls ihre frühere Faszination.

„Ja klar“, sagte er nach kurzem Zögern.

Er ging eindeutig auf Distanz zu ihr und kam ihr damit entgegen.

„Heute Abend steigt bei meiner Freundin Sabrina ein Mädelsabend, zu dem ich, Mel und Madeleine eingeladen sind. Sollte jemand nach uns fragen, könntest du ja sagen, dass wir uns auf mein Zimmer zurückgezogen haben und zusammen einen Film ansehen. Das wäre supernett."

Sie rang sich ein unschuldiges Lächeln ab.

Er wirkte skeptisch. „Findest du das wirklich eine gute Idee? In letzter Zeit bist du deiner Familie viel zu oft aus dem Weg gegangen. Wäre es nicht besser, diesen Abend mit ihnen zu verbringen?"

Sie kräuselte die Lippen, wie es Sabrina in einem solchen Fall getan hätte, und sah ihn nunmehr bittend an. „Ich habe vor morgen Angst, völlig gleichgültig was sie mir erzählen werden. Außerdem wünsche ich mir doch nur einen Abend, der normal verläuft; etwas Ablenkung. Das ist doch nicht zu viel verlangt. Aber dazu benötige ich deine Hilfe."

Er runzelte die Stirn, doch zumindest schien er über ihr Anliegen nachzudenken. Innerlich jubilierte Amber und hätte am liebsten laut losgelacht, als er nickte.

Es war so einfach ihm etwas vorzuspielen. Die männliche Spezies um den kleinen Finger zu wickeln, war kein Hexenwerk. Kein Wunder, dass Frauen diese angenehme Form der Manipulation nutzten, um auf bequemen Weg ihr Ziel zu erreichen. Nur schade, dass sie nicht mehr auf ihn stand.

„Vielen Dank, das werde ich dir niemals vergessen", säuselte Amber, sprang auf und wandte sich von Alec ab, bevor er ihr triumphierendes Grinsen bemerkte.

Die Zwillinge nahmen die Planänderung nicht ohne Einwände hin. Doch es gelang ihr, die beiden davon zu überzeugen, dass Alec wirklich nicht mitkommen wollte und ihnen stattdessen den Rücken freihielt. Elek hatte mit Bedauern abgelehnt. Er musste seinem Vater bei der Arbeit helfen. Offenbar streikten zahlreiche Angestellte des Wasserwerkes, sodass Eleks Vater dringend auf seine Hilfe angewiesen war.

Boje dagegen hatte sofort zugesagt und würde pünktlich am angegebenen Treffpunkt erscheinen.

Im Verlauf des Nachmittags tauchte Amber mehrmals in der Küche auf und beantwortete wiederholt Fragen zu ihrem Wohlbefinden. Auf ihrem letzten Rundgang, eine Stunde vor dem vereinbarten Treffen mit Sabrina, betrat sie gelangweilt die Küche, in der das Chaos Einzug gehalten hatte. Seit Stunden verarbeiteten Malvina und Rosalie, mit verzweifelter Unterstützung der beiden verschreckten Hausmädchen, bündelweise Kräuter. Doch es war das erste Mal, dass sie offen miteinander stritten. Niemand schenkte Amber Beachtung, die sich neugierig über den brodelnden Kochtopf von überdimensionaler Größe beugte und an der eingedickten dunklen Brühe schnupperte – würzig, schwach kampferartig doch irgendetwas fehlte. Zumindest kam es ihr so vor. Nur mit halbem Ohr hörte sie, was sich die beiden Frauen gegenseitig an den Kopf warfen: „Du hättest etwas zurückhalten oder einen Vorrat anlegen müssen. Die Märkte sind geschlossen, ebenso die meisten kleinen Geschäfte, die Eisenkraut vertreiben. Ohne, hält die Wirkung maximal zwei Stunden an."

Malvinas Zornausbruch war spektakulär, der ihrer Großmutter spektakulärer. „Weißt du überhaupt, wie viel Salbe ich in den letzten Wochen hergestellt habe? Die Leute reißen sich um das Zeug, der Bedarf ist unglaublich. Im Hinterland wächst doch genug davon. Du sitzt direkt an der Quelle und hast vergessen mir etwas von dem Kraut mitzubringen? Dein bequemer Altersruhesitz scheint Demenz hervorzurufen!"

„Rosalie Wellington, du sollst dich wirklich schämen, so mit mir zu sprechen. Du bist gerade mal zehn Jahre jünger als ich. Warte nur ab, wenn bei dir der Verfall einsetzt, dann sprechen wir uns wieder."

„Wenn es so weit ist, wirst du gar nicht mehr wissen, dass wir dieses Gespräch geführt haben."

Rosalie hielt sich fabelhaft. Nebenbei scheuchte sie mit einer ungeduldigen Geste die Hausmädchen aus der Küche, die über diesen Befehl nicht allzu unglücklich wirkten.

Amber schlich durch die Hintertür hinaus, betrat den Garten und wanderte die Reihen auf der Suche nach Eisenkraut entlang, von dem sie nicht einmal wusste, wie es aussah. Wenn sie alles richtig verstanden hatte, brauten die beiden gerade besagte Salbe zusammen, die Alec vor den Auswirkungen übermäßigen Salzkontakts geschützt hatte. Unschlüssig blieb sie stehen und versuchte den Duft seiner Haut heraufzubeschwören. Zum Zeitpunkt seines Aufenthalts bei ihrer Großmutter hatte er vermutlich am intensivsten nach Eisenkraut gerochen. Das vielfältige Aroma, das sie bei Rosalie in der Küche wahrgenommen hatte, blendete sie aus. Sie konnte die fehlende Note unmöglich benennen, aber vielleicht war das auch nicht nötig. Ringelblume und Salbei, gepaart mit weiteren Düften, hingen wie Dunstschleier über dem Garten. Es überraschte sie, dass sie die unterschiedlichen Gerüche nicht nur auseinanderhalten, sondern auch die jeweiligen Verfalldaten herausfiltern konnte. Sie roch den faulig, süßlichen Tod ebenso, wie den intensiven Duft in Blüte stehender Doldengewächse. In der hintersten Ecke, eingebettet zwischen Kräutergewächsen, stach ihr ein schwach aromatischer Geruch in die Nase, der ihr bekannt vorkam. Von Neugierde getrieben ging sie in die Knie, schob die Moosflechten zur Seite und legte einen weißen Blütenteppich in der Größe ihrer Faust frei – Eisenkraut. Sie war sich sicher, dass sie die fehlende Zutat gefunden hatte, und lachte auf. Eine Hexe zu sein war gar nicht so übel, wenn man dadurch Dingen auf die Spur kam, die man andernfalls übersehen hätte. Es war seltsam, dass es weder Rosalie noch Malvina gelungen war, der Fährte dieses Duftes zu folgen. Offenbar war ihr eigener Geruchssinn noch nicht überreizt. Mit sich zufrieden löste sie den Bodendecker vom steinigen Untergrund und trug ihn wie einen Schatz in der hohlen Hand. Bei ihrer Rückkehr war niemand in der Küche, doch das hielt sie nicht davon ab, sich mit ihrer Ernte zu beschäftigen. Zurück blieb nur ein Häufchen abgezupfter Blüten. Sie zögerte kurz, warf ihre Ausbeute kurzerhand in den Topf, dessen Inhalt auf kleiner Flamme vor sich hin köchelte, und wartete. Als nichts Besonderes passierte, rührte sie die Paste mit einem Holzlöffel um. Heißer Dampf stieg auf, der einen satten aromatischen Geruch verströmte. Vor der Tür erklangen näherkommende Schritte. Es war höchste Zeit zu verschwinden. Zuvor nahm sie eine der auf dem Tisch stehenden flachen Dosen. Mit ruhiger Hand füllte Amber sie mithilfe der bereitliegenden Schöpfkelle bis zum Rand, verschraubte den Deckel und schob die Dose in ihre hintere Hosentasche. Jemand drückte von außen die Klinke hinunter.

„Wir vermerken einfach auf dem Etikett, dass die Wirkung nur zwei Stunden anhält. Wenn nötig, verwenden wir keine Schraubgläser, sondern die Döschen“, sagte Rosalie ungehalten.

„Willst du aus der Not der Menschen etwa Kapital schlagen?“, ertönte Malvinas Stimme, sodass Amber sicherheitshalber das Weite suchte. Es wäre interessant gewesen, die Gesichter der beiden zu sehen, wenn sie entdeckten, dass ihr Streit unnötig gewesen war. Doch die nervigen Fragen, die ihre Großmütter ihr stellen würden, wogen diesen Spaß bei weitem nicht auf. Außerdem wartete Sabrina auf sie. Die heiß ersehnte SMS von ihr war vor wenigen Minuten eingetroffen. Auch auf die Gefahr hin, bei einem zufälligen Blick aus dem Fenster entdeckt zu werden, rannte sie auf die Lücke zwischen den Büschen zu und schlüpfte hindurch. Im Schutz der Hecken öffnete Amber die Pforte, zeitgleich wendete ein Wagen im Wendehammer und hielt neben ihr. Sabrina winkte hektisch durch das Seitenfenster und sprang beherzt aus dem Fahrzeug, kaum, dass es stand.

„Meine Güte wie aufregend. Ich habe alles mitgebracht. Lewis hilft dir die Sachen unbemerkt an Rosalie vorbei zu schleusen", sagte Sabrina, die einen aprikofarbenen Designerhosenanzug und farblich passende Pumps trug. Beides war völlig unbrauchbar, um sich darin querfeldein, bis zur Villa durchzuschlagen.

„Danke, dass du uns mit Klamotten aushilfst."

Ihre Freundin bestieg wieder das Fahrzeug und warf ihr als Antwort eine Kusshand zu, während Lewis eine prallgefüllte Tasche aus dem Kofferraum hievte.

„Na, sind die Damen mal wieder kurz davor, auf Abwege zu geraten? Solltet ihr erwischt werden, streite ich eine Mitschuld ab. Am besten erwähnt ihr meinen Namen erst gar nicht."

Er wirkte alles andere als beunruhigt; eher amüsiert über die neueste Eskapade seines Schützlings.

„Unsere Lippen sind versiegelt", raunte Amber vergnügt.

Mit einem skeptischen Seitenblick auf seine Beifahrerin, die sich gerade mit Hilfe des Spiegels die Lippen nachzog, entgegnete er trocken: „Wer's glaubt, müsste schon allein wegen Dummheit eingesperrt werden."

Bis zur Weide verlief alles reibungslos, doch weiter kamen sie nicht. Rosalie und Malvina standen mitten im Kräuterbeet, wiesen mal in die eine, mal in die andere Ecke des Gartens und gestikulierten wild mit den Händen.

Amber ahnte, über was sie sich die Köpfe zerbrachen und lächelte in sich hinein.

„Danke dir, den Rest schaffe ich allein. Es tut mir leid, dass du einen Moment warten musst, bevor du von hier verschwinden kannst."

„Kein Problem. Gegen neun bin ich wieder da und hole euch ab."

Lewis lupfte keck seine Schirmmütze und zwinkerte ihr zum Abschied zu. Während er im Schutz der Weide zurückblieb und auf den geeigneten Moment zum Davonschleichen wartete, umrundete Amber den Baum und schlenderte von der anderen Seite her einen weiten Bogen nehmend zum Haupteingang.

Sie hätte sich keine Sorgen machen brauchen. Selbst, wenn Lewis direkt am Gartenzaun vorbei spaziert wäre, die beiden Frauen hätten ihn nicht bemerkt.

Kapitel 38

In der Abenddämmerung holten Amber, Mel und Madeleine die Tasche aus dem Versteck. Die Großmütter hatten sich scheinbar erschöpft zurückgezogen, denn in der Küche brannte kein Licht. Gero hatte die Außenbeleuchtung noch nicht eingeschaltet, alles lag in willkommener Dunkelheit.

Auch von Doras und Sams Seite hatten die Mädchen nicht zu befürchten, dass ihr Vorhaben entdeckt würde. Dora hatte mit Sams Hilfe mehrere Kartons in ein Auto gehievt und kurz darauf waren sie Richtung Stadt abgefahren. Hatten die beiden die Finger beim Verkauf der Arznei mit im Spiel oder halfen sie Rosalie nur dabei, die Heilmittel an den vorgesehenen Orten abzuliefern?

Wie konnte Amber in der Vergangenheit nur so blind gewesen sein zu glauben, dass Rosalie eine stinknormale Großmutter wäre, deren Einflussbereich sich auf die Organisation des Haushalts und der Erziehung ihrer Enkelin beschränkte? Vielmehr wirkten sie wie ein eingespieltes Team – nicht wie eins, dass sich erst aus der Not heraus gebildet hatte.

Doch nicht nur die Erwachsenen hatten ihre Geheimnisse.

Im Beisein ihrer Cousinen öffnete Amber die Tasche und legte die Kleidungsstücke säuberlich auf ihr Bett. Ungläubig starrte sie auf ein rot-schwarzes Barock-Miederkleid, dessen Schnürung über Brust und Taille ihr beim bloßen Anblick die Luft abdrückte. Mel hielt ratlos eine weiße Perücke in die Höhe, während Madeleine kichernd ein Leinengewand ganz unten aus dem Stapel hervorzog.

„Das darf alles nicht wahr sein. Einen Moment, ich muss das klären.“ Hektisch suchte Amber nach ihrem Smartphon und atmete bei jedem Piepsen tief durch. „Ich bin es. Kann es sein, dass du mir die falsche Tasche mitgegeben hast? Wie, es ist eine Kostümparty?“

Außerstande weiterhin Ruhe zu bewahren, lief Amber im Zimmer auf und ab und presste ihr iPhone ans Ohr, als würde sie nichts verstehen.

„Es war deine Idee einen Kostümball zu veranstalten? Ja, ja, wirklich eine tolle Idee. Ich bin begeistert. Bis später.“

Entgeistert sank Amber auf den Stuhl und starrte Richtung Bett.

„Es ist eine Kostümparty.“ Mehr fiel ihr dazu nicht ein. Außer vielleicht zu fluchen; doch das würde an dieser verzwickten Lage, in die sie sich selbst hineinmanövriert hatte, nichts ändern.

„Wow, klasse! Ich wäre gern Robin Hood. Hat deine Freundin so etwas auch?“

„Ich glaube nicht. Such dir einfach was anderes aus“, sagte Amber, noch immer vollkommen baff.

„Ich war noch nie auf einer Kostümparty. Wenn du nichts dagegen hast, nehme ich das Kleopatrakostüm“, meldete sich Madeleine zu Wort.

„Ja klar, nimm nur.“ Mels Gesicht strahlte ebenfalls Begeisterung aus. Sie sollte sich lieber freuen, dass ihre Cousinen schon jetzt ihren Spaß hatten, tat es aber nicht. Ein Rückzug stand nicht zur Debatte, da sie den beiden nicht die gute Laune verderben wollte. „Schauen wir doch mal, was sonst noch dabei ist,“ versuchte sie die Situation zu retten und wühlte beherzt in Sabrinas Vorrat außergewöhnlicher Anlässe.

Zehn Minuten später stöhnte Amber resigniert auf; ihre Befürchtungen hatten sich allesamt bewahrheitet. Ihre Freundin besaß ausschließlich figurbetonte Kostüme, die deren Erscheinungsbild ins rechte Licht rückten. Von einem Mittelaltergewand über ein Charleston-Kleid aus den Zwanzigern, bis zum feschen rosa-karierten Dirndl, war alles vertreten. Mel entschied sich für das Kleid aus den Zwanzigern und Amber notgedrungen für das einschnürende Barock–Designerstück. Eine schwarze Maske war ausschlaggebend, dass sie ihre Entscheidung nicht doch bereute. Die Aussicht, dass sie damit niemand so schnell erkennen würde, verschob ihre Schlechte-Laune-Skala zumindest ins Mittelfeld.

Nachdem jedes der Mädels ein passendes Kostüm gefunden hatte, beschlossen sie, einen abendlichen Lunch in der Küche einzunehmen.

Als Amber sich am Büfett ihren Teller füllte, stand mit einmal Alec neben ihr. Der Abstand zwischen ihnen war groß genug, um nicht Gefahr zu laufen, miteinander in Berührung zu kommen. Sie konnte den ihm und seinem Shirt anhafteten Salzgehalt riechen und rümpfte angewidert die Nase.

„Welcher Film ist es geworden?"

„Was?", fragte Amber irritiert, während sie versuchte eine dünne Scheibe Braten aufzuspießen. Er warf ihr einen Seitenblick zu, um seine Mundwinkel spielte ein verhaltenes Lächeln. „Mädelabend, Film?"

„Wir haben uns noch nicht entschieden. Ich schätze, es läuft auf ein Liebesdrama hinaus."

Sein Lächeln verschwand. Der Anflug eines schlechten Gewissens trieb ihr die Röte ins Gesicht. Brüsk wandte sie sich ab und setzte sich neben Madeleine, die sie sprachlos anstarrte. Amber blickte zu Alec hinüber, der seinen Teller mit kaltem Braten füllte, ein Kräuterbuttertoast seitlich auf den Tellerrand ablegte und die Küche verließ, ohne sie eines weiteren Blickes zu würdigen.

„Was sollte das denn?", zischte Mel anstelle ihrer Schwester, die sich ihrem Gesichtsausdruck nach zu schließen, dasselbe fragte.

„Nichts, absolut nichts", murmelte Amber zutiefst verwirrt über ihr gehässiges Verhalten.

„Was meinte er mit Film?“, fragte Madeleine misstrauisch.

Amber stach mit der Gabel ein bizarres Muster in das Bratenstück auf ihrem Teller. „Ich habe ihm erzählt, dass wir uns nach dem Abend, wenn wir noch zu aufgedreht sind, vielleicht einen Film anschauen“, stotterte sie und war froh, dass ihr Gesicht nicht noch roter werden konnte, als es ohnehin schon war. Die Zwillinge nahmen ihr glücklicherweise die Ausrede ab. Deren Aufregung über die bevorstehende Party stieg von Minute zu Minute und steckte Amber mit an.

Bei ihrem letzten Partybesuch hatte sie eine weiße Seidenbluse mit einer schwarzen Satin-Jeans getragen und kaum Make-up aufgelegt. Das alles hatte sie nicht mehr als zwanzig Minuten Vorbereitung gekostet. Die Anspannung fühlte sich ähnlich an, aber sonst war alles anders.

Zum einen hatte sie das geräumige Bad nicht mehr für sich allein. Kaum hatte Amber geduscht und sich ein Badehandtuch umgewickelt, stand sie vor verschlossener Tür. Mel hatte mit Erfolg das Bad in Beschlag genommen. Auf dem Boden ihres sonst so perfekt aufgeräumten Zimmers stapelten sich Klamotten und Accessoires unterschiedlichster Farben. Vorsichtig bewegte sie sich durch das Durcheinander zum Fenster hin.

Offenbar war Gero zurückgekehrt und hatte die Außenbeleuchtung eingeschaltet. Amber blickte auf die Uhr. Der Nachtwächter würde in etwa einer halben Stunde seinen Dienst antreten. Sie hatten also noch dreißig Minuten.

Amber nahm eine schwarze Korsage vom Stapel und beäugte sie misstrauisch. Die auf der Rückseite vorhandenen Ösen würde sie nicht ohne Hilfe schließen können. Sie entschied sich für ein rotes bauchfreies Oberteil, eine schwarze hautenge Hose und trat vor den Spiegel. Sie hätte den Schmuck ihrer Großmutter schon längst abnehmen müssen. Aber er umschmeichelte ihren schlanken Hals.

Nachdenklich biss sie sich auf die Unterlippe und testete eine andere Möglichkeit, die Kette zu tragen. Der Verschluss ließ sich problemlos in die einzelnen Glieder einhaken und verwandelte die Kette in ein Halsband. Der Jade-Stein bildete nun den Blickfang, den sie sich erhofft hatte.

Sie entschied sich für Smokey-Eye, obwohl sie eine Augenmaske tragen würde, die ihre obere Gesichtshälfte verbarg. Auf Abtöncreme und Rouge verzichtete sie gänzlich, der blasse Teint passte perfekt zu ihrem äußeren Erscheinungsbild. Sie setzte die schmal geschnittene Maske auf und drehte sich begeistert vor dem Spiegel.

Wie sollte sie jemand erkennen, wenn sie sich kaum selbst wiedererkannte? Zumindest in dieser Angelegenheit hatte sie die richtige Wahl getroffen.

Zehn Minuten nachdem der Wachmann seinen Dienst angetreten hatte, zupfte Madeleine zum letzten Mal an Ambers Haaren. Für den Bruchteil einer Sekunde keimte in ihr der Wunsch auf, Alec könnte sie so sehen. Doch das Gefühl verschwand, als sie daran dachte, wie viel Spaß ihnen ohne ihn bevorstand. „Perfekt“, kommentierte Mel zufrieden.

Nicht nur Ambers Erscheinung war aufsehenerregend. Ihre Cousine sah in dem bläulich schimmernden Charleston-Kleid ungewohnt weiblich aus. Ein silbernes Stirnband schmückte ihre kurzen, roten Haare. Anstelle der sonst kräftig aufgetragenen Schminke überzeugte Mel durch dezente Farben. Das Ergebnis war bezaubernd. Auch Madeleine betonte in ihrem knielangen Gewand mit goldfarbenem Gürtel ihr feminines Erscheinungsbild. Sie verkörperten allesamt einen Hauch Vergangenheit in einer Welt, die Amber mehr und mehr irreal erschien.

„Wir müssen los, in zwei Minuten wird der Wächter seine erste Runde drehen", mahnte sie zum Aufbruch.

Auf dem Weg ins Erdgeschoss lauschten sie den gedämpften Stimmen aus dem Wohnzimmer und hatten Glück. Weder ihr Vater noch Alec kamen auf die Idee, sich aus der Küche ein Glas Wein oder Knabbereien zu holen. Es dauerte weitere Minuten, bis sie dicht gedrängt an der Hintertür im Dunkeln standen, bereit die Distanz zur Hecke mit einem Sprint zurückzulegen.

„Achtung", übernahm Amber das Kommando, während ihr Blick dem uniformierten Mann folgte, der nichtsahnend am Küchenfensters vorüberging.

Sicherheitshalber wartete sie noch einige Minuten und flüsterte: „Jetzt."

Entweder war der Nachtwächter taub oder schon zu weit entfernt, um die kichernden Mädchen zu hören.

Madeleine wäre in ihrer Hektik fast gegen einen der Zaunpfähle geprallt, hätte Amber ihr nicht rechtzeitig eine Warnung zugeraunt. Mel hatte weniger Glück. Sie streifte einen herunterhängenden Ast und zog sich eine Laufmasche an der geliehenen Strumpfhose zu.

Hinter der Pforte wartete bereits das vereinbarte Auto ohne Licht am Straßenrand. Eilig hasteten die drei Mädchen darauf zu.

Eine in ein abenteuerlich aussehendes Macbeth-Kostüm verkleidete Sabrina begrüßte die Ankömmlinge. Während sie auf der Rückbank zusammenrückten, musterte Sabrina neugierig Ambers Cousinen im gedämpften Innenlicht und säuselte: „Hallo, ich bin Sabrina, aber das wisst ihr bestimmt schon." Sie zwinkerte Amber zu und sagte an Lewis gewandt: „Wir können los. Zehn Minuten Verspätung, na ja, dann sind wir wenigstens nicht die Ersten."

Es wunderte Amber nicht, dass Lewis eine schwarze Chauffeuruniform trug, obwohl es sich um alles andere als eine offizielle Fahrt handelte. Die Erwähnung, dass sie sich verspäteten, war wie nebenbei gefallen, doch der Zusatz verriet ihre Freundin. Normalerweise konnte Sabrina es kaum erwarten als eine der Ersten auf einer Party zu erscheinen. Sonst war es zu voll, um noch aufzufallen.

„Ich bin so aufgeregt. Morgen um diese Zeit, stehe ich auf der Bühne und glaubt mir, es wird fantastisch."

Amber war sich nicht sicher, ob Sabrina das Theaterstück oder sich selbst damit meinte, und schwieg vorsichtshalber.

„Meine Eltern sind sich sicher, dass die Gäste aus einem auserlesenen Kreis bestehen. Sozusagen die Gönner der Insel. Ob es um viel Geld geht, habe ich gefragt, aber mein Vater als Rechtsanwalt unterliegt der Schweigepflicht. Mir soll es ja egal sein, aber es hätte mich schon interessiert, wer dort alles vertreten ist. Einige hohe Tiere vom Festland, das wäre wirklich fabelhaft. Aber so wie es aussieht, werde ich es wohl nie erfahren", seufzte sie auf.

„Ich würde mir eher darüber Gedanken machen, ob alles glatt verläuft und der Text sitzt", antwortete Amber mit einem Anflug von Zynismus, den Sabrina nicht als solchen erkannte.

„Von meiner Seite aus, kein Problem. Ich habe wochenlang geübt und denke schon wie Lady Macbeth. Deshalb wollte ich kein anderes Kostüm anziehen; ich muss in meiner Rolle bleiben."

Es ärgerte Amber, dass ihre Freundin so hochtrabend daherredete. Sie fragte sich insgeheim, ob sie wegen ihrer Cousinen so übertrieb und konnte sich einen kleinen Seitenhieb nicht verkneifen: „Also darüber musst du dir wirklich keine Sorgen machen. Ich bin mir ziemlich sicher, dass du die Rolle dieser Dame perfekt verkörperst."

Bei Sabrina verlief auch dieser Satz ins Leere, während Lewis plötzlich mit einem Hustenanfall zu kämpfen hatte.

Gregor wohnte am Rand des Nobelviertels. Das dreistöckige graue Haus wirkte trotz Außenbeleuchtung so düster und unheilvoll, wie sein gegenwärtiger Besitzer. Eine hohe Mauer umgab das Anwesen, das mit Überwachungskameras ausgestattet war. Das und das Aufgebot an Wachpersonal erinnerten an einen Hochsicherheitstrakt. Zu beiden Seiten der Einfahrt waren Soldaten postiert, die sie erst nach einer Rückmeldung mit Gregor passieren ließen. Vor dem Gebäude war niemand zu sehen. Die geladenen Gäste hielten sich offenbar ausschließlich auf der rückwärtigen Seite auf.

„Geheimauftrag ausgeführt. Bitte kein Alk und wenn doch, dann in akzeptablen Mengen. Der Wagen hat gerade eine aufwendige Innen- und Außenreinigung hinter sich. Um Punkt zwölf stehe ich an genau dieser Stelle. Wer nicht da ist, muss selbst sehen, wie er nach Hause kommt." Lewis stieg aus, machte jedoch keine Anstalten die Beifahrertür zu öffnen und kassierte von Sabrina einen bitterbösen Blick, bevor diese ausstieg. Offenbar waren auch seiner Geduld Grenzen gesetzt.

„Meine Güte, wäre ich allein, würden mir vor Angst die Beine schlottern", sagte Madeleine mit einem Rundblick über die teuren Fahrzeuge, die auf dem hauseigenen Parkplatz standen.

„Ich würde eher die Beine in die Hand nehmen", entgegnete Mel trocken.

„Gehen wir, oder stehen wir uns die Beine in den Bauch?", fragte Sabrina ungeduldig, während Lewis den Kofferraum öffnete.

„Wir warten noch auf jemanden ...", setzte Amber an, kam jedoch nicht dazu den Satz zu beenden. So wie die Dinge standen, hätte ihr sowieso niemand zugehört. Ein blinder Passagier hatte die Mitfahrgelegenheit genutzt. Nur dass dieser Fremde keiner war. Hätte es sich anstelle des Kofferraumes um eine überdimensionale Torte gehandelte, wäre Boje mit Sicherheit als Geburtstagsüberraschung durchgegangen.

„Pünktlich auf die Minute“, sagte er anstelle einer Begrüßung, strich sich über sein schwarzes Jackett und klatschte lässig mit Lewis ab.

„Das glaube ich jetzt nicht“, stotterte Sabrina entgeistert, fing sich sogleich und musterte Boje interessiert.

Zugegeben, er sah recht passabel aus. Die schwarze Jeans und das weiße Hemd standen ihm ausgezeichnet. Ebenso die kurzen Haare, die er mit reichlich Gel gebändigt hatte und die seine markanten Gesichtszüge hervorhoben.

„Du spinnst“, sagte Mel schwach, doch ihr war anzusehen, dass sie sich über sein Auftauchen und sein ansprechendes Erscheinungsbild freute. „Ein weiterer Bekannter? Ich gebe zu, er sieht umwerfend aus und hätte ich nicht jemand anderen im Visier …“, brachte ihre Freundin das Thema im Flüsterton auf Gregor.

„Da bist du nicht die einzige, Boje steht auf Mel“, raunte Amber zurück.

Sabrina schien das Interesse an Boje zu verlieren und musterte Amber eingehend.

„Wo hast du diese Kontaktlinsen her. Die sehen echt toll aus. Gibt es die auch in anderen Farbvarianten?“

Amber zupfte an ihrer Augenmaske und überspielte so ihr Erschrecken. „Da muss ich meinen Vater fragen, er hat sie vom Festland mitgebracht“, antwortete sie etwas überhastet.

Bevor ihre Freundin etwas erwidern konnte, marschierte sie an ihr vorbei und folgte der lauten Musik seitlich über den gepflasterten Weg zum hinteren Teil des Grundstücks. Die Zwillinge und Boje hielten sich etwas im Hintergrund, während Sabrina sie überholte und sich wie selbstverständlich an die

Spitze setzte. Amber beeile sich mit ihr Schritt zu halten und war schon jetzt über die Rücksichtslosigkeit ihrer Freundin erbost. Mel unterhielt sich mit Boje, der erzählte, dass er Lewis zurzeit des Öfteren im Farraige-Inn antraf. Sie hatten sich auch an diesem Abend getroffen und auf das Angebot, Boje auf die Party einzuschleusen, mit einer Cola angestoßen.

Amber lächelte über Lewis Spitzfindigkeit. Nach außen hin pflichtbewusst seinem Arbeitgeber und dessen Familie treu ergeben, steckte in ihm dennoch ein Rebell. Sie fragte sich, wem seine Loyalität wirklich galt. Früher hätte diese Frage ein ungutes Gefühl in ihr ausgelöst. So, als bewege sie sich über eine dünne Eisfläche. Doch inzwischen fühlte sie sich in beiden Welten recht sicher.

Amber entdeckte Gregor, der umringt von Gästen an der Bar stand und von dort aus den Trubel beobachtete. Die Gastgeber hatten den Pool mit dicken Holzbohlen abgedeckt und ihn so in eine Tanzfläche verwandelt.

Sie fiel etwas zurück und hoffte, dass sich auf der Unterseite zusätzlich Stützpfeiler befanden, die das Konstrukt stabilisierten. Das Bauwerk wirkte nicht besonders schön, ebenso wie die spärliche Dekoration, die eindeutig ohne weibliche Anleitung angebracht war.

Amber sah weder aufgestellte Kerzen auf den Stehtischen, die nach dem Zufallsprinzip platziert wurden, noch Fackeln, deren Licht ein etwas feierlicheres Flair verbreitet hätten. Zumindest hingen weiße Lampions kreuz und quer an einem durchgebogenen Drahtseil über den Köpfen der Gäste. Die Außenbeleuchtung war, mit einer Ausnahme hinter der Bar, ausgeschaltet.

„Sieht er nicht wie ein Thane of Cwawdor aus?“, hauchte Sabrina verzückt und winkte Gregor hektisch zu, als dieser zufällig in ihre Richtung sah.

„Wenn du meinst“, sagte Amber, obwohl ihre Freundin nur noch Augen für den Gastgeber hatte.

Gregors einziges Zugeständnis an eine Kostümierung war die schmale Version eines Brustharnischs, der mit viel gutem Willen als Ritter oder den berüchtigten Thane aus Shakespeare durchgegangen wäre.

Schon jetzt genervt, drehte sich Amber zu ihren Freunden um, die damit beschäftigt waren, die aufwendigen Kostüme der Gäste zu bewunderten. Nicht wenige unter ihnen trugen teure Theaterkostüme. Jedwede Epoche schien in der ein oder anderen Ausführung vertreten. Doch die meisten hatten sich an das morgige Comóradh angelehnt und liefen als Hexen, Zauberer, Wassernixen und Waldgeister herum. Alles wirkte übertrieben. War ihren Nachbarn und einstigen Freunden eigentlich völlig egal, was sich gerade innerhalb der Stadt abspielte?

Unwillkürlich zog sie die Schultern hoch. „Ich stelle euch Rohloffs Sohn vor, danach könnt ihr euch nach Belieben unter die Leute mischen.“

Auf dem Weg zur Bar wich Amber einem angetrunkenen Merlin aus. Sie schaute über die wogende Menschenmenge hinweg. Einige kannte sie aus der Schule. Andere wiederum wirkten fremd oder sie hatten sich eine exzellente Tarnung zugelegt, die sich nicht auf den ersten Blick aufdecken ließ. Dem ungezügeltem Verhalten nach zu urteilen, waren die Kostümierten sich dessen bewusst und kosteten diesen Umstand weidlich aus. Mehrere Grüppchen hielten sich auf der weitläufigen Terrasse auf. Kaum jemand befand sich auf der Tanzfläche. Die Luft schien mit der lauten Musik zu vibrieren und Amber ergriff eine Erregung, die sie auch auf dem Barra-Fest bis in die Zehenspitzen gespürt hatte.

Diese Leidenschaft bot ihr seit jeher die Möglichkeit, losgelöst von Geist und Verstand, der realen Welt zu entfliehen. Einzig auf Seele und Gefühle reduziert zu sein, kam einem inneren

Befreiungsakt gleich. Doch an diesem Ort kannten sie genügend Leute: Nachbarn, Schulkameraden und einige Mädchen aus ihrer Ballettgruppe, die dicht gedrängt an der Tanzfläche standen. Obwohl die Party erst gegen 21 Uhr begonnen hatte und seitdem noch nicht einmal eine Stunde vergangen war, wirkten viele bereits angetrunken. Auf der Skala von eins bis zehn rangierten die meisten auf sechs, Tendenz steigend. Amber steuerte ihr Ziel an. Im Gegensatz zu Sabrina, die sich längst zu Gregor durchgeboxt hatte, achtete sie darauf, dass ihre Begleitung nicht im Getümmel verloren ging. Wann immer ihr Blick sich mit dem eines gutaussehenden Jungen kreuzte, lächelte sie und zog so mehr als einmal die Aufmerksamkeit auf sich. Fast automatisch griff sie nach dem Jadeanhänger an ihrem Hals, der sich seltsam warm anfühlte.

Ein Mädchen stieß ihrem Freund mit dem Ellenbogen in die Seite und funkelte Amber wütend an. Ihre Wirkung auf andere entlockte ihr nur ein herausforderndes Grinsen. Sie war alles andere als unsichtbar, doch niemand schien sie als die Tochter des Gouverneurs zu erkennen. Der Gedanke sich frei zwischen Freunden und Bekannten bewegen zu können, stiftete sie zu einem verführerischen Hüftschwung an. Er stieß, den männlichen Blicken nach zu urteilen, auf Wohlgefallen. Zufrieden mit dem Ergebnis steuerte sie gut gelaunt auf Gregor zu, der sie mit Blicken auszuziehen schien und einen Schritt in ihre Richtung tat. Sabrina flüsterte ihm etwas ins Ohr, worauf dieser erstaunt innehielt. Der Abstand zwischen ihnen verringerte sich von drei auf einen Schritt. Nicht weiter, da Amber darauf achtete, ihm nicht zu nahezukommen. Sabrina sagte gezielt etwas zu Gregor, was Amber bei dieser Lautstärke jedoch nicht hören konnte. Als weder Gregor noch Amber reagierten,

wandte sich Sabrina der Bar zu. Amber musterte ihren morgigen Partner und kam nicht umhin zu bemerkten, dass er an diesem Abend gut aussah. Bisher waren ihr seine blaugrünen, mit langen Wimpern umrandeten Augen nie aufgefallen. Entweder hatte sich ihr Geschmack in Bezug auf Jungs in den letzten vierundzwanzig Stunden grundlegend geändert, oder es lag an der explosiven und leicht angetrunkenen Atmosphäre, dass sie ihn plötzlich interessant fand. Viel wahrscheinlicher war jedoch, dass sie sich mit ihm und dem Tâche identifizierte. Sie verdrängte die aufsteigende Furcht und nahm sich vor, diesen Abend zu genießen, als gäbe es kein Morgen und schon gar keine Prüfung mit ungewissem Ausgang.

„Hi Gregor, vielen Dank für die Einladung. Ich habe sie auf meine Familie ausgeweitet. Meine Cousinen Mel und Madeleine."

Sie musste schreien, damit er sie überhaupt verstand.

„Freut mich, euch kennenzulernen. Ich wusste gar nicht, dass Amber so bezaubernde Cousinen hat." Dieser Satz stammte aus seinem ansehnlichen Repertoire von Anmachsprüchen, die Amber längst alle kannte.

Gregor war wohl doch nicht so ihr Typ.

Bevor sie Boje vorstellen konnte, hatte sich Gregor bereits weggedreht. „Mach dir nichts draus, er steht halt auf hübsche Mädchen", sagte sie zu Boje, der unheilvoll die Augenbrauen zusammengezogen hatte und gar nicht mitbekam, dass sie mit ihm sprach. Mel stand neben Gregor und stolperte, als jemand sie im Vorbeigehen anrempelte. Gregor ging sofort auf Tuchfühlung und umfasste ihre Hüften, um sie abzufangen. Mel lachte auf, ob ihres Missgeschicks oder über etwas, was er ihr regelrecht ins Ohr gebrüllt haben musste. Von der Bar betrachtete Sabrina die Szene. Es gab noch jemanden, der den Gastgeber mit Blicken durchbohrte. Amber kannte diesen Gesichtsausdruck von Alec und beglückwünschte sich zu ihrem guten Gespür. Sie hatte geahnt, dass Mel Boje etwas bedeutete.

Rohloff hatte sich nicht lumpen lassen und einige Kellner aufgetrieben, die herumgingen und Getränke anboten. Amber schnappte sich einen Rob Roy, schnupperte daran und roch Vermouth Wein und einen Hauch Wermutkraut heraus. Eine kühle Brise wirbelte ein Arsenal an Düften auf; Amouage, Tom Ford und weitere Parfüms, die zu einer undefinierbaren kompakten Masse verschmolzen. Eine seltsame Unruhe erfasste Amber. Geradezu schlafwandlerisch bewegte sie sich zwischen den Leuten hindurch. Sich im Takt der Musik zu bewegen war ebenso Genugtuung, wie die interessierten Blicke der Männer wahrzunehmen. Wieso war sie früher nur so ungern auf derartige Events gegangen? An einem solchen Ort konnte man sich gehen lassen, eine Menge Spaß haben und von einem anstrengenden Alltag Abstand gewinnen. Sie trat an den Rand der Tanzfläche und setzte sich mit übereinandergeschlagenen Beinen auf die unterste Stufe der breiten Holztreppe, die auf die Plattform hinaufführte. Mit dem Zeigefinger tippte sie in ihr Getränk und leckte die Flüssigkeit ab, bevor sie zu Boden tropfte. Der intensive Alkohol reizte ihre Geschmacksknospen, so wie es noch vor kurzem nur Salz vermocht hatte. Doch sie war weder wütend, noch aufgeregt, sondern wie elektrisiert. Ein neuer Song löste den vorherigen ab. „Lets Dance“. Sie liebte dieses Lied, zu dem sie eine eigene Choreografie eingeübt hatte. Die wenigen Leute auf der Tanzfläche wurden dem mitreißenden Rhythmus bei weitem nicht gerecht. Für den Bruchteil einer Sekunde zögerte sie noch, kippte das Getränk mit einem Ruck hinunter und übergab das leere Glas einem vorbeieilenden Kellner.

Der Holzboden unter ihren Füßen schien sich im Takt der Musik wie ein steter Wellengang von Bohle zu Bohle zu bewegen und gab ihr das seltsame Gefühl über Wasser zu schreiten. Ihre ersten Bewegungen waren noch ungelenk. Doch das Tempo der Musik steigerte sich und mit ihm ihre Kühnheit. Sie bewegte sich wie in Trance. Bei einer gleitenden Drehung um die eigene Achse rutschte ihr die Maske vom Gesicht und segelte zu Boden. Mit nunmehr geschlossenen Augen ließ sie sich einzig von ihren Gefühlen leiten. Die Kombinationen aus Ballett und klassischen Tanzschritten, gepaart mit Hip-Hop Elementen, waren längst in ihr Gedächtnis eingebrannt. Ihr Körper reagierte automatisch auf die Sequenzkette. Anmutig hob sie einen Fuß und berührte ihren Fußknöchel. Nach der Pirouette setzte sie noch eine Reihe schneller Wechselschritte. Völlig mit sich im Einklang wirbelte sie über die leergefegte Tanzfläche. Ein kühler Luftzug strich wie ein sanftes Streicheln über ihren Körper hinweg. Zum Abspann der Musik öffnete sie die Augen und bemerkte erst jetzt, dass die Leute in ihrer Nähe wie gebannt in ihre Richtung starrten.

Es war ihr nicht peinlich gewesen, ihrer Leidenschaft, dem Tanzen, zu folgen, aber jetzt überfiel sie ein Gefühl der Unwirklichkeit – als stünde sie neben sich. Entsetzt darüber, dass sie sich in aller Öffentlichkeit derart hemmungslos aufgeführt hatte, verließ sie überstürzt die Tanzfläche. Der DJ nickte ihr anerkennend zu, legte langsamere Musik auf, regulierte die Lautstärke nach unten und gönnte den Gästen eine kurze Atempause.

Jemand klatschte verhalten, andere folgten enthusiastischer. Der Moment der Peinlichkeit ging vorüber. Die Leute richteten ihre Aufmerksamkeit auf andere Dinge; unterhielten oder betranken sich weiter. Amber atmete erleichtert auf. Instinktiv tastete sie mit ihrer Hand nach dem Anhänger. Er war verschwunden. Hektisch sah sie zu Boden. Nichts. Vielleicht hatte sie ihn ebenso wie die Maske auf der Tanzfläche verloren? Was würde Rosalie davon halten, wenn sie erführe, dass Amber die Kette nicht wie befohlen abgelegt hatte? Stattdessen war das Schmuckstück auf einer Party abhandengekommen. Einer Party, zu der sie keine Erlaubnis hatte zu gehen. Allein der Gedanke daran kam einem Sprung aus einem der oberen Fenster eines Wolkenkratzers gleich. Schon jetzt konnte sie spüren, wie sie am Boden aufprallte und mit zerschmetterten Gliedern liegen blieb. Sollte sie allerdings die anstehende Prüfung bestehen, bestand eine berechtigte Hoffnung auf Rehabilitation. Das berauschende Gefühl, locker über allen Dingen zu stehen, war verpufft. Aus den Augenwinkeln heraus bemerkte sie, wie sich ihr von zwei Seiten jemand näherte. Gereizt, sich vielleicht nicht nur mit einem, sondern gleich mehreren Verehrern auseinandersetzen zu müssen, wirbelte sie nach rechts herum und erstarrte. „Was machst du denn hier?", war das einzige halbwegs Vernünftige, was sie sagen konnte.

„Dasselbe könnte ich dich fragen", entgegnete Alec und musterte sie mit zusammengekniffenen Augen. Der vertraute Ingwerduft drang ihr in die Nase und weckte eine Erinnerung an die Zuneigung, die sie bis vor kurzem für ihn empfunden hatte. Sie löste ein Prickeln auf ihrer Haut aus und verströmte ein Gefühl, das ihr Innerstes wärmte. Sein eisiger Blick aus viel zu dunklen Augen verdrängte diese angenehm tröstliche Empfindung mit einem Schlag.

„Wir waren eingeladen", erwiderte sie pampig und hielt herausfordernd seinem Blick stand. Alec strich sich müde durch das Haar. Fast hätte sie ihre Hand nach einer Strähne ausgestreckt, die ihm wieder in die Stirn gefallen war. Ein seltsames Bedürfnis – vor allem, da sie über sein Auftauchen alles andere als glücklich war.

„Und Boje, war der etwa auch eingeladen?"

„Was geht dich das an? Wie bist du überhaupt hier hereingekommen? Hast du von Gregor etwa auch eine Karte bekommen?"

„Nein. Es war Zufall. Sam war frühzeitig zurück und hat mich ins Farraige-Inn mitgenommen, dort traf ich auf Boje. Netter

Aufzug und nicht unbedingt unauffällig. Als Lewis auftauchte, habe ich kapiert, dass du mich angelogen hast."

Schnell schaute sie auf ihre Uhr, es war kurz vor Mitternacht. Die Frage, wie er hierher und durch die Kontrolle gekommen war, erübrigte sich.

„Hey, alles in Ordnung oder nervt dich der Typ?"

Unbeachtet von ihr und Alec war Gregor hinter sie getreten. Sein Atem streifte ihren Nacken, hastig trat sie einen Schritt seitwärts. Eingekeilt zwischen zwei Brüdern, die unterschiedlicher nicht hätten sein können und doch in zweierlei Dingen überaus ähnlich waren, fühle sie sich zunehmend unwohl.

„Alles okay, darf ich vorstellen. Alec Kin... , ein", sie stockte, „Freund von mir. Er wollte nur Bescheid geben, dass der Chauffeur da ist."

Sie registrierte den zynischen Zug um Alecs Mundwinkel und fühlte sich in die Enge getrieben.

„Komm schon, es ist deine Party. Was willst du schon so früh zu Hause?" Erstaunlicherweise wirkte Gregor weder aufdringlich, noch enttäuscht, sondern eher verzweifelt. Sie hatte sich geschworen nicht an das verflixte Tâche zu denken, und sich auf keinen Fall auf ein Gespräch darüber einzulassen. Daran hielt sie fest. Alec hingegen schien vor Wut zu kochen und hatte in diese Richtung weitaus weniger Bedenken.

Er trat einen Schritt vor und streifte zufällig mit der Hand ihren nackten Bauch. Amber biss die Zähne zusammen, als an der berührten Stelle ein brennender Schmerz aufflammte. Alec hatte es nicht bemerkt, er taxierte seinen Nebenbuhler mit zusammengekniffenen, nunmehr pechschwarzen Augen.

„Ja klar, dir wäre es nur recht, wenn sie morgen zu müde ist, um sich auf ihre Aufgabe zu konzentrieren. Welchen Vorteil versprichst du dir eigentlich von dieser netten Veranstaltung? Sie im Vorfeld aus dem Rennen zu schlagen?"

„Spinnst du? Was will der Kerl von dir?", zischte Gregor an Amber gerichtet, die sich bemühte, die aufsteigenden Tränen zurückzuhalten.

„Lass sie gefälligst aus dem Spiel, oder fällt dir auf die Schnelle keine passende Antwort ein?", provozierte Alec. Er schien es darauf anzulegen, dass die Situation eskalierte.

Amber traute ihren Ohren nicht. Bisher hatte sie ihn noch nie so wütend und außer Kontrolle erlebt. Er forderte eine körperliche Konfrontation geradezu heraus und Gregor sah aus, als würde er sich nur zu gern darauf einlassen.

Beherzt trat sie einen Schritt vor und fauchte die Jungs laut genug an, um die Musik zu übertönen, jedoch ohne jemanden auf sie aufmerksam zu machen: „Was auch immer ihr für ein Problem miteinander habt, reißt euch zusammen, bevor andere es mitbekommen."

„Vielleicht sollten wir uns wirklich woanders weiter unterhalten", interpretierte Gregor ihre Warnung bewusst falsch, drehte sich auf dem Absatz um und verschwand in der Menge.

„Komm schon, belassen wir es dabei. Er ist betrunken und Lewis wartet bestimmt schon auf uns", versuchte Amber Alec zurückzuhalten, der Anstalten machte ihm zu folgen. Sie hoffte, dass er zur Vernunft kommen würde, jetzt, da Gregor außer Sicht war.

„Damit er denkt ich würde kneifen? Besser, du gehst mit den anderen, ich komme nach."

Sie hatte es im Guten versucht, doch Alec hörte ihr nicht zu. Damit schürte er ihre Wut auf zwei Hitzköpfe, von denen keiner bereit war nachzugeben. „Okay, dann komm ich mit", sagte sie und schmetterte einen etwaigen Einwand im Vorfeld ab, indem sie ihn einfach stehen ließ.

Dass niemand etwas von dem Streit mitbekommen hatte, lag wohl daran, dass kaum jemand mehr nüchtern war. Einige

Gäste waren ihrer Kostüme müde geworden und hatten sich derer kurzerhand entledigt. Der aufbrausende Beifall animierte weitere Teenies dazu, ihrem Beispiel zu folgen. Amber konnte ihre Freunde nirgends sehen, vermutlich warteten sie bereits vor dem Gebäude auf sie. Alec folgte ihr durch die Menge, während sie bereits die Terrasse hinter sich ließ und den ruhigeren Teil des Grundstücks betrat. Vor sich erblickte sie den Koi-Teich.

Als Kind hatte sie ihren Vater manchmal zu Rohloff begleitet. Daher wusste Amber, wo sie Gregor finden würde. Sie wechselte auf den Rasen und blieb vor der untersten Stufe einer massiven Holzbrücke stehen. Diese spann einen Bogen über den Koi-Teich auf die andere Seite. Der Handlauf bestand aus einem dicken Tau, an dem sie sich vorsichtig entlang tastete.

„Gregor?“, flüsterte sie in die Dunkelheit. Amber hegte die Hoffnung, ihn zur Vernunft zu bringen, bevor Alec auftauchte.

„Hm“, kam es aus der Dunkelheit zurück.

„Du bist betrunken und weißt nicht, was du sagst. Morgen findet das Tâche statt, und wenn es dir hilft: Ich bin alles andere als glücklich, dass wir dafür ausgewählt wurden. Trotzdem sollten wir das Beste daraus machen und uns nicht schon am Vorabend gegenseitig die Köpfe einschlagen.“

Von hinten näherten sich auf dem Holz Schritte. Aus dem Dunkel ertönte ein Laut, der wie Grunzen klang: „Seit wann gibst du dich mit so einem Abschaum ab?“

„Wie kannst du so etwas sagen? Er ist alles andere als das“, verteidigte sie Alec.

Gleißendes Licht flammte auf. Geblendet riss Amber ihre Hände vor das Gesicht und linste durch die Finger.

Sie hatte ganz vergessen, dass auf der Brücke einen Bewegungsmelder angebracht war, und darauf gehofft, dass Gregor im Schutz der Dunkelheit einer Schlägerei aus dem Weg gehen würde. Er war vielleicht ein Weichei mit einer großen Klappe, aber bestimmt kein Raufbold. Ebenso wenig wie Alec.

Gregor taxierte Amber mit einem seltsamen Blick, als versuche er einzuschätzen, auf welcher Seite sie stand. „Nur ein Freund also?"

Hilfesuchend drehte sie sich zu Alec herum, der an ihr vorbei starrte und hartnäckig schwieg. Ihr wurde abwechselnd heiß und kalt. Die beiden Jungs überließen es ihr, die Wogen zu glätten und zwangen sie indirekt Stellung zu beziehen. Entweder Gregor, der mit ihr das morgige Tâche bestreiten sollte oder Alec, den sie skrupellos hintergangen hatte. Im Sekundentakt verrann die Zeit.

„Glaubst du, dass zwei Menschen füreinander bestimmt sind?", hallte es in ihrem Kopf wider. Wie konnte sie ihn nur verleugnen? Mit Ausnahme dieses merkwürdigen Tages hatte sie nie wirklich an ihrer Liebe gezweifelt. Und dennoch hatte sie ihn zurückgestoßen. Ihn absichtlich verletzt und es gab nichts, was ihr Verhalten entschuldigte.

Fast nichts.

„Er ist mein Freund", korrigierte sie Gregor und hielt den Atem an.

Amber spürte, wie Alec dicht hinter sie trat. Er berührte sie nicht, signalisierte jedoch durch seine Nähe, dass er zu ihr stand.

Mit zusammengekniffenen Augen beobachtete Gregor das Paar und zischte:

„Als Sabrina sagte, dass deine neuen Freunde aus dem Zwölfer kommen, konnte ich es nicht glauben. Bei mir spielst du die Unnahbare und lässt dich mit einem aus diesem Stadtteil ein?" Seine Stimme überschlug sich. Das Gesicht mit einem gefährlichen Glanz in den Augen wutverzerrt, glich er mehr denn je seinem skrupellosem Vater, und machte Amber in diesem Moment ebenso viel Angst. Sie bekam nur am Rande mit, wie

Alec die zu Fäusten geballten Hände hob und sich blitzschnell an ihr vorbei schob.

Wer von beiden dem anderen zuerst an die Gurgel ging, war im Grunde gleichgültig. Es schien, als ob beide auf genau diesen Moment gewartet hätten – bereit jedwede Verletzung in Kauf zu nehmen, solange die Aussicht bestand, seinem Gegner mehr Schmerz zuzufügen als man selbst einsteckte. Die durch Gregors Rüstung verstärkten Kampfgeräusche und das beidseitige Aufstöhnen hallten geradezu schmerzhaft in ihren Ohren wieder. Amber umklammerte das Tau und verfolgte, wie Gregor durch einen Fausthieb gegen seine gepanzerte Brust strauchelte, zwei Schritte zurücktaumelte und rücklings über den Handlauf kippte. Hastig wechselte sie die Seite und beobachtete, wie das dunkle Wasser über ihm zusammenschlug.

„Du musst ihm helfen. Das Ding zieht ihn bis zum Grund hinab!"

Alec rieb sich die Faust, mit der er zugeschlagen hatte und erwiderte schwer atmend: „Quatsch, es ist ja kein Original. Außerdem stammt er von einem Selkie ab, schon vergessen? Etwas Abkühlung wird ihm bestimmt nicht schaden."

Zaudernd trat sie an den Handlauf. Noch immer gab es keine Spur von Gregor und nichts deutete darauf hin, dass sich jemand unter Wasser befand. Die Tiefe des Teichs betrug nach Ambers Schätzung an die fünf Meter. Sie spürte einfach, dass irgendetwas nicht stimmte.

„Er ist sturzbetrunken!", sorgte sie sich.

Beherzt schwang sie ein Bein über das Tau.

„Okay, lass das! Ich mach's." Das Wasser spritzte bis zu ihr, als Alec ins Wasser eintauchte. Amber stand zitternd auf der Brücke und überschlug im Geist, wie lange sich Gregor inzwischen unter Wasser befand. Etwas mehr als zwei Minuten. Zu kurz für einen seiner Art aber grenzwertig für einen normalen Menschen.

Angsterfüllt lief sie auf der Brücke auf und ab und hielt dabei zu beiden Seiten des Teichs Ausschau. Ein leises Plätschern ganz in ihrer Nähe ließ sie herumwirbeln. Gebannt starrte sie ins Wasser, das an einer Stelle aufgewühlt war. Alecs Kopf tauchte auf, wenige Sekunden später folgte Gregor, der sich an Alec klammerte, nach Luft schnappte und erbrach.

„Amber, ich brauch deine Hilfe! Die verdammte Blechbüchse ist zu schwer."

Sie rannte an die Stelle, unter der sich Alec an einem der Stützpfeiler festhielt, warf sich bäuchlings auf die Holzbohle und beugte sich mit ihrem Oberkörper vornüber. Ihre Füße fanden in den Ritzen zwischen den Bohlen Halt. Nicht genug, um jemanden aus dem Wasser zu ziehen, aber ausreichend um ihr Eigengewicht zu halten.

Alec begriff sofort, was sie vorhatte und drehte sich so, dass sie an Gregors linke Seite herankam. Blind tastete sie unter Wasser nach den Scharnieren, immer wieder rutschten ihre kalten Finger am glitschigen Leder ab. Eine Ewigkeit schien vergangen, bis sie die letzte Schnalle mit tauben Fingern geöffnet hatte. Der Harnisch klappte wie eine Muschel auseinander. Erleichtert beobachtete sie, wie der Panzer versank und kroch rückwärts aus der Gefahrenzone. Dabei behielt sie aber Alec weiterhin im Auge, der Gregor an einer flachen Stelle ans Ufer zog. Während sie über die Brücke humpelte, ließ das beängstigende Gefühl nach, ihr Rücken würde bei der kleinsten Erschütterung wie ein Streichholz zerbrechen.

Gregor lag leichenblass und mit geschlossenen Augen neben Alec, der triefend nass am Boden saß. Amber ging vor ihnen in die Knie und unterdrückte ebenso das Bedürfnis Alec zu umarmen, wie Gregor am Arm zu berühren.

„Ist er bei Bewusstsein?", wisperte sie. Als Antwort erhielt sie ein Nicken und von Gregor einen rekordverdächtigen Rülpser.

Zu erleichtert, um sein Missgeschick zu kommentieren, seufzte sie auf, setzte sich jedoch sicherheitshalber auf die Fersen.

„Für mich ist die Party echt dumm gelaufen", flüsterte Gregor.

Alec half ihm, sich aufzusetzen. Ihre Blicke trafen sich. In Gregors Augen lag ein Ausdruck der Überraschung – als wäre ihm erst jetzt bewusst geworden, wie knapp es tatsächlich gewesen war.

„Wer ist außer den Kellnern noch im Haus? Einer von uns beiden sollte jetzt ein paar trockene Klamotten besorgen. Ich weiß ja nicht, wie es dir mit deiner Alkoholfahne geht, aber mir ist kalt", sagte Alec unvermittelt.

„Nur mein Vater und seine", Gregor stockte, „Freundin. Die Treppe hoch, erste Tür links."

Alec löste den festen Griff um Gregors Schultern und packte erneut zu, als dieser wankte. „Ich schätze, du musst ihn stützen", sagte er an Amber gewandt. Sie überlegte, wie viel Alkohol Alec getrunken hatte, bevor er ihr in die Quere gekommen war.

„Du weißt genau, dass ich das nicht kann."

Ein Lächeln umspielte seine Mundwinkel.

Was war so lustig daran, und warum brachte er sie in eine derartige Situation? Oder forderte er sie heraus? Sie hatte es verdient – gar keine Frage, doch der Zeitpunkt war ausgesprochen ungünstig.

„Glaub mir du kannst. Vertrau mir einfach, ich bin gleich wieder zurück."

Bevor sie reagieren konnte, sprang er auf und lief über den Rasen. Reflexartig schossen ihre Hände vor und packten Gregors Arme, bevor er mit ihr zusammenstoßen konnte. Erschrocken sog sie die Luft ein. Als kein brennender Schmerz aufloderte, stieß sie die angehaltene Luft langsam wieder aus.

„Spätestens morgen hättest du es eh herausgefunden", sagte Gregor schleppend und lehnte sich mit dem Kopf gegen ihre Schulter.

Wenn sie nicht schon auf dem Boden gesessen hätte, wäre sie spätestens jetzt in die Knie gegangen. Amber schwieg. Zu verwirrt, um klar zu denken und zu überrascht, um ihn von sich zu stoßen. „Du hast es also nicht von deinem Vater geerbt", murmelte sie gedankenverloren.

„Nein. Aber er."

„Er?" Sie blickte auf Gregors nassen Haarschopf hinunter, durch den der aufkommende Wind blies. Er hob den Kopf, und Amber sah seine blutige Lippe. „Dein Freund. Ich wusste nicht, dass es der Alec ist, den mein Vater seit Monaten sucht. Wie hat er es geschafft, ihn so lange an der Nase herumzuführen? Ich habe es erst gemerkt, als er mir eine runtergehauen und sich dabei an der Hand verletzt hat. Mein Blut schmeckt nicht salzig."

Amber räusperte sich, brachte aber kein Wort heraus. Wenn Gregor über die Verbindung zwischen Alec und Rohloff Bescheid wusste – was wusste er über das Tâche, und was über sie? Was er ihr erzählte, entsprach der Wahrheit. So wie er aussah, musste er Unmengen Wasser geschluckt haben, oder der Unfall hatte ihn wieder halbwegs nüchtern werden lassen. Plötzlich wirkte er auf sie wie ein unglückliches und trotziges Kind, dem sein Lieblingsspielzeug vorenthalten wurde. Misstrauisch zog sie sich von ihm zurück und zuckte erschrocken zusammen, als der Bewegungsmelder automatisch ausging und sie im Dunkeln saßen.

„Du kannst dir bestimmt denken, warum mein Vater so scharf darauf ist, Alec in seine ach so liebevollen Arme zu schließen."

Unsicher, was genau sie darauf erwidern könnte ohne pikante Details zu verraten, tastete sie sich vor: „Erklär du es mir, warum hat er es auf Alec abgesehen?"

„Weil er sein Sohn ist, deshalb. Mit mir hatte er ja kein Glück. Es wäre niemandem aufgefallen, wenn du nicht beide DNS geerbt hättest."

„Was meinst du damit?" zischte sie darüber verärgert, dass er ihr die Schuld für seine Misere in die Schuhe schob.

„Ohne die DNS dieser Ursprungshexe – kein Tâche. Ist doch klar, und ich wäre aus dem Schneider gewesen!"

Langsam ging Amber auf, was Gregor meinte und sie verstand, warum Rohloff nach so vielen Jahren bereit war, seinen unehelichen Sohn anzuerkennen. Er wollte nicht nur das Amt des Gouverneurs an sich reißen, sondern auch das Tâche, dessen Ausgang für beide Völker gleichermaßen bindend sein würde, ein für alle Mal aus der Welt schaffen. Vorzugsweise mit einem Sieg über die Hexen.

„Wirst du Alec verraten?", fragte sie leise.

„Kommt darauf an. Was bist du bereit, dafür zu zahlen?", fragte Gregor hinterlistig, nunmehr wieder ganz der Sohn seines Vaters. Ihr zuckte die Hand, am liebsten hätte sie ihm für diese unverschämte Andeutung eine runtergehauen. Diese Genugtuung war es aber nicht wert, Alec ans Messer zu liefern.

„Nichts, was Alec nicht schon von mir bekommen hätte", sagte sie sarkastisch. Es war ein fataler Fehler ihn zu reizen. Sie befand sich mit ihm allein im hintersten Teil des Grundstücks. Niemand außer Alec, der beunruhigend lange fortblieb, wusste, wo sie sich aufhielt. Inzwischen würden die anderen vermutlich nach ihr Ausschau halten, aber bestimmt nicht an einem solch verlassenen Winkel wie diesen.

„Na, dann bleibt das Geheimnis ja in der Familie. Du darfst es dir aussuchen: Entweder überlasse ich Alec der Fürsorge unseres gemeinsamen Erzeugers, oder du wirst morgen alles dafür tun, um mir diese Prüfung so angenehm wie möglich zu gestalten. Mein Großvater brabbelte mal etwas über eine verlassene Höhle tief unter der Erde, in der sich verliebte Selkies und Hexen heimlich auf ein Stelldichein getroffen hätten. Der perfekte Ort um unseren Deal zu besiegeln."

Amber zitterte vor Wut. Gregor war seit langem hinter ihr her und bekannt für seine Aufdringlichkeit gegenüber jedem Rock, dem er habhaft werden konnte. Dass er wirklich so weit gehen würde, seinen Willen mit allen Mitteln durchzusetzen, erfüllte sie mit Abscheu.

„Wir hätten dich wie eine Ratte ersaufen lassen sollen", zischte sie und erntete kaltherziges Gelächter, das zumindest einen positiven Nutzen hatte – es wies Alec den Weg zu ihnen.

„Du hast aber lange gebraucht", schimpfte sie halbherzig mit Alec. Das unangenehme Schweigen zwischen ihnen zerrte an ihren Nerven und warf die Frage auf, ob er etwas von ihrem Gespräch mitbekommen haben könnte.

Seine Antwort deutete allerdings nicht darauf hin: „Ich bin Lewis begegnet, der auf der Suche nach dir war. Sabrina ist stinksauer, weil du mit Gregor verschwunden bist. Madeleine stand kurz davor, Dora anzurufen. Es ist höchste Zeit, dass ihr nach Hause kommt."

Amber spürte eine Berührung an ihrem Oberschenkel und erstarrte. Seine Hand glitt seitlich bis zu ihrer Hosentasche hinauf. „Mit dem Schlüssel dürfte es kein Problem sein, ungesehen ins Haus zu gelangen."

„Einen Moment, du fährst doch mit uns?", fragte sie leise und verzog angewidert das Gesicht, als Gregor, der mit seinen nassen Klamotten zu kämpfen hatte, einen unflätigen Fluch ausstieß.

„Tut mir leid, ich habe noch eine Verabredung. Lass einfach den Schlüssel stecken."

Sie war alles andere als begeistert, aber doch zu erschöpft, um im Beisein seines Halbbruders mit ihm zu diskutieren. Deshalb gab sie nach.

Auf der Rückbank sitzend, eingekeilt zwischen Madeleine und Mel, atmete Amber auf. Boje fuhr dieses Mal ganz offiziell mit. Mel hatte nur Augen für ihn und konnte nicht aufhören, verliebt zu grinsen. Sogar Madeleines Aufregung über Ambers plötzliches Verschwinden hatte sich gelegt.

Die Wachen am Tor ließen sie ohne Kontrolle passieren. Es war weit nach Mitternacht und Amber fühlte sich so erschöpft wie schon lange nicht mehr. Während der Rückfahrt hatte sie ausreichend Zeit, über den außer Kontrolle geratenen Abend nachzudenken. Ihr ungezügeltes Benehmen gab ihr weitere Rätsel auf. Amber schien es, als wäre eine völlig unbekannte Seite in ihr zum Vorschein gekommen, von der sie nicht einmal gedacht hatte, dass sie eine solche besaß. Ihre Großmutter hatte sie nach dem Ritual vor etwas gewarnt, doch da war sie zu aufgeregt gewesen, um richtig zuzuhören. Jetzt konnte sie sich einfach nicht mehr erinnern. War Alkoholgenuss für frischgetaufte Hexen etwa tabu? Wenn sie Rosalie nur zugehört hätte. Vielleicht wären ihr dann einige Probleme erspart geblieben. Dabei hatte sie sich nur etwas Normalität gewünscht und das genaue Gegenteil erlebt.

Der Tag der Prüfung war gekommen.

Amber fühlte sich ihr weniger gewachsen als je zuvor. Müde sank ihr Kopf gegen das weiche Polster. Unter halbgeöffneten Lidern beobachtete sie Sabrina, die bei ihrer Ankunft bereits auf dem Beifahrersitz gesessen und Amber bisher keines Blickes gewürdigt hatte. Sabrina schien zu denken, dass ihre einstige beste Freundin sich ausgerechnet mit dem Jungen davongeschlichen hatte, den sie am wenigsten ausstehen konnte. Amber war sich zu schade, ihr eine Lüge aufzutischen. Was Sabrina über ihre Freunde gesagt hatte, offenbarte ihr wahres Gesicht, das sich hinter einer Maske aus Liebenswürdigkeit verbarg. Angewidert wandte Amber sich ab.

Während die beleuchteten Gebäude wie Licht und Schatten an ihr vorüberzogen, war es plötzlich nicht mehr wichtig, was jemand über sie dachte. Einzig die Frage, die sie sich in den vergangenen Tagen immer und immer wieder gestellt hatte, beherrschte ihr Denken: Gab es überhaupt eine Möglichkeit dieses Tâche zu bestehen, oder war die Prüfung durch Gregors Teilnahme bereits im Vorfeld zum Scheitern verurteilt? Bei der letzten Prüfung war, zumindest was Malvina anging, Zuneigung gegenüber ihrem Partner mit im Spiel gewesen. Von ihr und Gregor konnte man das nicht behaupten.

Bisher hatte sie vermutet, dass ihr Vater sie und Gregor gern als Paar gesehen hätte. Der Zusammenschluss beider Familien hätte nicht nur seine Stellung gestärkt. Er wäre auch Rohloffs Ansinnen entgegengekommen. Wenn sie und Gregor zusammengekommen wären, hätte sie das Geheimnis seines Sohnes bestimmt niemandem verraten. Seit der vergangenen Nacht war jedoch klar, dass die angestrebte Verbindung der Familien durchaus möglich gewesen wäre. Gregor konnte sie nicht auf die Weise verletzen, wie Alec, als dessen Hand aus Versehen ihren Bauch gestreift hatte. Ihre Gedanken wanderten weiter, bis zu dem ersten Zusammentreffen zwischen Alec und ihrem Vater. Charles hatte sich zuvorkommend und freundlich verhalten und ihm sogar erlaubt in ihrem Haus zu wohnen. Amber war sich inzwischen sicher, dass der Gouverneur über die Familienverhältnisse ihres Freundes aufgeklärt worden war. Hatte er seine Meinung geändert? Setzte er nun auf den erfolgversprechenderen Sohn? Hatte Alec, was Lewis anging, gelogen? Alecs schnelles Nachgeben ihr und den Zwillingen zu helfen, schien ihr im Nachhinein auffällig. Die Gedanken wirbelten durch ihren Kopf, egal wie sie es auch drehte und wendete, es ergaben sich immer wieder neue Fragen.

„Hey, aufwachen, wir sind da", drang Madeleines Stimme zu ihr durch. Dieses Mal stieg Lewis aus und öffnete ihnen zuvorkommend die hintere Tür.

„Wo genau hast du Alec noch einmal getroffen?", murmelte sie und zuckte zusammen, als Lewis leichthin sagte: „Na hier. Er rief mich an, weil er zu spät dran war."

„Ach ja, stimmt. Danke für alles", sagte sie beiläufig, als wäre daran nichts Ungewöhnliches. Sabrina ließ sich zu einem Nicken herab, das Amber jedoch ignorierte. Nachdenklich blickte sie den Rücklichtern des Wagens hinterher, bis Madeleine sie sachte anstupste.

Mel schwebte noch immer auf Wolke Sieben und tappte versonnen hinter ihnen her. Dank des Schlüssels gelangten sie problemlos in die Villa. Niemand fing sie ab, als sie im Dunkeln in Ambers Zimmer huschten.

„Das war die bisher beste Party meines Lebens", flüsterte Mel verzückt, bevor sie leise summend im Bad verschwand. Ihre Schwester lächelte nachsichtig. Sie wirkte ebenso müde, wie Amber. „Wenn ich dich frage, was zwischen dir, diesem Gregor und Alec abgelaufen ist, würdest du es mir erzählen?", fragte Madeleine, während sie sich die Schuhe abstreifte.

„Vielleicht irgendwann, wenn das hier alles vorbei ist", gab Amber zurück. Zwanzig Minuten später schlüpfte sie als Letzte unter ihre Decke. So sehr sie sich danach sehnte, der erlösende Schlaf stellte sich nicht ein. Stattdessen lauschte sie den ruhigen Atemzügen, die verrieten, dass sowohl Madeleine als auch Mel tief und fest schliefen. Bei jedem noch so leisen Geräusch horchte sie auf. Näherten sich Schritte der Tür? Irgendwann gab sie das Lauschen auf und wälzte sich stattdessen von einer Seite auf die andere.

Kapitel 39

Amber erwachte in Bauchlage und rollte sich zerschlagen auf die Seite. Jemand hatte die Vorhänge zugezogen. Madeleines Bett war ordentlich gemacht und der verräterische Wäscheberg vom Boden verschwunden.

Verschlafen schwang Amber die Beine über die Bettkante und starrte ungläubig auf das Zifferblatt ihres Weckers. Vierzehn Uhr. In ihrer Hast stolperte sie über einen ihrer Ballerinas, schlug der Länge nach hin, rappelte sich auf und musterte ihr Knie. Der Tag der Entscheidung begann ja fantastisch und war hoffentlich kein Vorbote für das unweigerlich Kommende.

Im Badezimmer wartete eine weitere Überraschung auf sie: die grüne seidene Tunika, die sie zu ihrem Geburtstag bekommen hatte. Faltenfrei hing sie auf einem Kleiderbügel.

Die kalte Dusche weckte ihre Lebensgeister. Die Furcht vor dem was ihr bevorstand kroch ihr wie ein Gespenst in den Nacken und ließ sich nicht vom Wasser abspülen. In ein paar Stunden würde sie fremden Menschen gegenübertreten. Ja, um was zu tun? Sie hatte keine Ahnung, nur eines wusste sie sicher: Es hatte etwas mit Selkies und Hexen zu tun. Amber war durch und durch eine Hexe, daran gab es nach ihrem gestrigen Auftritt keinen Zweifel. Was auch immer auf sie zukam, sie würde jede sich ihr bietende Hilfe in Anspruch nehmen – mit Ausnahme derer von Gregor. Entschlossen kramte sie in ihrer Kosmetiktasche nach der unscheinbaren Dose, die sie am Vortag aus der Küche entwendet hatte. Sie wusste nicht, was auf sie zukam, deshalb ging sie auf Nummer sicher.

Die Salbe ließ sich ohne ein Spannungsgefühl oder einen schmierigen Film zu hinterlassen auftragen. Der unaufdringliche

Duft würde niemandem auffallen, denn das ganze Haus roch nach einem Kräutergarten während der Erntezeit.

Als es an der Tür klopfte, versteckte sie das Döschen schnell zwischen Abtöncreme und Lidschatten.

„Ich bin wach."

„Guten Morgen, eigentlich ist es inzwischen Nachmittag. Du hast ja den Schlaf eines Murmeltieres", sagte Dora gutgelaunt, doch ihr forschender Blick glitt über Amber, die in Unterwäsche in der Badezimmertür stand und ein Handtuch gegen ihre Brust presste. „Kaum zu glauben, dass du überhaupt nicht aufgeregt bist. Der Schlaf ist dir bekommen, du siehst aus wie das blühende Leben. Bei mir war nichts mit Einschlafen. Rosalie musste mir erst zwei Tassen Tee zubereiten. Du weißt schon, diesen scheußlichen Sud, auf den sie so schwört."

Amber lächelte matt. Der Schlaftrunk ihrer Großmutter war legendär und alles andere als ein Genuss. Ihre Tante war gut darin ihre Aufregung zu verbergen, aber der sorgenvolle Zug um den Mund verriet, dass sie keinesfalls so ausgeglichen war, wie sie vorgab. Amber setzte sich auf den Toilettendeckel und seufzte auf.

„Wenn ich nur wüsste, wie dieser Tag abläuft", jammerte sie und beobachtete aus den Augenwinkeln, wie Dora mit sich rang.

„Nur ein klitzekleiner Hinweis würde mir ja schon genügen", versuchte sie es erneut. Als Dora tief Luft holte, wusste Amber, dass sie gewonnen hatte.

„Der Ausgang ist immer ungewiss. Vielleicht hilft es dir, wenn du weißt, wie es meiner Mutter gerade geht. Malvina musste all ihre Hoffnungen auf eine Zukunft an der Seite von Bartholomäus begraben. Wenn du mich fragst, war es ein Glücksfall. Schau dir die Rohloffs an, kalt und grob wie zerklüftetes Gestein. Mit Ausnahme von Alec natürlich", fügte sie schnell hinzu.

„Natürlich“, murmelte Amber nicht sicher, ob Alec wirklich vom Genpool seiner Familie verschont worden war. Seine Selkie-DNA kam ja nicht von ungefähr.

„Was ich eigentlich sagen wollte: Das Herz von Aberness vereint die Magie beider Völker und entscheidet am Ende über Erfolg oder Misserfolg. Du ziehst nicht gegen deine Vorfahren in den Krieg, sondern nur in eine Prüfung. Und wie der Namen schon sagt – einen Test kann man bestehen.“

Es war zwar nur ein schwacher Trost, aber Amber war über jede Aufmunterung dankbar. „Eigentlich bin ich gekommen, um dir bei deinen Haaren zu helfen“, riss Dora sie aus ihrer Niedergeschlagenheit. „Ich möchte, dass du gut aussiehst, wenn du den Hütern gegenübertrittst. Ihr Schicksal ist seit jeher eng mit Aberness verknüpft. Stell es dir nicht so leicht vor, die Hoffnung über Jahrhunderte hinweg zu bewahren und trotzdem nicht den Glauben zu verlieren“, rügte sie nachsichtig, als Amber die Nase rümpfte. Ihre Tante wirkte gelöst und weit weniger aufgeregt, als Amber erwartet hätte.

Was in Gottes Namen hatte Rosalie Dora in den Tee gemischt? Sie würde ihre Großmutter um eine volle Kanne anbetteln.

Doch dazu ergab sich am Ende allerdings keine Gelegenheit. Mel erschien mit einem Frühstückstablett und der beunruhigenden Nachricht, dass die beiden alten Hexen bereits vor Sonnenaufgang die Villa verlassen hätten. Das Tâche rückte für Amber immer näher. Das Ozean-Live lag knapp eine Autostunde entfernt. Beide Frauen nahmen dort zahlreiche Aufgaben wahr; sie begrüßten seit den frühen Morgenstunden Gäste und informierten alle Anwesenden über den aktuellen Stand der Ausschreitungen.

Den Gerüchten zufolge waren die Übergriffe in der gestrigen Nacht bis auf weiteres eingestellt worden. Amber konnte sich denken, woran das lag. Der Gouverneur bekam noch mal einen

Aufschub, bis das Comóradh vorüber war, das bei ihnen wie jedes Jahr nach Einbruch der Dämmerung begann. Noch konnte niemand aufatmen. Das Schlimmste war noch nicht überstanden.

Amber hatte in den letzten Jahren über Fernseher die vielen Lagerfeuer im Hafen bewundert und mit Interesse, aber auch einer gehörigen Portion Belustigung, mitverfolgt, wie die Menschen der Besiedelung der Insel feucht fröhlich gedachten. Selbst neben Rosalie im Garten zu stehen und zu beobachten, wie ihre Großmutter Kräuter über einem qualmenden Feuer verbrannte und dazu seltsame Lieder sang, wäre besser gewesen, als im Fokus dieses Abends zu stehen.

„Rosalie hat mir aufgetragen darauf zu achten, dass du dein Frühstück isst", sagte Mel und stellte das Tablett auf dem Schreibtisch ab.

Eine dicke Scheibe grünlich schimmerndes Brot und eine Kanne widerlich riechenden Tee waren das, was ihre Großmutter ihr am Tag ihrer Prüfung zuteilte.

„Schau nicht so entsetzt. Die Kräuter reinigen deinen Körper und bereiten deinen Geist auf das Tâche vor", erklärte Dora, die auf dem Bett saß, während Amber mit dem Rücken gegen den Bettpfosten lehnte. Ihre Tante hatte sich nicht von ihrer Idee abbringen lassen, ihr einen Rasta-Look zu verpassen und teilte konzentriert Haarsträhne für Haarsträhne ab.

„Schaust du mal bitte, wo Madeleine steckt?", wandte sich Dora an ihre Tochter, die daraufhin im Laufschritt das Zimmer verließ. Ambers Bedarf an Überraschungen war gedeckt, doch der Tag war noch lang, ebenso wie der Abend. Ergeben seufzte sie auf, ihr Kopf sank gegen Doras Bein.

„Wirst du wohl stillhalten", schimpfte ihre Tante und summte eine leise Melodie, die Amber schon bald in eine leichte Trance versetzte. Mit geschlossenen Augen döste sie vor sich hin und nahm nur am Rande wahr, dass Madeleine das Zimmer betrat und ihrer Mutter einen kleinen Korb überreichte. Diese nahm ihre Aufgabe überaus ernst. Wann immer ihre Töchter zu ihnen hereinschauten, wurden sie mit einer ungeduldigen Geste aus dem Raum gescheucht.

Es kam Amber vor, als wären Stunden vergangen, als Dora sich über sie beugte. „Fertig."

Vom langen Sitzen etwas steif, stand sie auf und folgte Dora unter wiederholtem Gähnen ins Bad.

„Gefällt es dir?"

Amber blinzelte ihr Spiegelbild an und ein Lächeln stahl sich auf ihr Gesicht. Ihre Tante hatte in jeden einzelnen Zopf Blüten eingearbeitet, die Madeleine zuvor zu langen Blumenketten geflochten hatte. Ihre Frisur glich einem Blumenmeer und Amber unterstrich diese Impression, indem sie sich spontan für grünen Eyeliner entschied.

„Das ist wirklich, ich weiß gar nicht was ich sagen soll. Toll, einfach nur toll", stotterte sie und umarmte Dora überschwänglich.

„Der erste Schritt, etwas anzugehen, vor dem man sich fürchtet ist, immer alles dafür zu tun, dass man sich in seiner Haut wohlfühlt", erklärte ihre Tante mit einem Augenzwinkern.

Bevor Amber sich ankleidete, aß sie die angerichtete Mahlzeit, und nach anfänglichem Misstrauen genoss sie das Essen sogar. Natürlich hatte sie Hunger, aber das frischgebackene Brot schmeckte ungewöhnlich würzig und der Tee, vom Geruch her widerlich, entfaltete sein süßliches Aroma erst im Mund. Es blieb ihr nur noch eine knappe Stunde, bevor Gero sie zum Veranstaltungsort bringen würde. Dann gäbe es kein Zurück mehr – aber Amber wollte gar nicht mehr zurück. Tage voller Selbstzweifel lagen hinter ihr. Nun konnte sie es gar nicht mehr erwarten, ihre zugewiesene Rolle auszufüllen. Das Tâche war nicht länger ein dunkler Schatten, der sie bis in ihre Träume verfolgte, sondern der ruhende unvergängliche Pol, um den sich ihr Leben zu drehen schien. Würde sie bestehen, wären sie und alle, denen Aberness eine Heimat gab, endlich wieder frei. Sie nahm eine zurückgebliebene winzige Blüte aus dem Korb, drehte sie in der Hand und überlegte, was sie mit ihr anfangen sollte. Am Ende legte sie die empfindliche Blüte zwischen die Seiten eines Buches und schob es zurück ins Regal. In einem unbeobachteten Moment schaute sie in ihre Nachttischschublade und überzeugte sich davon, dass ihr Armband noch dort war, wo sie es hingelegt hatte. Wenn alles gutging, würde sie es Alec schenken. Zumindest hatte sie sich das vorgenommen. Amber verbot sich über ein Scheitern überhaupt nachzudenken, und bisher schien es recht gut zu funktionieren.

„Jetzt noch der Gürtel, dann wären wir soweit. Meine Mädchen können es kaum erwarten dich zu sehen – vor allem, da sie nicht am Tâche teilnehmen dürfen. Dort sind weder normale Menschen noch angehende Hexen erlaubt – so schreibt es das Gesetz vor."

Erschrocken sah Amber auf und begegnete Doras bekümmertem Blick, der ausdrückte, wie gerne ihre Tante ihr an diesem bedeutungsvollen Abend zur Seite gestanden hätte. „Du kommst nicht mit? Vielleicht kann man eine Ausnahme machen. Immerhin bist du, seid ihr, mit mir verwandt!"

Dora schüttelte energisch den Kopf. „So ist das Gesetz."

Die Worte klangen endgültig und Amber wusste, dass jede weitere Diskussion sinnlos wäre. „Was ist mit Sam und Alec? Sind sie dabei?", fragte sie und wunderte sich darüber, dass Dora auf ihre Frage nervös reagierte.

„Aber natürlich, sie werden da sein und jetzt genug der Fragen! Mel und Madeleine warten sicher schon auf uns."

Die allgemeine Begeisterung über ihre Verwandlung sprang auf Amber über. Sie lachte verhalten, als Madeleine sie mit einer Waldnymphe verglich. Doras hartnäckige Behauptung, dass Madeleine sich einen Spaß erlaubte und Nymphen nur der Fantasie der Menschen entsprungen wären, hörte sich wesentlich glaubwürdiger an, als der mit gekreuzten Fingern hinter dem Rücken ihrer Freundin vollzogene Schwur. Nur Mel verhielt sich auffällig still, als läge ihr etwas auf dem Herzen. Als Dora ein dringendes Telefonat entgegennahm, nutze Amber ihre Abwesenheit, um sie darauf anzusprechen: „Was ist los?", raunte sie ihrer Cousine zu.

Der schnelle Blick in Richtung ihrer Mutter, versetzte Amber augenblicklich in Alarmbereitschaft. Über den gestrigen Abend und dessen Ausgang nachzudenken, hatte sie bisher erfolgreich vermieden. Doch jetzt kehrten die Erinnerung und die Angst mit einem Schlag zurück. Es konnte sich nur um eine Person handeln, über die Mel nicht vor ihrer Mutter sprechen wollte.

„Ist irgendwas mit Alec?", wisperte sie.

Mel zog sie mit bis zur Terrasse, obwohl niemand außer ihnen und Madeleine in der Nähe war. „Vielleicht hat es auch nichts zu bedeuten; ich mein Alec verschwindet und taucht ja nicht das erste Mal auf, wie es ihm gerade in den Kram passt", versuchte Mel, sie bereits im Vorfeld zu beruhigen.

„Was ist los", zischte Amber und packte ihre Cousine an den Schultern, kurz davor die Nerven zu verlieren.

„Er ist gestern Nacht nicht nach Hause gekommen und keiner weiß, wo er steckt. Aber ich glaub, dass sie es doch wissen. Nur sagt keiner was", stieß Mel hervor und erntete von ihrer Schwester ein resigniertes Kopfschütteln.

„Was?", fauchte Mel, „ich kann nix dafür, dass Amber gefragt hat, oder hätte ich sie anlügen sollen?"

„Das ist nicht gut. Das ist gar nicht gut", murmelte Madeleine, kam jedoch nicht mehr dazu deutlicher zu werden. Dora hatte ihr Telefonat beendet, und ging auf sie zu. „Alles in Ordnung?

Ihr habt euch doch nicht etwa gestritten?", fragte sie an ihre Töchter gewandt, die beide verneinten.

„Gero ist in fünf Minuten hier. Bevor ich es vergesse, dein Umhang ...", sagte sie zerstreut und hastete erneut davon. Trotz ihrer Sorge um Alec verkniff sich Amber ein Grinsen. Dora wirkte völlig kopflos und so aufgeregt wie eine Debütantin kurz vor ihrer Einführung in die Gesellschaft.

„Sollte Alec auftauchen, sagt ihm bitte", Amber stockte unmerklich, „dass es mir wegen gestern Abend leidtut und das, was ich Gregor über ihn gesagt habe, auch so gemeint habe."

„Machen wir", sagte Mel leise, stellvertretend für ihre Schwester, die Amber fest umarmte. Dankbar, dass keine der beiden nachhakte, erwiderte sie die Umarmung. Ihr war auf die Schnelle nichts eingefallen, was sie Alec über zwei Ecken hinweg noch hätte sagen sollen. Alles andere ging nur sie und ihn etwas an. Mit einem mulmigen Gefühl in der Magengrube nahm sie den dicken Umhang, den sie auch während des Rituals getragen hatte, entgegen, verabschiedete sich mit einem letzten aufmunternden Lächeln und folgte Dora, die zum Aufbruch drängte.

Geros vertrauter Anblick hinter dem Lenkrad besaß etwas ungemein Tröstliches. Bisher waren sie im gegenseitigen Einvernehmen ihrer jeweiligen Stellung – er als Angestellter des Gouverneurs und sie als Tochter ihres Vaters – entsprechend miteinander umgegangen. Inzwischen hatte Amber erkannt, dass er bei Charles die Position eines Vertrauten innehatte. Es war ihr wichtig, Gero wissen zu lassen, dass er für sie so etwas wie ein guter Freund war. Ein Gespräch mit einer persönlichen Note zu beginnen, bevor sie zu ihrer eigentlichen Frage kam, wie es um die Beziehung zwischen ihm und ihrer Großmutter stand, schien Amber ein guter Einstieg: „Giften sich Rosalie und Malvina immer noch an, oder haben sie sich inzwischen beruhigt?“

Die Lachfältchen um seine Augen, verrieten, dass er sich insgeheim über das mitunter seltsame Verhalten der beiden Frauen amüsierte. „Nun ja, heute Morgen stritten sie sich, wer von ihnen auf dem Beifahrersitz Platz nehmen darf. Wenn man bedenkt, wie ungern deine Großmutter mit mir unterwegs ist, hat sie wie eine Löwin um ihr Junges gekämpft. Sie behauptete tatsächlich, dass es ihr angestammter Platz wäre und ihr auf dem Rücksitz schlecht werden würde.“

Amber grinste. Dass Gero so freimütig mit ihr plauderte, lag offenbar an der Besonderheit dieses Abends. Es wäre ein Jammer, die einmalige Gelegenheit ungenutzt verstreichen zu lassen.

„Vielleicht wollte Rosalie nur nicht, dass Malvina mit dir flirtet. Heimrecht sozusagen“, sagte sie in einem unbekümmerten Tonfall, hütete sich aber davor, Gero direkt anzusehen und schaute stattdessen aus dem Seitenfenster.

Sie passierten gerade die Parkanlage, Gero nahm die Ausfahrt Richtung Brücke, fädelte sich in den für diese Uhrzeit verhältnismäßig starken Verkehr ein, bevor er ihr antwortete: „Deine Großmutter ist von Natur aus eigensinnig. Wer weiß so genau, was in ihr vorgeht?“

Spielte er auf ihre Vorfahren an, oder war es eher eine Feststellung?

Neugierig beschloss Amber, alles auf eine Karte zu setzen: „Aber sie mag dich, da bin ich mir ganz sicher. Obwohl ich nicht verstehe, warum sie sich dir gegenüber manchmal so gemein verhält.“

Es war unmöglich zu sagen, ob er schwieg, weil der Verkehr ins Stocken geriet, oder es daran lag, dass sie zu weit gegangen war. Als der Verkehr wieder ins Rollen kam, antwortete er: „Ich bin ein Selkie-Nachfahre.“

Nur dieser eine Satz, nicht mehr und nicht weniger; doch ausreichend, um die Bedeutung zu erfassen. Dass Gero zu den Selkies gehörte, darüber hatte sie nie nachgedacht, obwohl es naheliegend gewesen wäre. Er passte nicht zu ihren Vorstellungen, die sie sich über die Selkies gebildet hatte. Weder war er so verrückt wie Edmond, noch besaß er Sams oder Alecs nervenaufreibende Undiszipliniertheit. Eine Eigenschaft, die ihr mit Sicherheit nicht entgangen wäre. Doch die wohl bedeutsamste Besonderheit: Er hatte keine blauen Augen.

„Aber du bist doch ganz anders als die anderen und deine Augenfarbe passt auch nicht und überhaupt du isst gar keine Bonbons."

Sein raues Lachen gab ihr das Gefühl, völligen Unsinn zu reden und ließ ihre Wangen aufflammen.

„Das ist ein Thema, das wir vielleicht ein anderes Mal angehen sollten. Ich wollte dich von dem Bevorstehendem ablenken, nicht verwirren. Nur so viel: Daran ist nur ein simpler Gendefekt schuld. Ich habe einfach viel braunfärbendes Melanin abbekommen. Deshalb dachte Rosalie bei unserem ersten Kennenlernen, dass ich einer von ihnen wäre. Aber nun genug der alten Geschichten. Schau dir lieber dieses wundervolle Panorama unten am Hafen an. Bis zum nächsten Comóradh vergeht wieder ein Jahr."

Mittlerweile befanden sie sich am anderen Ende der Brücke. Tief unter ihnen blitzen entlang der Kaimauer vereinzelt Lagerfeuer auf.

Amber beschlich die irrationale Angst, zu ihrer eigenen Prüfung zu spät zu kommen. Doch die Feuer glommen grün und würden erst viel später, wenn der Höhepunkt der Nacht überschritten wäre, rund um den Hafen glutrot aufglühen. Während der Fahrt hoch über der Stadt, dachte sie kurz an Alec, doch etwas war noch stärker, als ihre Sorge um ihn: Die aufkeimende Hoffnung, dass er recht hatte und Mór tatsächlich sie gemeint haben könnte.

Der Gedanke war tröstlich und beängstigend zugleich. Wenn es so war, bedeutete es vielleicht, dass sie alle Voraussetzungen für ein Gelingen mit sich brachte. Diese wundersame Nacht gebot ihr, an ihre Fähigkeiten zu glauben, selbst wenn sie nicht wusste, woraus diese eigentlich bestanden. Tauchen oder Tanzen? Beides waren Dinge, die sie beherrschte und liebte. Doch so simpel konnte es unmöglich sein. Spekulationen brachten sie an dieser Stelle nicht weiter und verwirrten sie nur.

Alles, was in dieser Nacht geschehen würde, lag noch im Verborgenen. Doch es gab eine Sache, die hell genug leuchtete. Sie würde Amber daran erinnern zu handeln, wenn die Zeit gekommen wäre – Gregor stellvertretend für seinen Vater und das, was dieser ihr und den Menschen, die ihr etwas bedeuteten, angetan hatte, gehörig in den Hintern zu treten.

Die weißen Basaltmauern des Ozean-Live tauchten auf. Gero wirkte müde, vermutlich chauffierte er seit Sonnenaufgang Leute von A nach B. Während er auf das weit geöffnete Tor zuhielt, blickte sich Amber um. Das Industriegebiet lag zu ihrer Rechten und schien verlassen, die Arbeiter hatten an diesem und dem morgigen Tag frei, um das Comóradh zu feiern. Aber die erloschenen Fabrikschlote, aus deren Schornsteinen normalerweise bis tief in die Nacht hinein dünne Rauchfäden aufgestiegen wären, deuteten darauf hin, dass die Fabrikarbeiter bereits vor Tagen ihre Arbeit niedergelegt hatten. Es schien wie die Ruhe vor dem Sturm. Dieses Gefühl blieb bestehen, als sie das gewaltige Tor passierten und über eine zu beiden Seiten hellerleuchtete Straße, direkt auf das gigantische gläserne Kuppelgebäude zufuhren. Das Aquarienhaus bot eine Artenvielfalt, die sogar auswärtige Meeresbiologen begeisterte und auf die Insel lockte.

Zu ihrer Rechten lag ein Spielplatz. Das kleine Backsteinhäuschen, an dessen Mauer achtlos ein Werbeschild diverser Snack-Angebote lehnte, wirkte mit heruntergelassenen Rollos deprimierend. Die leeren Parkplätze auf der gegenüberliegenden Seite verlassen und trostlos.

„Wo sind denn die Fahrzeuge der Gäste? Und wo findet das Theaterstück statt?" Amber wollte Sabrina weder in ihrer seltsam anmutenden Aufmachung über den Weg laufen, noch erklären müssen, was sie an diesem Ort zu suchen hatte.

„Auf dem hinteren Parkplatz. Das Freilichttheater befindet sich ebenfalls auf der Rückseite, du kannst es von hier aus nicht sehen."

„Ist es groß genug, um allen Gästen Platz zu bieten?", hakte sie nach.

Sie hoffte auf diese Weise herauszufinden, mit wie vielen Leuten zu rechnen war.

Gero warf ihr einen amüsierten Seitenblick zu. „Das Theaterstück wird über eine Projektionswand in den Hauptsaal übertragen. Die geladenen Gäste wollen nicht öffentlich in Erscheinung treten, dem wurde Rechnung getragen. Meines Wissens nach sind ungefähr dreißig Personen anwesend."

Amber nickte abwesend. Vielleicht wäre es besser gewesen, nicht nachzufragen. Ob zwanzig, achtzig oder hundert, es änderte nichts an ihrer aufsteigenden Panik, je näher sie ihrem Bestimmungsort kam. Dass auch für Sabrina der Abend nicht nach deren Vorstellungen verlaufen und sie keinen attraktiven Abgeordneten kennenlernen würde, war in Anbetracht dessen, was ihr bevorstand, nur ein schwacher Trost.

Kapitel 40

Vor Amber ragte die imposante Glaskuppel des Ozean-Live auf. Dahinter erblickte sie den bläulichen Schimmer der Aquarien, einer Unterwasserwelt in Miniaturformat. Sie waren das Reich und der ganze Stolz August Ridwells, der sie bereits vor dem Gebäude erwartete. Bevor sie ausgestiegen war, eilte er auf das Fahrzeug zu.

Gero drehte sich zu ihr und sagte: „Mädchen, ich gebe dir einen guten Rat: Glaub diesem Trottel nur die Hälfte und das ist schon das Doppelte zu viel. Wenn du mich suchst, ich bin und bleibe hier. Wenn es sein muss die ganze Nacht. Da drin habe ich nichts verloren, außerdem bat mich Edmond um diesen Gefallen. Jetzt aber rein mit dir ins Haifischbecken und vergiss die Worte des alten Gero nicht!“

Bevor sie sich bei ihm bedanken konnte, wurde die Beifahrertür aufgerissen. August Ridwell bot ihr jedoch weder zur Begrüßung die Hand, noch machte er Anstalten ihr beim Aussteigen behilflich zu sein. Er wirkte in natura ebenso selbstgefällig, wie es auf den Plakaten den Eindruck machte. Der Blick aus seinen stechend blauen Augen verstärkte das furchteinflößende Gefühl. Doch seine offenkundige Aufregung, die mit hochroten Wangen einherging, erinnerte sie eher an seinen Namensvetter. Was fehlte, war die knallrote Knollennase.

„Willkommen in meinem bescheidenen Heim. Es ist mir eine große Ehre. Sie werden schon erwartet.“

Dass Ridwell nach jedem Satz eine Verbeugung andeutete, war so absonderlich, dass Amber an sich halten musste, nicht laut loszulachen. Mit einem letzten Blick auf Gero, der ihr ein aufmunterndes Lächeln schenkte, folgte sie dem Mann ins Innere des Ozean-Live. Bereits nach wenigen Schritten blieb sie hinter dem Direktor zurück, der mit wehendem Rock durch die Halle auf eine geschlossene Flügeltür zueilte. Hoch über ihr spannte sich die Glaskuppel und sie erblickte einen dunklen, wolkenverhangenen Himmel, der einige wenige Sterne erkennen ließ. Es kam ihr so vor, als müsste sie sich nur auf die Zehenspitzen stellen, um sie abzupflücken.

„Miss Wellington, bitte hier entlang. Die Zeit eilt uns voraus", echote es durch die Halle und Amber beeilte sich, zu Ridwell aufzuschließen. Aus den Augenwinkeln nahm sie exotische Fische in allen Farben, Größen und bizarren Formen wahr. Einige von ihnen starrten sie mit grotesken Augen an. Es schien ihr, als folgten sie ihr durch die Halle – ein unerwünschter Eindringling in ihrem stillen Reich. Die Flügeltür öffnete sich wie von Geisterhand, und sie betrat mit klopfendem Herzen eine Welt, angefüllt mit fremden und vertrauten Gerüchen, Geräuschen und Menschen, die bei genauem Hinsehen weit mehr waren als das. Voller Staunen sah sie sich im Saal um, von dessen Decke funkelnde Kristalllüster hingen. Der Raum bot Platz für zwei Landschaften: eine naturgetreu nachempfundene Moorlandschaft für die Hexen und ein zur Mitte hin abflachendes Becken, dessen Wellengang sanft auf einen angelegten Sandstrand brandete, für die Selkies. Amber musterte die Gruppe betagter Männer, die sich am Land und im Wasser aufhielten. Ehrfürchtig glitt ihr Blick über schlohweißes Haar, stechend blaue Augen und ungewöhnlich helle Haut, die im Licht der Lüster silbern glänzte. Zwischen ihnen befand sich Edmond, der in seiner abgewetzten Kleidung aus der Menge hervorstach. Einige Selkies saßen im Sand, andere standen in Dreiergruppen beisammen, doch alle waren nackt bis auf ihr natürlich gewachsenes Fell, das allerdings nur beschränkt als Kleiderersatz taugte. Schnell senkte Amber den Blick, die Verlegenheit ließ ihre Wangen regelrecht glühen. Anschließend schaute sie zu den alten Frauen in erdfarbenen

Gewändern. Die Hexen mit verspielten Blumenkränzen im lilienweißen Haar schienen aufgeweckt. Einige lächelten, andere flüsterten einander etwas zu, das vermutlich mit Ambers Erscheinen zu tun hatte.

Sie entdeckte ihren Vater, er stand abseits der Hexengruppe zwischen Rosalie und Malvina. Ein dichter Blumenteppich und einzelne Torfballen dienten als Sitzgelegenheit. Amber nahm den mittlerweile vertrauten rauchigen Geruch wahr, der zu ihr hinüber wehte.

Zwölf uralte Selkies auf der einen und zwölf Hexen auf der anderen Seite, schoss es ihr durch den Kopf. Eine vage Vermutung stieg in ihr auf, woher das berüchtigte Stadtviertel einst seinen Namen erhalten haben könnte.

Unzählige Male hatte sie dieses Zusammentreffen im Geiste durchgespielt und damit gerechnet, Männern in steifen Anzügen mit Krawatte und akkurat sitzender Bügelfalte gegenüberzutreten. Im Gegenzug erwartete sie Frauen, die als eitel herausgeputzte Pfaue an festlich dekorierten Tischen saßen. Doch mit den letzten lebenden Hexen und Selkies der Insel konfrontiert zu werden, die ihrer Schätzung nach an die fünfhundert Jahre alt sein mussten, hatte sie nicht gerechnet. Ein unerwartetes Erlebnis, das sie fast an die Grenze ihrer Vorstellungskraft trieb.

„Darf ich vorstellen: Amber Wellington und Alec Kincaid-Rohloff!“, ertönte Ridwells Stimme.

Amber zuckte erschrocken zusammen. Offenbar war sie so durcheinander und von dem Wunsch beseelt, Alec an ihrer Seite zu wissen, dass sie halluzinierte. Ihr Unterbewusstsein spielte ihr nicht zum ersten Mal einen üblen Streich. Dass sie sich keineswegs verhört hatte, bemerkte sie erst, als Alec neben sie trat. Sie spürte seinen Atem über sich hinwegstreichen, als er sich in ihre Richtung drehte. Ihr Blick heftete sich auf seinen nackten Oberkörper, der mit Salzkristallen überzogen schien wie ein im Licht der Lüster funkelnder Schutzschild. Offenbar war sie nicht die Einzige, die vorgesorgt hatte, wenn auch aus anderen Gründen, als er. Kein Wunder, dass er so ruhig und ausgeglichen ist, schoss es ihr, mit einem plötzlichen Anflug von Neid, durch den Kopf.

Nur mit einer beigefarbenen Leinenhose bekleidet, die durch eine Kordel zusammengehalten wurde, wirkte er mehr denn je den Selkies zugehörig. Sein Anblick faszinierte und befremdete sie zugleich. Zwischen ihnen gab es eine unüberbrückbare Distanz, die nicht nur körperlicher Natur war. Das Gefühl der Erleichterung, das Amber überkommen hatte, als ihr aufging, dass nicht Gregor, sondern Alec am Tâche teilnahm, verschwand. An deren Stelle trat brennender Zorn, als ihr bewusst wurde, dass Alec sie hintergangen hatte. Er war nicht wegen ihr auf der Party erschienen, sondern, um sich seinem Vater erkennen zu geben. War seine Suche nach trockener Kleidung nur vorgeschoben? Amber erinnerte sich, dass er sie ziemlich lange mit Gregor alleingelassen hatte. Der Zusammenstoß mit ihr hatte alles verkompliziert, ihn aber nicht davon abgehalten, sein Vorhaben in die Tat umzusetzen.

Und sie war auch noch so dumm gewesen, darauf hereinzufallen.

Absichtlich mied sie ihn anzusehen, spürte seine Musterung wie Nadelstiche auf ihrer Haut und wartete, was als Nächstes passieren würde. Ihr Vater und Rohloff lösten sich aus der Menge, betraten den etwas höhergelegenen Mittelgang, von dem aus sie alle Anwesenden gut überschauen konnten. Der Blick ihres Vaters fiel auf Amber, die kaum fassen konnte, was sie in seinen Augen las: Liebe für seine Tochter, tiefe Besorgnis um sein einziges Kind und Stolz. Der Moment, in dem sie sich ihm nahe fühlte verstrich, ohne dass sie ihm zeigen konnte, dass sie ähnlich empfand. Niedergeschlagen blickte sie zu Boden und lauschte seiner Stimme, die nichts über seine wahren Gefühle verriet.

„Als Gouverneur dieser Insel ist es mir eine Ehre, die letzten Hüter von Aberness in unserer Mitte willkommen zu heißen. Die Geschicke dieser Insel und deren Bewohner – aller Bewohner", fügte er etwas lauter hinzu, „liegen meiner Familie seit jeher am Herzen. Unserer aller Hoffnung ruht auf den Kindern und Kindeskindern von Mór und Aodhán. Das Gleichgewicht dieser Insel muss wiederhergestellt werden. So frage ich euch: Zu welchen Gaben seid ihr bereit?"

Zeitgleich traten jeweils eine Frau und ein Mann aus den Reihen der Hüter.

„Du weißt, dass alles vom Ausgang des Tâche abhängt. Doch sollten wir die Magie unseres Volkes zurückerhalten, werden die Fischschwärme zurückkehren", sagte der alte Selkie. Er trat zurück und die Hexe vor: „Wir sorgen dafür, dass sich die Vegetation erholt."

„So soll es sein!"

Applaus brandete auf. Mit einer respektvollen Verbeugung zu beiden Seiten kehrte ihr Vater an seinen Platz zurück. In der Hoffnung, einen letzten Blick auf ihn zu erhaschen, sah Amber auf und begegnete Rohloffs trügerischem Lächeln. Er schaute nicht seinen erstgeborenen Sohn an, sondern taxierte sie wie ein lästiges Insekt. In seinen Augen blitzte es verräterisch auf, bevor er seine Gefühle wieder unter Kontrolle hatte und seinen ihm zugedachten Part erfüllte: „Unsere, ebenso wie eure Welt, ist einem Wandel unterworfen. Die Schätze von Aberness sind fast gänzlich aufgebraucht. Ein Grund mehr, nicht länger abzuwarten und auf andere innovative Möglichkeiten zu setzten. Möge das Glück die Erben von Mór und Aodhán begleiten."

Es lag Amber auf der Zunge: ‚Lügen alles Lügen', hinauszuschreien, doch sie blieb stumm. Das tiefe Schweigen im Saal sagte mehr aus, als es Worte vermocht hätten. Ihr entging nicht, wie Zorn und Verachtung kaum merklich über Rohlofffs Züge huschten.

Der Augenblick allgemeiner Anspannung löste sich auf, als Malvina nach vorne trat, nur wenige Schritte vor Amber stehen blieb und zuerst ihr und dann Alec zunickte.

„Du, mein Kind", sagte sie an Amber gerichtet, „hast die erste Aufgabe bereits mit Bravour gemeistert. Die Anerkennung deiner Verantwortung gegenüber unser beider Völker und allen, die auf Aberness eine Heimat gefunden haben, war Teil dieser Prüfung."

Sie starrte ihre Großmutter fassungslos an, nur am Rande registrierte sie den Beifall, der sich wellenförmig durch den Saal in ihre Richtung ausweitete und eindeutig ihr galt. So viele unbeantwortete Fragen lagen ihr auf dem Herzen. Sie konnte kaum glauben, dass das Tâche nicht an diesem Ort und zu dieser Stunde seinen Anfang nahm, sondern längst begonnen hatte. Ihr Blick huschte zu Alec. Seine Lippen umspielten ein Lächeln voller Stolz, dass er nicht einmal vor seinem Vater zu verbergen versuchte. Ihr Herz machte einen zaghaften Sprung. Erstaunt, dass diese kleine Geste ihr mehr bedeutete, als den ersten Teil der Prüfung bestanden zu haben, wartete sie darauf, was Malvina Alec zu sagen hatte. Nicht umsonst stand er und nicht Gregor an ihrer Seite; soviel war ihr in den letzten Minuten klargeworden.

Doch die Hexe wandte sich ab und rief über die Köpfe der Selkies hinweg: „Edmond, alter Freund, du solltest dich etwas beeilen, sonst teile ich deinem dickköpfigen Ziehsohn das Ergebnis seiner ersten Prüfungsaufgabe mit. Aber ich bin mir sicher, du findest weitaus bessere Worte als ich!"

Unterdrücktes Gelächter zu beiden Seiten entlockte ihr ebenso wie Alec ein Grinsen.

Edmond betrat den Mittelgang und schlurfte murmelnd auf sie zu: „Ich frage mich, wozu in meinem Alter die Eile?“

Alec, der den alten Selkie um zwei Köpfe überragte, sah auf seinen Ziehvater hinunter. Welchen Nachnamen Alec letzten Endes trug, war in Anbetracht der Zuneigung, die die beiden füreinander empfanden, unbedeutend. Vermutlich hielten einige Edmonds Nicken als eine Art Zwiegespräch zwischen den beiden, doch Amber wusste es besser.

„Ehre, wem Ehre gebührt, mein Junge. Heute hast du sie dir redlich verdient. Aber nicht, dass es dir zu Kopf steigt.“

Malvina, die am Ende des Gangs stehen geblieben war, schnalzte ungeduldig mit der Zunge und stemmte die Hände an die Hüften.

„Ja, ja schon gut. Den ersten Teil deiner Prüfung hast du, so wie ich das sehe, bestanden. Du hast dich, einem Mädchen aus dem Volk der Hexen zuliebe, deinem Vater zu erkennen gegeben und das Tâche nicht des Privilegs wegen für dich beansprucht. Wärst auch dumm gewesen, so ein hübsches Ding deinem vermaledeiten Bruder zu überlassen“, fügte er laut hinzu, bevor Malvina ihn davon abhalten konnte.

Die allgemeine Erheiterung galt Edmond ebenso wie Alec und wohl auch Amber, die erneut rot angelaufen war und fieberhaft überlegte, welcher Ort sich als Versteck eignen würde. Wagemutig in die Fluten eines der Bassins in der Halle zu stürzen, wäre keine gute Lösung. Hinter hohen Torfballen Zuflucht zu suchen, ebenso wenig. Diese letzten mystischen Wesen aus längst vergangener Zeiten verhielten sich anders, als sie gedacht hatte. Amber hatte mit einem strengen Reglement gerechnet. Stattdessen fehlte es den Selkies eindeutig an Ernsthaftigkeit, die von Seiten der Hexenfraktion ebenfalls nicht sehr ausgeprägt schien. Entgegen ihren schlimmsten Erwartungen, dass diese Prüfung nicht einfach ablaufen und jeder ihrer Schritte mit Argusaugen beobachtet würde, wirkte das Ganze eher wie eine festlich lockere Veranstaltung. Dennoch blieb sie auf der Hut, und ihre Nerven waren zum Zerreißen gespannt. Wenn sie im Vorfeld gewusst hätte, welche Aufgabe ihr im ersten Teil der Prüfung zufallen würde, wären ihr so einige Befürchtungen und Schreckensvisionen erspart geblieben. Sie wäre einfach ohne nervenaufreibende Umwege direkt auf das Ziel zumarschiert. Doch warum waren alle vorherigen Teilnehmer letzten Endes doch gescheitert? Was, wenn es sich nur um eine Aufwärmphase handelte, die erste Hälfte einzig eine Vorbereitung auf das Kommende war?

Der alles entscheidende Test stand noch aus und ihrem Bauchgefühl nach, würde er alles andere als einfach werden.

Tatsächlich! August Ridwell trat vor. Amber ahnte, dass es jetzt erst richtig losgehen sollte.

Die auffallend hohe Stimme des Direktors verriet seine Aufregung und schrillte bis in den hintersten Winkel des Saals: „Meine Damen und Herren, ich freue mich, Sie vollzählig willkommen zu heißen, so wie mein Großvater es zu seiner Zeit tat. Unsere Aufgabe, jeweils einen Teilnehmer für das Tâche auszuwählen, ist hiermit getan. Nun liegt das Schicksal von Aberness und derer Bewohner nicht mehr in unseren Händen. Der Moment ist gekommen, beiden Teilnehmern Glück zu wünschen. Mögen sie den Weg in die mystische Halle finden und die ihnen auferlegte Aufgabe, stellvertretend für uns alle, vollbringen, bevor der morgige Tag anbricht!“

Die Atmosphäre veränderte sich. Abwartendes Schweigen senkte sich wie ein unsichtbarer Nebel herab. So unauffällig wie möglich musterte Amber die Personen, die sich ihr am nächsten befanden. In den dunklen Augen einer Hexe las sie Zweifel. Zu ihrer Rechten stand ein alter Selkie, dessen Gesichtsausdruck Hoffnung erkennen ließ. Amber straffte die Schultern und erwiderte seinen offenen Blick, was ihr ein anerkennendes Lächeln einbrachte.

„Wenn Sie soweit wären, würde ich Ihnen jetzt gern meinerseits ein gutes Gelingen wünschen und Sie hinausbegleiten."

Es blieb ihr keine Zeit zu ihrer Familie hinüber zu blicken, um in deren Augen Zuversicht zu lesen, Ridwell trat direkt hinter ihr und Alec und scheuchte sie regelrecht aus dem Saal. Zu ihrer beiden Überraschung blieb der Direktor auf der Schwelle zurück und schloss die Flügeltüren ohne ein Wort des Abschieds.

Sie waren allein. Riesige Wasserbassins mit allerlei Getier umgaben sie. Alecs Haut wirkte im fluoreszierenden Licht ungesund bläulich. Die Minuten verstrichen, in denen sie vergeblich darauf warteten, dass jemand auftauchte und ihnen weitere Anweisungen gab.

Alec wanderte in der Zwischenzeit an dem größten Aquarium vorbei, ein gigantischer Glasblock inmitten der Halle.

„Sieht so aus, als hätten wir den ersten Hinweis gefunden", rief er kurz darauf. Sekunden später stand Amber neben ihm und starrte in das Becken auf einen riesigen Wels. Der Anblick seines weit geöffneten Mauls, das festgesaugt am Innenglas eine imaginäre Algenschicht abraspelte, hatte etwas Abstoßendes und Faszinierendes zugleich.

„Was sagt er?", konnte sich Amber nicht verkneifen und kicherte, als Alec ihr einen irritierten Blick zuwarf.

„Tut mir leid, echt. Also was genau meinst du?", fragte sie bemüht ernst. Die Situation war fraglos alles andere als lustig. Aber ihr blieb nur, ihre momentane Lage herunterzuspielen oder laut zu schreien, um die angespannten Nerven ansatzweise zu beruhigen.

„Sehr witzig, wirklich. Ich meinte natürlich nicht den Fisch, obwohl es bestimmt interessant wäre, zu erfahren, was er von uns hält, sondern die Steinplatte dort.“ Alec deutete auf eine Felsformation im Wasser. Eine der mit Algen überzogenen Platten wirkte nicht ganz so überwuchert und erinnerte an ein Relief. Ob es sich darauf um Schriftzeichen oder doch eher um ein Bild handelte, konnte sie auf die Entfernung nicht erkennen.

„Was ist das?“, fragte sie aufgeregt und drückte ihre Nase gegen das Glas, allerdings ohne nennenswerten Erfolg.

Alec veränderte seinen Blickwinkel, indem er sich einige Schritte, zuerst nach rechts dann nach links bewegte.

„Solange die Platte im Wasser ist, haben wir keine Chance herauszufinden, was genau es ist.“ Seiner Stimme war die Enttäuschung deutlich anzuhören, doch das Salz auf seiner Haut schützte ihn davor, sich übermäßig aufzuregen. Amber wurmte, dass er sich ihr gegenüber im Vorteil befand, bis ihr einfiel, dass sie sich mit der entwendeten Salbe selbst einen verschafft hatte. Sie könnte in das salzhaltige Wasser steigen, ohne dabei Schaden zu nehmen. Doch wie lange würde dieser Schutz in direktem Kontakt mit Wasser wirken?

In dem Moment durchflutete sie ein Gedanke. Amber trug ein unsichtbares, nach außen hin gerichtetes Schutzschild, er ein nach innen gekehrtes. War es nur ein Zufall? Oder steckte eine mystische Kraft dahinter, darauf bedacht, zwischen beiden Teilnehmern das Gleichgewicht zu bewahren?

Neben ihr seufzte Alec auf und riss sie aus ihren Überlegungen.

„Dann geh ich mal auf Tauchstation.“

„Du willst wirklich da rein? Der Große dahinten, ich glaub das ist ein Lachs aus dem Atlantik, könnte dich bestimmt mit einem Happs zum Abendessen verspeisen“, sagte sie skeptisch und wies auf ein Exemplar, aus dessen breitem Maul lange Dornen herausragten. Allein, dass der Fisch eine Gesamtlänge von über einem Meter besaß, weckte Ambers Respekt.

„Wenn du eine bessere Idee hast, lass es mich wissen", antwortete er, begann den Gürtel seiner Hose zu lösen und öffnete seelenruhig den Knoten.

„Moment mal. Du kannst dich hier nicht ausziehen", protestierte sie.

„Du bist ja nicht diejenige, die danach in nassen Hosen herumlaufen muss."

Seine Finger glitten zum Hosenbund.

„Na meinetwegen mach doch, was du willst. Der Fisch da scheint dich zu mögen, ganz schön scharfe Zähne, wenn du mich fragt", fügte sie betont unbekümmert hinzu. Es ärgerte sie, dass er sich ihr gegenüber so verhielt, als gäbe es nichts Unausgesprochenes zwischen ihnen. Er ließ mit keiner Geste erkennen, wie sie zueinanderstanden. Zumindest zeigten ihre Worte die erhoffte Wirkung und ersparten Amber die Peinlichkeit, in Kürze einem komplett nackten Alec gegenüberzustehen.

Er hielt inne und zog die etwas heruntergerutschte Hose wieder nach oben. „Okay, du hast gewonnen."

Zum ersten Mal an diesem Tag sah er sie direkt an. In seinen blauen Augen blitzte es auf, Amber hätte ihn in diesem Moment am liebsten umarmt. Der intensive Augenblick ging vorüber, dennoch glaubte sie, dass ihm das elektrisierende Knistern zwischen ihnen nicht entgangen war.

„Schaffst du es, mir da hinauf zu helfen?", murmelte er, während er die Höhe des Beckens schätzte. Sie war sich nicht sicher, aber eine andere Möglichkeit gab es nicht.

„Lassen wir es auf einen Versuch ankommen."

Eine Räuberleiter kam nicht infrage, deshalb verteilte er sein Gewicht über ihren Rücken, während Amber sich auf ihren

Knien abstützte. Sie trug sein Gewicht nur wenige Sekunden, doch die reichten aus. Alec zog sich nach oben, schwang ein Bein über den breiten Beckenrand und sah auf sie hinunter. „Ich habe keine Ahnung, was in dem Becken kreucht und fleucht, drück mir besser die Daumen."

Sie nickte und beobachtete ängstlich, wie er ins Wasser glitt. Umschwärmt von zahlreichen neugierigen Fischen tauchte er unter und hielt direkt auf die künstlich angelegte Felsformation zu. Seine Aktion verlief reibungslos, bis zu dem Moment, in dem ein langer dunkler Schatten hinter dem Felsen auftauchte und sein Opfer mit kalten starren Augen fixierte.

„Alec", wisperte Amber und blickte verzweifelt zur geschlossenen Saaltür. Dort um Hilfe zu bitten, blieb keine Zeit und es gab nichts, was sie ausrichten konnte – außer Wind und Wasser zu rufen; die Elemente der Selkies.

Nur du besitzt diese Fähigkeit, hallte Malvinas Stimme in ihrem Kopf wider.

Amber war es egal, dass sie inzwischen auf der Seite der Hexen stand. Sie dachte auch nicht darüber nach, dass sie nicht einmal wusste, wie sie das Wasser im Bassin unter ihre Kontrolle bekommen sollte. Sie reagierte intuitiv, presste beide Hände flach gegen das Glas und stellte sich eine bis zu Alec reichende gerade Linie vor. Ganz schwach erschien vor ihrem inneren Auge ein Abbild ihrer Gedanken.

Zu schwach.

Es fiel in ihrem Kopf in sich zusammen. Die Linie war zu transparent gewesen, Amber benötigte etwas Greifbareres.

Dann eben eine Schnellstraße, dachte sie panisch und konzentrierte sich darauf einen breiten Mittelstreifen heraufzubeschwören.

Vor ihrem inneren Auge erschien ein filigranes Raster. Sie kniff die Augen zusammen und stellte sich einen Sturm vor, der dicht über die Wasseroberfläche hinwegfegte. Die Naturgewalt, die einzig auf das Bassin gerichtet war, schuf eine Schneise mitten durch das Wasser. Einige der Fische fielen ihr zum Opfer. Alec purzelte auf den Boden, warf ihr einen überraschten Blick zu und sprang über den sich am Boden windenden Raubfisch hinweg auf die Felsen zu. Schweißperlen rannen ihr über Gesicht und Rücken, kitzelten sie im Nacken, doch sie hielt die Hände weiterhin gegen das Glas gepresst, darum bemüht, ihm so viel Zeit wie möglich zu verschaffen. Die Wassermassen zu beiden Seiten des Beckens erzitterten, wann immer ihre Konzentration nachließ. Wasserfontänen ergossen sich über Alec und machten den Boden zu einem glitschigen Etwas. Mehrmals rutschte er darauf aus. Das dicke Glas verwandelte alles, was sich dahinter befand, in wabernde Gebilde und erschwerte es Amber, ihn im Blick zu behalten. Inzwischen schmerzten ihre Armmuskeln. Sie befürchtete, die Wasserschneise nicht mehr lange aufrecht halten zu können. Dass Alec sein Ziel erreicht hatte, erkannte sie, als er wieder in ihre Richtung lief.

„Nein, tauch seitwärts nach oben", sagte sie so langsam und deutlich wie möglich. Aus den Augenwinkeln verfolgte sie jede seiner Bewegungen; wie er die Steinplatte im Bund seiner Hose festklemmte, den beherzten Sprung, seine Hände, die den Beckenrand packten. Es gelang ihm ein Bein über den Beckenrand zu hieven, Sekunden, bevor Amber die Kräfte verließen.

Ihr verzweifelter Versuch, das Wasser langsam zurückfließen zu lassen, misslang. Mit einem ohrenbetäubenden Rauschen fielen die Wälle in sich zusammen und überschwemmten die Schneise. Die Wellen brachen gegen das Glas und schwappten über den Beckenrand. Da Amber nicht schnell genug beiseite sprang, ergossen sich die schädlichen Salzfluten über sie wie ein Wasserfall.

„Amber!“

Sein Aufschrei ließ sie herumfahren. In Alecs aufgerissenen Augen spiegelte sich Fassungslosigkeit und die unausgesprochene Frage, wieso ihr das Salzwasser nichts anhaben konnte.

„Rosalies Salbe“, stieß sie mit einer zittrigen Pipsstimme hervor und strich sich fahrig ein paar nasse Haarsträhnen aus dem Gesicht.

„Das war unglaublich. Jetzt sag noch einer, dass in dir nicht eine von uns steckt. Hexe hin oder her, das mit dem Wasser hätte niemand von uns auf die Reihe bekommen.“ Seine Ehrfurcht und die mehr als offensichtliche Erleichterung über den glücklichen Ausgang der Aktion entlockten Amber ein glückseliges Lächeln.

„Deine Leistung war aber auch nicht ohne“, sagte sie.

Alec grinste, überreichte ihr feierlich das Relief und wrang seine Hosenbeine aus. Ratlos inspirierte sie die Steinplatte und stöhnte frustriert auf. Sie erblickte keine Zeichnung, sondern kreisförmig angeordnete fremdartige Runen. „Ich habe absolut keine Ahnung was da steht. Schätze das war ein ziemlich nasser Reinfall.“

Amber reichte den Fund an Alec weiter. Schweigend musterte er die alten Schriftzeichen und las dann laut und etwas abgehakt vor: „Mittelpunkt, Anfang und Ende. Geschützt und doch ungeschützt. Vereint und dennoch getrennt. Ein Herz und eine Seele. Wasser zu Wasser. Blut zu Blut.“

Er hielt inne, als er ihren überraschten Gesichtsausdruck bemerkte und zuckte mit den Schultern. „Edmond steht auf so alten Kram. Er hat mir einiges beigebracht, offenbar war nicht alles unnützes Zeug.“

„Steht da auch, was das Zentrum, das Herz oder was auch immer sind?“, fragte sie skeptisch.

„Tut mir leid. Das ist alles, was ich entziffern kann.“

Bis auf die Haut durchnässt standen sie in der Halle und blickten sich mit einer Ratlosigkeit an, die an einem anderen Ort und zu einer anderen Zeit vermutlich amüsant gewesen wäre. Leider war ihnen gerade alles andere als nach Lachen zumute. „Wie geht‘s jetzt weiter?“, fragte sie. Er zuckte mit den Schultern.

Amber schaute zur geschlossenen Tür und lief darauf zu, bevor Alec sie davon abhalten konnte. „Irgendjemand von denen muss doch wissen, was dieses verflixte Rätsel zu bedeuten hat!“ Wutentbrannt stieß sie eine der beiden Flügeltüren auf. Der Saal lag im Dunkeln. Im diffusen bläulichen Licht erkannte sie entlang der Wände ordentlich aufgestellte Tische und Stühle. Nichts deutete darauf hin, dass sich hier noch vor kurzem die letzten Hexen und Selkies der Insel aufgehalten hatten. Die Naturkulisse war ebenso verschwunden, wie Ambers Glaube an ihren gesunden Menschenverstand.

„Kannst du mich bitte mal kneifen? Nein, besser beißen“, stammelte sie fassungslos und taumelte gegen Alec. Er wirkte weitaus gefasster als sie, machte jedoch keine Anstalten den leeren Saal zu betreten. „Immer für Überraschungen gut, unsere lieben Vorfahren. So wie es aussieht, sind wir tatsächlich auf uns allein gestellt.“

Sie wirbelte zu ihm herum und blickte ihm tief in die Augen, die so blau waren wie eh und je. In ihnen entdeckte sie eine Zärtlichkeit, die ihr etwas von ihrer Verzweiflung nahm. Das Bedürfnis sich an seine nackte Brust zu schmiegen, den Geruch seiner Haut einzusaugen, und die von ihm ausgehende Wärme unter ihren Händen zu spüren, wurde ebenso unerträglich, wie der ziehende Schmerz in ihrer Brust. Amber war sich unsicher, ob er sich nur wegen der Prüfung so zuvorkommend verhielt, als ob sie noch ein liebendes Paar waren. Allerdings deutete in seinem Verhalten alles daraufhin, dass es ihm ernst war:

„Wir sitzen hier fest und dir fällt nichts anderes ein, als das?", zog sie ihn auf.

Er hob in gespielter Abwehr die Hände, als rechne er damit, dass sie ihn attackieren könnte, was ihr tatsächlich kurz in den Sinn gekommen war. Als er ihre kalten Hände ergriff und sie behutsam rieb, ließ sie es zu.

„Es gibt vielleicht jemand, der uns ein paar Antworten geben könnte. Wenn wir Glück haben finden wir Boje im Farraige-Inn", flüsterte er.

„Wie soll er uns hierbei helfen?", warf Amber verwirrt ein.

„Ich habe dir nie erzählt, dass er verdammt gut in Rätselraten ist. Wenn es jemand herausfinden kann, ist es Boje."

Amber blieb skeptisch. War die Entscheidung, das Ozean-Live zu verlassen, ohne nach weiteren Hinweisen zu suchen, die richtige? Aber da Alec davon überzeugt schien, dass ihnen Boje weiterhelfen konnte, erklärte sie sich einverstanden, ihn zu suchen.

„Wie sollen wir ins Farraige-Inn kommen?" Alec strich sich eine Haarsträhne aus der Stirn und zuckte mit den Schultern. „Zwei Stunde Fußmarsch quer durch die Stadt, mit dem Auto wären es etwa zehn Minuten."

Letzterer Gedanke ließ sie innehalten. Die Lösung dieses Problems, die ausnahmsweise nichts mit Zauberei oder Magie zu tun hatte, befand sich ebenfalls außerhalb dieser Mauern.

Wie er es ihr versprochen hatte, parkte Gero noch an genau der Stelle, an der Amber aus dem Auto gestiegen war. Die Schirmmütze tief ins Gesicht gezogen, schnarchte er gegen die Nackenstütze gelehnt. Es tat ihr leid ihn zu wecken; er hatte einen harten Tag hinter sich. Doch da ihr nichts anderes übrigblieb, öffnete sie die Fahrertür und stupste Gero sachte an.

„Was? Hab ich es verschlafen?", murmelte er und setzte sich auf, als Alec hinter Amber auftauchte.

„Schön wär's. Sag mal, was meintest du damit, dass dich Edmond um einen Gefallen bat?", fragte sie hoffnungsvoll.

„Ich soll Alec diesen Schlüssel geben, wenn ihr auftaucht", entgegnete Gero und griff in die Mittelkonsole. „Ich kann hier leider nicht weg. Hinterer Parkplatz, letztes Auto. Ein schwarzer Wagen", fügte er hinzu und überreichte Alec feierlich den Schlüssel.

Sie folgten der breiten Straße, die um das Ozean-Live herumführte. Der hell erleuchtete Gartenpavillon kam in Sicht. Zu weit entfernt, um jemanden deutlich erkennen zu können, betrachtete sie aus der Ferne die Zuschauer.

Da es sich offenbar fast ausschließlich um Männer in dunklen Uniformen handelte, die auf Klappstühlen sitzend dem Schauspiel beiwohnten, lag die Vermutung nahe, dass es sich bei ihnen um die persönlichen Fahrer der Hexen und Selkies handelte. Dass diese spurlos verschwunden waren, schien nur ein weiteres Mysterium in ihrer Laufbahn vom stinknormalen Menschen hin zum wankelmütigen Wasserwesen bis zur talentfreien Hexe. Sie blickte noch einmal genauer und entdeckte eine weitere Gruppe in bunter Abendgarderobe. Eine Schulveranstaltung ohne die Eltern und Verwandten der daran teilnehmenden Schüler hätte sicherlich deren Misstrauen hervorgerufen. Dennoch bezweifelte sie, dass sie wussten, was wirklich vorging. Amber wollte sich gar nicht ausmalen, wie Sabrina auf ihr unerwartetes Erscheinen reagieren würde. Eine Anschuldigung, dass die beste Freundin ihr in ihrem Aufzug die Schau stehlen wollte, hätte ihrer Freundschaft wohl den todbringenden Stoß versetzt. Ambers Sinne richteten sich wieder auf das Tâche, das es noch immer zu bestehen galt. Sie beeilte sich zu Alec aufzuschließen, der den Wagen auf Anhieb fand. Mit einem verklärten Gesichtsausdruck rutschte er hinter das Lenkrad und reagierte auf ihre Frage, wie oft er schon gefahren sei, mit einem Augenzwinkern. Als sie losfuhren, umklammerte sie mit beiden Händen den straffen Sicherheitsgurt und starrte aus dem Fenster. Entgegen ihren Befürchtungen entpuppte er sich als passabler Fahrer. Hin und wieder erlaubte er sich sogar einen kleinen Spaß, indem er unerwartet einen Schlenker einbaute.

Kapitel 41

Als Alec und Amber durch die Innenstadt fuhren, sahen sie zahlreiche Passanten in kreativen Kostümen. Das Comóradh wurde traditionell am Hafen begangen, und dorthin strömten die als Hexen oder Zauberer verkleideten Menschen.

So nahe dem Kai war Amber noch nie gekommen. Die baufälligen Bauten, einstige Werkshallen in denen nun Läden untergebracht waren, faszinierten sie ebenso, wie die in direkter Nachbarschaft befindliche Kneipenmeile, die allerdings nur Fußgängern zugänglich war. Alec suchte sich einen Platz zum Parken und hielt dicht am Straßenrand.

„Wir können doch so nicht unter die Leute gehen", stotterte sie bestürzt. Er lachte auf und warf ihr einen belustigten Blick zu.

„Schau dich um! Wenn wir jemandem auffallen, dann nur deshalb, weil wir nicht wie sie verkleidet sind."

Widerwillig gab Amber ihm recht, es änderte allerdings nichts daran, dass sie sich unwohl fühlte. Nachdem sie ausgestiegen waren, ergriff er wie selbstverständlich ihre Hand und mischte sich mit ihr unter die Leute. Amber bemerkte die Blicke vorbeieilender junger Frauen, die Alec begehrlich streiften. Dass man auch ihr interessiert hinterher schaute und sie nur deshalb mit abgedroschenen Anmachsprüchen verschonte, weil Alec jedem potenziellen Nebenbuhler warnende Blicke zuwarf, besänftigte sie nicht wirklich. Schlimmer als das offene Anschmachten, empfand sie die durchdringenden Gerüche, über deren Ursprung sie nicht nachdenken wollte.

Eine Gruppe junger Männer kreuzte im Laufschritt ihren Weg. Einer von ihnen, ebenso blauäugig wie Alec, blieb auf gleicher Höhe stehen und warnte: „Nicht da rüber, da braut sich was zusammen. Könnte zur Sache gehen. Verschwindet besser!"

Ohne ein weiteres Wort der Erklärung, ließ er sie stehen und rannte hinter seinen Kumpels her.

Als lauerte die angedeutete Gefahr direkt hinter der nächsten Ecke, drängte Alec sie von der Straße ab und in eine der vielen Seitengassen hinein.

Der überwältigende Gestank nach schalem Bier und Erbrochenem hing wie dichter Nebel zwischen dem Mauerwerk, doch Amber war zu verängstigt, um davor zurückzuschrecken.

Irgendetwas lief gerade am Pier ab und die offenkundige Erregung im Gesicht des Fremden verriet, dass es nichts Gutes war. „Aber wir müssen zu Boje," sträubte sie sich gegen die Vorstellung, dass es tatsächlich jemand wagen könnte, am Comóradh eine Schlägerei oder, in Anbetracht der zahlreichen Betrunkenen, etwas weitaus Schlimmes anzuzetteln. Wie dumm von ihr zu denken, dass während des Nationalfestes Friede herrsche.

„Selbst, wenn wir bis zum Farraige-Inn durchkommen; er hat sich bestimmt längst einer Gruppe angeschlossen, um nur ja nichts zu verpassen. Außerdem bin ich mir nicht sicher, ob Boje wirklich dort ist. Ich kenne außer ihm niemanden, der kniffelige Rätsel lösen kann."

Obwohl sich beide nicht in unmittelbarer Gefahr befanden, hielt Alec ihre Hand fest im Griff und zog sie tiefer in die Gasse hinein. Als er stehenblieb, ließ sie sich völlig außer Atem auf eine Treppenstufe sinken, die zu einem dunklen Hauseingang gehörte.

Amber schloss die Augen. Die plötzliche Stille war tröstlich, bot aber ihrer regen Phantasie die Möglichkeit, sich bemerkbar zu machen. Der Funke der Angst entfachte eine Feuersbrunst, der sie hilflos ausgeliefert war. Erneut sah sie die Schreckensbilder des Videos vor sich, das jemand vor sechzehn Jahren für die Nachwelt festgehalten hatte. Doch dieses Mal fühlte es sich so an, als wäre sie mittendrin und nicht nur ein Beobachter.

Vor ihren Augen waberten Bilder, die sie immer tiefer in das hineinzogen, was vor vielen Jahren geschehen war.

Sie befand sich nicht länger in der Gasse, sondern mitten im Geschehen.

Die Menschenmasse, die sie eingeschlossen hatte und gegen ihren Willen mit sich nahm, geriet ins Stocken. Vor ihr lag irgendwo der Pier. Wie eine schwarze Wand standen Soldaten in Reih und Glied, die Gewehre in Anschlag – bereit, auf jeden zu schießen, der die Sperre durchbrach. Amber wurde hilflos von den Nachdrängenden direkt auf einen Soldaten zugetrieben, der umschwenkte und seine Waffe auf sie richtete. Die Menschen um sie herum schrien und versuchten in alle Richtungen auszubrechen. Damit verstopften sie die schmalen Gassen, bis sie weder vor noch zurück kamen. Wie von einem gnadenlosen Viehtreiber in einen Pferch getrieben, wogte die Menge auf und ab.

Ambers brennender Blick glitt über die Köpfe der Menschen hinweg, die sich in ihrer Panik gegenseitig anrempelten oder zu Boden stießen. In der Ferne glaubte sie, Alec nach ihr rufen zu hören. Plötzlich befand sie sich nicht mehr in der Vergangenheit, sondern in der Gegenwart. Ihrem Entsetzen fügte sich die Angst um Alec hinzu, der sich ganz in ihrer Nähe befinden musste. Zu weit entfernt, als dass sie ihn ausfindig machen konnte und viel zu nah bei den Soldaten, die jeden Moment das Feuer eröffnen würden. Wie erstarrt stand sie inmitten eines Albtraums und wusste, ohne sagen zu können, woher die Erkenntnis kam, dass sie die sich anbahnende Katastrophe um jeden Preis verhindern musste. Das Blut der Menschen durfte auf keinen Fall vergossen werden. Vor ihrem geistigen Auge sah sie Ströme dessen in das Erdreich einsickern und zu einem Ort vordringen, der sich geschützt Im Inneren der Insel befand.

Einer inneren Eingebung folgend, hob sie abwehrend die Hände zum wolkenverhangenen Himmel. Dieser sah aus, als würde er jeden Moment auf sie hinabstürzen und alles zermalmen, was ihm dabei in die Quere kam. Ihre Hände gingen wie in einem Sog gefangen in Richtung des Ozeans, und etwas Dunkles, Animalisches ergriff Besitz von ihr.

Todesangst senkte sich wie eine schwere Decke auf sie nieder, während eine fremde Kraft sie durchströmte. Zeitgleich hallte die uralte Sprache ihrer Vorfahren in Ambers Kopf wider, die jede Faser ihres Körpers zu durchdringen schien: „Domioti, desta, Proati."

Die fremdartigen Worte formten sich in ihrem Kopf, entschlüpften ihren bebenden Lippen und wiederholten sich immer wieder aufs Neue. Amber kannte die Sprache nicht, wusste aber dennoch, was die Worte bedeuteten: Sie flehte den Wind und das Meer um rettende Hilfe an, während die Luft sich erhitzte, als stünde nicht nur sie, sondern das ganze Viertel in Flammen. Schmerzensschreie malträtierten weiterhin ihr Gehör.

Es funktionierte nicht! Machte sie etwas falsch? Verzweifelt stieß sie den angehaltenen Atem aus und lauschte auf ihr Inneres. Sie spürte die Vorfahren noch immer, die sie als Sprachrohr und Medium einsetzten, um ihre Insel und deren Bewohner zu beschützen.

Mühsam blinzelte sie mit tränenden Augen in den dichten Rauch, der nicht von den entzündeten Feuerstellen anlässlich des Comóradh stammte, sondern von in Mülleimern gelegten Bränden und Molotow-Cocktails.

Amber erkannte, woran es lag. Ihre Vorfahren wollten ihr vorbehaltloses Vertrauen.

Sie war nicht allein auf sich gestellt und schon gar nicht schwach. Sie besaß die Unterstützung ihrer Ahnen.

Amber dachte an die Erste der Hexen. Die Erste in ihrer Familie in einer langen Reihe von Frauen, bis zu ihr. Sie alle trugen die Macht ihrer Vorfahren in sich, aber nur wenige unter ihnen auch das eines Selkies. Ritual hin oder her, sie besaß die Gene beider Völker und musste sich nur dieser Macht bedienen.

Amber atmete tief durch. Sie konnte spüren, wie sich ihre Augen zu verändern begannen, und ihre Pupillen sich weiteten. Die Lichtüberempfindlichkeit traf sie wieder einmal unvorbereitet. Wenige Sekunden später setzte brennender Schmerz ein, der sich rasend schnell durch ihren Körper fraß.

Donnergrollen erfüllte die Luft und dämpfte die sie umgebende Schreie. Amber zitterte unkontrolliert unter der gewaltigen geistigen Kraftanstrengung. Über ihr blähten sich die Wolken zu grotesken Figuren auf. Amber fixierte sie und befehligte ihnen, ihr zu gehorchen. Ambers Atem ging stoßweise. Sie stand kurz davor, einen Wolkenbruch größeren Ausmaßes auszulösen. Die Wassermassen würden die zerstörerische Wut, die Gewaltbereitschaft und die aufgeheizten Gemüter abkühlen.

Es lag an ihr, ob in dieser Nacht Menschen starben – Ob Alec starb.

„Domioti, desta, Proati Domioti, desta, Proati“ Dicke Regentropfen prasselten auf sie nieder, rannen an ihren Schläfen hinab, sammelten sich in ihrem Mund und drohten ihre Worte zu ersticken.

„Amber hör auf! Mach die Augen auf. Sieh mich an!" Jemand zog ihre Arme mit Gewalt herunter, presste sie seitlich gegen ihren bebenden Körper und hielt sie wie Schraubstöcke umklammert. Amber spürte, wie dieser Jemand sie schüttelte, sie aus der Menschenmasse zog, die um sie herum verblasste, und gegen eine raue Wand drückte.

Eine vorstehende Kante bohrte sich unterhalb ihres Schulterblattes in ihr Fleisch. Der stechende Schmerz brachte sie halbwegs zu Besinnung. Es kostete sie unendlich viel Kraft, ihre Augen zu öffnen. Sie war in ängstlicher Erwartung das Unbeschreibliche zu sehen; Menschen, die durch die Hand der Armee mit verrenkten Gliedern am Boden lagen, Blut, das sich in den Pfützen und zwischen den Pflastersteinen sammelte. All das wollte sie nicht sehen müssen. Alecs drängende Stimme zwang sie, sich dem Grauen zu stellen. Wenigstens war ihr gelungen, ihn zu retten, waberte es durch ihren Geist. Seine Stimme klang besorgt, aber nicht entsetzt. Wie betäubt starrte sie in seine schreckgeweiteten Augen. Als sie die Stirn runzelte, huschte ein erleichterter Ausdruck über seine Züge. Er hielt sie weiterhin fest, als könnte sie ihm jederzeit wieder entgleiten. Zaghaft blickte sie über seine Schulter hinweg, außerhalb des schützenden Hauseingangs ging ein leichter Regenschauer nieder.

„Ich habe keine Ahnung, wie du das gemacht hast, aber tu mir das bitte nie wieder an, okay?"

„Was gemacht?", stotterte sie erleichtert, das nichts von alldem, was sie zu erleben geglaubt hatte, Wirklichkeit geworden war und schmiegte sich an seinen Brustkorb. Sie genoss es, von ihm in den Armen gehalten zu werden, als wäre sie sein kostbarster Besitz. Ein gutes bodenständiges Gefühl in einer Welt, die völlig aus den Fugen zu geraten drohte.

„Ach schon gut", murmelte er. Amber spürte seinen Atem in ihrem Haar und unterdrückte ein wohliges Seufzen. Ihm war nichts passiert, er war bei ihr und nur das war wichtig. Dennoch schlich sich die Erkenntnis ein, dass sie noch immer im Mittelpunkt der Ereignisse standen und einen Brennpunkt bildeten, um den sich alles drehte. Als hielten sie durch die Teilnahme am Tâche einen rettenden Anker in den Händen, den es an der dafür vorgesehenen Stelle auszuwerfen galt.

Die Lösung des Rätsels auf dem Relief war zum Greifen nah. Sie spürte es mit jeder Faser ihres Körpers. „Mittelpunkt, mit einem Anfang und einem Ende? Wessen Ende?“, dachte sie laut nach.

„Geschützt und doch ungeschützt. Ein Herz und eine Seele“, ergänzte Alec leise und schob sie etwas von sich, damit sie einander in die Augen blicken konnten. Sie atmete langsam aus, kam jedoch nicht mehr dazu einzuatmen, da er ihre Lippen mit einem atemberaubend sinnlichen Kuss verschloss. Bereitwillig, als hätte ihr Körper nur auf diesen Moment gewartet, gab sie sich dem überwältigenden Gefühl hin, das ihr Innerstes in Schwingungen versetzte. Fast verzweifelt drängte sie sich an ihn und genoss es, als seine Hände sich behutsam um ihre Hüften legten. Seine Berührungen zeugten von Sehnsucht, Verzweiflung und Leidenschaft. Wäre es nach ihr gegangen, hätte sie die restliche Nacht so dastehen können. Doch ein letzter Rest an Vernunft mahnte zum Rückzug. Ihre Lippen strichen über seine hinweg, bevor sie sich schweren Herzens von ihm löste. Es fiel ihr schwer sich nicht auf ihn, sondern ihre gemeinsame Aufgabe zu konzentrieren.

„Vielleicht sollten wir bis zu der Zeit zurückgehen, in der Mór und Aodhán auf Aberness gelebt haben. Was gab es damals, das auch heute noch existiert?“, fragte Alec mit rauer Stimme.

Amber zog die Stirn kraus. Damals existierte die Stadt noch nicht, sondern nur unberührte Natur. Aber etwas gab es damals ebenso wie heute. „Den einstigen Mittelpunkt der Insel", rief sie überrascht, dass ihnen das Offensichtliche entgangen war.

„Die alte Mine", folgerte Alec, bevor sie dazu kam, es auszusprechen.

Sie nickte, als hätte es noch eine weitere Bestätigung gebraucht. Der Regenschauer zog vorüber, der Wind hatte merklich aufgefrischt.

Im Inneren des Autos war es angenehm warm. Sorge bereitete ihr vielmehr der Gedanken, wie sie unauffällig in die stillgelegte Mine gelangen sollten.

„Bist du dir ganz sicher, dass wir richtig fahren?", fragte sie, nachdem sie zum wiederholten Mal von der Hauptroute auf eine Nebenstraße wechselten.

„Absolut. Früher sind Boje und ich oft in dieser Gegend umhergestreift. Eine Art Mutprobe. Frag mich nicht, wie viele Jungs im Laufe der Jahre den verschollenen Schatz von Aberness gesucht haben. Laut der Legende existiert ein Spruch, der einem den Weg weisen soll. Wer auch immer die Geschichte erfunden hat, wäre bestimmt erstaunt, dass sie nach Hunderten von Jahren noch immer im Umlauf ist."

Amber hatte kein Verlangen an einer weiteren Schauermär und starrte nervös durch die Windschutzscheibe. Die Geschwindigkeitsanzeige pendelte zwischen neun und zehn Meilen, als wäre es ihr unmöglich, sich auf eine Zahl festzulegen.

Die zu beiden Seiten gelegenen Gebäude traten langsam zurück. Die Gasse wurde breiter und führte sie direkt auf geschwärzten Ruinen zu. Dahinter befand sich das Werk, das nach dem Erdbeben und dem darauffolgenden Großbrand die frühere Steinsalzfabrik ersetzt hatte. Alles, was jenseits des Sperrzauns lag, wirkte wie aus einem Conan Panini Comic. Ambers Vater hatte dieses Comic als Kind gelesen und sie einige Hefte auf dem Dachboden entdeckt. Amber erinnerte sich an die Ausgabe neun, mit dem bezeichnenden Titel: „Auf dem Schlachtfeld", dessen Cover sie dermaßen abstoßend fand, dass sie nie wieder einen Blick in den Karton mit den Comics geworfen hatte.

Das in Mondschein getauchte Areal ließ das Ausmaß des Erbebens erahnen, das vielen Menschen das Leben gekostet, den Überlebenden ihr gewohntes Umfeld entrissen und ihnen in wenigen schicksalhaften Minuten ihr Zuhause gestohlen hatte.

Sie parkten neben einem der verlassenen abbruchreifen Wohngebäude, unweit des meterhohen Zauns.

„Wir können doch nicht einfach da so rein spazieren. Hier gibt es bestimmt Sicherheitspersonal oder Nachtwächter", flüsterte Amber. Die Angst entdeckt zu werden, hielt sie davon ab, durch die Lücke im Zaun zu klettern, die Alec entdeckt hatte.

„Keine Sorge, hier drinnen hält sich nur selten jemand auf."

Er wies auf ein verbeultes Warnschild, das sie nur mit Mühe entziffern konnte:

Einsturzgefahr!

„Niemand kommt auf die Idee, sich hier umzusehen", fügte er hinzu, als sie noch immer zögerte.

„Du meinst niemand außer uns. Na super, das beruhigt mich ungemein", raunte sie und folgte ihm.

Die ersten Meter waren tatsächlich eher wie ein mitternächtlicher Spaziergang, wenn auch in geduckter Haltung. Amber hatte erwartet, dass ihnen Schuttberge und Geröllhalden den Weg versperren würden und sie gezwungen wären, über Hindernisse hinweg zu klettern. Ihre Fantasie hatte ihr einen schweißtreibenden Spießrutenlauf im Kampf um jeden einzelnen Meter, der sie ihrem Ziel näher bringen würde, vorgegaukelt. Stattdessen ging Alec gezielt auf einen der umgestürzten Steinhaufen zu, der ursprünglich Teil einer Bruchsteinmauer gewesen war. Im Vorbeigehen streifte ihr Blick einen abgeflachten, zerfurchten Steinbrocken, dessen Form an eine Krabbe erinnerte. Soviel war sicher: Ohne Alecs Führung, wäre sie bereits nach kurzer Zeit hoffnungslos überfordert gewesen. Mehr stolpernd als gehend, folgte sie ihm. Amber versuchte den Sinn seiner Worte zu verstehen, die er vor sich hinmurmelte: „Krabbe, Konus, Muschel, Scherenschnitt, Doppelpack, Endstation ..."

Irritiert blickte sie sich um, achtete jedoch darauf, ihm dicht auf den Fersen zu bleiben. Nicht mehr ausschließlich auf den unebenen Untergrund konzentriert, nahm sie die nähere Umgebung in Augenschein – auf der Suche nach etwas, das ihr die Bedeutung seiner Worte verriet. Überall lagen moosbewachsene und unkrautüberwucherte Gesteinsfragmente. Stumme Zeugen von dem, was vor vielen Jahren geschehen war. An diesen Anblick hatte sie sich inzwischen gewöhnt, ungewöhnliche Dinge entdeckte sie allerdings nicht. Amber ging langsamer. Um besser sehen zu können, kniff sie die Augen zusammen und musterte einen Schutthaufen, der bei genauerem Hinsehen die Form eines Kegels besaß. Erst Krabbe, danach Konus, rief sie sich die Reihenfolge Alecs Worte ins Gedächtnis, während sie nach weiteren Anhaltspunkten Ausschau hielt. Wenige Schritte weiter entdeckte Amber einen Gesteinsbrocken, der entfernt an eine klaffende Muschel erinnerte. Gezielt suchte sie nach etwas, das einem Scherenschnitt nahekam und grinste triumphierend, als Alec die Sicht auf eine Steinplatte freigab, in die zwei exakt gleich aussehende Fische mit weit geöffneten Mäulern und grotesk nach oben gebogenen Schwanzflossen eingemeißelt waren. In Erwartung ein weiteres Puzzleteil zu entdecken, stolperte sie zwischen zwei massive Betonblöcke und stürzte. Sie konnte sich allerdings mit den Händen abfangen, bevor ihre Knie mal wieder zu Schaden kamen.

„Ist alles in Ordnung?", erklang seine besorgte Stimme hinter ihr.

„Alles in Ordnung, ich wollte mir nur …“ Sie stockte. Ihre Hand strich über sprödes Eisen. Bei ihrem Sturz hatte sie sich nicht verletzt, aber einen Teil der Schmutzschicht am Boden beseitigt und eine Metallplatte freigelegt. „… nur den Doppelpack, den du erwähnt hast, genauer ansehen“, beendete sie den Satz.

Alec ging neben ihr in die Hocke und beendete, was Amber eher durch Zufall begonnen hatte.

„Wahnsinn, woher hast du gewusst, dass hier eine Falltür ist?“

Sie stand kurz davor zu behaupten, dass sie über den geheimen Pfad Bescheid gewusst hätte. Das Erstaunen in seinem Gesicht zu sehen, hätte ihr gefallen, doch ihn anlügen, nur um den Moment eines zweifelhaften Erfolgs auszukosten, lag ihr nicht. „Wusste ich nicht. Boje hat mir damals auf dem Weg zur Barra-Party das Geheimnis der Markierungssteine verraten. Deine Worte haben mich an die Makies erinnert. Deshalb habe ich nach einem Doppelpack Ausschau gehalten und bin dabei gestolpert.“

„Aber ich habe dir doch gar nicht erzählt ...“

Voller Ungeduld fiel sie ihm ins Wort. Sie wollte endlich wissen, was es mit dieser Falltür auf sich hatte, deren Eisenring er gerade anhob. „Brauchtest du auch nicht. Kennst du den Roman Traumfänger von Marlo Morgan? Darin geht es um eine rituelle Wanderung durch den australischen Busch.“

„Was hat das hiermit zu tun?“, entgegnete Alec geistesabwesend und beantworte damit ihre Frage.

Amber seufzte auf. „Die Ureinwohner Australiens, die Aborigines zum Beispiel, benutzen Merkmale der Natur als Wegweiser. So ähnlich wie du es gerade getan hast“. Amber erhob sich. „Meinst du, die Selkies und die Hexen wussten, auf was sie sich einlassen, wenn sie uns Tollpatschen vertrauen?“

„Blieb ihnen ja nichts anderes übrig, dich zumindest gibt's nicht zweimal“, entgegnete Alec, der sich weiter an der Falltür zu schaffen machte.

„Dich auch nicht." Die letzten Worte hatte sie geflüstert, sodass sie im Quietschen der Scharniere untergingen.

Die Falltür kippte zurück, schlug mit einem dumpfen Aufprall auf dem harten Boden auf und gab den Blick auf eine Schwärze frei, die die Umgebung beinahe taghell wirken ließ.

Amber kauerte neben Alec und begutachtete ihre Entdeckung. Die geöffnete Klappe wirkte wie das weit aufgerissenes Maul eines Ungeheuers, das sie und Alec mit Haut und Haaren verschlingen wollte. Der Anblick versetzte sie in Panik. Bei einem ihrer ersten Treffen mit Alec hatte sie neben ihm auf einem steinernen Torbogen gesessen und auf die Stadt hinuntergeschaut. Von oben betrachtet hatte dieser Bezirk auf Amber eine magische Wirkung ausgeübt, von der jetzt kaum etwas zu spüren und schon gar nichts zu sehen war. Etwas Wichtiges fehlte. Mit einer Geste hielt Amber Alec zurück und sagte: „Wir sind hier falsch. Du hast mir erzählt, dass der Mittelpunkt die stillgelegte Mine dort ist, wo es das höchste Glimmeraufkommen gibt."

Sie wusste selbst nicht, was sie mit ihrem Einwurf bezweckte; Alec aufhalten, bevor er von der abgrundtiefen Dunkelheit verschlungen wurde, sich selbst davon abzuhalten ihm zu folgen, oder zu erfahren, warum es an diesem Ort nicht einen Funken Glimmer gab. Alec sah auf. Seine Augen wirkten wie die Schwärze, die die Öffnung der Falltür aufzublähen schien.

„Im äußeren Ring gibt es keinen Glimmer. Nur im inneren Kreis, dort, wo die Minenarbeiter das Steinsalz nach oben beförderten. Sie waren so dumm und glauben wirklich, dass der Vorrat unerschöpflich sei."

Amber vernahm tiefen Schmerz in seiner Stimme, so, als würde man ihm etwas wegnehmen und nicht der Insel. Diesen Rohstoffen verdankte Aberness seine wirtschaftliche Unabhängigkeit. Seit jeher galt der Bergbau für die Inselbewohner als Quelle ihrer Selbstbestimmung und des Wohlstands. Ohne

Salz, Glimmer und Torf, wäre ein Handel mit der Außenwelt unmöglich.

Geld regiert die Welt. Amber wusste, dass es so war. Darüber, ob es ihr gefiel, hatte sie bisher nie nachgedacht.

Alec atmete tief durch und warf ihr einen Blick zu, der vieles bedeuten konnte: Nachsicht, dass sie noch immer nicht begriff, welche tiefe Bedeutung die Insel für ihn und auch für sie hatte. Unschlüssigkeit, ob er sie einer zu großen Gefahr aussetzte, wenn sie ihm folgte. Oder einfach nur Zuneigung, die er für sie hegte.

„Pass auf, ich klettere jetzt rein, du musst nicht mitkommen, ich schaff das allein."

Amber hatte Angst und hätte nur zu gerne seinem Vorschlag zugestimmt, aber diese Prüfung mussten sie gemeinsam bestehen.

Der Gedanke, dass Alec im Alleingang das Herz von Aberness erreichen wollte und sie damit womöglich aus dem Rennen wäre, nagte erneut an Amber. Außerdem empfand sie die Vorstellung, mit klopfendem Herzen in dieser versteinerten Wüste auf seine Rückkehr zu warten ebenso furchteinflößend, wie die Falltür selbst. Ginge sie mit ihm, wäre sie zumindest nicht allein.

An welchem Punkt waren Malvina und Bartholomäus gescheitert? Eine müßige Frage, auf die Amber wohl nie eine Antwort erhalten würde. Es war nur natürlich, dass sie sich fürchtete. Aber sie standen jetzt hier an diesem wenig vertrauenserweckenden Ort. Egal, was die Prüfung noch für sie bereithielt; sie würde jetzt nicht kneifen.

„Ich soll also Schmiere stehen und worauf achten? Dass dir keine Ratten folgen?"

„In Ordnung, dann gehen wir gemeinsam", gab Alec nach.

„Wie wollen wir da unten überhaupt etwas sehen?", fragte sie ratlos, den Blick weiterhin auf die Öffnung gerichtet.

„Hast du im Beetle zufällig eine Taschenlampe gesehen?“, stellte Alec eine nicht ernstgemeinte Gegenfrage und seufzte auf: „Wir brauchen irgendein Licht, verdammt noch mal.“

Offenbar hatte sein Bad, obgleich im Salzwasser, einen Teil des Minerals von seiner Haut abgespült. Er wirkte bei weitem nicht mehr so gelassen, wie im Ozean-Live. Ihr schoss eine Idee durch den Kopf: „Ich wüsste etwas, das vielleicht funktionieren könnte“, sagte sie, streckte ihre Hand aus und strich ihm beruhigend über den nackten Arm. Er zuckte zurück, hielt dann aber inne und starrte auf den leicht silbrigen Schimmer auf seiner Haut.

„Wie kann das sein?“, flüsterte er.

„Ich war mir nicht sicher, ob es klappt. Dass mir das Salz auf deiner Haut nichts anhaben kann, war mir zwar klar, aber das hier ...“, murmelte Amber fasziniert, unfähig den Blick abzuwenden. Alec atmete mit einem leisen Zischen aus, ob vor Überraschung oder der Berührung war unklar und sie hütete sich davor, nachzufragen. Ihre Gefühlswelt hatte sich bereits in ein Chaos verwandelt. Alec ergriff ihre Hand und legte sie erneut mit etwas mehr Druck auf seinen Arm. Der schwache Schimmer verstärkte sich, reichte aber nur aus, um die ersten Sprossen einer Eisenleiter zu erkennen. Das war zu wenig, um zu sehen, wohin sie führte.

Er kletterte auf die oberste Stufe, hielt sich mit der linken Hand am rostigen Eisen fest und hing nun seitlich frei in der Luft. Amber folgte ihm, seinen schützenden Körper an ihrem Rücken. Seine Wärme umhüllte sie. Im Wechsel strich sie ihm mal über den rechten, mal über den linken Arm, damit der so erzeugte Schimmer ihnen begrenzte Sicht ermöglichte. Auf diese Weise stiegen sie Sprosse für Sprosse in die Tiefe, immer auf dem Sprung, dass die nächste unter ihrem Gewicht zusammenbrechen könnte. Verbissen presste Amber die Lippen aufeinander und starrte auf die rötlich schimmernde Backsteinmauer. Je tiefer sie stiegen, umso näher rückten die Mauern, die sie mit ausgestrecktem Arm mühelos hätte berühren können. Auf halber Strecke fiel ihr das Atmen schwer. Es roch nach abgestandener Luft – metallisch und schwer. Die heraufziehende feuchte Kälte verstärkte ihr Zittern.

„Wir müssten fast unten sein", sagte Alec in die Stille hinein. Doch Amber reagierte erst, als sie das Ende der Leiter erreicht hatten und atmete befreit auf. Der Tunnel war kalt wie ein Eisschrank. Alecs Hand hingegen fühlte sich warm an. Zitternd vor Kälte drängte sie sich an ihn und überließ ihm bereitwillig ihre Hände. Es war ein schönes Gefühl, als er seine um ihre legte und behutsam rieb.

„Ich glaube das reicht nicht aus, um genau zu sehen, was vor, über oder unter uns liegt", sagte er.

„Das ist einer deiner Scherze, oder?"

„Leider nein, oder siehst du mehr als ich?"

Er hatte recht. Halbblind durch einen baufälligen Stollen zu tappen, barg Gefahren, die sie nicht einschätzen konnten und es wäre unklug gewesen, unvorsichtig zu sein. „Es ist ja nicht so, als hätten wir uns noch nie halbnackt gesehen", setzte er noch einen obendrauf. Da er eh nur eine Hose trug, galt sein Hinweis wohl eher ihr.

„Schon gut, erspar mir die Einzelheiten. Ich hoffe, es ist kalt genug, um dich auf andere Gedanken zu bringen", erwiderte sie trocken. Sie musste ihm allerdings recht geben. Die Reibungsfläche ihrer Arme war zu gering, sie mussten sich etwas einfallen lassen.

So gelassen, wie es ihr in dieser Situation möglich war, entledigte sie sich ihrer Tunika. Anschließend trat sie auf ihn zu, jedoch ohne ihm dabei ins Gesicht zu sehen. Es war ihr unangenehm, nur im BH vor ihm zu stehen. Seine Hände tasteten nach ihr, rieben über ihre Schultern und nackten Arme, auf denen sich bei diesen Berührungen die feinen Härchen aufstellten. Als sie es ihm gleichtat, loderte ein Funkenregen auf. Ein heller Silberreif legte sich um ihre aneinander gepressten Körper und versetzte Amber augenblicklich in Verzückung. Ihre Hände glitten über seine warme Haut, auf der sich daraufhin ebenfalls eine Gänsehaut zeigte. Vorsichtig berührte sie sein Gesicht. Seine Augen wirkten zwar noch immer blau, waren aber dunkler als zuvor.

„Dann mal los", sagte er mit seltsam rauer Stimme und umschlang ihre Hüfte mit einem Arm. Haut rieb an Haut, die intime Nähe zwischen ihnen war zum Greifen nah. Amber verwirrte das so sehr, dass sie prompt über einen Stein stolperte. Alecs beherzter Zugriff bewahrte sie zwar vor einem Sturz, doch nun glühten ihre Wangen vor Verlegenheit. Gepeinigt trat sie einen Schritt zurück. Der silberne Schimmer wurde schwächer und sie beeilten sich, ihn wieder auszugleichen. Während sie dem Verlauf des Tunnels folgten, blickte sie sich aufmerksam um. Die ursprünglich weiß gestrichenen Betonwände hatten im Laufe der Jahre einen schmutzig grauen Farbton angenommen. Feuchte Stellen, an denen die Farbe abbröckelte und mit Rissen durchzogenes Mauerwerk deuteten auf einen schleichenden Prozess des Verfalls hin. In den Pfützen am Boden spiegelte sich ein silberner Glanz, der erlosch, sobald sie an ihnen vorüber waren. Amber legte den Kopf in den Nacken, auf der Suche nach der Ursache eines nervenaufreibenden Geräuschs, das von allen Seiten auf sie eindrang. Es hörte sich an, wie ein Regenschauer, der auf ein Blechdach trommelte. Einige der kreuz und quer verlaufenden armdicken Rohre korrodierten vor sich hin. Aus undichten Stellen drang Feuchtigkeit, die auf steinigen Boden tropfte. Ihr beider Atem, das Platschen, wenn einer von ihnen in eine Pfütze trat und die tropfenden Geräusche, die in regelmäßigen Abständen wiederkehrten, klangen in Ambers Ohren überlaut.

„Wohin führt der Tunnel?“, wisperte sie.

„Ich schätze in einen Seitenarm, der parallel zur Haupthalle verläuft,“ entgegnete Alec und blieb kurz darauf stehen. Amber hielt weiterhin Körperkontakt mit ihm, folgte seinem Blick und entdeckte eine dunkle Eichenholztür, die schief in den Angeln hing. Wie Traumtänzer umrundeten sie einen der dicken Holzbalken, die die gewölbte Tunneldecke abstützten. Dicht hinter Alec, ihre Arme um seinen Hals geschlungen, schaute sie neugierig über seine Schulter hinweg. Überall hatte die Zeit deutliche Spuren hinterlassen, obwohl die Feuchtigkeit nicht bis hierher vorgedrungen war. Die Wände, dessen ursprünglicher Anstrich verblasst waren, wirkten trocken und waren in einem überraschend guten Zustand.

Sie achteten darauf, nie den Kontakt zueinander zu verlieren, um so ein Mindestmaß an Licht zu erzeugen. Amber wich einer morbiden Holzbank aus, die aussah, als würde sie bei der kleinsten Berührung unter ihrem Eigengewicht zusammenbrechen. Sie grinste, als Alec sich mit einem Satz darüber hinwegsetzte, um nicht vollends den Kontakt mit ihr zu verlieren.

Es war ein seltsames Gefühl zu wissen, dass an diesem Ort vor langer Zeit ein reges Kommen und Gehen stattgefunden hatte. Hier war der frühere Knotenpunkt, an dem sich die Bergarbeiter vor und nach ihrer Schicht versammelt hatten.

Für einen Augenblick meinte sie den Widerhall unzähliger, sich überlagernder Stimmen vorbei hastender Menschen wahrzunehmen. Im Zwielicht tauchte ein kleiner Kiosk auf. Amber musterte ihn, oder besser das, was von ihm übriggeblieben war.

In den Drahtkörben hingen noch verwaiste Zeitschriften, vergilbt und gewellt wie das Haupt einer alten Frau. Amber blickte über einen umgekippten Mülleimer hinweg, dessen Inhalt in einem Umkreis von einigen Metern auf dem Steinboden verstreut lag. Sie entdeckte winzige Bissspuren, die vermutlich von Mäusen oder Ratten stammten. Ohne Alec loszulassen, bückte sie sich und hob einen rotweiß gestreiften Styroporbecher auf. Der verblasste Schriftzug war kaum mehr zu entziffern.

Einige Dinge, so bedeutungslos sie auch sein mochten, hatten die lange Zeit überdauert. Andere wiederum waren nur einen Wimpernschlag davon entfernt, in Vergessenheit zu geraten. So zumindest hatte es Alec einst ausgedrückt. An jenem denkwürdigen Abend, als sie sich das erste Mal geküsst hatten, hatte sie nichts von alledem verstanden. Doch inzwischen wusste sie, wie zerbrechlich und vergänglich die Liebe zwischen zwei Menschen sein konnte.

„Was ist los?“, fragte Alec, rieb ihre Arme abermals, bis erneut silberne Funken aufstoben, sodass er ihr Gesicht erkennen konnte.

„Dieses Zeug hält vermutlich weitere fünfhundert Jahre“, entgegnete sie leise. Auf seinem Gesicht spiegelte sich Ratlosigkeit. Doch sie hatte keine Lust ihn darüber aufzuklären, dass dieser Müll, diejenigen, für die er hergestellt worden war, um Längen überdauerte.

„Wir sollten weiter“, entgegnete er, rieb seinen Oberkörper an ihrem Rücken und drängte sie mit sanften Druck zu einer breiten Treppe hin. Plötzlich hielt er inne. Schwere Schritte hallten im Gewölbe, aus der Richtung kommend, die sie gerade eingeschlagen wollten.

Alec wich zurück und hätte Amber fast umgerissen. Schlagartig wurde es dunkel. Sie lauschte seinem beschleunigten Atem, konnte ihn allerdings nicht sehen. Amber rieb auf gut Glück ihre Handflächen aneinander. Ein Funke genügte.

„Verdammt“, fluchte Alec leise. Zurück in den Tunnel zu flüchten, dazu blieb ihnen keine Zeit. Vielleicht hätte einer der Stützpfeiler ihre zierliche Figur verbergen können, Alec jedoch war zu muskulös und mit breiteren Schultern ausgestattet. Sein Blick huschte zwischen ihr und dem Balken hin und her und sie ahnte, was er vorhatte; er wollte ihr helfen ungesehen an den Wächtern vorbeizuschlüpfen. Keinesfalls bereit, sich von ihm zu trennen umklammerte sie seine Hand und begegnete seinem grimmigen Gesichtsausdruck mit wilder Entschlossenheit. Alec seufzte auf, zog sie mit sich in den Kiosk, legte ihr die Hände auf die Schultern und zwang sie in die Knie, bevor er neben ihr in die Hocke ging. Zwischen ihnen und den beiden Männern, die den Treppenabsatz erreicht hatten, lag nur eine dünne Bretterwand.

„Die Mitarbeiter haben Salzablagerungen in den Wasserleitungen festgestellt, obwohl die Leitungssysteme voneinander getrennt sind."

„Muss wohl vor ein paar Monaten bei Reparaturarbeiten passiert sein. Die Dummköpfe müssen die Leitungen verwechselt haben", schimpfte der Ältere von beiden.

„Warum wurde das nicht sofort nach oben gemeldet?"

Amber hielt den Atem an, sie kannte die Stimme des Jüngeren. Eleks Vater war der Leiter des städtischen Wasserversorgungswerks. Doch warum hatte er seinen Sohn beauftragt, ausgerechnet hier nach dem Rechten zu sehen?

„Das habe ich. Aber es fühlte sich ja keiner zuständig. Du siehst doch, was überall los ist."

„Das ist kaum zu übersehen. Am Hafen soll es heftig zur Sache gehen", wechselte Elek das Thema.

„Anstatt zu feiern oder da unten mitzumischen, latschen wir hier im Dunklen rum. Ist eine Anweisung von ganz oben. Hier sollen sich zwei Teenager rumtreiben. Den Jungen sollen wir laufenlassen, das Mädchen zu Rohloff bringen, der alte Schwerenöter", ertönte erneut die brummige Stimme. Das fahle Licht einer Taschenlampe fiel durch die Ritzen der Holzbretter.

Amber nutze die Gelegenheit, um mit Alec einen schnellen Blick zu tauschen.

„Ich glaub nicht, dass hier jemand ist. Vermutlich haben sich die vom Militär nur einen Scherz erlaubt, weil sie heute Nacht Dienst schieben müssen, anstatt zu feiern", entgegnete Elek.

Jemand ganz in ihrer Nähe spuckte aus, angeekelt zuckte Amber zusammen und stieß dabei mit dem Ellenbogen gegen eine lose Latte, die sich aus der Verankerung löste und mit lautem Poltern zu Boden fiel.

Alec legte ihr blitzschnell einen Finger auf die geöffneten Lippen, doch es war bereits zu spät.

„Was war das?", fragte der offensichtlich genervte Arbeiter.

„Ach, das waren sicher nur die Ratten. Die Viecher vermehren sich hier unten wie die Karnickel. Schau mal dahinten zwischen den Kisten nach, ich übernehme hier", entgegnete Elek mit einer Gelassenheit, die Amber in Erstaunen versetzte.

Über ihnen erschien das Gesicht ihres Freundes. „Also doch keine Ratten. Was um alles in der Welt treibt ihr hier unten, noch dazu halbnackt? Nee, lasst gut sein, ich will es gar nicht wissen. Ich habe einen Bekannten beim Militär, der weiß, dass ich mit euch befreundet bin. Er hat mir erzählt, dass Rohloff jetzt hinter euch beiden her wäre, ansonsten hätte ich gar nicht mitbekommen, was er vorhat. Wenn mein Vater erfährt, dass ich mich als einen seiner Mitarbeiter ausgegeben habe, flippt er aus, aber ich musste euch unbedingt warnen. Was habt ihr eigentlich mit dem Typen zu schaffen? Jemand Hinterhältigeren gibt es doch gar nicht", raunte er abfällig.

„Das gilt wohl nicht nur für ihn", murmelte Alec und warf Amber einen schnellen Seitenblick zu, als wäre sein Kommentar nicht für ihre Ohren bestimmt gewesen. „Was auch immer ihr hier unten sucht, findet es besser schleunigst. Hier ist ne Taschenlampe. Wenn ich pfeife, ist die Luft rein."

Trotz seines beherrschten Auftretens erschienen hektische Flecken auf Eleks Gesicht. Alec nickte und zog Amber mit einer beschützenden Geste an sich. Für den Bruchteil einer Sekunde erhellte ein silberner Schimmer das Innere des Kiosks.

„Ist das wieder so eine verrückte Selkiesache zwischen euch beiden?", stöhnte Elek leise auf.

„Hey, führst du Selbstgespräche oder was?", hallte es durch das Gewölbe.

Eleks Kopf verschwand. „Hab mir nur mein Knie am verdammten Holz gestoßen. Lass uns von hier verschwinden, hier ist nichts!"

Alec und Amber horchten auf die sich entfernenden Schritte, kurz darauf ertönte ein, in einer falsch klingenden Melodie, eingebetteter Pfiff. Im Schein der Taschenlampe zog sich Amber hastig an, als ihr Blick an Alecs Hosenbund hängen blieb, unter dem ein Stück karierten Stoffs hervorschaute.

„Du trägst Boxershorts, hätte ich das gewusst ...", sagte sie, bemüht nicht mit den Zähnen zu klappern. Nachdem Alec sie nicht mehr mit seinem Körper wärmte, fror sie erbärmlich.

„Was wäre dann gewesen?", forderte er sie heraus.

„Dann hättest du deine Hose im Aquarium ausziehen können", beendete sie ihren Satz. In Gedanken war Amber jedoch bei dem eben unfreiwillig belauschten Gespräch.

Sie war sich ziemlich sicher, dass der Ursprung des ungewöhnlich hohen Aggressionspotenzials der Stadtbewohner mit der Mine im Zusammenhang stand.

„Wie war das eigentlich, bevor deine DNS sich verselbstständigt hat? Schmeckte das Salz irgendwie anders, oder ist dir schon früher aufgefallen, dass es etwas in dir auslöst?", fragte sie Alec. Er setzte sich auf die erstbeste halbwegs stabile Bank und schloss die Klettverschlüsse seiner Turnschuhe.

Erstaunt über ihre Frage sah er auf. „Nicht dass ich wüsste. Wäre mir sonst bestimmt aufgefallen. Dass Zusammenleben mit Edmond und Sam, die Salz ja regelrecht horten, hätte sich sonst bestimmt schwierig gestaltet."

„Würde man in Wasser aufgelöstes Salz in geringen Dosen bemerken?", hakte Amber neugierig nach.

„Wasser enthält von Natur aus Mineralien und Salz, das schmeckst du ja auch nicht. Auf was willst du eigentlich hinaus?"

„Hast du nicht mitbekommen, über was die beiden gesprochen haben?"

Er hielt in der Bewegung inne, als ihm aufging, in welche Richtung sie dachte. „Verdammt. Wenn jemand das Trinkwasser über Wochen, oder gar Monate, mit Steinsalz kontaminiert, könnte das tatsächlich der Grund sein, warum die Leute momentan verrückt spielen. Dass es sich in ihrem Körper ablagert, würde nur bei gezielten Blutuntersuchungen herauskommen."

„Die aber nur gemacht werden, wenn sich jemand einen schlimmen Virus oder Ähnliches eingefangen hat", beendete Amber seinen Gedanken.

Sie dachte an das Wartezimmer voller verzweifelter Menschen, bei denen die Vermutung nahelag, dass sie Nachfahren der Hexen sein könnten. Das wiederum würde erklären, warum in ihren Blutproben keine verräterisch hohe Salzkonzentration entdeckt worden war.

„Auf Aberness ist Salz nicht nur überlebensnotwendig, es könnte auch als Waffe eingesetzt werden", sagte er nachdenklich geworden.

Bei dem Wort Waffe, dachte sie automatisch an seinen Vater und lenkte ihre, auf unschöne Abwege geratenen, Gedanken auf ein ungefährlicheres Terrain: „Was meintest du damit, dass nicht nur dein Vater ein falsches Spiel treibt?", fragte sie wie nebenbei, bemüht ihre Frage unverfänglich klingen zu lassen.

„Das ist nicht so wichtig. Wir sollten weiter“, wich er aus und weckte dadurch erst recht ihr Misstrauen.

„Auf ein paar Minuten mehr oder weniger kommt es bestimmt nicht an, die beiden sind erst mal weg.“

Sie ließ ihn nicht aus den Augen, die fahrige Geste, mit der er das Klettband seiner Schuhe schloss, beunruhigte sie. Er verhielt sich eindeutig wie jemand, der etwas zu verbergen hatte.

„Komm schon, langsam sollten uns doch die Geheimnisse ausgegangen sein“, scherzte sie, in der Hoffnung ihn aus der Reserve zu locken.

„Also gut, wenn du es unbedingt wissen willst. Gregor hatte auf der Party erwähnt, dass Rohloff nicht allein im Haus war. Auf dem Weg in sein Zimmer habe ich ihn in flagranti mit bewusster Frau erwischt – das war alles andere als angenehm auf beiden Seiten. Jedenfalls zeigte Rohloff weitaus mehr Interesse an mir, als an ihr“, fügte er mit einem schiefen Grinsen hinzu.

Amber wurde langsam, aber sicher ungeduldig. Dass er sich bei jedem Wort wand, deutete darauf hin, dass er die Geliebte seines Vaters kannte.

„Na komm schon, wer ist sie?“

Alec starrte Amber an und seufzte über ihrer Hartnäckigkeit resigniert auf.

„Isabel.“

In diesem Augenblick völliger Sprachlosigkeit fügten sich die fehlenden Puzzleteile zu einem erschreckenden Bild. Ihre Mutter war wahrhaftig gerissen und intrigierte mit einer Präzision, die ebenso bewundernswert wie verabscheuungswürdig war. Sie hatte nicht nur Sam, sondern auch ihre eigene Schwester benutzt, um über sie und Elsworth an interne Informationen zu gelangen. Postwendend hatte sie diese an Rohloff weitergegeben. Die Informationskette funktionierte auch umgekehrt und Ambers

Befürchtungen bewahrheiteten sich in einem Umfang, der selbst sie überraschte.

Bei dem Gedanken, dass ihre Mutter beabsichtigt haben könnte, Amber aus dem Verkehr zu ziehen und dadurch das Tâche verhindert hätte, wurde ihr übel. Rohloffs Chancen auf das Amt des Gouverneurs hätten sich verdoppelt, und niemand hätte je herausgefunden, dass Gregor frei von jeglichem Erbgut seiner Vorfahren war.

Zorn stieg in ihr auf. Erst ihre Vorfahrin, die gewissenlos gehandelt und dadurch unzähligen Menschen Unrecht angetan hatte. Und nun Isabel und Rohloff, die sich ebenso egoistisch verhielten. Ambers letzten Zweifel, ob sie Alec vertrauen sollte, verschwanden. Wenn es wirklich in ihrer Macht stand, würden sie dem Ganzen, so oder so, in dieser Nacht ein Ende bereiten.

„Auf meinen Segen können sie lange warten", sagte sie entschieden. „In welche Richtung jetzt?", beendete sie das Thema. Alec zauderte, als wäre er nicht sicher, was er von ihrer kurz angebundenen Reaktion halten sollte.

Auf einmal fühlte Amber einen warmen Luftzug, der, wie eine sanfte Berührung über sie hinwegstrich. „Hast du das auch gespürt?", fragte sie verunsichert.

„Was meinst du?"

Sie schwieg, blickte sich um und blinzelte überrascht. Wo zuvor nur marodes Mauerwerk zu erkennen war, glaubte sie für den Bruchteil einer Sekunde etwas völlig anderes gesehen zu haben: das massive Gestein im Inneren einer Höhle.

Mit klopfendem Herzen musterte sie die Wand hinter Alec genauer, dort wo der warme Luftzug hergekommen sein musste. Für die Dauer eines Wimpernschlags sah sie anstelle des abbröckelnden Mauerwerks massive Felsen durchblitzen. Das Licht der Taschenlampe konnte aber auch eine Sinnestäuschung hervorgerufen haben. Sie kniff die Augen zusammen und musterte eine Stelle an der Wand, an der nackter Fels hervor schimmerte. „Wenn das hier der Knotenpunkt der ehemaligen Mine ist, müsste hier nicht auch der geografische Mittelpunkt von Aberness sein, bevor ein Teil der Insel im Meer untergegangen ist?“

„An und für sich schon, aber hier ist nichts. Ich glaube, wir sollten auf Elek hören und schleunigst von hier verschwinden.“

Kapitel 42

Amber war kurz davor, Alec zuzustimmen. Die Gewissheit, dass sich etwas verändert hatte, ließ sie zögern. Sie standen kurz davor des Rätsels Lösung, um den Mittelpunkt der Insel, zu entdecken. Sie schnupperte, roch Moder und nahm eine Luftfeuchtigkeit wahr, die zuvor nicht dagewesen war.

Amber nahm ihm die Taschenlampe aus der Hand. Der Lichtkegel wanderte über die Wand zu der Stelle hin, an dem der Putz abgeblättert war. Erneut wehte eine warme Brise über sie hinweg, als würde sie ihr den Weg weisen wollen. Dieses Mal spürte es Alec auch.

„Woher kommt das?“, fragte er in die Stille hinein.

Auf der Suche nach einem Spalt, strich er mit der flachen Hand über das Mauerwerk, in der Hoffnung, eine plausible Erklärung für das Phänomen zu finden. Jetzt wehte der Luftstrom allerdings aus der entgegengesetzten Richtung – stickig und feucht, wie man es in einer Höhle vermuten würde. Überrascht blinzelte Amber, offenbar hatte sich ihre Sinneswahrnehmung verändert. Sie konnte mühelos durch das Mauerwerk hindurchsehen.

„Eine Grotte“, sagten beide gleichzeitig.

Sie erstarrten beim Anblick der Nebelschwaden, die vom Betonboden aufstiegen und wie geisterhafte Wesen an den Stützbalken hinauf über Wände und Decke krochen. Sie befanden sich nicht länger in einer verlassenen Mine, sondern in einem Gewölbe gigantischen Ausmaßes.

So vieles lag ihr auf der Zunge: dass sie die Felsengrotte von Sams Bildern her wiedererkannte, sie die magische Halle gefunden hatten und diese in natura weitaus schöner war, als sie es sich je hätte vorstellen können. Doch nichts von alldem wäre der Tropfsteinhöhle gerecht geworden. Hoch über ihren Köpfen schimmerte das Gestein wie Millionen Sterne am nachtschwarzen Himmel. Sie erblickten von der Decke hängende nach unten spitz zulaufende Stalaktiten – einige berührten fast den Boden. Um sie herum tat sich eine bernsteinfarbene Landschaft auf, die nur selten einen Bewunderer fand.

Glitzerndes Wasser rann in Rinnsalen über die Felswände, tropfte von den Spitzen der Zapfen und sammelten sich in Pfützen auf dem nun felsigen Grund. Salzstein in seiner reinsten Form.

„Sie war die ganze Zeit da und wir haben es nicht bemerkt“, flüsterte Alec ehrfürchtig.

„Sag mal, spinn ich? Ein Sumpf, ein See und eine Tropfsteinhöhle in einem?“, raunte Amber überwältigt. Wie die Jahresringe eines Baumes breitete sich vor ihnen eine Sumpflandschaft aus, die es so nur noch in abgelegenen Teilen der Insel gab. Ein Sumpf ging nahtlos in einen hellen Strandabschnitt über, der zu einem dunklen See gehörte, dessen Größe sich nur schwer einschätzen ließ.

„Wenn, dann spinnen wir beide“, sagte Alec, ergriff ihre Hand und zog sie bis zum Rand des Sumpfes, der sich bedrohlich vor ihnen ausbreitete. Er starrte auf die dunkle, feucht glänzende Erde, von der ein widerlicher Modergeruch aufstieg.

„Ich glaube, da kommen wir nicht rüber“, raunte er.

Zum ersten Mal seit Beginn des Tâche glaubte sie Verzweiflung in seiner Stimme zu hören, die sich augenblicklich auf sie übertrug.

„Okay, wir nehmen den Weg durch die Grotte. Sieht doch alles stabil aus“, fügte sie mit einem Blick zur Decke hinzu. Alec nickte, er schien zu verstehen, was sie meinte und sprach das aus, was sie dachte: „Uns stehen zwei Möglichkeiten offen. Entweder nehmen wir diesen Weg, der verdammt gefährlich aussieht oder wir vertrauen darauf, dass die Grotte nicht gerade heute Nacht in sich zusammenstürzt.“ Alec versuchte zu scherzen, obwohl ihnen alles andere, als nach Spaßen zumute war.

Sie waren bereits den halben Weg zurück in die Grotte gegangen, als sie erkannten, dass ihnen ein fataler Fehler unterlaufen war. Dieser Ort ließ sich nicht austricksen, sie konnten den Sumpf nicht umgehen. Er schien sich kontinuierlich zu verschieben und ihrem Richtungswechsel anzupassen. Zu allem Unglück bebte der Untergrund. Die Erschütterungen kamen in unregelmäßigen Abständen, allerdings nicht heftig, sodass sie bisher nicht wirklich besorgt gewesen waren. Aber die unmittelbaren Folgen entpuppten sich als katastrophal. Alec stieß sie zur Seite. Neben ihr schlug eine herabstürzende Salzsäule ein. Amber erstarrte. Ihre Blicke trafen sich, Alecs Augen waren abgrundtief dunkel wie die Gefahr, in der sie schwebten. Sie hätten die Risiken eines Ausweichmanövers früher erkennen müssen, denn jetzt blieb ihnen keine Zeit für einen neuen Schlachtplan.

„Tanzen“, zischte sie ihm zu.

Ein Wort, das bedeutungsschwanger zwischen ihnen hing. Alec verstand sofort. Sie erkannte es an dem Aufblitzen in seinen Augen und der wilden Entschlossenheit darin. Wie eine Traumtänzerin bewegte sie sich mit geschmeidigen Bewegungen zwischen den glitschigen Pfützen und den am Boden liegenden Salzblöcke hindurch. Unter ihren Füßen knirschte gesplittertes Kristall. Das vielstimmige Tropfen und das Raunen des Windes, der wie heißer Wüstenwind über sie hinwegstrich, kreierten eine Melodie, zu der sie sich bewegten. In Amber blitzte der Gedanke auf, dass der Tunnel nicht der einzige Zugang zur Höhle war. Spalten, die ihnen gerade nichts nützten, gab es in einer Grotte vermutlich zuhauf. Aus den Augenwinkeln nahm sie Alecs kraftvollen, fließenden Bewegungen wahr. Etwas schwerfälliger als sie, aber genauso effektiv. Begleitet von einem ohrenbetäubenden Knacken und Knirschen, das jetzt von allen

Seiten zu kommen schien, wichen sie weiteren Stalaktiten aus, die sie immer wieder aufs Neue zwangen, die Richtung zu ändern und ermüdende Umwege in Kauf zu nehmen. Mehr als einmal verdankte sie ihr Glück einzig Alecs schnellen Reaktionsvermögen. Sonst wäre sie vermutlich bereits nach wenigen Schritten niedergestreckt worden. Es schien fast so, als würde er sich einzig auf seine Instinkte verlassen und bereits im Vorfeld wissen, welcher Stalaktit als nächstes abbrach. Die Worte ihrer Großmutter dröhnten in ihren Ohren: „Befreie deinen Geist, und überlasse deinem Körper die Führung!"

Oder war es dieser Ort, der durch die Anwesenheit zweier Menschen in ihren Grundfesten erschüttert worden war?

Amber gelang die Befreiung ihres Geistes nur mithilfe des Tanzens, Alec lag es im Blut. Es gelang ihr jedoch nicht, vollends ihre Furcht abzustreifen. Langsam aber sicher geriet sie außer Atem. Die Mühelosigkeit ihrer Schritte und Bewegungen ließen nach, je mehr sie sich der Grenze ihrer Kräfte näherte. Sie griff nach seiner Hand wie nach einem Rettungsring auf der Suche nach einem sicheren Halt, während der Boden unter ihren Füßen ständig in Bewegung zu sein schien. Irgendwann achtete sie nicht mehr auf die Zapfen über sich und überließ Alec die Führung. Wie Kaninchen während einer Hatz sprinteten sie zwischen brechenden Zapfen und flachen Pfützen umher. Nur noch wenige Schritte, und sie hätten es bis zum Ende geschafft.

„Wenn ich sage, jetzt, rennst du los", zischte Alec, die Augen auf die letzten beiden über ihnen hängenden Salzspitzen gerichtet. Er lockerte seinen Griff, bereit sie, wenn nötig, loszulassen.

Entsetzt starrte sie nach oben. Egal wohin sie sah: Zapfen neben Zapfen. Doch die zwei direkt über ihnen hingen nur wenige Zentimeter auseinander. Der hintere war fast doppelt so lang wie der vordere. Würde der vordere zuerst abbrechen, blieb Alec genug Zeit, sie vorwärts aus der Gefahrenzone zu schubsen. Doch die Erschütterung des Aufpralls würde den Bruch des hinteren auslösen, der sich nur knapp einen Meter über seinem Kopf befand.

Ihre Finger gruben sich in seine feuchte Handfläche. „Entweder zusammen oder gar nicht“, flüsterte sie mit fester Stimme.

Es erfolgte ein erneutes Beben, gefolgt von einem grauenhaften Knirschen. Sie wurde nach vorne gestoßen, doch Alec ließ sie nicht los. Im Nachhinein konnte sie sich nicht erklären, wie es ihm gelungen war, sich aus der Bewegung heraus so zu drehen, dass sie auf ihm zu liegen kam, anstatt der Länge nach auf dem felsigen Boden aufzuschlagen.

„Alles Okay, mit dir?“, flüsterte sie. Der Aufprall musste heftig gewesen sein, aber Alec ließ sich nicht anmerken, ob und wie viel er abbekommen hatte.

„Alles klar“, sagte er atemlos und schenkte ihr ein zuversichtliches Lächeln.

Die erste Etappe lag hinter ihnen, doch was würde die zweite für sie bereithalten? Sie schob diesen beängstigenden Gedanken weit von sich und folgte Alec. Seinem Gesichtsausdruck nach, schienen ihm ähnliche Gedanken durch den Kopf zu gehen.

„Das funktioniert nie und nimmer. Wir kommen da nicht rüber“, bemerkte er resigniert, nachdem sie ein Stück am Rande des Tümpels entlang marschiert waren.

„Ein Sumpf besteht aus festem und weichem Untergrund. Wir sollten uns wohl besser an den Händen fassen, damit notfalls der eine dem anderen helfen kann“, versuchte sie nicht nur ihm Mut zuzusprechen.

„Amber, mit salzhaltigem Wasser komme ich klar. Aber es soll da mal jemanden gegeben haben, der in einen Sumpf elend zugrunde ging.“

„Komm schon, vielleicht war das nur eine von den Schlechtenachtgeschichten, um die bösen Selkiebuben nachts in ihren Betten zu halten."

„Das ist nicht witzig!"

„Nein ist es nicht", stimmte Amber ihm zu. „Aber wir müssen da hinüber. Egal, wie!"

„Was, wenn das hier alles nur Einbildung ist? Wenn nichts von alldem wirklich existiert?", fragte Alec nach kurzem Zögern. Möglicherweise hatte er damit sogar recht. Alles, was sie in dieser Nacht erlebten, schien ihr vollkommen irreal. Warum nicht auch die Grotte, die wie aus dem Nichts aus dem Nebel aufgetaucht war?

„Einbildung hin oder her. Es ändert nichts daran, dass wir hier lang müssen", sagte sie mit leisem Bedauern. Spekulationen würden sie an diesem Punkt nicht weiterbringen. Amber schlüpfte aus ihren Schuhen und trat beherzt ein, zwei Schritte vorwärts. Der feste Untergrund verwandelte sich in weichen Morast. Das schmatzende Geräusch, als ihre Füße darin einzusinken drohten, erfüllte sie mit Ekel.

„Das ist doch Wahnsinn, da kommen wir nie durch", protestierte Alec, schwenkte wild mit der Taschenlampe und war ihr auf diese Weise alles andere, als eine Hilfe. Sie ließ sich jedoch nicht beirren und schloss die Augen. Wenn sie sich konzentrierte, fiel es ihr leichter herauszufinden, wo genau es unter der Oberfläche arbeitete. Bei Druck verschob sich der Schlamm unterhalb der Erdkruste seitlich von ihr weg. Aber es gab durchaus Stellen, die stabil genug wirkten, um ihr Gewicht zu tragen. Behutsam tastete sie sich Meter für Meter vor. Ihre Ferse sackte mit einem saugenden Geräusch ein. Entsetzt riss sie ihr Bein zurück und setzte den Fuß etwas versetzt auf eine andere Stelle, die ihr fest genug schien. Alec würde komplett ausflippen, wenn sie vor seinen Augen bis zu den Knien versank, schoss ihr mit einem

Anflug schwarzen Humors durch den Kopf. Aber sie war eine Moorhexe, oder etwa nicht? Es lag nun an ihr, die Behauptung der anderen unter Beweis zu stellen. Angst war ein schlechter Begleiter, der sie nur behinderte, Mut ein unverzichtbares Attribut, von dem sie nicht gedacht hätte, dass sie es besaß. Sie holte Luft und hörte, wie Alec ebenfalls tief durchatmete. Einen Schritt vorwärts, einen seitwärts und wieder zurück, wenn sie sich verschätzt hatte. In ihrem Kopf baute sich langsam wie ein Schachbrett mit hellen und dunklen Feldern ein Muster aus imaginären Quadraten auf. Ein Funken Zuversicht glomm auf. Sicherheitshalber würde sie es allerdings noch einmal testen. Sie drehte sich um und tastete sich zurück.

Alec fing sie auf, noch bevor sie den Boden berührt hatte. „Bist du irre mir so einen Schrecken einzujagen?", flüsterte er vorwurfsvoll.

„Ich weiß jetzt, wie es funktioniert. Vertrau mir einfach, okay?"

Sein Schweigen dämpfte ihre Euphorie. Verwirrt darüber, dass er sich höchst seltsam verhielt, löste sie sich aus seiner Umarmung und trat einen Schritt zurück. Er wirkte unnatürlich blass, als litte er unter einer Seekrankheit. Egal was sie sagte, freiwillig würde sie ihn kaum dazu bewegen können, ihr zu folgen. Also tat sie das einzig Richtige. Sie trat zurück auf das Feld, auf dem sie zuvor gestanden hatte und blieb außerhalb seiner Reichweite stehen. Alec zögerte.

„Komm schon, du musst mir nur deine Hände reichen und meine Bewegungen nachahmen. Oder soll ich allein weitergehen?", drohte Amber spielerisch.

„Wag es ja nicht."

Sie musterte den morastigen Untergrund, hörte schmatzende Geräusche, Alecs Fluchen und spürte, wie sich seine Hand in ihre schob.

„Wie machst du das?“, fragte er, musterte seine schlammbedeckten Füße und schaute verzweifelt über ihre Schulter hinweg zum rettenden Strandabschnitt hinüber.

„Keine Ahnung, ich erkenne, welche Bereiche begehbar sind.“

„Also ein Hexending“, erwiderte er und folgte ihr, wenn auch widerstrebend, einen weiteren Schritt, tiefer in den Morast hinein.

„Vermutlich. Mach bitte die Taschenlampe aus. Ich glaube ohne Licht funktioniert es besser.“

Ab da war nur noch ihr beider Atem zu hören und die schmatzenden und saugenden Geräusche; je nachdem ob der Untergrund fest oder butterweich war. Es kam ihr so vor, als bewegten sie sich über den aufgeschwemmten Kadaver einer Kreatur gewaltigen Ausmaßes. Bis zum Knöchel im streng riechenden Morast, kostete sie jeder Schritt Überwindung. Außerdem zerrte die unfreiwillige Wanderung zunehmend an ihren Nerven, doch Alec zuliebe behielt sie ihre Zuversicht nach außen hin aufrecht. Er hatte sich darauf verlegt, nicht mehr auf den unberechenbaren Untergrund zu achten. Stattdessen konzentrierte er sich auf Amber und bewahrte sie mehr als einmal davor zu straucheln. Verbissen kämpften sie sich voran, bis der Strand zum Greifen nah vor ihnen lag. Beherzt übersprang Amber das letzte Quadrat, das zwischen ihnen und dem sandigen Abschnitt lag, und vergaß dabei, dass sie noch immer Alecs Hand umklammert hielt. Aus dem Gleichgewicht geraten, stolperte er, prallte mit ihr zusammen und riss sie mit sich zu Boden.

„Oh Mann, in was für einen Mist sind wir da eigentlich hineingeraten?“, stöhnte er dicht an ihrem Ohr, wandte den Kopf und spuckte Sandkörner aus, die ihm beim Aufprall in den Mund geraten waren.

„Sumpf, nicht Mist“, ächzte Amber, damit beschäftigt, ihren Arm unter seinem Körper hervorzuziehen. Nachdem sie ihre

Gliedmaßen entwirrt hatten, drückte sie ihm übermütig einen Kuss auf den Mund. „Wir haben es geschafft!"

„Moment, nur ein einziger winziger Kuss für all die Strapazen?"

Sanft strich sie mit ihrem Zeigefinger über seine Braue, ein schwaches silbernes Licht blitzte auf. Sie las in seinen wundervollen Augen, dass er es ernst meinte, auch wenn seine Frage scherzhaft geklungen hatte. Alec ließ seine Finger spielerisch durch ihre Haarsträhnen gleiten, während er mit der anderen ihre Hüfte umfasste und es ihr so unmöglich machte, aufzustehen.

„Das, was du Gregor über uns beide gesagt hast, war das ernst gemeint?"

Die Intensität, mit der sie auf ihn reagierte, hatte ihr letzten Endes die Augen geöffnet.

„Absolut ernst", wisperte sie.

Es war ein befreiendes Gefühl Alec wissen zu lassen, dass sich an ihren Gefühlen für ihn nie wirklich etwas geändert hatte. Inzwischen war ihr klargeworden, dass der Anhänger eine ungesunde Wirkung auf ihren Gemütszustand ausgeübt hatte – als wären alle Charaktereigenschaften der Hexen in einem unscheinbaren winzigen Stein vereint gewesen. Kein Wunder, dass er sich unsicher war, ob es ihr mit ihrer Beziehung wirklich ernst war.

Mitten im Nirgendwo küssten sie sich. Mit klopfendem Herzen berührte sie seinen Brustkorb und bewunderte das Spiel seiner Muskeln, als er seine Position veränderte und sein Gewicht verlagerte. Zärtlich ließ Alec seine warmen Lippen seitlich an ihren Hals entlang gleiten. Er sah auf und blickte ihr tief in die Augen. Anstelle einer Antwort auf seine unausgesprochene Frage schmiegte sie sich an ihn. In einem Glückstaumel gefangen, gab sie sich der Intensität ihrer Gefühle hin und vergaß, dass sie sich nicht an einem sonnigen, am Meer gelegenen Strand befanden.

Kapitel 43

„Ich dachte wirklich, dass wir in der Prüfung ganz allein auf uns gestellt wären. Aber so ist es nicht. Erst Gero, dann Edmond und sogar Elek. Woher wussten sie, was wir benötigen?“, wisperte Amber in Alecs Arme gekuschelt.

„Woher wissen wir, was genau unsere Aufgabe ist?“, stellte er eine berechtigte Gegenfrage. Amber musste nicht lange überlegen, für sie gab es nur eine mögliche Erklärung: „Instinkt?“

„Schon möglich. Oder wir sind mit besonderen Sinnen ausgestattet und wissen es nur noch nicht“, spann Alec den Gedankenfaden weiter.

Sie stützte sich behutsam auf seinem Brustkorb auf. „Was glaubst du, über wie viele Sinne Haie verfügen?

„Soweit ich weiß sieben, warum?“

„Ach, nur so“, erwiderte sie nachdenklich. „Gero hatte das Tâche mit einem Haifischbecken verglichen, und Haie besitzen hervorragende Sinne“, fügte sie hinzu.

Amber dachte an das Wasserbassin und an Geros Scherz über mögliche Haie. Er hatte ihr einen Hinweis gegeben, doch sie hatte diesen wortwörtlich genommen und nicht über eine mögliche Doppeldeutigkeit seiner Worte nachgedacht.

Haie konnten Druckwellen im Wasser mit ihren empfindlichen Sensoren wahrnehmen. So wie Amber im Morast ein Raster, eine Struktur, erkannt hatte, die ihnen half, den Sumpf zu durchqueren. Eigentlich hätte Alec die Fähigkeit besitzen müssen; das Wasser im Aquarium zu teilen, immerhin war er der Selkie und sie die Hexe in diesem makabren Spiel. Ihr Geruchssinn und die Vorgehensweise, wie sie den Sumpf vor ihrem inneren Auge gesehen hatte, deuteten auf die Fähigkeiten einer Hexe im Vollbesitz ihrer magischen Kräfte hin. Ihre Unruhe kehrte zurück, und auch Alec wirkte mit einmal wieder angespannt. Er half ihr den lästigen Sand zu entfernen und zog sie ein letztes Mal an sich. Sein Blick ruhte auf dem spiegelglatten See, dessen Anblick sie mit Furcht erfüllte.

Amber und Alec entdeckten inmitten des Sees einen überdimensionalen Bernstein, von dem ein gelblicher Schimmer ausging. Er erinnerte an ein gigantisches Netz und schien nur wenige Zentimeter über der Wasseroberfläche zu schweben.

Ein Fels?

Eine Plattform?

„Was meinst du, Alec – ist das da vorn unser Ziel? ", fragte sie überrascht und deutete auf den See hinaus.

„Ich schätze, das werden wir bald wissen", erwiderte Alec und marschierte los.

Bereits nach wenigen Schritten veränderte sich die Konsistenz des Sandes. Er wurde dunkler und körniger. Misstrauisch nahm Amber etwas davon in die Hand. „Hätte mich auch gewundert, wenn es so einfach wäre", seufzte sie auf.

In Ufernähe hatten sich scharfkantige Salzverkrustungen gebildet, vor denen sie sich in Acht nehmen mussten. Amber ging neben Alec in die Hocke, berührte die Wasseroberfläche, schloss die Augen und stellte sich vor, wie es sich in der Mitte teilte. Hier stieß sie jedoch auf keinen spürbaren Widerstand. Es gelang ihr einfach nicht, eine klare Trennlinie zu ziehen, von der aus sie gezielt ihren Willen einsetzen konnte. Dieses Wasser war seltsam substanzlos und ließen ihre Bemühungen ins Leere gehen. Ihre Zuversicht kühlte merklich ab, enttäuscht gab sie auf. Alec rieb sich nachdenklich über die Stirn, auf der sich daraufhin eine schwache funkelnde Spur abzeichnete.

„Lass mich kurz nachdenken, okay?"

Sie tat ihm den Gefallen, obgleich sie wusste, dass es sinnlos war. Es gab weder ein Boot, das einsam auf dem See trieb, noch ein Steg, über den sie trockenen Fußes auf die andere Seite hätten wechseln können.

„Wir müssen schwimmen", sagte Alec nach einer Weile und blickte mit grimmiger Miene auf den dunklen See hinaus.

Amber hatte ihre Haut zwar mit einer wasserabweisenden Schutzcreme eingerieben, aber Alec schien zu befürchten, dass dieser Schutz nicht mehr lange anhalten könnte.

„Was ist los?"

Er zeigte auf die Erhebung. „Die Stelle liegt mitten im Salzsee."

Möglicherweise war sie schwer von Begriff, denn sie verstand noch immer nicht, auf was genau er hinauswollte.

„Und das bedeutet?"

„Es bedeutet, dass sich die Salbe auf deiner Haut abgewaschenen hat, wenn wir dort angekommen sind."

Ein beängstigender Gedanke, den sie nicht so ohne weiteres akzeptierte.

„Du hast mir erzählt, dass Rohloffs Leute dich immer wieder Salzwasser ausgesetzt haben. Eine leichte Rötung nehme ich gern in Kauf, wenn wir nur das Tâche hinter uns bringen."

„Das hier ist hochkonzentriertes Mineral und nicht so ein billiger Abklatsch, wie die es verwendet haben", protestierte er. Sie ahnte, was gerade in ihm vorging und schüttelte heftig den Kopf.

„Das ist mir egal. Wir müssen dort rüber, ich gebe doch nicht so kurz vor dem Ziel auf", entgegnete sie wütend und watete in das eisige Wasser hinein.

„Ab wann kann man einen Kälteschock bekommen?", fragte Amber nach wenigen Metern kleinlaut.

Alec lachte, doch sein Lächeln erreichte nicht seine Augen. „Kommt drauf an, ob du mit einem Satz reinspringst oder es langsam angehst. Achte darauf, deinen Kopf über Wasser zu halten, um den Kälteverlust zu minimieren. Du hast vergessen dich auszuziehen."

In Erwartung eines breiten Grinsens drehte sie sich zu ihm um, doch er meinte es tatsächlich erst.

„Wenn wir drüben sind, brauchen wir trockene Klamotten", erklärte er in beängstigend ruhigem Tonfall. Amber gab sich alle Mühe, ihre aufsteigende Panik vor ihm zu verbergen. Sie stakste an den Strand zurück und schlüpfte aus ihrer Tunika, reichte sie Alec, der ebenfalls aus seiner Hose gestiegen war und mit wenigen Handgriffen aus den beiden Kleidungstücken einen Turban bastelte. Der Anblick, wie er bis auf seine Boxershorts und der pompösen Kopfbedeckung nackt vor ihr stand, war einfach zu verführerisch, um es unkommentiert zu lassen: „Jetzt fehlt nur noch die Wunderlampe und wir wären im Handumdrehen auf der anderen Seite."

Mit einem Grinsen tippte er an seine Kopfbedeckung, aus der die Taschenlampe hervorlugte. Sie wusste, dass er sich um sie sorgte, doch sie machte sich weitaus weniger Gedanken um ihr Wohlergehen, als darüber, wie sie die Entfernung zwischen ihnen und diesem Monolith überbrücken sollten.

Bevor er sie jedoch zum Bleiben zu überreden versuchte, was unweigerlich in einem Streit geendet hätte, watete sie zurück ins Wasser und begann ab Wadenhöhe erbärmlich zu zittern.

„Amber, du musst nicht. Verdammt, jetzt warte doch!"

„Na mach schon, oder hast du Angst vor dieser Salzbrühe? Wieso kann dieser See nicht von einer unterirdischen Thermalquelle gespeist werden? Dann wäre er wenigstens kuschelig warm", jammerte sie.

„Sagte der Krebs und tauchte unter", ergänzte Alec mit einem grimmigen Lächeln.

„Los bringen wir es hinter uns", presste er hervor, als ihm das Wasser bis zu den Hüften reichte. Sein Gesichtsausdruck wirkte verbissen, als wären sie in Begriff in eine Schlacht zu ziehen. Amber biss ebenfalls die Zähne zusammen. Alec watete dicht an ihr vorbei, sodass sie die Schürfwunden auf seinem Rücken bemerkte. Sie musste sich nicht mit der Materie Salz auskennen, um zu wissen, dass das salzige Wasser höllisch brennen würde.

„Du, das mit deinen Wunden ...“, setzte sie an und wurde von Alec gestoppt. „Mach dir darüber keine Gedanken. So schlimm ist es nicht.“

Amber wusste, dass es eine Lüge war, zudem starrte er stur geradeaus. Kaum, dass ihm das Wasser bis zur Brust reichte, stieß er sich vom Untergrund ab und kraulte los. Beherzt schloss sie sich ihm an und schnappte nach Luft, als die Kälte ihren Körper umschloss. Trotz der eisigen Wassertemperatur kamen sie zügig voran. Die hohe Dichte des Salzwassers allerdings war gewöhnungsbedürftig.

So ähnlich muss sich ein Mondspaziergang anfühlen, schoss ihr durch den Kopf. Doch schon bald fiel es ihr schwer, überhaupt einen klaren Gedanken zu fassen. Zudem hatte sie den Eindruck, als würde Alec ihretwegen langsamer schwimmen, obwohl sie sich alle Mühe gab, sein Tempo mitzuhalten. Die Hälfte der Strecke lag zwar hinter ihr, doch sie spürte kaum mehr ihre Arme und Beine. So sehr sie sich auch anstrengte; sie kam viel zu langsam voran. Amber hielt ihren Blick starr auf die Plattform gerichtet und kämpfte sich Meter um Meter vorwärts.

„Gib bloß nicht auf!“ Die Panik in Alecs Stimme, machte ihr endgültig klar, dass sie in ernsten Problemen steckte. Aber ihre Kraft war aufgebraucht. Ebenso der Sauerstoff, den sie in doppelt so großen Mengen einatmete, wie er aus ihren Lungen entwich. Zumindest fühlte es sich danach an.

„Ich. Kann. Nicht“, krächzte sie heiser und klammerte sich an Alec, der ihretwegen umgekehrt war.

Jetzt traten sie beide auf der Stelle. „In Ordnung, ich kann dich rüberbringen, aber dann kommen wir nur langsam voran."

Ihre tauben Hände drohten an ihm abzugleiten. Er hatte recht. Mit ihrem zusätzlichen Gewicht würden sie es nicht schaffen. Je länger sie zögerte, umso mehr kostbare Zeit ging verloren. Sie holte tief Luft und tauchte unter. Er packte sie an der Hüfte und drückte sie mit aller Kraft von sich. Fast schwerelos glitt sie durch das Wasser, in dem wohl nicht einmal Mikroorganismen eine Überlebenschance hätten. Verzweifelt kämpfte sie dagegen an, zurück an die Oberfläche getrieben zu werden. Vor ihr tauchte verschwommen etwas Dunkles auf. Sie hielt darauf zu, durchstieß die Wasseroberfläche und strandete wie ein Walross auf der Plattform, die sich wie polierter Stein anfühlte. Zitternd und unkontrolliert mit den Zähnen klappernd benötigte sie mehrere Anläufe, um sich einige Haarsträhnen aus dem Gesicht zu streichen. Das Salz brannte entsetzlich in ihren Augen und sie nahm die Umgebung nur verschwommen wahr. Über ihr erhob sich ein Schatten, Sekunden später hob Alec sie behutsam auf und trug sie zur Mitte der Plattform. Schlotternd vor Kälte wollte sie ihm sagen, dass sie es tatsächlich geschafft hatten, brachte aber nur ein Krächzen zustande.

„Das bekommen wir wieder hin. Gleich geht's dir besser."

Er bettete sie auf seine Hose, streckte sich neben ihr aus und bedeckte sie notdürftig mit ihrem Kleid. Es dauerte eine Ewigkeit, bis das Zittern nachließ. Ein ums andere Mal nickte sie weg, doch immer, wenn sie die Augen öffnete, hielt er sie fest an sich gedrückt und wärmte sie mit seinem Körper. Die Taubheit wich einem Gefühl, als würde ihr Körper in Flammen stehen. Benommen stützte sie sich auf und lugte unter ihr Kleid. Ihre Haut schimmerte in einem hellen Rosa. Bestimmt nur eine völlig normale körperliche Reaktion, versuchte sie sich ziemlich erfolglos einzureden.

„Bist du fit genug, um aufzustehen?", fragte er besorgt und deutete ihr Nicken als ein Ja. Tatsächlich hatte Amber weder Probleme auf eigenen Füßen zu stehen, noch das Empfinden zu schwächeln. Ihr Blick glitt über den ovalen Stein auf dem sie standen. Sie schätze den Durchmesser auf etwa vier Meter. Als sie einen Schritt tat, überkam sie das Gefühl, als würde der Felsblock auf dem Wasser schwimmen. Bevor sie Alec darauf hinweisen konnte, erregte ein tiefer Riss ihre Aufmerksamkeit.

„Er ist gespalten", sagte sie noch leicht benebelt. Alec verhielt sich ungewöhnlich schweigsam und in sich gekehrt. Er nickte und beobachtete, wie ihre Hand ehrfürchtig über den glatten glitzernden Bernstein strich. Sachte berührte sie die gezackten Bruchnarben beider Hälften, die nur wenige Zentimeter auseinanderlagen. Sie konnte spüren, wie die im Stein gespeicherte Magie ihrer Vorfahren wie ein steter, warmer Strom an dieser Stelle herausströmte. Es fühlte sich wie winzige Flügelschläge an, die ihren Körper tausendfach berührten.

Mór war die mächtigste Hexe ihrer Zeit und deshalb vermutlich eng mit der Insel verbunden gewesen. Als ihr das Herz gebrochen wurde, hatte es dieselbe Auswirkung auf den Bernstein. Unter dem Schmerz des Verlustes, den ihre Vorfahrin erlitten hatte und dem Unvermögen, das weitere Sterben der Insel bis in die Gegenwart aufzuhalten, sank Amber auf die Knie. Von tiefer Mutlosigkeit ergriffen presste sie ihre Hände gegen den Stein, in dessen Inneren es schwach pulsierte, als wäre er aus Fleisch und Blut. Dass sie an diesem trostlosen Ort gestrandet waren, konnte nur eines bedeuten: Sie waren ebenso, wie alle vor ihnen, an ihrer Aufgabe gescheitert. Aberness lag im Sterben. Amber konnte es deutlich spüren.

„Was sollen wir nur tun?", flüsterte sie verzweifelt. Alec legte ihr beruhigend seine warme Hand auf die Schulter. Sie stieß sie fort, sie wollte keinen Trost, der den Schmerz in ihrem

Inneren dämpfte. Ohne ihn würde sie sich der Tatsache stellen müssen, dass all das, wofür sie und Alec unter Einsatz ihrer Möglichkeiten gekämpft hatten, bedeutungslos geworden war. Es war schmerzhaft zu erkennen, dass es nicht einzig um sie oder Alec ging, sondern weit darüber hinaus. In den letzten Wochen war Amber vielen wundervollen Menschen begegnet, die ihr Vertrauen und Zuneigung entgegengebracht, und ihr dadurch ein Ziel aufgezeigt hatten, für das es sich lohnte zu kämpfen. Sie hatte viel riskiert und offenbar alles verloren. Mit tränenverschleiertem Blick betrachtete sie Alec, der nachdenklich über eine der Bruchkanten strich und sich daran schnitt. Ein Blutstropfen fiel in den Spalt. Unter ihren Händen vibrierte es schwach.

„Mach es noch mal", flüsterte sie Alec zu, der gerade seine Schnittwunde inspizierte und sie ansah, als hätte sie den Verstand verloren.

„Mich schneiden?"

Amber erhob sich und ging neben ihm in die Hocke. „Drück einen Tropfen Blut aus der Wunde und halt den Finger über den Spalt", bat sie ihn erneut und presste ihre Hand gegen den Stein.

Und wieder spürte sie ein leichtes Vibrieren.

Da sie jetzt darauf gefasst war, schien es ihr stärker als zuvor.

„Klär mich ruhig auf, wenn mir etwas entgangen sein sollte. Was genau machen wir eigentlich gerade?"

Sie schenkte ihm ein hoffnungsvolles Lächeln.

„Magie hat ihn einst gebrochen, Magie kann ihn wieder zusammenfügen", flüsterte sie, wie zu sich selbst. Ihre anfängliche Euphorie legte sich, als sie den Spalt inspizierte und keine Veränderung entdeckte.

Alec wischte seine Hand an der Hose ab. „Amber, das ist nur normales Blut und vermutlich noch nicht einmal das beste."

„Überleg doch mal. Wenn das Blut unserer Ahnen in uns fließt und ich bin mir ziemlich sicher, dass es so ist, findet sich darin bestimmt auch noch ein Rest an Magie. Und genau die brauchen wir, um den Bruch zu schließen", klärte sie ihn auf. Es war ihr unbegreiflich, warum Alec das Offensichtliche nicht erkannte.

Er überrumpelte sie, indem er ihr Gesicht mit beiden Händen umfasste und sie durchdringend ansah. „Kannst du dir auch nur im Entferntesten vorstellen, wie viel Blut wir bräuchten, um das verdammte Ding auch nur einen Millimeter von der Stelle zu bewegen? Es muss einen anderen Weg geben, dieses verfluchte Tâche zu beenden!"

Nach allem, was sie gemeinsam durchgestanden hatten, hatte er aufgegeben. Sie erkannte es an seinen Augen.

Mitten in einem Salzsee unterhalb des Meeresspiegels auf einer Plattform zu stranden, war schon beängstigend genug und ihr wurde klar, dass seine Gedanken in eine ganz andere Richtung gingen, als ihre.

Alec hätte einfach zurückschwimmen können, aber mit ihr war ihm dieser Weg versperrt. Während sie sich nur über die Prüfung den Kopf zerbrochen hatte, ging es ihm offenbar einzig darum, sie in Sicherheit zu bringen. Dorthin, wo es kein Salz gab, das ihr etwas anhaben konnte. Doch er konnte sie nicht länger beschützen, sein Missgeschick hatte ihr diese Tatsache deutlich vor Augen geführt. Er trug nur das Blut eines Selkies in sich, Amber das eines Selkies und einer Hexe. Noch nie zuvor war ihr die Bedeutung dieser Tatsache derart bewusst geworden, wie in diesem Moment. Natürlich ging es bei dieser Prüfung um ein Opfer. Allerdings war ihr bisher nicht klar gewesen, welches das sein würde. Doch jetzt wo sie es wussten, wäre er niemals mit ihrem Vorhaben einverstanden gewesen. Deshalb nahm sie ihm die Entscheidung ab. Sie blickte ihm ein letztes Mal tief in die Augen, umrundete den Riss und legte zwischen sich und ihm einen Abstand, der sich nicht innerhalb weniger Sekunden überbrücken ließ. Erst dann kniete sie nieder und hielt ihr Handgelenk wenige Zentimeter über den Spalt, an eine Stelle, die besonders scharfkantig aussah. „Du hast recht, aber in meinem fließt das Blut beider Völker und für irgendwas muss es ja gut sein", sagte sie im ruhigen Ton. Amber atmete tief durch und fuhr mit einer schnellen Armbewegung über den Spalt hinweg.

Sein entsetzter Aufschrei hallte über den See und brach sich an den zerklüfteten Wänden der Tropfsteinhöhle. Was auch immer er ihr zurief – es war zu spät.

„Ich liebe dich", formten ihre Lippen, bevor ihr der alles umfassende Schmerz fast die Sinne raubte. Das einsetzende Vibrieren erfasste die Plattform, es erinnerte an die Erschütterungen, die die Insel in unregelmäßigen Abständen immer wieder heimsuchten. Direkt vor ihren Augen begann sich der Spalt zu schließen. Mit tränenverschwommenem Blick trieb sie die messerscharfe Kante tiefer in ihr Fleisch. Ihr Blut, zuvor ein Rinnsal, spritzte über den glänzenden Stein.

Wann immer Alec ihr zu nahe kam, trat sie nach ihm und hielt ihn so wenigstens einige Sekunden auf Abstand. Als das Beben in ein Zittern überging, fing er sie auf, bevor sie kraftlos zusammensackte. Er hielt sie selbst dann noch an seine Brust gepresst, als die Tropfsteinhöhle vor ihren Augen verblasste und sie sich umringt von Selkies und Hexen am künstlich angelegten Sandstrand im Ozean-Live wiederfanden.

Kapitel 44

Amber vernahm leise Stimmen, die sie Alec und Rosalie zuordnete. Unter ihren Lidern zuckten orangefarbene Blitze, die sich, als sie die Augen endlich öffnete, als Sonnenstrahlen herausstellten. Sie fühlte sich entsetzlich schwach. Ihr rechter Arm schmerzte bis in die Fingerspitzen und schien auf das Doppelte angeschwollen zu sein. Kraftlos drehte sie den Kopf und musterte den dicken Verband, dem ein scharfer Geruch entströmte.

Wenige Minuten später atmete sie tief durch und blickte in Richtung Tür, die jemand öffnete. Verschwommen bekam sie mit, wie Alec innehielt, als hätte er Sorge, dass er sie aufwecken könnte. Dabei war sie längst wach. Als sie ihn darauf hinweisen wollte, brachte sie nur ein unkoordiniertes Krächzen zustande. Ihre Stimmbänder waren also ebenfalls in Mitleidenschaft gezogen. Rosalies Salbe hatte sie zwar vor den äußeren Einwirkungen des Salzwassers bewahrt, aber nicht davor, etwas davon zu schlucken. „Wrle Tagr ...“

Es gelang ihr einfach nicht, die widerspenstigen Worte zu artikulieren. Doch Alec hatte sie auch so verstanden.

„Du hast zwei Tage geschlafen; wenn es das ist, was du wissen willst. Du hast furchtbar viel Blut verloren und vermutlich nur deshalb überlebt, weil die Heilkunst der Hexen wirklich außergewöhnlich ist. Frag mich nicht, was sie dir alles für Zeugs eingeflößt haben. Hauptsache es hilft.“

Amber verzog die Lippen zu einem Lächeln. Alec redete auf sie ein, als hätte er befürchtet, sie zu verlieren. Dieses Mal sparte sie sich die Mühe, sich ihm gegenüber verständlich zu machen und klopfte kraftlos neben sich auf das Bett. Sein übernächtigtes Gesicht tauchte über ihr auf.

„Soll ich mich neben dich legen?", fragte er unsicher und warf einen schnellen Blick zur Tür. Sie nickte, obwohl ihr der Kopf wehtat.

Sollten Rosalie und Malvina doch denken, was sie wollten. Amber fühlte sich im Moment meilenweit von ihrer Höchstform entfernt und nicht in der Verfassung, mit Alec etwas Unanständiges anzustellen. Das schien auch ihm klargeworden zu sein. Er legte sich neben sie und bettete ihren Kopf auf seinem Arm.

Ihre dringende Frage, ob sie die Prüfung bestanden hätten, erübrigte sich in dem Moment, als er sie zärtlich küsste. Sie schnupperte und Alec lachte auf: „Ich habe den Drops abgeschworen."

Amber betrachtete sein Gesicht, dem die Strapazen der vergangenen Tage und die Sorge um sie anzusehen waren. Doch seine blauen Augen strahlten unverändert und hielten ihren Blick gefangen. Sie bekam noch mit, wie er ihr eine Haarsträhne aus der Stirn strich und sein Kinn auf ihrem Haarschopf ablegte, bevor sie erneut wegnickte.

Die kommenden Tage und Nächte flossen wie ein träger Strom über sie hinweg, während sie sich langsam erholte.

Doch kaum ging es ihr besser, verwandelte sich ihr Krankenlager in einen beliebten Treffpunkt, an dem sich Freunde und Verwandte rege abwechselten. Gleichzeitig erhielt Amber auf diese Weise die neuesten Informationen zu den Ereignissen auf der Insel aus erster Hand. Dass sich die teilweise sehr unterschiedlichen Versionen ein und derselben Begebenheit wiederholten, störte sie nicht im Geringsten. Die mysteriöse Krankheitswelle, die unter den Bewohnern gewütet hatte, war inzwischen zum Stillstand gekommen. Die Unruhen innerhalb der Bevölkerung dagegen hatten noch einige Tage angedauert.

Die steife Zurückhaltung ihres Vaters, der die Situation langsam wieder in den Griff bekam, stand im Widerspruch zu dem leichten Geplänkel ihrer Freunde. Laut ihrer Großmutter hatte ihr Vater in der kritischen Phase neben ihrem Krankenbett ausgeharrt, anstatt seinen Pflichten als Gouverneur nachzukommen. Mel hatte ihr mit einem verschmitzten Lächeln verraten, dass sich Boje allabendlich mit derselben Ausrede meldete: Er wollte wissen, wie es Amber ging und fragte hartnäckig nach, wann Mel beabsichtige, nach Hause zurückzukehren.

Dass es nicht das Einzige war, worüber die beiden sich unterhielten, verriet Mels strahlendes Gesicht.

Alec erzählte gern von der Begegnung mit Elek, der sich über Rohloffs Anweisung hinweggesetzt hatte. Wenn sie auf ihren gemeinsamen Freund zu sprechen kamen, leuchteten Madeleines Augen verräterisch auf. Amber fragte sich schon länger, wer von ihnen den ersten Schritt wagen würde. Sollten die beiden füreinander bestimmt sein, war ein Zusammenkommen unvermeidlich.

Sie hoffte, dass auch Rosalie und Gero ihren, in den Jahren festgefahrenen, Umgang nach und nach ändern würden und den Mut aufbrachten, sich einander zu nähern. Bisher sah es allerdings nicht danach aus. Offenbar fiel es den beiden leichter, ihre Abwehrhaltung aufrechtzuerhalten, als dem anderen das jeweilige Innerste zu offenbaren.

Die kleinen Nöte und Freuden ließen Amber an einem aufregend neuen und bisweilen anstrengenden Familienleben teilhaben. Letzteres führte Amber an eine Normalität heran, die ihr hin und wieder noch immer seltsam unwirklich schien.

Eines Morgens betrat Rosalie den Raum. Sie zog umständlich den Stuhl näher an das Bett heran und setzte sich.

„Vor einer halben Stunde sind die letzten lebenden Ur-Hexen abgereist.

Im Frühjahr werden einige von ihnen zurückkehren und sich im Hafenviertel nach talentierten jungen Frauen umsehen, an die sie ihr Wissen über die Anwendungsmöglichkeiten der Heilpflanzen weitergeben werden. Malvina hat sich bereit erklärt, für immer auf die Insel zurückzukehren. Solltest du deine Entscheidung ändern wollen, steht es dir jederzeit frei, ihr Angebot, dich in der Heilkunst zu unterrichten anzunehmen." Der Tonfall ihrer Großmutter klang unbekümmert, als unterhielten sie sich über das Wetter und nicht über eine mögliche Zukunftsperspektive, die Amber ebenso abgelehnt hatte, wie den Vorschlag ihres Vaters, als seine Sekretärin zu arbeiten.

„Es tut mir wirklich leid, aber mein Bedarf an Hexen und Selkies ist für die nächsten Jahrzehnte gedeckt. Außerdem wäre ich eine miserable Schülerin. Warum kehren die letzten Hüter der Insel eigentlich ins Hochland und ins Meer zurück? Sie könnten doch ebenso in der Stadt leben. In ihrem Alter fällt es ihnen bestimmt nicht leicht, mehrmals im Jahr diese beschwerliche Reise auf sich zu nehmen."

„Kindchen, sie weilen nur deshalb noch unter uns, weil alle damals auf dieser Insel beheimateten Hexen ihnen ihre eigene Lebenskraft geopfert haben. Die Ältesten unseres Volkes wussten, dass der Fluch eines Tages gebrochen wird. Ein letztes Aufbegehren gegen das Unrecht, das Mór ihren zukünftigen Kindern und Kindeskindern angetan hatte. Dass sie dank dir und Alec ihre Kräfte zurückerlangt haben, ändert nichts daran, dass sie mit mehr als fünfhundert Jahren geschenkter Zeit auf dem Buckel dem Ende ihres Lebens entgegensehen. Tiefverwurzelte Bäume kann man nicht mehr verpflanzen."

„Ein Grund mehr hier zu bleiben, findest du nicht?", entgegnete Amber, in der Hoffnung, mehr über die letzten noch lebenden Hüter ihres Volkes zu erfahren. Es faszinierte sie, dass die Begründer von Aberness in Fleisch und Blut über die

Insel wandelten und ihr das Gefühl gaben, dass Vergangenheit, Gegenwart und Zukunft nur einen Wimpernschlag voneinander getrennt lagen.

Rosalie lächelte und Amber konnte nicht anders, als ebenfalls zu lächeln. Sie schwiegen geraume Zeit und hingen ihren eigenen Gedanken nach. Erst Alecs Auftauchen brachte sie in die Gegenwart zurück. Das Wissen, dass sich alles zum Guten gewandt hatte, war ein berauschendes Gefühl, das selbst dann noch anhielt, als Rosalie längst das Zimmer verlassen hatte.

Alec und Amber blickten einander an und dachten in diesem Moment dasselbe: Aberness würde weitere fünfhundert Jahre bestehen. Vielleicht sogar noch viel länger. Der Grundstein war gelegt. Jetzt kam es darauf an, wie die Menschen und Nachfahren beider Völker mit den Fehlschlägen aus der Vergangenheit und ihren eigenen Unzulänglichkeiten umgingen.

Edmond kam als einer der letzten Besucher, bevor Amber endgültig das Bett verließ. Gemeinsam lagen Amber und Alec auf dem Bett, als sie Edmonds und Rosalies Stimmen vor der Zimmertür vernahmen. Hastig schubste Amber ihren Freund vom Bett, sodass er rückwärts auf dem Boden landete. Mit glühenden Wangen zog sie sich ihr Top zurecht.

„Autsch, ein deutliches Nein hätte es auch getan", raunte er ihr belustigt über die Aktion zu.

„Pst, wusstest du, dass Edmond heute vorbeikommt?", zischte sie. Seinem plötzlich ernsten Gesichtsausdruck nach zu urteilen, war er über Erdmonds Besuch weitaus weniger überrascht als sie. Als nach einem kurzen Anklopfen die Tür aufging und der alte Mann eintrat, nickte Alec seinem Ziehvater zu, als wäre es das Normalste auf der Welt, neben Ambers Bett auf dem Boden zu sitzen. Das Glitzern in seinen blauen Augen und seine Bemühung einen ernsten Gesichtsausdruck beizubehalten, verrieten ihr, dass er über den Grund dieses Krankenbesuchs informiert worden war. Amber warf ihm einen misstrauischen Blick zu und wandte sich anschließend ihrem unerwarteten Gast zu: „Bitte setzen Sie sich."

„Ich frage mich nicht, was Alec da unten treibt, doch ich bin glücklich, dass du dich von den Strapazen erholt hast."

Die Wortwahl des alten Mannes irritierte sie noch immer, aber die Frage die keine beinhaltete, schien ihr nicht mehr gar so seltsam.

Sein missbilligender Blick deutete darauf hin, dass der Alte nicht ganz so unwissend war, wie er vorgab – Alec reagierte auf die Worte seines Ziehvaters mit einem breiten Grinsen.

Amber musste an sich halten, nicht laut loszulachen. „Ähm ja, danke", stotterte sie.

Edmonds unterschwellige Unterstellung traf wohl ebenso auf sie, wie auf Alec zu. „Ich habe meinen Ohrring verloren und bat ihn unter dem Bett nachzusehen", murmelte sie verlegen. Edmond quittierte ihre lahme Ausrede mit einem Hochziehen der Augenbraue, bevor er sich auf dem Stuhl neben der Tür niederließ.

„Wie dem auch sei; ich möchte mich im Namen aller Hexen und Selkies bei euch beiden bedanken. Ihr wisst ja, dass sie sich in Gesellschaft vieler Menschen unwohl fühlen und inzwischen abgereist sind. Doch nicht, ohne sich erkenntlich zu zeigen."

Edmond hielt inne, sein warmer Blick ruhte auf Amber, die bei seinen letzten Worten unruhig geworden war. Alec gab seinen Platz auf dem Boden nun doch auf und setzte sich auf die Bettkante.

Der Anblick des alten Mannes, wie er in seiner abgetragenen Kleidung mit gebeugtem Rücken vor ihnen saß, erinnerte sie an die Begebenheit in seinem Laden. Der Moment, als er Amber mit einem verrotteten Stück Fell bedrängte, das er wie einen Schatz zu hüten schien. Gleichzeitig blitzte eine weitere Situation vor ihrem inneren Auge auf, als er wie selbstverständlich aus der Gruppe der Selkies vorgetreten war – als wäre dort sein rechtmäßiger Platz.

Längst hatte sie gespürt, dass auch diesen harmlos wirkenden alten Mann ein ganz eigenes Mysterium umgab. Doch wann immer sie Alec auf die Vergangenheit seines Ziehvaters angesprochen hatte, war dieser ihr geschickt ausgewichen. Er war wirklich gut darin, sie Dinge vergessen zu lassen, über die sie, seiner Meinung nach, zu viel nachdachte. Doch nun bot sich ihr die Gelegenheit, Edmond persönlich darauf anzusprechen. Mit einem Anflug von Furcht, dass sie sich gründlich vor ihm und Alec blamieren könnte und sie über ihre rege Fantasie in Lachen ausbrechen, oder schlimmer, Edmond sie zurechtweisen würde, nahm sie all ihren Mut zusammen und sprach das aus, was sie sich inzwischen zusammengereimt hatte: „Kann es sein, dass Sie nicht einfach ein Nachkomme eines Selkies sind, sondern einer der Ur-Selkies?"

Sie spürte Alecs Blick auf sich ruhen, vermied es jedoch in direkt anzusehen. Stattdessen behielt sie Edmond im Auge und wartete auf eine Reaktion von ihm. Doch sein ausdrucksloses von tiefen Sorgenfalten gezeichnetes Gesicht verriet nichts über seine wahren Gefühle.

Das Schweigen zog sich unangenehm in die Länge und sie bereute es, ihm diese Frage gestellt zu haben, als ein Lächeln über seine Züge glitt.

„Alec, mein Junge, deine kleine Hexe ist nicht nur überaus neugierig, sondern auch intelligent. Ich denke, ihr habt es verdient, etwas aus meiner Vergangenheit zu erfahren."

Amber vergaß ihren Vorsatz, sich von nichts und niemanden ablenken zu lassen und warf Alec einen schnellen Seitenblick zu. „Er hat es dir nie erzählt?", raunte sie ihm zu.

„Er ist ein Schlitzohr, aber das weißt du ja inzwischen selbst", erwiderte er, zu ihrer Bestürzung so laut, dass Edmond hätte taub sein müssen, um es nicht mitzubekommen.

„Wenn ihr euch nicht für meine Geschichte interessiert, soll es mir recht sein. Rosalie wartet mit einer guten Tasse Tee auf mich."

„Oh bitte, entschuldigen Sie. Ich höre", platzte Amber heraus und warf einen warnenden Blick Richtung Alec.

„Einst wurde ich von den Zwölfen auserwählt, einem Kandidaten des Tâche zu Seite zu stehen und ihn auf seine Prüfung vorzubereiten. Mein Volk opferte seine Magie und ermöglichte es einigen von uns, weit über ihre Zeit hinaus zu leben. Das Friedensabkommen zwischen uns und den Hexen gewährleistete, dass sich alle auf ein und dieselbe Aufgabe konzentrierten; selbst wenn die Vorgehensweise der Vorbereitung nicht unterschiedlicher hätte sein können." Edmond hielt inne. Mit trüben Augen starrte er vor sich hin, als hätten seine Worte die Zeit zurückgedreht und er wieder bei seinem Volk, das vor Hunderten von Jahren diese Insel besiedelt hatte. Amber schluckte, betroffen über die Aura der Magie, die den alten Mann noch immer umgab.

Ihr war klargeworden, wer ihr in den letzten sechzehn Jahren zur Seite gestanden hatte: Rosalie.

„Vor sechzehn Jahren brach ein Aufstand aus, der vielen Menschen das Leben kostete. Damals hielt ich mich zufällig in der Stadt auf. Vielleicht gehörte das zu meinem – unserem Schicksal, um uns auf das Kommende vorzubereiten."

Durch den Alten ging ein Ruck, der erschöpfte Ausdruck in seinen Augen zerriss Amber fast das Herz. „Bei der Explosion damals schloss ich mich den wenigen verfügbaren Helfern an, die sich um die Verletzten in der Mine kümmerten, als eine weitere Detonation das Bergwerk erschütterte. Das Feuer griff in Sekundenschnelle um sich und versperrte mir und einem achtzehnjährigen Jungen den Rückweg. Mir blieb nur ein Ausweg, um ihn und mich zu retten. Ich verwandelte mich in meine wahre Gestalt, nur dadurch gelang es mir von der Mitte des Sees, das Wasser zu einer hohen Mauer aufzutürmen, die das Feuer letztendlich eindämmte. Damals verlor ich durch die Flammen einen Großteil meines Fells, rettete jedoch Sams Leben und das einiger anderer. Sam verlor bei diesem Unglück seinen Vater und nahm mein Angebot an, bei mir zu leben. Zwei Tage später brachte Gero Alec zu mir. Einen winzigen Säugling, dem in der Zukunft vermutlich Großes bevorstand. Doch wie hätte ein alter Selkie wie ich, ein Kind auf seine zukünftige Aufgabe vorbereiten können? Ein großer Bruder, zu dem der Jüngere aufblicken und von dem er lernen konnte, war eine Entscheidung, die ich nie bereut habe."

Amber musterte Alec aus den Augenwinkeln. Die Art und Weise, wie er Edmond anlächelte, verriet, dass er in diesen Teil der Vergangenheit eingeweiht worden war. Es beruhigte sie ungemein, dass die familiäre Beziehung der beiden nicht nur mit Geheimnissen belastet war, sondern auf echten Gefühlen, wie Zuneigung und Zusammengehörigkeit begründet waren.

Ihre Hand tastete nach seiner und umschloss sie mit festem Druck, den er ohne zu zögern erwiderte.

Edmond erhob sich und trat ans Bett. Ein zufriedenes Lächeln erschien auf seinem Gesicht, als hätte er sie nicht gerade an einem dunklen Lebensabschnitt teilhaben lassen. Er knüpfte einfach an den Moment an, in dem er das Zimmer betreten hatte. „Kann es sein, dass ich fast das Geschenk vergessen hätte? Jeder von euch erhält die Erfüllung eines Wunsches, der euch am Herzen liegt. Doch hört auf den Rat eines alten Mannes, der viel gesehen und noch mehr erlebt hat: Wünscht euch nicht die Liebe des anderen, denn die besitzt ihr bereits."

Edmond deutete eine Verbeugung an und verließ ohne weitere Erklärungen den Raum.

„Du bist dir darüber im Klaren, dass Edmond trotz allem ziemlich schräg ist, oder?“, fragte Amber leise, den Blick noch immer auf die geschlossene Tür gerichtet. Die Matratze senkte sich, als Alec das Gewicht verlagerte und sie mit sich zog, sodass sie halb auf ihm zu liegen kam.

„Das haben Selkies so an sich.“

„Glaub mir Hexen, können da locker mithalten“, ließ sie sich auf das Geplänkel ein.

„Kannst du mir einen Beweis liefern, oder ist das nur eine Vermutung. Du weißt sicher, dass wir Selkies euch Hexen, wenn es hart auf hart kommt, überlegen sind?“

„So wie ich das sehe, fühle ich mich dir gerade total überlegen“, kicherte Amber und beendete ihren kleinen Disput mit einem herausfordernden Kuss.

Kapitel 45

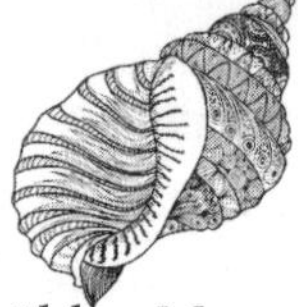

Gebannt starrte Amber auf das aufgewühlte Meer, dessen schäumende Wellen gegen massive Felsen brandeten. Alec stand dicht hinter ihr. Er hatte seine Arme um ihre Hüften geschlungen und schirmte ihren Körper gegen den feuchtkalten Morgenwind ab. „Wenn du so weit bist, können wir", brach er das einvernehmliche Schweigen, ließ sie aber erst los, als Amber nickte. Hand in Hand gingen sie Richtung Meer. Das lockende Rauschen der Wellen begleitete die bevorstehende Erfüllung seines Wunsches, in den er nur sie und Edmond eingeweiht hatte. Alec erhoffte sich, gemeinsam mit Amber, wenigstens ein einziges Mal in seinem Leben – wenn auch nur für kurze Zeit – in den Lebensraum der Selkies einzutauchen und die Magie dieser Wesen zu erfahren.

Der alte Selkie hatte sie bis zu der geheimnisvollen Bucht aus ihren Träumen begleitet, sich jedoch geweigert, auch nur einen Fuß hinein zu setzten. Amber verstand ihn. Solange er nur ein armseliges Überbleibsel seines eigenen Fells bei sich trug, würde er sich nicht verwandeln und zu seinen Brüdern zurückkehren können. Der Schmerz über diesen Verlust schien mit den Jahren, nicht weniger geworden zu sein.

Die Sehnsucht nach der Weite des Meeres in seinen Augen zu lesen, hätte Amber fast dazu bewogen, ihm ihren Wunsch zu verraten. Das Wissen, dass er nach so vielen Jahren Gefangenschaft auf der Insel, sein Selkie-Fell unversehrt zurückbekommen und zu Seinesgleichen zurückkehren würde, erfüllte Amber mit Wehmut. Aber ihre Entscheidung, Edmond seinen größten Wunsch zu erfüllen, war die richtige und weckte in ihr eine freudige Erregung, die jedweden egoistischen Gedanken in den Hintergrund drängte.

Ein um das andere Mal kniete sie nieder und genoss das Gefühl des feinen Sandes, der durch ihre Finger rieselte. Er erinnerte sie an die gemeinsame Nacht mit Alec, kurz, nachdem sie sich dem Hexenritual unterzogen hatte. Eingebettet zwischen zerklüftete Felsen lag das Meer direkt vor ihnen. Sie schmeckte das Salz auf der Zunge und lauschte dem Kreischen der über ihnen kreisenden Möwen.

„Sie warten bereits", sagte Alec leise und streckte seine Hand nach ihr aus.

Aus den Wellen erhoben sich graue Leiber, deren Fell im Sonnenlicht schimmerte. Zwischen dem lauten Wellenschlag hörte sie das tiefe Bellen eines Seehundes. Amber lachte auf und watete an Alecs Seite in das schäumende Wasser, bevor eine neue Welle heranrollte und sie unter sich begrub. Als das Wasser ihre Hüften umspülte, ließ Alec ihre Hand los, doch sie hatte keine Angst, ihn aus den Augen zu verlieren. Ihre neuen Armbänder knüpften, kaum, dass sie sich voneinander entfernten, ein unsichtbares Band.

Beherzt tauchte Amber unter und war darauf vorbereitet, die Umgebung verschwommen wahrzunehmen. Das Gegenteil trat ein – sie sah alles, wie durch eine Lupe, gestochen scharf. Amber fühlte sich seltsam ruhig. Ihr Herzschlag verlangsamte sich. Das Verstreichen der Minuten löste in ihr nicht das Bedürfnis nach Sauerstoff aus, stattdessen kam es ihr so vor, als könnte sie ewig unter Wasser bleiben. Ein Schatten tauchte neben ihr auf: Alec.

Er stupste sie an und deutete auf einen Fischschwarm, der unter ihnen hindurch schwamm. Hinter ihm tauchten einige Seehunde auf, umkreisten beide spielerisch und forderten Amber mit sanften Nasenstübern auf, ihnen aufwärts zu folgen. Doch sie zögerte den Moment, die wohltuende Stille und die absolute Schwerelosigkeit aufzugeben und sich den Grenzen des Menschseins zu stellen, hinaus. Ihr Blick glitt über die Gruppe der Seehunde hinweg. Sie versuchte die Tiere anhand ihrer unterschiedlichen Fellfarbe zu unterscheiden und zu zählen, doch erst beim dritten Anlauf erhielt sie ein zufriedenstellendes Ergebnis. Es waren Zwölf an der Zahl. Ein Seehund, dessen Pelz nicht so glatt anlag und an einigen Stellen unansehnlich zerfleddert aussah, erinnerte Amber an Edmonds verbliebenes Stück Fell. Die dunklen Augen des Tieres verfolgten jede ihrer Bewegungen. Amber war sich sicher, dass es genau wusste, wer ihm seinen sehnlichsten Wunsch erfüllt hatte. Alec fiel ihr Unterwasser-Lächeln auf, neugierig folgte er ihrem Blick. Verschmitzt legte sie einen Finger über die Lippen, zwinkerte ihm zu und durchbrach Sekunden später die Wasseroberfläche. Das Rauschen der Wellen, die in unregelmäßigen Abständen über sie hinweg rollten, ihre Körper anhoben und in die stille Tiefe des Ozeans hinabzogen, war eine atemberaubende Erfahrung, die sie in dieser Form wohl nie wieder erleben würde. Übermütig glitt sie neben einem Selkie unter Alec hinweg und hielt sich an der Schwanzflosse des Tieres fest, das daraufhin sein Tempo erhöhte. Alec folgte ihrem Beispiel und klammerte sich an ein anderes Tier, das verspielt die Verfolgung aufnahm. Ehe sie sich versah, befanden sie sich zwischen Seehunden, die sich an dem Spiel beteiligten. Immer wieder durchbrach ihr Begleiter die Wasseroberfläche, sodass sie kurz Luft holen konnte, bevor es wieder in die Tiefe ging. Wenn es nach ihr gegangen wäre, hätte dieses Spiel ewig so weitergehen können, doch langsam ließen ihre Kräfte nach. Ihre Hände glitten vom Leib des Tieres, das an ihr vorbeischoss, sich als Letzter den elf Seehunden anschloss und mit ihnen Richtung offenes Meer verschwand. Amber entdeckte Alec nur wenige Meter von sich entfernt. Sein Anblick milderte den aufkeimenden Schmerz eines unwiderruflichen Verlustes. Ebenso wie er, hatte auch sie gewusst, dass selbst der Magie Grenzen gesetzt waren. Edmond, der nun endlich zu den wenigen Überlebenden seines Volkes zurückkehren konnte, hatte jedoch mit einem recht behalten: Jeder Verlust und jede Veränderung in ihrem Leben, so schmerzlich er auch sein mochte, waren nichts im Vergleich zu der tiefen Liebe, die sie Alec gegenüber empfand. Dieses Gefühl verband sie und ihn, weit über ein magisches Armband hinaus.

Epilog

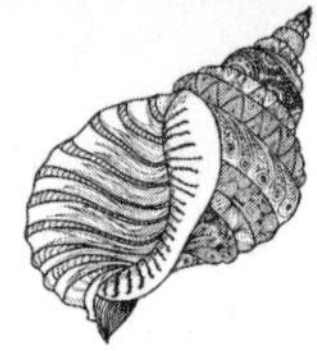

Der kalte Ostwind, in den sich die ersten Schneeflocken des Jahres mischten, zerrte an ihrem warmen Wollmantel, den ihr Vater ihr als nachträgliches Geburtstagsgeschenk überreicht hatte. Es war Alecs Idee vom Leuchtturm aus mitzuverfolgen, wie das letzte Schiff an diesem Tag auslief und Kurs Richtung Festland nahm.

Nachdem Rohloffs Machenschaften aufgedeckt worden waren, hatte der Oberst eingewilligt, Aberness zu verlassen. Er hatte Gelder veruntreut und sich weitere Delikte zuschulden kommen lassen. Isabel begleitete ihn und Amber war alles andere als unglücklich darüber. Dass ihre Mutter die eigene Tochter letzten Endes nur deshalb nicht an ihren Liebhaber ausgeliefert hatte, weil sie keine Gelegenheit mehr dazu hatte, änderte nichts daran.

Kaum war das Schiff in eine Nebelbank eingetaucht, wechselte Amber auf die andere Seite und schaute auf die Stadt hinunter, die friedlich zu ihren Füßen lag. Nichts deutete darauf hin, dass hier noch vor kurzem heftige Straßenkämpfe stattgefunden hatten.

Eigentlich wäre es längst an der Zeit, nach Hause zurückzukehren. Aber ihr gefiel es, bei ihrer Tante zu wohnen und die Menschen im Hafenviertel näher kennenzulernen. Es gab noch so viele Ecken und Kanten zu erforschen. Sie würde ihre neugewonnene Freiheit über die Winterferien bestmöglich nutzen, bevor sie das letzte Schuljahr in Angriff nahm. Der wiedergewählte Gouverneur hatte zugunsten der Arbeiterklassen neue Gesetze erlassen, die bei einigen aus der Oberschicht auf Ablehnung gestoßen waren. Amber bezweifelte, dass es zu erneuten Protesten kommen würde. Vermutlich setzte im Frühjahr eine weitere Ausreisewelle ein: Doch damit rechnete der Gouverneur und nahm sie, um des Friedens Willen, gern in Kauf. Die Menschen sehnten sich nach Ruhe; egal ob Arm oder Reich. Es war zu einem Umbruch gekommen, der die Bevölkerung nicht, wie befürchtet gespalten, sondern zusammengeführt hatte. Die Arbeiterkasse besaß, zum ersten Mal in der Geschichte von Aberness, ein gleichberechtigtes Mitspracherecht. Die vom Volk gewählten Vertreter würden die ihnen zugewiesenen Rollen aufgrund ihrer Abstammung hervorragend ausfüllen. Es gab viel zu tun, nachdem die Hüter sich einstimmig gegen den Bau eines Freizeitparks ausgesprochen hatten. Der Reichtum des Meeres und die Ausbildung zukünftiger Generationen, die Aberness' fruchtbares Land kontrolliert bewirtschaften würden, waren eine neue Herausforderung, für all jene, die sich nach grundlegenden Veränderungen sehnten. Das Naturschutzgebiet, Heimat der letzten verbliebenen Selkies und Hexen, würde, bis der Letzte von ihnen endgültig ging, weiterhin unangetastet bleiben.

„Wir sollten langsam gehen", sagte Alec liebevoll. Sein warmer Atem streifte ihre eiskalte Wange. Hin und wieder vermisste sie den Duft nach Ingwer ebenso, wie den Wechsel seiner Augenfarbe, der ihr immer verraten hatte, in welcher Stimmung er sich gerade befand. Wie normale Teenager ihre erste Liebe erleben zu können, glich diesen Verlust allerdings wieder aus.

„Wirst du zu deinem Bruder ziehen, und hast du über das Angebot meines Vaters nachgedacht?", fragte sie leise.

„Ja und nein. Ich werde bei Sam wohnen. In einigen Jahren den Platz meines Vaters einzunehmen, ist nicht unbedingt das, was ich mir für meine Zukunft vorstelle. Einer von uns muss die Familienehre wiederherstellen", schmunzelte er. Doch Amber konnte er nicht täuschen. Sie griff nach seiner Wollmütze und zog sie ihm mit einem Ruck bis über die Augen.

„Lügner. Ich weiß genau, dass du mit dem Gedanken spielst, irgendwann das Militär zu befehligen. Du bist der geborene

Anführer und, da muss ich meinem Vater ausnahmsweise recht geben, wenn jemand Aberness beschützen kann, dann du. Aber wenn du Gregor deinen Platz überlassen willst, nur zu."

Ihr gelang es nicht mehr den Satz zu beenden. Alec packte sie am Kragen ihres Mantels und zog sie so dicht an seinen Körper heran, dass sich ihre Nasenspitzen berührten.

„Und ihm die Gelegenheit geben, dich doch noch von seinen Vorzügen zu überzeugen? Auf gar keinen Fall!"

Sie lachte auf und tastete unwillkürlich nach der langsam verblassenden Narbe am Handgelenk. Sie erinnerte Amber daran, dass alles, was sie erlebt hatte, kein Produkt ihrer regen Phantasie war. Alecs Lächeln verblasste, als er ihren entrückten Gesichtsausdruck bemerkte, noch bevor sie ihm zum wiederholten Mal dieselbe Frage stellte: „Was denkst du; wann hat das Tâche wirklich begonnen? Als wir uns als Kinder zum ersten Mal begegnet sind oder erst, als du mir in der Einfahrt quasi über die Füße gestolpert bist?"

Im Grunde wussten beide, dass sie dieses Rätsel niemals lösen würden und Alec gab ihr die einzige Antwort, derer er sich sicher war: „Ab dem Zeitpunkt, als mir klar wurde, dass ich eine Hexe liebe."

„Ich bevorzuge den Moment, in dem ich erkannte, dass ich einem Selkie verfallen bin, die es ja eigentlich nicht gibt", kicherte Amber.

„Wer weiß schon so genau, ob Aberness und wir oder Hexen und Selkies in Wahrheit existieren? Letzten Endes läuft es doch immer darauf hinaus, wie jeder Einzelne von uns Illusion und Wirklichkeit wahrnimmt. Die ganze Welt steckt voller Magie. In jeder Legende, Geschichte oder Sage verbirgt sich bekanntlich ein Fünkchen von ihr."

„Gut gekontert", raunte Amber und versiegelte seine Lippen mit einem innigen Kuss.

ENDE

DANKE

Es ist an der Zeit, allen meinen Helferlein zu danken.

An erster Stelle meiner Verlegerin Andrea el Gato, die ebenso wie meine Lektorin, Alexandra Fauth, fantastische Arbeit geleistet hat. Gern erinnere ich mich an diverse Nachrichten-Marathons zurück – wir waren ziemlich gut in dieser Disziplin!

Ein weiteres Dankeschön geht an meinen Bruder Franc, der haareraufend meinen ersten Entwurf von 780 Seiten Umfang lesen musste. Ebenso danke ich Angela Gäde, Alva Furisto und Anette Eickert – Autorenkolleginnen und Freundinnen, die jederzeit erreichbar waren, wenn ich mich mal im Jammer-Modus befand.

Eine Übersicht aller lieferbaren Titel finden Sie auf
http://verlagshaus-el-gato.de
Besuchen Sie unsere Fanpage auf Facebook:
https://www.facebook.com/Verlagshaus.el.Gato
twitter: #VerlagElGato

Christa Kuczinki im Web:
https://www.facebook.com/christa.kuczinski
http://www.christakuczinski.de